Elyanor
Zwischen Licht und Finsternis

Stückler-Wede, Alexandra
Elyanor – Zwischen Licht und Finsternis
ISBN 978 3 522 50678 6

Umschlaggestaltung: Carolin Liepins
unter Verwendung von Bildern von shutterstock.com
Druck und Bindung: CPI buchbücher.de GmbH
Lektorat: Ulrike Barzik
© 2019 Loomlight
2018 erstmals als E-Book erschienen
in der Thienemann-Esslinger Verlag GmbH, Stuttgart
Printed in Germany. Alle Rechte vorbehalten.
5. Auflage 2022

Alexandra Stückler-Wede

Elyanor
Zwischen Licht und
Finsternis

*Für Mama – weil du meine Dunkelheit
genauso liebst wie mein Licht*

Für Maren – meine ganz persönliche Annie

Später

Einen winzigen Augenblick lang schwebte ich in der Luft, dann schlug das kühle, klare Wasser über mir zusammen und begrub mich unter sich. Sobald ich eingeschlossen war, konnte ich keinen Finger mehr rühren, ich war gelähmt.

Das Wasser drang gierig durch jede Pore und erstickte meinen Dämon ebenso wie meine menschliche Hülle.

Wie in Zeitlupe sank ich immer weiter in die Tiefen des Pools, entfernte mich immer weiter von dem Leben und dem, was sich über mir abspielte.

Ich spürte keine Energie mehr in meinem Inneren, kein Feuer, nicht einmal mehr meine Flügel.

Und dann endlich schlossen sich meine Augen, bevor mich der Tod mit einem heftigen Ruck zu sich holte.

Er fühlte sich hart und unnachgiebig und endgültig an.

TEIL EINS

Kapitel 1

Da stand ich also. Ich konnte es nicht fassen, dass mein Vater es geschafft hatte, mich *dazu* zu überreden. Wobei ich zu meiner Verteidigung sagen muss, dass ich realistisch gesehen auch gar keine andere Wahl gehabt hatte.

Es war ein Befehl gewesen. Und ich hätte einen Teufel getan, ihn meinem Vater abzuschlagen. Da könnte er mich genauso gut bei lebendigem Leib im ewigen Feuer schmoren lassen, es würde auf dasselbe hinauslaufen.

Außerdem war es mehr oder weniger auch meine einzige Chance gewesen, überhaupt herzukommen. Diese Bedingung oder gar nicht.

Trotzdem milderte das nicht im Geringsten meine Wut. Ich hatte einfach gehofft, dass er endlich damit beginnen würde, mich wie eine Erwachsene zu behandeln und nicht mehr wie sein kleines Mädchen, schließlich war das hier meine letzte Prüfung, bevor ich offiziell meine Lizenz bekommen würde.

Tja, ich hatte mich anscheinend getäuscht.

Seufzend zog ich mir den Trageriemen meiner Ledertasche über die Schulter und lief über den kleinen, unebenen Schulhof des *King Albert College* auf den imposanten Eingang zu. Einige mittlerweile kahle Bäume reckten ihre schwarzen Äste in den Himmel, als wollten sie um Gnade flehen, während ihre Wurzeln, die fest im Erdreich verankert waren und die Platten des Hofes teilweise aufgerissen hatten, sie unweigerlich auf dem Boden hielten.

Das College war ein historischer Bau aus hellem, massivem Stein mit unzähligen Bögen, Giebeln und Türmchen und einer Menge schiefer Wasserspeier, die mich an meine Verwandten zu Hause erinnerten. Gotische Spitzbögen mit Verzierungen und Mustern rahmten die unzähligen großen und kleinen Fenster ein, als wären sie kostbare Gemälde. Das Dach war mit schwarzen, schweren Ziegeln gedeckt, die an einigen Stellen Flecken von Flechten und anderen Pilzen trugen – und auch wenn es gerade trocken war, schienen die Ziegel vom letzten Regen zu glänzen.

Auf dem höchsten Turm wehte eine schon etwas fadenscheinige Flagge, die eine Krone zeigte, die vor zwei überkreuzten Klingen auf rotem Stoff thronte.

Alles in allem erinnerte mich dieser Bau an das Haus, in dem ich in meiner Heimat lebte und aufgewachsen war, und es barg eine gewisse Ironie, dass Menschen etwas erbauten, das solche Ähnlichkeit mit dem hatte, was sie seit Jahrtausenden fürchteten.

Ich hob eine Augenbraue und richtete meine Augen wieder auf die breiten, ausgetretenen Stufen, die zu dem doppelflügligen Haupteingang führten. Über der massiven Tür aus dunklem, altem Holz waren lateinische Sprüche und Verse eingeschlagen, die mich unwillkürlich zusammenzucken ließen. Ich hatte es nicht so mit dem Glauben und allem, was mit den Religionen der Menschen zu tun hatte, und versuchte mich möglichst davon fernzuhalten.

Mit etwas Kraftaufwand schob ich einen der Türflügel auf und schlüpfte schnell in das Innere des Altbaus. Im Gegensatz zu dem Schulhof herrschte hier das pure Leben. Überall wuselten Schüler in kleinen Gruppen umher oder liefen mit raschen Schritten durch die große Eingangshalle, um doch noch rechtzeitig zu ihrem nächsten Kurs zu kommen.

Einen Moment lang blieb ich kurz am Eingang stehen und nahm dieses Bild in mich auf. Die gewaltigen gebogenen Treppen, die an der rechten und linken Seite der Halle in geschwungener Linie nach oben führten, die drei mächtigen Kronleuchter, die das Bild erhellten, und die vier langen Gänge, die vor mir tiefer in das Gebäude hineinführten.

Ich legte den Kopf in den Nacken und betrachtete das Deckengemälde, das aussah, als hätte man es gerade eben erst fertiggestellt. Die Farben leuchteten und verliehen der Szene über mir erstaunliche Lebendigkeit: Engel kämpften gegen Dämonen, die im Begriff waren, die guten, lieben Menschen, die in ihrem Paradies saßen und sich die Bäuche vollschlugen – nicht zu vergessen das Vergnügen mit den Damen –, zum Bösen zu verführen und aus dem heiligen Garten fortzulocken.

Schnaubend verschränkte ich die Arme vor der Brust und legte den Kopf schief, als ich den Teufel innerhalb dieses Gewusels aus Armen, Beinen, nackten Körpern und schwarzen, ledrigen Flügeln erkannte. Wer auch immer diese Deckenmalerei in Auftrag gegeben hatte, hatte einen verdammt schlechten Geschmack und definitiv keinen Sinn für Humor.

»Anscheinend können Sie King Alberts Kunst nicht besonders viel abgewinnen.«

Ich drehte den Kopf und begegnete den erschreckend blauen Augen einer hochgewachsenen, schlanken Frau im dunkelgrauen Kostüm und mit strengem blondgrauem Dutt. Die filigrane randlose Brille, die auf ihrer schmalen Nase ziemlich weit vorne saß, ließ ihre Augen größer und durchdringender wirken. Definitiv eine Professorin – oder Schlimmeres.

»Bitte?«, gab ich zurück und schluckte. Die britische Sprache schmeckte ungewohnt in meinem Mund.

Einer ihrer Mundwinkel zuckte ein winziges bisschen. »Ich meine gesehen zu haben, dass Sie recht abschätzig zu unserer wunderschönen Decke emporgesehen haben. In anderen Augen, die das erste Mal einen Blick auf das Kunstwerk werfen, entdecke ich meistens Bewunderung.«

Ich hielt mich davon ab, die Augen zu verdrehen, und zuckte die Achseln, eine Geste, die mein Vater verabscheute. »Wissen Sie, ich habe nicht viel für ...«, ich deutete nach oben, »... so etwas übrig. Nehmen Sie es bitte nicht persönlich.« Roy wäre stolz auf die Ironie meiner Worte.

Diese Lehrerin war es jedenfalls nicht. Sie verzog nur ihre glatte Stirn und sah mich von oben herab an. »Wie dem auch sei, wie kann ich Ihnen helfen, Miss ...?«

»Edenmore«, antwortete ich und nahm mit Genugtuung wahr, wie sich ihre Augen weiteten. Mein Vater hatte anscheinend ganze Arbeit geleistet, als er dafür gesorgt hatte, dass es mir hier oben auf der Erde an nichts mangelte. Diese überkandidelte Eliteschule mit inbegriffen.

»Miss Edenmore? Wir hatten Sie eigentlich schon gestern hier erwartet.«

Ich machte eine abwinkende Geste, die alles hätte bedeuten können, und hob die Mundwinkel. »Sie wissen ja, wie das mit den Flügen ist.«

Wenig überzeugt zog sie die Augenbrauen zusammen, die verrieten, dass ihre Haare einmal deutlich dunkler gewesen sein mussten, und wies auf den breitesten der vier Gänge, dessen Wände bis zur Hälfte mit dunklem Holz verkleidet waren, das anschließend von dunkelroter Tapete abgelöst wurde.

»Nun, jetzt sind Sie ja hier. Besser zu spät als nie.« Sie seufzte und strich sich eine nicht vorhandene Strähne nach hinten. »Bitte folgen Sie mir, ich bringe Sie zu Mr McJeenish. Er wird mit Ihnen alles Weitere besprechen. Haben Sie die Schulkleidung bereits erhalten?«, fragte mich die Professorin, während sie mich durch einen Gang führte, an dessen Wänden unzählige Porträts von irgendwelchen Berühmtheiten hingen, die irgendwann auch einmal diese Schule besucht hatten, und ließ ihre blauen Augen abschätzig über meine schwarze Jeans mit den Löchern und den viel zu großen, dunkelgrünen Pullover gleiten, über dem ich eine Oversized-Jeansjacke trug.

Ja, ich hatte die Schulkleidung erhalten.

Bedauerlicherweise war mir ein kleiner Fehler unterlaufen und die Klamotten waren in meinen Händen in Flammen aufgegangen. Mein Temperament ging häufig mit mir durch, besonders wenn ich in der Stimmung dazu war und mich Roy bis über meine Grenzen reizte.

»Ich fürchte nicht«, gab ich zurück und schob ein entschuldigendes Lächeln hinterher, das irgendwie juckte.

Die Professorin seufzte und notierte sich herrisch, wie ich fand, etwas auf einem Notizblock, den sie plötzlich in den Händen hielt. Dann zupfte sie das Papier heraus und reichte es mir. »Gehen Sie nach Ihrem Termin bei Mr McJeenish zu Mrs Lones. Sie wird sich darum kümmern.« Den restlichen Weg, der vor einer Holztür endete, in deren Blatt verschlungene Symbole und Zeichen geschnitzt waren, die ich keiner mir bekannten Sprache zuordnen konnte, schwiegen wir. »Miss Edenmore, ich wünsche Ihnen eine angenehme Zeit hier bei uns. Ich sehe Sie dann am Nachmittag in Kunstgeschichte im Osttrakt.« Mit diesen Worten wandte sie sich nach rechts und verschwand mit klaren Klickgeräuschen, die ihre Absatzschuhe hinterließen, in einem der Gänge.

Sobald ich wieder zu Hause wäre, würde ich meinem Vater dafür, dass er mich hierhergeschickt hatte, den Hals umdrehen. Gleich nachdem ich Royath das Genick gebrochen hätte, weil er das alles auch noch unterstützt hatte.

Ich klopfte einen Tick zu fest gegen die Tür und trat dann ein, ohne auf eine Antwort zu warten.

»Miss Edenmore, ich kann mich nicht daran erinnern, Sie hereingebeten zu haben.«

Hinter einem massigen, massiven Eichenholztisch saß ein älterer Herr im Tweedanzug mit grauschwarzen Haaren und einer goldenen Taschenuhr in der Hand. Ohne von seinen Dokumenten aufzuschauen machte er eine abweisende Handbewegung und ließ die Taschenuhr in seiner Jacketttasche verschwinden. »Gehen Sie vor die Tür, klopfen an und warten, bis ich Sie hereinrufe«, fügte er an, noch immer vertieft in seine Unterlagen.

Ich gab einen nicht besonders freundlichen Fluch in meiner Muttersprache von mir und stapfte aus dem Zimmer, die Tür hinter mir zuwerfend.

Dieser alte Mistkerl konnte mich mal am Allerwertesten gernhaben. Es gab nur eine Person, der ich mehr oder weniger freiwillig gestattete, mit mir herumzuspringen, wie es ihr gerade passte, und das war mein Vater (ehrlich gesagt, hatte ich in dieser Angelegenheit überhaupt kein Mitspracherecht). Der Rest hatte mir Respekt entgegenzubringen oder ich würde es ihm beibringen – ganz einfach.

Ich spürte, wie Hitze in mir aufstieg und mein Rücken zu kribbeln begann, doch der winzige Teil in mir, der meine kaum vorhandene Vernunft beherbergte, mahnte mich zur Ruhe. Ich würde mir ganz sicher nicht die Blöße und Dad die Genugtuung geben und gleich am ersten Tag austicken.

Bestimmt stieß ich meinen heißen Atem, der nach Rauch schmeckte, durch meine Nase aus, straffte mich und klopfte erneut an – dieses Mal etwas zurückhaltender.

»Ja, bitte?«

Mit Schwung öffnete ich die Tür und gesellte mich ein zweites Mal zu dem Mann im Anzug in seine reichlich altmodischen und herrschaftlich eingerichteten vier Wände. Der Boden bestand aus dunklen Dielen, worauf ein dicker Perserteppich lag, in den unzählige, verworrene Muster eingewebt waren. Die Wände säumten massive Holzregale, in denen Hunderte von schweren Wälzern in allen möglichen Ausführungen aufgereiht standen. Ich entdeckte auf einigen Regalbrettern sogar alte Globen, die unterschiedliche Weltbilder darstellten.

Mein Vater ärgerte sich immer darüber, dass von dem Tag an, an dem die Menschen erkannt hatten, dass die Erde keine Scheibe war, ihm unzählige Geschäfte durch die Lappen gegangen waren.

Mehrere in goldene Rahmen gefasste Gemälde hingen an den Wänden, einige davon Porträts, die sogar eine gewisse Ähnlichkeit mit dem Mann vor mir hatten. Zwei große Fenster zeigten christliche Szenen irgenwelcher Bibelgeschichten und ließen das graue Tageslicht Londons nur gedämpft herein; eine überdimensionale Stehlampe, deren Schirm mit rotem Samt überzogen war, tat ihr Übriges.

»Setzen Sie sich, Miss Edenmore.« Mr McJeenish – dem goldenen Namensschild auf dem wuchtigen Schreibtisch nach nahm ich an, dass es sich um die Person handeln musste, die mir die Professorin angekündigt hatte – deutete auf die beiden breiten Holzstühle, die vor dem Tisch standen und ebenfalls mit dunklem Samt bezogen waren.

Mit langsamen Schritten durchmaß ich das Zimmer, zog mir meine Tasche von der Schulter und ließ mich auf den linken der Stühle fallen.

»Schön zu sehen, dass Sie es hierhergeschafft haben, Miss Edenmore. Ich nehme an, Sie haben einige Fragen bezüglich Ihrer zukünftigen Ausbildung bei uns.«

Zum ersten Mal, seit ich einen Fuß in sein Büro gesetzt hatte, sah Mr McJeenish auf und begegnete meinem Blick aus erstaunlich ruhigen, braunen Augen.

Ich nickte und legte die Hände auf den Tisch. »Die eine oder andere, Mr McJeenish.«

Seine wachen Augen glitten einmal über mich hinweg, dann neigte er wohlwollend den Kopf. »Und ich möchte sie Ihnen gerne beantworten. Lassen Sie mich vorher noch einige kleine Details klären, angefangen mit Ihren Ausweisen für unsere Einrichtung und Ihrer Schulkleidung.« Er deutete mit dem Kinn auf den Zettel, den ich noch immer in den Fingern hielt, dann griff er nach dem hellbraunen Telefon mit Wählscheibe und wartete einen Moment, bevor er knappe Anweisungen an eine Dame namens Susan gab.

Als er den Hörer wieder aufgelegt hatte, wandte er sich erneut mir zu. »Sie werden selbstverständlich alle nötigen Unterlagen und Dokumente bekommen, um hier eine angenehme und reibungslose Zeit zu genießen.«

Da bin ich aber mächtig erleichtert, dachte ich und konnte mich gerade noch davon abhalten, die Augen zu verdrehen. Dieser Typ war für meinen Geschmack etwas zu aufmerksam.

Es klopfte an der Tür und eine kleine, hagere Frau trat ein, die ein Bündel in ihrer einen und einen Umschlag in ihrer anderen Hand trug.

»Susan, ich danke Ihnen. Sie können alles auf dem zweiten Stuhl hier ablegen«, begrüßte Mr McJeenish die ältere Susan und entließ sie anschließend mit einem gütigen Lächeln.

Als sie die Tür lautlos hinter sich geschlossen hatte, was mir bei diesen monströsen Holztüren mit den alten Scharnieren, die nur noch aus Rost zu bestehen schienen, ein Rätsel war, wandte sich Mr McJeenish wieder an mich. »In dem großen Umschlag finden Sie Ihren Schulausweis, der auch gleichzeitig Ihr Ausweis für die große Bibliothek im ersten Geschoss ist. Außerdem habe ich Susan gebeten, Ihnen die Regeln des Hauses, festgelegte Abläufe und die vorläufige Semesterplanung beizufügen. Ferner liegen Ihre Schließfachnummer und die dazugehörige Kombination bei. Ich bin mir sicher, dass Ihnen jemand den Gang mit den Spinten zeigen wird. Ich nehme an, es liegt nach wie vor nicht in Ihrem Interesse, in unserem angrenzenden Internat zu leben, richtig?«

Worauf du Gift nehmen kannst. Schlimm genug, dass mich Royath hier auf diese Schule abschiebt, während er dem nachgeht, was ich eigentlich lernen soll.

Meine finstere Stimmung musste mir deutlich ins Gesicht geschrieben stehen, denn Mr McJeenish bedachte mich mit einem aufmunternden Lächeln und lockerte seine steife Haltung ein kleines bisschen.

»Hören Sie, Miss Edenmore, ich kann mir vorstellen, dass es durchaus – wie soll ich es am besten ausdrücken – sagen wir *Unstimmigkeiten* in Familien gibt, wenn es zu einem Schulwechsel kommt. Und gerade bei Ihnen habe ich vollstes Verständnis dafür. Sie haben eine weite Reise hinter sich, Neuseeland liegt schließlich nicht einfach am anderen Ende Englands und Sie werden hier mit einer ganzen Reihe ungewohnter Aspekte konfrontiert. Das ist für einen jungen Menschen oftmals nicht leicht.«

Auch wenn er unmöglich eine Ahnung davon haben konnte, woher ich wirklich kam und wie weit mein Zuhause von London und seiner Art entfernt war, sprach er mir in gewisser Weise aus der Seele – hätte ich denn noch eine gehabt.

Selbst nach meinen zwei schulfreien Wochen, die ich bereits hier in London verbracht und die mir gestattet hatten, einen Überblick über die Lebensweise der Menschen hier zu bekommen, hatte ich noch immer das Gefühl, von all dem um mich herum überrollt zu werden.

»Aber machen Sie sich keine Sorgen, das Leben hier am *King Albert College* ist nicht so kompliziert, wie es vielleicht im Augenblick den Anschein haben mag.«

»Womöglich nicht, nein«, antwortete ich und zog den Umschlag zu mir heran, um den Ausweis in Augenschein zu nehmen. Darauf war jenes lächerliche Foto, das ich in einem Automaten in einem U-Bahnhof von mir gemacht hatte. Alle übrigen Angaben, abgesehen von meinem Vornamen, waren frei erfunden. Dort, wo ich herkam, da reichte ein Vorname vollkommen aus, um zu wissen, wen man vor sich hatte.

Elyanor Edenmore, geboren am 13.10 in Auckland, Neuseeland, Schülerin der Abschlussklasse des King Albert College, London. Gültig bis März.

Ich hob die Mundwinkel und konnte mir ein Grinsen nicht verkneifen. Laut dem Ausweis war ich siebzehn Jahre alt, eine lächerlich kleine Zahl im Vergleich zu meinem wirklichen Alter.

Das Nächste, was ich hervorzog, war mein Stundenplan. Wo in drei Teufels Namen sollte ich bei diesen ganzen unsinnigen Fächern und Stunden meinem eigentlichen Auftrag hier nachkommen, wenn ich den ganzen Tag in diesem Gebäude hocken musste?

Das passte Roy wahrscheinlich nur zu gut in den Kram. Er hatte mich von der Backe und konnte sich in aller Seelenruhe mit den wichtigen Dingen befassen, während er weiterhin raushängen ließ, dass er der Ältere und Erfahrenere war, während ich die Schulbank drücken musste.

Trotzdem würde ich mir nicht anmerken lassen, dass mir das alles höllisch gegen den Strich ging. Das alles hier, dieser Zirkus, war Teil des letzten Schrittes meiner Ausbildung und den würde ich jetzt auch noch hinter mich bringen.

So oder so.

»Ich bin mir ziemlich sicher, dass Sie den Anschluss mühelos schaffen werden. Ihre Noten sind hervorragend und der Lehrplan Ihrer alten Schule weicht nur minimal von dem unseren ab. Sie sollten also keine Schwierigkeiten haben. Ich schätze einmal, dass selbst die Regeln hier den Ihnen bekannten Schulvorschriften ähneln. Keine Drogen, kein Alkohol und keine Waffen – als Kernpunkte. Über den Rest kann man reden.« Er bedachte mich mit einem sanftmütigen Lächeln, das ich mehr oder weniger erwiderte.

Keine Drogen und kein Alkohol – kein Problem, ich verstand ohnehin nicht, warum sich Menschen freiwillig den Schädel zudröhnten, nur um noch mehr Mist zu verzapfen. Was allerdings die Waffen anging ... ich würde einen Teufel tun und meinen Dolch, den ich immer bei mir trug, auch nur eine Sekunde ablegen.

»Kann ich noch etwas für Sie tun?«

»Der Schwimmunterricht – kann ich den irgendwie umgehen?« Ich blickte von dem Stundenplan auf und hielt ihn vor seine Nase. »Wenn es möglich ist, würde ich dem Wasser gerne aus dem Weg gehen.«

Tatsächlich war das einer der wenigen Haken an meinem

Leben. Feuer und Wasser vertrugen sich nicht, ganz im Gegenteil. Wasser konnte mich umbringen. Ein weiterer Aspekt waren die zwei langen Narben, die von meinen Schulterblättern bis runter zum Ansatz meines Hinterns verliefen. Ich hatte deswegen wirklich wenig Lust auf irgendwelche komplizierten Erklärungen.

Mr McJeenish fuhr sich über das Kinn und lehnte sich ein Stück weit in seinem großen Stuhl zurück. »Nun, das hat mir Ihr Vater gar nicht mitgeteilt.«

»Es muss ihm wohl entfallen sein, dass ich Chlor nicht besonders gut vertrage. Wissen Sie, er ist ein vielbeschäftigter Mann und ständig unterwegs, gerade deswegen war es ihm ja so wichtig, dass ich eine ordentliche Schule während meines Austausches besuche.«

Ich konnte erkennen, dass ich seinen Nerv getroffen hatte – im positiven Sinn. So etwas hatte ich in *meiner Schule* zu Hause gelernt.

Nachdenklich neigte er den Kopf und zog einen der Zettel von einem Unterlagenstapel. »Der Sportunterricht findet getrennt nach Jungen und Mädchen statt. Ich fürchte, wenn Sie keinen Weg sehen, sich dem Schwimmtraining der Mädchen anzuschließen, werden Sie gemeinsam mit den Jungen am Leichtathletikunterricht teilnehmen müssen.«

Alles war mir lieber als Schwimmen und ehrlich gesagt, war es mir ziemlich egal, ob ich nun mit Jungen oder Mädchen Sport treiben musste. Für mich bestand da bei Menschen kein besonders großer Unterschied.

»Das ist für mich in Ordnung, Mr McJeenish.«

»Dann werde ich das umgehend in die Wege leiten. Gibt es sonst noch ungeklärte Angelegenheiten? Wenn nicht, würde ich vorschlagen, dass Sie sich umziehen und in den dritten

Stock begeben. Dann schaffen Sie es noch rechtzeitig zu Ihrer ersten Stunde Französisch.«

Ich sah nicht nur lächerlich aus, ich fühlte mich auch so. Der schwarze Rock reichte mir beinahe bis zum Knie, die weiße Bluse, auf deren einer Brusttasche in Rot das aufgestickte Wappen der Schule prangte, war viel zu groß und die dunkelgrüne Strickjacke vervollständigte das Grauen in Kombination mit den schwarzen Lackschuhen. Lustlos pustete ich mir eine Strähne meiner hellen Haare aus den Augen und betrachtete mein Spiegelbild mit zu einer Grimasse verzogenem Gesicht.

Ich war nur froh, dass mich meine Leute nicht so sahen, mein guter Name wäre dahin und vermutlich würde mich niemand mehr so wirklich ernst nehmen. Und ich könnte es ihnen nicht einmal verübeln.

Langsam fuhr ich mir durch die Haare und begegnete meinen hellblauen Augen, die in meiner Welt eine echte Seltenheit waren, mit starrem Blick. »Was zur Hölle mache ich eigentlich hier?«, fragte ich mich und wandte dann rasch den Blick ab, als es nervtötend zu klingeln begann.

Als ich aus der Mädchentoilette trat, herrschte reges Treiben auf dem Flur und ich wurde förmlich zurückgedrängt, als ich mir einen Weg zwischen all den jungen Menschen hindurch bahnen wollte. Es war mir ein Rätsel, wie man so versessen darauf sein konnte, rechtzeitig zum nächsten Unterricht zu kommen, ohne dabei Rücksicht auf irgendetwas oder irgendjemanden zu nehmen.

Der dritte Ellenbogen traf mich und mir reichte es.

Sorgsam darauf bedacht, die Schüler um mich herum nicht mehr sehen zu lassen, als ich wollte, legte ich einen Teil der

Mauern, die ich um mein wahres Wesen hochgezogen hatte, ab und ließ etwas von meinem Inneren nach außen. Keiner um mich herum war in der Lage zu bemerken, wer, oder besser gesagt, was ich war, aber ihr Instinkt signalisierte, dass ich eine Gefahr darstellte und sie sich lieber von mir fernhalten sollten.

Kluge Menschen.

Die Menge aus Jungen und Mädchen teilte sich um mich herum, wie das berühmte Meer, das Moses in einer dieser Geschichten, die die Menschen so liebten, mit göttlicher Unterstützung gespalten hatte, und ich gelangte ohne Mühe zu einem der gewaltigen Treppenhäuser, die die Stockwerke miteinander verbanden.

Sobald ich die erste Stufe erreicht hatte, schob ich meine Mauern wieder hoch und atmete erleichtert auf. Mein Wesen ganz zu unterdrücken war um einiges leichter, als es kurz Luft schnuppern zu lassen und im nächsten Augenblick wieder wegzusperren. Ich hatte das Gefühl, ich würde es mit jedem Mal ein kleines bisschen mehr töten.

Laut meinem Stundenplan fand meine erste Stunde Französisch im dritten Obergeschoss im *Sprachentrakt* dieses Hauses bei einer gewissen *Madame Igaine* statt.

Nun, immerhin würde ich keine Probleme *damit* haben.

Meine Muttersprache hatte kein Pendant in der menschlichen Sprache und äußerte sich, je nachdem, wo man gerade im Einsatz war, in Form der Landessprache. Wenn man so wollte, sprach und verstand ich jede einzelne der unzähligen Sprachen auf diesem Planeten, ohne darüber nachdenken zu müssen. Ja, meine Existenz hatte tatsächlich auch den einen oder anderen Vorteil.

So ungern ich es auch zugab, dieses Gebäude faszinierte

mich genauso, wie es die bei mir zu Hause taten. Durch die riesigen Fenster, in die verschiedene, bunte Bilder hineingearbeitet worden waren und die nach oben hin spitz zuliefen, fiel das graue Licht Londons in farbenfrohen Strahlen auf die Treppenabsätze. Die Treppe selbst war ausladend mit einem abgegriffenen Handlauf aus tiefdunklem Holz. Die Stufen waren in der Mitte von den unzähligen Füßen, die hier schon hinauf- und hinabgelaufen waren, ausgetreten und das Geländer bestand aus demselben Stein, aus dem man das ganze Gebäude errichtet hatte. Mit komplizierten Mustern dekoriert, begrenzte es die Treppe auf der einen, die Wand auf der anderen Seite.

Und über allem schwebte dieses grauenvolle Deckengemälde, das einmal mehr zeigte, wie sehr das Weltbild doch missverstanden wurde und wird.

Seufzend straffte ich die Schultern und hielt mich, im dritten Geschoss angekommen, links in Richtung des Sprachtrakts. Auch hier hingen unzählige Gemälde und Arbeiten von Schülern, die diese Einrichtung besuchten, an den bordeauxroten Wänden. Jedes Türblatt war mit einem verschlungenen Muster versehen, das in das dunkle Holz hineingearbeitet worden war, und wirkte damit selbst wie eines der ausgestellten Kunstwerke.

Vor einer dieser Türen blieb ich stehen und überflog die drei Zeilen auf dem kleinen Schild neben dem Raum. Ich war richtig – wäre ja auch zu schön gewesen, wenn es diese Französischstunde überhaupt nicht gegeben hätte.

Die Tür war nur angelehnt und drinnen herrschte ein Durcheinander aus unzähligen Gesprächen, die zusammengenommen den Geräuschpegel in Dads Folterkammern erreichten. Zögernd blieb ich stehen und ballte die Hände zu

Fäusten. Ich war wirklich kein schüchterner Charakter, ganz im Gegenteil. Da, wo ich herkam, wusste jeder, wer ich war, und wer es nicht wusste, der lernte mich auf die eine oder andere Weise kennen.

Und dennoch, hier war das etwas völlig anderes, und ich verspürte das tiefe Verlangen, mich einfach umzudrehen, zu verschwinden und dann Roy in unserem Zuhause auf Zeit hier in London die Hölle heißzumachen.

»La nouvelle élève! Sie müssen Elyanor Edenmore sein.« Eine kleine Frau, die in etwa so breit wie groß war, blickte mich mit, wenn ich das richtig beurteilte, vor Freude weit aufgerissenen Augen an und breitete ihre kurzen Arme aus. Es fehlte anscheinend nicht mehr viel und sie würde mich in eine dieser Umarmungen ziehen, auf die man gut und gerne verzichten konnte.

Ich vermied es kategorisch, den Menschen zu nahe zu kommen, eine Berührung war unangenehm und das, was sie in mir auslöste, eine Tortur.

»Na, kommen Sie schon, meine Hübsche, wir wollen anfangen«, forderte sie mich mit ihrem französischen Akzent auf und schob mich vor sich in den Klassenraum, wobei sich ihre fleischigen Finger gefährlich nah an meinen Narben in meinen Rücken gruben.

Automatisch schob ich meine Mauern höher und biss die Zähne zusammen, um ihr Leben, das sich durch die Berührung vor mir ausbreitete, zurückzudrängen.

Sie watschelte zum Lehrerpult, legte schwer atmend ihre Tasche darauf und die Spannung in meinem Inneren brach abrupt ab. Beinahe hätte ich erleichtert aufgeseufzt.

»Mes élèves!« Madame Igaine klatschte in die kleinen Hände und nach und nach verstummten die vielen Gespräche der knapp fünfundzwanzig Schüler im Klassenzimmer. Beinahe im selben Moment richteten sich ihre Augen auf mich – ich nahm sie als kleine Schauer auf meiner erhitzten Haut wahr – und es wurde totenstill.

»Bonjour, wir haben heute das Glück, unsere Austauschschülerin aus Auckland bei uns begrüßen zu dürfen.« Einer ihrer kurzen Arme zeigte auf mich und bedeutete mir, weiter vor die Klasse zu treten. Widerwillig kam ich ihrer Aufforderung nach und stellte mich, wie ein Ausstellungsstück, vor die fünfundzwanzig Paar Augen, die jedes Detail an mir absuchten und bewerteten. Unwillkürlich spannte ich mich an und stärkte meine mentalen Barrieren, bevor meine innere Spannung noch irgendetwas in Flammen aufgehen lassen konnte. »Elyanor Edenmore wird bis Ende März nächsten Jahres unsere Schule besuchen und London und unser schönes England kennenlernen. Wer von Ihnen führt Elyanor die ersten Tage etwas herum und zeigt ihr alles?«

Keine Hand hob sich und ich bemerkte, wie mein Rücken zu kribbeln begann. Keine gute Entwicklung. Hatte mein Vater auch an die Konsequenzen gedacht, wenn ich meine Beherrschung und Maske verlieren würde? Schließlich war das hier mein erster Einsatz auf diesem Planeten und ich war noch so etwas wie ein Azubi auf diesem Gebiet.

»Mon Dieu, stellen Sie sich vor, Sie wären den ersten Tag an einer Schule, an der Sie niemanden kennen und alles so ganz anders ist, als Sie es von zu Hause gewohnt sind. Wie würden Sie sich fühlen?«

Ich konnte mir gerade noch verkneifen, die Augen zu verdrehen, und biss die Zähne noch fester aufeinander.

Wie ich mich fühlte? Ich war wütend, wobei das noch ziemlich untertrieben war. Vermutlich sah ich aus wie einer dieser kleinen Köter, die ihre Zähne fletschen, und ehrlich gesagt, war das auch gar keine schlechte Idee. Die Zähne fletschen – nicht der Köter.

In der zweiten Reihe regte sich ein Mädchen mit weißblonden Haaren, dann hob sie ihre Hand in die Höhe.

Die Spannung in mir setzte sich zur Ruhe wie eine Katze, die ihren Spaß an einer Maus verloren hatte, und ich lockerte meine Haltung.

Madame Igaine nickte ihr lächelnd zu. »Vielen Dank, Annie. Elyanor, setzen Sie sich doch auf den freien Platz neben Annie.«

Alle Augen folgten mir, während ich mich in meiner zu großen Schulkleidung und mit missmutiger Miene auf den Stuhl neben besagtem Mädchen fallen ließ.

»Sehr schön, dann können wir ja anfangen. Gibt es einen Freiwilligen an der Tafel für die Wiederholung der neuen Vokabeln?«

Ähnlich wie Sekunden zuvor schoss auch jetzt keine Hand in die Höhe und ich stellte fest, ebenso unerwünscht zu sein wie ein lästiger Vokabeltest. Andererseits war es ja auch nicht unbedingt mein größtes Ziel, hier irgendeine Art von Netzwerk und Beziehungen aufzubauen.

»Sie kennen das Spiel. Wenn sich niemand von Ihnen freiwillig meldet, wähle ich jemanden aus, und zufälligerweise kenne ich eine ganze Reihe garçons et filles, die keinen blassen Schimmer haben, ich kann es in vos visages lesen.«

Gemurmel erhob sich und Blicke huschten unruhig durch den Raum, weil jeder versuchte, Madame Igaine nicht anzuschauen, die nun einen strengen Blick auf ihrem runden Gesicht trug, den ich ihr gar nicht zugetraut hätte.

Sie seufzte. »Nun gut.« Mithilfe einer winzigen Lesebrille ging sie eine Liste durch und legte ihren dicken Zeigefinger schließlich lächelnd auf einen Namen. »Letzte Chance für einen Freiwilligen – gut, dann bitte ich Leila nach vorne.«

Während ein zartes Mädchen mit schwarzen, seidigen Haaren, die mich schmerzlich an meine beste Freundin Reena erinnerte, mit zurückgezogenen Schultern durch den Gang nach vorne trabte, wandte ich mich dem prickelnden Blick von Annie zu, die ertappt zur Seite schaute.

»Was gibt es?«, fragte ich und ließ sie nicht aus den Augen, bis sie sich wieder zu mir wandte.

Annie hatte schöne braune Augen, die einen interessanten Kontrast zu ihren hellen Haaren abgaben, und eine ganze Menge Sommersprossen auf der Nase. Ich war zwar erst zwei Wochen in dieser verregneten Stadt, trotzdem war es mir ein Rätsel, wie man hier unter all diesen Schichten von Wolken auch nur eine Sommersprosse entwickeln konnte.

Ihre fast weißen Augenbrauen hüpften nach oben und eine leichte Röte trat auf ihre Wangen. »Ich wollte mich vorstellen«, sagte sie leise und heftete ihre Augen wieder auf Leila, die gerade mit spitzen Fingern nach einer Kreide griff.

Einer meiner Mundwinkel hob sich. »Du heißt Annie.«

Kaum merklich nickte sie. »Und du Elyanor Edenmore. Ein interessanter Name. Habe ich noch nie gehört.« *Elyanor* bedeutet in meiner Sprache so viel wie *Die, die das Licht stahl, um das Licht zu sein*. Meine Mutter hatte sich diesen Namen einfallen lassen und bis heute war mir nicht klar geworden, was hinter dieser Bedeutung steckte, aber gut. »Auckland also. Und dann verschlägt es dich ausgerechnet nach London?«

Ich zuckte die Achseln. Ein berechtigter Einwand. Wusste der Teufel, wieso ich den letzten Teil meiner Ausbildung gerade hier an dieser Schule mit Roy als meinem Aufpasser verbringen musste.

Ein wissendes Lächeln stahl sich auf ihre Züge und sie neigte ihren Kopf ein klein wenig zur Seite, sodass ihre Haare ins Gesicht fielen. »Du bist nicht freiwillig hier. Mussten deine Eltern wegen eines Jobs herziehen?«

»Definitiv nicht«, gab ich zurück und lehnte mich weiter auf meinem Stuhl zurück. »Und ich wohne mit meinem Bruder hier. Mein Dad ist dortgeblieben.«

Ich hatte tatsächlich einen Bruder, zwei sogar, und beide waren älter und verdammt nervtötend und anstrengend. Roy war glücklicherweise nicht mit mir verwandt – auch wenn er meinen Brüdern in nichts nachstand –, ich ertrug es jetzt schon kaum, so viel Zeit mit ihm zu verbringen.

»Geht dein Bruder auch hier auf die Schule?«

»Fragst du immer so viel?«, antwortete ich in einem angemessen genervten Tonfall und hob eine Augenbraue.

Entweder merkte Annie nicht, dass ich keine Lust auf ihr Frage-Antwort-Spielchen hatte oder aber es war ihr schlichtweg egal. Elegant zuckte sie mit einer ihrer schmalen Schultern und grinste. »Du bist mir was schuldig, ich habe dich da vorne weggeholt, bevor du vor Anspannung geplatzt bist.«

Erstaunt über ihre Erwiderung spitzte ich die Lippen und drehte gedankenverloren den schmalen goldenen Ring an meinem kleinen Finger hin und her. Leila versuchte unterdessen die sieben Wochentage auf Französisch an die Tafel zu bringen, scheiterte aber schon bei mardi, wobei sie das nicht im Geringsten zu stören schien.

»Mein Bruder Roy ist älter als ich«, *genau genommen mehrere Hundert Jahre nach unserer Rechnung,* »und arbeitet in dem Familienunternehmen meines Dads in London. Er soll hier die Stellung halten«, erklärte ich schließlich, ohne den Blick von Leila zu lösen. »Sie hat wirklich keine Ahnung, oder?« Ich wies mit dem Kinn in Richtung des schwarzhaarigen Mädchens.

Annie nickte langsam. »Du solltest vorsichtig sein, was du sagst. Leila ist eine der Berühmtheiten hier, wenn du so willst. Sie hat Narrenfreiheit und vermutlich würden ihr die Jungs auch aus der Hand fressen, wenn sie wie ein Hirsch röhren würde.«

Entgegen meines Wesens und meiner Stimmung an diesem Tag musste ich kichern und hielt mir rasch eine Hand vor den Mund, bevor es noch zu viele der Anwesenden mitbekommen konnten. »Und wer bist du dann hier an der Schule, Annie?«

Annie spielte mit dem Bleistift in ihren Händen herum und ließ ihn immer wieder kreisen, bis er schließlich auf die Tischplatte fiel. »Niemand Besonderes, wenn du das meinst, da muss ich dich enttäuschen.«

Ich warf ihr einen kurzen Seitenblick zu, verfolgte dann die Diskussion, die sich zwischen Leila und Madame Igaine entfachte.

»Leila ist die Nichte des Dekans der Schule. Außerdem ist sie die Tochter des millionenschweren Immobilienmaklers Timothy Glades, falls du den Namen schon einmal gehört hast. Es gibt wenig Lehrer, die nicht auf Leilas braune Rehaugen reinfallen«, kommentierte Annie, als sie meinen mehr oder weniger interessierten Blick auf die Szene an der Tafel bemerkte.

Timothy Glades. Tatsächlich klingelte da was bei mir und ein schiefes Grinsen trat auf meine Züge. Roy hatte sich gestern fürchterlich über einen von Dads Kunden aufgeregt, um den er sich kümmern müsse, obwohl er eigentlich bedeutend

Wichtigeres zu tun habe. Anscheinend hatte Leilas Dad sein Geld über gewisse Umwege erlangt.

»Lass mich raten, Madame Igaine hat nicht viel für sie übrig«, gab ich zurück und hob einen Mundwinkel.

Annie nickte und fuhr mit ihrer Erklärung fort. »Trotzdem versucht sie es immer wieder, und wie gesagt, in den meisten Fällen funktioniert es ja auch. Hm, was musst du noch wissen, damit du nicht spätestens in der Cafeteria zerfleischt wirst?«

Mühsam unterdrückte ich ein Auflachen und biss mir rasch auf die Lippe, um diesen Impuls zu unterbinden. *Mich zerfleischen?* Da musste schon ein etwas anderes Kaliber kommen als Leila. Trotzdem regte sich bei Annies Humor und ihrer schrägen Fürsorge für mich etwas in mir.

»Ach ja!«

Mit ernster Miene taxierte sie mich und tippte auf den Tisch. »Halte dich aus ihrer Schusslinie heraus. Das heißt vor allem, halte dich von den zwei Jungs fern, auf die sich im Großen und Ganzen Leilas Aufmerksamkeit, um es mal nett auszudrücken, beschränkt. Wehe dem Mädchen, das es wagt, sich einem der beiden auf nur zwei Meter zu nähern.« Ihr Sarkasmus gefiel mir immer mehr.

»Gleich zwei?« Ich hob die Augenbraue, durch die eine weiße Narbe verlief, und legte meine Hände auf den Tisch, sodass die drei Anhänger an meinem Armband klimperten.

Achselzuckend nahm Annie wieder ihren Bleistift auf. »Sie läuft ihnen abwechselnd hinterher, je nachdem welcher ihr gerade Beachtung schenkt, wenn es denn überhaupt einer tut. Aber sie gehören zu Leilas Clique – oder so.«

»Leila, Sie bekommen in der nächsten Stunde die Chance, Ihre mangelnden Kenntnisse aufzustocken und damit Ihre mündliche Note zu retten. Nutzen Sie sie und jetzt setzen Sie sich, wir beginnen mit einer kurzen Wiederholung der Konjugation.«

Nach der Doppelstunde Französisch schnappte sich Annie den großen Umschlag von meinem Tisch und schielte auf die Nummer meines Schließfaches. »Ich bringe dich hin, dann kannst du deine Sachen dort lassen und mit in die Cafeteria kommen.«

Ich schob meinen unbeschriebenen Block in meine Tasche und zog sie mir über die Schulter, dann folgte ich Annie aus dem Klassenzimmer.

Der Flur war überfüllt und die Schüler bewegten sich ausnahmslos als eine große Masse nach unten. In der zweiten Etage befand sich laut Annies Erklärung die große Cafeteria, neben der es noch zwei weitere kleine Cafés gab, die sich als gute Alternative anboten, sollte die Mensa überlaufen sein. Mein Schließfach lag allerdings in der entgegengesetzten Richtung im vierten Stockwerk.

Freudlos betrachtete ich die unzähligen Schüler, die zu einer wabernden Masse aus Weiß, Rot und Dunkelgrün geworden waren, und verschränkte die Arme vor der Brust. »Mein Schließfach kann ich auch nachher aufsuchen. Beugen wir uns der Menge.«

Gefangen in dem Strom aus Körpern fiel es mir jedoch schwer, nicht die Beherrschung zu verlieren und dem Verlangen nachzugeben, mich umzudrehen und in den vierten Stock, oder noch besser, gleich auf das Dach zu flüchten, aber mein neuer Babysitter lief hinter mir und nahm mir diese Möglichkeit, ohne es zu wissen.

Mit zusammengebissenen Zähnen und meinen mentalen Mauern im Anschlag, gelang es mir, das zweite Stockwerk ohne Zwischenfälle zu erreichen. Einmal abgesehen von dem kalten Schweiß, der mir auf meiner erhitzten Haut den Rücken hinunterlief, und dem Kribbeln in meinem Inneren, als stünde ich kurz vor einer Verwandlung.

Dieser ewige Körperkontakt war wirklich ein Problem, über das ich mit meinem Vater sprechen musste, Auftrag hin oder her. Das konnte ganz einfach nicht normal sein.

Ich entspannte mich merklich, als mich Annie auf einen schmaleren Seitengang lotste und dort auf eine kleine Gruppe von zwei Mädchen und einem Jungen in ihrem Alter zuschob. Grinsend hob sie die Hand und stellte mich förmlich vor.

»Leute, das ist Elyanor Edenmore, mein Schützling«, verkündete sie und präsentierte mich wie ihr neues Haustier, was mich das Gesicht verziehen ließ.

Die drei musterten mich wenige Sekundenbruchteile, dann lächelten sie unisono zwischen Annie und mir hin und her.

»Lya ist besser«, hörte ich mich sagen und verlagerte mein Gewicht auf mein linkes Standbein.

Der Junge, der gut und gerne etwas weniger Essen und dafür mehr Bewegung vertragen könnte, trat vor und hielt mir seine Hand hin, an dessen Gelenk unzählige bunte Bänder hingen. Ich begegnete seinen braunen Augen, die hinter eckigen Brillengläsern in einem runden Gesicht lagen, das von dichtem, schwarzem Haar eingerahmt wurde. »Hey Lya, ich bin Zeek und die beiden stummen Fische sind Clara und Maddie.«

Widerwillig überließ ich ihm meine Hand und zog sie beinahe noch im selben Augenblick wieder zurück. Der kurze Blick auf sein Innerstes hatte mir gereicht.

Besagte Fische grinsten noch breiter und verpassten Zeek jeweils einen Hieb in die Seite.

Die braunhaarige Maddie war für ein Mädchen ziemlich groß und dementsprechend schlank, ihre Arme und Beine schienen ein wenig zu lang für ihren Körper und ich war mir ziemlich sicher, dass sie sogar Roy überragen würde und der war im Gegensatz zu mir ein echter Riese.

Clara war in etwa einen halben Kopf kleiner als ich und stand mit ihrer Körpergröße und ihren hellen Haaren in starkem Kontrast zu der dunkelhäutigen Maddie. Ihre grünlichen Augen wirkten durch die großen runden Gläser ihrer Brille viel zu groß für ihr zartes Gesicht, aber sie hatte ein schiefes Grinsen, das mir irgendwie gefiel. Mensch hin oder her.

»Ich glaube, du hast mit Maddie Biologie und mit Clara und mir später Mathematik. Falls du so einen nerdigen Mist wie Informatik oder Computerwissenschaften gewählt hast, triffst du dort Zeek. Hast du so etwas gewählt?« Annie sah mich von der Seite an und betrachtete mich abschätzend.

Meine Fähigkeiten in Sachen menschlicher Technik reichten gerade so weit, dass ich wusste, wie man einen Laptop hochfährt und etwas im Internet sucht, aber das war es dann auch schon. In meiner Heimat gab es nichts Derartiges, und ehrlich gesagt, habe ich es auch nie vermisst, jemandem über ein Handy zu schreiben, wo ich mich gerade aufhielt, oder der Menschheit mittzuteilen, was ich gerade tat – oder aß.

»Nicht das ich wüsste«, gab ich zurück und setzte mich gemeinsam mit ihren Freunden in Bewegung. Glücklicherweise war die Drängelzeit offensichtlich beendet und man konnte wieder einen Fuß vor den anderen setzen, ohne fürchten zu müssen, jederzeit zertrampelt zu werden.

Vorsichtig ließ ich meine Mauern ein kleines Stück herunter und atmete erleichtert auf.

»Sag mal, wohnst du hier im Internat?« Clara drehte sich zu Annie und mir um und lächelte mich aufmunternd an.

Ich schüttelte den Kopf. »Nein, ich lebe mit meinem Bruder in der Nähe vom Hyde Park.«

Nun wandte sich auch Maddie um. »Dann verpasst du ja den ganzen Spaß.« Ich musste sie ziemlich verständnislos angesehen haben, denn sie fügte mit einem geduldigen Unterton eine genauere Erläuterung an. »Diese Schule und das Internat mögen zwar wie der größte Spießerschuppen erscheinen, aber hier werden die besten Partys gefeiert, die du dir vorstellen kannst, und wir haben ziemlich geile Locations dafür.«

Bei dem Wort »Partys« begann es in meinen Ohren zu schrillen und eine kleine, fiese Stimme, die extrem nach meinem ältesten Bruder Xaver klang, begann mich daran zu erinnern, wieso ich meine Zulassung immer noch nicht hatte und jetzt hier in London hocken musste – mit einem Babysitter.

Zu Hause war es an der Tagesordnung gewesen, dass Reena, mein älterer Bruder Avan und eine ganze Reihe meiner engsten Freunde einen Haufen Mist verzapften, wozu auch unsere Partys gehörten, die wir meistens an Orten feierten, an denen wir absolut nichts verloren hatten und wo wir mit Dads *Gästen* spielten.

Ich schüttelte kaum merklich den Kopf und hob den Blick. Vor uns breitete sich ein Meer aus Tischen, Stühlen, langen Buffetreihen und Schülern, die einen unglaublichen Lärmpegel verursachten, aus.

»Und da sollen wir jetzt auch noch rein?«, fragte ich und verschränkte die Arme vor der Brust.

Zeek stupste mich an – wenn er seinen Finger behalten wollte, sollte er das in Zukunft wirklich lassen – und machte eine ausladende Geste. »Da ist noch massig Platz. Solltest es mal sehen, wenn die Fünftklässler wieder da sind.«

Wirklich, ich konnte mir beim besten Willen nicht vorstellen, wie hier auch nur drei weitere Menschen essen sollten, aber gut.

Zielstrebig führte uns Maddie durch das Gewusel an einen winzigen runden Tisch in der hintersten Ecke der riesigen Cafeteria und ich erkannte ziemlich schnell, dass es hier eine gewisse Hackordnung gab. Die jüngsten Schüler saßen am weitesten von der Essensausgabe entfernt, je höher die Jahrgangsstufe, die man besuchte, desto näher rückten die VIP-Plätze, wie Clara sie nannte. An einem zentralen Tisch nahe dem Obstbuffet entdeckte ich Leila und ihre Clique. Das mussten dann wohl die absoluten VIP-Plätze sein.

»Ihr könnt vorgehen, Mädels, ich halte den Tisch frei«, bot Zeek an und ließ sich auf einen der Stühle fallen, wo er fast zeitgleich mit seinem Rucksack aufkam, den er zu Boden gleiten ließ.

Clara und Maddie trennten sich rasch von Annie und mir und steuerten das kalte Buffet an, während mich Annie beharrlich zu der Essensausgabe für warme Mahlzeiten schob.

»Hast du deinen Ausweis zur Hand?«

Dämlich grinsend hielt ich ihn vor ihre Stupsnase und steckte ihn genauso schnell wieder in die Tasche meines Rocks.

»Damit zahlst du. Die Rechnung wird am Ende des Monats an deine Eltern geschickt und beglichen. Da vorne sind die Tabletts, tu dir einfach alles auf, was du willst, und geh dann zu einer der beiden Frauen da hinten, die scannen alles ein. Treffen wir uns dort?«

Ich nickte und nahm das Tablett, das sie mir entgegenhielt,

und stellte mich an der kürzesten Schlange an, in der Hoffnung, dort etwas Essbares zu ergattern, während mein Babysitter in dem Gewusel links von mir verschwand.

Wenn ich mich so umsah und die einzelnen Gruppen um mich herum betrachtete, hatte diese Schule doch eine ganze Menge gemeinsam mit der bei mir zu Hause. Bis auf die offensichtlich ausbleibenden Kämpfe, Feuereinlagen und fliegenden Gegenstände gab es hier genauso diejenigen, die bewunderten, und diejenigen, die bewundert wurden.

Es lag ein Surren in der Luft, das von all den Gedanken kam, die in den Köpfen der Schüler herumspukten, und ich fragte mich, warum ich heute so verdammt sensibel für all das war. Unter normalen Umständen konnte ich zwar schon in den Kopf eines Menschen schauen, wenn ich es darauf anlegte, aber sobald ich meine Mauern hochgezogen hatte, hatte ich meine Ruhe. Nur schien diese Ruhe im Augenblick nicht einzukehren.

Ich hob den Blick und versuchte mich auf etwas anderes als das Gemurmel in meinem Kopf zu konzentrieren.

Auch in diesem Teil des Gebäudes gab es gewaltige Fensterfronten, die das graue Tageslicht hereinließen. Unter der bemalten Decke hingen schwere Kronleuchter, deren Kerzen durch elektrisches Licht ersetzt worden waren und dessen unzählige kleine Kristalle Reflexionen durch den Saal schickten. Ich legte den Kopf in den Nacken und folgte mit den Augen einer der Stuckverzierungen – als mich ein spitzer Gegenstand in den Rücken traf und herumfahren ließ. Konfrontiert mit den waldgrünen Augen eines Jungen und seiner überheblichen Miene, die selbst meinen ältesten Bruder hätte vor Neid erblassen lassen, fiel es mir ungewöhnlich schwer, die Bemerkung, die mir auf der Zunge lag, auszusprechen.

»Was ist dein Problem?«

Seine Lippen verzogen sich zu einem schwachen Lächeln, als hätte er mein Zögern bemerkt, und ein wissender Ausdruck huschte für einen Sekundenbruchteil über seine leicht gebräunten Züge. »Die Schlange«, sagte er schlicht und nickte nach vorne. Dabei fielen ihm einige seiner dunkelblonden Wellen in die Stirn, die er sich etwas herrisch, wie ich fand, zurückstrich.

Langsam drehte ich mich wieder nach vorne und bemerkte die große Lücke zwischen mir und meinem Vordermann. Mit ein paar langen Schritten schloss ich auf und umklammerte mein Tablett fester, als ich den Blick in meinem Rücken spürte.

Während sich die Schlange nach und nach gemächlich nach vorne bewegte und ich mich mit jedem Schritt der Wahl, was ich denn essen wollte, näherte, kreisten meine Gedanken um das, was gerade passiert war.

Beziehungsweise eigentlich um das, was *nicht* passiert war.

Es geschah nur äußerst selten, dass ich die Fassung verlor, und meistens brauchte es dazu jemanden vom Kaliber meines Vaters.

Also: Warum in drei Teufels Namen hatte mich der Blick des Jungen derart aus dem Konzept gebracht? Er war ein *Mensch* und gewiss nicht der erste attraktive Junge, der mir über den Weg lief. In meiner Heimat gab es unzählige gut aussehende junge Männer, die diesem Exemplar hier locker das Wasser reichen konnten, und bei keinem von ihnen hatte ich ein Problem damit, ihn in die Hölle zu schicken – im wahrsten Sinne des Wortes.

Ich erreichte eine dickliche Frau hinter der Theke mit schlohweißem Haar und einem schiefen Häubchen darauf.

»Thunfisch oder Bolognese?«

Fragend starrte ich sie an und dann in die beiden großen Töpfe, die dampfend vor ihr standen. Unwillkürlich verzog ich das Gesicht.

»Mädchen, ich habe nicht den ganzen Tag Zeit«, tadelte sie mich mit quäkender Stimme und wedelte drohend mit einer der Suppenkellen. Ich konnte nicht verhindern, dass mir bei dem Geruch ein klein wenig übel wurde.

Eine schlanke Hand, an dessen Ring- und kleinem Finger jeweils ein silberner Ring steckte, schob sich in mein Blickfeld und hielt der Frau meinen Teller hin.

»Bolognese«, sagte der Junge hinter mir ungeduldig und reichte mir feierlich meinen Teller zurück, bevor er sich seinen eigenen füllen ließ und zu allem Überfluss noch, dem Geruch nach, haufenweise Parmesan über den Nudelberg streute.

Ich starrte ihn von der Seite an und dann missmutig auf meine eigene Portion. Das würde ich nie und nimmer runterbekommen.

»Man gewöhnt sich daran«, kommentierte der Junge trocken und zuckte mit den Achseln, während er mich dazu drängte, mich in der Schlange weiterzubewegen. »Und man findet relativ schnell heraus, von welchen Dingen man lieber die Finger lassen sollte. Wirst schon sehen.« Seine Worte klangen wie eine Drohung.

»Weißt du, ich hätte lieber Thunfisch gehabt.« *Was auch immer das genau ist, aber gut.*

Wieder huschte dieses halbe Lächeln über seine Lippen, das weder freundlich noch besonders glücklich wirkte, und trotzdem erschienen seine Augen heller und goldene Sprenkel leuchten darin auf. Beinahe wie die Bäume hier, wenn sich ein seltener Sonnenstrahl in ihren grünen Blättern verfing.

»Das glaube ich nicht. Du hast bei beiden Alternativen aus-gesehen, als würdest du gleich in Ohnmacht fallen, und Bolognese ist das geringere Übel, glaubs mir. Sofern man etwas Warmes im Bauch haben möchte. Sonst steht dir selbstverständlich auch das Salatbuffet zur Verfügung.«

Ich folgte seinem Blick zu einer Theke, an der sich die Mädchen förmlich stapelten. Unwillkürlich schüttelte ich den Kopf. Was hatten diese Menschen nur immer mit ihren Essgewohnheiten? In meiner kurzen Zeit hier oben hatte ich immer nur Personen gesehen, die entweder ungesund dick waren oder viel zu dünn, sodass selbst der kleinste Windhauch sie vernichtend schlagen würde.

»Das denke ich mir auch immer«, sagte der Junge leise, als hätte er meine Gedanken gelesen, und gab mir wieder einen kleinen Schubs nach vorne.

Ich bedachte ihn mit einem warnenden Blick, der ihn nicht im Entferntesten zu beeindrucken oder gar zu interessieren schien. Als würde er mich nicht bemerken, griff er nach einem Apfel, wobei er sich gefährlich nah zu mir herüberbeugte und ich mir einbildete, seinen ungewöhnlich kühlen Atem auf meiner Haut zu spüren, der mir einen Schauer verursachte.

Mir kam ein leises Keuchen über die Lippen, als seine Finger meine Hand streiften und dabei ein stechender Schmerz durch meinen Körper glitt, als würde er durch Butter schneiden.

Instinktiv wich ich etwas zurück und brachte sofort Abstand zwischen ihn und mich. Ohne zu zögern, riss ich meine Mauern hoch und verstärkte sie doppelt und dreifach.

Auch wenn sonst Verlass auf mein inneres Abwehrsystem war, heute vertraute ich ihm nicht besonders und wollte nichts riskieren. Für den heutigen Tag hatte ich genug von irgendwelchen Energiewellen, die mich trafen, weil ich meine Mauern nicht im Griff hatte, und ich war nicht unbedingt scharf darauf, wieder von einer Welle der Empfindungen und Gedanken überrollt zu werden, geschweige denn von irgendwelchen Schmerzen, wann immer ich einem Menschen zu nahe kam.

Nach einer gefühlten Ewigkeit, in der ich angestrengt versuchte, auf keinen der stechenden Blicke in meinem Rücken zu reagieren, erreichte ich endlich eine der beiden Frauen, die mechanisch das Essen auf meinem Tablett einscannte und mich dann mit monotoner Stimme aufforderte, meinen Aufweis auf den Sensor zu legen.

Ohne mich noch einmal umzudrehen, marschierte ich schnurstracks auf den Tisch zu, an dem Zeek und Clara bereits warteten.

Kapitel 2

Annie stupste mich an, als das Schellen aus den Lautsprechern das Ende des Schultags verkündete, und packte ihre Sachen zusammen. »Ich kann es immer noch nicht fassen, dass du mit Zayden gesprochen hast und es nicht einmal bemerkt hast.«

Keine Ahnung, was genau ich ihrer Meinung nach hätte merken sollen, einmal abgesehen von den bohrenden Kopfschmerzen, die sich nach unserer kurzen Berührung in meinem Schädel eingestellt hatten. Seitdem hatte ich es kategorisch vermieden, auch nur in die Nähe von irgendjemand anderem zu kommen. Ich war wirklich froh, dass dieser Horror für heute ein Ende hatte. Womöglich könnte ich Dad oder zumindest Roy davon überzeugen, mich nicht länger zu zwingen, in diese Schule zu gehen.

Annies Augen hafteten auf mir, während ich das wenige, das ich zur Geschichtsstunde ausgepackt hatte, in meine Tasche schob. Ich musste ihr wirklich zugutehalten, dass sie erst jetzt damit anfing und nicht schon am Mittagstisch, als ich mit dem Brummen in meinem Kopf beschäftigt war.

Immerhin hatte ich jetzt einen Namen. Der Typ, der mich beim Essen bevormundet und einen Kurzschluss meiner Systeme verursacht hatte, hieß also Zayden, und dem Tonfall nach, in dem Annie über ihn sprach, musste er irgendetwas ganz *Besonderes* sein.

»Ich habe keinen blassen Schimmer, was du meinst, Annie.« Seufzend zog ich mir den Gurt meiner Tasche über die Schulter und atmete hörbar aus.

Gemeinsam verließen wir das Klassenzimmer im fünften Stockwerk und begaben uns – wieder einmal – in das Gedrängel auf dem Gang. Dem Mahlstrom aus Schülern nach zu urteilen, der sich unaufhörlich nach unten bewegte, war ich nicht die Einzige, die es kaum erwarten konnte, endlich hier rauszukommen.

»Ich habe dir heute Morgen von Leila und ihren Jungs erzählt. Zayden ist einer von den beiden. Und nachdem sie dich vorhin mit ihm gesehen hat, wie er mehr als ein Wort mit dir gewechselt hat, was total untypisch für ihn ist, bist du auf ihrer Feindesliste ganz nach oben gerutscht.«

Mühsam wich ich einer Hand aus, die mich beinahe am Arm erwischt hätte, und zog eine Augenbraue hoch, während ich versuchte, meine mentalen Mauern gegen den Ansturm um mich herum zu stärken.

»Annie, du kannst dir gar nicht vorstellen, wie herzlich egal mir das ist. *Zayden* ist mir blöd gekommen, ich habe ihn darauf hingewiesen und Ende der Geschichte.«

Das Erdgeschoss kam in Sicht und damit auch die große Tür, die die Schüler in die Freiheit entließ. Beinahe hätte ich laut aufgeseufzt, als wir nach draußen traten und die kühle Herbstluft über meine warme Haut strich, während sich die Schüler um uns herum in alle Himmelsrichtungen zerstreuten.

»Mir musst du das nicht sagen, Schwester.« Sie zwinkerte mir zu. »Also, das Internat ist auf der anderen Straßenseite. Was ist mit dir? Nimmst du die U-Bahn?«

Ich setzte zu einer Antwort an, als ein ganz anderer Sensor in meinem Inneren ansprang und mich das Gesicht verziehen ließ.

»Luzi!«, rief eine mir nur zu bekannte Stimme und dann

stand er auch schon neben mir. Schwarze Haare, die ihm bis zum Kinn fielen, hellbraune Augen, die beinahe die Farbe von Karamell hatten, und breite Schultern, über denen jetzt eine dunkle Lederjacke lag. »Na, wie war die *Schule*?«

Annie blinzelte und schaute ein paar Mal überrascht von Roy zu mir und zurück. Okay, vielleicht war die Erklärung, er wäre mein Bruder, nicht besonders klug gewählt.

»Annie, das ist Royath, mein Halbbruder. Roy, das ist Annie.«

Roy leckte sich über die Lippe und deutete eine halbe Verbeugung an, was Annies Wangen prompt erröten ließ. Dieses Mal unterdrückte ich mein Augenrollen nicht.

»Es freut mich, dich kennenzulernen, Annie«, antwortete er charmant und setzte ein anzügliches Zwinkern hinterher, das bei mir das Verlangen auslöste, ihm eine zu klatschen.

»Was machst du hier?«, unterbrach ich sein peinliches Getue und rammte ihm meinen Ellenbogen in die Seite, in der Hoffnung, irgendeine Wirkung zu erzielen. Ergebnislos.

»Ich dachte mir, ich hole mein Schwesterchen nach ihrem ersten Schultag ab. Es gibt eine ganze Menge Leute, die sich darüber freuen würden, Luzifer.«

Ich warf ihm einen warnenden Blick zu und wandte mich an Annie. »Entschuldige meinen etwas minderbemittelten Bruder. Er ist als Kind ein paar Mal zu oft auf den Kopf gefallen. Also, wir sehen uns morgen?«

Verdutzt nickte Annie und winkte uns hinterher, als Royath seinen Arm um meine Schultern legte und mich bestimmt zu seinem schwarzen Motorrad zog, das er sich gleich zu Beginn unseres Aufenthalts in London gekauft hatte. Es passte zu ihm, keine Frage, und neben der Botanik, die er auf unserer Dachterrasse für sich entdeckt hatte, schien das seine zweite große Leidenschaft in seinem Leben unter den Menschen zu sein.

»Mal ehrlich, Luzi, wie lief es heute? Hast du jemanden gegrillt?« Er stupste mich an und drückte meine Schultern fester.

Sosehr ich es auch schätzte, jemanden zu berühren, ohne dabei das Gefühl zu haben, mir würde jeden Moment der Schädel platzen, begann mir Roy mit seiner komischen Haltung wirklich auf den Geist zu gehen. Hastig befreite ich mich aus seinem Arm und ging einen Schritt zur Seite.

»Ich werde diese Schule nicht länger besuchen, Royath. Du magst vielleicht für mich verantwortlich sein, aber vergiss dabei nicht, *wer* ich bin.«

Er blieb stehen und sah mir direkt in die Augen. »Ich hoffe, dir ist bewusst, dass ich das niemals vergessen könnte, Lya. Und auch wenn es vielleicht eines Tages einmal so sein wird, dass du mir sagst, was ich zu tun und zu lassen habe, im Augenblick gibt mir dein lieber Daddy meine Anweisungen und an diese halte ich mich auch.«

Knurrend nahm ich den Helm entgegen, den er mir hinhielt. Ich verabscheute es, wenn Royath mit mir sprach, als wäre ich ein kleines Kind, das sich dumm anstellt.

»Dann übernimmst du die Verantwortung, wenn ich mich da drinnen vor versammelter Mannschaft verwandle, weil mein Schädel platzt, und damit unsere Sache auffliegt!«, warf ich ihm entgegen und drückte meine Tasche in seine Hände, um mich auf das Motorrad zu setzen.

Roys Hand schoss vor und hielt mich am Oberarm zurück. »Was meinst du damit, dass dein Schädel platzt?«

Ich fuhr meinen rasenden Atem etwas herunter und schüttelte den Kopf. »Die vielen Menschen und ihre Gedanken und

Berührungen. Es ist, als würden sie meine Mauern einrennen. Ich habe keine Ahnung, wie lange ich das aushalte, und das heute war erst der erste Tag.«

Ein nachdenklicher Ausdruck erschien auf Royaths Zügen, der mich beunruhigte. Roy nahm so gut wie nie seine überhebliche, sarkastische Maske ab, außer irgendetwas stimmte absolut nicht.

Als er nichts sagte, trat ich näher an ihn heran. »Was verschweigst du mir?«

Er schüttelte den Kopf, als würde er das, was in ihm vorging, verscheuchen, und zauberte wieder sein schiefes Grinsen auf sein Gesicht. »Nichts, Prinzessin. Ich fürchte, du warst ein bisschen zu naiv und hast bisher geglaubt, du wärst dem hier oben gewachsen. Vielleicht sollten wir trainieren.«

Ich hob die Augenbrauen und zeigte drohend mit dem Finger auf ihn. »Wenn das, was in deinem kranken Kopf vor sich geht, etwas mit mir zu tun hat, dann spuck es aus, Royath.«

Lächelnd nahm er meinen Finger und klappte ihn wieder ein, dann umschloss er meine Hand, hauchte einen Kuss darauf und sah mir eindringlich in die Augen. Ohne zu zögern, entriss ich ihm meine Hand.

»Elyanor, mach dir keine Gedanken, okay? Wir arbeiten an deiner Abwehr und du wirst sehen, das nächste Mal spürst du nur noch das, was du spüren möchtest.« Seine ernsthafte Miene löste sich auf und wechselte erneut zu dem für ihn so typischen, anzüglichen Grinsen.

Ohne ein weiteres Wort stieg ich auf die Maschine und wartete mehr oder weniger geduldig darauf, dass sich Roy fing, meine Tasche umhängte und vor mir Platz nahm.

»Wie du meinst, Prinzessin.« Anmutig schwang er sein Bein über den Sattel und rückte so nah an mich heran, dass sich seine gesamte Rückseite an meine Vorderseite presste und ich jede einzelne Bewegung von ihm spürte.

Typisch Roy. Auch wenn Royath und ich die meiste Zeit über stritten, uns gegenseitig aufzogen oder miteinander kämpften, konnten wir beide nicht abstreiten, dass es eine tiefere Verbindung zwischen uns gab. Meine Mutter hatte mir einmal geschrieben, dass es für jeden ein Gegenstück gab, das so verschieden von dem eigenen Wesen war, von dem man aber instinktiv sofort wusste, dass es zu einem gehörte.

Ich würde nicht so weit gehen zu sagen, ich wäre in Royath verliebt, aber uns verband etwas und vielleicht war er das Gegenstück, von dem Mum in ihrem Brief geschrieben hatte.

»Gut festhalten, Luzifer, nicht, dass ich dich von der Straße aufwischen muss.«

Gut, vielleicht war er es auch nicht.

Mit einem schiefen Grinsen schlang ich die Arme um Roys muskulösen Oberkörper und genoss die Tatsache, dass er exakt dieselbe übermenschlich hohe Körpertemperatur besaß wie alle meiner Art. Ein kleines Stück Vertrautheit in diesem Dschungel aus ungewohnten Eindrücken.

Mit einem Ruck erwachte das Motorrad unter Roys Händen zum Leben und begann wie einer unserer Hunde zu brummen, wenn sie um etwas zu essen bettelten. Erst gemütlich, dann zunehmend schneller setzte Roy die Maschine in Bewegung.

Ein bekanntes Kribbeln meldete sich in meinem Rücken und ließ mich zu dem imposanten Schulgebäude zurückschauen. Zayden lehnte an einem der Pfeiler, die den Eingang einrahmten, und erwiderte meinen Blick aus dunkelgrünen Augen. Ein Schauer huschte meinen Nacken hinab, wodurch die kleinen Härchen auf meinem gesamten Körper sich aufstellten.

Schnell drückte ich mich wieder an Roy. Dieser gab Gas und die Schule und Zayden verschwanden aus meinem Blickfeld.

Ich atmete auf.

London war so ganz anders, als die Welt, der ich entstammte, und ich konnte nicht leugnen, dass ich trotz der Schwierigkeiten Gefallen an dieser Stadt fand.

Während Roy sich durch den beginnenden Londoner Feierabendverkehr schlängelte, saugte ich die sich ständig wechselnden Bilder um uns herum wie ein Schwamm auf. Hochmoderne Bauten aus Glas und Stahl, die ich in dieser Form noch nie gesehen hatte, wechselten sich in stetem Rhythmus mit alten Bauten ab, die schon eher denen bei mir zu Hause ähnelten. Ich bewunderte die viele roten Busse, die durch die engen Straßen fuhren, die vielen Menschen, die irgendwelche Besorgungen erledigten, ohne sich um das große Ganze zu scheren.

An einer roten Ampel wandte sich Roy zu mir um. »Kleine Spritztour gefällig oder musst du Hausaufgaben machen?«

Als Antwort legte ich ihm einen meiner Zeigefinger auf den schmalen Streifen nackter Haut in seinem Nacken und schickte etwas Energie hindurch, sodass Royath vor mir kurz zusammenzuckte. Zufrieden hielt ich mich wieder an ihm fest, als er anfuhr.

Merkwürdigerweise fühlte ich mich mit jedem Meter, den wir zwischen uns und das College brachten, besser. Ich konnte freier atmen, mein Kopf wurde klarer und meine Energie war wieder in den Schranken, in die ich sie wies.

Wir fuhren unter einer Eisenbahnbrücke durch, dann erschien vor uns der *Tower of London*, in den mich mein Aufpasser am ersten Tag hier in London geschleppt hatte, um – ich zitiere – *das Flair von zu Hause* auch hier zu spüren. Bei dem Gedanken daran verdrehte ich die Augen.

Auch jetzt wimmelte es hier nur so von Touristen, die diesen Pflichtpunkt auf ihrer London-to-do-Liste abhaken und weiterschlendern wollten. Dabei war ich mir ziemlich sicher, dass keiner von ihnen das eigentliche Highlight des Towers zu sehen bekam. Das, was Menschen seit Jahrhunderten über den Tower erzählten, nämlich, dass er die Hölle auf Erden war, trug einen wahren Kern in sich.

Tief unter dem *White Tower* befand sich tatsächlich eines der wenigen *Tore zur Hölle*, wenn man sie denn so dramatisch bezeichnen mochte. Ich bevorzugte doch eher *Hades* als Namen für meine Heimat.

Wir umrundeten den Tower und hielten auf die *Tower Bridge* zu, die in den wenigen Wochen meiner Zeit in dieser Stadt mein Lieblingsort geworden war. Wenn man nachts oben auf einem der Türme saß, hatte man eine gigantische Aussicht über das glitzernde Wasser der Themse, das sich in beide Richtungen erstreckte.

Gut möglich, dass ich heute Nacht wieder in den Genuss kommen würde.

Royath schaltete noch einen Gang höher, schob sich zwischen zwei LKWs durch und raste auf die Brücke. Ohne loszulassen, legte ich den Kopf in den Nacken und starrte zu den Gängen hoch, die die beiden Türme miteinander verbanden. Der Geruch nach Salz, Fisch und Wasser drang mir in die Nase, als wir die Mitte erreichten und schließlich auf der anderen Uferseite aufsetzten.

Das Apartment, das ich mit Royath bewohnte, befand sich direkt am Hyde Park. Mein Vater hatte es sich nicht nehmen lassen, seiner einzigen Tochter, die er mehr oder weniger nur ungern diese Mission hatte antreten lassen, den Aufenthalt so angenehm wie möglich zu gestalten. Und so bewohnten wir, dank Daddys Beziehungen, ein Fünf-Zimmer-Penthouse im obersten Stockwerk des *Royal Park Hotels*, was zwar absolut unnötig und übertrieben, aber dennoch mit dem einen oder anderen Vorteil verknüpft war.

Als wir den *St. James Park* passiert hatten und nun nach Norden abbogen, tippte ich Roy auf die Schulter. »Setzt du mich da vorne ab? Ich brauche noch eines von diesen Kaffee-Zeugs-Getränken, die die da mixen.«

Royaths Lachen wehte zu mir. »Du weißt schon, dass es bei uns im Apartment auch eine Kaffeemaschine gibt?«

»Ja«, erwiderte ich knurrend, »aber nicht *so* einen Kaffee.« Ich hatte tatsächlich in den wenigen Tagen, die wir nun hier waren, eine meiner bisher unbekannten Schwächen entdeckt: Kaffee.

»Wie du wünschst«, kam als Antwort, dann blieb er auf dem Seitenstreifen stehen, ließ mich absteigen und überreichte mir meine Tasche. »Bis gleich, Luzi.« Mit quietschenden Reifen fuhr er an und fädelte sich wieder nahtlos in den zunehmend dichter werdenden Verkehr Londons ein.

Ich setzte mich in Bewegung in Richtung des kleinen Cafés, das an der Ecke des Hyde Parks lag, bevor es in die hoffnungslos überfüllte Oxford Street ging, die ich kategorisch vermied.

Die beiden großen Fenster, durch die man einen ersten Eindruck vom Inneren bekam, waren an den Rändern beschlagen und wie immer saßen einige Gäste auf den Fensterbänken, die mit Polstern zu gemütlichen Bänken umgestaltet worden waren.

Ich stieg die eine Stufe zu der schmalen Tür hoch und trat ein, wobei eine kleine Klingel wie verrückt zu bimmeln begann und meine Ankunft ankündigte.

Drinnen war es warm, es roch wunderbar nach Kaffee, Gewürzen und frischem Kuchen, der in einer Vitrine präsentiert wurde. An den vielen unterschiedlichen Tischchen saßen die verschiedensten Leute und unterhielten sich bei einer Tasse Kaffee über Gott und die Welt.

An der Kasse entdeckte ich Judy, die hier regelmäßig jobbte und für ihr Studium in Wellington sparte – hatte sie mir alles bis ins kleinste Detail erzählt, als ich einfach nur einen Latte hatte trinken wollen, aber gut.

Judy winkte kurz, als sie mich sah, und widmete sich wieder ihrem Kunden, der sich anscheinend nicht so recht entscheiden konnte.

Ich steckte die Hände in die Rocktaschen und überflog das Angebot, obwohl ich längst wusste, was ich wollte.

»Hi, Lya. Wie geht es dir? Hattest du nicht heute deinen ersten Tag am KA College?«

Schön, dass hier jeder wusste, was ich den ganzen Tag so trieb. Wollte ich wirklich hier oben einmal meinem Job nachgehen, müsste ich definitiv an meiner Unsichtbarkeit arbeiten.

»Hat schon gepasst«, gab ich schulterzuckend zurück und legte meine Hände auf den Tresen. »Das Übliche, bitte.«

Ein Lächeln huschte über ihre asiatischen Züge, dann gab sie die Bestellung auch schon weiter. »Ist gleich fertig, mach es dir doch so lange bequem.«

Etwas unschlüssig schlenderte ich vor der Theke auf und ab und betrachtete die Tassen, Gläser und Schürzen mit dem

Café-Logo, auf die sich die Touristen so gerne stürzten, wenn sie nach einem Souvenir suchten.

Mein Blick flog zu einem der großen Fenster. Der Himmel hatte sich inzwischen noch weiter zugezogen und die Wolken bauschten sich bedrohlich in dunklen Grautönen am Himmel auf. Hoffentlich würde ich es noch halbwegs trocken nach Hause schaffen. Wie gesagt, Wasser war nicht so mein Ding.

»So, hier ist er. Einmal *Salted Caramel Latte Macchiato* für dich«, riss mich Judy aus meinen Gedanken und hielt mir den Becher hin, auf den sie meinen Namen geschrieben und daneben einen Smiley mit Herzchenaugen gemalt hatte. Oh Mann.

»Danke Judy, bis bald!«, verabschiedete ich mich, bevor sie mich in ein erneutes Gespräch verwickeln konnte, und trat aus der warmen, kaffeegeschwängerten Luft nach draußen in den frischen Wind – und stieß dabei prompt gegen eine Person.

»Verflucht«, murmelte ich und riss gerade noch rechtzeitig meinen Kaffeebecher außer Reichweite, als ich auf das Hindernis traf und mich eine schmerzhafte Welle von Energie umhaute. Keuchend zog ich meine mentalen Mauern hoch und wich zurück, bis meine Füße gegen die Stufe hinter mir prallten und mir mein Gleichgewicht raubten.

Eine starke, kühle Hand griff nach meinem Ärmel und zog mich wieder auf die Beine, wo ich kaum einen halben Meter vor meinem Hindernis zum Stehen kam.

»Ist alles okay mit dir?«, fragte eine tiefe Stimme, die vor meinen Augen dunkle Blautöne explodieren ließ.

Ich biss die Zähne zusammen, um auch die letzten Reste des Summens, das sie in mir auslöste, zu unterdrücken und schaute auf.

Die grünen Augen, die mich eindringlich musterten, kamen mir bekannt vor, aber das Gesicht war ein anderes, auch wenn eine gewisse Ähnlichkeit bestand. Der Kerl vor mir war ein kleines Stück größer, seine Haare ein wenig heller und seine ganze Haltung etwas drohender, trotz seiner klaren, kantigen Züge.

Als hätte er meine Gedanken gelesen, hob sich einer seiner Mundwinkel. »Ich kenne diesen Ausdruck. Vermutlich hast du meinen Bruder kennengelernt. Zayden. Ich bin Lennox, sein älterer Bruder.«

Na, super, es gab also zwei von denen. Ich verwettete meine beiden Flügel darauf, dass das hier Junge Nummer zwei auf Leilas Liste war.

»Schön«, sagte ich schlicht, nahm einen Schluck von meinem heißen Kaffee und nickte ihm zum Abschied zu. Ich konnte nicht genau einordnen, was es war, vermutlich ein innerer Instinkt, aber sowohl bei Lennox also auch bei Zayden schlug mein inneres System Alarm, und normalerweise irrte ich mich selten in solchen Angelegenheiten.

Auch wenn es mich trotz allem wunderte. Die beiden waren keine Dämonen, das hätte ich sofort gespürt, und von einem Menschen ging, zumindest für mich, wenig Gefahr aus – solange er keinen Wasserschlauch auf mich richtete. Kaum merklich schüttelte ich den Kopf und wandte mich ab.

»Du hast mir deinen Namen nicht gesagt.«

Ohne mich umzudrehen, verdrehte ich die Augen. Meine Güte, hatte der nichts Besseres zu tun? Langsam drehte ich mich um und wischte mir einige helle Strähnen, die der Wind in mein Gesicht wehte, zur Seite. »Womöglich hat das ja einen Grund, *Lennox*.«

Seine Miene kühlte um einige Grad ab, dann neigte er den Kopf. »Womöglich«, antwortete er leise und beobachtete, wie ich kehrtmachte und rasch die Straßenseite wechselte.

In einer Sache waren sich diese beiden Jungs verdammt ähnlich. Ihre Blicke brannten in meinem Rücken und das wollte schon etwas heißen.

Ich zog die Schultern hoch und tauchte in den Hyde Park ein, um endlich aus der Schusslinie von Lennox und seinen verfluchten grünen Augen zu kommen. Der helle Kies knirschte unter meinen Schritten, als ich mich rechts hielt und einen Seitenweg einschlug, der direkt aus der Anlage hinaus zum Park Hotel führte.

Vielleicht hatte Royath ja wirklich einmal recht und ich musste an meiner Abwehr arbeiten, um solche Reaktionen wie eben zu vermeiden. Noch immer brannte mein Inneres und rollte sich zusammen wie ein geschlagener Hund.

Vermutlich war ich einfach noch nicht genug an diese Begegnungen gewöhnt. Für meinen Babysitter war es nicht das erste Mal hier oben. Er hatte seine Lizenz schon seit Jahrzehnten und mittlerweile war die Erde sein zweites Zuhause geworden.

Ich lief an einer Gruppe von Schülern vorbei, die mehr oder weniger interessiert zwei Lehrern hinterherliefen, und spürte, jetzt da meine Mauern oben waren, nicht das Geringste. Kein Summen, keine Gedanken und keine merkwürdige Energie, die auf mich zuschoss. Meine mentalen Barrieren hielten ohne Problem und schirmten mich von allem ab, was in der Luft um mich herumschwirrte.

Seufzend fuhr ich mir über das Gesicht, nahm einen weiteren Schluck von meinem Kaffee und genoss das Gefühl, das die Hitze in meinem Magen, kombiniert mit dem Koffein und Zucker, auslöste. Wenn ich wieder zu Hause war, musste ich dort unbedingt auch so ein Café eröffnen.

Ich trat aus dem Park und blieb vor dem eindrucksvollen

viktorianischen Gebäude stehen, das das *Royal Park Hotel* beherbergte. Das helle Gebäude mit den unzähligen verzierten Fenstern und den beiden Türmchen an den Ecken fügte sich architektonisch in die Reihenhäuser ein, die die gegenüberliegende Straßenseite säumten. Eine ausladende Treppe mit dunklem Eisengeländer und schwarz-weißen Fliesen führte die Gäste über einen roten Teppich zu der breiten Eingangstür, vor der zu jeder Tages- und Nachtzeit ein Portier in seiner Uniform stand und jeden begrüßte, der an ihm vorüberging.

In goldenen Buchstaben stand der Name des Hotels über der dunkelgrünen Markise und vervollständigte damit den luxuriösen Charakter. Auf der Dachterrasse, die zu dem Penthouse im obersten Geschoss gehörte, befand sich sogar ein Gewächshaus im alten Stil, in dem Roy doch tatsächlich seine Leidenschaft für die Gärtnerei entdeckt hatte – ja, es geschahen noch Zeichen und Wunder. Vermutlich hatte er ein Herz für die kleinen grünen Pflanzen, weil das etwas war, was es bei uns zu Hause nicht gab.

Ich straffte mich, lief rasch über die Straße und trat, vorbei an Malcom, der mir die Tür aufhielt, ins Warme.

»Einen schönen guten Tag, Miss Edenmore.« Malcom tippte an seinen Hut und nickte mir lächelnd zu.

Ich nickte ebenfalls. »Den wünsche ich Ihnen auch.«

Der Eingangsbereich des Hotels war ein Meer aus dunklen Grüntönen, pompösem Blattgold und dunklem Marmor. Links von mir befand sich eine gewaltige Sitzecke aus dunkelgrünem Samt mit Cocktailtischen auf goldenen Beinen, auf denen Schalen mich frischem Obst standen. Dem Eingang direkt gegenüber befand sich die lange Rezeption aus schwarzem Marmor, in die verschlungene Muster aus hellem Mamor eingearbeitet waren. In der Mitte der Halle hing ein Kronleuchter von riesigen Ausmaßen, dessen Glühlampen alles in ein goldenes Licht tauchten. Pflanzen in schweren, dunklen Kübeln, die Roy vermutlich genau hätte benennen können, verliehen der Atmosphäre den letzten Schliff.

Mit einigen forschen Schritten durchmaß ich die Halle und hielt mich links, wo sich die zwei Aufzüge mit glänzenden goldenen Türen befanden, und betrat einen von ihnen, um zu unserem Apartment zu gelangen.

Leise, klassische Musik begleitete mich in das achte Obergeschoss, wo ich unvermittelt von lauter, nervtötender Metalmusik begrüßt wurde. Ich verdrehte die Augen – wieder *zu Hause*.

Kapitel 3

Mit einem *Pling* schoben sich die Türen des Aufzugs wieder zu. Am Ende des Flures befand sich die Doppelflügeltür, die zum Penthouse mit der Nummer 19 führte.

Ich hielt mich nicht mit irgendeinem Schlüssel auf, sondern entriegelte die Tür mit einem Blick und wurde von der Lautstärke, die mir entgegenkam, beinahe erschlagen.

Ich folgte dem Krach zu seinem Ursprung, unserem Wohnzimmer – mit breiter Glasfront, von der sich uns eine atemberaubende Aussicht über London und unsere Dachterrasse bot – und Roy, der auf dem ausladenden roten Polstersofa auf dem Rücken lag und mit den Händen in der Luft im Takt auf einem imaginären Schlagzeug herumtrommelte. Einen Moment beobachtete ich ihn dabei, an den Türrahmen gelehnt, wie er mit geschlossenen Augen ganz in diesem Lärm aufging, dann huschten meine Augen zu dem Übeltäter in Form der Musikanlage und ich beendete diesen Krach.

Ruckartig fuhr Roy hoch und starrte mich mit hochgezogener Augenbraue an. »Oh, oh, die Prinzessin ist wieder da.«

Anmutig kam er auf die Beine und lief auf mich zu. Seine schwarze Löcherjeans saß ihm verboten tief auf der Hüfte und machte kaum mehr einen Hehl aus seiner Ausstattung. Als wäre das nötig, ich hatte eh schon alles gesehen, was es bei Roy zu sehen gab.

Diese Verbindung zwischen Roy und mir, von der ich gesprochen hatte, bestand definitiv, und wenn wir beide Lust darauf hatten, dann reizten wir diese Beziehung ein wenig aus. Ohne irgendeine Verpflichtung, wohl aber mit dem Wissen, dass Dad uns umbringen würde, sollte er herausfinden, dass Roy seine kleine Tochter verführte und diese es auch noch willentlich zuließ.

Er blieb mir gegenüber im Türrahmen stehen und betrachtete mich eingehend. »Also, hat der Kaffee geschmeckt?« Er nickte auf meinen Becher.

Ich zuckte die Achseln und meine Gedanken glitten unwillkürlich wieder zu dem stechenden Schmerz, der meinen Körper durchfahren hatte, als ich auf Lennox getroffen war. Hastig verscheuchte ich diese Erinnerung. Mittlerweile war ich an dem Punkt angekommen, an dem ich mir eingestand, dass ich mich dafür schämte, nicht so einfach mit den Gegebenheiten hier oben klarzukommen, und ich würde einen Teufel tun und noch einmal mit Roy darüber sprechen. Ich wusste nur zu genau, wie er reagieren würde, und darauf konnte ich gut und gerne verzichten.

In meiner Schule war ich die Beste gewesen – einer der Gründe, wieso Dad es überhaupt erlaubt hatte, dass ich meine Ausbildung bereits jetzt zu Ende brachte. Und ich würde sie verdammt noch mal auch zu Ende bringen. Das hier war schließlich auch nichts anderes als eine Prüfung, für die man lernen konnte.

Ich winkte ab und ließ meine Tasche zu Boden gleiten. »Ganz hervorragend.«

»Da hat aber jemand schlechte Laune.« Royath heftete sich an meine Fersen, als ich zu der offenen Küche – ein wahres Kunstwerk aus glänzendem Chrom, dunklem Marmor und hellen Fronten – lief und mir ein Glas aus dem Schrank nahm und etwas von dem köstlichen Rotwein einfüllte.

Über den Rand meines Glases hinweg starrte ich Roy an.

»Hast du nichts Besseres zu tun? Irgendetwas musst du doch den ganzen Tag treiben.«

Mit Schwung schnellte er über die Theke hinweg und blieb in der Mitte der Küche vor mir stehen. »Tja, du wüsstest wohl gerne, was ich so mache, während du die Schulbank drückst.«

Ein lüsterner Blick aus seinen goldenen Augen, die beinahe zu leuchten schienen, glitt über meine Schuluniform und seine Lippen verzogen sich anzüglich.

»Ganz ehrlich, nein. Und wenn du auch nur ein Wort über diese Kleidung verlierst, bringe ich dich um.«

Ein grollendes Lachen brach aus ihm hervor, das in ein Fluchen überging, als ich mein leeres Glas nach ihm warf und er sich gerade noch rechtzeitig ducken konnte. Mit einem hohen Klirren zerschlug es auf dem dunklen Holzboden.

»Daneben, Luzi. Außerdem finde ich, dass dir dieses Röckchen ganz wunderbar steht, du siehst richtig niedlich aus.«

Ich hob die Augenbrauen und verschränkte die Arme vor der Brust. »Niedlich?«

Wieder lachte er, dann lief er zurück zu der Couch und ließ sich darauffallen. Vermutlich hatte er in meinen Augen den Wunsch gelesen, ihm die Haut abzuziehen.

»Und falls es dir nicht aufgefallen ist, ich hatte etwas zu tun, bis du gekommen bist und mir meine Musik abgestellt hast«, fuhr er fort und schaffte es, dabei wie ein quengelnder Zweijähriger zu klingen. Dabei war er gute dreihundert Jahre älter als ich (nach Hades-Zeitrechnung, in Menschenjahren wären es vermutlich fünf Jahre Unterschied). Ganz ehrlich, ich hatte keine Ahnung, wieso mein Vater gerade ihn als meinen Aufpasser ausgesucht hatte.

Ich stieß den Atem aus und schlenderte zu ihm rüber, wo ich mich auf der Lehne des Sofas niederließ. Roy hatte die

Augen geschlossen und schien schon wieder irgendetwas zu summen.

Sosehr ich ihn manchmal auch in das Ewige Feuer wünschte (so etwas, wie das Fegefeuer für Dämonen), ich konnte kaum bestreiten, dass er nicht doch eine gewisse Anziehung auf mich ausübte.

Sein schwarzes Shirt war ein Stück hochgerutscht, sodass ein schmaler Streifen der braunen Haut seines durchtrainierten, flachen Bauchs sichtbar wurde. Seine Hände hatte er hinter dem Kopf gefaltet und ich konnte die kleinen Tattoos sehen, die er sich überall auf seine Unterarme hatte tätowieren lassen – für jeden Auftrag hier oben eines. An seinem rechten Handgelenk trug er das breite Lederarmband, in das das Motto seiner Familie eingebrannt war: »*Hic locus est ubi mors docet vivos*« – Hier ist der Ort, wo der Tod die Lebenden lehrt.

Seine schwarzen Haare waren ein Wirrwarr aus dunklen Locken, in denen seine Finger förmlich verschwanden. Auf seiner Brust lag das Amulett, das er von meinem Vater als Auszeichnung für seine außerordentliche Leistung erhalten hatte, als er mir das Leben gerettet hatte. Ich war damals noch sehr klein gewesen, fünf oder sechs Jahre alt. Was damals genau passiert war, daran konnte ich mich nicht mehr erinnern, ich wusste nur, dass sich Royath, ohne zu zögern, zwischen eines der Ungeheuer des Hades und mich geworfen und sich dabei schwer verletzt hatte.

Ich strich kaum merklich über die weiße, lange Narbe an seinem Haaransatz und spürte dabei die Hitze, die von mir auf ihn übersprang und wieder zurückkam. In seinem Blut brannte dasselbe Feuer der Hölle wie in meinem.

Seine Hand schnappte nach meinen Fingern, dann öffnete er das Auge, über dem in der Augenbraue zwei kleine Piercings steckten. Abwartend betrachtete er mich, anscheinend nicht ganz sicher, was er von meinem Betragen halten sollte.

Ich entzog ihm meine Hand und gab ihm eine Kopfnuss.

»Ich ziehe mich um, dann essen wir was. Ich bin am Verhungern.«

»Auf der Website der Schule stand, dass es außerordentlich gutes Essen dort gibt«, antwortete er und öffnete nun auch das zweite Auge.

»Nicht für jemanden wie mich«, grummelte ich und erhob mich von der Lehne. Dann zog ich an dem Haargummi, das meine blonden Haare zusammenhielt, und schüttelte meine Mähne aus. Vermutlich hatte ich jetzt große Ähnlichkeit mit einem Wischmopp, aber es war schließlich nur Roy, der mich so zu sehen bekam.

Royath heftete sich an meine Fersen, bis er mir so nahe war, dass mich sein Geruch umnebelte. Auch wenn es im Hades nicht einen einzigen grünen Baum gab, erinnerte er mich an frischen Waldboden und von sanftem Sommerregen benetztes Gras.

»Was hättet Ihr denn gerne, Prinzessin?«

Ich gab ihm einen Klaps auf seinen harten Bauch und grinste schief. »Du weißt doch, was ich mag.«

Mein Zimmer war ein großer Raum mit hoher Decke, bodentiefen Fenstern mit schweren, dunkelroten Vorhängen davor und einem gewaltigen Himmelbett mit dunkler Bettwäsche. Ich hatte ein eigenes Bad und Ankleidezimmer, die von dem Schlafzimmer abgingen. Rechts von dem Bett stand ein Bücherregal und schräg links vor dem Bett eine Sitzecke aus demselben roten Stoff wie die Vorhänge. Das Zimmer hatte viel Ähnlichkeit mit meinem im Hades, nur dass ich hier auf den grünen Hyde Park schaute, während es zu Hause außer dem orangefarbenen Himmel, dunklen Felsen und unendlicher Sandwüste nicht ganz so viel Abwechslung gab – einmal abgesehen von dem Chaos, das sich Hauptstadt des Hades nannte.

Mit einigen schnellen Bewegungen hatte ich mich aus meiner Schuluniform geschält und zog mir eine dunkle Jogginghose und einen riesigen Pullover von Roy über, den ich auf dem Sofa in meinem Zimmer gefunden hatte. Meine Haare band ich mit zwei Schwüngen zu einem unordentlichen Haarberg auf meinem Kopf zusammen und tapste dann barfuß zurück ins Wohnzimmer, wo Royath gerade die Bestellung an die Rezeption durchgab.

Eines der Dinge, die ich hier liebte, war die Tatsache, dass ich, mal abgesehen von Roy, meine Ruhe hatte. Ich konnte rumlaufen, wie ich wollte, es interessierte keinen, und niemand kam mit irgendwelchen Erwartungen auf mich zu. Hier war ich – auch wenn ich alles andere als ein gewöhnlicher Mensch war – nur eines von vielen Mädchen.

Roy blickte auf und scannte mein Outfit mit mehreren Augenbewegungen, bevor sich seine Lippen zu einem leisen Lächeln verzogen. Natürlich hatte er den Pullover erkannt.

Ich nickte ihm zu, dann trat ich durch eine Glasschiebetür auf die Dachterrasse, auf der Roy liebevoll in unzähligen Töpfen Blumen, Kräuter und kleine Bäume angepflanzt hatte, die nicht den Schutz des Gewächshauses brauchten. Ein herber Geruch nach feuchter Erde, gepaart mit dem Aroma der ganzen anderen Pflanzen stieg mir in die Nase und kitzelte darin. Meine nackten Füße liefen über die kalten Steine, bis ich das Geländer erreichte, und meinen Blick über den Hyde Park und London schweifen ließ. Ein frischer Windstoß erfasste die kürzeren Strähnen, die sich aus meinem Knoten gelöst hatten, und verwirbelte sie vor meinen Augen.

Ehrlich gesagt, hatte ich mir den Abschluss meiner Ausbildung hier oben anders vorgestellt, irgendwie geplanter und stressiger. Jetzt besuchte ich eine Schule, hing ansonsten in London herum und nutzte die Zeit für Sightseeing und fürs Shoppen, dem ich mehr und mehr abgewinnen konnte, während meine Fähigkeiten nach und nach immer mehr in den Hintergrund rückten. Zumindest hatte ich das Gefühl, da ich ja fast den ganzen Tag lang Mensch spielte und mein inneres Wesen unterdrückte.

Und wenn es mich mal in unserem Apartment hielt, vergnügte ich mich mit Royath oder dem Lesen. Selbst während meiner Zeit als kleines Mädchen im Hades hatte ich mehr um die Ohren als jetzt.

Seufzend legte ich meinen Kopf auf meine verschränkten Arme und folgte den Lichtern, die unten winzig klein die Straße entlangglitten. Ich konnte mir einfach nicht vorstellen, dass ich meine Zeit hier oben jetzt mit diesem Mist vergeuden sollte. Da hätte ich lieber im Hades bleiben und dort einer Arbeit nachgehen sollen.

Ruckartig blickte ich auf.

Es machte *Klick* in meinem Kopf.

Womöglich fuhr mein Vater aus einem ganz bestimmten Grund diese Schiene. Würde ich ihm eine Nachricht zukommen lassen, dass ich nach Hause wollte, würde er mich, ohne zu zögern, zurückholen. Schließlich hatte er mich eigentlich gar nicht gehen lassen wollen.

Aber allmählich hatte ich wirklich genug davon, ständig durch die Gegend geschubst zu werden, ohne mitreden zu dürfen.

»Oh nein, lieber Daddy. Du kannst mich mal. Ich bleibe hier und lasse diese verdammte Zeitverschwendung über mich ergehen, ob es dir passt oder nicht«, sagte ich leise und pustete mir eine Strähne aus dem Gesicht.

Eine kühle Böe kam auf. Ich schloss die Augen und genoss den frischen Wind auf meiner warmen Haut. Bisher hatte ich keine Ahnung, wie angenehm und befreiend Kälte sein konnte.

Dämonen – und ich konnte mich stolz zu diesen zählen – froren nicht. In uns brannte eine kleine Version der Hölle, wenn man so wollte, und mein Zuhause war auch nicht gerade die Arktis, sondern eher Death Valley. Aber hier schien es Luft zu geben, die diese Hitze durchbrechen konnte und mich erfrischte. Eine interessante Erfahrung, die mich faszinierte.

Vorsichtig ließ ich meine mentalen Mauern herunter und begrüßte zufrieden die Hitze, die nun ungehindert durch meine Adern rauschte und sich mit der Kälte auf meiner Haut verband. Das erste Mal an diesem Tag erlaubte ich es mir wirklich, frei zu atmen und mein Inneres an die Oberfläche zu lassen.

Die Blätter der Bäume im Park, die zu dieser Jahreszeit in allen Farben leuchteten, raschelten unter mir, als der Wind stärker wurde.

»Nicht, dass du dich noch erkältest.« Roy trat neben mich, eine Tüte in der Hand, die er mir jetzt unter die Nase hielt. Genüsslich verzogen sich meine Lippen.

London hatte es geschafft, mich in kürzester Zeit zu verziehen. Hot Dogs, Pizza, Pommes, aber vor allem hatten es mir Burger angetan.

Grinsend griff ich nach der Tüte und holte einen Cheeseburger heraus. Mir lief das Wasser im Mund zusammen, bis ich endlich hineinbiss und meinen knurrenden Magen besänftigte.

Roy zauberte hinter seinem Rücken eine zweite Tüte hervor und begann ebenfalls zu essen. »Der Ausblick ist nicht schlecht, was?«

Weil mein Mund noch immer voll war, warf ich ihm einen kurzen Seitenblick zu und pflichtete ihm stumm bei. Nun wurden auch seine Haare hoffnungslos vom Wind verwirbelt und glichen dem schwarzen, unendlichen Meer im Hades, dessen Wellen niemals kleiner wurden und jede verzweifelte Seele in kürzester Zeit vernichteten.

»Nur das Beste für Daddys Liebling.«

Schnaubend wandte ich mich ihm zu und verpasste ihm einen Schlag in die Seite. Das schien ihn nicht im Geringsten zu stören. »Ich hasse es, wenn du das sagst.«

Er zuckte die Achseln. »Ist die Wahrheit, Luzifer.«

Das letzte Stück seines Burgers verschwand in seinem Mund und ein zufriedener Ausdruck huschte über seine Züge. Ich begann mich zu fragen, wie es war, wenn man in regelmäßigen Abständen ständig zwischen dem Leben hier und dem Dasein im Hades wechselte. Viele Dinge waren ähnlich und doch lagen wortwörtlich Welten dazwischen.

Ich folgte mit den Augen einem der roten Doppeldeckerbusse, der sich in das Verkehrsgetümmel der Oxford Street einreihte, die an einer Ecke des Hyde Parks begann. Es war mir ein Rätsel, wie man sich freiwillig in dieser Menschenmenge aufhalten konnte, die ständig diese beliebte Shoppingmeile bevölkerte, ohne den Verstand zu verlieren.

»Luzi, erzähl mir doch noch einmal, was genau es mit der Schwäche deiner Abwehr heute auf sich gehabt hat.« Roys

Miene war wieder ernst geworden und seine Stirn leicht gekräuselt. Diese Art an Royath gefiel mir ganz und gar nicht.

Unsicher stützte ich mich auf das Geländer und kaute einen Moment unschlüssig auf meiner Lippe herum. »Ich würde es nicht unbedingt Schwäche nennen. Es war eher so etwas wie ein Kurzschluss.«

Schweigend ruhte Roys Blick auf den Lichtern des Parks, eine Aufforderung an mich, weiterzusprechen.

»Du weißt ich kann die Gedanken der Menschen lesen – vorausgesetzt, ich lasse es zu und stelle mich auf sie ein.« Ich warf ihm einen kurzen Seitenblick zu. Mein Vater hatte mir schon früh geraten, so wenig wie möglich über meine Fähigkeiten zu verlieren. Als Tochter von Beliar waren sie erstaunlich und kaum zu vergleichen mit dem, was ein gewöhnlicher Dämon zu vollbringen vermochte. Roy war eine der wenigen Personen, der ich genug vertraute, um ihm zumindest teilweise zu zeigen, wozu ich fähig sein konnte. »Aber als ich das College betreten habe, war es so, als wäre mir diese Wahl genommen worden. Ich war hochsensibel für alles, was um mich herum in der Luft schwirrte.« Frustriert stieß ich den Atem aus. Es ging mir gewaltig gegen den Strich, wenn ich die Kontrolle über mich verlor, und heute hatte mich dieses Gefühl nicht einmal losgelassen.

Meine Stimme war leiser, als ich fortfuhr. »Manchmal war es bloß das Summen der Gedanken der Menschen um mich herum, das mich nicht in Ruhe ließ, und das kurze Flackern meiner eigenen Energie, wenn ich jemandem zu nahe gekommen bin.«

»Du meinst, dein Innerstes hat den ganzen Tag über reagiert, ohne dass du es aufgefordert hast?«

Ich neigte den Kopf. »So könnte man es ausdrücken. Es

war, als würde fast nichts mehr zwischen meiner Hülle und meinem Wesen stehen. Kein besonders gutes Gefühl, wenn du von unzähligen Fremden umgeben bist und nicht auffliegen willst.« Roy ließ sich meine Worte durch den Kopf gehen und verlagerte sein Gewicht auf das rechte Standbein. »In den letzten Wochen war es zwar nicht unbedingt angenehm, in Kontakt mit anderen Menschen zu kommen, aber ich hatte kein Problem damit, sie auszusperren. Heute hat mich, wann immer ich jemanden berührt habe, ein kleiner Stoß durchfahren. Und manchmal tat es weh.« Den letzten Satz flüsterte ich und schloss die Augen.

Es lag nicht in meiner Persönlichkeit, Schwächen zuzugeben, schon gar nicht vor jemandem wie Roy. Man hatte mir früh eingetrichtert, dass das Verbergen der eigenen Schwächen über Leben und Tod entscheiden konnte, und ich hatte nicht vor, jetzt damit zu beginnen, meine Prinzipien zu ändern.

Royath richtete sich auf und betrachtete mich, als suche er nach weiteren Erklärungen – sein Blick kribbelte auf meiner Haut –, keine Ahnung, was er zu sehen bekam. »Und jetzt? Spürst du jetzt auch das Summen der Menschen um uns herum?«

Ohne die Augen zu öffnen schüttelte ich den Kopf. »Nein. Ich habe meine Gedanken für mich und meine Barrieren unter Kontrolle.«

»Wir arbeiten trotzdem an deiner Abwehr. Schaden kann es nicht. Morgen, wenn dein Unterricht vorbei ist, hole ich dich ab. Ich habe etwas in Camden Town zu erledigen, du kannst mir dabei helfen. Danach trainieren wir.«

Ich hob meine vernarbte Augenbraue und wandte mich ihm zu. »Du vergisst, wer hier das Sagen hat, Roy.«

Seine Mundwinkel zuckten, dann fuhr er mir mit den Fingern über die Narbe. Ein Schauer glitt durch mich hindurch und das vertraute Ziehen breitete sich in meinem Inneren aus. »Und du vergisst, wer ein Auge auf dich haben soll. Auftrag von ganz oben.« Sein leises Lachen füllte die Luft zwischen uns.

»Ich habe wirklich keinen blassen Schimmer, wieso Beliar gerade dich für diesen Job ausgewählt hat. Du kannst ja nicht einmal auf dich selbst aufpassen.« Rasch wandte ich den Blick ab und folgte dem Blinken eines Flugzeuges am Himmel.

Ich spürte, wie sich Roy näherte; sein unnatürlich warmer Atem huschte über meine empfindliche Haut im Nacken. Dann legte er mir seinen Arm um die Schultern. »Nun, vielleicht weil ich dich an die Leine nehmen kann.«

Grinsend schüttelte ich den Kopf. »Mach dir keine Mühe, das kann niemand, Roy.«

Der Griff um meine Schultern wurde fester. »Das wollen wir doch mal sehen.« Ohne Vorwarnung wirbelte mich Royath hoch, sodass ich schließlich über seiner Schulter hing und unsere Dachterrasse auf dem Kopf zu stehen schien.

»Was soll der Mist?«

Zur Antwort klatschte er mir auf den Hintern und lachte, während er mich wie seine persönliche Beute in das Apartment trug. In meinem Schlafzimmer angekommen, das in absoluter Finsternis lag, warf er mich auf das Bett.

»Sehr kurze Leine, Luzi«, raunte er und schlug die Tür hinter uns zu.

Ich stützte mich auf meine Unterarme und beobachtete ihn genau, wie er mit anmutiger Eleganz auf mich zukam, sein dunkles Shirt abstreifte und dann vor mir stehen blieb.

In der Dunkelheit loderten seine sonst karamellfarbenen

Augen bernsteinfarben und ich wusste, dass es bei mir ähnlich war.

»Das hatte mein Vater sicher nicht im Sinn, als er meinte, du solltest ein Auge auf mich haben«, meinte ich und pustete mir eine Strähne aus dem Gesicht.

»Vermutlich nicht«, pflichtete er mir bei, ehe er mit unnatürlicher Geschwindigkeit auf mich zuschoss, meine Arme auf die Matratze drückte und sich über mir positionierte. »Aber ich habe da etwas im Sinn.«

Ich packte seine Handgelenke und warf ihn auf den Rücken – nun saß ich rittlings auf seinem harten Bauch und strich mir seelenruhig die Haare zurück.

»Und du vergisst, wen du hier vor dir hast, Royath.«

Er grinste und strich mir mit einem Finger am Hals entlang, über meine Brust und wieder rauf. »Verzeiht, Prinzessin, für einen Moment habe ich doch tatsächlich Eure Kräfte unterschätzt.«

»Arsch.« Ich klatschte ihm mit der flachen Hand auf den nackten Bauch und verlagerte das Gewicht. »Niemand hat mich an der Leine, Roy. Außer ich lasse es zu, vergiss das nicht.«

»Das klingt versaut, Lya. Aber ich mag es, wenn du so redest.«

Wieder tauschten wir die Positionen und dieses Mal ließ ich ihn gewähren – übergab ihm die Oberhand.

Roys warmer Atem strich über meinen Hals, meinen Nacken und ich verfolgte jede seiner Regungen. Ich brauchte kein Licht, um irgendetwas zu erkennen oder um zu sehen, dass seine Pupillen geweitet waren. Ich spürte schnellen Herzschlag und die Hitze, die er aussandte.

Dann senkte er seine Lippen an meine ebenso erhitzte Haut

und lächelte an meinem Hals, ehe er seine Küsse von meinem Ohr abwärts auf meine Hals- und Schulterpartie hauchte. Seine Stimme war rau vor Verlangen und belegt von der Lust, die darin lag: »Und, lässt du es zu?«

Draußen war es noch dunkel, als ich erwachte. Roy hatte wie immer mein Bett verlassen, nachdem ich eingeschlafen war, und lautlos die Tür hinter sich geschlossen, als wäre er nie da gewesen. Manche Dinge änderten sich nie.

Einige Augenblicke atmete ich tief ein und aus und starrte in die Finsternis draußen. Es war jedes Mal wieder berauschend auf diese Art und Weise mit Roy zusammen zu sein. Wir hatten schon im Hades Interesse dieser Art aneinander gefunden und schon damals war es ein Kick gewesen, meinem Vater mit unserem Handeln den Mittelfinger zu zeigen. Doch seit ich mich mit Royath in London aufhielt, hatte sich etwas verändert. Die letzte Nacht war ... *anders* gewesen. Nicht schlechter oder besser, einfach nur *anders*.

Roy war *anders* gewesen.

Vielleicht waren es auch einfach meine aufgekratzten Nerven wegen der Sache mit meinen Barrieren.

Ich strich mir die verklebten Haare aus der Stirn und schlang mir die dunkle Bettdecke um meinen nackten Körper, als ich ins angrenzende Badezimmer lief.

Mit dem Lichtschalter hielt ich mich nicht auf, sondern ließ dort in vollkommener Dunkelheit das Laken fallen und stieg unter die Dusche. Ohne zu zögern, drehte ich das Wasser auf kochend heiß und stellte mich unter den Strahl. Mein Innerstes bäumte sich zwar gegen das gegenteilige Element auf, aber ich brachte es mit einem schnellen Gedanken zum Schweigen und genoss die Hitze auf meiner brennenden Haut. Wasser verstand sich nicht mit mir oder dem, was ich war, und es war nur natürlich, dass mein Wesen dagegen ankämpfte, aber solange ich nicht vollkommen vom Wasser umgeben war, bestand keine wirkliche Gefahr. Das wenige Duschwasser besaß nicht die Macht, mein Feuer zu löschen.

Ganz im Gegenteil. Meine Muskeln, die nach der letzten Nacht angenehm verspannt waren, kamen zur Ruhe und ich begrüßte die Hitze als einen Teil von mir.

Ich spürte den Wasserdampf um mich herum aufsteigen und atmete tief durch. Der vergangene Abend glitt noch einmal durch mich hindurch und ließ meinen Rücken kribbeln.

Eines musste man Roy mit all seinen Eigenheiten ja lassen, er wusste wirklich, was er tat. Ich legte mir einen Finger an die Lippen und ließ meinen Gedanken für einige Augenblicke freie Bahn.

Dann stellte ich das Wasser mit einem Blick ab.

An dem Messinghaken links von mir hing der schwarze, flauschige Bademantel, der so wunderbar nach Frühling duftete, in dem ich mich einkuschelte. Wir mussten zu Hause unbedingt auch solche Bademäntel anschaffen.

Womöglich wäre es nicht schlecht, wenn ich eine Liste von Dingen anfertigte, die im Hades eingeführt werden sollten.

Ich wickelte meine hellen Haare in ein ebenso dunkles Handtuch und putzte meine Zähne, bevor ich den Bademantel gegen einen seidenen Morgenmantel tauschte und meine nassen Haare zu einem Knoten auf meinem Kopf drapierte.

Mittlerweile hatte die Dämmerung eingesetzt und ich verweilte einen Moment vor dem Fenster, um in den Himmel zu schauen, die bunten Farben und die Schönheit der aufgehenden Sonne zu bewundern. Oh ja, es gab so vieles, das ich hier oben bewunderte. Naturschauspiele, die im Hades nicht vorkamen, zählten dazu, genauso wie die satten grünen Farben der Pflanzen.

Im Wohnzimmer fand ich Roy, der in der *London Times* blätterte und dabei einen merkwürdigen Anblick bot. Vor ihm standen eine Tasse Tee, dessen süßliches Aroma ich bis hierher riechen konnte, und eine Schüssel Müsli. Seine Augen flogen über die Zeilen und seine Stirn war angestrengt gerunzelt, als versuchte er, sich jedes einzelne Wort in sein Gedächtnis einzuprägen.

Sobald ich den Raum betrat, blickte er auf und seine Stirn glättete sich. »Guten Morgen, Luzifer. Bagels und Muffins stehen in der Küche, hat der Roomservice vorhin vorbeigebracht.«

Ich hob einen Mundwinkel und verschränkte die Arme vor der Brust. »Morgen«, murmelte ich und schlurfte in die offene Küche, wo ich mir besagtes Frühstück schnappte und mich ihm gegenüber auf einen Stuhl fallen ließ. »Hast du etwas Bestimmtes vor oder warum hast du dir die Tageszeitung besorgt?«

»Ich halte mich auf dem Laufenden. Muss doch wissen, wer es da draußen verbockt.«

»Vielleicht der Clan von Lerox?« Der Blueberrybagel war der Wahnsinn und ich schloss genüsslich die Augen. Man konnte ja über die Menschen sagen, was man wollte, aber das süße Zeug hier oben war einfach erstklassig. »Wo geht's dann heute für dich hin? Mal abgesehen von Camden Town nachher?«

Er zuckte die Achseln und legte die Zeitung auf den Tisch. »Lerox? Schätzchen, das ist – wie hast du es so schön gesagt? – dein Brot und wir klären das später gemeinsam. Ich werde mich wahrscheinlich mal in der Nähe von Waterloo umschauen. Da gibt es Ärger. Und meine Pflanzen müssen gegossen werden.«

Ich lehnte mich in dem breiten Stuhl zurück und überschlug die Füße unterm Tisch. »Und was ist mit diesem Timothy Glades?«

Royath zog überrascht eine Augenbraue hoch und legte sein Kinn auf die aufgestellten Arme. »Wie kommst du denn darauf, Kleines?«

Das Gesicht zu einer schiefen Grimasse verzogen, biss ich in den Bagel und antwortete dann mit vollem Mund: »Ich habe mich halt informiert. Wenn du mich auch nur halb so gut kennen würdest, wie du glaubst, dann wüsstest du, dass ich nicht gerne im Dunkeln tappe, wenn es um meine Aufgaben geht.«

Kurz grinste er, dann griff Roy nach seinem Tee und ließ mich nicht aus den Augen, als er einen Schluck davon nahm. Wie jedes Mal, wenn wir die Nacht miteinander verbracht hatten, umgab ihn diese ganz bestimmte Aura, so als würde er jetzt die Hosen anhaben und nur zu genau wissen, wie er mit mir umzuspringen hätte, damit ich gehorchte.

Weit gefehlt.

»Das ist nicht deine Aufgabe, Luzi. Du gehst in die Schule, lernst das Leben der Menschen, ihr Verhalten, ihre Stärken und Schwächen kennen und benimmst dich. Wenn du brav bist, lass ich dich vielleicht mitspielen, wenn wir später Lerox und seine Jungs aufmischen.«

Ich verdrehte die Augen und ließ ihn in seinem Glauben. »Idiot.«

Seine Augen begannen zu leuchten. »Ab in die Schule, Luzifer, du kommst noch zu spät.«

Im Nachhinein fand ich es reichlich kindisch, dass ich ihm

die Zunge rausstreckte, als ich aufstand und meinen Stuhl mit solcher Wucht zurückschob, dass er hinterrücks zu Boden fiel. Roy schien das nur in seiner Annahme zu bestätigen, denn er grinste mir selbstgefällig hinterher, als ich in meinem Schlafzimmer verschwand und die Tür lautstark hinter mir zuwarf.

Der würde sich noch umschauen. Nächstes Mal, wenn er diesen Blick aufsetzen würde, würde ich ihn einfach aus seinem Gesicht schneiden, noch ehe er einen abfälligen Kommentar zustande bringen konnte.

»Hab dich auch lieb!«, schallte Roys Stimme durch das Apartment und ließ mich die Lippen zu einem schiefen Lächeln verziehen.

Verdammter Idiot.

Kapitel 4

Auch wenn ich dieses Mal auf das Summen um mich herum gefasst war, raubte es mir doch den Atem, als ich die Schule betrat und mich auf meinen Weg in den vierten Stock begab, um noch rechtzeitig zur Mathestunde zu kommen. Mit zusammengebissenen Zähnen schob ich mich gleichzeitig mit unzähligen weiteren Schülern, die in der gleichen schrecklichen Schuluniform steckten, nach oben und versuchte, den Kontakt irgendwie einzuschränken.

Wirklich durchatmen konnte ich erst, als ich im Mathe-Raum in der letzten Reihe Platz nahm und mich auf mein aufgewühltes Inneres konzentrierte. Der Stuhl neben mir war glücklicherweise frei, trotzdem fragte ich mich, wo Annie steckte. Ich kannte sie zwar erst seit gestern, aber mir war nicht entgangen, dass sie ziemlichen Ehrgeiz an den Tag legte, wenn es um die Schule, ihre Pünktlichkeit und Noten ging.

Der schlaksige Mr Butterfield, mit dem ich in der gestrigen Stunde bereits das Vergnügen gehabt hatte, positionierte sich vor der Klasse und richtete seine schwarze Schmalzlocke, bevor er seine kleinen Augen aufmerksam über die Schüler schweifen ließ, die noch immer tief in ihren Privatgesprächen versunken waren.

Mathematik war etwas, das mir Schwierigkeiten bereitete. Wirklich, das war etwas, das man nicht in der Schule bei uns zu Hause lernte. Wieso auch? Klar, ich konnte eins und eins zusammenzählen und so, aber *Integrieren*? Und *Differenzieren*? Meine Güte, ich beherrschte jede Sprache dieser Welt, aber das waren Fremdwörter für mich – im wahrsten Sinne des Wortes.

Die Tür öffnete sich und Annie schob zögerlich ihre schlanke Gestalt ins Klassenzimmer, bevor sie mit raschen Schritten den freien Platz in der dritten Reihe überging und zu mir lief.

Sofort nahm das Kribbeln in mir wieder zu, was ich mit einem Zähneknirschen zur Kenntnis nahm.

»Hey, Lya. Alles klar?«, fragte sie mich leise, setzte sich und breitete mit einigen schnellen Handbewegungen ihre Sachen auf *unserem* Tisch aus.

Ich nickte und beobachtete Mr Butterfield dabei, wie er sein dickes Buch aus der Tasche zog und auf das Pult knallte.

»Der Typ gestern, war das echt dein Bruder?«

Überrascht sah ich zu ihr und hob eine Augenbraue. »Roy? Ja, mein Halbbruder. Wieso?«

Ihre hellen Wangen röteten sich und sie heftete ihre Augen geradezu hypnotisch auf unseren Lehrer, als sie antwortete: »Weiß nicht, sein Blick hat mich irritiert und die Tatsache, dass er dich Luzifer nennt.«

Mühsam verkniff ich mir ein Lachen und presste stattdessen die Lippen aufeinander, um ein Grinsen zu unterdrücken. Natürlich sah mich Roy mit diesem für ihn so typischen Blick an. Gestern Nacht war nicht die erste gemeinsame gewesen, und wie gesagt, ich bestritt nicht, dass es eine gewisse Beziehung zwischen uns gab – auch wenn diese weniger mit tiefen Gefühlen als eher mit körperlicher Anziehung und Vertrautheit zu tun hatte.

Und was meinen Spitznamen anging: »Royath vertritt die Meinung, dass ich der Teufel in Gestalt eines unschuldig aussehenden Mädchens bin.«

Annie riss ihre Augen auf, dann verzogen sich ihre Lippen zu einem schiefen Lächeln. »Ich kenne dich zwar noch nicht lange, Lya, aber unschuldig wirkst du auf mich nun gar nicht.«

Wissend erwiderte ich ihr Lächeln und nickte.

»Wenn die beiden Damen dann die Güte hätten und ihre Gespräche auf die Pause verlegen könnten?« Mr Butterfield sah Annie und mich finster an und widmete sich dann wieder dem Chaos aus losen Blättern auf seinem Tisch.

»Was hast du am Freitag vor?«, fragte mich Annie leise und linste zu mir rüber.

Seit ich hier angekommen war, genoss ich es, nicht weiter als vielleicht grob den nächsten Tag zu planen. Im Hades gab es strikte Zeitpläne, die für die Abläufe dort essenziell waren. In London, so schien es mir, lebte jeder nach seinem eigenen Plan, unabhängig von den anderen.

Ich zuckte die Achseln und kramte einen Stift aus meinem Federmäppchen, obwohl ich wirklich nicht vorhatte, mitzuschreiben. Vermutlich würde ich mit Roy durch die Gegend ziehen und meine eigentliche Ausbildung fortführen und Roy mich dabei – wie hatte er es so schön ausgedrückt? – unterstützen, wenn ich brav wäre. Bei der Erinnerung an seine überhebliche Miene verdrehte ich die Augen.

Annie verfolgte die Regungen auf meinem Gesicht und hob schließlich die Mundwinkel. »Scheint, als wärst du noch frei. Wir feiern unten im alten Gewölbekeller eine Riesenparty.«

Mr Butterfield warf einen warnenden Blick in unsere Richtung, der rückstandslos an uns abprallte, was ihm nicht zu entgehen schien. Wahrscheinlich war es ihm irgendwie auch egal, denn Annie war ohnehin die Klassenbeste, ob sie sich nun anstrengte oder nicht, und ich ... na ja, ich hatte wohl noch so etwas wie Welpenschutz, weil ich neu war.

»Wir?«

Annie nickte. »Ja, unsere Jahrgangsstufe und die Studienvorbereiter. Das ist eine Tradition zu Beginn des Schuljahres. Du hast Glück, du kommst gerade noch rechtzeitig.«

Die Partys im Hades hatten nicht nur den Ruf, jedes Mal aus dem Ruder zu laufen, und meistens waren meine Freundin Reena und ich mittendrin in der Katastrophe. Ein schiefes Grinsen verzog meine Lippen. Es würde nicht schaden, eine Party der Menschen zu besuchen – um Recherche zu betreiben, versteht sich. Und vielleicht konnte ich so einen winzigen Vorteil daraus ziehen, dass ich auf diese Schule gehen musste.

»Wo und wann?«

Zufrieden nickte Annie und legte diplomatisch die Hände auf die Tischplatte, als würde sie ein Plädoyer halten. Sie würde definitiv eine gute Anwältin abgeben, alleine schon ihrer Haltung wegen.

»Wir treffen uns um elf unten im Gewölbe, ich kann dich irgendwo abholen und hinbringen, wenn du möchtest. Motto ist ganz klar *Back in Black*. War Claras Idee. Sie hat das alles zusammen mit Maddie, Zeek und Ben geplant.«

Die Informationen sprudelten nur so aus ihrem Mund. Aber Schwarz war definitiv mein Ding.

»Ich finde euch schon, keine Sorge.«

»Sehr gut. Das wird der Wahnsinn. Wirst schon sehen.« Ihre Augen funkelten und ich brauchte mich nicht auf ihre Gedanken einzulassen, um zu wissen, dass sie sich gerade den Freitagabend in den schillerndsten Farben ausmalte.

»Wenn dir das nicht zu schräg ist«, begann Annie, als es

gerade zur Pause klingelte, »kannst du deinen Bruder auch fragen. Er ist nicht viel älter als wir, oder?«

Ich verkniff mir ein Grinsen und zuckte die Achseln. »Nee, aber es ist auch mal ganz schön, etwas ohne die Klette zu machen.«

Annie lachte und irgendwie wirkte das ansteckend.

»Kenne ich. Ich habe eine große Schwester und eine Zeit lang konnte sie es nicht lassen, mich ständig überall hinzubegleiten. Glücklicherweise hatte sie eines schönen Tages keine Lust mehr auf mich, und na ja, die Tatsache, dass sie zum Studieren weggezogen ist, hat das Ganze noch etwas beschleunigt.« Den Kopf schüttelnd, warf sie die Hände in die Luft. »Sie hat sich verhalten, als wäre ich nicht einmal in der Lage, die richtige U-Bahn zu finden, geschweige denn den ganzen Weg in die Schule.«

Damit traf sie den Nagel auf den Kopf. Und dabei war Roy ja nicht einmal mein Bruder.

Wir verließen den Klassenraum und schlugen unseren Weg in Richtung meines Schließfachs ein, wo ich mein Sportzeug aufbewahrte, das ich in den nächsten Stunden brauchen würde.

»Dann hast du nicht immer hier im Internat gewohnt?«

Annie pustete sich eine Strähne ihrer fast weißen Haare aus dem Gesicht und schob sich an zwei Mädchen vorbei, die in eine angeregte Diskussion vertieft waren.

»Nein, erst seit zweieinhalb Jahren.« Sie wandte den Blick ab und verschränkte die Arme vor der Brust. »Ich habe es zu Hause nicht mehr ausgehalten und mit meiner Mutter ausgemacht, die restliche Zeit bis zur Uni hier zu wohnen.«

Dank meinen Fähigkeiten, die mir in letzter Zeit ziemlich auf den Wecker gingen, bekam ich auch die restlichen Informationen geliefert, die sie nicht laut ausgesprochen hatte. Das, was mit ihrem Vater geschehen war, und ihrem kleinen Bruder. Ihre Gedanken sprangen ihr förmlich aus dem Kopf, so emotional aufgewühlt war sie. Auf eine mir unerklärliche Art und Weise berührte mich das und brachte etwas in meinem Inneren zum Schwingen, das ausnahmsweise einmal nichts damit zu tun hatte, dass ich ein Hohendämon war.

»Ich habe meine Mutter verloren, da war ich noch recht klein«, flüsterte ich und konnte danach nicht einmal sagen, warum ich es laut ausgesprochen hatte.

Ihre braunen Augen richteten sich auf mich und ihre weiß-blonden Augenbrauen schossen in die Höhe. »Lya, wir kennen uns noch keine zwei Tage, ich wollte dich nicht dazu bringen, mir irgendetwas über dich zu erzählen, nur weil du dich dazu genötigt fühlst.«

Ich zog die Stirn kraus und winkte ab. »Schon gut, vergiss es einfach«, murmelte ich und zog meinen Spint auf, um die Schulbücher gegen das Sportzeug zu tauschen.

Ein betretenes Schweigen trat zwischen uns und erstickte jede Form von Unterhaltung im Keim. Schließlich knallte ich die Spinttür zu und zog den Tragegurt meiner Tasche zurecht. »Wir sehen uns später?«

Annie nickte und hob zögerlich einen Mundwinkel. »Das mit deiner Mum tut mir leid.«

Ich neigte nur den Kopf und machte auf dem Absatz kehrt in Richtung Treppenhaus. Das brennende Gefühl in meinem Inneren und in meinen Augen machte es mir fast unmöglich, mich in dem Durcheinander aus Treppen und Gängen zurechtzufinden.

In den vergangenen Jahren hatte ich mir nicht oft gestattet, über meine Mutter nachzudenken. Meistens aus dem

Grund, dass ich niemanden hatte, mit dem ich diese Gedanken hätte teilen können. Meine Brüder und ich hatten nicht dieselbe Mutter. Dad hatte sie zwar irgendwann in die Wüste geschickt, aber sie lebte. Das mit meiner Mum, ihr Name war Heather, das war etwas anderes gewesen, und mein Vater verabscheute es, darüber zu sprechen. Nachdem einige Jahre seit ihrem Tod vergangen waren, gab es ohnehin keinen Grund mehr, über sie zu reden und sich an sie zu erinnern – zumindest vertrat Dad diese Ansicht.

Aber die wenigen Worte in dem Brief, den sie mir hinterlassen hatte, hatten in mir den Wunsch geweckt, sie in Erinnerung zu behalten, obwohl ich mich nicht einmal daran erinnern konnte, wie sie ausgesehen hatte. Mit dem Gefühl, keine Mutter zu haben, wollte ich einfach nicht leben. Und eines Tages würde ich vielleicht mehr über sie erfahren.

Ich schüttelte den Kopf und verzog die Lippen zu einem freudlosen Grinsen. Ich würde niemals mehr über Heather erfahren. Sie lebte nicht mehr und Dad verlor kein Wort über sie. Ende.

Genau deshalb dachte ich sehr selten über sie nach. Es führte immer wieder zu dieser Feststellung: Ende.

Ich erreichte das Untergeschoss der Schule, wo sich die Turnhallen und das Schwimmbad befanden, in dem jetzt die Mädchen Schwimmtraining hatten. Es roch muffig, nach Schweiß und beißendem Chlor. Unwillkürlich kroch ein Schauer über meinen Rücken und ließ mich die Schultern hochziehen. Keine Ahnung, wieso man sich freiwillig in stinkendes Wasser begab, aber gut.

Rechts von mir waren die Umkleiden für die Sporthallen und ich entschied mich für die erstbeste für *Damen*.

Wie erwartet, war ich das einzige Mädchen in der Kabine

und ich entspannte mich ein kleines bisschen. Es war nicht so, dass mir meine Narben peinlich waren, ich schämte mich nicht dafür, und in meiner Welt würde ohnehin niemand den Fehler begehen, mich deswegen zu bemitleiden oder aufzuziehen.

Aber hier war das etwas anderes. Ich wollte nicht, dass jemand, der sie bemerkte, sie als Schwäche auslegte oder mich nach den Gründen dafür fragen würde. Es hätte ohnehin keine zutreffende Antwort gegeben. Weder mein Vater Beliar noch meine Brüder oder Royath, der mich schon seit meiner Geburt kannte, hatten jemals etwas zu meinen beiden langen Narben auf dem Rücken gesagt. Und nach langer Zeit hatte es mir gereicht, keine Antworten auf mein Nachfragen zu bekommen und in der Frustration zu versinken. Ich hatte dann aufgehört, nachzuhaken, und mich damit abgefunden.

Rasch schlüpfte ich aus der Schuluniform und zog mir die – natürlich auch – einheitliche Sportkleidung an: eine dunkelblaue knielange Sporthose, ein hellblaues T-Shirt mit Schulwappen, weiße knöchelhohe Socken und schwarze Sportschuhe. Oh Mann, ich würde nächstes Mal einfach aus Protest meine eigenen Sachen anziehen. Sollten sie mich doch hochkant aus der Schule werfen.

Mit einem gezielten Blick flog meine Schultasche in den Spint und die Tür schloss sich mit einem dumpfen Knall.

Auf dem Weg in die Halle fasste ich meine blonden Haare zu einem Pferdeschwanz zusammen und begann darüber nachzudenken, was Leichtathletik eigentlich genau war, und hoffte, dass es sich dabei nicht um einen Vollkontaktsport handelte, als ich auch schon die schwere Tür in die Turnhalle aufstieß.

Ungefähr fünfundzwanzig Jungen und eine junge Sportlehrerin wandten sich zu mir um und verfolgten jeden meiner Schritte, bis ich zu dem Halbkreis gelangte, wo sie sich aufgereiht hatten, und ich einigen der Blicke so direkt begegnete, dass sie prompt zur Seite schauten. Ich entdeckte Zeek, der bei einem anderen Typen stand, der ebenso etwas weniger zu essen zu sich nehmen sollte, blieb aber auf meinem Platz.

Die Lehrerin machte einen Schritt auf mich zu, als wollte sie mich umarmen. Glücklicherweise setzte sie diese Intention nicht in die Tat um.

»Du musst Elyanor Edenmore sein.« Sie checkte etwas auf dem Klemmbrett, das sie vor sich hielt, und nickte dann. »Also Jungs, ich habe dieses Semester das Glück, etwas weibliche Unterstützung zu haben. Elyanor wird gemeinsam mit uns in den kommenden Monaten Leichtathletik trainieren. Vielleicht ist sie ja eine Kandidatin für die Schulmeisterschaft im Februar.«

Ich blickte auf und überflog die Anwesenden, bis ich an grünen Augen hängen blieb, die mich beinahe genervt aufseufzen ließen.

Zayden erwiderte meinen Blick genauso mehr oder weniger begeistert und jetzt hatte ich auch den Grund dafür, warum meine Gefühle mit jedem Schritt, den ich mich der Halle genähert hatte, verrückter gespielt hatten. Die Menschen um mich herum machten mich ohnehin schon nervös und brachten meine mentalen Mauern gefährlich zum Wackeln – aber dieser Typ schoss den Vogel ab.

Die Lehrerin fuhr sich durch die kurzen schwarzen Haare und pfiff dann in ihre Trillerpfeife, ein Geräusch, bei dem sich mir die Nackenhaare aufstellten. »Also meine Lieben, dann bekommt mal eure Hintern hoch. Fünfzehn Minuten Warmlaufen, danach bauen wir einige Stationen auf und machen uns an die eigentlichen Inhalte dieses Kurses.«

Es kam Bewegung in die Jungen – und mich – und wir begannen, wie Perlen auf einer Schnur hintereinander im Kreis zu laufen. Ich befand mich irgendwo in der Mitte, was den Jungs hinter mir anscheinend nicht passte, denn ständig setzte einer an, um mich zu überholen, was ich allerdings nicht zuließ. Stattdessen wurde ich bei jedem Versuch ein kleines bisschen schneller, sodass ich irgendwann hinter Zayden lief, der die Perlenkette anführte. Seine Bewegungen waren anmutig und wirkten, im Gegensatz zu den meisten anderen Kerlen, weder angestrengt noch in irgendeiner Art und Weise fordernd für seinen durchtrainierten Körper.

Hölle, ich musste mir wirklich mal selbst zuhören. Seit wann ließ ich es zu, dass ein einzelnes Individuum derartige Aufmerksamkeit von mir bekam? In den meisten Fällen war mein Interesse an irgendwelchen Typen bisher nur eine vorrübergehende Begleiterscheinung gewesen, und die hatten zumeist mehr zu bieten gehabt, als dieser *Mensch* hier vor mir. Aber seit unserem Zusammentreffen in der Kantine entwickelte ich ein merkwürdiges Interesse an diesem Zayden – vermutlich, weil er mich gestern mit seinen wenigen Worten aus der Bahn geworfen hatte.

Ich pustete mir eine Strähne aus dem Gesicht und schüttelte den Kopf.

Verdammt, Lya, reiß dich mal zusammen.

Zayden wandte nur kurz den Kopf zu mir um und bemerkte dann, ohne mich noch eines Blickes zu würdigen: »Anscheinend hast du die Bolognese überlebt.«

Ich zog die Augenbrauen hoch und beschleunigte, bis ich neben ihm lief. Dass wir die anderen bereits ein gutes Stück hinter uns gelassen hatten, fiel uns gar nicht auf.

»Ich habe die nicht einmal angerührt«, stellte ich klar und

sah ihn herausfordernd an. »Vom Thunfisch wäre ich zumindest satt geworden, aber mir wurde die Entscheidung ja abgenommen. Und so musste ich hungern.«

Langsam schüttelte er den Kopf, sodass seine dunkelblonden Wellen hin und her flogen. Er hatte eine gewisse Ähnlichkeit mit Roy, nur dass Zayden äußerlich das genaue Gegenteil von Royath war.

»Reichlich verwöhnt, was?«

Ungerührt zuckte ich mit den Achseln, mein Blick fiel wieder auf die Ringe an seinen Fingern. In den einen Ring war ein farbloser, fast durchsichtiger Stein eingearbeitet.

»Nicht wirklich, ich habe nur einfach nicht das Verlangen, mich vergiften zu lassen.«

Einer seiner Mundwinkel zuckte und er ließ sich ein kleines Stück zurückfallen. Ich blickte nach hinten und bemerkte, dass wir die anderen Jungs beinahe vollständig abgehängt hatten. Mich wunderte das nicht im Geringsten, ich war ziemlich schnell, wenn ich wollte – dank meiner Gene –, und es brauchte schon eine sehr lange Zeit, bis mich die Erschöpfung packte. Zayden hatte anscheinend genug von unserem Sprint.

Menschen.

Langsam nahm ich etwas von meinem Tempo raus, bis ich schließlich wieder neben ihm lief. Seine grünen Augen funkelten belustigt und ich meinte goldene Sprenkel darin aufleuchten zu sehen.

»Du bist eine schnelle Läuferin.« Seine Bemerkung ließ mich die Stirn runzeln. Sie war trocken, sachlich geäußert, ohne irgendeine Form der Wertung oder Absicht dahinter.

Dabei hatten Menschen immer eine Intention. Das Erste, was wir lernten, war die Tatsache, dass ein Mensch immer aus einem ihm bewussten oder unbewussten Grund handelte.

Und in den wenigen Wochen unseres Aufenthaltes hier oben konnte ich auch immer diese Absicht direkt aus den Worten herauslesen – Zayden bildete da ganz offensichtlich eine Ausnahme.

Ich zog die Augenbrauen zusammen. Wenn ich es nicht besser wüsste, würde ich wirklich vermuten, er wäre ein Dämon. Vielleicht einer aus einem der Clans Londons. Aber ich hätte sofort gespürt, wenn sich einer meiner Leute an der Schule aufhalten würde.

Wieder ertönte diese schreckliche Pfeife und ich wandte mich der Lehrerin zu, als Zaydens Finger beiläufig mein Handgelenk streiften. Sofort spannte sich jeder Muskel in mir an und mein Innerstes reckte den Kopf, als eine kurze, aber heftige Welle des Schmerzes durch mich hindurchfegte.

Ich keuchte auf und hielt mir den Bauch. Ruckartig fuhr ich zu ihm herum, begegnete aber nur einem erstaunlich ruhigen grünen Blick, der sich dann, als hätte er genug von mir und meiner Gesellschaft, abwandte und auf die Gruppe heftete, die sich um die Lehrerin bildete.

Schnaubend stieß ich den Atem aus und verschränkte die Arme vor der Brust. Wahrscheinlich dachte er jetzt, ich würde keuchen, weil es für mich *der Wahnsinn* gewesen war, ihn zu berühren – laut Annie würden das gute neunundneunzig Prozent der weiblichen Schülerschaft auch glauben, sollten sie in Zaydens Nähe kommen.

Nun, ich gehörte garantiert zu dem einen Prozent, das sich nicht davon einlullen ließ, dass er ziemlich gut aussah und anscheinend auch noch etwas im Kopf hatte, sondern war eher davon fasziniert – oder überrumpelt –, dass er eine derartige Wirkung auf mich hatte.

Mit einigen langen Schritten entfernte er sich von mir

und gesellte sich zu zwei anderen Jungen, die hinter uns gelaufen waren. Die drei verfielen in ein leises Gespräch, während die Lehrerin – in ihrem Kopf hatte ich endlich einen Namen gefunden: Mrs Cluton – nacheinander kleine Gruppen einteilte.

Mein Name fiel und ich fand mich mit einem anderen Typen namens Devon in einer Gruppe wieder, die Matten für die Weitsprungübung aufbauen sollte.

Mrs Cluton lotste uns zu einem Tor, hinter dem die Matten aufbewahrt wurden, und widmete sich dann einer anderen Gruppe, die sich um die Seile, die von der Decke herunterhingen, kümmern sollte.

»Du bist neu am KA College, richtig?« Dunkelbraune Haare hingen ihm schief und teilweise verschwitzt in die Stirn und seine braunen Augen funkelten mich lächelnd an. Dann hielt er mir die Hand hin. »Ich bin Devon.«

Was hatten diese Menschen nur immer mit ihrem Händeschütteln? Ich ignorierte seine Hand, schob mir ein Lächeln auf die Lippen und griff nach einer der Matten, um diese Abfuhr nicht ganz so offensichtlich erscheinen zu lassen.

»Lya«, gab ich zurück und zog mit einem Ruck an der dicken, blauen Weichbodenmatte, sodass diese mit einem Klatschen auf dem Boden landete.

Devon griff nach der anderen Ecke und hievte sie gemeinsam mit mir hoch, wobei er mich unverhohlen musterte. Ich beeilte mich damit, meine Mauern hochzureißen und auch die lästigen letzten Gedankenfetzen, die mir aus seiner Richtung entgegenwehten, zu unterbinden. Ich nahm die Kopfschmerzen, die in wenigen Momenten folgen würden, gerne in Kauf, wenn sie Devon von mir fernhielten.

»Bist du am Freitag dabei?«

Ich nickte und wir setzten die Matte auf dem Boden ab, als wir unsere Zielposition erreicht hatten. Meine Güte, war dieses Ding schwer, auch wenn ich von Natur aus einige Kraft besaß, diese Matte *war* richtig schwer.

»Cool, dann sehen wir uns da ja auf jeden Fall. Trevor, ein Kumpel von mir, und ich machen die Musik.«

Ein Piken in meinem Rücken ließ mich über die Schulter schauen und die Augenbrauen zusammenziehen. Zaydens grüne Augen lagen schon wieder auf mir, und der steilen Falte zwischen seinen Augenbrauen nach zu urteilen passte ihm schon wieder irgendetwas ganz und gar nicht.

Ich grinste boshaft und ging näher an Devon heran – jetzt wo meine Mauern halbwegs stabil waren, war es auszuhalten, auch wenn es sich nach wie vor noch unangenehm anfühlte – und legte ihm einen Arm um die Schultern.

Du kannst mich mal Mistkerl!, warf ich in Richtung Zayden und ein abgedrehter Teil von mir wünschte sich, er würde es hören. »Nicht schlecht, was für Musik hörst du so?«

Devon schien sich über meine plötzliche Nähe zu wundern, lächelte aber. »Och, alles Mögliche. Vor allem Elektro oder Alternative. Die Mischung aus beidem ist der Hammer.«

Das Kribbeln in meinem Rücken hörte auf und ich löste mich von meinem *Gruppenpartner*, um nach der nächsten Matte zu greifen.

Nachdem auch diese und noch zwei weitere an ihren Plätzen lagen, versammelten wir uns wieder um die Sportlehrerin, die vollauf in ihre Aufzeichnungen auf dem Klemmbrett vertieft war.

»Okay, okay. Warm seid ihr, aufgebaut haben wir, beginnen wir mit dem Stationentraining. An jeder Station wird einer von euch stehen und diese betreuen und dort etwas Hilfestellung geben, falls dies nötig ist. Nach zwei Durchgängen tauschen wir und es gibt neue Helfer.«

Wieder rief Mrs Cluton Namen auf, meiner war dieses Mal allerdings nicht dabei, und schickte die Helfer-Jungs zu den Stationen. Aus dem Augenwinkel verfolgte ich, wie Zayden mit einem anderen Typen zu zwei Böcken lief. Was zum Teufel musste man denn bitte mit diesen Dingern machen?

»Verteilt euch jeweils zu zweit an den Stationen. Wenn ich pfeife, wechselt ihr im Uhrzeigersinn.« Sie blies mit aller Kraft in die Pfeife und ich unterband nur mit Mühe den Drang, mir die Ohren zuzuhalten. Dann setzte ich mich in Bewegung.

Die erste Station für mich war tatsächlich diese Weitsprung-Sache. Ein anderer Junge – Cole – teilte sich diese Station mit mir und war gerade dabei, wie ein Irrer zu beschleunigen, bevor er sich mit seinem ganzen Gewicht nach vorne auf die Matte warf.

Ich verschränkte die Arme vor der Brust, lauschte auf das, was unser Helfer Mario Cole über seine mangelnde Technik erklärte, und stellte mich dann selbst an die Markierung. Wie gesagt, der Sportunterricht war etwas, bei dem ich höllisch aufpassen musste. Ich lief zwar nicht Gefahr, dass mir meine Flügel aus dem Rücken sprangen (obwohl mich die Energie um mich herum immer wieder an meine Grenzen brachte), jedoch gab es die unterschiedlichsten Wege, dass den Menschen offenbar wurde, dass ich eben *nicht* menschlich war.

Kurz schloss ich die Augen, dann setzte auch ich zu einem Sprint an. Mit für mich gedämpfter Geschwindigkeit lief ich auf die Absprungkante zu, drückte mich ab und landete dann in dem Berg aus weichen Matten. Mein Herz pochte in meiner Brust und ich konnte ein Grinsen nicht unterdrücken. Keine Ahnung wieso, aber das hatte Spaß gemacht.

»Hey, Elyanor, richtig?«

Ich wandte mich zu Mario um und wischte mir einige verirrte Strähnen aus der Stirn. »Ja?«

»Gute Technik. Versuch nur mit beiden Beinen abzuspringen, dann kommst du noch weiter.«

Mit Schwung kam ich auf die Beine und lief mit langen Schritten auf ihn zu. Wenn ich wollte, könnte ich am anderen Ende der Halle landen. Diese Tatsache ließ mich nur noch mehr grinsen. Dann nickte ich. »Alles klar, danke Mario.«

Cole und ich warfen uns abwechselnd in die Matten, dann ertönte dieser grässliche Pfeifton und wir wechselten an die nächste Station: die Böcke und Zayden.

Ich verdrehte die Augen und winkte Cole vor. »Nach dir.«

Die Achseln zuckend, trat er auch hier an die Markierung auf dem Boden, begann zu laufen, stieß sich dann von einem kleinen Sprungbrett ab und setzte sich mit breiten Beinen über den Bock hinweg. Zayden gab dabei minimal Unterstützung, bis Cole wieder auf den Beinen landete.

Ich konnte nicht verhindern, dass sich eine winzige Spur von Panik in mir ausbreitete, als ich daran dachte, dass er mich wieder berühren würde.

Oder ich gab ihm ganz einfach keine Gelegenheit dazu.

So wie es Cole zuvor getan hatte, stellte auch ich mich an den Start, beschleunigte und holte mir von dem Brett ordentlichen Schwung. Doch anstatt über den Bock zu springen, zog mich mein Sprung in die Horizontale und ich wäre mit der Nase voran auf dem Hindernis gelandet, hätten mich nicht Zaydens kühle Hände gepackt und zu sich auf die Matte gezogen. Keuchend blieb ich vor ihm stehen, wo er mich schraubstockartig festhielt. Dort, wo seine kühlen Finger auf meiner Haut lagen, breitete sich ein rasendes Feuer in meinem Inneren aus, auf das mein Kern zu gerne reagiert hätte. Seine Energie floss auf mich zu, als wollte sie mich einnehmen.

Mit zusammengebissenen Zähnen drängte ich mein Innerstes zurück und verstärkte meine mentalen Mauern, bis ich fürchtete, dass mir jeden Moment der Schädel platzen müsste.

Zaydens Augen funkelten und ich hörte ihn mit den Zähnen knirschen, eher er sich zu mir herabbeugte und sein unnatürlich kühler Atem über meine erhitzte Haut glitt. »Entspann dich«, hauchte er und löste bei mir unzählige Schauer aus.

Ich konnte mich nicht mehr zurückhalten. Ein kleiner Impuls meiner inneren Energie schoss aus seinem Gefängnis an die Oberfläche hervor. Zayden ließ mich so abrupt los, als hätte er sich verbrannt, und ich ging zu Boden.

Dann war das alles vorbei.

Die Energie, die meine Mauern zum Wackeln gebracht hatte, der peitschende Schmerz, der von ihm ausgegangen war, und das Feuer in meinem Inneren.

Ruckartig sprang ich auf die Beine und brachte einige Entfernung zwischen ihn und mich, ohne ihn dabei aus den Augen zu lassen. Sein Blick war voller Verwirrung und einem Ausdruck, den ich von meinem ältesten Bruder kannte, wenn er auf der Jagd war.

Ich zog die Augenbrauen zusammen und verschränkte die Arme vor der Brust. Dann endlich schrillte das nächste Pfeifen und dieses Mal zuckte ich bei diesem Ton nicht zusammen, sondern atmete erleichtert auf.

Mit zusammengebissenen Zähnen lief ich hinter Cole zu der nächsten Station.

Ich machte mir keine Illusionen, dass er nicht bemerkt hatte, dass ich anders war, als die Menschen um ihn herum.

Dafür war in diesem winzigen Sekundenbruchteil zu viel zwischen uns geschehen und Zayden war aufmerksam. Nur hatte ich dabei auch sein kleines Geheimnis zu spüren bekommen.

Blieb nur die Frage, was in drei Teufels Namen er war.

Als ich nach einer scheinbar endlosen Sporteinheit aus der Umkleide trat, wartete überraschenderweise Annie auf mich. In der einen Hand hielt sie einen Schokoriegel, den sie in meine Richtung hielt.

»Kleines Friedensangebot. Meine Mum sagt immer, Schokolade überwindet jedes Hindernis.« Nachdenklich legte sie den Kopf schief. »Oder so ähnlich.«

Ich legte ihr eine Hand auf die Schulter und lächelte. »Zwischen uns ist alles okay, Annie. Kein Hindernis oder so. Aber die Schokolade nehme ich natürlich trotzdem gerne.«

Ihre noch feuchten Haare lockten sich um ihr herzförmiges Gesicht und ihre braunen Augen leuchteten. »Da bin ich aber froh. Ich hatte vorhin das Gefühl, dir viel zu nahe getreten zu sein.«

»Das ist einfach nur ein schwieriges Thema. Vermutlich kennst du das ja.«

Annie nickte und ein kurzer Schatten huschte über ihre Züge, dann hellte sich ihre Miene wieder auf. »Sag mal, Zeek meinte vorhin, du wärst im Wettkampfteam?«

Die Achseln zuckend, riss ich den Schokoriegel auf und biss ab. »Schon möglich.«

Fassungslos schüttelte sie den Kopf. »Ehrlich, du bist unglaublich. Keine drei Tage am College und schon bist du in jedermanns Mund. Wie war es mit all den Jungs? Hattest du überhaupt mal deine Ruhe?«

Ich lachte und verschluckte mich dabei beinahe an meinem Riegel. »Ruhe? Wenn ich es nicht zulasse, dann kommt mir niemand von denen zu nahe.«

Annie musste kichern. »Kann ich mir bei dir nur zu gut vorstellen. Sag mal, hast du eigentlich einen Freund? Also in Neuseeland meine ich.«

Abermals biss ich vom Riegel ab, um etwas Zeit zu gewinnen und mich für ihre Fragen, die sie nur zu gerne stellte, zu wappnen. *Einen Freund?* Klar, ich hatte mir in der Vergangenheit das eine oder andere Mal die Langeweile mit einem Jungen zu Hause vertrieben.

Aber eine richtige, tief gehende Beziehung? – Fehlanzeige. Vielmehr gab es ein ernst zu nehmendes Problem in Form meines Vaters. Manche Dinge liefen nicht einmal in der Hölle anders ab als hier. Er hatte noch jeden Kerl, der mir seiner Meinung nach zu nahe gekommen war, in die Wüste geschickt, und irgendwann war nur noch Roy übrig geblieben, der sich von Dad nicht hatte beeindrucken lassen.

»Nö, eigentlich nicht.«

»Bei deinem Bruder kein Wunder, was?«

Ich zog die Augenbraue mit der Narbe hoch und betrachtete sie von der Seite. »Mein Bruder?«

»Royath. Scheint mir, als wäre er nicht der Typ Bruder, der gerne sieht, wie sich irgendein Junge seiner kleinen Schwester nähert.«

Die Stirn gerunzelt, musterte ich das letzte Stück Schokoriegel. Annie hatte Roy erst einmal gesehen, merkwürdig, dass sie gerade so etwas aus seiner Haltung geschlussfolgert hatte. Bisher hatte ich immer angenommen, dass es ziemlich offensichtlich war, dass zwischen Roy und mir nichts Ernstes war und keine Regeln bestanden.

»Ach, mach dir mal um den keine Sorgen«, meinte ich abwinkend und schob den Rest Schokolade in meinen Mund. Kauend schaute ich auf meine Fußspitzen. »Okay, auf die Gefahr hin, dass du jetzt einen dummen Spruch ablässt. Was kannst du mir alles über Zayden erzählen?«

Ihre Lippen verzogen sich so weit, dass ich schon befürchtete, ihre Mundwinkel würden jeden Moment aus ihrem Gesicht rutschten. Mit jedem Millimeter wurde die Ähnlichkeit zu der Grinsekatze aus *Alice im Wunderland* größer und unheimlicher.

»Oh mein Gott, du hast es nicht wirklich auf den einzigen Typen abgesehen, von dem du dich unbedingt fernhalten solltest, wenn dir dein Leben etwas wert ist, oder?«

Ich verdrehte die Augen. »Erster dummer Spruch ist notiert, was kommt noch?«

Etwas beleidigt sah sie mich an, dann richteten sich ihre Augen auf die breite Treppe, die wir nun in den zweiten Stock hochstiegen, in dem sich die Unterrichtsräume befanden. Mitten auf dem ersten Absatz blieb sie stehen und wandte sich zu mir um. »Alles klar, du meinst es also ernst.«

»Annie, ich will echt nichts von dem. Ich schwöre auf die Hölle, wirklich. Es geht eher um Informationen. Ich bin gerne im Bilde.«

»Rede dir das nur weiter ein«, antwortete sie lächelnd und setzte sich wieder in Bewegung. »Aber ich will mal nicht so sein.«

Es fehlte nicht mehr viel und ich hätte ihr einen Energiestoß verpasst, einfach, damit sie sich mal wieder einkriegte.

Statt zu den Unterrichtsräumen abzubiegen, wählte Annie einen schmalen Gang und schob an dessen Ende eine unscheinbare Tür auf, hinter der ein geradezu winziger Raum zum Vorschein kam, der bis unter die Decke mit Gerümpel vollgestopft war. Durch ein rundes Fenster fiel das graue Licht des trüben Londoner Tages hinein, sodass ich den Staub tanzen sehen konnte.

»Eine Abstellkammer?«

Sie zuckte mit einer Achsel – langsam, aber sicher machte mich diese Geste rasend –, räumte einige Kisten von der schmalen Fensterbank und ließ sich darauf nieder. »Hier sind wir ungestört. Es sei denn, du möchtest lieber etwas für die Partnerarbeit in Geschichte machen, dann können wir auch gerne zurückgehen.«

Die Stirn gerunzelt, setzte ich mich neben sie. Die Geschichte der Menschen hatte ich schon zur Genüge gehört. »Na dann mal los. Erzähl mir von seinen schmutzigsten Geheimnissen.«

Annie legte ihre Hände in den Schoß und setzte eine ernste Miene auf. »Bevor ich irgendetwas rausposaune, das alles ist topsecret, okay? Von mir hast du die Infos nicht.«

Freudlos lachte ich auf. Wollte sie mich auf den Arm nehmen? Ich bezweifelte stark, dass Annie in irgendeiner Form etwas von der Energie wusste, die Zayden – für mich – so offensichtlich ausmachte. »Ernsthaft?«

Sie nickte und ihre Mundwinkel hoben sich. »Na ja, sollte etwas über diese Sachen in Umlauf kommen, ist die Chance, dass ich von der Schule geworfen werde, ziemlich groß. Und na ja, ich mag diese Streberbude hier.«

Das wurde ja immer bunter. Wie konnte denn bitte ein einzelner Junge dafür sorgen, dass sie Annie rausschmeißen würden. Ich blickte auf und erinnerte mich an das merkwürdige Gefühl, das mich beschlichen hatte, als ich das Büro des Schulleiters betreten hatte. »Er ist sein Onkel, oder?«

Ein verwirrter Ausdruck huschte über Annies Züge, dann

nickte sie zögerlich. »Professor McJeenish ist der Onkel von Zayden und seinen Geschwistern. Das alleine ist schon mal ein Grund, warum man es sich nicht mit einem von ihnen verscherzen sollte.«

Geschwister? Bisher hatte ich nur seinen älteren Bruder Lennox kennengelernt. Ich fragte Annie danach.

»Sie sind zu fünft. Zayden, seine zwei älteren Brüder, ein jüngerer und seine kleine Schwester. Aber ich habe bisher nur seinen ältesten Bruder und seine Schwester zu Gesicht bekommen. Keine Ahnung, wo sich der Rest rumtreibt. Ruby, seine Schwester, geht seit diesem Jahr hier in die erste Jahrgangsstufe.«

Nach meinen Erfahrungen mit Lennox gestern nahm ich an, dass der ganze Haufen nicht menschlich war, den Direktor eingeschlossen.

Mein Bauch zog sich auf unangenehme Art und Weise zusammen. Solange ich nicht wusste, wer oder was sie waren, tat ich gut daran, mich von ihnen fernzuhalten und ihnen nicht die Möglichkeit zu geben, noch mehr über mich herauszufinden.

Wie konnte meinem Vater nur der Umstand entgangen sein, dass es hier augenscheinlich noch eine zweite Partei gab, die die Menschen aufmischte?

Ich biss die Zähne zusammen und drängte die Wut, die sich aufzustauen begann, zurück. Vermutlich ging es ihm genau darum: ein kleiner Leckerbissen für seine Prinzessin. Eine ganz besondere Aufgabe, die mir die Sache hier noch weiter erschweren sollte.

Wehe dir, Daddy.

»Aber mal ehrlich, Lya, wo kommt dein plötzliches Interesse her? Oder hat dich sein *blendendes* Aussehen einfach umgehauen?«

Ich schüttelte meine lästigen Gedanken ab und begegnete ihren braunen Augen. »Von wegen. Ich habe einfach ein *ungutes* Gefühl in seiner Gegenwart und weiß gerne, woran ich bin.«

Sie warf ihre hellen Haare zurück und zog ihre Tasche zu sich heran, wo sie nach ihrem Handy fischte. »Kein Wunder. Du hast gute Instinkte, Lya. Zayden wurde im letzten Schuljahr mehrmals von der Polizei aus dem Unterricht geholt und hat schon einige Vorstrafen. Tja, und trotzdem werfen sich ihm die Mädchen reihenweise an den Hals.« Sie taxierte mich mit einem vielsagenden Blick. »Was läuft nur mit diesen Mädchen falsch, dass sie es immer auf die bösen Jungs absehen?«

»Ach, und du bist davor gefeit? Du magst lieber die braven, langweiligen Muttersöhnchen?«

Annie sah mich finster an, dann warf sie ihre Federmappe nach mir. »Blöde Kuh – nein, klar sieht er gut aus, aber seine Art reizt mich nicht besonders. Das und die Tatsache, dass er mit fast jedem Mädchen hier schon etwas hatte. Und das derzeitige Opfer setzt dem Ganzen die Krone auf.« Lachend schüttelte sich Annie. »Danke, nein. Keine Ware in diesem Gebrauchszustand. Schon gar nicht nach *Leila*.«

Ihr Lachen steckte mich an. »Okay, okay. Hab's verstanden. Glaubst du mir, wenn es bei mir das Gleiche ist?«

Nickend hielt mir Annie ihre Hand hin. »Schlag ein, Schwester. Ein heiliger Schwur gegen die Anziehungskraft von Zayden Darahia.«

»Puh, ich habe es nicht so mit heiligen Dingen«, antwortete ich schief grinsend.

Annie schnappte sich meine Hand, sodass meine drei goldenen Armreifen klimperten, und schlug ein. »Dann eben ein höllischer Schwur. Wow, hast du warme Finger.«

Instinktiv verstärkte ich meine Mauern und erwiderte ihren Handdruck. »Damit kann ich leben.«

Sie gab mich wieder frei, um hektisch auf ihrem Handy herumzutippen, und hielt es mir dann vor die Nase. Es handelte sich um einen Zeitungsartikel. In der Mitte waren zwei Fotos abgebildet. Auf dem einen war ein ziemlich wütender Zayden zu sehen. Blut lief ihm über das Gesicht und seine blonden Haare waren dreckig und klebten an seiner Stirn, trotzdem funkelten seine Augen, als hätte ihm gerade jemand einen Witz erzählt. Das andere Bild zeigte eine junge Frau, deren Augen rot und verquollen waren, und auch in ihrem Gesicht blitzte Wut auf.

»Das war vor zwei Jahren. War eine Riesenstory hier an der Schule, ständig war die Presse da und so weiter. Seitdem ist es immer wieder zu Zwischenfällen mit Zayden gekommen.«

»Was ist passiert?«, fragte ich, ohne den Blick von Zayden zu nehmen. Auch wenn ich nicht viel von ihm hielt, seine trotzige, aufrechte Haltung auf dem Foto gefiel mir.

Annie scrollte auf ihrem Handy herum und ein neues Bild tauchte auf. Dieses Mal war ein beinahe vollständig eingestürztes Haus zu sehen. »In Upton Park, das ist im Osten von London, kam es durch eine Gasexplosion zum Einsturz dieses Hauses. Zayden war da gewesen und laut der Frau und einem weiteren Zeugen der Verursacher der Explosion.«

Mochte ja sein, dass dieser Typ irgendetwas zu verbergen hatte, aber damit hatte ich nicht gerechnet.

»Gibt es Beweise?«

Langsam schüttelte Annie den Kopf, »Nicht so richtig. Man hat seine Fingerabdrücke in den Trümmern gefunden und er hat es auch nie so richtig bestritten. Trotzdem hat es nur für eine weitere Vorbestrafung gereicht. Ich möchte nicht wissen, wie lang seine Akte bei der Polizei schon ist.«

Nachdenklich nickte ich und schob den Artikel wieder hoch, sodass mir Zaydens wütender Blick wieder entgegenkam. Das Rätsel um diesen Jungen wurde immer verworrener.

Auf dem Gang klingelte es, unsere Freistunde war vorbei. Annie packte das Handy zurück in ihre Tasche und verschloss sie sorgfältig. »Verstehst du jetzt, was ich damit gemeint habe, du solltest dich von ihm fernhalten? Glaub mir, es ging mir dabei definitiv nicht um Leila oder ihre dämlichen Ansprüche. In seiner Gegenwart sterben Menschen«, sagte sie düster und stand auf, wobei sie neuen Staub aufwirbelte.

Ich folgte ihr und zog an meinem Haargummi, sodass mir meine Haare über die Schultern fielen. »Was heißt das?«

Sie sah mich über ihre Schulter an. »Bei dem Einsturz starb die Tochter der jungen Frau und vor einem Jahr hat es seine damalige Freundin erwischt. Sie war keine sechzehn.«

Zu Hause war ich wohl oder übel ständig mit dem Tod konfrontiert, dennoch konnte ich nicht verhindern, dass mir ein Schauer über den Rücken lief und meine Narben kribbelten.

Einen Moment lang schaute sie mir eindringlich in die Augen, dann öffnete sie die Tür und hielt sie für mich auf. »Bringen wir die letzten Stunden auch noch hinter uns.«

Kapitel 5

Es tat unglaublich gut, sich nach dem Unterricht wieder in die eigenen Klamotten zu schmeißen. Ich genoss sogar diese schrecklich enge, schwarze Jeans, die ich unter anderen Umständen verfluchen würde. Aber hey, alles war besser als diese Schuluniform. Ich tauschte Bluse und Strickjacke gegen meinen Oversized-Pullover, der mir immer über eine Schulter rutschte und schlüpfte in meine riesige Jeansjacke, bevor ich aus der Mädchentoilette trat und das College verließ.

Die grauen Wolken hatten sich teilweise verzogen, sodass sich an einigen Stellen der blaue Himmel zeigte und einzelne Sonnenstrahlen ihren Weg auf die Erde fanden. Ich gestattete mir einen Moment, legte den Kopf in den Nacken und ließ mir die Sonne direkt ins Gesicht scheinen, bevor ich den kleinen Campus überquerte und auf Royath zulief, der, wieder an sein Motorrad gelehnt, mich erwartete.

Ein schiefes Lächeln huschte über seine Züge, als er mich erblickte. »Nanu, keine Uniform heute, Prinzessin?«

Ich schüttelte den Kopf. »Das hättest du wohl gerne. Leider muss ich dich enttäuschen. Also, wo geht es hin? Bleibt es bei Camden Town und Lerox?«

Langsam nickte Roy, nahm die Tasche, die ich ihm hinhielt, und wartete dann, bis ich mir den Helm aufgesetzt und mich auf der Maschine niedergelassen hatte. »Solange du dich benimmst.«

Ich verdrehte die Augen und pustete mir eine Strähne aus dem Mund. »Mach dir da mal keine Sorgen, Royath.«

Wir verließen das Gelände des Colleges und schlugen unseren Weg in den Londoner Norden ein, wo der Clan der Lerox sich mehr oder weniger engagiert um die Geschäfte in Camden Town kümmerte.

Während der Fahrt warf mir Roy immer wieder vereinzelt Informationen über die dortige Lage zu und mit welchen Problemen er sich gerade rumzuschlagen hatte. Cimarron, er war der Kopf des Lerox-Clans, hatte seine Leute anscheinend nicht richtig unter Kontrolle, denn die Polizei war auf sie aufmerksam geworden und hatte begonnen in ihre Richtung zu ermitteln. Es gab einen Zeugen, der ihre Geschäfte beobachtet und den Behörden gemeldet hatte – ein gewaltiges Leck in unserer Verschwiegenheitspolitik.

Das oberste Gebot meines Vaters und unserer Arbeit bestand darin, *diskret* zu sein. Jeder, der den Fehler beging, diese Regel zu vernachlässigen, brachte jeden Einzelnen unserer Art in Gefahr und geriet damit unvermeidbar in Dads Schusslinie. Und das wurde jedes Mal hässlich.

Das Bild um uns herum veränderte sich nach und nach. Die Häuser wurden bunter und ausgefallener, die Menschen trugen verrücktere Sachen und die Bürgersteige quollen nur so von Touristen über. Unterschiedlichste Gerüche lagen in der Luft: Orientalisches Essen, Wasser, das nach Fisch roch, und Abgase vermischten sich zu etwas, das Roy *die Essenz von Camden Town* nannte.

Auch wenn ich normalerweise klare Strukturen bevorzugte, die ich anschließend lieber selbst in Chaos verwandelte, faszinierte mich die Flut von Eindrücken, die hier auf mich einprasselten. Etwas Vergleichbares hatte ich noch nicht zu Gesicht bekommen.

Riesige Skulpturen dunkler Engel, Turnschuhe und anderem Kram zierten die bunt bemalten Häuserfronten, während unzählige Schilder für Tattoos, Piercings und für andere Verschönerungsmaßnahmen warben. Vor beinahe jedem Laden waren Stände aufgebaut, an denen Händler standen, um Touristen und Ahnungslose in ihre Höhlen zu ziehen.

Ich grinste. Ja, Menschen waren dem, was sie sonst verabscheuten, uns Dämonen, manchmal viel ähnlicher, als sie glaubten.

Roy fuhr unter einer Eisenbahnbrücke durch und parkte das Motorrad am linken Straßenrand. Nachdem unsere Sachen verstaut waren, führte er mich in das Durcheinander des *Camden Markets*. Die Gerüche, die ich bereits zuvor wahrgenommen hatte, prickelten jetzt beinahe unangenehm in meiner Nase. Scharfes Curry, brennendes Chili und Bratfett, das ranzig roch. Ich hielt mir einen Ärmel vor die Nase, wich einer Gruppe aufgedrehter Touristen aus und schob mich enger an Roy.

»Wo willst du überhaupt hin?«

»Wir lassen uns sehen. Man wird uns finden. Sie wissen, dass ich komme«, antwortete er und führte mich nach links, weg von dem ganzen dargebotenen Essen, das Übelkeit in mir auslöste.

Ich ließ meine Augen über das Durcheinander fliegen, während ich darauf achtete, niemandem zu nahe zu kommen, aber jetzt, weit entfernt vom College und den Dingen, die dort vor sich gingen, hatte ich das Gefühl, meine Mauern im Griff zu haben. Ein beruhigendes Gefühl.

Links und rechts von uns wurde gefeilscht und angepriesen. Vermutlich gab es hier nichts, was nicht *besorgt* werden konnte. Der ultimative Platz für meine Leute und ihre Geschäfte.

Wir liefen an einem Stand mit Räucherstäbchen vorbei und ich unterdrückte mühsam ein Husten, als mir der schwere Geruch entgegenkam. Wer stellte sich freiwillig so ein Zeug in sein Wohnzimmer?

Royath wandte sich leise lachend zu mir um. »Na Prinzessin, schon genug von der großen, weiten Welt?«

Ich hob nur eine Augenbraue und blieb abrupt stehen, als ich ein Prickeln im Nacken spürte. Anscheinend hatte man uns gefunden.

Ein Vorteil an meiner Stellung zu Hause: Keiner hatte auch nur den Hauch einer Chance, sich anzuschleichen. Ich ortete jeden von meinen Leuten, ohne drüber nachdenken zu müssen.

Ein leichtes Lächeln trat auf meine Züge und ließ mich die Schultern straffen, bevor ich mich umwandte. »Greyton«, begrüßte ich einen hochgewachsenen jungen Mann, der hier oben ein asiatisches Aussehen angenommen hatte. Seine rabenschwarzen Haare waren kaum drei Millimeter lang und seine Arme vollständig tätowiert. Als er mich erkannte, verwandelte sich seine überhebliche Miene in ein erschrockenes Gesicht mit weit aufgerissenen Augen, was ich mit einer gewissen Genugtuung wahrnahm. Endlich hatte ich mal wieder das Gefühl, ich selbst zu sein.

»Elyanor, Prinzessin, was kann ich für Euch tun?« Er deutete eine knappe Verbeugung an.

Rasch drängte ich ihn etwas zu Seite, weg von den neugierigen Blicken. »Du weißt, warum wir hier sind. Bring uns zu den anderen«, antwortete ich kühl und schaute zu Roy, der mir zunickte. Anscheinend war er damit einverstanden, dass ich das Zepter übernahm – ich war ja auch *brav* gewesen.

Greyton richtete sich auf und schob seine zitternden Hände in die Taschen seiner grünen Cargohose. »Sicher. Folgt mir.« Er schleuste uns durch eine überfüllte Gasse, die von bunten Ständen gesäumt war, bis zu einem Zugang, der von riesigen, steinernen Pferden bewacht wurde und in den Untergrund führte. Auch hier wimmelte es nur so von Touristen, die alles mit ihren Kameras und Handys festhielten und gehetzt um sich blickten, um nichts zu verpassen. Dabei übersahen sie das Offensichtliche beinahe bereitwillig.

In der Dunkelheit, die von bunten Lampen und schwachen, nackten Glühbirnen durchdrungen wurde, hielten wir uns links und tauchten in einen Flohmarkt ein, der in alten Pferdeställen seinen Platz gefunden hatte. Wenn ich mich darauf konzentrierte, konnte ich durch den muffigen Geruch von alten Sachen sogar noch den scharfen Pferdeduft wahrnehmen – aber im Augenblick war ich eher damit beschäftigt, Greyton nicht aus den Augen zu verlieren, der sich wie ein Bestandteil des Chaos flink hin und her bewegte.

Die Luft summte von all den hastigen Gesprächen und Verhandlungen, die hier geführt wurden, und ich spürte mehr als einen meiner Leute in unserem Umfeld. Wir waren also auf dem richtigen Weg.

Am Ende des Labyrinths aus Ställen, Ständen und Menschen dirigierte uns Greyton zu einer unscheinbaren Tür, die zwischen zwei umfunktionierten Pferdeställen in die hölzerne Wand eingelassen war.

»Nach Euch. Cimarron erwartet Euch bereits.«

Ich verfolgte, wie der Dämon seine Hand auf das Türblatt legte. Dann spürte ich einen winzigen Hauch von Magie, bevor sich der Zugang öffnete und den Blick auf dunkle Stufen freigab, die weiter in die Tiefe führten.

Royath übernahm bereitwillig die Führung, Greyton bildete die Nachhut.

Die Luft wurde kühler und gleichzeitig stickiger, je weiter wir hinabstiegen, und die Dunkelheit bekam etwas Verzehrendes, obwohl sie meine Sicht nicht im Geringsten einschränkte.

Es begann zu stinken. Jener durchdringende Gestank, den nur meinesgleichen riechen konnte. Eine stechende Mischung aus Angst, Verzweiflung und Tod. Anscheinend hielt sich hier jemand nicht an Dads Regeln. Staub rieselte von der Decke auf uns nieder und ließ mich husten, als wir das Ende der Treppe erreichten.

Fast schon entschuldigend drehte sich Greyton zu uns um. »Ist nur ein vorrübergehender Unterschlupf«, nuschelte er, schloss die Tür links von uns auf, die in einen Flur führte, der dringend einmal einen neuen Anstrich gebrauchen könnte.

»Gegen die Ewigen Flammen ist das hier doch ein Palast«, kommentierte Roy. »Schon mal da gewesen, Grey?«

Ich sah ihn zusammenzucken und folgte ihm mit Roy durch einen offenen Durchgang in einen großen Raum mit niedriger Decke, der mit alten Sofas, Sesseln und Stühlen vollgestopft war. Auf einigen lümmelten Dämonen herum, die anscheinend nichts Besseres zu tun hatten, als hier die Zeit totzuschlagen. Auf einem schwarzen Ledersessel entdeckte ich Cimarron, den Kopf des Lerox-Clans, vertieft in eine Partie Schach mit einer dicklichen Frau.

Schummriges Licht fiel aus den schwachen Lampen an der Decke, ich konnte den Staub hier drinnen förmlich tanzen sehen. Ein fadenscheiniger Teppich von gigantischen Ausmaßen bedeckte fast die gesamte Fläche des nackten Betonbodens.

Sofort fühlte ich mich hier heimisch.

Cimarron hob überrascht den Kopf, als wir eintraten, und kam mit wehendem Frack, unter dem er nichts außer einer schwarzen Anzughose trug, auf uns zugelaufen. Seine fast schwarzen Augen waren von goldenem Eyeliner umzogen und seine Haare kunstvoll nach hinten gegelt. Er war wie für dieses Loch hier geschaffen.

Die Arme ausgebreitet, verneigte er sich tief vor mir und schaute dann wieder auf – nicht einen Moment wich dieses spöttische Funkeln aus seinen Augen. »Die Kronprinzessin persönlich, womit habe ich das verdient?«

Ich verdrehte die Augen, aber es war Roy, der antwortete. »Du hast Scheiße gebaut, Cimarron.« Er schubste ihn auf eine Couch und baute sich neben mir auf. »Wo ist der Zeuge?«

Bedächtig erhob sich Cimarron wieder und klopfte sich den Staub von den Kleidern. Hinter ihm versammelten sich die Mitglieder seines Clans. Keine Ahnung, wieso sie das taten, vielleicht hatten sie Todessehnsucht oder sie hatten noch nicht von meinen speziellen Talenten gehört. Arme Schweine.

»Ah, Royath. Immer noch der Schoßhund von Beliar? Entschuldige, aber es ist mir entfallen, wieso noch mal hast du keinen eigenen Clan?«

Roy spannte sich merklich an und schob das Kinn vor. Cimarron hatte seinen wunden Punkt getroffen – zweifelsohne. »Ich habe andere Verpflichtungen. Dir in den Arsch treten, zum Beispiel«, stieß er zwischen den Zähnen hervor und baute sich zu seiner vollen Größe vor dem schmaleren Dämon auf.

Cimarron lachte leise und winkte einem seiner Männer zu. »Hol dem Kleinen doch bitte, was er will.«

Daraufhin verschwand dieser, aber Cimarron hatte sich

längst wieder uns zugewandt. »Du hast dich kein Stück verändert, Royath. Schön zu sehen.«

Hölle noch mal, ich hatte wirklich Besseres zu tun, als mir diesen Kindergarten weiter anzuhören. Rasch rief ich mir das wenige in den Sinn, das mir mein Vater bereits über die Art und den Ablauf unserer Geschäfte berichtet hatte, und schob mich ein Stück vor Roy, dessen Augen funkelten, als ich das Steuer übernahm.

»Cimarron, ich fürchte, ich muss dieses sinnlose Geplänkel unterbrechen und zur Sache kommen. Du hattest lediglich den simplen Auftrag, eine alte Schuld einzutreiben. Und was soll ich sagen? Du hast versagt. Und nicht nur das, du hast Aufmerksamkeit erregt. Etwas, das meinem Vater gar nicht gefällt.«

Cimarron nahm mich nicht ernst. Natürlich, warum sollte er auch. Ich war hier oben neu, Frischfleisch, wenn man so wollte, noch richtig grün hinter den Ohren. Zwar hatte ich einen Namen in der Hölle, aber hier an der Oberfläche hatte ich mir noch keinen eigenen gemacht. Zeit, damit anzufangen.

»Das war gewiss nicht meine Absicht gewesen. Ihr wisst es vielleicht noch nicht, aber die Geschäfte hier oben erfordern von Zeit zu Zeit etwas *ungewöhnliche* Herangehensweisen. Anders als die Vorgänge in Eurer Heimat, verehrte Prinzessin. Nehmt es mir nicht übel, aber für Euch ist das alle noch ungewohnt«, antwortete er süffisant grinsend und musterte mich abwartend, geradezu gespannt auf meine nächste Erwiderung, als wäre ich ein Junges, das im Begriff war, etwas verdammt Dummes zu tun.

Heilige Feuergrube ging mir das gegen den Strich.

»Natürlich nicht, aber das ändert auch nichts an den Folgen deiner Unfähigkeit.« Ich trat einen Schritt vor, legte ihm eine Hand auf die Brust und sah ihm dabei tief in die Augen.

Ein kurzes Grinsen huschte über meine Züge, als der Spott aus seinen Augen verschwand und der Erkenntnis wich, dass ich ihn gleich zu Staub verarbeiten würde – und er rein gar nichts dagegen unternehmen konnte.

Ich holte Luft und ließ meine Energie in meinem Inneren herumwirbeln, bis meine Augen zu glühen begannen.

»Ich, Elyanor, Kronprinzessin des Hades, Tochter von Beliar, dem Herrscher über die Finsternis, verbanne dich in das Ewige Feuer. Wer weiß, vielleicht bewirkt der Urlaub dort ja wahre Wunder.«

Cimarrons Gesicht verzog sich ungläubig, als meine Energie ihren Job machte. Mit einem fiesen Zischen ging er in bester Hollywood-Manier in Flammen auf und war im nächsten Augenblick verschwunden.

Keine Asche. Kein Staub. Er hatte schlichtweg aufgehört, zu existieren. Kein besonders ehrenwerter Weg, um abzutreten.

»Okay, damit habe ich jetzt nicht gerechnet«, murmelte Roy und ich konnte seine Belustigung heraushören.

Der Kerl, den Cimarron zuvor weggeschickt hatte, kam in diesem Moment mit einem geknebelten Menschen zurück und starrte entgeistert auf meine immer noch ausgestreckte Hand. Ich ließ sie sinken und seufzend fielen meine Schultern herunter. »Noch irgendjemand, der mit unseren Regeln nicht klarkommt?«

Es kamen keine Einwände, nur gesenkte Häupter. Fein.

Meine Augen richteten sich wieder auf Greyton, der die ganze Szene mit bleichem Gesicht verfolgt und sich im Hintergrund gehalten hatte. »Greyton, du bist befördert worden, ich gratuliere. Die Lerox stehen jetzt unter deinem Kommando. Ich rate dir dringend, es besser zu machen als dein Vorgänger. Bei Gelegenheit solltest du diesen Drecksladen hier mal aufräumen.«

Greyton riss die Augen auf und fuhr sich über die raspelkurzen Haare. »Elyanor ...«

Ohne auf ihn einzugehen, wandte ich mich an Roy und suchte seinen Blick. »Royath, kümmere dich um den Menschen und bring ihn danach in Sicherheit. Ich warte draußen. Einen schönen Tag noch, Gentlemen.«

Ich tippte mir an einen imaginären Hut, wandte mich ab und ließ den verstaubten Lagerraum mit all seinen Bewohnern inklusive Roy hinter mir.

Die Treppenstufen knarzten unter meinen Schritten. Als ich wieder oben den Markt betrat, begrüßte er mich mit Lautstärke und seinem ganzen Gewusel.

Eigentlich war es doch gar nicht schlecht gelaufen, oder? Ich verzog den Mund zu einem schiefen Grinsen und lehnte mich neben der Tür an die Wand, einen Fuß an der Mauer abgestützt, die Arme vor der Brust verschränkt.

Jetzt, hier als Teil des Chaos aus Menschen, Geräuschen, Gerüchen und allem möglichen Zeug, hörte ich meinen Herzschlag unnatürlich hart in meiner Brust schlagen. Ehrlich gesagt, überraschte es mich, dass ich die Nachwirkung der Verbannung so drängend in mir spürte. Es war schließlich nicht das erste Mal, dass ich jemanden ins Ewige Feuer – auch bekannt als das Fegefeuer für Dämonen – schickte.

Zu Hause hatte ich das schon einige Male gemacht und nie hatte es mich so beeinflusst. Vermutlich lag es daran, dass wir hier in der Menschenwelt waren und die Dinge hier eben anders liefen.

Eine Tür knallte und ich sah auf. Roy kam auf mich zu, einer seiner Mundwinkel war gehoben und seine Augen hatten wieder dieses fast schon gespenstische Funkeln. »Da war aber jemand ungeduldig heute. Hätte nicht gedacht, dass du gleich derartig zur Sache gehen würdest.«

Ich zuckte die Achseln und stieß mich von der Wand ab. »Ich habe Cimarron noch nie gemocht.«

Roy lachte und legte den Arm um meine Schultern. »Trotzdem, du hast deine Sache erstaunlich gut gemacht. Etwas impulsiv vielleicht, und nächstes Mal solltest du nicht gleich alle Register ziehen, aber hey, das hatte irgendwie Stil.« Die Augen verdrehend, rückte ich von ihm ab und pustete mir eine Strähne aus dem Gesicht. »Weißt du, Luzi, du bist wirklich einmalig. Angsteinflößend, aber einmalig. Manchmal vergesse ich bei deiner süßen, unschuldigen Hülle, dass du die Brut vom Satan persönlich bist. Brut, die mich schneller in das Ewige Feuer schicken, als ich gucken könnte.«

Ich verzog das Gesicht und tauchte unter seinem Arm hindurch. »Er mag es nicht, wenn man ihn so nennt. Und ja, ich muss sagen, von Minute zu Minute wird das Verlangen, dich auszulöschen, größer. Also, vergiss das nicht.«

Keine Sekunde später lag seine schwere Hand wieder auf meiner Schulter. »Tja, aber *er* kann uns hier nicht hören, weil *er* da unten im Hades seinen Job macht und wir den unseren hier oben.« Einen Moment sinnierte Roy über irgendetwas nach, dann wurde das Grinsen auf seinem Gesicht breiter. »Ich freue mich schon auf den Augenblick, wenn Beliar dir den Arsch versohlt, weil du eines seiner Steckenpferde ins Feuer geschickt hast. Er wird ja *so was von* ausrasten.«

Wir bogen aus dem unterirdischen Flohmarkt in die Gasse, wo sich der Geruch nach Essen, Räucherstäbchen und andere

Ausdünstungen, von denen ich nicht wirklich wissen wollte, um was es sich handelte, wieder intensivierte. Mittlerweile hatte die Abenddämmerung eingesetzt; mehr und mehr zwielichtige Personen hielten sich in den dunklen Ecken auf.

Auch wenn mir diese Kleinkriminellen keine Angst einjagten, so konnte ich nicht verhindern, dass mir ein Schauer über den Rücken lief, als ich die vielen verborgenen Augen auf mir spürte. Es würde schnell die Runde machen, dass ich Cimarron vernichtet hatte und ans Tageslicht getreten war. Für viele Dämonen hier oben war ich nichts weiter als ein Name, den es zwar zu fürchten galt, dem man aber niemanden zuordnen konnte. Das würde sich ändern.

Hastig richtete ich mein Augenmerk wieder auf Roy. »Mein Vater wird gar nichts machen. Ich bin die Kronprinzessin und darf genauso Recht ausüben wie er oder meine Brüder. Hast du dich um den Menschen gekümmert?«

Roy nahm den Themenwechsel wortlos zur Kenntnis und nickte. »Sauber weggebeamt. Zurück zu seiner Familie, mit nichts als Erinnerungen an duftende Blumenwiesen und Einhörner.«

Ich verdrehte die Augen und sah ihn von der Seite her an. »Manchmal frage ich mich ja, wie du überhaupt so lange überleben konntest.«

Sanft kniff mir Royath in den Nacken und beugte sich dann ganz nah an mein Ohr heran, sodass seine Hitze auf mich übersprang. »Kleine Prinzessin, ich bin ein Dämon. Von Natur aus Überlebenskünstler.«

Ich verpasste ihm einen Klapps gegen die Schulter, dann drängelten wir uns gemeinsam durch die zunehmend größer werdende Menschenmasse des Camden Markets zurück zu Roys Motorrad.

Kapitel 6

Kopfüber verschwand ich in meinem riesigen Kleiderschrank, bis ich endlich fand, wonach ich suchte: meinen viel zu großen, dunkelblauen Wollpullover.

Lächelnd hielt ich das gute Stück vor mich, bevor ich es mir über den Kopf zog. Royath verabscheute alles an Kleidung, was nicht wie eine zweite Haut auf meinem Körper klebte. Trotzdem hatte er offensichtlich keine Probleme damit, mir auch Oversized-Klamotten auszuziehen, wie die Vergangenheit gezeigt hatte.

Wie auch immer. Dank meiner Gene und dem inneren Feuer, das immer in mir brannte, fror ich zwar nicht ansatzweise so schnell wie Menschen, aber selbst ein Hohendämon wie ich hatte es gerne warm und ein schwarzes Mini-Spitzenkleid erfüllte dieses Bedürfnis nicht im Geringsten.

Sorry, Roy.

Die Arme vor der Brust verschränkt, trat ich auf unsere Dachterrasse, die unzählige kleine Kerzen erhellte, die ihr gelbliches Licht in die Dunkelheit des Abends herausstrahlten. Royath kniete zwischen fünf Töpfen in unterschiedlichen Größen, zwei Säcken Blumenerde und einigen kleinen Setzlingen und Tütchen, die um ihn verstreut herumlagen.

Als ich mich an die Wand lehnte und meine Augen auf ihn richtete, blickte er auf. Etwas Erde klebte ihm auf der Wange und die Energie flackerte hinter seinen Augen.

»Prinzessin.« Sofort veränderte sich sein Ausdruck zu einer schiefen Grimasse, als er seinen karamellfarbenen Blick über mich gleiten ließ. »Ich fasse es nicht, du hast dieses *Ding* wirklich mit nach *London* genommen?«

Missmutig stieß ich mich von der Wand ab und ging einige Schritte auf ihn zu. »Hast du keine eigenen Probleme?«

»Dein Modegeschmack ist definitiv mein Problem. Ich muss schließlich mit dir herumlaufen. Man möchte meinen, ein königlicher Spross hätte mehr Gespür für Mode.«

»Okay, du hast wirklich keine eigenen Probleme, Royath. Warum frage ich überhaupt? Vielleicht sollte ich dich in Schwierigkeiten bringen, damit du etwas Sinnvolles zu tun hast.« Ich legte den Kopf schief und schaute auf ihn herab.

Ohne mich aus den Augen zu lassen, legte er die kleine Gärtnerschaufel beiseite und erhob sich, sodass sich unsere Nasenspitzen beinahe berührten. »Schwierigkeiten? Deine Aktion heute mit Cimarron hat mich schon genug Nerven gekostet, Luzi. Mach dir da mal keine Sorgen.« Roy zwinkerte mir zu und schaute mir direkt in die Augen. »Gibt es einen bestimmten Grund, dass du mich mit dem Anblick dieses *Dings* folterst?«

Ich trat einen Schritt zurück und verschränkte die Arme vor der Brust. Ein leises Lächeln huschte über Roys Züge.

»Nenn meine Klamotten nicht immer so«, brummte ich und schob das Kinn vor. »Es ist ein wunderschöner Abend und ich bin mir sicher, die Nacht wird noch viel schöner. Ich habe an einen Ausflug gedacht.«

Kaum hatte ich den Satz zu Ende gesprochen, da begannen Roys Augen auch schon zu funkeln. »Das nenne ich mal Schwierigkeiten. Ich begleite dich.«

Ich verlagerte mein Gewicht auf mein anderes Standbein. »Tu dir keinen Zwang an, Royath. Bisher hat es dir auch keine Magenschmerzen bereitet, wenn ich alleine losgezogen bin. Bleib du bloß bei deinen Pflanzen und dem Grünzeug.«

Kurz huschte ein Schatten über sein Gesicht, aber er verschwand genauso schnell, wie er gekommen war, sodass ich es mir auch gut und gerne nur eingebildet haben konnte. Diese ernste Seite an ihm in letzter Zeit gefiel mir nicht. Sie verunsicherte mich regelrecht.

»Weißt du, Luzifer, ich kann etwas Bewegung gut vertragen, Pullover hin oder her, ich komme mit dir.«

Die Augenbrauen hochgezogen, pustete ich mir eine Strähne meiner hellen Haare aus dem Gesicht und fasste sie dann zu einem Pferdeschwanz zusammen.

»Meinetwegen.« Vielleicht bekam ich ja so die Gelegenheit, ihn darüber auszufragen, was gerade mit ihm schieflief.

Royath verschwand kurz in unserer geräumigen Suite und kam kurz darauf in einem schwarzen, dicken Pullover und einem Schal in der Hand zu mir zurück, den er mir mit einem verschmitzten Lächeln reichte. »Wir wollen ja nicht, dass sich die Prinzessin erkältet, was?«

Ohne zu zögern, schlug ich ihm so fest ich konnte gegen die Schulter – was er nicht einmal so richtig zu bemerken schien – frustrierend!

Dämonen konnten nicht krank werden, daher war die Sache mit dem Schal ziemlich lächerlich. Wir froren so gut wie nie und waren auch sonst gegen so ziemlich jede Gefahr gefeit, mal abgesehen von Wasser, das meinesgleichen in kürzester Zeit umbrachte. Es lähmte unser Innerstes, machte uns bewegungsunfähig und schwach, bevor es uns endgültig tötete.

Ein Schauder fuhr über meinen Körper, dann griff ich nach dem Schal – ob ich ihn nun brauchte oder nicht.

»Brav«, kommentierte Roy und ließ die Schultern kreisen. »Hast du einen Wunsch, wo du hinmöchtest, Prinzessin?«

Ich nickte und blickte in Richtung Südosten. Die leuchtende Spitze des Wolkenkratzers *Shard* war selbst von hier aus deutlich in der Dunkelheit der herannahenden Nacht auszumachen.

Roy folgte meinem Blick und nickte. »Gute Wahl.«

Für einen Sekundenbruchteil schloss er die hellbraunen Augen, die bereits vor Energie glühten, dann schossen ihm auch schon seine gewaltigen, dunkelbraunen Schwingen aus dem breiten Rücken.

Auch wenn ich ihn schon mein gesamtes Leben über kannte und schon unzählige Male mit ihm durch meine Heimat geflogen war, Royath, erster Sohn des Grafen von Aker, der rechten Hand meines Vaters, bot einen gewaltigen, Furcht einflößenden Anblick.

Im Gegensatz zu meinen Schwingen, waren seine ledrig wie die einer Fledermaus. An den Hauptgelenken saßen kleine, spitze Krallen und feine Äderchen verliefen über die gesamte Spannweite.

Meine Familie gehörte der einzigen Dämonenart mit gefiederten Flügeln an, eine echte Rarität. Die ganzen anderen Gattungen, unter anderem auch die der Nachtschwärmer, zu denen sich Royath zählen durfte, besaßen die gleichen ledrigen Flügel wie er. Manche gar keine.

Trotzdem, Roys Gestalt war eindrucksvoll, Federn hin oder her.

Als hätte er Jahre geschlafen, streckte sich Roy in alle Richtungen, faltete die Flügel ein und wieder aus und hob die Arme zum Himmel, als wollte er sich einen der Sterne über uns greifen. Dann trat er mit seinem typischen Grinsen, das immer eine Spur Laszivität erkennen ließ, auf mich zu und verbeugte sich immer noch grinsend, ohne den Blick von meinen Augen zu nehmen. »Ich wäre dann so weit, Luzifer.«

Es brauchte nur einen winzigen Gedanken und mein innerer Dämon sprang förmlich aus seinem Käfig heraus. Mein Herzschlag schoss in die Höhe, Hitze breitete sich in mir aus und ich spürte, wie meine Augen zu leuchten begannen. Die Energie, die heiß und ungehindert in meinen Adern brannte und sich über meinen Körper verteilte, sammelte sich in meinem Rücken und brach schließlich in Form meiner gewaltigen, nachtschwarzen Flügel aus mir heraus.

Augenblicklich wurde ich von einem Gefühl der Vollkommenheit durchflutet und schloss seufzend die Augen. Auf jeder einzelnen meiner Federn nahm ich den feinen Windhauch wahr, der darüberstrich und mit ihnen zu sprechen schien, ich fühlte die Weite des Himmels, die nach mir rief.

Im Zuge meiner Verwandlung schärften sich auch meine Sinne in Sekundenbruchteilen, sodass mich die Flut an Sinneseindrücken beinahe umhaute. Ich konnte die Leute meines Vaters in einem weiten Radius um mich herum spüren und überdeutlich Roy, der die Show, angelehnt an die Terrassentür, allzu offensichtlich zu genießen schien.

Ich öffnete die Augen und klappte meine Flügel ein.

»Immer wieder beeindruckend, Prinzessin.« Mit langen Schritten ging er an mir vorbei – strich im Vorrübergehen einmal ganz sanft über die kleinen Federn an der Kante meines linken Flügels, woraufhin ein Schauer durch mich hindurchjagte – und sprang dann auf die Umrandung des Daches.

Der Schalk – oder Dämon – saß ihm förmlich im Nacken, als er mich mit einem charmanten Lächeln bedachte und die

Hand nach mir ausstreckte. »Folgst du mir, Lya?« Ich bekam seine warmen Finger zu fassen, wurde zu ihm gezogen und spreizte meine Flügel, sofort verfing sich der Wind darin, flüsterte ihnen Worte von Freiheit und Grenzenlosigkeit zu. »Wir machen ein Wettfliegen, was meinst du? Wer zuerst am *Shard* ist?«

»Das ist kindisch. Außerdem verlierst du so oder so und dann muss ich wieder mühsam dein sonst so großes Ego neu aufbauen.«

Mit einem anzüglichen Grinsen fuhr er mit einem Finger über meine Wange. »Dagegen habe ich rein gar nichts einzuwenden, Luzi. Bei drei.«

Schmunzelnd schüttelte ich den Kopf über seine unverbesserliche Art und brachte meine Schwingen in Position.

»Eins ... zwei ...«, begann Roy, zwinkerte mir zu und stürzte sich dann schlagartig in die Tiefe. »*Drei!*« Seine Stimme wehte nur noch als verwirbeltes Echo zu mir empor.

»Idiot«, murmelte ich lächelnd und tat es ihm nach.

Die ersten Meter ließ ich mich einfach fallen, stürzte mit erschreckender Geschwindigkeit dem harten, unnachgiebigen Boden entgegen und genoss den Wind, der an mir zerrte und mich zu sich rief. In einigen der dunklen Fenster des Hotels erhaschte ich einen Blick auf mich, wie ich mit leuchtenden Augen, schwarzen, hängenden Schwingen und einem irren Grinsen auf den Boden zuraste. Ich sah aus wie ein Vogel, der vergessen hatte, wie man flog.

Im nächsten Moment riss ich die Flügel auseinander und wurde brutal nach oben gezogen, ein unkontrolliertes Lachen entkam meiner Kehle und ich hätte beinahe meinen Schal verloren; verirrte Strähnen meines blonden Haares wirbelten vor meinen Augen umher.

Royath befand sich einige Meter über mir und wartete augenscheinlich darauf, dass ich mich unserem Wettkampf anschloss. Keine Ahnung, wieso er nicht einfach seinen Vorsprung genutzt und ausgebaut hatte – er hätte es gut gebrauchen können.

Mit einigen kräftigen Flügelschlägen schloss ich zu ihm auf und zog fragend die Augenbrauen hoch. »Worauf wartest du noch?«

»Weißt du«, er fuhr sich durch die Haare, die der Wind hoffnungslos durcheinandergebracht hatte, und flatterte kaum merklich mit seinen riesigen Schwingen, »ich will es dir nicht gänzlich unmöglich machen, zu gewinnen, und na ja, möchte dein Gesicht immerhin noch im Rückspiegel sehen, wenn man so will.« Roy lachte, dann zischte er ab – im wahrsten Sinne des Wortes. Die Luft schien hörbar einzuatmen, als er sich in die Höhe schraubte und dort angekommen, ein gutes Stück über den höheren Gebäuden von London, mit beeindruckender Geschwindigkeit in Richtung *Shard* davonschoss.

Auch wenn ich dank Daddys Blut schneller war als andere Dämonen, auch meine Fähigkeiten hatten ihre Grenzen.

Ich verlor keine Zeit mehr damit, mir Roys zunehmend kleiner werdendes Hinterteil anzuschauen, sondern setzte nach und heftete mich an seine Flügelspitzen.

Der dunkle Himmel schien Roy und mich förmlich wie zwei verloren geglaubte Kinder, die heimgekehrt waren, zu begrüßen, als wir mit dem schwarzen Hintergrund verschmolzen. Unter uns leuchtete und blinkte London wie das Gegenstück zu den Sternen am Himmel über uns. Frischer Wind riss an unseren Flügeln, als wollte er mit uns spielen und uns auf unserer Reise begleiten.

Das erste Mal seit einiger Zeit konnte ich wirklich durchatmen und den Haufen an Sorgen in meinem Kopf ausschalten. Die Tatsache, dass ich diese dämliche Schule besuchen musste und mich Roy nur allzu offensichtlich von meinen eigentlichen Aufgaben fernhielt, verschwand aus meinen Gedanken, genauso wie das dumpfe Pochen in meinem Schädel, dass ein gewisser junger Mann mit grünen Augen in mir hervorrief.

Royath blickte über die Schulter zu mir zurück, als wir den *Buckingham Palace* überflogen, und ich sah seine hellen Zähne aufblitzen, ehe er noch einmal an Tempo zulegte.

Ich tat es ihm nach und verkürzte die Distanz zwischen uns ein gutes Stück. Auch wenn ich diese ganze Aktion irgendwie dämlich fand, hatte mich der Ehrgeiz gepackt; ich freute mich schon auf seinen verdatterten Gesichtsausdruck, wenn ich am Ziel auf ihn warten würde.

Das erleuchtete *London Eye* tauchte vor uns auf. Selbst jetzt noch drehte sich das Riesenrad und bot Touristen aus aller Welt einen ähnlich beeindruckenden Ausblick, wie ihn Roy und ich gerade erfuhren. Ich setzte zu einem Steigflug an und beschleunigte, bis ich über meinem Gegner in der Luft hing.

Die Themse glitzerte unter uns, ihr frischer Geruch drang zu mir hoch und kitzelte in meiner Nase – ganz anders als diese Mischung aus Camden Town. Das hier war eher *beflügelnd* als *erstickend*.

Genau so wie der Fluss eine Biegung machte, vollführte auch ich einen Kurvenflug und schoss über Roys Kopf an ihm vorbei, direkt auf den *Shard* zu, der sich vor uns in den Himmel reckte.

Ich hörte Royath hinter mir überrascht auflachen, was mir ein Lächeln auf die Lippen zauberte.

Auf meinem Weg zum Ziel wandte ich mich kurz zu ihm

um und streckte ihm die Zunge raus (im Nachhinein kam mir das reichlich dämlich vor), ehe ich das gewaltige Glas-Stahlkonstrukt anflog.

In dem spärlichen Licht der Nacht konnte ich mein Spiegelbild in der gläsernen Fassade des Gebäudes ausmachen, dass mir mit weit aufgerissenen Augen entgegenblickte. Die letzten Meter wurden zu einem Wettflug gegen mich selbst; meine durchscheinende Gegnerin packte ihr ganzes Können aus, als sie entlang der Glasfassade parallel auf die Spitze zuraste.

Mein Herz galoppierte in meiner Brust, als wollte es mir jede einzelne Rippe brechen, als ich mich mit kurzen, schnellen Atemzügen auf der kleinen Plattform an der Spitze des *Shard* niederließ.

Bedächtig faltete ich meine Flügel hinter mir zusammen und schlang die Arme um meine Knie, bevor ich den Blick über die atemraubende Aussicht schweifen ließ. Die Menschen hatten keinen blassen Schimmer, was ihnen entging.

Von hier oben wirkte die Stadt wie ein Kunstwerk, das aus unzähligen, gänzlich verschiedenen Bauteilen zu einem großen Ganzen zusammengesetzt worden war.

Der Hades, meine Heimat, war kaum vergleichbar mit dem, was sich hier vor mir ausbreitete.

Wir hatten keine Gärten und Parks, sondern nur einen ausgedehnten Wald im Norden, der aus schwarzen Bäumen bestand, die anmuteten, als wäre längst jedes Leben aus ihnen gewichen (ganz üble Dinger, die ihre kahlen Äste nach allem und jedem ausstreckten, das sie zu fassen bekamen). Außerdem gab es keine Brücken und schon gar keine wie die unzähligen, die Themse überspannenden Konstruktionen.

Ich legte meinen Kopf auf meine Knie und schaute in den Himmel.

Die Hölle sah für jeden Menschen anders aus, keine Frage, und genau nach diesem Prinzip arbeitete unsere Heimat für diejenigen, die ihren Weg zu uns gefunden hatten.

Für Dämonen war der Hades ein ganz anderer Platz.

Mein Vater hatte mit Beginn seiner Amtszeit (und seit Anbeginn der Zeit) eine Stadt geschaffen, in der unsere Leute, die nicht gerade auf der Erde im Einsatz waren, lebten und ihren Aufgaben dort nachgingen, und sie Aker genannt. Aker ist eine Metropole aus schwarzem, glänzendem Stein mit glatten, eckigen Gebäuden, die ohne erkennbares Ende in den orangefarbenen Himmel meiner Heimat reichten. An der Stadtgrenze begann die Unendlichkeit des Hades – endlose Wüsten, dunkle Abgründe, auf dessen Boden Flammenmeere tanzten, falls es denn einen Boden gab, und Feuergräben – das typische Bild der Hölle, das Menschen von ihr hatten.

Ein breiter Fluss, der *Melgrove*, der selbst kein Ende besaß, verband die verschiedenen Bereiche des Hades und durchmaß die Unendlichkeit mit dunklem, fast schwarzem Wasser, in dem sich die Flammen des Himmels spiegelten.

Wenn ich die Augen zusammenkniff, sodass die Lichter der Stadt vor mir, die sich auf dem dunklen Wasser der Themse spiegelten, verschwammen, konnte ich mir beinahe einbilden, zu Hause zu sein.

Das Leben hier war anders, als das, das ich gewohnt war. Ich fand es aufregend und fordernd. Es war immer mein Wunsch gewesen, einmal als eine von Dads fleißigen Bienen hier oben auf der Erde meinem Job nachzugehen – ungeachtet der Tatsache, dass mein Vater andere Pläne für mich hatte.

Um nichts im Hades würde ich meine Zeit hier oben eintauschen wollen, aber mir fehlte mein Zuhause.

Besonders meine beste Freundin Reena, die demnächst ihren Abschluss machen würde, und meine dämlichen Brüder Avan und Xaver.

Na ja, und irgendwie auch mein herrischer Vater, dem man nichts recht machen konnte, egal wie sehr man sich auch ins Zeug legte. Wer hätte das gedacht?

Die Luft bauschte sich um mich herum auf und kündigte Roys Ankunft an. Seine Energie prickelte in meinem Nacken und ließ mich aufblicken.

»Auch schon da?«

In bester Roy-Manier hob er einen Mundwinkel und ließ sich elegant und viel zu nah neben mir nieder, eine bunte Pappschachtel in den Händen.

»Eine kleine Überraschung.«

Skeptisch griff ich nach der Box und sah ihn aufmerksam an. Vermutlich würde mir irgendein ekliges Zeug entgegenspringen, wenn ich den Deckel öffnete, oder die Schachel würde explodieren. Royath war in dieser Hinsicht alles zuzutrauen.

»Lya, es wird dir gefallen.« Abwehrend hob er die Hände, dann trat ein ungewohnt sanfter Ausdruck auf seine Züge.

Zögerlich hob ich den Deckel der Schachtel an und starrte einen Moment verdattert auf den Inhalt. »Oh Mann, das ist seltsam, selbst für dich.«

»Gib es zu, jetzt liebst du mich ein kleines Stück mehr.«

»Spinner.«

Vier Donuts mit glänzender, bunter Fettglasur blickten mir entgegen, auf einem von ihnen stand mein Name mit Zuckerschrift geschrieben. Grinsend griff ich nach dem Lya-Donut. »Wehe der schmeckt jetzt nach Mayonnaise oder deinen Füßen.«

Kopfschüttelnd nahm er sich selbst einen aus der Box und

schob ihn sich fast in einem Stück in den Mund. Genüsslich kauend, ließ er seinen Blick über die Stadt gleiten und schluckte ihn schließlich herunter.

»Wir sollten im Hades dringend auch eine Donut-Bäckerei aufmachen.« Roy leckte sich den Zuckerguss von einem seiner schlanken Finger und ließ den Rest seines Gebäcks in seinem Mund verschwinden. »Überhaupt hätte ich eine ganze Menge Verbesserungsvorschläge«, fuhr er mit vollem Mund fort.

Eine Böe fegte über uns hinweg und sorgte dafür, dass ich bei meinem nächsten Bissen auch Haare mit im Mund hatte. Herrisch wischte ich sie zur Seite und schaute Roy von der Seite an. »Dir ist schon bewusst, dass du von der Hölle sprichst, oder? Stell dir doch mal Beliar am Waffeleisen vor.«

Royath runzelte die Stirn und lachte dann lauthals los. »Mit rosa Großmutterschürze und Häubchen.«

Ich stieß ihn an und umschlang dann wieder meine angezogenen Beine. Das war genauso undenkbar wie jede andere Art der Vermischung beider Welten. »Man kann den Hades und das hier oben nicht vergleichen. Beides muss existieren und beides ist gut so, wie es ist. Donuts hin oder her«, sagte ich nachdenklich und wickelte mir eine meiner Strähnen um den Finger. »Wenn ich dann endlich meine Lizenz habe, werde ich ohnehin die meiste Zeit oben sein und mit Reena die Menschen aufmischen.«

Ein nachdenklicher Ausdruck legte sich auf Royaths Züge, Spott, Anzüglichkeit und sein Grinsen waren spurlos verschwunden. »Hast du schon darüber nachgedacht, was dich nach der Prüfung erwartet?«

Ich zog die Stirn kraus und legte den Kopf auf meine Arme. »Na ja, Häschern den Hintern versohlen, nehme ich mal an.«

»Dann hat Beliar noch nicht mit dir gesprochen?«

Ruckartig fuhr ich hoch und erwiderte seinen Blick.

»Wovon zur Hölle sprichst du?«

Doch Roy schüttelte nur den Kopf und schaute in die Ferne. »Er wird es dir sagen, wenn du es erfahren sollst, das liegt nicht bei mir.«

»Spuck's aus oder ich finde es selbst heraus. So oder so«, entgegnete ich scharf und fixierte ihn, bereit meine Worte in die Tat umzusetzen. In letzter Zeit hatte ich häufiger das Problem, dass Roy mehr wusste, als er zugab oder mich wissen ließ, und das ging mir gewaltig gegen den Strich.

Das hier oben war mein Ding, mein Weg in eine erfolgreiche Zukunft ohne die ganzen Regeln unter Daddys Fuchtel.

»Luzi«, er seufzte und lehnte den Kopf an einen Mast hinter uns. »Tu, was du nicht lassen kannst, Kleines.«

Seine Worte irritierten mich, seine ganze Haltung machte mich innerlich unruhig und erinnerte mich unterbewusst an etwas, an das mein Körper nicht gerne erinnert werden wollte. Vielleicht war das der Auslöser dafür, dass ich wie von der Tarantel gestochen aufsprang, mich in die Tiefe warf und vom Wind erfassen ließ, weg von Roy und all dem, was hinter seinem ernsten Gesichtsausdruck stand.

Während meiner Zeit auf der Erde, die gleichzeitig die Abschlussphase meiner Ausbildung war, war es mir untersagt, Kontakt zum Hades oder irgendjemandem von dort aufzunehmen. Das schloss auch meine beste Freundin ein, mit der ich sonst über alles reden konnte und die ich im Augenblick ziemlich gut gebrauchen könnte. So jedoch blieb mir nichts anderes übrig, als mich in meinem Bett zu verkriechen und über all das nachzudenken, was in der letzten Zeit schieflief.

Angefangen damit, wie sich Roy verhalten hatte, nachdem ich ihm von meinem Mauerproblem in der Schule erzählt hatte, weiter zu seinem Drängen, an meiner Abwehr zu arbeiten bis hin zu seinem Verlangen, mich ständig zu begleiten, und seiner merkwürdigen Haltung.

Knurrend zog ich mir die Decke über den Kopf und kämpfte gegen den Drang an, in mein Kissen zu schreien.

Vor knapp einer Stunde war Roy zurückgekehrt, hatte mich jedoch überraschenderweise in Ruhe gelassen – noch so eine Veränderung an ihm.

Ich schloss die Augen und verzog das Gesicht, als mein Magen lautstark knurrte. Keine Ahnung, wie spät es mittlerweile war, und eigentlich war es mir auch egal. Ich würde einen Teufel tun und morgen in aller Frühe in der Schule erscheinen.

Es klopfte, aber ich reagierte nicht.

Wieder klopfte es, dieses Mal lauter. »Lya, ich weiß, dass du wach bist und schmollst.«

Schwungvoll schlug ich die Decke zur Seite und setzte mich kerzengerade im Bett auf. »Ich schmolle nicht, du Idiot! Verschwinde!«

Ich hörte Roy seufzen, dann öffnete er die Tür und kam langsam, ein Tablett in den Händen, in mein Zimmer, das in absoluter Finsternis lag. »Reden. Ich will nur mit dir reden, Elyanor. Es ist nicht okay, dass ich dich außen vor lasse. Und ich habe ein Friedensangebot. Darf ich reinkommen, ohne dass du mich grillst?«

Die Arme vor der Brust verschränkt, verfolgte ich jeden seiner Schritte, bis er schließlich neben meinem Bett stand und mir das Tablett hinhielt. Zwei Stücke Karamellkuchen und eine Tasse Tee standen darauf. Mistkerl.

»Zieh nicht so eine Schnute, Prinzessin.«

»Ich ziehe keine Schnute«, brummte ich und nahm das Tablett entgegen.

Eine seiner Augenbrauen hob sich. »Ist das ein *Ja?*«

Ohne abzuwarten, ließ er sich auf meinem Bett nieder und begann damit, seine Finger zu kneten. »Lya, ich kann dir nicht alles sagen und ich weiß, dass dich das fuchst, aber du musst mir vertrauen, dass es besser so ist.«

Als ich zu einer Antwort ansetzen wollte, hob er warnend eine Hand. Missmutig biss ich in meinen Kuchen und nahm einen Schluck des heißen Tees, der ein Kribbeln in meinem Hals auslöste. »Vor einiger Zeit hatte ich eine ziemlich ungemütliche Begegnung mit einigen Typen, die zurzeit in London unterwegs sind«, begann Roy zögerlich und warf mir einen Seitenblick zu, ehe er wieder auf seine Hände schaute. »Dein Vater hat mich gebeten, dich von diesen Kerlen fernzuhalten, aber ich fürchte, sie wissen längst, dass ich mit einem königlichen Spross unterwegs bin. Wenn sie dich in die Finger bekommen ...«

Der Kuchen verharrte bewegungslos vor meinem Mund in der Luft. »Darum geht es? Roy, ich kann sehr gut auf mich aufpassen. Ich denke, das habe ich heute mehr als bewiesen.«

Langsam schüttelte Royath den Kopf. »Glaub mir, Kleines. Diese Typen sind ein anderes Kaliber, und sie wissen, wie man einen Dämon dingfest und hilflos macht.«

Ich legte eine Hand an sein stoppeliges Kinn. »Deswegen hast du mich auf diese Schule geschickt? Um mich zu verstecken?«

Er zuckte mit den Schultern. »Zumindest so lange, bis sie abgezogen sind. Ich habe keine Ahnung, wo sie gerade sind, wie sie aussehen oder was sie wissen, aber sie sind gefährlich, und sie sind hier. Ich brauche mehr Zeit, um etwas herauszufinden.«

»Sprechen wir von Dämonen?«

Roy zögerte einen Moment zu lange, bevor er nickte. »Ja. Aber welche, die dein Dad nicht kontrollieren kann.«

»Das ist der eigentliche Grund, wieso du hier bist, oder? Du sollst die Augen offen halten. Es geht hier gar nicht nur um meinen Abschluss oder mich oder meine Sicherheit.« Aufmerksam sah ich ihn an, doch er hatte nur Augen für das breite Lederarmband an seinem linken Handgelenk.

»Das ist einer der Gründe, ja.« Roy fuhr sich durch die schwarzen Haare und schaute zu mir. »Dein Vater hat mich darum gebeten, dir nichts zu sagen, um dich zu schützen.«

Kaum merklich schüttelte ich den Kopf. »Es ist immer besser, wenn zwei die Augen offen halten.«

Ohne den Blick abzuwenden, ließ ich das letzte Stück des Kuchens in meinem Mund verschwinden.

»Lya, halte dich da raus, okay? Bleib einfach dort, wo sie dich nicht in die Finger bekommen, und verhalte dich ruhig, bis dieser ganze Mist vorbei ist. Verstanden?«

Ich verzog das Gesicht und zuckte die Achseln. »Sollen sie doch kommen«, murmelte ich und schaute in meinen dunklen Tee, als würde ich dort die Antworten finden, die Royath mir so offensichtlich vorenthielt.

»Fein.« Roy klatschte sich auf die Oberschenkel. »Dann haben wir das ja geklärt und können endlich schlafen. Träum süß, Prinzessin.«

»Dir ist hoffentlich bewusst, dass noch lange nicht alles geklärt ist, Royath«, gab ich schärfer als beabsichtigt zurück und stellte Tee samt Tablett zur Seite.

Ein kühler Ausdruck trat auf seine Züge, dann drehte er sich zur Tür. »Mehr gibt es im Augenblick nicht zu besprechen. Ich habe alles gesagt, was ich sagen musste. Gute Nacht, Elyanor.«

Kapitel 7

»Fünf Minuten noch!« Die Stimme unserer Sportlehrerin Mrs Cluton schallte, gefolgt von einem grellen Pfiff, durch die Halle zu mir und den Jungs, die es in das Wettkampfteam geschafft hatten. Seit einer halben Stunde ließ sie uns jetzt schon im Kreis laufen, während die restlichen Schüler, die von diesem Training verschont blieben, in der anderen Hälfte der Halle weiter an Geräten für die nächste Notenabnahme übten.

Ich strich mir eine Strähne aus dem Gesicht und beschleunigte etwas, als das Kribbeln in meinem Rücken stärker wurde.

Zayden hatte mich während des gesamten Sportunterrichts nicht aus den Augen gelassen, und langsam, aber sicher wurde er mir unheimlich. Mittlerweile hatte ich verstanden, dass mit ihm etwas nicht stimmte. Der Energieaustausch vor zwei Tagen hatte das mehr als bewiesen, nur war ich mir noch immer nicht sicher, was genau Zayden von den Menschen unterschied.

Avan, der jüngere meiner beiden älteren Brüder, hatte mir einmal von Dämonen erzählt, die sich auf Menschen eingelassen hatten, ohne dafür zu sorgen, dass es keine kleinen Halbdämonenbabys gab.

Ich warf einen kurzen Blick über meine Schulter zu Zayden und richtete meine Augen dann wieder stur geradeaus. Da eine Verbindung zwischen Mensch und Dämon verboten war (darauf stand die Höchststrafe), wusste ich nichts über jene Wesen, die aus solchen Beziehungen hervorgingen, wenn es doch einmal geschah. Möglicherweise war Zayden so ein Hybrid – aber müsste ich das nicht merken? Schließlich würde das bedeuten, dass er zur Hälfte mein Blut in sich trug.

»Zwei Minuten! Kommt schon, es kann doch nicht sein, dass Elyanor Sie alle abhängt!«, donnerte die unzufriedene Stimme unserer Lehrerin durch die Halle – und meine Gedanken.

Das Kribbeln wurde stärker und kündigte Zayden Sekundenbruchteile, bevor er schließlich neben mir lief, an. Hybridwesen hin oder her, er war scharf. Seine blonden Haare hatte er hinten zusammengebunden, sodass die kürzeren, unteren Strähnen in seinem Nacken hingen, und seine grünen Augen blitzten auf, als er meinen Blick erwiderte.

Ich zuckte unwillkürlich zusammen und verstärkte meine mentalen Barrieren, bis mein Kopf dröhnte.

Eine Weile liefen wir schweigend nebeneinander her. Die ganze Zeit über spürte ich seinen Blick auf mir ruhen, wie eine kleine, knisternde Flamme, was mich langsam, aber sicher in den Wahnsinn trieb – bis ich mich ihm schließlich zuwandte und seinen bohrenden Blick herausfordernd erwiderte. »Ist was?«

Einer seiner Mundwinkel zuckte, dann drehte er endlich den Kopf nach vorne. »Ich frage mich nur gerade, wer du eigentlich bist, Elyanor Edenmore.«

Die Art, wie er meinen Namen aussprach, verursachte mir einen Schauer nach dem anderen, eine gänzlich neue Erfahrung für jemanden wie mich, der sich, meinen Vater einmal ausgenommen, vor niemandem fürchtete.

Ich schob das Kinn vor und legte einen Gang zu; Zayden folgte mir.

»Weißt du, das ist lustig, die gleiche Frage stelle ich mir auch schon die ganze Zeit.«

Ein freudloses Lächeln glitt über seine Züge, bevor er sich wieder distanzierte. »Mal sehen, wer es zuerst rausfindet, was?«

Die Augenbrauen gehoben, zuckte ich mit den Achseln. »Ich weiß mehr über dich, als du denkst«, gab ich zurück. Ein Schuss ins Blaue, aber vielleicht konnte ich ihn aus der Reserve locken. Außerdem hatte mir Annie ja einiges über seinen Hintergrund berichtet.

»Du bluffst. Außerdem sind die Dinge, die man sich erzählt, und die Person, die ich tatsächlich bin, zwei gänzlich verschiedene Dinge.« Seine grünen Augen nahmen ein dunkles Waldgrün an, bevor er den Blick abwandte. »Ich bin kein Freund von nachgeplapperten Sätzen ohne Bedeutung, aber Elyanor«, er hielt inne und wartete, bis ich wieder zu ihm sah, »du bist in vielerlei Hinsicht ein offenes Buch für mich.«

Meine Wangen röteten sich. »Ach ja?«

Der Pfiff von Mrs Cluton unterbrach Zayden und mich in unserer kuriosen Unterhaltung, bei der mir dämmerte, dass nicht die gesprochenen Worte die eigentliche Nachricht enthielten, sondern die *unausgesprochenen*. Seufzend folgte ich den Jungs zu unserer Lehrerin. Was war denn bitte so schwer daran, einfach zu sagen, was man im Sinn hatte?

»Leute, ich möchte nächste Woche Sprints mit euch üben. Mit euch allen, den Wettkämpfern und den anderen. Ihr könnt voneinander lernen und vielleicht entdecken wir ja noch ein verborgenes Talent.« Ihre Augen flogen einmal mehr über die Liste in ihren Händen. »Okay, die Distanz heute war okay, aber definitiv noch ausbaufähig. Wenn dieses Team eine realistische Chance bei den britischen Schulmeisterschaften haben soll, dann müssen wir mehr als einen Zahn zulegen. Und Elyanor und Zayden, auch wenn Sie die Spitze anführen, verschieben Sie Ihre Privatgespräche doch bitte auf die Pause.«

Zu gerne, brummte ich in Gedanken und verschränkte die Arme vor der Brust.

Mrs Cluton klatschte in die Hände. »Gut, das war's für heute, ab unter die Dusche, wir sehen uns am Dienstag wieder.«

Schwerfällig ließ ich mich auf den Stuhl gegenüber von Annie fallen, die von ihrem Buch aufschreckte. Wir hatten uns in der Freistunde in einem der kleinen Cafés der Schule verabredet, um endlich das Geschichtsprojekt zu besprechen.

»Was ist denn mit dir passiert?«

Ich zog die Augenbraue mit der weißen Narbe hoch und legte meine Tasche zur Seite. »Was soll sein?«

»Du siehst aus, als hättest du seit Tagen keinen Schlaf bekommen. Alles gut?«

Auch wenn Annie mit ihrer Vermutung nah an der Wahrheit dran war, schob ich es ihr gegenüber auf das Training. Tatsächlich hatte ich wirklich die vergangenen zwei Nächte kein Auge zugetan. Roys lückenhafte Erklärungen, mein Heimweh und nicht zuletzt ein Teufel mit grünen Augen hatten mich nicht losgelassen.

Und auch wenn mich Royath letzte Nacht mehr als einmal verwöhnt hatte, das Gedankenkarussell in meinem Kopf hatte keine Ruhe gegeben.

Mal abgesehen davon, nagte der Umstand, dass mich mein Vater in einer Streberschule parkte, um mich von irgendwelchen dubiosen Typen fernzuhalten, anstatt mit mir zu reden, mehr an meinem Ego, als ich je zugeben würde.

»Wollen wir das Projekt verschieben? Es ist erst nächste Woche fällig.«

Ich winkte ab und schob den Wust an Gedanken resolut zur Seite. »Schieß los. Was müssen wir machen?«

Annie schob sich eine Brille auf die Nase und verschwand förmlich in dem Buch vor sich. Daneben stand eine einsame, vergessene Tasse Kaffee. »Es geht um die Kolonien Englands und die Zeit, in der Australien zu unserem Empire gehörte.«

Das Gähnen, das mir über die Lippen kam, musste ich nicht einmal spielen. »Klingt ja unheimlich spannend.«

Sie bedachte mich mit einem finsteren Blick. »Lya, ich habe wirklich keine Lust, das alleine zu machen. Außerdem müsstest du doch als Neuseeländerin einiges darüber wissen, oder?«

Wäre ich eine echte Neuseeländerin, dann ja, vermutlich hätte ich von der Geschichte gehört. War ich aber nicht, und auf der Dämonenschule wurden einem eher andere Dinge beigebracht als die schrecklich langweilige Menschheitsgeschichte. Wie man seine Energie in Feuer umwandeln konnte beispielsweise. Ich grinste.

»Ist diese Grimasse ein *Ja* oder ein *Nein?*«

Ein Wirbel aus schwarzen Haaren preschte in das Café und lenkte meine Aufmerksamkeit von Annie und dem langweiligen Projekt auf ein ganz anderes *Projekt*. Das war doch mal deutlich interessanter.

Leila kam mit wütender Miene und zu Fäusten geballten Händen an unseren Tisch gestürmt, nachdem sie uns entdeckt hatte, und ließ sich, ohne zu fragen, steif auf dem freien Stuhl nieder. Es fehlte definitiv nicht mehr viel und es würden Funken aus ihren Augen auf mich niederregnen. Sie wäre der geborene Dämon. Vielleicht sollte ich ihr das mal verklickern.

»Hi Leila«, begrüßte ich sie zuckersüß (exakt der Tonfall, den ich anschlug, bevor ich jemanden in die ewigen Abgründe beförderte), nachdem ich bereits wusste, worum es ging.

»Spar dir dein *Hi*, Elinor.«

Annie beugte sich etwas vor, nachdem ihr Blick zwischen Leila und mir hin- und hergewandert war. »Also eigentlich heißt sie *Elyanor*.«

»Mir ist scheißegal, wie sie heißt«, fauchte Leila, sodass uns jetzt einige der Gäste erwartungsvoll beobachteten. Ich rollte mit den Augen.

»Komm mal wieder runter, *Prinzessin*. Du kannst ihn ja haben.« Einen Moment lang sah sie mich nur verdattert an und klimperte mit ihren langen, schwarzen Wimpern, auf die ich, zugegebenermaßen, ein kleines bisschen neidisch war. »Zayden. Ich will nichts von ihm, und es war ganz sicher nicht meine Absicht, mit ihm in das Wettkampfteam zu kommen, um dir eins reinzuwürgen.«

»Du kommst dir aber auch total toll vor, oder? Aber Zayden fällt da nicht drauf rein; das kannst du dir abschminken, *Elinor*«, schoss Leila zurück und stellte ihre Ellenbogen auf dem Tisch auf.

Selbstgefällig lehnte ich mich auf meinem Stuhl zurück und schob das Kinn ein kleines Stückchen vor. »Fahr einen Gang runter und entspann dich, Schwester. Du kannst ihn gerne weiterhin anschmachten, ich werde dir nicht im Weg stehen. Wirklich, er gehört ganz dir.«

Auch wenn ich es normalerweise vermied, allzu viel in den Gedanken der Menschen herumzupfuschen, dieses Mal konnte ich es mir nicht verkneifen. Zielstrebig schlüpfte ich in Leilas Kopf und fischte mir die benötigte Information heraus, ohne dass sie es bemerkte, und spielte das Ass aus. »Ich bin mir sicher, er wird auch irgendwann einmal einen deiner Briefe lesen und beantworten. Du musst nur daran glauben, meine Liebe.«

Ihre Wangen röteten sich, während der Rest ihres Gesichtes aschfahl wurde. Annie verkniff sich sichtlich ein Lachen bei Leilas Anblick und tat rasch so, als würde sie in ihrem Buch lesen (es lag falsch herum, weil sie mir eigentlich etwas hatte zeigen wollen, bevor uns Leila so rüde unterbrochen hatte).

Dann hatte sie sich wieder gefasst und ging in die Offensive. »Du hältst viel zu viel von dir, weißt du das eigentlich? Du wirst schon noch lernen, wo dein Platz hier ist – und der ist sicher nicht neben Zayden«, verkündete sie unheilvoll, bevor sie sich erhob und ihre Haare über die Schulter zurückwarf. »Man sieht sich.«

Kaum war sie aus dem Café gestürmt, da verfielen Annie und ich auch schon in ein Prusten, das zu einem ungehaltenen Lachen wurde.

»Himmel, hast du ihr Gesicht gesehen? Du bist vermutlich die Erste, die ihr mal Kontra bietet.« Annie lehnte sich weiter vor und grinste breit; so hatte ich sie noch nie gesehen. »Auch wenn sie dich jetzt auf dem Kieker hat. Pass bloß auf, die kann Himmel und Hölle in Bewegung setzen, wenn es sein muss.«

Unbeeindruckt rutschte ich tiefer auf meinem Stuhl herunter und überschlug die Beine. »Wenn einer die Hölle in Bewegung setzen kann, dann bin ich das, glaub mir.«

Mir kamen ihre letzten Worte wieder in den Sinn. Eigentlich erstaunlich, dass jemand wie sie, der keine Ahnung von dem hatte, was um sie herum geschah, so ins Schwarze treffen konnte. Zayden und ich passten nicht nur nicht zusammen, es war, als würden wir uns auf unserer inneren Ebene gegenseitig abstoßen. So hatte es sich zumindest angefühlt, als unsere Energien aufeinandergetroffen waren.

»Solange du dich jetzt nicht auch noch ihrem Kandidaten Nummer zwei näherst.«

Wissend verzogen sich meine Lippen zu einem Lächeln. »Du meinst Lennox?«

Annie riss die Augen auf. »Hör mal, wie kann es sein, dass du noch keine ganze Woche an unserer Schule bist und schon so gut wie in jeder Hinsicht an die falschen Ecken gestoßen bist?«

»Hm, würdest du mir abkaufen, wenn ich sage, ich wäre das Böse in Person und fühle mich von Risiken und Schwierigkeiten geradezu angezogen?«

Einen Moment lang sah mich Annie nachdenklich an, dann nickte sie. »Definitiv.«

Wieder lachten wir, bis uns andere, die augenscheinlich irgendwelchen langweiligen Schulprojekten nachgingen, finstere Blicke zuwarfen, weil wir die Stille störten.

»Wo hast du Lennox kennengelernt?«

Ich zuckte mit einer Schulter. »Er ist mir vor die Füße gelaufen. Geht der auch hier auf die Schule?«

Annie schüttelte den Kopf. »Zayden und seine kleine Schwester sind die Einzigen, aber als Leila und ich noch jünger waren, war Lennox noch hier auf der Schule. Zayden kam erst später dazu. Ich schätze mal, als Leila geschnallt hat, dass sie an Lennox nicht rankommt, hat sie sich den nächsten Darahia-Jungen ausgesucht.«

Die Stirn gerunzelt, drehte ich an dem goldenen Ring an meinem Daumen. »Sie sollte mit ihrer Besessenheit dringend zu einem Arzt gehen. Damit würde sie uns allen einen Gefallen tun.«

»Wem sagst du das? Also, fangen wir an?«

Nachdem ich mir noch einen Kaffee geholt hatte – Kaffee gab es übrigens auch im Hades –, setzte ich mich mit Annie vor die Bücher und begann unzählige Seiten langweiliges Zeug durchzulesen und herauszuschreiben, bis sie endlich genug davon hatte.

Für meine hoffentlich kurze Zeit hier am *King Albert College* nahm ich mir vor, nicht noch einmal mit Annie zusammenzuarbeiten, nachdem sie sich heute als unglaubliche Streberin entpuppt hatte.

»Und du willst ganz sicher nicht vor der Party zu mir kommen?«, fragte Annie heute zum zehnten Mal, als wir die letzte Stunde für heute – Biologie – hinter uns hatten und auf den Gang traten. »Wir könnten uns zusammen fertig machen und peinliches Mädchenzeug durchziehen.«

Um uns herum wimmelte es nur so von Schülern in ihren blau-grün-weißen Uniformen, die es nicht abwarten konnten, endlich ins Wochenende zu gehen und die Schule für zwei süße Tage hinter sich zu lassen.

Ich schaute zu Annie, die wieder ihren flehenden Blick aufgesetzt hatte, um mich weichzuklopfen. Nur lag es in meiner Natur, dass solche Blicke rückstandslos an mir abprallten – konnte sie ja nicht wissen.

»Und weißt du, eigentlich bräuchte ich auch noch Hilfe, ein passendes Kleid auszusuchen«, fügte sie deutlich leiser an.

Das ließ mich aufhorchen. Nicht ihre Worte selbst, sondern das, was darin lag. Wissend verzogen sich meine Lippen zu einem Lächeln. »Wer ist es?«

Ein dunkler Ausdruck trat auf ihre Züge. »Lya, es hat nicht

immer etwas mit einem Jungen zu tun, wenn man sich mal aufbrezeln will.«

Mein Blick musste ihr reichen, denn sie hob kapitulierend die Hände, sodass ihr beinahe die Tasche von der Schulter rutschte.

»Okay, okay. Er ist im Studienvorbereitungskurs.«

Mein Grinsen wurde breiter. »Komm schon, spuck's aus oder ich hole mir die Infos aus deinem Kopf.«

Sie verzog das Gesicht und sah mich skeptisch an. »Weißt du, das würde ich dir sogar zutrauen. Manchmal bist du echt unheimlich.«

Ein ehrliches Lachen kam über meine Lippen, das ich rasch unterband, als ich Annies Gesichtsausdruck bemerkte. »Gut, dann erzähl es mir eben nicht.«

Annie spitzte die Lippen und ließ hörbar den Atem durch ihre Nase entweichen, was irgendwie nicht so ganz zu ihrem unschuldigen, gepflegten Verhalten passte.

»Elijah, sein Name ist Elijah und na ja ...«, nervös fuhr sie sich durch ihre Haare, »er hängt ab und zu mit Zayden ab, weil sie früher, bevor Zayden Probleme mit dem Gesetz bekommen hatte, in dieselbe Jahrgangstufe gegangen sind.«

»Und weiter?«

Gemeinsam schoben wir uns in Richtung der Treppe und versuchten, dem Gedrängel irgendwie zu entkommen, aber an einem Freitag war das unmöglich. Resigniert zog ich meine Mauern noch höher und richtete mein Augenmerk auf Annie, die mit jeder Sekunde mehr die Farbe von überreifen Tomaten annahm.

»Er hat rotbraune Haare und wunderschöne blaue Augen.« Ihr Ausdruck bekam etwas Verträumtes, das ich niedlich fand, dann riss sie sich wieder zusammen. »Und ich will ihn beeindrucken. Seit ich denken kann, sehe ich Elijah vor mir, wenn ich an meinen Traumprinz denke, verstehst du?«

Nein, verstand ich nicht, aber ich nickte trotzdem, das verlangte Annie schließlich von mir. Ich war mir inzwischen sicher, dass Annie darüber froh war, dass ich an meinem ersten Tag hier an der Streberschule ausgerechnet auf dem Platz neben ihr gelandet war. Klar, sie hatte Clara und Maddie (und diesen schrägen Vogel Zeek), aber vermutlich waren das eher oberflächliche Freundschaften. Es würde schwer für sie werden, wenn ich mich in ein paar Wochen in Luft auflösen würde – nachdem was mit ihrem Vater und ihrem kleinen Bruder geschehen war.

Verwirrt legte ich eine Hand auf meine Brust und runzelte die Stirn. In mir regte sich ein Gefühl, das ich erst ein- oder zweimal verspürt hatte. *Mitgefühl.* Und es kribbelte in meinem Körper, als würde Zayden wieder neben mir stehen – was er im Augenblick glücklicherweise nicht tat.

Unwillkürlich schüttelte ich den Kopf, schob bestimmt meine Bedenken bezüglich menschlicher Berührung beiseite und legte meinen Arm um Annies Schultern. Ihre Haut fühlte sich kühl an im Vergleich zu der Hitze, die durch meine Adern schoss und mein Innerstes ausmachte.

»Hast du Erfahrung mit Jungs?«, fragte ich und ließ Annie nicht aus den Augen.

Sie zuckte die Achseln und wurde noch ein kleines bisschen röter. »Zählt ein Kuss auf die Wange?«

Ich riss die Augen auf und blieb stehen, sodass ein Schüler in mich lief und mir einige gemurmelte Flüche an den Kopf warf.

Sorry Kleiner, ich bin schon verflucht, danke.

»Das ist nicht dein Ernst, oder? Du siehst verdammt scharf

aus, bist intelligent und hast noch keinen an der Angel gehabt?«

»Lya, vielleicht etwas leiser, okay?«, zischte sie und riss mich mit sich.

Ein Schmunzeln konnte ich mir nicht verkneifen.

Wir erreichten das überfüllte Foyer, in dem Eltern auf ihre Kinder warteten, um sie für das Wochenende nach Hause abzuholen, Schüler mit Koffern, die auf ihre Eltern warteten, oder Erwachsene, die in Gespräche mit Lehrern verwickelt waren. Es herrschte ein hoher Lärmpegel hier unten und ich wäre am liebsten davongerannt – oder hätte wahlweise alles in Flammen aufgehen lassen, je nachdem.

»Fährst du auch manchmal nach Hause? Am Wochenende meine ich«, fragte ich und nickte in Richtung der Eltern, als mich Annie nach rechts in einen breiten Gang zog.

Ein goldenes Schild verriet, wo sie hinwollte: *Zu den Schlaftrakten.*

»Nein. Ich bleibe hier. Manchmal holt mich meine große Schwester ab und wir verbringen einige Zeit zusammen, aber das war's auch schon. Komm, wir unterhalten uns woanders weiter.«

Ihre peinliche Berührtheit von eben war verschwunden, stattdessen hatte sich Traurigkeit in ihre Stimme geschlichen, und das Gefühl in meinem Inneren wurde wieder stärker. Was hatte diese Annie nur an sich?

Wir liefen schweigend durch den breiten Gang, der an einer doppelflügligen Tür aus dunklem Holz endete, die Annie aufschob und für mich aufhielt.

Dahinter schloss sich ein gewaltiger Saal an, dessen Zentrum ein riesiger Kamin bildete, vor dem einige Sofas, Sessel und Sitzkissen auf einem gigantischen Perserteppich drapiert waren. Die Wand rechts des Kamins bestand vollständig aus Bücherregalen, links führte eine ausladende Treppe in das obere Geschoss, das als offene Galerie in den Saal hineinragte. Drei Schüler saßen auf einem der Sofas, vertieft in Bücher oder ihre Handys.

Im Augenblick brannte kein Feuer.

»Das ist der große Aufenthaltsraum, es gibt aber noch fünf kleinere, die überall im Internat verteilt sind. Wenn der Kamin an ist, kann man leicht vergessen, dass man hier mitten in London ist.«

Nachdenklich nickte ich. In meinem Zuhause, dem einzigen Gebäude, das sich grundlegend von allen anderen Bauten des Hades unterschied, hatten wir unzählige Kamine, die mindestens genauso groß waren. Mein Vater pflegte zu betonen, dass uns das Feuer daran erinnern sollte, was wir waren. Wesen, die im Feuer geboren wurden. Außerdem dienten sie uns als Portale.

Ob dieser Kamin auch eine *Dämonentür* war?

Vielleicht würde ich irgendwann die Möglichkeit bekommen, es herauszufinden, aber nicht jetzt.

Ich legte den Kopf in den Nacken und schaute an die hohe Decke, die mit Holz verkleidet war. Dieser Raum erinnerte mich stark an unser Wohnzimmer im Hades.

Das Haus, in dem der Teufel persönlich residierte, war ein Palast aus weißem Stein, der im Kontrast zu so ziemlich allem stand, was der Hades sonst zu bieten hatte, und war exakt so eingerichtet, wie man sich ein altertümliches Schloss vorstellte.

Ein Lächeln trat auf meine Züge, als mein Zuhause vor meinen Augen erschien.

»Die Treppe führt hoch zu den Zimmern. In den ersten zwei Stockwerken wohnen die Jungs, darüber die Mädchen.«

Ich nickte und Annie steuerte auf die Treppe zu, die mit einem dunkelroten Teppich ausgelegt war. In der Mitte war der Teppich ein wenig ausgetreten, was von den unzähligen Schülern zeugte, die hier seit Jahren rauf- und runterliefen.

Annie wandte sich zu mir um, als sie die Treppe erreicht hatte und ich noch immer mitten im Raum stand, um die Eindrücke in mich aufzunehmen.

»Lya?«

Ich schaute zu ihr und verscheuchte das Bild vor Augen, das sich über den Aufenthaltsraum gelegt hatte.

»Ist es okay für dich, wenn wir oben reden? Oder musst du nach Hause?«

Der Gedanke an Royath, der vermutlich draußen vor dem College auf mich wartete, ließ mich das Gesicht verziehen. Der konnte gut und gerne mal etwas schmoren. Würde ihm und seinem überdimensionalen Ego sicher nicht schaden.

»Klar, zeig mir dein Zimmer. Ich kann später immer noch meine Sachen holen oder sie herbringen lassen.«

Mit einigen Schritten durchmaß ich den Saal und folgte Annie über die knarrenden Holzstufen in den vierten Stock, dort befand sich ihr Zimmer.

Keine Ahnung, was ich mir bisher unter einem Internatszimmer vorgestellt hatte, aber jedenfalls nicht das, was mich begrüßte, als wir ihren Raum betraten.

Ein helles, großzügiges Zimmer, das es einrichtungstechnisch locker mit unserer Suite am Hyde Park aufnehmen konnte und für das Menschen unter anderen Umständen eine gute Stange Geld hinblättern müssten.

Ein ausladendes Himmelbett aus weiß lackiertem Holz, das

über und über mit pastellfarbenen Kissen bedeckt war, dominierte das Zimmer. In einer kleinen Gaube stand ein breiter, ebenfalls weißer Schreibtisch. Links von uns befand sich eine Sitzecke, die in einem hellen Grün gehalten war. Die gesamte rechte Wand bestand aus Schränken, Regalen und Kommoden. Ein heller Hochflorteppich schluckte meine Schritte, als ich in Annies Zimmer trat.

»Scheint, als hättest du Gitterstäbe und eine Pritsche erwartet.«

Ich schüttelte den Kopf und stellte meine Tasche ab.

»Eigentlich weiß ich nicht, was ich erwartet habe, nur eben nicht das.«

Sie lächelte und ließ sich auf ihrem Bett nieder. »Also, hilfst du mir wegen Elijah.«

Schwungvoll ließ ich mich neben Annie nieder, kickte die Schuhe von meinen Füßen und zog die Beine an. »Worauf du Gift nehmen kannst, Schwester. Kommt natürlich darauf an, was dein Kleiderschrank so hergibt.«

Auch wenn ihr Lächeln breiter wurde, verschwand der traurige Ausdruck nicht gänzlich aus ihren braunen Augen.

Seufzend lehnte ich mich auf meine Unterarme und griff nach einem der unzähligen Kissen – eine Plüscherdbeere.

»Okay, Annie, aber erst einmal reden wir. Nicht über Elijah oder Klamotten. Was hast du auf dem Herzen.« Es war eigentlich lächerlich, dass ausgerechnet *ich* sie das fragte. Wenn man den Geschichten der Menschen glaubte, dann war der Teufel das Übel in Person und, na ja, ich war seine Tochter. Was also brachte mich dazu, mich nach den Herzensangelegenheiten eines Menschen zu erkundigen? Mein Vater würde mir den Hals umdrehen und sich dann in Grund und Boden schämen für seinen jüngsten Sprössling.

Annies Augen wurden rot und sie senkte den Blick. »Das weiß hier so gut wie niemand«, murmelte sie und fuhr mit einer Hand verlegen über die helle Tagesdecke.

Aus einem Impuls heraus griff ich nach ihrer Hand und drückte sie, wirklich, ich hatte keinen blassen Schimmer, wieso ich auf einmal das Bedürfnis hatte, sie zu berühren.

»Dann fange ich an, Annie.«

Sie blickte durch ihren weißblonden Schleier zu mir rauf und zog die hellen Augenbrauen zusammen. »Deine Mum?«

Ich nickte. »Das Schlimmste an all dem ist, dass ich mich nicht einmal richtig an sie erinnern kann, weißt du?« Dieses Geständnis hatte ich noch niemandem gemacht, wie mir in diesem Augenblick klar wurde. Nicht einmal Reena, und wir hatten eigentlich keine Geheimnisse voreinander. »Ihr Name war Heather. Vermutlich war sie mir ziemlich ähnlich, blond, klein und hatte helle Augen. Dad hat sie nach seiner ersten Frau kennengelernt, die er dann sofort in die Wüste geschickt hat.«

Anstatt der Traurigkeit war nun Neugier in Annies Augen getreten und sie hatte sich etwas aufgesetzt. »Die Mutter von Roy?«

Langsam nickte ich. Ich musste bloß aufpassen, dass ich mich in meinem Lügennetz nicht verheddere.

»Ja, ich habe Teona nie kennengelernt, aber den Geschichten nach, ist das ein Segen.« In Gedanken kehrte ich zurück zu Heather, Mum. »Meine Mutter hat mir einen Brief hinterlassen und meinen Namen. Das ist alles.«

Annie erwiderte den Händedruck. »Ich weiß nicht, was schlimmer ist. Einen geliebten Menschen zu verlieren oder niemals die Chance gehabt zu haben, ihn kennenzulernen. Was ist mit deinem Dad, kann er dir nichts über Heather erzählen?«

142

Mir gefiel es, wie selbstverständlich Annie den Namen meiner Mutter aussprach, so als wäre sie nicht nur eine Gestalt in meiner Vorstellung.

Ich schüttelte den Kopf. »Er spricht nicht über sie. Nach ihrem Tod hat er nie wieder ihren Namen in den Mund genommen. Eine Sackgasse, fürchte ich.«

Wir schwiegen und ich hörte den Wind vor dem Fenster heulen. Auch wenn es erst vier war, legte sich bereits die Dunkelheit über die Stadt. Ob Roy immer noch unten stand und auf mich wartete?

»Vor knapp drei Jahren hatten mein kleiner Bruder Henry und mein Vater einen Autounfall. Der Wagen hat sich überschlagen, nachdem er von der vereisten Straße abgekommen war. Die Polizei meinte, sie seien sofort tot gewesen und hatten nicht erleben müssen, wie alles in Flammen aufging.« Zittrig holte sie Luft und ihre Schultern bebten, trotzdem war ihre Stimme fest, als sie fortfuhr. »Meine Mutter ist danach im wahrsten Sinne des Wortes durchgedreht. Sie wurde stark depressiv, hatte Aussetzer, und na ja, nachdem meine Schwester Felicity mehr oder weniger auf die Uni geflohen ist, bin auch ich abgehauen.« Die ersten Tropfen klatschten gegen das Glas des Fensters und das Zimmer wurde in ein Dämmerlicht getaucht. »Henry war erst sechs, viel zu jung, um zu sterben. Und Dad ...« Annie schüttelte langsam den Kopf, sodass ihr die hellen Haare in die Stirn fielen.

Und dann tat ich etwas, was ich vor wenigen Tagen noch um jeden Preis verhindert hätte, ich beugte mich vor und schlang meine Arme um die schmale Annie, die sich wie ein kleines Höllenkätzchen an mich schmiegte und lautlos zu weinen begann.

Ehrlich gesagt, hatte ich wenig Erfahrung mit Trösten,

meine beste Freundin Reena würde mich umbringen, wenn ich ihre taffe Seite in irgendeiner Art untergraben würde, deswegen fuhr ich etwas unbeholfen über Annies Rücken und murmelte leise Worte in meiner Muttersprache. Worte, die ich nie wirklich zu hören bekommen hatte und die sich trotzdem aus einem Grund in meiner Erinnerung befanden.

Annie löste sich langsam von mir und fuhr sich über die Augen. »Es tut mir leid, Lya. Wir kennen uns noch keine Woche und schon heule ich dich voll.«

Ich winkte ab und setzte mich in den Schneidersitz. »Dafür brauchst du dich nicht entschuldigen.«

Ein kleines Lächeln erschien auf ihren Zügen, dann zog sie ihre weißen Augenbrauen zusammen. »Vielleicht solltest du mal zu einem Arzt gehen, du bist ziemlich heiß. Also, deine Haut meine ich.«

Okay, womöglich gab es auch noch andere Gründe, dass ich mich von menschlichen Berührungen weitestgehend fernhalten sollte. Meine Körpertemperatur entsprach nicht ganz der menschlichen. Nicht im Geringsten.

»Mir geht es gut, Annie.«

Nicht restlos überzeugt nickte sie und wischte sich die letzten Tränen aus den Augenwinkeln. »Okay, genug im Mitleid gesuhlt. Suchen wir uns etwas Schönes für heute raus.«

Von neuem Elan gepackt, sprang Annie vom Bett, knipste das Licht an und riss einige Türen der Schrankwand auf. Zum Vorschein kam eine beeindruckende Auswahl an Kleidern und sonstigen Klamotten, die sie mir stolz präsentierte.

Ich pfiff durch die Zähne und stand ebenfalls auf. »Los geht's.«

Kapitel 8

Lautlos kam ich auf dem gefliesten Boden der Dachterrasse unserer Suite auf und ließ meine nachtschwarzen Flügel hinter mir verschwinden. Das Gefühl, sie wieder in meinen Rücken zu schicken und meine Energie in einen engen Käfig zu sperren, war mehr als unangenehm und verursachte mir einen Schauer nach dem anderen, als ich über die Terrasse auf die Glastür zulief. Mit einem Blick entriegelte ich sie und stolzierte in das warme Wohnzimmer, das vom Duft von Zucker und etwas Verbranntem erfüllt war.

»Luzifer! Wo zur Hölle hast du eigentlich gesteckt?«

Roy kam aus der Küche auf mich zu, nur in ein dunkelgraues Handtuch gehüllt, das ihm verboten tief auf der Hüfte saß. Ich konnte die feine, dunkle Haarespur erkennen, die von seinem Bauchnabel hinabführte, und die Muskeln, die seinem unteren Bauch dieses verführerische V gaben.

Sein Grinsen wurde anzüglich. »Gefällt dir, was du siehst? Wir können das gerne weiter vertiefen.«

Jählings schoss mein Blick wieder zu seinem Gesicht und ich schob meine Gedanken wieder in einen jugendfreien Rahmen. »Heute nicht, Roy, ich bin verabredet und will nur kurz etwas holen.«

Neugierig verschränkte er die Arme vor der Brust.

»Verabredet? War es auch die Verabredung, wo du heute den ganzen Nachmittag rumgehangen hast? Ich stand geschlagene zwei Stunden vor dem College und habe auf dich gewartet.«

Ich verdrehte die Augen. »Lügner. Reg dich ab, es ist alles okay.«

Mit großen Schritten lief ich an ihm vorbei in mein Zimmer und ließ die Tür mit einem Wink ins Schloss fallen.

Roy interessierte meine Privatsphäre genauso wenig wie die Bedeutung einer geschlossenen Tür. Kaum war sie zu, riss er sie auch schon wieder auf und folgte mir.

»Luzi, wir haben doch darüber gesprochen, dass es da draußen gefährlich ist. Zumindest momentan.«

Genervt stieß ich den Atem aus und wandte mich zu ihm um. Das Handtuch musste ihm jeden Moment von der Hüfte fallen, so locker, wie es mittlerweile saß.

»Ich war in der Schule, okay? Im Internat bei einer Klassenkameradin.« Das Wort *Freundin* brachte ich nicht über die Lippen, denn die Genugtuung, dass mir das Leben auf dem College vielleicht doch gar nicht so sehr gegen den Strich ging, wie ich es immer alle glauben ließ, gönnte ich ihm nicht. »Und genau dahin gehe ich auch gleich zurück. Wir verbringen einen gemeinsamen Abend.«

Royath fielen beinahe die goldenen Augen aus dem Kopf, dann lachte er. »Du willst mich verarschen, oder? Wo ist die kleine Teufelin, die sonst keinen Freitagabend verstreichen lässt, ohne auf eine dieser schrägen, unterirdischen Partys zu gehen?«

»Schon mal daran gedacht, dass ich keine Lust mehr auf deine Gesellschaft habe? Am Ende dieser *Partys* landen wir immer hier im Bett, schon vergessen.«

Ein lasziver Blick flog einmal über meinen ganzen Körper, zum Bett und zurück. »Als würde ich das vergessen.«

»Ich mache heute Abend mein Ding und du deins, okay? Und jetzt hau ab, ich habe *Mädchenkram* zu tun.«

Zur Unterstreichung meiner Aussage ließ ich etwas meiner Energie in meine Augen fließen, sodass sie in der Dunkelheit meines Zimmers funkelten.

Abwehrend hob er die Hände, immer noch dieses unverschämte Grinsen in seinem Gesicht. »Schon gut, Prinzessin. Bin schon weg.«

Als er endlich verschwunden war und die Tür sorgfältig hinter sich geschlossen hatte, wandte ich mich seufzend meinem gigantischen Kleiderschrank zu. Neben mir stand eine große Reisetasche, in die ich jetzt alle möglichen Partyoutfits, die irgendwie infrage kämen, packte. Dazu stopfte ich noch ein Paar schwarze High Heels in ein Seitenfach und schob eine kleine Tasche dazu.

Mit gepacktem Duffel trat ich wieder ins Wohnzimmer, wo ich Roy – immer noch in sein kostbares Handtuch gekleidet – auf einem der Sofas fand.

Irgendein schwachsinniger Film flackerte über den gigantischen Flachbildschirm, während seine Hand immer wieder in einer Schüssel Popcorn verschwand, von dem die Hälfte schwarz angebrannt war. Dieser Typ war absolut lebensunfähig.

»Schon wieder auf dem Sprung, Luzifer?«

»Jep. Hast du nichts Besseres zu tun?«, fragte ich, aber Roy zuckte nur mit den Achseln, was im Liegen ziemlich idiotisch aussah, und richtete unvermindert seine Augen auf den Bildschirm. Ja, Fernsehen hatte es ihm ziemlich angetan hier oben.

»Hab hart gearbeitet in der letzten Zeit. Heute gönne ich mir mal einen freien Abend. Ich hatte allerdings gehofft, ihn mit meiner Lieblingsprinzessin zu verbringen.«

Ich schnalzte mit der Zunge und trat zur Terrassentür.

»Tja, die Prinzessin hat heute auch mal was vor. Einen schönen Abend dir! Warte nicht auf mich, Royath.«

Noch ehe ich die Terrassentür erreicht hatte, stand Roy auch schon vor mir und hielt sie zu. »Du willst fliegen? Alleine?«

Mit einem Ruck zog ich die Tasche weiter über meine Schulter und verschränkte die Arme vor der Brust. »Falls es dir noch nicht aufgefallen ist, ich bin durchaus in der Lage, auch ohne dich da draußen zu überleben, mein Großer.«

Zum Spaß klatschte ich auf seinen harten Bauch und entriegelte mit einem Zwinkern die Tür, bevor ich in die kalte Abendluft trat.

Royath folgte mir wie ein Schoßhündchen. »Du hast mehr vor als einen Mädchenabend, oder Luzi?«

Ein Gedanke reichte, um meine innere Dämonin nach außen zu holen. Es war ein gutes Gefühl, wieder den Wind auf den Federn zu spüren.

»Roy, bekomm es in deinen Dickschädel, es geht dich nichts an.«

Mit diesen Worten breitete ich meine Flügel aus und erhob mich mit einem einzigen kräftigen Schlag in den dunklen Himmel.

Unter mir wurde Royaths Gestalt immer kleiner, aber selbst von hier oben konnte ich seinen ernsten Ausdruck noch erkennen. Seine momentan miese Laune konnte nicht nur an diesen Schlägertypen liegen, mit denen er *aneinandergeraten* war, wie er es ausdrückte. Da steckte vermutlich noch eine ganze Menge anderer Dinge dahinter ...

Aber auch wenn meine Gedanken noch immer um das kreisten, was im Augenblick zwischen Roy und mir stand, wurden sie nach und nach von der anstehenden Party eingenommen und ich kam nicht umhin, dass mich die Vorfreude kribbelnd einnahm, als ich wenig später ohne ein Geräusch auf dem Dach des Colleges landete und durch die Lucke, durch die ich vor knapp einer Stunde verschwunden war, zurück ins Innere kletterte.

Eine ziemlich verdutzte Annie öffnete mir die Tür, als ich anklopfte und mich an ihr vorbeischob.

»Ups, das ging aber schnell.«

»Unser Fahrer ist ein Rallyefahrer im Ruhestand, weißt du? Also, das ist meine Ausbeute. Wo sind die Snacks, von denen du gesprochen hast?« Mit Schwung landete mein Duffel auf ihrem Bett.

Mit einem kaum merklichen Kopfschütteln nahm sie meinen Themenwechsel zur Kenntnis und deutete auf ihren Schreibtisch. »Steht alles da drüben. Jetzt zeig mal her.«

Ihre braunen Augen leuchteten, als ich ein Kleid nach dem anderen herauszog und auf der hellen Tagesdecke ausbreitete.

»Meine Güte, wo hast du all diese genialen Klamotten her? Da kann mein Schrank locker einpacken.«

Tja, das meiste davon hatte ich in einem wilden Shoppinganfall – dem Einzigen bisher hier in der Menschenwelt – in der *Oxford Street* erstanden (ein schrecklich überfüllter Ort). Ein paar wenige Sachen hatte ich aus dem Hades mitgenommen, aber das meiste Zeug, das ich dort trug, passte nicht hierher.

»Okay, also was ziehst du an?«, fragte mich Annie erwartungsvoll. Ich stemmte die Hände in die Hüften und betrachtete die Kleidung, die ich aufgehäuft hatte.

Etwas, das so wenig wie möglich von meinem Rücken zeigt.

Im Hades war es mir egal gewesen, wenn jemand meine Narben sehen konnte. Oft hatte ich sogar provokativ rückenfreie Klamotten getragen, ohnehin verhüllten die meisten Kleider im Hades nur das Wichtigste (die Hölle war wirklich manchmal ein ganz schönes Drecksloch, das dem einen oder anderen Klischee nur zu gut entsprach).

Hier allerdings, neben diesem unglaublich sensiblen, mitfühlenden Mädchen, und später unter unzähligen anderen jungen Menschen hatte ich keine Lust darauf, ihnen einen sehr persönlichen Teil meines Lebens auf dem Silbertablett zu servieren.

Ich griff nach einem schwarzen Cocktailkleid mit spitzenbesetztem Saum, enger Taille und minimal ausgestelltem Rock. Feine Träger liefen in einen v-förmigen Ausschnitt und kreuzten sich auf dem Rücken mehrmals, sodass meine Narben kaum auffallen würden. *Perfekt.*

Annie betrachtete meine Auswahl und verlangte sofort, dass ich es ihr vorführte.

Mit einem Schulterzucken schlüpfte ich aus meiner Jeans und dem großen Pullover, sodass ich nur noch in schwarzer Spitzenunterwäsche vor ihr stand. Jep, Scham war bei Dämonen definitiv nicht so ausgeprägt wie bei Menschen.

Ich hörte ihr scharfes Einatmen und schaute ruckartig zu ihr.

»Was ist *da* passiert?« Ihre Augen klebten auf einer Stelle kurz über meiner Brust.

Okay, mein Fehler. Als Mitglied der königlichen Familie der Hölle (verdammte Schlangenbullen, das klang wirklich bescheuert) war auch ich kurz nach meiner Geburt mit dem Siegel meines Vaters gebrandmarkt worden. Ich kann mich nicht mehr an die Prozedur erinnern, aber für Annie musste es so aussehen, als hätte man mich gefoltert.

Ich fuhr über die Brandnarbe, drei parallele Striche, die

von einer geschwungenen Linie durchbrochen waren, und kaute unschlüssig auf meiner Lippe herum.

»Lya?«, fragte Annie leise und trat einen Schritt auf mich zu und hielt erstarrt inne, als ich zurückwich, direkt vor das Spiegelglas ihres Schrankes. Mein gesamter Rücken, inklusive der beiden langen, parallelen Narben, spiegelte sich ungehindert im dem riesigen Glas hinter mir wider.

Noch bevor Annie abermals den Mund aufmachen konnte, war ich auch schon nach vorne gesprungen und legte meine Hand auf ihre Stirn.

Wirklich, ich hasste es in fremden Köpfen herumzuschnüffeln und diese Fähigkeiten einzusetzen, die mein Vater so sehr verabscheute, aber noch viel mehr verabscheute ich es, wenn mir mein Leben ungeplant aus dem Ruder lief.

Mit einem gezielten Gedanken lenkte ich einen winzigen Teil meiner Energie in ihren Kopf, drängte mich in ihren Schädel und machte mich daran, ihre Erinnerungen der letzten Minuten verschwinden zu lassen.

Mein Kopf begann zu stechen, als ihre Erinnerung verblasste und zu meiner eigenen wurde. Wie im Super-Vorspulmodus rauschten die Bilder der letzten paar Minuten vor meinem inneren Auge vorbei, immer und immer wieder. Ich sah mein Mal, sah meine Narben – sah das alles aus Annies Augen. Mein Magen verknotete sich, als mich ihr Mitgefühl und ihre Sorge trafen und einnahmen, bevor ich sie ihr entzog. Ich war noch nie gut damit klargekommen, wenn mich jemand bemitleidete, das passte einfach nicht zu meinem Wesen. Übelkeit machte sich in mir breit.

Flatternd schlossen sich ihre braunen Augen und ihre Schultern entspannten sich, während mein Puls in die Höhe schnellte.

Dann löste ich blitzartig die Verbindung und taumelte ein Stück zur Seite.

Annie blinzelte und fuhr sich über das Gesicht. »Wow, ich sollte etwas essen, mir ist ganz schwindelig.«

Erschöpft lächelte ich und zog mir die Träger über die Schultern, ehe ich den Verschluss an der Seite schloss. Gefahr gebannt. Jetzt galt es nur noch, meinen rasenden Herzschlag zu beruhigen und die Kopfschmerzen loszuwerden. »Eine gute Idee. Was meinst du, ist das Kleid okay?«

Eines der Sandwiches in der Hand, betrachtete sie mich von Kopf bis Fuß und setzte sich auf die Bettkante. »Okay? – Du siehst umwerfend aus. Man könnte fast meinen, du willst heute Nacht jemanden beeindrucken.«

Ich machte eine wegwerfende Geste und schnappte mir ebenfalls eines der Sandwiches. »Wen denn bitte schön? Gut, was ist mit dir? Worin stecken wir dich?«

Mit einer Hand wühlte ich durch meine Klamotten und grinste, als ich gefunden hatte, wonach ich suchte. Perfekt.

Immer noch sichtlich unzufrieden zupfte Annie an dem kurzen, schwarzen Rock herum. »Ich sehe aus wie eine Nutte.«

»Nein, glaub mir, das tust du nicht. Du siehst scharf aus und Elijah wird dich mit den Augen verschlingen, so schnell kannst du gar nicht schauen.«

Zweifelnd sah Annie zu mir und hob die weißen Augenbrauen. Ich war stolz auf mich, Annie sah großartig aus, jetzt fehlte nur noch die passende Ausstrahlung dazu. Ihre dunklen Augen schminkte ich mit einem rauchigen Make-up größer, sodass sie richtig strahlten zu ihren hellen Haaren, die ich ihr zu einem hohen, unordentlichen Pferdeschwanz zusammenband, um ihre feinen Gesichtszüge hervorzulocken.

Auch wenn sie meinte, der kurze, schwarze Rock wäre ihr zu verdorben – er schmiegte sich perfekt an ihre schlanke Gestalt und *meine Güte* hatte dieses Mädchen Beine! Ihr Oberkörper steckte in einem rückenfreien Spitzentop, durch das man einen Blick auf das schwarze Bustier bekam, wenn man genau hinsah. Genauso wie ich trug sie hohe, schwarze Schuhe mit feinen Riemchen und rötlich geschminkte Lippen. Zum Anbeißen.

Von ihrem Aussehen her wäre sie der ideale Dämon, um Männer in Clubs in die dunklen Abgründe zu locken.

Ich selbst hatte meinen blonden Haaren leichte Locken verpasst und zwei vordere Strähnen zurückgesteckt, sodass die rote Strähne, die ich mir im Hades zusammen mit Reena gefärbt hatte, besser zu sehen war.

Mit einem schiefen Lächeln griff ich nach Annies Hand und drückte sie. »Du siehst Hammer aus, vertrau mir, okay?«

Zaghaft, aber überzeugter, nickte sie und erwiderte meinen Händedruck. »Packen wir es an.«

Annie führte mich durch einen Wirrwarr aus Treppen und Gängen und irgendwann befanden wir uns unter der Erde in einem alten Gewölbe, dessen Decke vom Ruß schwarz verfärbt war. Der Boden bestand aus nacktem Stein und in die Wände waren in unregelmäßigen Abständen Glühbirnen eingelassen, die ein diffuses Licht verströmten.

Basslastige Musik drang vom Ende des scheinbar endlosen Gangs zu uns und wies uns den Weg. Ich sah bunte blinkende Lichter und roch bereits die Mischung aus abgestandener Luft, Schweiß und Alkohol.

Es gefiel mir auf Anhieb.

Vor der doppelflügligen Holztür begegneten wir einigen anderen Schülerinnen, die sich ebenfalls mächtig in Schale geworfen hatten, aber gegen Annie kamen die Mädchen nicht an. Die Blicke der Jungs folgten uns unverhohlen, als wir die Tür aufstießen und in das lautstarke Chaos traten.

Meine Augen saugten den Anblick förmlich auf.

Es war wie zu Hause.

Ein gewaltiger Saal breitete sich vor uns aus, an dessen Wänden eine schmale Galerie entlanglief, auf der wir uns im Augenblick befanden. So hatten wir einen ungehinderten Blick auf das, was sich unter uns abspielte. Über uns wölbte sich die Decke, die ebenfalls schwarz verrußt und mit unzähligen Discokugeln, Lichtern und Stroboskoplampen ausgestattet war.

Unten im Saal bewegten sich Unmengen an Schülern wie eine aufgewirbelte Masse zu der lauten Musik, die in meinem Körper widerhallte und meinen Herzschlag ordentlich ins Stolpern brachte. Auf der gegenüberliegenden Seite stand ein riesiges Pult, an dem ein Junge in schwarzem Frack für die Musik sorgte und sich dabei selbst darin verlor, rechts gab es eine lange Bar, an der alles Mögliche ausgeschenkt wurde, um die Stimmung anzuheizen. Dabei waren hier vermutlich nur eine Handvoll Schüler schon volljährig.

Aber hey, mir war das egal, ich war eine Dämonin und hatte ohnehin nicht viel für irgendwelche Menschenregeln übrig.

Begeistert stieß mich Annie an und deutete nach unten.

»Der Wahnsinn!«, rief sie und ich hatte trotzdem Mühe, sie zu verstehen.

Mein ganz persönlicher Dämonenradar ließ die Härchen in meinem Nacken aufspringen und schickte einen warnenden Schauer über mein Rückgrat. Resigniert schloss ich für einen Moment die Augen.

Zayden war also auch hier.

»Gehen wir runter und holen uns was zu trinken? Ich habe dort drüben Clara und Maddie gesehen!«

Wir bahnten uns einen Weg über die wackelige Eisentreppe nach unten in das Gewusel aus Menschenkörpern, die scheinbar durch den Alkohol, die Musik und den Schweiß zusammengehalten wurden.

Mit zusammengebissenen Zähnen verstärkte ich meine Mauern, griff nach Annies schwitziger Hand und ließ mich zu der Bar ziehen, wo wir tatsächlich auf Annies Freunde trafen.

Auch sie trugen ausnahmslos Schwarz, ihre Augen trugen bereits einen verräterischen Glanz in sich.

»Leute!«, rief Maddie und schlang ihre Arme um Annie und mich. Dank ihrer Körpergröße warf sie uns beinahe um, aber ich schaffte es gerade noch, mich an der Theke festzuhalten und mein Gleichgewicht wiederzufinden.

Okay, die hatten schon mehr intus, als ich angenommen hatte.

Zeeks Augen glitten ungläubig über mich hinweg und blieben dann an Annie hängen. »Annie, bist du das? Wahnsinn!«, lallte er und streckte seine Grapscher nach meiner neuen Freundin aus. Behutsam zog ich sie ein Stück zurück.

»Danke«, murmelte sie sowohl an Zeek als auch an mich gewandt. »Holen wir uns endlich was zu trinken. Ich brauche einen Drink, sonst ertrage ich das hier nicht.«

»Da sagst du was, Schwester«, gab ich grinsend zurück und umfasste ihre Hand fester.

Wir verabschiedeten uns von den anderen und schlängelten uns zwischen den tanzenden und trinkenden Schülern hindurch, die sich längst in der Party verloren hatten.

Ich konnte es kaum erwarten, es ihnen gleichzutun.

Die Stimmung prickelte auf meiner Haut und versetzte mich in einen Rausch, noch ehe ich überhaupt das erste Glas Alkohol angerührt hatte. Mein Körper kribbelte elektrisiert, als hätte mich mein Vater mit seiner Energie getroffen, und ich konnte nicht verhindern, dass dieses Kribbeln auf meine eigene Energie überging.

Annie wandte sich breit lächelnd zu mir um und hüpfte auf und ab. »Und, habe ich zu viel versprochen?«, schrie sie mir über die Lautstärke hinweg ins Ohr.

Die Partys im Hades waren eine ganz andere Nummer als das hier, größer, dunkler, verruchter, und trotzdem war das hier richtig aufregend. Ich hatte das Gefühl, dass der Rausch der Menschen durch jede einzelne Pore in mein Inneres gelangte und mich mit sich riss, ohne dass ich etwas dagegen hätte unternehmen können. Es gab mir eine ganz andere Art von Kick.

Ich erwiderte ihr Lächeln und nickte. »Wahnsinn!«

Wir erreichten die Bar, hinter der ein großer, rothaariger Kerl im Takt seine Hüften schwang und dabei gleichzeitig versuchte, nichts von dem schwarzen Drink, den er gerade gemixt hatte, zu verschütten. Schwungvoll füllte er das dunkle Getränk in vier Cocktailgläser, steckte Strohhalme und rote Cherrys ins Glas und stellte sie auf den Tresen, noch immer völlig in der Musik versunken.

»Nimm dir einfach was, geht eh alles auf Kosten unserer Eltern.« Annie zwinkerte mir zu und griff nach einem der Gläser.

Noch ein Grund mehr, es sich hier so richtig gut gehen zu lassen, wenn mein lieber Daddy mich hier schon parkte.

Beherzt schnappte ich mir einen Cocktail und leerte ihn in einem Zug. Das Zeug brannte in meiner Kehle und ließ mich breit grinsen.

»Wow, du hast einen ordentlichen Zug drauf«, bemerkte Annie trocken und tat es mir nach, wobei sie das Gesicht verzog, als hätte sie in eine Zitrone gebissen.

Anerkennend klopfte ich auf ihre schmale Schulter, reichte ihr einen Schnaps und prostete ihr mit meinem eignen zu. »Den noch, dann gehen wir tanzen. Auf die Hölle.«

Tapfer erwiderte Annie meinen Trinkspruch und kippte den goldbraunen Inhalt runter. Den Kopf schüttelnd, kniff sie die Augen zusammen und stellte das kleine Glas ab. »Mein Gott, ist das widerlich!«

Lachend legte ich den Kopf in den Nacken und trank dann selbst den Shot.

»Los geht's.«

Hand in Hand schoben wir uns ins Auge des Hurrikans aus Tanzenden, Küssenden und Betrunkenen und wurden dort zu einem Teil der Masse.

Die Musik wurde noch lauter, zumindest kam es mir so vor, als der Alkohol bei mir einschlug (Dämonen waren zwar ziemlich trinkfest, dennoch wirkte das Zeug viel schneller, weil unsere Energie quasi als Katalysator fungierte) und ich begann den Rhythmus in mich aufzunehmen.

Annie, die mir gegenüber tanzte und schon jetzt von einer kleinen, aber wachsenden Gruppe von Jungs beobachtet wurde, warf ihre Arme in die Luft, sodass ihre Armreifen hin und her rutschten und das flackernde Licht reflektierten, als wäre sie selbst eine der Discokugeln über uns.

Ich tat es ihr nach und schloss die Augen, blendete die unzähligen Gedanken um mich herum aus wie das Kribbeln, das ein ganz gewisser Idiot in meinem Inneren verursachte, um nur noch die Musik zu spüren.

Und es funktionierte.

Annie und ich tanzten fünf Lieder ohne Pause durch, dann nahm sie mich am Arm und beugte sich atemlos an mein Ohr. Sie war genauso verschwitzt wie ich und ihre Augen strahlten wie kleine Feuer in ihrem geröteten Gesicht. »Die nächste Phase, Lya. Wir müssen Elijah finden, ich denke, ich bin jetzt auf Betriebstemperatur.«

Meine Lippen verzogen sich zu einem breiten Lächeln und ich nickte. Ich erkannte meine kleine, brave Annie ja gar nicht mehr wieder. Musste an meinem schlechten Einfluss liegen.

Zielstrebig lotste sie mich durch die Menge in Richtung des DJ-Pults und ich erkannte relativ schnell wieso.

Dort hingen einige Typen zusammen mit ihren Mädchen auf einer schwarzen Sitzgarnitur ab, die auf einem schwarzen Podest stand, hielten ihre Drinks und beobachteten das Geschehen von oben herab.

Im wahrsten Sinne des Wortes – das hier war anscheinend die Königsfamilie der Schule.

Wenn ich auf Partys im Hades gewesen war, hatte ich mich oft in ähnlicher Position befunden. Kein Dämon ließ die Chance ungenutzt verstreichen, sich einen guten Namen bei der Tochter des Bosses zu machen. Bei dem Gedanken musste ich lächeln – das Lächeln fror jedoch sofort ein, als ich Zayden unter den *Königlichen* entdeckte. Auf seinem Schoß saß Leila in etwas gekleidet, das man kaum noch als Kleid bezeichnen konnte. Wenn ich es nicht besser wüsste, würde ich sagen, dass sie einer dieser nuttigen Dämonen war, ihr Verhalten würde jedenfalls passen.

Sein Bruder Lennox thronte neben ihm, anders konnte man es einfach nicht ausdrücken, ebenfalls von einem hübschen Mädchen angehimmelt.

Ich zog die Augenbraue mit der Narbe hoch, als Zayden

mich entdeckte, um dann sofort wieder zur Seite zu schauen und seinen Bruder anzutippen.

Am rechten Ende saß ein weiterer Bruder. Ich wusste es instinktiv, als würde ich spüren, dass mit ihm genauso etwas nicht stimmte wie mit den anderen beiden. Keine Ahnung, ob er jünger oder älter als Zayden war, aber er stand seinen Brüdern in Sachen Attraktivität in nichts nach. Annies Bericht kam mir wieder in den Sinn. Sie waren zu fünft. Vier Jungs und ein Mädchen.

»Das da ist Elijah«, holte mich Annie aus meinen umherwirbelnden Gedanken zurück und stieß mich nervös an.

Ich folgte ihrem Blick: eine Sahneschnitte – zweifelsohne. Seine rotbraunen Haare hatte er nach hinten gegelt und genau wie die anderen Jungs trug auch er einen schwarzen Anzug mit einem gleichfarbigen Shirt drunter.

»Und jetzt?« Ich wollte von Zayden und seinen unheimlichen Brüdern so weit weg, wie es nur möglich war, aber ich brachte es nicht übers Herz, ihr diese Chance zu nehmen.

Annies Wangen wurden noch röter, als sie ohnehin schon vom Tanzen und dem Alkohol waren. »Ich werde ihn fragen.« Auch wenn ihre Stimme vor Nervosität nur so vibrierte, zog sie die Schultern zurück und reckte ihre Brüste nach vorne. »Ich mache das jetzt einfach. Wenn er mir einen Korb gibt, dann habe ich es zumindest hinter mir und kann meinen Frust im Alkohol ertränken.«

Skeptisch zog ich die Stirn kraus, die würden sie da oben zerfleischen, wenn Elijah nicht Ja sagen würde.

Das Lied wechselte und ich hielt Annie zurück. »Warte noch einen Moment.«

Im selben Augenblick schlüpfte ich in Elijahs Kopf, auch er hatte schon den einen oder anderen Drink intus, und band seine menschliche Energie an mich. Hilflos musste er meiner Bitte nachgeben, seinen, zugegebenermaßen hübschen, Hintern hochzubekommen, ohne dass er ahnte, wieso er das tat. Ich schickte ihn nach rechts und schubste Annie in seine Richtung.

»Mach schon.«

Geschickt löste ich mich wieder von Elijah und hielt mir kurz den Kopf, als der vertraute Schwindel einsetzte und sich mein Herzschlag rasant beschleunigte. Aber Annies Strahlen machte das allemal wett.

Niemals hätte ich gedacht, dass ich meine Fähigkeiten einmal zum Wohle eines *Menschen* einsetzen würde, aber Dinge änderten sich.

Wie auf Wolken hüpfte sie hinter Elijah her und verschwand aus meinem Blickfeld. Ich blieb mit einem Lächeln und hämmernden Kopfschmerzen zurück.

Notiz an mich: Gedankenmanipulation und Drinks vertragen sich nicht sonderlich gut.

Im Augenwinkel bemerkte ich eine hastige Bewegung auf der Couch und richtete mich kerzengrade auf. Zayden drängte Leila von seinem Schoß und kam mit zusammengebissenen Zähnen und wütend funkelnden Augen auf mich zu, als wollte er mich zurück in die Hölle schicken. Das Grün seiner Augen wirkte nun beinahe schwarz und nur die goldenen Sprenkel blitzten hell darin auf.

Ich verschränkte die Arme vor der Brust und setzte ein herablassendes Lächeln auf, das ich immer für die Angestellten meines Vaters übrig hatte, die in einer Tour Scheiße bauten. Das würde interessant werden. Schon jetzt hatte ich das Gefühl, als würde die gesamte Schule gespannt verfolgen, was hier ablief.

Zayden packte mich ohne ein Wort bei den Oberarmen und zog mich in die Mitte der Tanzfläche.

Okay, damit hatte ich nicht gerechnet.

Seine kühlen Hände brannten auf meiner nackten Haut und ich presste die Lippen zusammen, um nicht aufzuschreien. Sofort verstärkte ich meine Mauern und verschanzte mich dahinter.

»Das kannst du dir wirklich sparen«, zischte er in meine Richtung und verharrte. Dann legte er eine Hand auf meine Schulter, die andere griff nach meiner anderen Hand. »Tanzen wir.«

Überrumpelt von seinem guten Aussehen, das hier unten deutlich dunkler wirkte als tagsüber in der Schule, und seiner Art, mir Befehle entgegenzuschleudern, begann ich mich tatsächlich zu bewegen.

Hölle, wo war mein Gehirn, wenn ich es mal brauchte?

Die Musik wurde drängender, lauter, irgendwie dunkler und Zayden passte seine Bewegungen an. Er wirbelte mich mit erschreckender Kraft herum, nur um mich im selben Moment wieder an seine steinharte Brust zu ziehen, ohne mich auch nur eine Sekunde aus den Augen zu lassen.

Um uns herum hatte sich ein kleiner Kreis gebildet; die anderen starrten uns an und verfolgten jede unserer Bewegungen, als würde jeden Moment eine Bombe hochgehen.

Genial, wenn ich jetzt die Kontrolle verlieren würde, was jederzeit zu geschehen drohte, würde es zumindest im Rampenlicht passieren. Was wollte man mehr?

»Was willst du hier?«, fragte Zayden mich mit düsterer Stimme, als er mich so nah an sich heranzog, dass kaum ein Blatt Papier zwischen uns gepasst hätte. Sein kalter Atem glitt über meine erhitzte Haut und ließ mich erschaudern.

Diese Kälte war unnatürlich, genauso wie es meine innere Hitze war.

»Feiern«, antwortete ich und schluckte. Zeit, den Ball wieder auf meine Seite zu bringen. »Und was genau bezweckst du mit dieser Show hier? Deine Freundin da drüben wird jeden Moment explodieren.«

Tatsächlich stand Leila wutschnaubend am Rand des Kreises und schien mit aller Kraft zu versuchen, mich in Flammen aufgehen zu lassen.

Sorry, Mädchen, Feuer konnte mir nichts anhaben, schon gar nicht ihre kleine Sparflamme.

Einer seiner Mundwinkel zuckte. »Ich weiß zwar noch nicht genau, was du bist, aber ich werde sicher nicht zulassen, dass du hier deine Masche abziehst. Du hast hier nichts verloren.«

Ich zog die Augenbrauen zusammen, doch ehe ich antworten konnte, hatte er mich schon in eine schwindelerregende Drehung gebracht, in der mein Kleid wie ein Umhang um mich herumflatterte, genauso wie mein Magen. Alles begann sich vor meinen Augen zu drehen und ich biss die Zähne zusammen.

Ich sollte wirklich nicht länger zulassen, dass er hier dermaßen mit mir spielte. Ich war schließlich kein hilfloses, kleines Mädchen.

Ohne zu zögern, schoss ich ihm einen ganzen Schwall meiner Energie über die Stellen, wo wir uns berührten, als er mich wieder zu sich heranzog und dort festnagelte.

Damit hatte er nicht gerechnet.

Seine Augen blitzten kurz weiß auf, dann schubste er mich von sich, als würde ich ihn mit Haut und Haaren bei lebendigem Leib verbrennen. Mit schmerzverzerrtem Gesicht betrachtete er mich, und das erste Mal sah ich so etwas wie Furcht über seine Züge huschen.

Höchst zufrieden mit mir selbst deutete ich eine Verbeugung an und machte mich aus dem Staub, während die Menge grölte und sich dann wieder in ihrem eigenen Tanz verlor.

Punkt für Team Luzifer.

Kapitel 9

Nachdem ich mich durch die Masse hindurchgekämpft hatte, fand ich einen schmalen Gang, der von einigen Schülern als Bettersatz genutzt wurde. Jungs und Mädchen gingen sich mächtig an die Wäsche und unter anderen Umständen wäre ich vermutlich eine von ihnen gewesen, aber im Augenblick hatte ich nur das Verlangen, mich aus dem Chaos zurückzuziehen.

Diese Aktion mit Zayden hatte mich stärker mitgenommen, als ich es mir jemals selbst eingestehen würde, und ich musste meine Akkus wieder aufladen.

Mit raschen Schritten durchmaß ich den Flur mit der niedrigen Decke und achtete dabei darauf, keinen zu genauen Blick in die Nischen, die rechts und links vom Gang abgingen, zu werfen. Stöhnen und Keuchen begleitete mich.

Der Flur führte zu einer schmalen hölzernen Tür, die verriegelt war. Ich legte meine Hand auf die Klinke und ließ meine Energie ihr Übriges tun. Das Metall begann unter meiner Berührung kurz aufzuleuchten, dann war das Schloss im Inneren Geschichte und ich an einem ruhigen Ort.

Seufzend lehnte ich mich gegen die Tür in meinem Rücken und senkte die Lider.

Die Musik war noch immer leise zu hören und der Bass vibrierte auch hier in meinem Inneren, aber ich hatte vorerst für einen Moment meine Ruhe, bevor ich mich wieder ins Chaos stürzen würde.

Ich öffnete die Augen und sog überrascht die Luft ein. Ich

befand mich in einem unterirdischen Schwimmbad, das von flackernden Deckenleuchten in ein bläulich-gelbes Licht getaucht wurde. Ein riesiges Becken nahm beinahe den gesamten Raum ein und war an drei Seiten von einer Begrenzung umgeben, an der vierten befanden sich Sprungblöcke mit Nummern darauf. Es roch nach Chlor und Chemikalien und irgendwo hörte ich etwas plätschern, ansonsten war es absolut still.

Die Wände der Schwimmhalle waren, ebenso wie der Boden, mit weißen Fliesen ausgekleidet, rechts von mir befand sich eine lange Bank an der Wand, auf der eine vergessene Taucherbrille lag.

Ob die Mädchen hier ihren Schwimmunterricht hatten?

Langsam setzte ich einen Fuß vor den anderen und machte es mir auf dem Startblock mit der Nummer drei bequem, sodass meine Füße über dem Wasser baumelten.

Obwohl Wasser tödlich für Dämonen war, wenn man erst einmal darin eingeschlossen war, faszinierte es mich.

Ein so weiches, durchsichtiges Element, das gleichzeitig so hart und gefährlich war. Wie eine zweischneidige Klinge. Es hielt Menschen am Leben und konnte sie gleichzeitig umbringen.

Feuer war immer schmerzhaft oder tödlich. Egal in welcher Dosierung.

Ich legte meine Hände in meinen Schoß und starrte in das Wasser, das totenstill vor mir lag. Der blau gekachelte Pool ließ das Wasser grünbläulich schimmern, Strahler in den Seitenwänden brachten es zum Leuchten. Auch wenn Wasser das absolute Gegenteil von meinem inneren Element war, nahm mich dieser Anblick von Schönheit und Ruhe ein.

Plötzlich schlug hinter mir eine Tür zu und ich zuckte unwillkürlich zusammen.

»Hier bist du also, Miststück«, zischte eine hohe Mädchenstimme und ich schloss resigniert die Augen. Schluss mit der Ruhe.

»Wie kann ich dir behilflich sein?«, erkundigte ich mich und neigte langsam meinen Kopf in die Richtung, aus der Leila auf ihren schwindelerregend hohen Stilettos auf mich zumarschierte, die Hände herausfordernd in die schmalen Hüften gestemmt.

Ein höhnisches Lächeln flog über ihre geschminkten Züge. Auch wenn ich nichts für dieses Mädchen übrig hatte, musste ich zugeben, dass sie gut aussah. Kein Wunder, dass Zayden sie an sich heranließ.

»Behilflich? Danke, du hast schon genug getan. Macht man das so bei euch? Sich an den Jungen heranschmeißen, den man will, obwohl er *vergeben* ist?!« Ihre Stimme sprang eine Oktave höher und ich verzog das Gesicht.

Die ehrliche Antwort auf diese Frage wäre *Ja* gewesen. Im Hades machte ich, was ich wollte, und es hatte noch nie jemand gewagt, mich davon abzuhalten (meinen Vater einmal ausgeschlossen).

Ich zuckte die Achseln. »Falls es dir nicht aufgefallen ist, Zayden ist auf mich zugekommen. Anscheinend solltest du dich lieber mit ihm über eure *Beziehung* unterhalten. Ich will nichts von diesem Arsch.«

Leila zog ihre schwarzen Augenbrauen zusammen und trat noch einen Schritt an mich heran, sodass ich den Alkohol in ihrem Atem riechen konnte. »Zwischen Zay und mir ist alles in bester Ordnung«, spuckte sie mir entgegen, »Du kannst so oft du willst mit deinem Hintern wackeln, es wird nichts daran ändern, dass du Abschaum bist, kapiert, Bitch?«

Langsam, aber sicher begann sie mir wirklich auf die Nerven zu gehen. Niemand nannte mich *Bitch*, ohne dafür zu bezahlen. Ich ballte die Hände zu Fäusten und sandte eine Nachricht an meine innere Energie.

»Vorsicht, Leila. Nicht, dass du dich verbrennst«, sagte ich leise und legte meinen ganz persönlichen, düsteren Tonfall in meine Worte.

Tatsächlich wich ein klein wenig ihrer provozierenden Art aus ihrer Haltung, als ihr Instinkt sie vor mir zu warnen begann.

»Du bist doch krank!«, stieß sie hervor. Ihre Wangen röteten sich und ihre Augen begannen in einer Mischung aus Furcht und Wut zu funkeln. »Vielleicht sollte dir mal jemand deine Grenzen aufzeigen.«

Womöglich hätte ich rechtzeitig reagiert, wenn ich nicht so wütend und aufgebracht gewesen wäre. Ich hätte ihre Absicht erkannt und verhindern können, dass sie diesen Moment meiner Schwäche ausnutzte.

Aber ich *war* aufgebracht und wütend, und was noch viel wichtiger war: ich war abgelenkt.

Leila holte aus und schubste mich mit all der Kraft, die ihr schmaler, untersetzter Körper aufbringen konnte, nach hinten und ich fiel. Meine Hände griffen panisch ins Leere, doch ich fand keinen Halt. Mit einem schmerzhaften Schlag wurde mir bewusst, dass mich dieses kleine Miststück gerade in den sicheren Tod beförderte.

Einen winzigen Augenblick lang schwebte ich in der Luft, dann schlug das kühle, klare Wasser über mir zusammen und begrub mich unter sich. Sobald ich vom Wasser eingeschlossen war, konnte ich keinen Finger mehr rühren, ich war gelähmt.

Das Wasser drang durch jede Pore und erstickte meinen Dämon genauso wie meine menschliche Hülle.

Wie in Zeitlupe sank ich immer weiter in die Tiefe des Pools, entfernte mich immer weiter von dem Leben und dem, was sich über mir abspielte.

Das war doch ein Witz! Ich hatte immer angenommen, dass ich ein entsetzlich langes, unspektakuläres Leben leben, ständig unter Daddys Fuchtel stehen und meine nervigen Brüder im Nacken haben würde, und jetzt beendete ein Miststück wie Leila – ein *Mensch!* – mein Leben auf einer dämlichen Party wegen eines Jungen, der mich einen feuchten Dreck interessierte.

Ich konnte es nicht fassen.

Die Kälte des Wassers kroch in meine Glieder, als ich den Grund erreichte und dort mit einem dumpfen Aufprall aufkam.

Da ich ein Dämon war, brauchte ich zum Überleben keinen Sauerstoff, ich würde nicht ohnmächtig werden, weil ich nicht mehr Atmen konnte, und in eine gnädige Besinnungslosigkeit abdriften, sondern ich war dazu verdammt, jede einzelne schmerzhafte Sekunde mitzuerleben, wie mein Feuer erstickte und schließlich erlosch.

Mein Körper zog sich innerlich zusammen, kämpfte gegen die Lähmung an, aber gegen das Wasser hatte er keine Chance.

Wenn ich gekonnt hätte, hätte ich die Augen geschlossen.

Über mir am Rand des Beckens konnte ich immer noch Leilas Gestalt sehen. Sie blickte auf mich herab, ihr Mund stand offen, aber ich machte mir keine Illusionen, dass sie mich rausholen würde.

Mein Herz geriet das erste Mal ins Stolpern. Im Gegensatz

zu den ganzen Storys, die man sich über Dämonen und den Teufel erzählte, besaßen wir sehr wohl ein Herz, nur funktionierte es ein wenig anders, als das der Menschen.

Ein Husten kam über meine Lippen, durchfuhr mich und noch mehr dieses widerlichen Chlorwassers drang in mich ein. Es brachte mich um, von innen und außen gleichermaßen.

Die Lichter des Pools verschwammen vor meinen Augen zu einer einzigen hellen Masse und blendeten mich.

Roy kam mir in den Sinn. Dad würde ihn nicht einfach nur töten. Er würde ihn auf alle erdenklichen Arten und Weisen foltern, ihn leiden und bluten lassen. Für eine ganze Zeit vermutlich.

Das hatte er nicht verdient. Und das alles nur, weil ich abgelenkt gewesen war.

Wieder hustete ich und der Schmerz, der mich dabei durchfuhr, ließ mir schwarz vor Augen werden.

Ich hätte niemals gedacht, dass es so lange dauern würde, bis das Wasser mein Feuer bekämpft hatte, aber es wurde mit jeder Sekunde schlimmer.

Wäre ich in der Lage dazu, ich hätte mich zu einer Kugel zusammengerollt, um den Schmerz irgendwie auszublenden und von mir fernzuhalten.

Bewegungsunfähig wie ich war, konnte er mich ungehindert überall angreifen, ich war ihm hilflos ausgeliefert.

Ein Stechen glitt über meinen Rücken, von meinen Schulterblättern hinunter bis zu meinem Hintern und ich sog erschrocken über die Heftigkeit des Schmerzes noch mehr Wasser in meine Lunge. Sie musste jeden Moment bersten.

Wie lange befand ich mich schon hier unten? Es kam mir wie eine Ewigkeit vor.

Und trotz der ernüchternden Tatsache, dass ich gerade starb, konnte ich nicht umhin, dass klare Wasser und seine Stärke zu bewundern. Es war wunderschön. Strähnen meiner hellen Haare wiegten sich scheinbar schwerelos vor meinen Augen, bewegten sich in einem anmutigen Rhythmus.

Ich konzentrierte mich einige Sekunden darauf, vielleicht auch Minuten oder Stunden, dann starrte ich wieder nach oben.

Leila war verschwunden.

Ich war alleine.

Zumindest würde sie damit leben müssen, dass sie mich umgebracht hatte – oder aber sie schoss sich jetzt so ab, dass sie sich nicht mehr daran erinnern würde.

Ich wünschte mir, es gäbe böse Geister, die wiederkehren könnten, um ihre Widersacher zu verfolgen, bis sie den Verstand verlören.

Die Abstände zwischen meinen Herzschlägen vergrößerten sich mehr und mehr und waren nur leise in meinen Ohren zu hören, ein kaum wahrnehmbares *Bum-Bum*, das sich immer weiter entfernte – genauso wie mein Leben.

Ich spürte keine Energie mehr in meinem Inneren, kein Feuer, nicht einmal mehr meine Flügel.

Endlich schlossen sich meine Augen, bevor mich der Tod mit einem heftigen Ruck zu sich holte.

Er fühlte sich hart und unnachgiebig an.

So hatte ich mir Sterben gewiss nicht vorgestellt. Ob Daddy den Tod kannte? Schließlich hatte er ständig damit zu tun.

Es wurde kalt um mich herum, richtig kalt, und ich begann unkontrolliert zu zittern. Noch immer spürte ich nichts von meinem Körper bis auf meine trägen Gedanken, die in meinem Kopf schwammen, wie ich im Wasser.

»Komm schon. Ich weiß, dass Ratten wie du nicht so einfach sterben können.«

Ein neues Gefühl kehrte mit einem Schlag zurück. Eine pulsierende Übelkeit in mir, die mit einer unerwarteten Heftigkeit durch mich hindurchfuhr.

Mein nutzloser Körper bäumte sich instinktiv auf und krampfte sich zusammen. Sterben war wirklich ätzend.

Ich riss die Augen auf und übergab mich. Spuckte all das Wasser, das meinen Körper von innen heraus verbrannt hatte, auf den kühlen Boden unter mir. Es fühlte sich an, als würde ich Säure kotzen, die mich an jeder nur erdenklichen Stelle verätzte.

Vielleicht musste ich diese Hölle durchleben, um mich dem Leben nach dem Tod zu stellen, doch diese Regel gefiel mir ganz und gar nicht.

Wimmernd brach ich zusammen und blieb bewegungslos auf den hellen Fliesen liegen. Ich zitterte, wurde von Krämpfen geschüttelt und wollte einfach nur noch, dass es aufhörte. Ich hätte alles dafür getan.

Der Boden bewegte sich unter mir, dann wurde ich hochgehoben und in einen Nebel aus Wärme gehüllt.

Von irgendwoher nahm ich die Kraft, meine trägen Augen ein letztes Mal zu öffnen.

Grün blickte mir entgegen. Ein Grün, das einen weißen Schimmer in sich trug.

Meine Lider senkten sich. Es war frustrierend, dass mich der Grund für meinen Tod nicht einmal hier losließ.

Und dann endlich begrüßte mich die dunkle Bewusstlosigkeit und ich ließ, ohne zu zögern, los.

»Hast du zu viel getrunken oder wie bist du auf die hirnverbrannte Idee gekommen, sie hierherzubringen? Lennox wird dir die Haut bei lebendigem Leib abziehen.«

Jemand knurrte. »Sie wäre gestorben.«

»Na und? Wir töten sie so oder so. Da hättest du sie auch gleich ertrinken lassen können. Hätte weniger Arbeit gemacht.«

»Vielleicht, aber es hätte Fragen aufgeworfen. Ich kenne den Typen, mit dem sie zusammenwohnt. Wir hätten uns eine ganze Plage ins Haus geholt.«

Ein Schnauben, dann schepperte irgendetwas. »Bring diese scheußliche Kreatur um und dann lass uns zu Raphael gehen. Wir haben Wichtigeres zu tun als diesen kleinen Dämon hier.«

Eine Tür knallte und ich spürte eine scharfe Berührung an meinem Hals, dann versank ich ein weiteres Mal in der Finsternis, die meinen Namen rief.

Es war stockfinster um mich herum und ich konnte noch nicht einmal Schattenumrisse erkennen. Ich fühlte mich merkwürdig leer, als hätte man einen Teil von mir rausgerissen und ein klaffendes Loch zurückgelassen.

Schluckend wandte ich den Kopf nach rechts und links und keuchte auf, bei dem Schmerz, der mich durchzuckte.

Als Nächstes bemerkte ich die Fesseln an Armen und Beinen, die mich an Ort und Stelle fixierten.

Mein Herz raste und ich spürte, wie ich in Schweiß ausbrach. Ich nahm keine Energie in mir wahr, keinen Dämon. Resigniert schloss ich die Augen. Ich war also nach wie vor mausetot. Und gefesselt. Keine besonders schöne Lage, in der ich mich gerade befand.

Mit gesenkten Lidern versuchte ich, irgendetwas Brauchbares zu hören, aber es war totenstill um mich herum.

Wo in drei Teufels Namen war ich hier gelandet? War dies etwa der Ort, an dem Dämonen nach ihrer Auslöschung strandeten? In einem finsteren Verlies, vollkommen ihrer Macht beraubt?

Eine Mutlosigkeit, die ich zuvor noch nie verspürt hatte, ergriff Besitz von mir und trieb mir die Tränen in die Augen. Ein romantischer Teil von mir hatte bis jetzt angenommen, dass brave Dämoninnen, wie ich eine gewesen war, in der Hölle landeten, um dort ihr Leben nach dem Tod zu fristen. Aber anscheinend war ich nicht halb so brav gewesen, wie ich angenommen hatte. Ich biss mir auf die Lippe, um ein Schluchzen zu unterbinden.

Ein Knall durchschnitt die drückende Stille und ließ mich zusammenzucken, was sich sofort als greller Schmerz in meinem Inneren niederschlug. Dann wurde es schlagartig gleißend hell und ich kniff panisch die Augen zusammen.

Verdammter Hades, was ging hier vor?

Schritte näherten sich und ich wagte es, ein paarmal zu zwinkern. Ich wünschte, ich hätte die Augen zugelassen.

Zayden stand mit einem grimmigen Ausdruck über mir, einen filigranen Dolch in der einen, eine Phiole mit einer grünlichen Flüssigkeit in der anderen Hand.

Wenn das ein Scherz sein sollte, dann verstand der Tod nicht besonders viel von Spaß.

»Mach die Augen auf, ich weiß, dass du wach bist.«

Selbst hier klang der Typ genauso ätzend wie zu meinen lebendigeren Zeiten.

Zögerlich schlug ich die Lider auf und erwiderte seinen eindringlichen Blick. »Das ist ein Witz, oder?«, fragte ich und schluckte. Mein Hals brannte und mein Körper bestrafte mich sofort für die paar wenigen Worte.

Zayden legte wortlos den Dolch und das Geheimelixier zur Seite und schaute dann wieder auf mich herab. »Wer hat dir das mit deinem Rücken angetan?«, erwiderte er seltsam sanft.

Ich zog die Augenbrauen zusammen und wandte den Kopf zur Seite. Jetzt, wo Licht den Raum erhellte, war deutlicher zu erkennen, wo ich mich befand. Ich lag auf einer harten Liege in einem Raum ohne Fenster, an dessen Wände sich unzählige Ösen und Ketten befanden. Ein richtiges Folterverlies. Eine kleine Treppe führte hoch zu einer Tür, in die ein Gitter eingebaut war. Im Türrahmen lehnte eine Gestalt, die große Ähnlichkeit mit Zayden hatte.

Als der Junge meinen Blick bemerkte, verhärteten sich seine Züge. »Was soll das, Zay? Bring es zu Ende, Lenn wartet schon.«

Zayden lenkte seine Aufmerksamkeit auf den anderen Typen. »Dann sag Lennox, dass es noch etwas dauert.«

Dieser knurrte nur und verschränkte die Arme. »Wir spielen nicht mit ihnen.«

»Zieh Leine, Leevi!«, zischte Zayden, die grünen Augen bereits wieder auf mich geheftet, seine Gefangene.

Mit einem unterdrückten Fluchen zog sich Leevi zurück und ließ uns alleine, die Tür lautstark hinter sich zuwerfend.

Zayden stieß hörbar den Atem aus und fuhr sich über das Gesicht.

»Was ist hier los?«, versuchte ich es noch einmal, dieses Mal leiser.

Sofort verhärteten sich seine Züge und sein Blick kühlte weiter ab. »Was hier los ist!? Ich habe dich aus diesem beschissenen Pool gefischt, ohne so wirklich über die Konsequenzen nachzudenken.«

Aus dem Pool gefischt. Ich biss die Zähne zusammen und

versetzte mich zurück zu meinem stillen Kampf gegen den Tod im Wasser. Der Ruck, den ich für den Tod gehalten hatte ...

»Du siehst überrascht aus, was hast du denn gedacht?«

Beharrlich schweigend fixierte ich einen Punkt an der gegenüberliegenden Wand, um seinen verschlingenden Augen zu entkommen. Seine Hand schoss vor, packte mein Kinn und riss es herum, sodass ich gezwungen war, ihn wieder anzusehen. Seine Berührung schmerzte unerträglich, jetzt, da ich nicht fähig war, meine Mauern hochzuziehen, um mich gegen ihn zu wappnen.

»Sprich mit mir«, forderte er, ohne von mir abzulassen.

Ich befeuchtete meine Lippen und kämpfte gegen die Angst an, die sich in mir breitmachte. »Ich dachte, ich wäre gestorben.«

Er ließ mich los, als hätte er sich verbrannt, und setzte sich auf die Kante der Pritsche. »Besser wäre es gewesen. Dann wären wir jetzt nicht in dieser misslichen Lage.«

»Was für eine Lage? Warum zum Teufel hast du mich hierhergeschleppt?« Wo auch immer das sein mochte.

Rau lachte er auf und wieder erschien dieses weiße Schimmern in seinen Augen. »Welche Lage? Willst du mich verarschen? Ich weiß, was du bist, Elyanor. Du bist ein Dämon, eine dieser abscheulichen Kreaturen, die uns das Leben hier oben zur Hölle machen, und du hast dich – sehr zu deinem Pech – auf unser Territorium begeben.«

Darauf erwiderte ich nichts, sondern rümpfte nur die Nase und erwiderte seinen stechenden Blick. Sein Finger glitt über meine Wange, meinen Hals hinunter bis zu meinem Schlüsselbein und fuhr dort über mein Mal, das mich als königlichen Sprössling des Hades markierte. Seine linke Augenbraue zuckte. »Und das war ein Fehler. Vermutlich hätte ich dich nicht einmal bemerkt, würdest du dich nicht mit diesem Abschaum abgeben. Wieso bleibt ihr nicht einfach, wo ihr hingehört?«

Fragend runzelte ich die Stirn und zuckte merklich zusammen, als er fester über die Brandnarbe strich.

Abschaum?

»Der finstere Typ, der dich mit dem Motorrad abholt. *Royath*«, er spuckte den Namen förmlich aus, als würde er ihm schlimme Übelkeit bereiten. Mir wurde aus einem ganz anderen Grund übel. Ich hatte meine Frage nicht laut ausgesprochen. Dieser Idiot war in meinem Kopf. Einer seiner Mundwinkel zuckte. »Du bist wie ein offenes Buch für mich – aus einem mir unerklärlichen Grund, ich hab das vorher noch nie erlebt – und das war dein Verhängnis.« Ich presste die Lippen zusammen und versuchte krampfhaft, an *gar nichts* zu denken, aber mein Kopf schien vor Gedanken, Gefühlen und Ängsten nur so zu sprudeln. »Dass die Fesseln dich lahmlegen, bedeutet, dass du definitiv zu diesen *Kreaturen* gehörst, aber da ist noch etwas anderes. Was bist du wirklich, Elyanor Edenmore?«

»Ich dachte du kannst meine Gedanken lesen«, warf ich ihm schnippisch entgegen und funkelte ihn so finster an, wie ich konnte. In meiner derzeitigen Position konnte ich allerdings nicht gerade mit Bedrohlichkeit punkten.

»So funktioniert das nicht«, murmelte er und fuhr sich durch seine dunkelblonden Haare. »Wer ist dein Vater? Deine Mutter?«

Ohne etwas dagegen tun zu können, sprangen die Namen meiner Eltern in meinen Kopf.

Zayden zog eine Augenbraue hoch und seine Lippen verzogen sich zu einem dunklen Lächeln. »Ich glaub's ja nicht.«

»Dann lass es eben bleiben, Mistkerl«, fauchte ich und spürte, wie meine Wangen heiß wurden.

»Und dein Rücken, was ist damit? Ich habe noch nie gesehen, dass ein Dämon mit Narben bedeckt ist.« Sein Finger fuhr über die helle Narbe an meiner Augenbraue. »Und hiermit?«

Seine leise Stimme ließ mich erschaudern.

Am liebsten hätte ich ihm seine Finger verbrannt und so viel Abstand zwischen ihn und mich gebracht wie nur irgendwie möglich. Hass prickelte in meinem Inneren als ganz neue Art der Energie, aber in meiner derzeitigen Situation blieb mir nichts anderes übrig, als mich unter seiner unangenehmen Berührung zu winden wie ein Fisch auf dem Trockenen.

Ein Ausdruck der Überraschung flog über seine hübschen Züge und seine Hand erstarrte über mir. »Du weißt es nicht. Du ...!«

Die Tür sprang auf und Lennox stürmte in den beengten Raum. »Zay, du kannst gehen. Wir sind hier fertig.«

Zayden zog die Augenbrauen zusammen und erhob sich ruckartig. »Was soll das heißen?«

Lennox schien genauso unglücklich wie sein kleiner Bruder, eine tiefe Falte hatte sich zwischen seinen Augenbrauen gebildet und ein Muskel zuckte unaufhörlich in seinem Gesicht. »Raphaels Anordnung. Der Dämon wird uns verlassen. Sofort.«

Selbst von meiner schlechten Position aus konnte ich beobachten, wie sich Zaydens Wangen röteten und Wut in seinen sonst so klaren, grünen Blick floss. Mit großen Schritten marschierte er auf seinen großen Bruder zu, doch noch bevor Zayden etwas hätte sagen können, kam ihm Lennox zuvor.

»Hör zu, mir gefällt das genauso wenig wie dir. Du kennst meine Meinung über ihresgleichen. Aber wir werden sie vorerst nicht anrühren. Der Befehl kommt von oben.«

»Wegen ihres Vaters.«

»Unter anderem.«

Ich schluckte und biss die Zähne so fest aufeinander, dass mein Kiefer schmerzte. Bedeutete das, dass ich gehen konnte? Oder wurde ich nun zu jemandem gebracht, der mich *anrühren* durfte? Ein Schauer durchfuhr mich.

Die beiden Jungen wandten sich zu mir um.

»Schaff sie hier raus. Danach treffen wir uns oben«, ordnete Lennox an und verließ den Raum ohne ein weiteres Wort.

Zayden stieß frustriert den Atem aus und starrte mich an, als wäre ich schuld an dieser ganzen Situation.

»Zeit zu gehen, *Prinzessin*.«

Bei seinem Tonfall verzog ich das Gesicht, seufzte jedoch trotzdem erleichtert auf, als er die Fesseln an meinen Händen löste und ich mir über die Gelenke fuhr.

Es fiel mir schwer, mich aufzusetzen, und als ich die Beine über die Kante der Liege schwang, überkam mich ein Schwindelanfall, der mich beinahe zurück in die Waagerechte befördert hätte.

Stöhnend fasste ich mir an die Stirn und schaute zu Zayden hoch. »Was bedeutet das?«

Seine Stirn legte sich in Falten, ehe er mit kalter Stimme verkündete: »Das bedeutet, dass du die einmalige Chance bekommst, dich zurück in das Loch zu verziehen, aus dem du gekrochen bist, *Elyanor*. Wer auch immer diese Entscheidung aus welchen mir völlig unverständlichen Gründen getroffen hat, du solltest diese Gelegenheit nutzen. Noch einmal lasse ich dich nicht gehen. Nächstes Mal lasse ich dich in diesem Pool ertrinken.«

Es regnete in Strömen, als würde die verdammte Sintflut auf mich hereinbrechen, und es war stockdunkel draußen.

Zayden hatte mich vor die Tür gesetzt, wie einen räudigen Hund, den man nicht länger bei sich haben wollte. Ich hatte keine Ahnung, wo ich mich aufhielt, und noch immer war ich *leer*, nicht mehr als ein Mensch vermutlich.

Was auch immer Zayden mit mir gemacht hatte, es hatte meinen Dämon zum Schweigen gebracht, falls er nicht vollständig getötet worden war.

Ich konnte nicht sagen, wie lange ich schon durch diese Straßen, die ich nicht kannte, irrte, ohne den geringsten Anhaltspunkt.

Außer einem riesigen T-Shirt und einer Unterhose trug ich nichts, ich war barfuß, meine Haare hingen mir in schweren Strähnen ins Gesicht und das Wasser, das mich Stunden zuvor beinahe getötet hatte, fiel nun aus grauen Wolken auf mich herab. Ich wusste nicht, wo meine Kleidung abgeblieben oder auch nur wie spät es eigentlich war.

Noch nie in meinem gesamten Leben hatte ich mich so verloren gefühlt.

Unaufhörlich setzte ich einen nackten Fuß vor den anderen, ohne zu wissen, wohin ich eigentlich ging. Ich könnte mich noch immer in London befinden, aber genauso gut könnte ich an einem ganz anderen Ort sein, den Unterschied würde ich wahrscheinlich nicht einmal bemerken. Ich horchte nur auf das Klatschen, das meine Füße auf dem Asphalt erzeugten.

Tränen liefen mir über das Gesicht, Angst schnürte mir die Kehle zu und ich verschränkte meine Arme vor der Brust, um mich zumindest ein wenig vor der Kälte zu schützen. Frieren war neu für mich, genauso wie die Furcht in meinem Inneren.

Die Straße, die ich entlanglief, war dunkel, nur vereinzelt durchbrach der Schein einer Laterne die Finsternis. Die Häuser rechts und links von mir lagen verlassen und still da und beobachteten das Häufchen Elend, zu dem ich geworden war, aus dunklen, großen Augen.

Inmitten dieser Einsamkeit und Stille begann ich leise zu zählen.

Nach dreihundertunddrei Schritten erreichte ich das Ende der schmalen Gasse und traf auf eine breitere Straße, auf der einige Autos und Busse unterwegs waren – rote Doppeldeckerbusse.

Einer der unzähligen Knoten in meiner Brust löste sich. Ich war nach wie vor in London.

Links von mir befand sich ein kleines Restaurant mit einem winzigen, regengeschützten Außenbereich, in dem einige wenige Gäste ihr Essen genossen. So spät konnte es also noch nicht sein.

Ich trat aus dem Schatten der Gasse, näher an ein Pärchen, das sich über den Tisch hinweg mit Blicken verschlang. Die Frau mit den roten Lippen und einem filigranen Arrangement auf ihrem pechschwarzen Haar entdeckte mich zuerst.

Ihre dunklen Augen weiteten sich und sie schlug sich erschrocken die Hand vor den Mund, ehe sie ihren Begleiter auf mich aufmerksam machte.

Ich kam vor Scham fast um, als mir ihre mitleidigen Blicke entgegenschlugen.

Was war nur aus der taffen, starken, unsterblichen Elyanor geworden?

Der Mann erhob sich und trat vorsichtig einen Schritt auf

mich zu; in seinen blauen Augen stritten sich die Gefühle um die Vorherrschaft. Vermutlich gewann sein Mitgefühl, denn das Misstrauen verschwand nach und nach.

Ich kratzte die letzten Reste meines Stolzes zusammen und strich mir die nassen Haare aus dem Gesicht.

»Entschuldigen Sie, aber könnte ich vielleicht Ihr Handy benutzen? Ich hatte eine wirklich *schwierige* Nacht.«

Er zog verwundert eine Augenbraue hoch und verharrte zögernd mit einer Hand an der Tasche seiner Jacke. Anscheinend hatte er damit gerechnet, dass ich um Geld betteln würde. Übel nehmen konnte ich es ihm nicht, ich sah aus wie eine verwahrloste Obdachlose, die sich mit Drogen am Leben hielt.

Leise seufzte ich – wie tief konnte man als Dämonin eigentlich sinken? – und setzte ein hoffentlich überzeugenderes Lächeln auf. »Hören Sie, mein Name ist Elyanor Edenmore und ich muss dringend nach Hause. Bitte, man macht sich sicher schon Sorgen um mich.« Es fiel mir verdammt schwer, nicht verzweifelt an seinen Schultern zu rütteln.

»Ich sehe schon«, antwortete er leise und winkte seine Freundin zu sich, um ihr etwas ins Ohr zu murmeln, woraufhin diese langsam nickte und mir ein aufmunterndes Lächeln schenkte. »Setz dich zu uns, damit du erst einmal aus diesem scheußlichen Regen kommst.«

Ich zuckte zusammen. *Scheußlich.* So hatten *sie* mich genannt. *Scheußliche Kreatur.*

Die Frau deutete mein Zittern falsch (na ja, nicht gänzlich falsch, denn noch immer schnitt mir die Kälte förmlich in mein geschundenes Fleisch) und legte ihren Mantel über mich. Dankbar zog ich den dunklen Stoff enger um mich.

Sie bedeutete mir, mich auf einen Stuhl in der Nähe eines

Heizpilzes zu setzen, und reichte mir ein Glas mit Wasser, das ich kopfschüttelnd ablehnte. Von Wasser hatte ich für die nächsten hundert Jahre genug.

»Roger klärt alles, bald bist du wieder zu Hause«, sagte sie sanft und bedachte mich mit einem sorgenvollen Blick.

Es vergingen nur wenige Minuten, dann hielt ein Streifenwagen der örtlichen Polizei am Straßenrand vor dem Restaurant und zwei uniformierte Polizisten stiegen aus, eine Frau und ein Mann.

Sofort versteifte ich mich und machte Anstalten aufzuspringen, aber mein schwacher Körper hielt mich an Ort und Stelle.

Roger und seine Frau unterhielten sich kurz, während ich zitternd und wieder einmal hilflos zusehen musste, wie andere über mich entschieden.

Die Polizistin führte mich zum Streifenwagen und hüllte mich in eine dicke Decke ein. Ich folgte widerstandslos jeder ihrer Bitten.

Unzählige Blicke stachen in meinen Rücken, einige der Gäste waren aus dem Restaurant gekommen, um die Szene hier draußen neugierig zu verfolgen, aber ich war zu müde und erschöpft, um mir darüber irgendwelche Sorgen zu machen. Ich wollte einfach nur wieder in dieser Finsternis abtauchen, die mich im Schwimmbad gerettet hatte.

Schweigend machte ich mich auf dem Rücksitz des Wagens klein, sperrte das Durcheinander genauso aus wie die junge Polizistin, die sich neben mir niederließ.

Ich war ihr dankbar, dass sie Abstand zu mir hielt. Im Augenblick hätte ich keine menschliche Berührung verkraften können, nicht nach all den schmerzhaften Begegnungen mit Zayden.

»Mein Name ist Brittany. Du heißt Elinor, nicht?«

Ich machte mir nicht die Mühe, sie zu korrigieren. Nicht jetzt. Stumm starrte ich aus dem Fenster auf die verregneten Straßen, die dahinflogen. *Fliegen ...* ob ich jemals wieder dazu in der Lage sein würde?

Der Kloß in meinem Hals wurde größer und drängender.

Die Polizistin sog zischend die Luft ein, ihre Stimme zitterte ein wenig, als sie fortfuhr. »Ich kann mir vorstellen, dass du vermutlich nicht darüber sprechen möchtest, aber du könntest uns helfen, diejenigen zu finden, die dir das angetan haben.« Ruckartig sah ich zu ihr und dann auf meine nackte Schulter. Die Decke und das Shirt waren ein Stück heruntergerutscht, sodass die Ansätze meiner Narben zu sehen waren. »Waren das deine Eltern? Dein Vater?«

Wieder hielt ich den Mund und starrte einfach nur ausdruckslos in ihre braunen Augen, bevor ich meinen Blick abermals nach draußen richtete.

Leise atmete sie aus und ich konnte ihren Frust, aber auch ihr Mitgefühl vernehmen. Langsam ging es mir auf die Nerven, von all diesen Menschen, diesen *schwachen* Lebewesen, bemitleidet zu werden.

Sollte ich meine Energie, meinen Dämon, nicht zurückbekommen, könnte ich nicht damit umgehen, als *Mensch* unter ihnen leben zu müssen.

»Elinor, wir brauchen einen Anhaltspunkt. Oder zumindest jemanden, den wir anrufen können.«

Zaghaft atmete ich ein und aus, noch immer brannte meine Lunge, genauso wie der Rest meines Körpers. Meine Stimme kratzte, als ich zu sprechen begann. »Rufen Sie im *Royal Park Hotel* an und fragen nach Royath Edenmore.«

Ihr fielen beinahe die Augen aus dem Kopf und das erste

Mal, seit einer gefühlten Ewigkeit, zuckte mein Mundwinkel in die Richtung eines schwachen Lächelns. Damit hatte sie augenscheinlich nicht gerechnet.

Die Polizistin wechselte einen Blick mit ihrem Kollegen im Rückspiegel und nickte kaum merklich. »Sollen wir dich dort hinbringen? In das Hotel? Arbeitest du dort?«

Mit dem letzten Rest der Würde, der mir noch geblieben war, wandte ich mich zu ihr um und zupfte das Shirt zurück. »Bitte tun Sie das. Und nein, ich arbeite nicht dort, ich wohne dort.«

Erleichtert stellte ich fest, dass sie jemanden im Hotel erreichten und tatsächlich die Richtung dorthin einschlugen. Die restliche Fahrt über schwieg ich beharrlich, ohne auf weitere Fragen einzugehen, und starrte aus dem Fenster. Die Straßen wurden breiter, die Häuser schicker und die Stadt vertrauter, je näher wir dem *Royal Park Hotel* kamen.

Irgendwann verlor ich jedes Zeitgefühl, während London an mir vorbeirauschte, und fuhr zusammen, als wir ruckartig vor dem Haupteingang des Hotels zum Stehen kamen. Der Portier Malcom näherte sich dem Wagen, um mir die Tür zu öffnen, wurde im nächsten Augenblick jedoch grob von einem Wirbel aus schwarzer Kleidung, wirren dunklen Haaren und karamellfarbenen Augen zur Seite gestoßen und fing sich gerade noch.

Die Tür wurde aufgerissen, ich hörte einen Schwall Flüche.

Dann lag ich zitternd an Roys bebender Brust, seine Hitze umfing mich, genauso wie sein vertrauter Geruch.

Und ich begann zu weinen.

Royath presste mich fest an sich, als könnte ich mich jeden Moment in Luft auflösen, und fuhr durch meine Haare, ehe er mich ein winziges Stück von sich schob und seine Lippen auf die meinen presste.

»Wenn du das noch einmal machst ...«, er unterbrach sich und schüttelte den Kopf. »Ich ... ich bring dich um. Ich schwöre es.« Dann küsste er mich wieder und für den Moment war das alles, was ich brauchte.

TEIL ZWEI

Kapitel 10

Eine Woche. Es dauerte eine verdammte Woche, bis ich endlich die Erlösung fand. Sieben quälend lange Tage, in denen ich nicht viel mehr getan hatte, als stumm auf der Couch zu sitzen und in die Leere zu starren, während das Wasser des Pools immer wieder über mir zusammenschlug und mich verschlang.

Hundertachtundsechzig Stunden, bis sich endlich wieder das Feuer in mir regte.

Sie hatten es nicht geschafft, meinen Dämon zu töten.

Ich hatte Roy erzählt, was geschehen war, das meiste jedenfalls, und er hatte mir erstaunlich ruhig zugehört, doch als ich Zayden erwähnt hatte und das, was er zu mir gesagt hatte, war er durchgedreht.

Das lag jetzt ebenfalls sieben Tage zurück.

Dicke Regentropfen klatschten an die Fensterscheiben und ließen mich rausschauen. Wie sich herausgestellt hatte, war ich drei Tage in der Gewalt der Darahia-Brüder gewesen, bevor sie mich nachts beinahe völlig nackt auf die Straße geworfen hatten.

So etwas vergaß man nicht so einfach.

So etwas brauchte Zeit.

Ich schlang die Arme um meine Beine und kuschelte mich enger in die dicke Decke, die Roy über mir ausgebreitet hatte. Zwar waren mit meinem inneren Dämon auch meine Energie und mein Feuer wiedergekehrt, aber das Zittern und die Kälte wichen trotzdem nicht aus meinen Gliedern.

Roy trat in mein Blickfeld und ich zuckte zusammen.

»Lya-Kleines«, begann er sanft und setzte sich, auf Abstand bedacht, neben mich. »Ich habe mit deinem Vater gesprochen.«

Das tat er seit Tagen. Ich konnte seine finsteren Worte hören und dann seine Unterwürfigkeit, wenn er mit Daddy sprach.

»Wir sind beide der Meinung, es wäre das Beste, wenn du nach Hause gingest.«

Langsam schüttelte ich den Kopf. »Nein.«

Nein, ich würde hier nicht verschwinden, und wenn es Jahrhunderte dauern würde, ich würde herausfinden, was in den drei Tagen geschehen und wer zum Teufel Zayden wirklich war. Ich brauchte nur noch etwas Zeit, um meine Wunden zu lecken.

Roy ließ seufzend den Kopf hängen. »Bei den ewigen Flammen, was willst du noch hier? Ich lasse nicht zu, dass dieses Ungeheuer dich noch einmal in die Finger bekommt.«

Zaydens grüne Augen leuchteten vor mir auf, weiß, nicht golden, und ein Schauer durchfuhr mich. Er hätte mich nie und nimmer erwischt, wäre Leila nicht gewesen – sie und meine Ablenkung.

»Wird er nicht«, versicherte ich kaum hörbar und räusperte mich. »Ich kann nicht verschwinden. Nicht jetzt.«

Auch wenn Zayden meinen Stolz geradezu zerstört hatte, ein Rest davon war noch da, und ich würde ihm das Feld nicht kampflos überlassen und den Schwanz einziehen. Noch einmal würde ich nicht hilflos daliegen, während er alle Macht über mich in seinen schmutzigen Händen hielt.

Ich schaute zu Roy und griff nach seiner Hand. Endlich hatten unsere Körper wieder dieselbe Temperatur und die gleiche Energiesignatur. »Was weißt du über diese Leute? Wer sind die?«

Ruckartig wandte Roy den Kopf ab und sprang auf. »Nicht viel, aber es sind üble Mistkerle, Lya. Du tätest gut daran, denen aus dem Weg zu gehen und nicht mit ihnen die Schulbank zu drücken«, zischte er und fuhr sich über das Gesicht. Dunkle Ringe lagen unter seinen karamellfarbenen Augen und er wirkte genauso fertig, wie ich es war. »Du willst nicht wirklich riskieren, dass dein Dad seine Leute schickt, um dich zurück in den Hades zu zerren, oder?«

Mein Vater konnte die Hölle nicht verlassen, das war die Bürde, die der König des Hades auf sich nehmen musste, wenn er die Krone akzeptierte, aber ich zweifelte nicht daran, dass er meine Brüder schicken würde – ein Todeskommando für sich.

»Wieso schickt er nicht eine Mannschaft, die hier aufräumt und diese *üblen Mistkerle*, wie du sie nennst, auslöscht? Dann wäre das Problem gelöst und ich könnte endlich meinen Abschluss machen.«

Roy fielen beinahe die Augen aus dem Kopf. »Das würde einer Kriegserklärung gleichkommen, Elyanor, und wir können hier keinen Krieg austragen, nicht in diesen Zeiten. Zur Hölle, wieso bist du nur so verdammt stur?«

Das Kinn vorgereckt begegnete ich seinen zusammengekniffenen Augen. »Ich würde nicht so blöde Vorschläge machen, wenn mich mal jemand ins Bild setzen würde! Was für ein Krieg?«

Vermutlich wurde Roy gerade klar, dass er zu viel gesagt hatte, denn er machte dicht und stapfte mit wütenden, großen Schritten in die offene Küche.

Kurzerhand sprang ich auf und folgte ihm. Als ich ihn erreichte, trommelte ich auf seinen Rücken und legte all die wenige Kraft hinein, die meinem noch immer schwachen Körper geblieben war. »Sprich mit mir, verflucht noch mal.«

Herrisch wandte er sich um, sodass ich zurückstolperte und umgefallen wäre, hätte er nicht meine Handgelenke gepackt und mich zurückgerissen. »Ich kann nicht, okay? Ich habe es geschworen.« Er sprach leise und gepresst, dann ließ er mich los, griff hinter sich und hielt mir ein nagelneues Smartphone hin.

»Dein Vater kennt dich zu gut, Lya. Er wusste, dass du dich weigern würdest, das Feld zu räumen, aber er hat Bedingungen.« Der Frust in seinen Worten schlug mir förmlich entgegen. »Du wirst nicht mehr alleine unterwegs sein. Es ist mir egal, wer dich begleitet, ob es nun deine kleine Menschenfreundin ist oder ich, solange du nicht alleine bist. Und du trägst das Handy immer bei dir und meldest dich regelmäßig.«

Ich zog die Augenbrauen zusammen und meine Stimmung erlangte einen ganz neuen Tiefpunkt. »Du kannst mich mal, Royath!«

»So oder gar nicht. Überleg es dir, Prinzessin«, nötigte er mich und drückte mir das Handy in die Hand. Ich hatte keine Ahnung, wie man mit so einem Ding umging, aber ich fand es unnötig, das jetzt zu erwähnen.

Trotzig funkelte ich ihn an, mir war bewusst, dass ich mich wie ein Kleindämon aufführte, und ich tat es mit voller Absicht. »Ich werde einen Teufel tun, wenn du mir nicht sagst, was du weißt.«

»Und du wirst dich von diesen Mistkerlen fernhalten. Von ihnen allen, haben wir uns verstanden?«, überging er meine Drohung und verschränkte die muskulösen Arme vor der Brust.

Ich knurrte und sandte meine Energie durch meine Adern, sodass meine Augen zu leuchten begannen.

Vermutlich wäre ich ihm an die Kehle gesprungen, hätte nicht in diesem Moment unser Telefon penetrant zu klingeln begonnen.

Schnaubend wandte ich mich ab und griff unsanft nach dem Hörer. »Was?«, fragte ich und versuchte, mein rasendes Temperament wieder unter Kontrolle zu bringen. Schlimm genug, dass ich noch immer wegen dem, was auf der Party geschehen war, vor Scham zerging, jetzt kamen auch noch Royaths bescheuerte Verschwiegenheit und seine bekloppten Regeln hinzu.

»Miss Edenmore, bitte verzeihen Sie die Störung, aber hier ist eine junge Dame, die behauptet, Sie zu kennen«, erklang die höfliche Stimme von Madeline, die als Empfangsdame im Hotel arbeitete.

Ich schluckte meinen Ärger für den Augenblick herunter. »Entschuldigen Sie meinen Tonfall, Madeline. Wer ist es denn?«

Ihre Erleichterung war ihr förmlich anzuhören. »Eine gewisse Annie McCallum.«

Ich zog die Augenbrauen zusammen und fuhr mir über das Gesicht. »Schicken Sie sie hoch. Danke, Madeline.«

Nachdem ich aufgelegt hatte, drehte ich mich zu Roy um. »Wir sind noch nicht fertig, klar? Ein Mädchen aus meiner Klasse ist auf dem Weg hierher. Annie. Also benimm dich, verdammt noch mal, und zieh dir etwas an.«

Der Ernst verschwand aus seinen Augen und einer seiner Mundwinkel hob sich. »Da ist meine kratzbürstige Prinzessin ja wieder.«

Es klopfte an der Tür unseres Penthouses und ich warf Roy

einen letzten warnenden Blick zu, ehe ich mich in den Flur begab. Kaum hatte ich die Tür einen Spalt geöffnet, da fiel mir Annie auch schon um den Hals. »Mein Gott, ich habe mir solche Sorgen um dich gemacht«, flüsterte sie und drückte mich an sich. »Wie geht es dir?«

Ich verstärkte meine Mauern, um ihre Berührungen weniger unangenehm zu empfinden, und erwiderte dann vorsichtig die Umarmung.

»Es geht mir gut, Annie. Was machst du hier?«

Beinahe lautlos ließ ich die Tür ins Schloss fallen und führte Annie in unser Wohnzimmer. Ein Strahlen breitete sich auf ihren Zügen aus, als sie alles in Augenschein nahm.

»Ich wusste ja, dass du Geld hast, aber das ...«

Ich zuckte die Achseln und deutete in Richtung Roy, der sich keinen Deut bewegt hatte und nach wie vor an den Tresen der Küche gelehnt stand. »Meinen Bruder Roy kennst du ja. Möchtest du etwas trinken oder essen?«

Annie hob die Hand in Richtung Royath und richtete ihre braunen Augen dann wieder auf mich. »Einen Tee würde ich gerne nehmen. Ich wollte nach dir schauen und dir deine Hausaufgaben bringen.«

Ein milder Ausdruck trat auf meine Züge. »Danke, das ist lieb. Ich mache uns einen Tee, dann verziehen wir uns in mein Zimmer, da haben wir unsere Ruhe.«

Ich führte Annie durch den Flur in mein riesiges Zimmer, das in völliger Dunkelheit lag. Das Bett war nicht gemacht und es roch ziemlich muffig. Kein Wunder, ich hatte mich hier die letzten Tage verkrochen, um bloß niemandem begegnen zu müssen. Nachdem ich das Tablett abgestellt hatte, riss ich die Vorhänge weg und das Fenster auf, sodass die feuchte Luft des Sonntagnachmittags hereinwehte.

»Dein Zuhause ist echt cool«, kommentierte Annie, drehte sich einmal um die eigene Achse und stellte dann die Tasche auf eines der Sofas. »Da kann das Internat nicht mithalten.«

Ich würde es nicht unbedingt Zuhause nennen und außerdem war das nichts im Vergleich zum Hades, aber ich konnte nicht bestreiten, dass es mir hier gefiel und ich meinen Rückzugsort schätzte.

»Danke, tut mir leid wegen des Durcheinanders. Ich habe nicht mit Besuch gerechnet.«

Sie winkte lächelnd ab und setzte sich. »Erzählst du mir, was los ist? In der Schule kursieren üble Gerüchte. Dass du krank bist, ist noch das harmloseste.«

»Aha! Und welche Gerüchte machen sonst noch die Runde?«

»Dass du von der Schule geflogen bist. Dass du abgehauen bist. Und ...«

»Und?«

»Und dass du in der Partynacht was mit Zayden hattest und dich wegen Leilas Rache nicht mehr in die Schule traust.« Angewidert verzog Annie das Gesicht und brachte mich damit das allererste Mal seit über einer Woche zum Lachen, so absurd war die letzte Erklärung meines Verschwindens.

»Mit Zayden?! Nur über meine Leiche.«

»Da bin ich aber erleichtert. Ich dachte schon, ich hätte dich an die dunkle Seite der Macht verloren, Schwester.«

Den Kopf schüttelnd, starrte ich auf meine Hände. Zaydens letzte Worte kamen mir wieder in den Sinn.

Noch einmal lasse ich dich nicht gehen. Nächstes Mal lasse ich dich in diesem Pool ertrinken.

Unwillkürlich zuckte ich zusammen und fuhr mir über das Gesicht. »Nein, ich habe die Nacht ganz sicher nicht mit

Zayden verbracht.« Zumindest nicht freiwillig und nicht bei Bewusstsein.

Lächelnd zog Annie ein Knie an, legte ihren Kopf darauf und sah mich von unten herauf an. »Und wie lautet deine Story?«

Hörbar ließ ich die Luft aus meiner Lunge entweichen und zog die Augenbrauen zusammen. »Leila ist mir gefolgt, als ich eine ruhige Ecke gesucht habe, das Schwimmbad. Vermutlich ist sie immer noch ziemlich sauer auf mich, denn sie hat mich hineingeworfen.«

Annie gab einen überraschten Laut von sich. »Wie bitte? Nicht dein Ernst!«

Ich nickte bestätigend. »Tja, ich fürchte doch. Keine Ahnung, ob ich es dir schon erzählt habe, aber ich bin gegen Chlor hochallergisch. Das Zeug lähmt mich in Sekundenschnelle. Zayden hat mich rausgefischt und nach Hause gebracht. Keine besonders ausgefallene Story.«

»Okay, krass, und ausgerechnet *Zayden* hat dich rausgeholt? Meine Güte! Und jetzt geht es dir wieder besser?«

Langsam atmete ich tief ein und aus und schob ein dünnes Lächeln auf meine Züge.

Meine Energie war zurückgekehrt, ich war wieder ein vollständiger Dämon, und trotzdem, mir schlotterten noch immer die Glieder, wenn ich an die Tage in diesem Verlies dachte.

Ich war traumatisiert – so viel gestand ich mir gegenüber dann doch ein. Meine Begegnung mit Zayden hatte mich mitgenommen – mehr, als es mich hätte erschüttern dürfen.

»Es wird, bin so gut wie neu«, sagte ich schließlich und atmete aus.

Ihr Lächeln wurde etwas breiter. »Dann kannst du dich ja gleich an die Berge von Hausaufgaben machen, die auf dich warten. Du kommst doch morgen wieder in die Schule, oder? Ich halte nicht noch einen Tag ohne dich aus, weißt du?«

Bei ihren Worten wurde mir erstaunlicherweise warm ums Herz, gleichzeitig aber krallte sich auch die mittlerweile nur zu bekannte Kälte in meine inneren Organe. Ins College zurückzukehren bedeutete auch gleichzeitig, wieder auf Zayden zu treffen. Taffe Sprüche hin oder her, ich hatte Angst vor einem Wiedersehen. Punkt.

»Ich denke schon, dass ich morgen wiederkomme. Für meinen Geschmack habe ich schon viel zu viel Lernstoff verpasst.« Vermutlich glaubte Zayden, dass ich mich wirklich verkrochen und ihm das Feld überlassen hätte. Dass er gewonnen hätte. Ein ziemlich triftiger Grund für mich, auf meine Angst zu pfeifen und ihn vom Gegenteil zu überzeugen. Ein grimmiges Lächeln trat auf meine Züge. »Nein, weißt du was? Ich werde auf jeden Fall dort sein.«

»Sehr gut, dass wollte ich hören. Und jetzt frage mich endlich nach meinem Partyabend!«, drängte sie mit einem verschmitzten Grinsen und rückte näher an mich heran, sodass ich ihr süßes Parfum riechen konnte.

»Und Annie ...?« Ich legte eine spannungssteigernde Pause ein und faltete die Hände vor der Brust. »Was hast du so getrieben, während ich gegen den Tod in dem verseuchten Wasser angekämpft habe?«

Kurz zog sie eine Schnute, dann überwog das Leuchten in ihren Augen. »Elijah und ich haben tatsächlich miteinander getanzt. Dann haben wir gequatscht, getrunken und ...!«

»Miteinander geschlafen?«, fügte ich an, obwohl mir eigentlich ganz andere Ausdrücke auf den Lippen lagen.

Annie sah mich gespielt finster an. »Wofür hältst du mich denn? Das wäre wohl eher dein Vorgehen, was?«

Elegant zuckte ich mit den Schultern, griff nach dem heißen Tee und leerte die Tasse in einem Zug. Meine Freundin starrte mich entgeistert an. Ups, schon wieder vergessen, dass auch Normalsterbliche hier im Raum waren.

»Was habt ihr dann gemacht? Wenigstens einen Kuss gab es doch wohl, oder?«, hakte ich rasch nach, um die Tee-Sache zu überspielen.

Annie ging darauf ein. »Er hat mich zum Abschied auf die Wange geküsst. Das bedeutet doch sicher etwas, oder?«

Nun zog sie auch das zweite Bein an und wechselte in den Schneidersitz.

Ein Küsschen auf die Wange? Auf einer Party, bei der so gut wie niemand nüchtern geblieben war?

Ich blickte in Annies flehende Augen. Wäre ich eine gute Freundin, würde ich ihr ehrlich sagen, dass sie sich nicht allzu viel Hoffnung wegen eines Wangenküsschens machen sollte. Aber ich war keine gute Freundin, ich war ein verdammter, bösartiger Hohendämon. »Es gibt nie einen Kuss ohne Hintergedanken, egal, wie er aussehen mag, Schätzchen.«

Ihre Wangen röteten sich, dann blickte sie lächelnd zur Seite und sprang auf, als hätte sie plötzlich viel zu viel Energie in ihrem schmalen Körper. »Da wir diese wichtigen Themen jetzt abgehakt haben, kommen wir zu ganz anderen Sachen. Du hast am Freitag letzte Woche mein Zimmer auf den Kopf gestellt, jetzt bin ich dran.«

Noch bevor ich ebenfalls auf die Füße kommen konnte, hatte sie auch schon den Kleiderschrank aufgerissen und blieb wie angewurzelt stehen. »Meine Güte, du hast ja die ganze Oxford Street in deinem Schrank!«

Ich stieß den Atem aus und betete, dass sie nicht auf die Bücher aufmerksam werden würde, die ganz hinten lagen. Bücher, die ihren Ursprung im Hades hatten, und ein Fotoalbum von Reena, das sie mir zum Abschied geschenkt hatte. Es war unnötig zu erwähnen, dass sich darin ausreichend Beweise dafür fanden, dass ich alles andere als ein Mensch war.

»Aber irgendwie stehst du ziemlich auf Schwarz, oder?«

Ich lachte nervös und stellte mich neben sie. »Ist doch eine interessante Farbe und sie passt eigentlich immer.«

»Ist was Wahres dran«, lenkte Annie ein und verschränkte die Arme vor der Brust. »Okay, wühlen wir uns durch deine Schätze.«

Den restlichen Nachmittag verbrachten wir damit, sämtliche Klamotten von mir anzuprobieren und dämliche Bilder davon zu machen. Annie luchste mir sogar ein Kleid und zwei T-Shirts ab und steckte sie ziemlich zufrieden in ihre Tasche. Sie meinte, dass sei nur gerecht, nachdem ich sie auf der Party habe stehen lassen (dass ich beinahe gestorben wäre, war ihr anscheinend entfallen).

Später, als sie sich verabschiedet hatte – natürlich nicht, ohne mich vorher daran zu erinnern, dass ich auch ja morgen im College auftauchen müsse –, gesellte ich mich wieder zu Royath in unserem überdimensionalen Wohnzimmer.

»Hunger?«, rief er und wandte sich auf der Couch zu mir um. Vor ihm brannte in dem auf antik gemachten Kamin ein knisterndes Feuer, das die einzige Lichtquelle war und den erwärmten Raum in einen orange-roten Schein hüllte. Ich fühlte mich wohlig, fast wie zu Hause.

»Nicht so richtig«, murmelte ich, schlang die Arme um mich und setzte mich neben ihn vor das Feuer.

Royaths Augen hatten beinahe dieselbe Farbe wie die Flammen, als er mich mit hochgezogener Augenbraue musterte. »Du solltest aber Hunger haben, Luzi. Weißt du was? Ich bestelle uns einfach etwas Leckeres.« Diese mütterliche Seite an ihm, die er seit meiner Rückkehr aus dem dunklen Verlies an den Tag legte, passte mir ganz und gar nicht. Trotzdem konnte ich mein Magenknurren nicht ignorieren, als es die Stille zwischen uns ausfüllte. »Dann spreche ich eben mit deinem Magen«, meinte er diplomatisch und griff nach dem Telefonhörer. Wenige Momente später war unsere Bestellung aufgegeben und Roys Bemutterungsdrang für den Augenblick befriedigt.

Sichtlich zufrieden mit sich selbst lehnte er sich nach hinten und streckte die Arme über dem Kopf aus, sodass sein Shirt hochrutschte und ich einen ungehinderten Blick auf seinen wohlgeformten unteren Bauch bekommen konnte. »Übrigens, eine Regel habe ich noch vergessen zu erwähnen«, äußerte er ganz nebenbei.

Ruckartig hob ich den Blick. »Du hast wohl wirklich Todessehnsucht, oder?«

Freudlos grinste er und legte seine Hand auf meinen Oberschenkel. »Lya, so gerne ich mich auch mit dir anlege, die Auflagen sind nicht auf meinem Mist gewachsen, und wir wissen beide, dass sie notwendig sind. Das, was dir passiert ist ...«

Ich wandte den Blick ab und starrte in die Flammen. Ihr Schein beruhigte mich, noch bevor ich wieder in die dunkle Furcht stürzen konnte, die selbst jetzt, nach über einer Woche, noch immer in einer hinteren Ecke meines Kopfes lauerte. »Und was besagt diese Regel?«

»Wir werden an deiner Abwehr arbeiten.«

»Was verstehst du denn schon davon? Du hast keine Mauern, die deinen Geist schützen«, äußerte ich tonlos, hob eine

Hand und vollführte eine rasche Bewegung, sodass das Feuer des Kamins auf meinen Befehl hin höherschlug und in einem wilden Muster vor unseren Augen tanzte.

Dämonen kontrollierten ihr Element, das Feuer, aber Hohendämonen beherrschten es.

Royath seufzte. »Nein, aber selbst ich schaffe es, Energie auf dich zu schleudern.«

Ich ließ von dem Feuer ab und schaute zu Roy. Er meinte es wirklich ernst. Und mein Vater ... »Daddy will das, oder?«

Mit gerunzelter Stirn suchte Roy in meinen Zügen, worauf ich hinauswollte, aber ich ließ ihn nichts sehen.

»Die Regeln, ja.«

Kopfschüttelnd zog ich die Beine an. »Das Chaos hier. Er will sehen, was ich draufhabe, was ich aushalte. Als Tochter der Hölle ist es meine Aufgabe, eines Tages den Hades zu führen. Dad will sehen, ob ich dazu in der Lage bin.«

Royaths Blick wurde hart. »Du behauptest, dass dein Vater seine einzige Tochter, die er über alles liebt, diesen Mistkerlen ausliefert, um sie zu *testen*? Also, ich traue dem Teufel so ziemlich alles zu. Aber sein kleines Mädchen ans Messer zu liefern? Nein.« Er stand auf, holte ein kleines, gefaltetes Stück Pergament und hielt es mir hin. »Lies!«

Ich griff danach und faltete es auseinander. Das Zeichen meines Vaters sprang mir entgegen und ich schluckte. Es stand nicht viel auf dem Zettel und ich las es mehrmals, bevor ich zu Roy schaute und schon wieder diese verräterischen Tränen in meinen Augen brannten.

Tu alles, was nötig ist, um sie zu schützen. Alles, hörst du, Royath? – Und wenn du dafür sterben musst, ist mir das auch recht. Nur schütze mein Mädchen.

Er nickte langsam und wandte den Kopf in Richtung Flur,

als es klingelte. Unser Essen war da und ich hatte noch nie
in meinem Leben weniger Appetit gehabt, als in diesem Augenblick.

Es wehte ein lauer Wind und es war eine erstaunlich klare
Nacht, als ich auf die Dachterrasse unseres Penthouses trat,
eine dicke Decke um meine Schultern gewickelt. Der Hyde
Park lag ruhig und dunkel vor mir, bis auf wenige Laternen,
die als kleine Lichtpunkte zwischen den Bäumen leuchteten.

Die frische Luft legte sich angenehm auf meine warme
Haut und ich schloss die Augen, als ich tief einatmete.

Hinter mir hörte ich, wie Roy langsam die Schiebetür öffnete, und spürte wenige Augenblicke später seine Hitze und
Energie, als er hinter mich trat und seine Arme locker auf
meine Hüften legte.

»Und du bist dir ganz sicher, dass du wieder dorthin möchtest? Ins College, meine ich. Wir finden auch einen anderen
Ort.«

Noch immer die Augen geschlossen lehnte ich mich an
Roys warmen und unnachgiebigen Körper und genoss es, wie
meine Energie auf die seine reagierte.

»Ja, du kennst mich doch.«

Ich spürte, wie er nickte. »Ehrlich gesagt, hätte es mich
gewundert, wenn du es auf dir sitzen gelassen hättest, was
der Mistkerl mit dir gemacht hat.«

Unwillkürlich durchfuhr mich ein Schauer und Roys Griff
wurde fester. Seit ich durchgefroren und klitschnass vor dem
Hotel aus dem Polizeiwagen ausgestiegen war, war an Roy
eine neue Seite erwacht. Diese sanfte, fürsorgliche Seite, die
seinen Sarkasmus im Keim erstickte.

Ich hatte mich noch nicht daran gewöhnt, aber es gefiel mir, dass er sich um mich sorgte – zumindest meistens, in manch anderen Fällen ging es mir auf den Wecker.

»Vielleicht bekomme ich ja eine Chance, mich zu rächen«, sagte ich leise und öffnete die Augen. Londons Lichter breiteten sich vor mir aus und ein dünnes, kaltes Lächeln erschien auf meinen Zügen.

»Lya, du sollst dich von ihnen fernhalten, sie nicht noch dazu ermuntern, dich ein weiteres Mal zu verschleppen. Vielleicht lassen sie dich das nächste Mal nicht gehen«, entgegnete Royath und knirschte mit den Zähnen.

»Wie lange? Wie lange muss ich mich von ihnen fernhalten?«

Hörbar stieß er den Atem aus und begann langsam mit seinen Händen an meinen Seiten auf und ab zu fahren. Eine Hitze, die rein gar nichts mit meinem Dämon zu tun hatte, begann in mir zu glühen.

»Dein Vater ist dran. Er kümmert sich darum, wenn ich ihm die nötigen Informationen zukommen lassen. Dann wird er sie vernichten. Jeden Einzelnen von ihnen, ohne dabei eine Spur zu hinterlassen.« Roys Stimme klang rau und sehr nah an meinem Ohr. »Er wird nicht zulassen, dass uns diese Missgeburten weiter in die Quere kommen, und er wird ganz sicher nicht zulassen, dass sie dir noch einmal wehtun, Lya. *Ich* lasse das nicht zu.«

Mit diesen Worten drehte er mich in seiner Umarmung um, sodass ich eng an ihn gepresst vor ihm stand. Seine Augen leuchteten in jenem Bernsteinton, der seine Energie, ankündigte und sein Körper strahlte auf allen Frequenzen seine Lust aus. Bei mir traf sie auf ihr Gegenstück.

Ich sagte kein Wort, brauchte ich auch nicht. Schweigend

hob er mich hoch und legte seine Lippen erstaunlich zärtlich auf die meinen.

»Soll mich doch der Teufel holen, wenn er dich auch nur
noch einmal anfasst«, murmelte er an meinem Mund und
wandte sich der Terrassentür zu. Ich schlang die Beine um
seine Hüfte.

Im Augenwinkel bemerkte ich eine ruckartige Bewegung
und meine Härchen stellten sich warnend auf, aber als ich einen Blick an Roy vorbeiwarf, war dort nichts zu sehen.

Und im nächsten Augenblick hatte ich diesen kleinen Zwischenfall auch schon vergessen, denn Royath sorgte mit seinen Küssen, die er von meinem Ohr runter zu meinem Schlüsselbein hauchte, dafür, dass ich an gar nichts anderes mehr
denken konnte, als an diesen verrückten Dämon.

Kapitel 11

Schwungvoll knallte ich meine Tasche auf den Platz neben Annie, als ich den Französischraum betrat, bevor ich mich neben ihr niederließ. Sie schreckte hoch und grinste mich dann breit an. »Schön, dass du wieder da bist. Du hast mir echt gefehlt.«

Ich erwiderte ihr Grinsen und nickte. »Tja, ich habe den Mief hier echt vermisst, weißt du.«

»Die Einzige, die hier stinkt, bist du, Miststück«, zischte Leila einmal quer durch den Klassenraum, woraufhin einige andere lachten.

Unwillkürlich verdrehte ich die Augen und wandte mich dann ihr zu, um ihren funkelnden, braunen Augen zu begegnen, die beinahe schwarz wirkten. Sie nahm das als Herausforderung an. Unterstützt von ihren Freundinnen, die mir finstere, hasserfüllte Blicke entgegenschleuderten, warf sie ihr glattes Haar über eine Schulter und richtete sich weiter auf. »Macht man das dort so, wo du herkommst? Sich den festen Freund einer anderen an den Hals werfen? Gibt dir das einen kranken Kick?«

Mir würde es im Augenblick einen *Kick* geben, sie in Flammen aufgehen zu lassen, um sie anschließend in der Hölle stundenlang foltern zu können. Bei der Vorstellung lächelte ich düster.

»Klar, gehört dort zur Grundausbildung. Kommt gleich nach der Lektion *Wie ertränke ich ein Mädchen in einem Pool.*«

Mit Genugtuung nahm ich wahr, wie sich Leilas Augen

weiteten. Auch wenn sie betrunken gewesen war, selbst ihr musste aufgegangen sein, dass ich eigentlich tot sein müsste. Viel zu viel Zeit war verstrichen, in der ich unter Wasser gewesen war, jeder Mensch wäre ertrunken.

Sie fasste sich viel zu schnell wieder und feuerte, angestachelt von der Stimmung um uns herum, zurück. »Wie auch immer, anscheinend hat es nicht wirklich funktioniert, was? Würde mich auch wundern, wenn sich jemand wie Zayden mit dir abgeben würde.«

Die Tür sprang auf und mein Magen machte eine unangenehme Drehung, sodass mein Frühstück beinahe noch einmal *Guten Morgen* gesagt hätte.

»Es reicht, Leila«, sagte Zayden mit ruhiger, aber eindringlicher Stimme und ließ sich auf dem freien Platz neben ihr nieder.

Sie warf mir einen triumphierenden Blick zu, während mich Zayden mit seinen grünen Augen durchbohrte, als würde ich dadurch zu einem Häufchen Asche werden.

»Habe ich dir das nicht gesagt?«, flüsterte Annie und tippte mich an. »Zayden hat einige Kurse gewechselt. Er ist jetzt offiziell mit Leila zusammen. Die Party ist also vorbei.«

Kaum merklich schüttelte ich den Kopf. Ich glaubte nicht einen Moment, dass er wegen Leila die Kurse getauscht hatte. Er war meinetwegen hier. Die Party mochte vorbei sein, aber der Kampf hatte gerade erst begonnen.

Zayden nickte mir grimmig lächelnd zu, kehrte mir dann den Rücken zu, als Madame Igaine den Raum betrat.

Und er las noch immer meine Gedanken. Auch wenn er anscheinend nicht alles mitbekam, was in mir vorging, Roy hatte recht, ich musste dringend an meiner Abwehr arbeiten.

Die Französischstunde begann und mir platzte bereits nach wenigen Minuten der Schädel. Was auch immer Zayden vorhatte, er verlor keine Zeit damit. Mittlerweile war mir auch klar geworden, dass nicht die Menschen um mich herum dafür verantwortlich waren, dass meine mentalen Barrieren schlappmachten. Die ganze Zeit über war er es gewesen. Er und seine Energie.

Es wurmte mich, dass ich nicht wusste, was seine Brüder und er waren und mit wem ich es zu tun hatte. Trotzdem würde ich diese Schlacht nicht kampflos aufgeben. Angst und Unwissen hin oder her.

Madame Igaine rief einen Jungen namens Mikael an die Tafel, um die neuesten Vokabeln abzufragen, und ich nutzte diesen Moment, um zurückzuschießen. Meine Energie schoss, unsichtbar für die Schüler, in Richtung Zayden und verfehlte ihr Ziel nicht.

Als hätte ihn ein Messer getroffen, zuckte er zusammen und fasste sich an die Schulter. Sein wütender, grüner Blick prallte (beinahe) rückstandslos an mir ab, als ich mich mit einem Lächeln an Annie wandte. Er mochte in der Nacht vor neun Tagen einige Punkte gemacht haben, aber ich holte auf.

»Steht unser Shoppen am Dienstag noch?«, fragte sie mich leise, ohne die Augen von unserer Lehrerin abzuwenden, die uns warnend anschaute. Vermutlich würde sie jeden Moment den armen Mikael dort vorne erlösen und Annie oder mich an die Tafel holen.

»Sicher, ich weiß nur noch nicht, wie lange das Leichtathletiktraining geht. Sag mal, würde es dir was ausmachen, mir nachher mal zu erklären, was man mit diesem Ding alles anstellen kann?« Ich deutete auf das Handy in meiner Rocktasche und sah sie ratlos an.

Das war's. Annie lachte laut auf und durfte daraufhin mit Mikael tauschen.

Während Annie nach vorne ging, kam Bewegung in die Klasse, und kurz darauf lag ein winziger Zettel vor mir auf dem Tisch. Ich faltete ihn auseinander und zog die Augenbrauen zusammen.

Was willst du hier? Hast du noch nicht genug? Z.

In dem Wissen, dass er es hören würde, schoss ich, so laut ich konnte, meine Gedanken in seine Richtung. *Du kannst mich mal, Arschloch!*

Vielleicht bildete ich es mir nur ein, aber ich meinte, dass er sich für einen Moment schüttelte. Lachte mich diese Arschgeige etwa aus?

Ohne zu zögern, schickte ich die nächste Ladung meiner Kraft an dieselbe Stelle, die ich zuvor getroffen hatte – und ich traf. Grimmige Zufriedenheit erfüllte mich, als sich ein kleiner Blutfleck auf seinem blütenweißen Hemd ausbreitete und er schnell das Jackett drüberzog.

Jetzt lachte er nicht mehr und ich könnte dieses Spiel den ganzen lieben langen Tag weitertreiben, meine Energie war so gut wie unerschöpflich.

Der nächste Zettel fand seinen Weg zu mir.

Unerschöpflich? Mag sein, solange ich dir nicht deine Kraft raube.

Ich legte die Stirn in Falten und konnte nicht verhindern, dass mir kalt wurde. Das Gefühl, nicht länger ein Dämon und taub für mein Umfeld zu sein, das war eine Erfahrung, auf die ich gut und gerne in Zukunft verzichten konnte. Und Zayden wusste, dass er mich damit getroffen hatte.

Annie kam mit geröteten Wangen zu mir zurück und zwinkerte mir zu.

»Très bien, Annie. Nur versuchen Sie nächstes Mal, erst gar nicht in diese Lage zu kommen, d'accord?« Die rundliche Lehrerin nickte ihr zu, dann hob sie die Lektüre in die Höhe, an der wir gerade arbeiteten. »Fahren wir fort. Wer gibt uns eine kurze Zusammenfassung des letzten Kapitels?«

Eine knappe Stunde später verließen wir den Klassenraum in Richtung unserer Mittagspause.

»Treffen wir uns wieder mit Maddie und den anderen?«, fragte ich Annie, als Zayden in mein Blickfeld trat und uns unterbrach.

»Elyanor, auf ein Wort«, sagte er mit kühler Stimme und griff nach meinem Oberarm. Noch bevor er mich berühren konnte, wich ich zurück und sah ihn warnend an.

Wage es ja nicht, mich auch nur noch einmal anzufassen oder ich verarbeite dich zu dem Haufen Dreck, der du eigentlich bist, fauchte ich in seine Richtung und lächelte dünn, als er sich tatsächlich ein Stück zurückzog. Laut antwortete ich: »Vielleicht ein andermal, Zayden.«

Dann nahm ich Annie an der Hand und zog sie zu dem Menschenstrom, der sich ins Erdgeschoss drängte, um noch einen Platz in der großen Cafeteria zu bekommen.

»Was war das denn bitte schön? Habe ich irgendwas verpasst?« Annie beugte sich näher zu mir, als wir die Treppe betraten und mehr oder weniger von den anderen mitgezogen wurden.

Ich zuckte die Achseln und sorgte dafür, dass meine Mauern stärker wurden, man konnte ja nie wissen, was er sonst noch so in seinem kranken Hirn ausbrütete, und wir befanden uns schließlich im Krieg.

»Vermutlich will er mich zurechtweisen, weil ich Leila vor der Klasse bloßgestellt habe, was weiß ich?«

»Das hat sie bitter nötig gehabt, aber ich vermute, jetzt hast du nicht länger nur Leila im Nacken, sondern auch gleich noch den ganzen Darahia-Clan und na ja, du weißt ja, was ich dir über Zayden erzählt habe ...«

Nickend zog ich den Riemen meiner Tasche fester.

Mittlerweile ergeben ihre Storys über diesen Idioten auch Sinn. Vielleicht hatte er in dem Haus, das später in Flammen aufgegangen war, Jagd auf Dämonen gemacht. Möglich wäre es auf jeden Fall.

Ich legte einen Arm um ihre schmalen Schultern und drückte sie kurz an mich. »Danke für deine Sorge, aber mach dir keine Gedanken um mich. Sollte der Typ es wagen, mir zu nahe zu kommen, dann wird er sich verbrennen.«

Annie lachte ihr helles Lachen, das wie kleine Glöckchen klang, und legte ihrerseits ihren Arm um mich. »Und ich trete ihm anschließend noch mal in den Arsch. Nur für alle Fälle.«

Damit hatten wir einen Pakt geschlossen.

Am Eingang der Cafeteria trafen wir auf Maddie, Clara und Zeck und suchten uns dann gemeinsam, wie an meinem ersten Tag am College, einen Platz. Dieses Mal trennte ich mich allerdings nicht von Annie und ließ mich persönlich von ihr bei der Essenswahl beraten (Putensteak mit Brokkoli).

Am anderen Ende des Speisesaals hockte Zayden mit Freunden bei Leila und ihrem Fanclub. Selbst von hier aus an meinem Standort an der Kasse spürte ich seinen prickelnden Blick auf mir. Ein Blick, der für mich nichts anderes als eine Herausforderung an meine Person war, und ich nahm diese an – ohne zu zögern.

Wollten wir doch mal sehen, wer zuerst einknickte und dem anderen das Feld überließ.

Elijah saß neben ihm und unterhielt sich angeregt mit einer kleinen Schwarzhaarigen, was Annie neben mir, ihrer Miene nach zu urteilen, ziemlich ankotzte.

Ich beeilte mich damit, Annie zu packen und zurück zu unserem Tisch zu ziehen, bevor sie noch auf dumme Gedanken kommen konnte.

»Annie, Elijah will nichts von dieser Tussi, glaub mir«, meinte ich leise und knuffte sie in die Seite. Ich konnte das mit gutem Gewissen behaupten, schließlich hatte ich mich Sekunden vorher kurz in seinen Kopf eingeklinkt um a) zu überprüfen, ob er auch so ein kranker Typ wie Zayden war, und b) ob ich ihn verprügeln musste, weil er mit meiner Freundin spielte. Keines von beidem traf zu.

Annie schnaubte nur, ließ sich auf den Platz neben Zeek plumpsen und begann damit, ihren Brokkoli auf die Gabel zu spießen.

Clara und Maddie verfielen in ein Gespräch über einen neuen Klamottenladen in der Nähe des Colleges und ich lauschte mit einem Ohr, während das andere auf die Umgebung achtete.

Mit so einem Psychopathen im Rücken würde ich einen Teufel tun und mich noch einmal ablenken lassen.

Ich hoffte wirklich, dass er dieses Mal meine Gedanken kristallklar in seinem kranken Schädel haben würde.

Mein Ehrgeiz in allen Ehren, trotzdem verließ mich in meiner Englischstunde, das einzige Fach, das ich mit keinem meiner neuen Freunde hatte, meine Motivation. Ich hatte keinen blassen Schimmer mehr, warum zum Teufel ich so erpicht darauf gewesen war, wieder aufs College zu gehen. Die Lehrer brummten einem Berge von Hausaufgaben auf und so gut wie in jedem Fach standen demnächst Tests und Klausuren an. Und heute war erst der erste Tag nach meiner unfreiwilligen Pause.

Mit einem Seufzer lief ich durch den Gang zwischen den Tischreihen in die letzte Reihe und ignorierte dabei geflissentlich die Kommentare und Beleidigungen, die mir an den Kopf geworfen wurden. Darauf konnte ich gerade gut und gerne verzichten.

Lustlos kramte ich das Englischbuch, meinen Block und ein paar Stifte heraus, als mein Tag gleich noch ein kleines bisschen schlimmer wurde.

Zayden durchmaß mit langen Schritten das Klassenzimmer und setzte sich unaufgefordert neben mich. Sofort begann die Gerüchteküche um mich herum neu zu brodeln.

»Was läuft bloß schief mit dir?«, fragte ich leise in seine Richtung und zog meine vernarbte Augenbraue hoch.

Seine grünen Augen hefteten sich darauf, ehe sie wieder zu den meinen wanderten.

»Ich habe dich gewarnt, Elyanor, und vorhin hast du mir ein Gespräch verweigert. Hier hast du nicht wirklich eine Chance, abzuhauen.« Seine Stimme war kühl und hart, so wie er jedes Wort betonte.

Ich pustete mir eine Strähne aus dem Gesicht. »Das ist nicht mal dein Kurs.«

»Ich habe gewechselt, mach dir darüber mal keine Sorgen, *Dämon*.«

Giftig sah ich ihn an und ließ ein winziges bisschen meiner Energie meine Augen fluten. »Ja und ich kann das Spielchen, das wir vorhin in Französisch angefangen haben, den ganzen lieben langen Tag spielen.«

Einer seiner Mundwinkel zuckte. »Das habe ich gemerkt und du scheinst es richtig zu genießen.«

Bei der Ironie in seinen Worten verzog ich das Gesicht. »Allerdings, weißt du, es gibt durchaus Leute, die finden es nicht so toll, wenn sie nach ihrem Beinahe-Tod gefesselt in einem Verlies aufwachen mit einem Mistkerl wie dir vor der Nase«, fauchte ich und fixierte mit den Augen unseren Lehrer Mr Oyster, der seine erschreckend dünne Gestalt gerade am Pult vor der Klasse positionierte.

»Glaub mir, ich war auch nicht besonders angetan davon. Wenn es nach mir ginge, dann würdest du gar nicht mehr hier sitzen. Ich hoffe, du hast meine Warnung nicht vergessen.«

Gegen meinen Willen stieg mir die altbekannte Furcht, die mich mit diesem Typen verband, sauer die Kehle hoch. Ich schluckte, ballte meine Hand fester um den Kugelschreiber und verstärkte meine Mauern.

»Du bluffst«, sagte ich leise.

Etwas Kühles berührte mich am Oberschenkel und ich zuckte zusammen, als ein brennender Schmerz durch mich hindurchfegte. Zayden ließ nicht einen Moment von meinen Augen ab, während er einen filigranen Dolch auf meine Strumpfhose drückte. Was auch immer das für ein Metall war, alleine die Berührung brannte.

Ein wissendes Lächeln trat auf seine Züge. »Sag du es mir, Elyanor. Bluffe ich?«

Der Dolch verschwand, als Mr Oyster mit seinem Unterricht begann, aber ich war nicht in der Lage, zuzuhören.

Meine Gedanken klebten an dem Messer, das Zayden griff-
bereit hielt, und ich zweifelte nicht daran, dass es mich umbringen könnte, wozu normale Klingen nicht in der Lage
wären.

Trotzdem, dieser Psychopath würde es nicht wagen, mich
hier in der Schule vor all den Zeugen umzubringen.

»Bist du dir da sicher?«

Zähneknirschend drehte ich mich zu ihm um. »Raus aus
meinem Kopf, du Arsch.«

Zayden hatte die Nerven, mich anzugrinsen, doch die Kälte
verschwand nicht für einen Moment aus seinen grünen Augen, die mich im Augenblick an den Eukalyptus erinnerten,
den Roy gepflanzt hatte.

Wieder dachte ich an meine Mauern und stellte sie mir
noch solider und unüberwindbarer vor, aber Zayden schien
das lediglich zu amüsieren.

»Was machst du da eigentlich immer in deinem Kopf?«

Mit geröteten Wangen sah ich zur Seite. Notiz an mich: Ich
musste andere Geschosse auffahren, um diesen Parasiten loszuwerden. »Okay, was soll das hier?« Ich machte eine unbe-
stimmte Geste, die uns beide einschloss.

»Ich behalte dich im Auge. Ich werde nicht zulassen, dass
du und dein Liebhaber unsere Ordnung hier zerstören.« Mir
fielen fast die Augen aus dem Kopf. *Liebhaber?* »Na ja, eure
Aktion gestern Abend war ziemlich eindeutig in Bezug auf
eure abartige Beziehung«, antwortete er auf meine unausge-
sprochene Frage und ich begann mit dem Kiefer zu mahlen.

»Du verfolgst mich?«

Ziemlich selbstzufrieden lehnte er sich ein Stück zurück
und sah mich aus dem Augenwinkel an. »Ich suche die per-
fekte Gelegenheit, um dich umzubringen, Elyanor«, antwor-

tete er kaum hörbar und trotzdem schlugen seine Worte bei mir ein wie eine Bombe.

»Ach ja? Hast du diesmal die Erlaubnis von deinem Daddy?«

Zayden bewegte sich so schnell, dass ich nur einmal blinzeln musste, und schon war er mir so nah, dass ich die Kälte, die sein Körper verströmte, prickelnd auf meiner Haut spüren konnte.

»Mein Vater ist tot, weil einer deiner Leute ihn umgebracht hat«, spuckte er mir entgegen und rückte dann wieder ein Stück von mir ab. »Ich brauche von niemandem die Erlaubnis, um eine Missgeburt wie dich zu töten.«

Wirklich, es war mir egal, was Zayden für ein Leben führte und ob seine Eltern noch lebten oder nicht, aber der Schmerz, der seine Worte begleitete, hatte einen ganz ähnlichen Schmerz in meinem Inneren getroffen.

Mr Oyster pinselte gerade eine Tabelle an die Tafel und füllte diese mit den Namen der Schüler unserer Klasse. Ich fand meinen neben dem von dem Kotzbrocken neben mir. Mit einem genervten Stöhnen lehnte ich mich zurück.

»Ich möchte, dass Sie sich eine Lektüre aus der Liste aussuchen, die ich gleich austeilen werde, und gemeinsam mit Ihrem Partner eine halbstündige Präsentation darüber vorbereiten. Abgabetermin ist nächsten Montag. Überlegen Sie sich selbst einen Zeitplan und kümmern Sie sich um Handouts und Medien.«

Zayden gab ein unzufriedenes Brummen von sich, als der Stapel mit den Lektürelisten unsere Plätze erreichte, und pflückte sich zwei Blätter, ehe er ihn weiterreichte.

Auch gut, sollte er doch was aussuchen. Ich guckte derweil aus dem Fenster. An einigen Stellen hatte sich tatsächlich die Sonne durch die hellgrauen Wolken gekämpft und präsentierte stolz etwas blauen Himmel. Am liebsten würde ich mich jetzt irgendwo zurückziehen und die wenigen Strahlen und ihre Wärme auf meiner Haut genießen.

»Wir nehmen *Viel Lärm um nichts*«, ließ er wenig später verlauten, als würde er mein Todesurteil verkünden (was er ja schon mehrfach getan hatte).

Ich zuckte die Achseln. »Meinetwegen.«

Es klingelte, ich räumte mein Zeug zusammen und sprang auf, doch Zayden hielt mich, eine Hand an meinem Oberarm, zurück. »Mein Onkel mag einmal den Fehler begangen haben, dich gehen zu lassen. Noch mal wird das nicht passieren.«

Mit einem Ruck riss ich mich los und sah zu ihm herunter. »Du wiederholst dich, Darahia.«

Diese unangenehmen Begegnungen von Zayden und mir wurden zur Tagesordnung, und jedes Mal endeten sie mit seiner Drohung. Er lauerte mir an meinem Schließfach auf und ließ, wenn ich es nicht rechtzeitig verhindern konnte, seine Klinge oder seine persönliche, kalte Energie über meine Haut gleiten.

Im Unterricht ließ er keine Gelegenheit aus, in meinem Kopf herumzuspuken und meine Gedanken, die ihn nichts angingen, zu kommentieren. Ständig erinnerte er mich mit einer Berührung daran, dass er sich anscheinend nichts mehr als meinen Tod wünschte. Schon früher hatten mich so einige Jungs genervt, aber dieses Hin und Her zwischen Zayden und mir, das hatte eine ganz neue Stufe erreicht, die gefährlich wurde.

Im Training für die Schulmeisterschaften brachte er meinen Schädel mit seiner Energie beinahe zum Platzen, sodass ich früher aus dem Unterricht gehen musste, weil ich kurz davor war, mich zu verwandeln und die Schule niederzubrennen. Er hatte meine Mauern eingerissen, als hätte es ihn keine Anstrengung gekostet, und ich bekam das leise Gefühl, dass sie ihn nie wirklich aufhalten könnten.

In der Englischstunde am Donnerstag trieb er mich so weit, dass ich mich verwandelte. In letzter Sekunde schaffte ich es bis zur Toilette und kaum hatte ich die Toilettentür hinter mir geschlossen, da schossen auch schon meine schwarzen Flügel aus meinem Rücken und schlugen schmerzhaft gegen die engen Kabinenwände.

Fluchend vergrub ich das Gesicht in den Händen, um nicht laut loszuschreien, und boxte stattdessen frustriert gegen die gekachelte Wand.

Langsam, aber sicher reichte mir seine Masche. Das Blut kochte in meinen Adern und meine Energie peitschte nur so durch meinen aufgestachelten Körper, während mich eine seltsame Leere erfasste.

Dann knallte die Tür der Mädchentoilette gegen die Fliesen und schlug dann wieder zu.

In meiner menschlichen Hülle nahm ich Zayden schon mit jeder einzelnen Zelle wahr, sobald er sich in meiner Nähe aufhielt. Jetzt, in meiner wahren Gestalt, war es, als würde alles um mich herum in weißes Licht getaucht, als er den Toilettenraum betrat. Mit geschärften Sinnen empfand ich seine Anwesenheit auf jedem Quadratzentimeter meines Körpers. Wie hatte ich nur je annehmen können, dass er ein normaler Typ war?

»Hast du endlich genug?«, rief er harsch durch die Mädchentoilette und seine raue Stimme hallte von den Wänden wider.

Ich hörte, wie er die Tür abschloss und dann jede einzelne Kabinentür aufstieß wie so ein Psycho in einem schlechten Thriller. Unwillkürlich presste ich mich enger an die Wand in meinem Rücken und umschlang mich selbst mit den Armen. Er benahm sich nicht nur wie ein Psycho, er war definitiv einer.

Ich bemühte mich, meinen Atem und rasenden Herzschlag unter Kontrolle zu bekommen und mich wieder zurückzuverwandeln, aber die Gefahr, die von Zayden ausging, machte jeden klaren Gedanken zunichte.

Die Kabinentür neben mir wurde aufgerissen, dann ein heftiger Schlag gegen meine Tür. Ich zuckte erschrocken zusammen und dann stand er vor mir. Ich hörte auf zu atmen, er hörte auf zu atmen. Wir starrten uns einige Augenblicke an, in denen die Zeit stehen zu bleiben schien.

Zayden hielt seinen Dolch in der rechten Hand, mit der linken drückte er die Tür gegen die Kabinenwand. Sein Hemd hing ihm teilweise aus der Hose und ein wilder Ausdruck stand in seinen grünen Augen, die wieder diesen weißen Schimmer in sich trugen.

Seine Energie breitete sich hell und klar vor mir aus und traf mich an einem meiner innersten Punkte, an dem meine eigene Kraft mit ihrem Licht darauf reagierte. Etwas Derartiges hatte ich noch nie zuvor empfunden.

Mir schien, als würde die Luft summen, während wir uns anstarrten. Grau in Grün.

Energie wirbelte um uns her.

Wenn die Situation nicht so angespannt gewesen wäre, hätte ich es wunderschön gefunden.

Zayden löste sich als Erster aus dieser ungewöhnlichen Verbindung, die gerade zwischen uns in der Luft lag, und wandte den Kopf zur Seite; ich konnte seine Kiefermuskulatur arbeiten sehen.

»Was bist du?«, presste er zwischen zusammengebissenen Zähnen hervor.

Ich konnte schon nicht mehr zählen, wie oft er mir diese Frage in den vergangenen Tagen gestellt hatte, aber selbst jetzt konnte ich ihm darauf keine Antwort geben, die er nicht schon kannte.

»Eine Dämonin«, flüsterte ich und versuchte noch weiter nach hinten auszuweichen.

Ruckartig schaute er wieder zur mir und machte einen Schritt auf mich zu, sodass uns kaum eine Unterarmlänge voneinander trennte. Wie in Zeitlupe legte er seinen Dolch an meinen Hals, ich spürte das Brennen des Metalls auf meiner Haut, eine Berührung kalt wie Eis.

»Wer ist deine Mutter? Wer ist Heather?«, fragte er wieder und rückte mir noch näher. Meine Härchen stellten sich auf, als seine Kälte meine Hitze erreichte. Ob es ihm genauso ging?

Auch wenn ich normalerweise in meiner wahren Erscheinungsform am stärksten war, fühlte ich mich in diesem Moment schwach und besiegt. Meine unfreiwillige Verwandlung erfüllte mich nicht mit Stärke, sie raubte sie mir.

Zayden legte die Spitze der Klinge unter mein Kinn und hob es an, sodass sich unsere Blicke trafen. Weiß und Gold, Licht und Dunkelheit. »Antworte.«

»Meine Mutter ist tot. Ich weiß nicht viel über sie. Sie hat mir einen Brief hinterlassen, das ist alles«, gab ich zurück und mir stiegen die Tränen in die Augen. Ich wünschte, ich könnte den Kopf senken, meine Tränen verstecken, aber Zayden ließ es nicht zu.

Für einen Sekundenbruchteil flog ein sanfter Ausdruck über seine Züge, dann wurden sie wieder hart. »Ich habe dich gewarnt, Elyanor. Ich habe dir die Chance gegeben, zu verschwinden. Du bist geblieben. Wieso?« Seine Stimme war immer leiser geworden und der Druck auf meine Kehle fester.

Ich schluckte und suchte in meinem Inneren nach dem kläglichen Rest meiner Wut auf diesen Typen und meinem Stolz. »Weil ich hier eine Aufgabe habe und nicht zulasse, dass jemand wie du mich davon abhält.«

Mein Trotz schien ihn zu amüsieren. »Was für eine Aufgabe?«

»Das geht dich nichts an«, zischte ich und horchte in mein Inneres. So aufgewühlt und durcheinander ich im Augenblick auch war, mein Herzschlag hatte sich beruhigt und meine Energie wieder ihren gewöhnlichen Platz in meiner Mitte eingenommen. Einer meiner Mundwinkel zuckte.

Ich schoss einen Schwall Energie in seine Richtung und er traf ihn mit voller Wucht. Zayden hatte nicht damit gerechnet, dass ich mich noch zur Wehr setzen könnte. Stöhnend stolperte er zurück und hielt sich den Bauch – dort, wo ich ihn getroffen hatte, dann ging er zu Boden. Sein Dolch landete scheppernd auf den Fliesen und schlitterte bis unter eines der Waschbecken, wo er verlassen liegen blieb.

Ich machte einen Satz über Zayden hinweg und schickte meinen Dämon zurück in seine menschliche Hülle, doch noch bevor ich wieder auf dem Boden aufkam, hatte Zayden auch schon nach meinem Knöchel gegriffen und mich mit einem Ruck zu sich auf den Boden geholt.

Die Luft wurde aus meiner Lunge gepresst, als ich auf den unnachgiebigen Fliesen landete und mein Handgelenk ein vernehmliches Knacken von sich gab. Ich wollte schreien, um mich treten, doch Zayden hielt mir den Mund zu und fixierte meine Arme und Beine unter sich.

Blut lief ihm die Schläfe herunter und tropfte auf sein blütenweißes Hemd. Auf seiner linken Wange, dort, wo er auf dem Boden aufgeschlagen war, bildete sich bereits ein blaugrüner Bluterguss. Zumindest hatte ich einen bleibenden Eindruck auf seinem Gesicht hinterlassen.

»Ich habe langsam genug von dir, Elyanor.«

Wild riss ich den Kopf hin und her, als Zayden hinter sich griff und aus seinem Hosenbund einen zweiten Dolch hervorzog.

Meine Augen weiteten sich, als er das Messer in dem grellen Neonlicht der Mädchentoilette hin und her bewegte, sodass das Licht auf der Klinge reflektierte.

Dämonen waren stark, doch was auch immer Zayden war, er war stärker. Meine Versuche, mich loszureißen, trafen auf Granit und ließen seine Augen nur noch wilder leuchten. Mein Handgelenk brannte zunehmend bei jeder Bewegung, die ich vollführte, um irgendwie freizukommen, und ich sah bereits Sternchen vor meinen Augen.

Das zweite Mal in kürzester Zeit war ich viel zu nah an meinem Tod – so hatte ich mir meine Zeit hier oben auf der Erde nicht vorgestellt.

»Soll mich mein Onkel doch dafür bestrafen, dass ich dich sofort zurück in die Hölle schicke«, murmelte er atemlos und hielt mir die Klinge an den Hals. »Ich bin kein Freund von Klischees, aber irgendwelche letzten Worte, Dämon?«

Ich starrte in seine Augen, während meine Gedanken abdrifteten.

Von all denjenigen, die mir am Herzen lagen, erschien ausgerechnet das verschwommene Bild meiner Mutter vor meinen Augen. In Dads Arbeitszimmer hatte ich ein zerknittertes Foto von ihr gefunden, der einzige Beweis dafür, dass sie wirklich gelebt hatte. Ihre blonden Haare, ihre hellblauen Augen und ihr halbes Lächeln. Damals war mir beinahe das Herz stehen geblieben, als ich das Bild gefunden hatte.

Mein Vater hatte mich danach drei Wochen in eines seiner Verliese gesteckt, weil ich in sein Büro geschlichen war und ihn wieder an meine Mum erinnert hatte.

Trotzdem hatte ich sie nie aus meinem Gedächtnis verbannt. Vielleicht würde ich sie dort, wo ich jetzt hingehen würde, wiedersehen.

Ich senkte die Lider und beruhigte meinen rasenden Herzschlag. Ich brauchte keine letzten Worte.

Irgendetwas fiel klappernd zu Boden, dann verschwand der Druck auf meinen Körper und ich hörte ein unterdrücktes Fluchen. Vorsichtig öffnete ich die Augen. Zayden saß neben mir auf dem Boden und fuhr sich durch die Haare, während ihm eine Verwünschung nach der anderen über die Lippen kam. Verwirrung, Wut und Entsetzen standen in seinem Gesicht – und eine kristallklare Erkenntnis.

In diesem Moment wurde die Toilettentür aufgerissen und ein ziemlich wütender Royath stürmte herein, die Tür hinter sich zuwerfend.

Sofort flogen seine goldenen Augen zu mir. »Geht es dir gut?«, fragte er barsch. Ich konnte nur nicken. Was war hier gerade geschehen? Warum lebte ich noch? »Dann verschwinde, Lya. Wir sprechen später!«, fuhr er mich an, dann richtete sich sein Augenmerk auf Zayden, der mittlerweile auch auf die Beine gekommen war. Dessen Verwirrung war verschwunden und seiner Kampfhaltung gewichen. »So sieht man sich wieder, Royath.«

Roy stieß etwas aus, das man im besten Fall als Knurren bezeichnen konnte.

Was in drei Teufels Namen war hier eigentlich los?

Ich hatte das Gefühl, als wäre ich im falschen Film wieder aufgewacht. Mühsam kam ich auf die Beine und presste meine verletzte Hand an meinen Körper. »Roy?«

»Hölle, tu einmal, was man dir sagt!«, schnauzte er mich an, ohne Zayden dabei aus den Augen zu lassen. »Raus!«

So schnell ich konnte, drückte ich mich an Royath vorbei zu der demolierten Tür, schob mich durch den Spalt und warf einen letzten Blick über die Schulter auf die beiden. Zaydens grüner Blick landete auf mir und ein Schauer glitt durch mich hindurch.

»Du weißt schon, dass sie es herausfinden wird, Royath«, begann Zayden an Roy gewandt, ohne mich aus den Augen zu lassen. »Früher oder später wird sie es erfahren und dann wird sie dich genauso sehr hassen, wie ich es tue.«

Kapitel 12

Ich schaffte es gerade noch bis in mein überdimensionales Badezimmer im Penthouse, bevor ich mich übergeben musste. Meine Nerven lagen blank, mein Kopf drehte sich und mir war noch immer kotzübel.

Zitternd umklammerte ich die Kloschüssel und würgte noch einmal. Ich mochte ja ein zäher Dämon sein und viel aushalten, aber auch ich hatte meine Grenzen und heute waren diese gewaltig überschritten worden.

Über mir sprang surrend die Lüftung an und ich legte meine verschwitzte Stirn auf meine Hände. Ich wollte nicht darüber nachdenken, was mit Zayden und Royath los war. Wer von beiden gewinnen, wer sterben würde.

Das war doch verrückt!

Man hatte mich auf diese Streberschule geschickt, damit ich von den Geschehnissen Abstand bekam, und jetzt endete es damit, dass sich Roy und Zayden zerfleischten. Auf der Mädchentoilette.

Wieder brach eine Übelkeitswelle über mich herein.

Und Zaydens letzte Sätze?

Du weißt schon, dass sie es herausfinden wird, Royath. Früher oder später wird sie es erfahren und dann wird sie dich genauso sehr hassen, wie ich es tue.

Was würde ich erfahren? Was auch immer genau in der Vergangenheit zwischen Roy und Zayden geschehen war, es hatte etwas mit mir zu tun, und ich hatte keinen blassen Schimmer, was es sein konnte.

Langsam fuhr ich mir durch die Haare. Immerhin brannte mein Handgelenk nicht länger. Um zurück ins Hotel zu kommen, hatte ich mich verwandelt und meine Energie den Bruch heilen lassen. Ein schwacher Trost in dem Chaos, in dem ich mich gerade befand.

Irgendwo knallte eine Tür, dann hörte ich schwere Schritte. In mir spannte sich alles bis zum Zerreißen an, als ich auf die Beine kam. Sofort stieg eine neue Welle der Übelkeit in mir hoch, doch ich zwang mich stehen zu bleiben. Wenn Zayden Roy besiegt hatte und nun gekommen war, um das hier ein für alle Mal zu beenden, dann wollte ich ihm zumindest aufrecht gegenübertreten und nicht über die Toilette gebeugt.

Neben mir stand ein Handtuchhalter aus Metall, in dem ich mich verzerrt spiegelte. Kurzerhand griff ich danach und trat aus dem Badezimmer.

Wieder klirrte irgendetwas. Bei mir richtete sich jedes Härchen kerzengerade auf, während ich möglichst lautlos einen Fuß vor den anderen setzte.

Im Penthouse herrschte inzwischen Zwielicht. Doch jetzt fiel ein schmaler Streifen Licht aus dem Wohnzimmer in den breiten Flur. Aus der Küche vernahm ich Geräusche, irgendjemand schien sich dort zu schaffen zu machen.

Ich biss die Zähne zusammen und zählte innerlich bis drei, dann stieß ich die Tür zum Wohnzimmer mit einem Bein auf und blieb erstarrt im Rahmen stehen.

Royath lag in der Küche auf dem Boden und versuchte mit einer Hand an das Handtuch zu kommen, das oben auf der Theke lag, während er die andere auf sein Bein presste, aus dem dunkles Blut auf die Fliesen floss.

Der Handtuchständer ging scheppernd zu Boden, als ich

auf Roy zulief, mir das Tuch schnappte und auf seinen Oberschenkel drückte.

Freudlos lachte Roy auf und legte den Kopf in den Nacken. »Was wolltest du denn mit dem Handtuchständer?« Ein Husten kam über seine Lippen.

»Dir eins überbraten, weil du dich wie der größte Idiot verhalten hast«, antwortete ich, wischte über die Wunde und biss die Zähne fest aufeinander. Anscheinend hatte Zayden ihn mit seinem speziellen Dolch erwischt, sonst wäre der Schnitt längst von selbst verheilt. »Ich kümmere mich darum.«

Royath wollte protestieren, doch da hatte ich schon eines der Küchenmesser in der Hand und zog es über die helle Haut in meiner Handfläche. Sofort quoll Blut aus dem Schnitt hervor, das ich auf Roys Bein tropfen ließ. Ich schloss die Augen und presste meine Hand auf seine Wunde, bis ich spürte, wie die Energie meines Blutes übernahm.

Nur wenige Dämonen beherrschten den Blutzauber und bisher war ich noch nie jemandem begegnet, der mit Blut heilen konnte, so wie ich es gerade tat.

Sein erleichtertes Aufatmen ließ mich die Augen öffnen und lächeln. Roy streckte seine Hand nach meiner Wange aus und umfasste sie sanft. »Das hättest du nicht tun brauchen.«

Ich wich ein Stück zurück und betrachtete meine Handfläche, auf der der Schnitt zu einer weiteren Narbe werden würde. »Du hast mich vorhin beschützt, jetzt habe ich das Gleiche für dich getan.«

Roy setzte sich auf, entkräftet lehnte er sich an den Tresen und umschloss langsam meine Hand. »Danke.«

Ich entzog mich ihm und richtete mich auf. »Ich möchte Antworten«, setzte ich an, stand auf und warf das Handtuch in die Spüle. Die Übelkeit kehrte zurück. »Ist er ...?«

Hinter mir hievte sich Royath auf die Beine und trat neben mich an das Spülbecken. Sanft, aber bestimmt nahm er meine blutverschmierten Hände und begann sie unter einem heißen Wasserstrahl zu waschen.

Das erste Mal an diesem Tag entspannte ich mich ein bisschen.

»Nein, er ist nicht tot, aber viel hat nicht gefehlt. Wir wurden unterbrochen.« Er klang ziemlich unglücklich, als er das sagte.

»Wirst du mit mir darüber sprechen, oder muss ich mir alles zusammenreimen?«

Royath stellte das Wasser ab, gab mir ein neues Handtuch und fuhr sich durch die dunklen Haare. Sein Gesicht war ziemlich demoliert, aber in ein paar Stunden würde davon nichts mehr zu sehen sein, deswegen machte ich mir darum keine allzu großen Gedanken.

Seufzend wandte er sich ab. »Wir reden. Ich springe nur schnell unter die Dusche und ziehe mir etwas anderes an.«

Eine halbe Stunde später hatte ich es mir auf unserer Dachterrasse mit einer heißen Schokolade in den Händen in einem riesigen Korbsessel bequem gemacht. Über mir strahlten einige wenige Sterne durch die dünne Wolkendecke mit dem runden Mond um die Wette.

Ein Prickeln im Nacken kündigte Roy an, der mit schlurfenden Schritten auf mich zukam und sich in den Sessel mir gegenüber fallen ließ. Er sah erschöpft aus und abgekämpft. So hatte ich ihn noch nie erlebt.

»Ich verlange nur eines von dir, Prinzessin. Unterbrich mich nicht. Es ist schon schlimm genug, dass ich darüber sprechen muss. Dein Vater hat mir den Schwur abgenommen, es dir gegenüber niemals zu erwähnen.«

Ich nahm einen Schluck von meinem Kakao und nickte. Damit konnte ich leben.

Er erwiderte mein Nicken mit einem schwachen Lächeln. »Gut. Ich habe diesen Mistkerl vor zwei Jahren das erste Mal getroffen. In einem Haus in Upton Park. Er funkte mir dazwischen und die ganze Situation ist eskaliert.« Ohne ihn aus den Augen zu lassen, lehnte ich mich ein Stück zurück. Ich hatte also richtiggelegen, als ich angenommen hatte, dass Zayden in dem Haus auf einen Dämon gestoßen war. »Ich wollte dort einen Deal mit einer Frau abschließen, die ihren Mann verloren hatte. Reine Routine für mich, dann tauchte Zayden dort auf und verwickelte mich in einen Kampf.«

»Dabei ist die Tochter der Frau gestorben«, fügte ich an und zog ein Knie an meine Brust. »Annie hat mir von dem Unfall erzählt und den Artikel über Zayden gezeigt.«

Freudlos lachte Roy auf. »Unfall ist gut. Der Typ ist mit einem Messer auf mich losgegangen wie ein Wilder. Irgendwie kam dann das eine zum anderen und am Ende stand das Haus in Flammen und dieses arme Ding war tot.«

»Was hat Zayden dort gewollt? Hat er dir aufgelauert?«

Kopfschüttelnd betrachtete Royath seine Hände, noch immer klebte etwas Blut daran. Ich ließ einige der Kerzen um uns herum aufflammen und fixierte Roy. »Sag schon.«

»Leute wie Zayden haben sich dazu verpflichtet, die Menschheit zu schützen.«

Ich runzelte die Stirn. »Vor uns?«

»Unter anderem. Sie halten sich für die persönlichen Schutzengel der Menschen, das Licht im Gegensatz zur Dunkelheit der Dämonen.« Roy verdrehte die Augen und warf die Hände in die Luft. »Wenn du mich fragst, sind das bloß Spinner, die sich für etwas Besseres halten.«

Okay, so viel zu Roys Meinung. »Aber was sind sie? Engel?«

Schallendes Gelächter brach aus Royath heraus, er verstummte jedoch sofort, als ich ihm einen Energiestoß verpasste und zurück auf den Boden holte.

Abwehrend hob er die Hände. »Okay, okay.« Roy holte Luft und fasste sich wieder. Endlich. »Sie sind keine Engel, Lya. Keine Ahnung, ob die überhaupt existieren. So ungern ich es auch zugebe, zwischen dem, was wir sind, und dem, was Zayden ist, besteht kein besonders großer Unterschied. Ich weiß nicht genau, wie sie sich nennen. Irgendetwas mit Il...« Den Kopf schief gelegt, betrachtete mich Royath, während er nachdachte.

»Was meinst du damit, uns trennt nicht viel? Unsere Energie ist absolut gegensätzlich«, erwiderte ich und zog auch das zweite Knie an meine Brust. Während ich aus Hitze und Feuer bestand, war es, als wäre er aus Kälte und Eis geschaffen worden.

»Wir alle haben unseren Ursprung in einer reinen Energieform. Die Dämonen im Feuer. Die ... ah, jetzt fällt es mir wieder ein, Iljos nennen sie sich, sie haben ihren Ursprung im Wasser. Genauso wie wir, können auch sie ihre Energie nutzen und als Teil von sich selbst formen.«

Ich zog die Nase kraus. »Und warum zur Hölle hat mir nie jemand davon erzählt? Musste erst einer dieser Iljos kommen und versuchen, mich umzubringen, damit man mich mal einweiht?«

Man musste Roy zugutehalten, dass er zumindest einen winzigen Hauch schlechten Gewissens ausstrahlte, als er sich auf seine Knie stützte und die Distanz zwischen uns verkürzte.

»Lya, in der Vergangenheit sind wir Dämonen diesen Ratten weitestgehend aus dem Weg gegangen, weil es zu einer Katastrophe kommt, wann immer sie auf uns treffen. Ihr Anführer weiß das genauso, wie es dein Vater weiß. Das, was vor Jahren zwischen Zayden und mir passiert ist, war tatsächlich ein Unfall, wie du es so schön gesagt hast. Wir hätten nie aufeinandertreffen dürfen.« Seufzend fuhr er sich über den Nacken. »Iljos halten ihre Schützlinge von uns fern, so kommen wir uns normalerweise nie in die Quere. Es gibt Territorien und Verträge, die uns auf Abstand halten.«

Langsam schüttelte ich den Kopf. Einige Fragen wurden durch seine fadenscheinige Erklärung beantwortet, gleichzeitig wurden auch wieder unzählige neue Fragen aufgeworfen. »Dann war es auch nur ein Zufall, dass ich Zayden an der Schule begegnet bin? Das hätte eigentlich nicht passieren dürfen?«

Roy nickte. »Wie gesagt, sie haben Territorien, die wir nicht betreten, und andersherum ist es genauso. Gäbe es diese unsichtbaren Grenzen nicht, würde die Welt vermutlich in einem unendlichen Krieg versinken.«

Reichlich dramatisch. »Was ist dann eigentlich noch auf der Toilette passiert? Was ist zwischen Zayden und dir gelaufen?«

Ein breites Grinsen trat auf seine Züge, das dann jedoch einem bedauernden Ausdruck wich. »Wir sind uns an die Gurgel gegangen. Das war überfällig. Noch bevor einer von uns Schluss machen konnte, wurden wir von einem weiteren dieser Typen unterbrochen.«

»McJeenish.«

»Ja, vermutlich hat er das Sagen in diesem Territorium. Er hat Zayden und mich auseinandergerissen und ihn dann weggeschickt. Er selbst blieb, um mit mir zu sprechen.«

Ich riss überrascht die Augenbrauen in die Höhe.

Eigentlich wäre ich nicht verwundert gewesen, wenn McJeenish Royath die Kehle aufgeschlitzt hätte, denn aus irgendeinem Grund war ich absolut sicher, dass Roy gegen ihn keine Chance gehabt hätte. »Ihr habt euch *unterhalten*?«

Roy neigte den Kopf. »Wir bleiben. Du darfst bleiben. Zayden und der Rest seiner Leute werden dir kein Haar krümmen, vorausgesetzt, du verletzt niemanden und hältst dich an die Regeln.«

Ein ungläubiges Kichern kam über meine Lippen. »Und womit habe ich diese Ehre verdient? Ich verstehe nicht, wieso wir nicht unsere Sachen packen und verschwinden. Langsam, aber sicher habe ich keine Lust mehr auf dieses Drama.«

Jählings stand Roy auf und streckte sich, wobei er das Gesicht verzog. »Ist das denn wichtig? Wir haben den Segen der Iljos. Wir sind Dämonen. Wir bleiben dort, wo es uns gefällt, und machen uns dort breit. Du und ich, wir werden einen Teufel tun und verschwinden. Und jetzt ist Schluss mit dieser hirnrissigen Diskussion, ich habe genug von diesen aufgeblasenen Möchtegern-Engeln. Geh ins Bett. Samstag werden wir deine Ausbildung fortsetzen.«

»Du siehst fertig aus.« Annie stieß mich an und hielt mir die Hälfte ihres Donuts hin. »Was ist los?«

Lustlos zuckte ich die Achseln und legte mein angebissenes Sandwich hin. Ich brauchte jetzt Zucker.

Seit dem kryptischen Gespräch mit Royath gestern waren meine Gedanken nicht eine Sekunde zur Ruhe gekommen. Ständig waren sie um das, was zwischen Zayden und mir geschehen war, und dem, was Roy mir eröffnet hatte, gekreist und hatten mich die gesamte Nacht über wach gehalten. Zudem war mein kleiner Kampf mit Zayden auf der Mädchentoilette anstrengender gewesen, als ich mir einzugestehen bereit war.

»War 'ne lange Nacht.«

»Ich hoffe, es war ein Kerl, der dich wach gehalten hat.« Anzüglich wackelte Annie mit ihren Augenbrauen und rückte noch ein Stück näher. »Komm schon, erzähl!«

Ich pustete mir eine Strähne aus dem Gesicht und stopfte den Rest des Donuts in meinen Mund – vielleicht um etwas Zeit zu gewinnen.

Zayden war heute nicht in der Schule, ich hatte es bereits zwischen meinen Schulterblättern gespürt, kaum dass ich einen Fuß in das historische Gebäude gesetzt hatte. Die Gedanken der Menschen surrten nicht länger in meinem Kopf herum, ich war weniger angespannt und mein innerer Dämon schlummerte friedlich vor sich hin, anstatt die ganze Zeit über in Alarmbereitschaft zu sein. An diesen Zustand konnte man sich durchaus gewöhnen.

»Könnte man so sagen«, lenkte ich ein, schließlich war es tatsächlich ein Kerl, oder besser gesagt zwei Kerle, die meinen Kopf nicht hatten zur Ruhe kommen lassen.

Annie riss die Augen auf. »Lya!«

Ich winkte ab und griff nach einem Stück Karotte. Seit wann aß ich eigentlich dieses Kaninchenfutter? »Sorgen. Ich habe mir Sorgen gemacht und nachgedacht. Im Augenblick ist alles etwas schwierig in meiner Familie.«

Sofort wurde ihr Ausdruck weich. »Möchtest du darüber reden?«

Kopfschüttelnd griff ich nach meinem Smoothie. »Das bekomme ich schon wieder in den Griff.«

»Dann bist du sicherlich gerade nicht in der richtigen Stimmung, um abends wegzugehen, was? Elijah hat mich gefragt, ob ich mit ihm und ein paar Freunden heute feiern möchte.«

»Machst du Witze? Ich kann gerade jede Art von Ablenkung vertragen, die mich daran erinnert, dass nicht alles scheiße ist.«

Gespielt böse verzog Annie das Gesicht. »Autsch, ich hoffe mal, damit meinst du nicht mich.«

Lächelnd legte ich eine Hand auf ihren Arm. »Niemals. Annie, du bist meine Freundin«, sagte ich und meinte es erstaunlicherweise auch genau so.

Gemeinsam brachten wir die letzten Unterrichtsstunden und einen dämlichen Test hinter uns. Wir verabredeten uns für halb neun in einer Bar unweit der *Millennium Bridge* und verließen dann gemeinsam das College.

»Wer ist heute Abend noch so dabei, kenne ich wen?«

Annie zuckte die Achseln. »Elijah, sein älterer Bruder Isaac und dessen Freundin Amber. Ähm, und noch zwei Freundinnen von ihr, keine Ahnung, wie die heißen.«

Aus dem Augenwinkel sah ich Roy auf uns zukommen und hatte ein seltsames Déjà-vu. Wie immer trug er seinen inneren Dämon nur zu gerne nach außen: schwarze, tiefsitzende Jeans, die mehr Löcher als Stoff hatte, ein enges dunkles Shirt und eine matte Lederjacke. Ich verdrehte die Augen.

»Hi Mädels, was gibt es zu tuscheln?«

»Nichts, du Idiot, warte dahinten«, antwortete ich und zeigte auf sein Motorrad.

Roys Augen begannen verdächtig zu funkeln, dann schnappte er sich meinen Rucksack, gab mir einen Klaps auf den Hintern und deutete eine gespielte Verbeugung an. »Wie Ihr befehlt, Prinzessin.« Mit einem leisen Lachen schlenderte er davon.

Ich seufzte auf und sah entschuldigend zu Annie. »Royath ist ein Spinner, sorry.«

Lächelnd hob sie die Hände. »Ich finde es irgendwie süß. Wenn ich nicht wüsste, dass er dein Bruder ist, würde ich sagen, dass er auf dich steht.«

Irritiert schaute ich von ihr zu Roy und zurück. Das war absurd. Klar, zwischen uns lief eine lockere Sache, aber ganz sicher keine Beziehung mit Gefühlen. Mir fiel der Abend wieder ein, als ich aus dem Polizeiwagen gestiegen und in seine Arme gestolpert war ... Roys Worte ... Rasch schüttelte ich den Kopf und verdrängte diese abwegigen Gedanken.

»Blödsinn. Das ist brüderliche Liebe, oder so etwas.«

Wir verabschiedeten uns bis zum Abend, dann ließ ich mich von Roy in unser Penthouse fahren, nachdem ich mir noch einen Kaffee im *Caramel Corner* geholt hatte.

Am Abend verließ ich in einem kurzen, schwarzen Spitzenkleid, hochgesteckten Haaren und High Heels mein Zimmer. Im Flur griff ich mir eine von Roys Lederjacken, die mir zwar zu groß war, mein Outfit aber etwas auflockerte, und überprüfte mein Make-up, als plötzlich ein Schatten neben mich trat.

»Wo willst du denn hin, Prinzessin?«, hauchte Roy an meinem Hals und legte seine Hände an meine Hüften.

»Mich mit einer Freundin treffen.«

Er kam noch ein Stück näher. »Als du das das letzte Mal gesagt hast, warst du drei Tage lang verschwunden und danach völlig traumatisiert.«

Unwillkürlich versteifte ich mich in seiner Berührung. »Wir haben Waffenstillstand geschlossen, oder?«

»Ich vertraue den Iljos nicht und du tätest gut daran, ihnen ebenfalls zu misstrauen.«

Bestimmt schob ich seine Arme von mir weg und drehte mich zu ihm um. »Ich vertraue ihnen auch nicht, deshalb gehe ich ja mit Annie weg und nicht mit Zayden oder einem seiner zahlreichen Brüder.«

Royath strich mir eine meiner Strähnen hinters Ohr und ließ seine Hand einen Moment länger als nötig auf meiner Wange liegen. Annies Worte kamen mir wieder in den Sinn und ich wich zurück. Ein schmerzhafter Ausdruck huschte über seine Züge, den ich zuvor noch nie bemerkt hatte.

»Bis später, Roy.« Mit diesen Worten verschwand ich aus unserem Penthouse und flüchtete mich in den pompösen Aufzug, der mich nach unten in die schicke Lobby brachte.

An der Tür grüßte ich Malcom und stieg in das schwarze Taxi, das bereits vor dem *Royal Park Hotel* auf mich wartete.

»Zum *Dark Panther*, bitte«, wies ich den Fahrer an und atmete auf, als wir uns endlich in Bewegung setzten.

Annie hatte mir erzählt, dass das *Dark Panther* zu einem der angesagtesten Clubs der Stadt gehörte. Im Erdgeschoss befand sich laut ihrer Schilderung eine weiträumige Bar, von der aus eine breite Treppe in den Untergrund führte, wo sich der Club über zwei Stockwerke ausbreitete. Es war schon wieder eine Weile her, dass ich ausgegangen war, und je näher wir dem Club kamen, desto mehr verspürte ich das vertraute Kribbeln.

Diese Ablenkung von Roy und Zayden würde mir guttun.

Annie erwartete mich bereits am Eingang mit den anderen. Elijah und sein Bruder trugen eine lockere Version eines Anzugs mit aufgeknöpftem Hemd und hochgekrempelten Ärmeln. Annie hatte sich genauso in Schale geworfen wie ich und sah atemberaubend in ihrem blutroten Cocktailkleid aus. Die anderen drei Mädchen kannte ich nicht, aber ich vermutete stark, dass die dünne Brünette im pastellfarbenen Kleid Amber war.

Ich stieg aus und begrüßte die Mannschaft kurz und knapp, dann ließ ich mich von Annie in die Bar ziehen.

Schon hier oben war die Musik laut und einnehmend. Der Bass dröhnte, es roch nach Gras und Zigaretten und teurem Alkohol. Bereits jetzt um Viertel vor neun war es rappelvoll und Elijah beruhigte uns damit, dass er einen Tisch reserviert hatte.

»Hatte Roy keine Lust?«, fragte Annie, als sie sich zu mir beugte, während wir darauf warteten, an unseren Platz gebracht zu werden.

»Ich hatte keine Lust auf Roy.«

Annie giggelte und ich fiel mit ein. Dann folgten wir einem Typen in Jeans und weißem T-Shirt zu einem eckigen Tisch, um den bequeme Loungesessel gruppiert waren.

Wie beinahe alles in diesem Laden war auch das Mobiliar schwarz. Die Wände, der Boden, die Säulen – alles dunkel. Bis auf die bunten Flaschen, die hinter der Bar beinahe die gesamte Wand einnahmen, und die neonfarbenen Panther, die hier und da die Wände zierten, versank das *Dark Panther* in Finsternis. Ein bisschen wie zu Hause.

Wir setzten uns und bestellten die erste Runde Drinks, dann verfielen wir in den üblichen Small Talk, der mit fortschreitendem Abend und Alkoholkonsum lockerer und tiefsinniger werden würde.

»Also, Elyanor, oder? Du kommst vom anderen Ende der Welt?« Isaac beugte sich vor, um über den Lärm meine Antwort zu verstehen.

Ich nahm einen Schluck meines Erdbeer-Daiquiris mit Extraschuss und stellte das Glas wieder ab. »Lya ist besser. Und ja, ich bin vor einiger Zeit mit meinem älteren Bruder von Neuseeland nach London gezogen.«

Anerkennend, als hätte ich wahrlich Großes vollbracht, nickte er. »Gefällt es dir hier? Meine Eltern haben in der Nähe von Auckland ein Haus, wo wir früher die Ferien verbracht haben. Ich fand es dort immer unglaublich aufregend.«

Eine der beiden Blondinen neben Amber erwachte aus ihrer Starre. »In London kannst du mehr erleben«, begann sie und betrachtete ihre manikürten Fingernägel, »und hier hast du bessere Chancen. Ist also gut, dass du hergezogen bist.«

Ich entschied, dass ich Barbie Eins nicht mochte.

»Was macht dein Bruder hier in London?« Elijah hatte die gleichen blauen Augen wie sein Bruder Isaac und ein freundliches Lächeln.

»Er verwaltet hier die Geschäfte meines Vaters und hat eine Menge um die Ohren.«

»In welcher Branche ist dein Vater tätig?«

»Leute, wir sind hier, um Spaß zu haben. Keine langweiligen Gespräche über Geschäfte«, meldete sich Barbie Zwei zu Wort. Entschuldigend nickte Elijah und zwinkerte mir zu. Was so viel bedeutete, wie *wir sprechen ein anderes Mal weiter.* Dann griff er über den Tisch hinweg nach Annies Hand, ihre Augen begannen zu leuchten wie das berühmte Fegefeuer im Hades.

Barbie Zwei kippte den Rest ihrer *Piña Colada* runter. Eines musste man ihr lassen, sie hatte einen ordentlichen Zug drauf. »Also, noch eine Runde?«

Wir bestellten noch drei Runden und mittlerweile surrte mir der Schädel, als wäre ich wieder im College mit Zayden als meinem persönlichen Verstärker der menschlichen Gedanken an meiner Seite.

»Gehen wir runter, es ist Zeit«, verkündete Isaac mit unheilvoller Stimme, dann begann er zu lachen.

Gemeinsam kämpften wir uns durch die volle Bar zu der breiten Treppe in der Mitte, die auf die erste Ebene des Clubs führte. Bereits von hier oben konnte ich die vertraute Mischung aus Alkohol, Schweiß und Verzweiflung in der Luft wahrnehmen und es kaum erwarten, darin unterzutauchen. Ehrlich gesagt, wunderte es mich, dass ich noch keinen meiner Leute getroffen und bislang auch niemanden auf dem Schirm hatte, dabei wäre das hier der ideale Ort, um reichen, verwöhnten Kids einen saftigen Vertrag anzudrehen.

Ich grinste – ich konnte es kaum erwarten, endlich ins berühmt-berüchtigte Familiengeschäft einzusteigen.

Der erste Floor bestand im Grunde aus einer Zwischendecke, die man in eine gigantische, hohe Halle eingezogen hatte. Vom Treppenabsatz aus konnte man das Ende der ersten Ebene erkennen und darunter die Finsternis, in der sich der zweite Floor befand.

»Gehen wir ganz runter«, beschloss die bisher stille Amber und zog Isaac mit sich. Wir folgten ohne einen Einwand.

In der Mitte der unteren Ebene thronte der DJ auf einem Podium enormen Ausmaßes und verlor sich offenbar genauso sehr in seiner Musik, wie es die unzähligen Tänzer um ihn herum taten.

Ich schnappte mir Annies dünnes Handgelenk und zog sie mitten in das Getümmel, sodass wir die anderen hinter uns ließen.

»Meinst du, ich bekomme Elijah heute rum?« Ihre Augen

strahlten vor Freude und vom Alkohol, schwer zu deuten, welche Wirkung stärker war.

Ich nickte und schwang die Arme über den Kopf. »Sicher. Er verschlingt dich schon jetzt mit seinen Augen.«

Das schien ihr für den Augenblick zu genügen. Wie Wilde begannen wir zur Musik zu tanzen, unsere Hintern zu schwingen und dabei immer wieder in Gelächter auszubrechen. Mein ganzer Körper summte vor Energie – ausnahmsweise mal ein Gefühl, das ich ohne Bedenken annehmen konnte.

Der Song wechselte und Annie und ich begannen mit einer neuen Show, dieses Mal Rücken an Rücken. Einige Jungs um uns herum waren bereits auf uns aufmerksam geworden und ich genoss die Aufmerksamkeit in vollen Zügen.

Dann erschien Elijah wie aus dem Nichts, sein Jackett hatte er mittlerweile abgelegt, und schnappte sich Annie. Seine Augen wanderten über jeden Quadratzentimeter ihres Körpers, jep, da würde heute definitiv etwas laufen.

Ich hielt die Daumen hoch, um Annie zu bedeuten, dass es okay war, wenn sie mich mir selbst überließ, und widmete mich dann wieder ganz der Musik, als ein Schrei durch die Menge flog. Mühelos durchschnitt er die lautstarke Musik und bohrte sich in mein Trommelfell, sodass ich instinktiv die Hände auf meine Ohren presste. Irritiert sah ich mich um, aber außer mir schien niemand etwas mitbekommen zu haben.

Ich mahlte mit den Zähnen, wimmelte einen Kerl, der mich von hinten antanzte, ab und durchpflügte die Menge. Wenn keiner der anderen Anwesenden den Schrei gehört hatte, dann hatte es garantiert mit der übernatürlichen Seite dieser Welt zu tun.

Es war mühsam, sich durch die unzähligen verschwitzten

Leute hindurchzuquetschen, aber am Ende erreichte ich mein Ziel – und blieb wie erstarrt stehen.

Drei Typen standen um ein blondes Mädchen, das keinesfalls viel älter als fünfzehn sein konnte, und gingen ihr an die Wäsche, während sie sich nach Leibeskräften zu wehren versuchte, aber gegen diese Mistkerle hatte sie keine Chance.

Ich wusste nicht, wieso ich ihren Schrei gehört hatte, wo der Rest der Mannschaft hier unten taub dafür gewesen war, aber ich zögerte nicht lange und machte mich daran, diese miese Szene zu beenden, noch bevor sie richtig anfangen konnte.

Mit meiner ganzen Kraft und einer ordentlichen Prise meiner dämonischen Energie versetzte ich dem ersten Kerl, der gerade dabei war, das Kleid des Mädchens noch höher zu schieben, einen Schlag ins Gesicht. Heulend und rasend vor Wut wandte sich dieser zu mir um und baute sich zu seiner vollen Größe auf.

»Miststück«, spuckte er mir entgegen. Damit konnte ich leben, zumindest hatte er aufgehört, das Mädchen zu begrapschen. Einer der anderen Typen stellte sich neben den ersten, der dritte hielt die Kleine gegen die Wand an Ort und Stelle gepresst. Ihr liefen Tränen über die Wangen und ihr Makeup war hoffnungslos verschmiert.

»Das hättest du nicht tun sollen«, zischte der erste Kerl und machte einen drohenden Schritt auf mich zu.

»Und du hättest das Mädchen nicht begrapschen sollen«, äffte ich seinen bescheuerten Tonfall nach, stellte mich zwischen die Kleine und diese Idioten und senkte meine Maske so weit, dass die Typen meine Energie zu sehen bekamen.

Sofort wurden ihre Mienen unsicherer, aber anscheinend hatte ihr menschlicher Verstand einen guten Knacks vom Alkohol davongetragen. »Zwei Girls sind besser als eine«, lallte der vor mir stehende Kerl und fuhr sich über die Lippe, die an einer Stelle aufgeplatzt war. Das Blut erfüllte mich mit grimmiger Genugtuung und ich würde ihm garantiert noch mehr davon verschaffen, sollte er nicht bald die Kurve kratzen.

Der Song wechselte fließend und hämmerte in meinem Inneren mit meinem Herzschlag um die Wette. Ich ballte die Hände an meinen Seiten zu Fäusten und spannte mich an. »Verschwindet«, sagte ich gefährlich leise. Energie sammelte sich in meinen Fingern und ich würde nicht zögern, diese drei Vollidioten zu Asche zu verwandeln, sollten sie mich anrühren.

»Ty, hol sie dir und dann verschwinden wir von hier«, ordnete der lädierte Typ an und klopfte seinem Freund auf die Schulter, bevor er sich wieder dem Mädchen zuwandte.

Ty trat lüstern auf mich zu, die Hände nach mir ausgestreckt, als wäre er im Begriff ein Kätzchen zu fangen. Ich sandte meine Energie in die Fingerspitzen, überwand den letzten Abstand zwischen uns und verpasste ihm eine Ohrfeige, die ihn dank meiner Energie zurücktaumeln ließ, als wäre er von einem Boxprofi getroffen worden.

Ich grinste und winkte ihn zu mir. »Wir sind noch nicht fertig, Mistkerl!«

»Greg, die hier ist widerspenstig«, rief Ty zu dem Typen, dem ich zuerst eine verpasst hatte, und kam wieder auf mich zu. Ich ging in Kampfstellung, als sich die beiden mir von zwei Seiten näherten, ein mordlustiges Funkeln in ihren kleinen Schweineaugen. Es würde mir eine Freude sein, sie ihnen rauszuschneiden.

Greg holte nach mir aus, doch sein Arm wurde von einer anderen Hand gepackt, die plötzlich in meinem Blickfeld auftauchte. Dann spürte ich starke Hände an meiner Hüfte, die mich hochhoben und an anderer Stelle wieder absetzten.

Verdattert starrte ich zu Zayden, der sich vor den beiden Typen aufbaute und die Gelenke seiner Finger knacken ließ. Seine dunkelblonden Haare hatte er am Hinterkopf zu einem unordentlichen Knoten zusammengebunden und in den tiefsitzenden Jeans und dem schwarzen Shirt wirkte er deutlich gefährlicher als in der Schule. In einer seiner Hände blitzte ein Dolch auf.

»Kümmere dich um meine Schwester«, befahl er mir, ohne mich anzusehen, und machte einen weiteren Schritt auf Greg und Ty zu, die genauso verwirrt aussahen, wie ich mich fühlte.

Schwester? Mein Blick flog zu dem Mädchen, das noch immer an die Wand gedrückt wurde, während sich der Dritte im Bunde an sie drängte. Mir wurde schlecht.

Ich machte einen Satz nach vorne und trat dem Kerl mit aller Wucht in sein Heiligtum. Stöhnend krümmte sich dieser zusammen und ließ von der Kleinen ab, die schluchzend an der Wand nach unten rutschte und sich dort zu einer kleinen Kugel zusammenrollte. Mit ihren dünnen Armen versuchte sie irgendwie, ihren bis auf einen BH nackten Oberkörper zu bedecken und gleichzeitig den Kopf einzuziehen.

Ich war wirklich kein klassischer Tröste-Dämon (die gab es nämlich gar nicht) und die Tatsache, dass das hier die Schwester von Zayden war, der mehrmals versucht hatte, mich umzubringen, hemmte mich ebenso.

Aber ich wusste, wie sie sich fühlte. Verloren, alleine und voller Scham. Genauso war es mir nach Zaydens Entführungsaktion gegangen.

Langsam ließ ich mich neben ihr nieder und wartete, bis

sie mich wahrgenommen hatte, erst dann näherte ich mich ihr. Ich wusste aus Erfahrung, dass Berührung nicht immer die beste Medizin war, trotzdem tastete ich mich in Zeitlupe zu ihr vor und hielt ihr meine Hand hin, als wäre sie ein Schlangenbulle (widerliche Viecher, aber durchaus praktisch), den ich an mich gewöhnen wollte.

Sie riss ihre Augen auf, die genauso grün und einnehmend waren, wie die ihres großen Bruders. Für einen Moment sah ich Zayden vor mir und wäre beinahe selbst zurückgewichen.

Hinter mir hörte ich, wie diese Drecksäcke mit Zayden diskutierten, vermutlich würde das sehr bald in eine Schlägerei ausarten.

»Wer bist du?«, fragte sie, ihre Stimme war schwach und leise und dennoch hörte ich Trotz daraus.

»Eine Freundin, mein Name ist Lya«, antwortete ich genauso leise. »Darf ich dir helfen?«

Noch immer umklammerten ihre Arme ihren unbedeckten Oberkörper und ihre Augen flogen panisch zwischen Zayden, mir und den Typen hin und her. Kurzerhand zog ich mir die Lederjacke von den Schultern und reichte sie ihr. Dankbar schmiegte sie sich hinein und reichte mir ihre Hände, damit ich ihr aufhelfen konnte. Erstaunlicherweise erfasste mich keine Schmerz- oder Energiewelle, als ich nach ihren feinen Händen griff und sie auf die Beine zog. Dieses Mädchen wog kaum etwas und drückte sich sofort an mich, als würde ich sie schützen und wir uns schon ewig kennen.

Ich strich ihr über den Rücken und meinte behutsam: »Dein Bruder kümmert sich um die Idioten. Lass uns woanders warten.«

Sie nickte nur und ließ sich von mir durch einen Seitenausgang, der aus der zweiten Ebene führte, in ein kleines Treppenhaus schieben, das uns zurück in die Bar brachte.

Dort hatte es sich jetzt, da die meisten Partywütigen längst im Club waren, deutlich geleert. Ich suchte uns eine ruhige Ecke und bestellte ein Wasser bei einem der Kellner, der uns besorgt musterte.

»Haben sie dir wehgetan?«

Das Mädchen schüttelte den Kopf und drückte sich noch weiter in die Lederjacke, als könnte sie darin verschwinden. »Er wird mich umbringen«, flüsterte sie und senkte den Blick.

»Wer?«

»Zay oder Leevi oder einer der anderen.«

Verwirrt rümpfte ich die Nase. »Deine Brüder? Die kriegen sich schon wieder ein.«

Kopfschüttelnd sah sie zu mir auf. »Hast du ältere Brüder?«

Ich nickte bestätigend. »Zwei.«

»Sie sind die größten Glucken und ...«, sie winkte ab und ließ den Kopf hängen. »Ist auch egal.« Dann legte sie sich auf die Bank, eines der Kissen unter ihrer Wange und schloss die Augen. Ich ließ sie schlafen und begann geistesabwesend, über ihre verstrubbelten Haare zu streichen und sie behutsam zu entknoten.

Dieses Mädchen war mir in gewisser Weise ziemlich ähnlich. Auch ich hatte meine Grenzen immer wieder getestet und gerade in meinen jungen Jahren keinen Wert auf die Warnungen meiner Brüder gelegt. Ich wollte dazugehören, angesagt und beliebt sein, so wie Avan und Xaver, und nicht immer nur die kleine Schwester. Meine Versuche waren oft in die Hose gegangen.

Ein Prickeln im Nacken ließ mich aufblicken. Zayden lehnte uns gegenüber an einer Säule, die Arme vor der Brust verschränkt und eine ordentliche Platzwunde über der linken Augenbraue. Dann kam er auf uns zu und blickte schweigend auf seine kleine Schwester herunter, die ruhig schlief.

Kopfschüttelnd fuhr er sich durch die Haare und zuckte zusammen, als er aus Versehen die Wunde berührte. »Was mache ich bloß mit ihr?«, murmelte er und sah dann mich an, als wüsste ich eine Antwort darauf.

Ich räusperte mich und stand langsam auf, um die Kleine nicht zu wecken. »Ich gehe dann mal.«

Zayden nickte nachdenklich. »Ich bringe sie nach Hause.«

Als wäre das ein Alarmsignal eines Weckers für das Mädchen gewesen, flogen ihre grünen Augen auf. Ruckartig setzte sie sich kerzengerade hin. »Ich gehe nirgendwo hin.«

»Ruby ...«, begann Zayden warnend, doch ich legte ihm eine Hand auf die Brust und schob ihn bestimmt zurück, wobei ich das leichte Stechen, das zwischen uns entstand, geflissentlich überging.

Irritiert sah er mich an und mahlte mit dem Kiefer. Seine Schwester – Ruby – brauchte jetzt Fürsorge und Zeit und keinen herrischen, großen Bruder.

»Sie kommt mit oder ich bleibe hier«, forderte Ruby und deutete auf mich.

Zayden und ich rissen gleichzeitig die Augenbrauen in die Höhe und schauten uns dann peinlich berührt an.

Das war nun wirklich keine gute Idee, da waren wir uns ausnahmsweise einmal einig.

»Ruby, bitte. Lenn und die anderen machen sich Sorgen. Ich habe dich die ganze Nacht gesucht und Elyanor hat sicherlich noch anderes zu tun.«

Ihre grünen Augen verengten sich, als sie die Arme vor der Brust verschränkte. »Du kannst mich mal, Zay.«

Auch wenn sich alles in mir dagegen sträubte, ich ließ meine mentalen Mauern verschwinden und sandte einen Gedankenstrom in Zaydens Richtung. *Sie denkt, du bringst sie um.*

Zayden versteifte sich und schüttelte kaum merklich den Kopf. Auch wenn mir klar war, dass er meinem Leben, ohne zu zögern, ein Ende bereiten würde, konnte ich mit absoluter Sicherheit sagen, dass er niemals seiner kleinen Schwester etwas antun könnte. Er würde alles für sie tun – ausnahmslos.

Seine grünen Augen fanden meinen Blick und mir jagte ein Schauer den Rücken herunter. Wieder neigte er den Kopf, dann ging er vor Ruby in die Knie. »Okay, du Quälgeist. Elyanor begleitet uns, bis du in deinem Zimmer bist. Deal?«

Bei dem Gedanken daran, wieder in dieses Haus zurückkehren zu müssen, in dem er mich in dem Kellerverlies an meine Grenzen gebracht hatte, zuckte ich zusammen.

Ruby blickte auf und nickte langsam. »Abgemacht und jetzt bring mich hier weg, Zay.«

Zaydens Züge verhärteten sich, dann hob er seine kleine Schwester mühelos hoch und trug sie in Richtung Ausgang. Dort angekommen, wandte er sich zu mir um.

»Kommst du?«

Kapitel 13

Das monotone Surren der Reifen des Taxis auf dem Asphalt lullte mich ein, doch ich ermahnte mich, wach zu bleiben. Neben mir saß mein Feind und ich war auf dem Weg in die Höhle des Löwen.

Ich unterdrückte den Schauer und konzentrierte mich wieder auf mein Handy in meinen Händen. Mittlerweile konnte ich damit halbwegs umgehen und schrieb Annie eine rasche Nachricht, damit sie nicht auf mich warten würde.

Nicht zu fassen, dass ich mit Zayden in einem Taxi saß, auf dem Weg zu ihm nach Hause. Royath würde mich umbringen.

Ruby lag mit dem Kopf in meinem Schoß und war offensichtlich wieder eingeschlafen. Abwesend strich ich über ihren Kopf, die Augen nach draußen gerichtet.

»Ironischerweise fühlt sie sich im Augenblick sicherer bei dir als bei mir«, bemerkte Zayden kaum hörbar und wies mit dem Kinn auf seine Schwester, die so verletzlich bei mir lag.

Kurz sah ich zu ihm, dann zu Ruby. Ihr Mascara hatte schwarze Streifen auf ihren Wangen hinterlassen, als ihre Tränen geflossen waren.

»Du weißt, ich halte nicht viel von dir und deinesgleichen, aber ... danke. Danke, für deine Hilfe und dass du für Rubina mitkommst.«

Seine Stimme war kaum zu hören und ich ahnte, wie schwer es ihm fiel, diese Worte auszusprechen.

Ich nickte knapp und sah wieder aus dem Fenster, es hatte

zu regnen begonnen. »Wir bringen sie ins Bett, dann bin ich weg.«

»Etwas anderes würde ich nicht erwarten.«

Zu meiner Überraschung steuerten wir keine dunkle, verlassene Lagerhalle an, sondern das College. Still und dunkel lag es vor uns, als das Taxi hielt, Zayden dem Fahrer einige Scheine in die Hand drückte und dann vorsichtig seine kleine Schwester von der Rückbank hob. Sie rührte sich nicht einmal, hoffentlich fand sie ihren Frieden im Schlaf.

»Hast du erwartet, dass wir in Höhlen schlafen, oder was?«

»Nein«, gab ich tonlos zurück und folgte Zayden zu einem Seiteneingang, der zu einem holzvertäfelten Aufzug führte.

»Wir wohnen mit Mum bei ihrem Bruder, unserem Onkel, Professor Raphael McJeenish«, erklärte er leise und gab Ruby einen Kuss auf die Stirn. »Seine Wohnung liegt in einem Teil des sechsten und siebten Geschosses.«

Ich hatte ihn nicht danach gefragt, nahm diese Information aber zur Kenntnis. Der Fahrstuhl kam mit einem Rucken zum Stillstand, dann öffneten sich die Türen.

Sofort spannte ich mich an. Mochte ja sein, dass Zayden mich vorerst wegen Ruby in Frieden ließ, von seinen Brüdern konnte ich das nicht mit Sicherheit sagen.

»Außer uns ist niemand hier. Mum ist in Spanien. Meine Brüder sind mit Raphael unterwegs, du kannst dich also entspannen.«

»Das muss dringend aufhören. Lass meinen Kopf in Ruhe, er geht dich nichts an!«, zischte ich leise und war versucht, ihm einen Tritt in den Hintern zu verpassen.

Er brummte etwas Unverständliches und lotste mich durch einen ausladenden Flur, von dem mehrere Türen abgingen, bis vor ein Zimmer, auf dessen Tür ein großes »Jungs müssen draußen bleiben«-Schild hing. Gegen meinen Willen musste ich grinsen. Ich mochte Ruby von Sekunde zu Sekunde mehr, auch wenn sie mir diese Suppe hier eingebrockt hatte.

Mit einem Gedanken öffnete ich lautlos die Tür, sodass sie wie von Geisterhand vor Zayden aufschwang, und folgte ihm dann in das Zimmer seiner Schwester. In der Mitte stand ein riesiges Himmelbett, in das er Ruby sanft hineinlegte, ehe er sie zudeckte und einige Worte murmelte.

Rubina öffnete noch einmal die Augen und begegnete in der Dunkelheit meinen glühenden Augen, dann senkte sie mit einem Lächeln die Lider und fiel zurück in ihren Schlaf.

Erleichtert lehnte ich mich an den Türrahmen und fuhr mir über das Gesicht. Meine Aufgabe hier war erledigt.

Zayden durchquerte das Zimmer und schloss dann geräuschlos die Tür. Sofort wich ich vor ihm zurück und sammelte Energie in meinen Händen.

Ein erschöpfter Ausdruck trat auf seine Züge. »Komm mal wieder runter, ich tue dir nichts. Es mag mir gegen den Strich gehen, aber ich verstoße gegen keine Abkommen und schon gar nicht gegen ein altes Versprechen«, sagte er seltsam steif und lehnte sich mir gegenüber an die Wand.

Ich könnte jetzt gehen und das alles hier hinter mir lassen. Einfach verschwinden und damit wäre die Sache gegessen, es wäre, als hätte es diese Situation nie gegeben, aber meine Neugier hielt mich zurück.

Meine Neugier und die unzähligen Fragen in meinem Schädel, die mich wach hielten.

So viel zum Thema, heute würde ich mal nicht grübeln und mich ablenken wollen. Ich sollte vermutlich einfach zurück in den Club und mich abschießen.

»Ich werde dich nicht abhalten«, kommentierte Zayden meinen Gedankengang. Ich schaute ihn finster an. In seinen grünen Augen lag wieder dieses weiße Licht, das mich daran erinnerte, dass auch er eine Urenergie in sich trug, ähnlich wie wir Dämonen es taten.

»Wir sind uns absolut nicht ähnlich, nicht im Geringsten, Elyanor.«

»Lya«, verbesserte ich automatisch und massierte meine Schläfen. »Und noch mal, lass meine Gedanken in Ruhe.«

Einer seiner Mundwinkel zuckte und ein spöttischer, überheblicher Ausdruck trat auf seine müden Züge.

Neugier hin oder her, sein Verhalten ging mir mächtig auf die Nerven.

»Okay, weißt du was? Du kannst mich mal, ich gehe.« Ich stieß mich von der Wand ab und marschierte in Richtung des Aufzugs.

Zayden heftete sich an meine Fersen und zog mich schließlich am Arm zu sich herum, sodass ich gegen seine stählerne Brust gedrückt wurde.

Erstaunlicherweise hatte mein Dämon nichts gegen seine Berührung einzuwenden. Kein Schmerz, kein Stechen, nur das Gefühl, seine Energie direkt unter meinen Fingern zu spüren.

Als mir klar wurde, in welche Richtung meine Gedanken gingen, riss ich mich los und brachte Abstand zwischen uns. »Was ist los mit dir? Du willst mich umbringen, du willst, dass ich abhaue. Jetzt will ich gehen und du hältst mich zurück!«

Ein zerknirschter Ausdruck trat in seine grünen Augen. »Ich will dich verstehen.«

Wow, okay langsam. Was!?

Ich suchte in seinem Blick nach einer anderen Antwort, fand aber keine. Frustrierend.

Zayden ließ sich herunter auf die Knie und lehnte sich mit dem Rücken an die Wand. »Setz dich.«

»Hör auf, mir irgendwelche Befehle an den Kopf zu werfen.«

Wieder dieses Zucken seines Mundes. »Ich werde nicht *bitte* sagen.«

Trotzig stieß ich den Atem aus und rutschte an der Wand herunter, sodass ich ihm gegenübersaß. »Ich sitze.«

»Frag mich endlich«, forderte Zayden.

Mir brannte hier gleich eine Sicherung durch. »Ich habe doch ...!«

»Frag«, wiederholte er unbeeindruckt und verschränkte die Arme vor der Brust.

Ich pustete mir eine Strähne aus dem Gesicht und beruhigte meine Nerven damit, dass Zayden ein arroganter Mistkerl war, der keinen Schimmer hatte, wie man sich benahm. Es einfach nicht besser wusste.

Aber wem wollte ich hier etwas vormachen? Die pulsierende Neugier in meinem Inneren gewann schließlich doch die Oberhand – unabhängig davon, wie ätzend er sich mir gegenüber verhielt – und gipfelte in der Frage nach seinem Verhalten in der Mädchentoilette. In dem Moment, in dem er mich hätte töten können, ohne dass ihn jemand davon hätte abhalten können. Selbst Roy wäre zu spät gekommen. Wieso hatte er es nicht zu Ende gebracht? Was zum Teufel hatte ihn zurückgehalten?

Ich blickte auf, in dem Wissen, dass er die Frage in meinem Kopf belauscht hatte.

Er verzog das Gesicht und legte sich eine Hand in den Nacken. Seine Muskeln spielten, als er seinen Hals massierte. Sein Shirt rutschte ein Stück hoch und ich erhaschte einen winzigen Blick auf sein gebräuntes Sixpack. Okay, so langsam verstand ich, was die Mädchen alle an ihm fanden. Diese zerknirschte, nachdenkliche Art an ihm war sexy.

Glücklicherweise war er momentan viel zu sehr mit meiner Frage beschäftigt, als dass er auf meine Gedanken hätte hören können.

»Deine Mutter«, gab er dann leise zurück und unterbrach mich in meinen Mädchengedanken. »Es war deine Mutter.«

Ich verstand kein Wort. »Wie bitte?«

»Deine letzten Worte waren keine Worte, sondern die Erinnerungen an deine Mum, Heather.«

Mein Hals schnürte sich zu und ich nickte unsicher. In meiner Tasche vibrierte mein Handy, aber ich war längst in meiner Erinnerung gefangen. Ich lag wieder in dieser Mädchentoilette auf dem Boden mit Zayden über mir, der im Begriff war, mir einen seiner Dolche ins Herz zu stoßen.

Er schluckte und ein trauriger Ausdruck trat auf seine Züge. »Ich kannte sie unter dem Namen Elea. Sie war die beste Freundin meiner Mum und hat sich um uns gekümmert, wenn Mum keine Zeit hatte. Sie hat mir von dir erzählt und davon, wie sie dich verloren hat. Ich hatte immer angenommen, ihre Tochter, also du, wäre tot.«

Seine letzten Worte verstand ich kaum und trotzdem hauten sie mich um.

»Das kann nicht sein«, wisperte ich mit brennenden Augen. »Meine Mutter war eine Dämonin und ist gestorben, als ich noch sehr klein war.«

Zayden schüttelte den Kopf. »Nein. Sie war eine von uns. Und jetzt kennst du auch den Grund, warum ich dich nicht einfach umlegen kann und mein Onkel sich so vehement querstellt.«

Ich zählte eins und eins zusammen und riss die Augen auf. Mein Herz setzte einen Schlag aus, während sich meine Atmung schlagartig beschleunigte. Nein, das war unmöglich, Dad würde niemals ...

»Doch, und er hat. Du, meine liebe Lya, bist eine echte Rarität, das einzige Ergebnis einer Beziehung zwischen Iljos und Dämon, von dem ich jemals gehört habe. Ich gratuliere«, antwortete er auf meine Gedanken mit einer Ironie in den Worten, die mich rasend machte.

»Das ist unmöglich!«, fauchte ich und sprang auf die Beine. Energie flutete meine Augen und ließ die Luft um uns herum surren. »Das kann nicht sein!«

»Nicht so laut«, mahnte mich Zayden und ich erinnerte mich wieder, wo ich mich eigentlich befand. War ziemlich ätzend hier.

»Hast du nie irgendetwas an dir bemerkt, das dich von anderen deiner Art unterscheidet?«

Ich zog die Beine an und legte meinen Kopf darauf. Das Gedankenlesen der Menschen zum Beispiel, das konnte niemand, meine Faszination für Wasser, obwohl es tödlich für mich war, meine Fähigkeit, das Feuer auf eine völlig andere Art zu kontrollieren, als es andere Dämonen taten. Und ich hatte Narben.

Ich biss die Zähne zusammen.

Plötzlich ergaben Dinge Sinn, über die ich mich schon seit Jahren wunderte. *Roy.* Ruckartig hob ich den Kopf und spürte, wie meine Miene eisern wurde.

Royath, dieser elende Mistkerl.

Du weißt schon, dass sie es herausfinden wird, Royath. Frü-

her oder später wird sie es erfahren und dann wird sie dich genauso sehr hassen, wie ich es tue.

Zaydens Worte in der Toilette sprangen mir in Leuchtschrift vor die Augen. Er wusste es. Roy hatte es die ganze Zeit gewusst. Vermutlich wollte er mich auch nur deshalb von den Iljos fernhalten, damit ich niemals die Wahrheit über meine Mum und meinen Dad herausfand.

»Wie konnte das zwischen Dad und Mum passieren? Ich glaubte, unsere Arten bekämpfen sich bis aufs Blut«, stieß ich hervor und verengte die Augen zu schmalen Schlitzen. Die Energie in meinem Inneren brodelte bedenklich und ich wusste nicht, wie viel ich noch ertragen konnte, bis ich explodieren würde.

»Die beiden waren der Auslöser für das, was wir den Dritten Krieg nennen. Sie haben sich entgegen aller Vorschriften getroffen und geliebt. Der Teufel und der Engel.« Ein freudloses Lachen kam ihm über die Lippen. »Es gab Krieg, man forderte deinen Tod, weil jemand wie du nicht existieren durfte.«

Seine Antwort war schmerzhafter als ein Messerschnitt und ließ mich unwillkürlich zusammenfahren. »Aber ich lebe.«

Zayden nickte. »Es ist mir ein Rätsel, wie das möglich ist. Es hätte längst jemand deiner Leute erkennen müssen, dass du zur Hälfte Iljos bist. Genauso hätte ich sehen müssen, dass du einen Teil unseres Erbes in dir trägst, aber für mich warst du ein Dämon. Durch und durch.« Plötzlich weiteten sich seine waldgrünen Augen für einen winzigen Moment, ehe er meinen Blick suchte.

»Dein Rücken.« Hitze schoss mir in die Wangen, als ich an die langen Narben auf meinem Rücken dachte, die mich so ganz offensichtlich von allen anderen Dämonen unterschieden. »Deine Flügel sind schwarz. Was, wenn du bei deiner Geburt beide Vermächtnisse zu gleichen Teilen in dir getragen hast, dir aber jemand einen Teil genommen hat, in dem er dir die weißen Flügel aus dem Rücken geschnitten hat?«

Ungläubig schüttelte ich den Kopf und fuhr mir durch die Haare. Wieder und wieder. Mittlerweile hatte sich meine Hochsteckfrisur komplett aufgelöst und meine blonden Haare fielen mir ungehindert über die Schultern.

»Daran müsste ich mich doch erinnern. Müsste ich mich nicht an den Schmerz erinnern?« Auch wenn Zayden mein Feind war und ich weit davon entfernt war, ihm zu vertrauen, sah ich ihn in diesem Augenblick hilflos an, während mir immer schlechter wurde. Das hätte mir mein Vater niemals antun können. Das ... ich schluckte und presste meine Hände so fest auf meine Oberschenkel, dass sich meine Nägel in meine Haut gruben.

»Wer auch immer es dir angetan hat, er hat dir dadurch das Leben gerettet. Ich glaube nicht, dass du mit beiden Vermächtnissen hättest überleben können. Entweder hätten dich die sich widerstreitenden Energien umgebracht oder aber dein oder mein Volk hätten es getan«, sagte Zayden leise, ohne mich aus den Augen zu lassen. »Lya?«

Schweigend schüttelte ich den Kopf und konzentrierte mich darauf, dass keine einzige meiner Tränen ihren Platz verließ, aber meine Kraft war aufgebraucht.

Und dann geschah etwas, das ich niemals für möglich gehalten hätte. Zayden setzte sich neben mich auf den Boden, griff ungeschickt nach einer meiner Hände und drückte sie sanft. »Ist ganz schön hart, was?« Ich nickte und lehnte mich an ihn. Ich konnte einfach nicht mehr. Nicht mehr kämpfen, nicht mehr denken, nicht mehr fürchten. Meine ganze Welt zerbrach gerade vor mir in winzige, kleine Splitter, und ich hatte nicht die Macht, sie wieder zu dem alten Ganzen zusammenzusetzen. »Weißt du, sie hat dich vergöttert. Wenn sie von dir gesprochen hat, davon, wie sehr sie dich liebt und wie schwer es ihr gefallen ist, dich gehen zu lassen, dann haben ihre Augen gestrahlt, als würde das Licht in ihr heller leuchten, als all die anderen Lichter«, flüsterte Zayden nah an meinem Ohr und strich über meine Finger. »Du siehst ihr ziemlich ähnlich.«

Mein Hals kratzte, als ich zu sprechen begann. »Ich habe sie nie kennengelernt, obwohl sie die ganze Zeit über hier gewesen ist.« Ein alter Schmerz flammte neu in meiner Brust auf. All die Jahre ... ich hätte sie sehen, hätte meine Mum erleben können. »Wie ist sie gestorben?«

Der Druck auf meine Finger wurde stärker. »Lya ...«

»Bitte«, flüsterte ich und sah zu ihm hoch, sah in seine verkniffene Miene.

Er wandte den Blick ab und stand auf. »Iljos verschreiben ihr Leben dem Schutz. Wir schützen einen Menschen, solange er es braucht. Menschen, die verzweifelt sind, die Schreckliches erlebt haben. Elea ist bei dem Versuch, einem Jungen das Leben zu retten, gestorben. Wir konnten ihr nicht mehr helfen.«

Ich kniff die Augen zusammen und zog meine Knie noch enger an meine Brust, um das Zittern in meinen Gliedern zu unterdrücken und mich ganz klein zu machen – um den Schmerz auszusperren. Doch es half nichts. Mir war kalt. Eisige Kälte griff nach mir, zerrte an mir und raubte mir die Energie.

Und dann waren da starke Arme, die mich hochzogen und hielten, während ich mich verlor. Zayden drückte mich an seine Brust, sodass mich sein Geruch umgab und ich seinen schnellen, kräftigen Herzschlag unter mir hören konnte. Mein eigenes Herz reagierte auf ihn, bis es genauso schnell schlug.

Ich blickte zu seinen grünen Augen auf und fuhr über seine Wange, die sich rau unter meinen Fingern anfühlte, strich an seinem markanten Kinn entlang, hinunter bis zu seinem Schlüsselbein. Er spannte sich merklich unter meiner Berührung an, ließ jedoch nicht von meinem Blick ab.

»Lya ...«, wisperte er. Doch ich schüttelte den Kopf.

»Können wir für heute vergessen, wer du bist und wer ich bin? Einfach so tun, als wären wir wie jeder andere. Ich kann heute nicht alleine sein und ich kann auch nicht nach Hause. *Bitte.*«

Ein krächzender Laut kam über seine Lippen, dann senkte er seinen Kopf so weit herab, dass sein Mund ganz knapp über dem meinen schwebte. »Das ist falsch. Das alles hier ist falsch.«

»Für heute Nacht ist es das nicht.« Ich überwand die letzten Millimeter und presste meine Lippen auf seinen Mund. Sein Griff um meine Hüfte wurde fester, dann erwiderte er meinen Kuss mit einem leisen Stöhnen.

Ich drängte mich enger an ihn und vergrub meine Hände in seinen weichen Haaren, nachdem ich das Haargummi herausgelöst hatte. Seine Haut fühlte sich kühl unter meinen Berührungen an und prickelte auf meinen Fingerspitzen.

Ich gewährte seiner Zunge Einlass und seufzte, als er mich packte, hochhob und durch den Flur trug, bis wir eine Tür erreichten, die sich wie von Geisterhand öffnete und wieder hinter uns schloss.

Ich spürte ein weiches, kühles Laken unter mir, als er mich

auf sein Bett legte und dabei nicht einen Moment aufhörte, mich zu küssen.

»Wir müssen damit aufhören«, stöhnte er, während er gleichzeitig an dem Reißverschluss meines Kleides herumfummelte. »Das ist doch krank. Wir dürfen das nicht. Ich … ich will das nicht.«

Lächelnd schaute ich zu ihm herauf, sah das weiße Leuchten in seinen dunklen, grünen Augen und nickte. »Absolut krank. Du willst es. Mach weiter«, gab ich atemlos zurück.

Zayden öffnete mein Kleid mit einem Ruck und befreite mich davon. Ich kniete mich vor ihn und zog ihm das Shirt über den Kopf und hielt den Atem an, als ich ihn betrachtete.

Natürlich hatte dieser Typ einen Körper, wie er im Bilderbuche stand, gebräunte Haut, die sich straff über die Muskeln spannte, von denen Mädchen träumten. Viel mehr nahm mich allerdings die lange Narbe ein, die über seine rechte Bauchhälfte verlief und die Muskeln dort sauber teilte.

Meine Finger zitterten ein wenig, als ich über die Narbe fuhr und Zays Befangenheit spürte.

»Nicht nur du hast Verletzungen davongetragen, Lya.«

Ich nickte und ließ meine Hände zu seinem Gesicht wandern, das ich zu mir herunterzog. »Nicht heute Nacht, heute Nacht gibt es keine Vorgeschichte und keine Zukunft, nur das Hier und Jetzt. Nur für diese eine verdammte Nacht.«

Mit ernstem Gesichtsausdruck erwiderte er mein Nicken und legte seine Hände auf die meinen. Dann küsste er mich wieder und ließ die unzähligen Fragen in meinem Kopf verstummen.

Sein Geschmack nahm mir meine Gedanken und seine Berührungen raubten mir den Verstand.

Ich hatte schon oft mit einem Jungen geschlafen, nicht zu-

letzt unzählige Male mit Royath, ich wusste, wie es sich anfühlte, einen Jungen zu küssen, zu berühren, aber mit Zayden war es völlig anders.

Vielleicht lag es daran, dass wir das genaue Gegenteil voneinander waren und an einem anderen Ort zu einer anderen
Zeit mit Waffen gegeneinander gekämpft hätten, anstatt unsere Körper miteinander zu verschmelzen.

Sein Geruch benebelte mich, zog mich in die Fantasiewelt,
die wir uns für heute Nacht schufen, weil wir beide nicht alleine sein wollten und konnten. Seine Hände auf meinem Körper prickelten und kribbelten und ließen in mir einen Cocktail
von Emotionen aufsteigen. Ich konnte mich in ihm verlieren
und gleichzeitig war er mein Anker.

Ich gab ihm, er nahm sich, gleichzeitig hob er mich in un-
geahnte Höhen, ohne dass ich darum bitten musste.

Seine Finger wanderten unendlich sanft über meinen Rücken, über die schrecklichen Narben, bis zu meinem Hintern,
den er fest umfasste und mich noch enger an sich presste. Er
schob seinen Oberschenkel zwischen meine Beine, als ein
Knurren über seine Lippen kam. Ich legte den Kopf in den
Nacken und seufzte, dann griff ich ungeduldig und benebelt
von diesem Kerl nach seinem Hosenbund. Seine Jeans verschwand, meine Strumpfhose lag plötzlich am Boden, dann
verschwand mein BH.

Und dann war nichts mehr zwischen uns.

»Man wird uns töten, wenn das jemals rauskommt«, sagte
Zayden mit von Lust belegter Stimme. Seine Bedenken in allen Ehren, aber selbst er wäre jetzt nicht mehr in der Lage
aufzuhalten, was längst zwischen uns passierte.

»Ist mir egal«, flüsterte ich und küsste ihn wieder und
wieder.

Mein Herz raste genauso wie seines, wir beide waren verschwitzt und mit den Gedanken schon an einem ganz anderen Ort.

»Letzte Chance.« Zaydens Atem kam in Stößen und ich spürte, wie sich seine Haut unter meinen Berührungen erhitzte. Als Antwort ließ ich mich nach hinten fallen und zog ihn mit mir, sodass uns nichts mehr trennte und wir eins wurden.

Eins für eine einzige Nacht. Licht und Dunkelheit, Eis und Feuer.

Zayden hatte seinen Arm locker um meine Hüfte gelegt und schlief, das Gesicht mir zugewandt. Seine dunkelblonden Haare fielen ihm in die Stirn und ich strich sie sanft zur Seite, ohne ihn zu wecken.

Er war wunderschön.

Noch immer konnte ich nicht sagen, was zwischen uns geschehen war, warum ich das getan hatte und mich ihm an den Hals geworfen hatte. Aber ich bereute es nicht. Ich hatte es gebraucht, nach allem, was er mir eröffnet hatte. Es hatte mich geerdet und gerettet.

Ich schaute aus dem Fenster, das zur Hälfte von einem grauen Vorhang verhangen war. Es würde nicht mehr lange dauern, dann würde die Sonne aufgehen und einen neuen Tag begrüßen.

Die Nacht war vorbei. Zayden war wieder ein Iljos und ich ... keine Ahnung, was ich war, jetzt, da ich wusste, dass das Blut zweier Arten durch meine Adern floss.

Lautlos stieg ich aus dem Bett, schnappte mir meine Klamotten und einen seiner Pullover, der über einem Stuhl hing, und schlüpfte leise in die Sachen, bevor ich die Energie in meinem Inneren frei und mich fluten ließ.

Meine Flügel erwachten und streckten sich genüsslich; beinahe hätte ich ein Seufzen von mir gegeben.

Mit einem schnellen Blick entriegelte ich das Fenster und kletterte auf die Fensterbank, wo mich die frische Luft des herannahenden Morgens traf. Ich schloss die Augen und sog sie in meine Lunge ein, dann wandte ich mich ein letztes Mal Zayden zu, der noch immer schlief und sich kein Stück bewegt hatte. Er wirkte jünger und das erste Mal war in seinem Gesicht nicht die geringste Spur von Härte oder Schmerz zu lesen. Ich lächelte.

»Danke, Zayden«, flüsterte ich, dann erfasste mich der Wind und trug mich fort.

Kapitel 14

»Und wohin geht es?«, fragte ich, schlüpfte in meine riesige Jeansjacke und schnappte mir den zweiten Helm von einem der Regale im Flur.

Roy hob eine Augenbraue und betrachtete mich aufmerksam. »Hast du gestern Nacht einen Jungen um den Verstand gebracht?«

Nicht nur einen normalen Jungen, dachte ich mit einem Anflug von Bitterkeit. Ich wusste nicht, was ich mir dabei gedacht hatte. Klar, mein Körper hatte ihn gebraucht und mein Geist musste zum Erliegen kommen – aber gerade Zayden?! Hatten mich denn alle guten Dämonen verlassen?

»Und wenn es so wäre?«

Ein Schatten flog über Royaths Züge, dann verschränkte er die Arme vor der Brust.

Was sollte das denn jetzt? Es war schon schwer genug, ihn anzuschen, ohne ihm an die Kehle zu gehen. Wenn das stimmte, was mir Zayden letzte Nacht eröffnet hatte, dann hatte mich Roy auf eine üble Art und Weise hintergangen und das, obwohl ich ihm, ohne zu zögern, immer vertraut hatte. Ich hätte mein Leben in seine Hände gelegt.

»Wieso?«, fragte er scharf und trat auf mich zu.

»Wow, Roy, was ist los? Habe ich dein Ego beleidigt?« Die Wut auf ihn kochte in mir hoch und ich wusste, ich musste mich dringend beruhigen, um nicht in die Luft zu gehen und ihm alles an den Kopf zu werfen. Inklusive der Tatsache, dass ich mit seinem Erzfeind geschlafen hatte.

In seinen karamellbraunen Augen blitzte etwas auf, dann wandte er sich ab und nahm sich den anderen Helm. »Vergiss es, Luzi. Wir haben zu tun.«

Schweigend verließen wir das Penthouse und fuhren mit dem Aufzug in die Tiefgarage, wo er sein Motorrad parkte. Noch immer war ich völlig ahnungslos, wohin es eigentlich gehen sollte, aber ich hatte keine Lust, Roy noch einmal zu fragen und unser Schweigen als Erste zu brechen.

Als wir wenig später durch die Straßen Londons fuhren, hatte ich alle Zeit der Welt mich über Roys nervige Art aufzuregen.

Gleichzeitig kehrte ich mit meinen Gedanken unwillkürlich immer wieder zu Zayden und unserer gemeinsamen Nacht zurück. Zu dem, was wir durchlebt und für diese kurze Zeit zusammen gehabt hatten. Es fühlte sich gut an. Gleichzeitig aber auch schlecht, denn diese Erfahrung musste ich fortan als Geheimnis mit mir herumtragen, da ich einen Teufel tun und es jemandem erzählen würde. Selbst meine beste Freundin Reena würde ausflippen, wenn sie davon erfahren würde und mein Dad ... Die Einzige, mit der ich darüber sprechen könnte, ohne dass es einen interkulturellen Zwischenfall zwischen Dämonen und Iljos geben würde, wäre Annie, aber ihr gegenüber würde ich aus Scham nichts erwähnen. Sie hielt nichts von Zayden und all den anderen, die sabbernd hinter ihm herliefen.

Aber das tat ich ja gar nicht, oder? Das gestern war eine einmalige Sache gewesen und würde aus unzähligen, triftigen Gründen nicht noch einmal passieren. Womöglich würde er das nächste Mal doch seinen Dolch zücken und mich abstechen.

Der Motor verstummte und mir wurde bewusst, dass wir angehalten hatten. Abrupt schaute ich auf und kräuselte die Nase. Wir befanden uns auf einem Hafengelände an der dunklen Themse, umgeben von unterschiedlichsten Containern, Kränen und Lkws.

»Willkommen im Revier von Dunnay«, verkündete Roy seltsam tonlos und reichte mir die Hand, um mir vom Motorrad zu helfen.

Ich ignorierte sie und kletterte alleine von der Maschine. Es roch nach fischigem, modrigem Wasser und nassem Hund, kein besonders erstrebenswerter Platz. Dunnay konnte nicht sonderlich hoch im Ansehen meines Vaters stehen, wenn er ihn hierher verfrachtet hatte.

»Und was wollen wir hier?«, fragte ich, während ich mich vom Helm befreite.

Royath legte eine Hand über die Augen, als ein einzelner Sonnenstrahl aus den grauen Wolken brach und uns in helles Licht tauchte. »Wir überprüfen den Laden. Dunnay will einen neuen Deal mit einem alten Bekannten aushandeln, Timothy Glades. Das interessiert mich brennend.«

Ich zog die Augenbrauen hoch. Timothy Glades war der Vater von Leila Glades, der angeblichen Freundin von Zayden (wer es glaubte!) und einer der erfolgreichsten Immobilienmakler Londons – dank Daddys genialen Verträgen.

»Was für einen Deal?«

Roy schaute über die Schulter zu mir und setzte sich dann in Bewegung in Richtung eines Labyrinths aus älteren Containern. »Wirst du schon sehen. War er es zumindest wert?«

Ich verzog das Gesicht und holte zu ihm auf. »Bitte?«

Seufzend steckte Royath die Hände in die Taschen seiner Lederjacke und legte den Kopf in den Nacken. »Der Typ, den du letzte Nacht mit deiner Anwesenheit beehrt hast. War er es wert?«

Meine Nächte mit Roy waren fantastisch, ich bekam, was ich wollte, und hatte Spaß, aber Zayden und ich, das war ... Vermutlich lag es daran, dass wir so unterschiedlich waren. Außerdem hatte ich das Gefühl, dass diese Nacht nicht nur aus Spaß und Sex bestanden hatte, sondern aus Vertrauen, Trauer und einem Verlangen, das ich in dieser Art zuvor nicht erlebt hatte.

Ich senkte den Blick, als ich spürte, wie meine Wangen heiß wurden. »Roy, ich war betrunken, okay? Und hatte Spaß, krieg dich mal wieder ein. Seit wann hast du ein Problem damit, etwas Spaß mit der anderen Seite zu haben? Hat dich ja auch nie aufgehalten.«

»Bis ich dich hatte, Lya«, murmelte er und warf mir einen kurzen Blick zu. Der Ausdruck darin schnürte mir die Kehle zu.

Annie und ihre dämlichen Vermutungen!

Hätte sie nie erwähnt, dass sich Roy mir gegenüber benähme, als würde er ernsthaft an mir interessiert sein, wäre es mir nie aufgefallen.

Vor uns löste sich eine muskulöse Gestalt mit Baseballcap aus dem Schatten zweier Container. Ein Dämon, wie mir mein Instinkt sofort verriet. Mit großen Schritten trat er auf uns zu. Als er mich erkannte, deutete er eine knappe Verbeugung an. »Prinzessin. Royath. Ich habe früher mit Euch gerechnet.«

Roy setzte seine harte Miene auf. »Wo ist er, Lion?«

»Bei Dunnay, sie warten.« Der Dämon deutete hinter sich.

»Gut.« Mein wankelmütiger Babysitter wandte sich mit kühler Miene an mich. »Siehst du den Container da? Positioniere dich da oben und verfolge die Verhandlung. Aber achte darauf, dass dich niemand sieht. Verstanden?«

Ich biss die Zähne zusammen und salutierte mit einem sarkastischen Grinsen. »Sicher.«

Während Lion und Roy in besagte Richtung davongingen, verwandelte ich mich und bezog Stellung auf dem Container, den mir Royath angewiesen hatte.

Wieder in meiner menschlichen Gestalt legte ich mich flach auf das Dach und beobachtete das Schauspiel unter mir.

Angelehnt an einen teuren Sportwagen wartete ein schwarzhaariger Typ, Timothy Glades vermutlich, im schicken Anzug und mit protziger Uhr augenscheinlich ungeduldig darauf, dass Lion mit dem Letzten im Bunde zurückkehrte. Neben Glades stand Dunnay, ich hatte ihn einmal zu sehen bekommen, als er sich mit meinem Vater im Hades getroffen hatte. Noch immer war er ein fetter Widerling, dem eine Dusche guttun würde. Oder zwei.

Die Männer gaben sich kurz die Hand, dann gingen die Verhandlungen los. Dunnay zog aus seiner schmierigen Collegejacke eine Schriftrolle hervor und reichte sie Glades, der sie widerwillig entgegennahm.

»Wir mussten die Konditionen ein wenig anpassen«, merkte Dunnay an und nickte in Richtung des Vertrags.

Glades zog eine Augenbraue hoch, sodass sie über den goldenen Rand seiner Sonnenbrille schaute. »Angepasst? Der Preis war das letzte Mal schon unverschämt hoch!«

»Es sind schwierige Zeiten.«

Eine Mischung aus Ungläubigkeit und Wut trat auf Glades' Züge, als er sich seine Sonnenbrille herunterriss und einen warnenden Schritt auf Dunnay zumachte.

Dummer Mensch.

»Jetzt hören Sie mir mal zu. Bei unserem letzten Treffen sprachen Sie von zwei Jahren! Das war der Stand unserer Verhandlung. Zwanzig Jahre garantierten Erfolg, zehn Millionen Pfund auf meinem Konto und dafür gebe ich zwei Jahre meines Lebens in Ihre Hände.«

Dunnay lachte und wechselte einen bedeutungsvollen Blick mit Roy, der mit finsterer Miene an einen Container gelehnt die Szene verfolgte.

»Wie gesagt, der Markt wird von Angebot und Nachfrage bestimmt. Und wenn die Nachfrage steigt ... es bleibt bei fünf Jahren, Mr Glades.«

Glades fielen beinahe die Augen aus dem Kopf. Mochte ja sein, dass unsere Existenz von den Dummheiten, der Gier und den Fehlern der Menschen lebte, trotzdem konnte ich nicht verstehen, wie man etwas von seinem Leben für Geld abgeben konnte. Ob Glades wusste, dass er im Hades würde schuften müssen, wenn man ihn holen würde? Und zwar nicht nur für die Jahre, über die er gerade mehr oder weniger erfolgreich verhandelte.

Wer einmal einen Deal mit einem Dämon einging, landete mit hundertprozentiger Sicherheit für immer im Hotel Hölle. Er konnte einem fast leidtun.

»Wenn Sie nicht bereit sind, diesen Vertrag zu unterzeichnen, dann sind wir hier fertig«, fuhr Dunnay fort und machte Anstalten, die Rolle zurück in seine Jacke zu stecken.

»Warten Sie!« Glades sprang einen weiteren Schritt nach vorne. »Bitte, ich habe mit keinem Wort erwähnt, dass ich nicht länger interessiert bin, mit Ihnen Geschäfte zu machen.«

Royath stieß sich von der Wand ab und baute sich vor Glades und Dunnay auf. »Gibt es ein Problem, Gentlemen?«

Irritiert schaute Glades zwischen Dunnay und Roy hin und her und schüttelte den Kopf. »Nein. Ich bin hier, um ein ehrliches Geschäft abzuschließen. Und Sie sind?«

In Dunnays schmale Augen schlich sich Furcht bei dem Tonfall, den Glades Roy gegenüber anschlug. Royath hatte einen höheren Status in unserer Rangordnung, als die meisten Dämonen, die auf der Erde stationiert waren. Sich mit einem Dämon von Royaths Stellung anzulegen, und dann auch noch als Mensch, war mehr als dumm.

»Dunnays Boss. Angenehm, Mr Glades. Was ist Ihr Vorschlag in einer Situation wie dieser? Wenn ich das richtig sehe, haben Sie in den vergangenen Jahren bereits fünfzehn Jahre ihres Lebens verkauft, Mr Glades.« Selbst von meinem Standort hier oben konnte ich sehen, wie Glades der Schweiß ausbrach. »Sind Sie bereit, diesen Handel einzugehen oder nicht? Eine ganz simple Frage.« Roy breitete einladend die Arme aus.

Timothy Glades bekam langsam, aber sicher Panik. Seine Finger wurden unruhig und knibbelten am Saum seines schweineteuren Anzugs herum, während seine braunen Augen unruhig von Dunnay zu Roy und zurückflogen.

»Nennen Sie mir einen anderen Preis.« Der flehentliche, verzweifelte Unterton in seiner Stimme bereitete mir Übelkeit. Konnte ich wirklich darauf stolz sein, was Dämonen so trieben? Wir machten die Menschen süchtig.

Royath schüttelte langsam den Kopf. »Sie kennen den Preis. Fünf Jahre für die nächste Finanzspritze mit garantiertem Erfolg. Und ich bitte Sie, sich schnell zu entscheiden, meine Zeit ist kostbar, wissen Sie?«

Kleine, rote Flecken bildeten sich auf Glades' Wangen und seine Finger hielten inne, dann hob er abrupt den Kopf. »Müssen es *meine* fünf Jahre sein?«

Das war jetzt nicht sein Ernst, oder? Dieser Mistkerl wollte sich bei jemand anderem Lebensjahre stehlen, um seine Gier zu befriedigen. Das würde Roy doch nie …

»Es muss Ihr Blut in den Adern der Person fließen, dessen Jahre wir einziehen. Das ist die einzige Bedingung«, gab Royath knapp zurück und verlagerte sein Gewicht auf das andere Bein.

Ein unheimliches Lächeln trat auf Glades' Züge und sein selbstsicheres, arschiges Verhalten kehrte mit einem Schlag zurück. Die Ratte hatte anscheinend ein Schlupfloch gefunden.

»Ich habe eine Tochter und ich bin mir sicher, sie wird gerne fünf Jahre für den Wohlstand eintauschen, den wir dann weiterhin genießen werden.«

Mir wurde schlecht. Wirklich, ich konnte Leila auf den Tod nicht ausstehen, auch wenn sie einem eigentlich nur leidtun konnte. Niemand verhielt sich ohne Grund wie die größte Zicke, und vermutlich hatte ich hier den Ursprung ihres dämlichen Verhaltens direkt vor mir. Ihr Vater interessierte sich mehr für Geld und Karriere als für sein kleines Mädchen. Das würde nicht mal mein Dad machen und er war immerhin der Herr der Hölle.

»Sie heißt Leila und ist siebzehn Jahre alt«, fuhr Glades, nun in Fahrt, fort. »Wäre das als Preis angemessen?«

Roy hielt dem Bastard die Hand hin. »Wir haben einen Deal, Mr Glades. Bringen Sie Ihre Tochter morgen Nachmittag in Ihr Büro am Trafalgar Square, dort schließen wir den Vertrag ab.«

Ohne zu zögern, schlug Leilas Vater ein und strahlte übers ganze Gesicht, als hätte man ihm gerade verkündet, er wäre ab heute unbesiegbar.

Mir reichte es. Keine Ahnung, was ich Royaths Meinung nach bei dieser Verhandlung lernen sollte, aber den Ablauf eines ordentlichen Geschäfts sicherlich nicht. Ich war noch nicht lange hier oben oder in das Vertragswesen meines lieben Daddys eingeweiht, aber das hier schien mir nicht richtig zu sein. Leila war noch minderjährig, ich hatte immer angenommen, dass wir keine Verträge mit Kindern abschlossen.

Kurzerhand tauchte ich aus meiner Deckung auf, sprang die zehn Meter in die Tiefe und landete lautlos hinter Roy, um mich dann möglichst anmutig und elegant aufzurichten.

Die Anwesenden fuhren zu mir herum, als Dunnay kaum merklich in meine Richtung nickte und respektvoll den Kopf neigte. Brav.

»Elyanor, was machst du denn hier?«, fragte Roy, um Leichtigkeit und Überraschung bemüht, während seine Augen finster funkelten, als könnte er mich zu Asche verwandeln.

»Spar dir das, Roy«, antwortete ich leise und trat auf Glades zu. »Timothy Glades?«

Skepsis trat in seine braunen Augen. Vielleicht, weil ich gerade von zwei Containern gesprungen war, ohne mir einen Knochen zu brechen, und in dieses Gespräch platzte, obwohl ich nicht älter als seine Tochter aussah.

Er nickte und verschränkte die Arme vor der Brust. »Und mit wem habe ich es zu tun?«

Royath packte mich am Oberarm, um mich zurückzuziehen, aber meine Energie hinderte ihn daran. Zischend ließ er mich los und wich zurück. Ich konnte nicht umhin, es ein kleines bisschen zu genießen, ihm wehzutun, jetzt, wo ich über seinen Verrat im Bilde war.

Den Blick auf Glades gerichtet, schob ich mein Kinn vor.

»Mein Name hat Sie nicht zu interessieren. Nur die Tatsache, dass diese Witzfiguren hier unter meinem Kommando stehen.«

Ungläubig hob Glades die Augenbrauen und ein abfälliges Lächeln trat auf seine schmalen Lippen. »Ach, wirklich? Vielleicht solltest du dich zurückziehen und den Erwachsenen hier das Reden überlassen.«

»Lya ...«, begann Royath warnend und trat wieder neben mich, war aber klug genug, mich nicht noch einmal anzufassen. Er wusste längst, dass Glades sich mit dieser Aussage ziemlich in die Scheiße geritten hatte.

Geradewegs und ohne die geringste Anstrengung drängte ich mich in Glades' Kopf und machte mich darin breit, bis ich jeden seiner verkorksten Gedanken vor Augen hatte. Augenblicklich überkam mich Übelkeit, dieser Typ war widerlich – in jeder Hinsicht.

Und vielleicht sollten Sie darauf achten, wie Sie mit mir reden.

Leilas Vater versteifte sich, als ihm aufging, dass ich in seinem Schädel war. Furcht flog über seine Züge.

Einer meiner Mundwinkel hob sich.

Sie sind ein dreckiger Mistkerl. Wirklich, ich bin kein Fan Ihrer Tochter, aber das heißt noch lange nicht, dass ich Ihnen dieses schmutzige Geschäft durchgehen lasse. Leila ist minderjährig, Ihr Angebot damit nicht rechtskräftig im Sinne unserer Vertragsphilosophie.

»Woher kennst du Leila?«

Ich weiß alles über Sie und Ihr verkorkstes Leben, Timothy, und ich werde ein Auge auf Leila haben. Sie haben mein Wort. Sollte mir nur ein einziges Mal eines meiner Vögelchen zwitschern, dass Sie Leila in Ihre Geschäfte miteinbeziehen, werde ich dafür sorgen, dass Sie das bereuen, haben Sie mich verstanden, Mr Glades? Sie können sich gar nicht vorstellen, was ich alles in die Wege leiten kann.

Er nickte und hob abwehrend die Hände. »Ich habe es verstanden.«

Ich erwiderte sein Nicken und lächelte leicht, dann zog ich mich aus seinem Kopf zurück und atmete kaum merklich auf. Doch das Stechen in meinem Schädel und das Herzrasen, das ich sonst immer nach so einer Aktion bekam, blieben aus. Das Gedankenlesen war mir dieses Mal erstaunlich leichtgefallen. Vermutlich, weil Glades so ein Mistkerl war.

»Gut, also, möchten Sie noch einmal über den Preis sprechen?«

Ich spürte die eindringlichen Blicke von Dunnay, seinem Laufburschen und Roy gleichermaßen in meinem Rücken, überging sie aber geflissentlich. Dad hatte mich immer davor gewarnt, meine Talente vor anderen Dämonen einzusetzen, vermutlich, weil er wusste, dass es Fähigkeiten waren, die ein Dämon eigentlich gar nicht besitzen dürfte. Ein Schatten huschte über mein Gesicht. Ich war kein Dämon. Ich war ein Mischling, der nicht existieren sollte.

Roy stieß mich sanft, aber bestimmt an, und ich fing mich wieder.

»Ich bin bereit, Ihnen weitere fünf Jahre zu überlassen«, antwortete Glades kleinlaut und senkte resigniert den Kopf. »Nur halten Sie Leila aus diesem Abkommen heraus.«

»Wenn *Sie* es tun«, gab ich zurück und wandte mich an Dunnay und Roy. »Macht ihr weiter, ich bin hier fertig. Auf Wiedersehen, Mr Glades.«

Ohne ein weiteres Wort abzuwarten, marschierte ich an der kleinen Versammlung vorbei und verschwand in den Schatten der Container. Komischerweise war ich selbst jetzt, wo Glades eingewilligt hatte, den vollen Preis selbst zu tragen, unzufrieden.

Meine Füße trugen mich ganz von selbst zurück zu der Stelle, wo Royath die Maschine abgestellt hatte, während meine Gedanken umherwirbelten. Ich setzte mich auf die Kante des Piers und ließ die Beine über das Wasser baumeln, das grünlich vor mir lag und rhythmisch gegen die Kaimauern schwappte.

Im Hafenbecken lagen zurzeit zwei Schiffe, die von riesigen Kränen mit neuen Containern beladen wurden. Möwen flogen am graublauen Himmel entlang und stießen ihre spitzen Schreie aus, bevor sie ins Wasser stürzten, um sich Fische zu angeln. Einen Moment verlor ich mich in dem Anblick des Hafens und schloss die Augen, als ein Sonnenstrahl auf mein Gesicht fiel.

Hinter mir hörte ich kraftvolle Schritte, die sich rasch näherten, ehe mich starke Arme hochzogen und umdrehten. Royaths Augen leuchteten in jenem Bernsteinton, der verriet, dass er seine Energie nur schwerlich unter Kontrolle halten konnte.

»Wir unterhalten uns jetzt einmal über dein Verhalten, Fräulein«, sagte er mit drohendem Unterton und schleifte mich zu seinem Motorrad. Ich ließ ihn gewähren, auch wenn sich seine Finger schmerzlich in meine Haut bohrten. »Was in drei Teufels Namen sollte das eben?« Er stieß mich unsanft von sich und ballte die Hände an seinen Seiten zu Fäusten, als würde er sich für einen Kampf vorbereiten.

»Das sollte ich wohl eher dich fragen.«

»Du solltest da oben bleiben und beobachten!«, fuhr er mich weiter an und machte einen Schritt auf mich zu.

Ich hob meine vernarbte Augenbraue. »Ach ja? Und was? Dass ihr auch Minderjährige als Preis akzeptiert, solange euer Vertrag zustande kommt? Das ist gegen die Regeln, Royath.«

Er biss die Zähne zusammen und schloss die Lücke zwischen uns, sodass er kaum eine Unterarmlänge von mir entfernt stand. Seine Hitze traf auf die meine und meine Härchen stellten sich im Nacken auf.

»Regeln? Das sind eher Richtlinien, und wenn es nötig ist, sie hin und wieder zu beugen, um unsere Existenz zu sichern, dann hat selbst dein lieber Vater nichts dagegen. Und wenn du ein so plötzliches Interesse an Regeln entwickelt hast, warum verdammt noch mal hältst du dich dann nicht an deine eigenen?«

Ich spürte, wie die Wut in Form von Hitze in meine Wangen stieg. »Aber doch nicht bei einem Kerl, der bereit ist, seine Tochter gegen weiteres Geld einzutauschen!«

»Dein Auftritt eben hat mehr zerstört, als er gerettet hat, Elyanor. Das geht nicht in dein hübsches Köpfchen, oder?«

»Mein hübsches Köpfchen hat keine Lust mehr auf dich und deine bescheuerten Vorschriften und Versteckspielchen. Ich bin hier, um zu lernen, ein Häscherin des Teufels zu werden. Warum soll ich hinter dem Berg halten, wozu ich in der Lage bin?«

Ich wusste, dass diese Frage gefährlich war. Roy durfte nicht herausfinden, dass ich mehr wusste, als er im Augenblick glaubte, und gleichzeitig war mein Verlangen unermesslich, ihm die Wahrheit um die Ohren zu schlagen und an die Gurgel zu gehen.

Roys Hals verfärbte sich dunkelrot. »Weil es die falschen Leute auf den Plan rufen könnte. Leute, die deinen Tod wollen.«

»Herzlichen Dank für die Info, aber die ist nicht neu.«

Das Problem in Form von Iljos war vorerst auf Eis gelegt. Wir hatten einen, wenn auch sehr fragilen Frieden ausgehandelt. Und dank Zayden wusste ich auch, wieso dieser *Frieden* überhaupt zustande gekommen war.

»Hölle, Lya. Was ist los mit dir? Es sollte dich eigentlich nicht interessieren, ob ein Mädchen fünf Jahre ihres Lebens verliert oder nicht! Hast du dich in die Menschen verliebt, oder was?!«, blaffte er mich an und legte seine Hände auf meine Schultern, als wollte er mich schütteln.

Durch den Nebel aus Enttäuschung und Wut hindurch erkannte ich, dass er recht hatte. Es dürfte mich nicht interessieren.

»Leila ist mir egal. Es geht mir um unsere Prinzipien«, gab ich etwas unsicher zurück.

»Prinzipien? Ist mir neu, dass du solche überhaupt noch hast, nachdem du so einen Narren an den Menschen gefressen hast.«

Ich riss die Augen auf. »Darum geht es dir also! Es ist wegen letzter Nacht! Es passt dir nicht, dass ich mit einem Jungen geschlafen habe, anstatt dein Bett zu wärmen. Ist das *dein* neues Prinzip?!« Roys Augen weiteten sich für einen winzigen Sekundenbruchteil und mir wurde klar, dass ich richtiglag. Sofort setzte ich zu einer zweiten Runde an. »Bei den ewigen Flammen, das kann nicht dein Ernst sein! Zwischen uns existiert keine feste Beziehung, okay? Wir haben nie ausgemacht, dass unser Freigang beendet ist, und diese ganze Sache hat absolut gar nichts in einer Verhandlung zu suchen!«

»Das wird sich ziemlich bald ändern, Lya«, antwortete er düster und wandte den Blick ab.

»Scheiße, Roy, kannst du nicht einmal die Wahrheit sagen?!«

Abrupt drehte er den Kopf zu mir. »Ich bin immer ehrlich zu dir«, sagte er sofort und sah mich eindringlich an. »Ich würde dir nie etwas verschweigen, wenn ich die Wahl hätte, es dir zu sagen, Luzi. Ich dachte, das wäre dir klar.«

Diese Lüge bereitete mir Magenkrämpfe und fachte das Feuer in mir weiter an. »Ehrlichkeit? Dann sag mir doch bitte mal, woher die Narben auf meinem Rücken kommen! Hm? Ich weiß, dass du dabei warst, als ich mir diese Verletzungen zugezogen habe«, schleuderte ich ihm entgegen und spürte, wie mir Zornestränen in die Augen stiegen.

»Lya, nicht ...«

Ich winkte ab. »Vergiss es, Royath! Lass mich einfach in Ruhe!« Mit diesen Worten wandte ich mich ab und lief an seinem Motorrad vorbei in Richtung Ausgang des Hafengeländes.

Doch Roy kam mir hinterher und riss mich herum. »So lassen wir das jetzt nicht stehen, Elyanor!«

Finster funkelte ich ihn an und ließ meine Energie ungehindert durch meine Adern rauschen. »Was lassen wir so nicht stehen?!«

Seufzend strich er mir über die Wange und senkte den Blick auf meine Lippen. »Ich erzähle es dir, Lya. Jede Einzelheit, wenn du möchtest, aber nicht hier.«

Bei seiner leisen Stimme huschte ein Schauer nach dem anderen über meinen vernarbten Rücken. »Okay«, erwiderte ich genauso leise und spürte, wie meine Wut mit einem Mal aus mir herausglitt. Es von Zayden zu erfahren war schmerzhaft gewesen, aber die ganze Sache von Royath, einem Vertrauten, den ich seit meiner Geburt kannte und den ich auf eine gewisse Art und Weise liebte, zu hören, war eine ganz andere Nummer.

»Okay«, wiederholte er und reichte mir eine Hand. »Fahren wir an einen schönen Ort und unterhalten uns.«

Kapitel 15

Der Kellner bedankte sich für unsere Bestellung und eilte mit wehendem Frack davon. In diesem schicken Nobelschuppen, den Roy für unser Gespräch beim Mittagessen ausgewählt hatte, kam ich mir mehr als *underdressed* vor.

Außer uns waren die einzigen Gäste zwei Pärchen in Anzug und elegantem Kostüm, die drei Tische rechts von uns entfernt saßen und uns mit spitzen Blicken nur so bombardierten, während Roy gelassen seinen Rotwein trank, als wäre es das normalste der Welt in löchriger Jeans und Lederjacke in einem Sternerestaurant im *Financial District* von London zu hocken.

Ich warf der Frau mit den blonden, aufgetürmten Haaren einen finsteren Blick zu und wandte mich dann an Roy. »Ausgerechnet hier?«

Er zuckte die Schultern und stellte das Glas ab. »Das Steak hier ist unvergleichlich und wir sind ungestört.«

Im Augenblick war ich weder besonders hungrig noch geduldig. Vermutlich hatte er diesen Platz gewählt, weil er sich davon erhoffte, dass ich mich benehmen würde.

Dieses Versprechen würde ich ihm niemals geben und dieser Ort würde mich ganz sicher von nichts abhalten.

»Roy«, zischte ich warnend und beugte mich weit über den Tisch. »Rede, oder ich mache hier eine Szene.«

Seine gespielt lockere Haltung verschwand und wurde von Resignation abgelöst. »Du bist dir sicher, dass du das hören willst?«

»Ja, verdammt noch mal!«

Die Herrschaften am anderen Tisch wandten ihre Köpfe zu uns um, aber ehrlich gesagt, war mir das egal, genauso wie Roys warnender Gesichtsausdruck. »Versprich mir vorher, dass du wenigstens zu meiner Beerdigung kommst. Denn ich bin so gut wie tot, wenn dein Daddy davon erfährt.«

Darauf erwiderte ich nichts.

Roy seufzte. »Verflucht, Lya«, murmelte er und fasste sich an die Nasenwurzel, ehe er noch einen Schluck Wein nahm. »Soll mich doch der Teufel holen. Ja, ich war dabei, als man deinen wunderschönen Rücken verunstaltet hat. Ich habe deinen Vater angefleht, er möge einen anderen Weg finden. Als er mich daraufhin hat Foltern lassen, um mich daran zu erinnern, dass er mein Herr ist und nicht umgekehrt, habe ich die Schmerzen ertragen und weiter gebettelt. Ich bin vor ihm im Dreck gekrochen, um zu verhindern, dass sie dir mit diesem Messer an den Leib gehen.« Seine karamellbraunen Augen wurden hart. »Das Einzige, das ich erreichte, war, dass ich mitansehen musste, wie sie dir, diesem kleinen Ding, den Rücken aufschlitzten, um den Fehler deines Vaters zu beseitigen.« Mit zusammengebissenen Zähnen schaute er aus dem Fenster. Wir befanden uns im obersten Stockwerk eines der glänzenden Hochhäuser im Finanzviertel der Stadt. Draußen dämmerte es und London begann zu leuchten. Das Wasser der Themse zog glitzernd unter uns dahin. »Ich habe dich im Arm gehalten, so fest ich konnte, und deine Schreie gedämpft, während ich mir die ganze Zeit wünschte, sie hätten mich verletzt und nicht dich.«

In meinem Hals bildete sich ein Knoten, der mich beinahe umbrachte. Mir wurde eiskalt. Dads Fehler. Seine Liebe zu meiner Mutter und die Geburt eines Nachkommen, der halb

Dämon, halb Iljos war. Tränen brannten in meinen Augen, doch ich hielt sie zurück, so gut ich konnte, und das kostete mich beinahe meine ganze Kraft.

»Deine Mutter war kein Dämon, Lya. Sie war das Gegenteil unseres Wesens. Während wir aus Hitze und Feuer geboren werden, entstand sie aus Licht und Eis. Und du, du trägst beides in dir.«

Wieder schluckte ich. Zu mehr war ich nicht in der Lage, auch wenn es das zweite Mal war, dass ich davon erfuhr.

Der Kellner brachte uns die Vorspeisen – Carpaccio für mich, Gazpacho für Roy. Keiner von uns rührte das Essen an. Es war wirklich eine super Idee gewesen, dieses Gespräch beim Essen zu führen.

»Ich weiß, es hätte dich umgebracht, genauso wie diejenigen dich und deine Eltern getötet hätten, weil dein Vater und deine Mutter gegen Regeln verstoßen haben. Deshalb war das notwendig, aber es war die Hölle, Lya.« Das erste Mal, seit wir das Restaurant betreten hatten, schaute Royath mich direkt an. Ich konnte nicht sagen, was er sah, aber anscheinend bereitete es ihm Sorgen. »Es tut mir leid. Das alles tut mir wahnsinnig leid, aber es ändert nichts daran, wer du bist. Was auch immer für ein Blut einmal in deinen Adern geflossen ist, jetzt bist du ein Hohendämon und die Tochter des mächtigsten Mannes der Hölle.« Über den Tisch hinweg griff er nach meinen Händen. Seine Haut fühlte sich brennend heiß unter meinen Fingern an und ließ mich zusammenzucken. »Lya, alles, was ich tat und tue, mache ich für dich. Für die Sicherheit der wichtigsten Person in meinem Leben«, sagte er kaum hörbar und umschloss meine Hände fester. »Ich will dich vor denjenigen beschützen, die vielleicht noch nicht vergessen haben, was damals zwischen deinen Eltern geschehen ist, und die behaupten, du hättest nicht das Recht wie dein Vater und deine Brüder zu herrschen. Denn das hast du. Mehr als alle anderen. Du bist ein Dämon, dafür hat Beliar gesorgt.« Bitterkeit schwang in seiner Stimme mit, als er meinen Vater erwähnte, während seine Augen noch immer nach einem Zugang zu mir suchten.

Wortlos schüttelte ich den Kopf und machte mich von seinen erhitzten Händen los. Ich fror und fuhr mir über die Gänsehaut an meinen Armen. *Dafür hat Beliar gesorgt ...*

»Was haben sie aus meinem Rücken herausgeschnitten, Roy?«

Gequält sah er mich an und senkte dann den Kopf. »Es tut nichts zur Sache, Lya. Du bist ein Dämon.«

»Was, Royath?«, zischte ich und klammerte mich am Tisch fest. Ich wusste nicht genau, wieso ich es unbedingt aus seinem Mund hören wollte, aber im Augenblick konnte ich an nichts anderes denken.

Seufzend trank Roy seinen Wein und schenkte aus der Karaffe nach, bevor er auch dieses Glas hinunterstürzte. »Du warst zwei Jahre alt und dein Wesen hat ständig zwischen Dämon und Iljos hin und her gewechselt. Du hattest zwei Energien, zwei Flügel. Es war an der Zeit für eine Entscheidung. Dein Vater hat dir eine Energie genommen, ebenso deine weißen Flügel und deine Erinnerung an das alles. Deine Eltern haben sich geeinigt, dass es das Beste für dich wäre, wenn deine Mum sich von ihm und dir trennen würde.«

Nun griff ich selbst nach Roys Weinglas, das er schon wieder aufgefüllt hatte. »Danke, dass du ehrlich zu mir bist, Royath«, antwortete ich ruhig und gefasst, stellte das Glas zurück und griff nach dem Besteck, als hätte er mir nicht gerade in allen grausigen Details aufgemalt, dass mein Leben eine einzige Lüge war.

»Lya, sprich mit mir.«

»Gib mir einen Moment«, flüsterte ich, ohne aufzublicken, und begann meine Vorspeise zu essen, obwohl mir so schlecht war, dass ich befürchtete, mich jeden Moment übergeben zu müssen.

Mr Hankson drückte auf den Knopf der lächerlichen Stoppuhr, als diese wie verrückt zu Piepen begann, und schlug unnötigerweise auf den Tisch. »Die Zeit ist um! Stifte weg und die Blätter bitte von hinten nach vorne geben.«

Ich fuhr mir über das Gesicht und betrachtete das Chaos, das ich auf dem Angabenblatt hinterlassen hatte. Auch wenn das College eine gute Ablenkung war, hatte ich nach dieser Mathematikklausur nicht übel Lust, einfach zu verschwinden.

Mein Leben stand Kopf, ich konnte Roy nicht länger in die Augen schauen, ertrug ihn nicht einmal in meiner Nähe, und vor allem wusste ich nicht mehr, wer ich war. Das war bei Weitem ausreichend, da brauchte ich nicht auch noch Differential- und Integralrechnungen.

Abgesehen von den wenigen kostbaren Momenten, in denen ich mich auf das, was einer der Lehrer vorne von sich gab, konzentrieren und für kurze Zeit vergessen konnte, dass ich die Kontrolle über mein Leben verloren hatte, war die Stimmung an der Schule auch nicht viel besser. Noch immer schien sich jeder das Maul über mich zu zerreißen, ermutigt von Leila, die nicht einmal ahnte, dass ich fünf Jahre ihres Lebens gerettet hatte.

Was schwamm ich doch in Selbstmitleid.

»Gut, ich entlasse Sie dann mal in die Pause, wir sehen uns am Donnerstag wieder, eine schöne Woche bis dahin!«

Mutlos stand ich auf, packte meine Sachen zusammen und schlurfte aus dem Raum. Hinter mir hörte ich Zayden leise mit Leila sprechen, aber ich widerstand der Versuchung, zu genau auf die Worte zu achten, nachdem ich meinen Namen herausgehört hatte.

Auf dem Flur traf ich Annie, die mir sofort an der Nasenspitze ansah, dass etwas nicht stimmte. Mal wieder.

Auf dem Weg zur Cafeteria legte sie schweigend einen Arm um meine Schultern und drückte mich hin und wieder an sich. Ich war ihr sehr dankbar dafür, dass sie mich nicht dazu drängte, irgendetwas zu sagen.

»Lenk mich ab, Annie«, bat ich, als wir uns einen Tisch für zwei ausgesucht und unsere Sachen dort abgelegt hatten. Clara, Maddie und Zeek waren die Woche auf einem Austausch in Oxford, also gab es für die nächsten fünf Tage nur uns beide.

»Hm, da ich nicht genau weiß, was dich so fertigmacht, möchte ich dir nicht mein Glück präsentieren und mit Regenbögen und Herzchen um mich werfen«, antwortete sie und schnappte sich eines der Tabletts. Ich tat es ihr nach.

»Schon gut, erzähl einfach.«

Ein winziges Lächeln stahl sich auf ihre Züge. »Na ja, Elijah und ich ...«

Ich bedachte meine Freundin mit einem schiefen Grinsen und stupste sie anerkennend an. »Wow, Annie, ich bin stolz auf dich! Und?«

Ihre Wangen färbten sich in einem hinreißenden Rosaton. »Keine Ahnung, ehrlich gesagt, bin ich nervös.«

Die Lunchlady hielt mir einen Teller mit irgendeinem un-

definierbaren Auflauf hin und bedachte meine augenschein-
liche Abneigung mit einem finsteren Blick.

»Nervös?«

»Er hat sich seitdem nicht mehr gemeldet. Ich habe keine
Erfahrung damit, aber das ist doch bestimmt kein gutes Zeichen, oder?« Kurz schaute sie zu mir, dann wandte sie sich
dem Obstbuffet zu.

Bisher hatte ich noch keine feste Beziehung und demnach
auch keinen blassen Schimmer, ob und wie es nach einer gemeinsamen Nacht weiterging. »Ehrlich, Annie. Ich weiß es
nicht. Hast du ihn heute schon gesehen?« Annie nickte in
Richtung des Tisches, den ich seit unserem Betreten der Cafeteria kategorisch mied, weil sich dort auch Zayden und Leila
aufhielten. Sobald ich in seine Richtung schaute, blickte Zay
auf und bohrte seine grünen Augen in die meinen. Rasch
drehte ich mich wieder Annie zu.

»Vielleicht sollte ich einfach für die tolle Nacht dankbar
sein. Aber weißt du, ich bin nun einmal eine hoffnungslose
Romantikerin.«

Zaydens Blick kribbelte noch immer auf meinem Rücken,
sodass sich mir die Haare sträubten. »Vielleicht ist es ja auch
für ihn neu. Eine Nacht mit einem Mädchen, von dem er sich
selbst mehr erhofft, meine ich. Außerdem spinnen Kerle doch
eh, sobald es ernster wird.«

Das Prickeln ließ nach und ich atmete leise auf, als wir mit
unserem Essen an den Tisch zurückkehrten.

»Wahrscheinlich hast du recht und ich mache mir einfach
viel zu viel Stress.« Sie nahm einen Schluck von ihrem Oran-
gensaft. »Ich frag dich lieber nicht nach dem Grund für deine
Niedergeschlagenheit, aber wie kommst du mit den ganzen
Gerüchten hier klar?«

Ich pustete mir eine Strähne aus dem Gesicht und konnte nicht verhindern, dass meine Augen zu Zayden wanderten. »Du meinst den Mist, den Leila herumposaunt? Dass ich ihr den Freund ausspanne und mich wie eine Schlampe benehme?«

Kaum merklich nickte Annie und ließ mich dabei nicht aus den Augen.

»Im Vergleich zu *meinen echten* Problemen ist das ein Witz, glaub mir. Ich habe früh gelernt, nichts auf die Meinung von unbedeutenden Leuten zu geben. Diejenigen, auf die es mir ankommt, wissen, dass ich mit niemandem rummache, der vergeben ist.«

Genau in diesem Moment fing ich einen fragenden Blick von Zayden auf. Der Mistkerl hatte sich schon wieder in meine Gedanken geschlichen. *Raus, du Parasit!*

Einer seiner Mundwinkel zuckte kaum merklich und löste bei mir exakt dieselbe Reaktion aus. Abrupt drehte ich den Kopf zu Annie.

»Ich freue mich, dass Sie Ihren Weg in unsere Englischstunde gefunden haben, Mr Darahia«, begrüßte Mr Oyster Zayden, als er gute zwanzig Minuten zu spät in den Unterricht kam.

Und ich hatte schon gehofft, er würde gar nicht auftauchen.

Er lächelte unseren Lehrer entwaffnend an und bezog dann neben mir in der letzten Reihe Stellung.

»Elyanor«, sagte er leise.

»Zayden«, antwortete ich, ohne von meinem Buch aufzuschauen.

»Da wir nun endlich vollzählig sind können wir mit der Lektürebearbeitung fortfahren. Ich stelle Ihnen die heutigen und am Donnerstag beide Stunden zur Verfügung, um an Ihrem Vortrag mit Ihrem Partner zu arbeiten. Dazu können Sie in die Bibliothek gehen, im Klassenraum bleiben oder sich in einen der Lernräume des Gebäudes zurückziehen.«

Zayden und ich wechselten einen kurzen Blick, bevor wir beide wieder ruckartig nach vorne schauten.

Mr Oyster begann zwei Stoffbeutel auf dem Lehrerpult auszuräumen und den Inhalt auf dem Tisch auszubreiten. »Ich habe Ihnen die ausgewählten Lektüren mitgebracht. Wenn Sie mit der Partnerarbeit beginnen, holen Sie bitte Ihre Exemplare bei mir ab, damit ich Sie in die Liste eintragen kann.«

Unaufgefordert stand Zayden auf und schnappte sich die beiden Ausgaben von *Viel Lärm um nichts*, für die wir uns – besser gesagt er sich – entschieden hatten. Anschließend schnappte er sich seine Tasche und schulterte sie. »Bibliothek?«, fragte er und schaute auf mich herab.

Ich gab einen undefinierbaren Laut von mir und stand widerwillig auf, wobei sich unsere Arme kurz streiften. Sofort spannte ich mich an, aber das Stechen blieb aus.

Zayden schaute auf unsere Arme und war anscheinend genauso irritiert wie ich.

Um uns herum kam Bewegung in die anderen Schüler, die sich in ihren Paarungen zusammenfanden und dann den Raum verließen.

»Gehen wir«, murmelte Zay und übernahm die Führung zur Bibliothek des Colleges. Das war auch ganz gut so, denn ich hatte keine Ahnung, wo die war.

Auf den Gängen war es, einmal abgesehen von den vereinzelten Schülern, die entweder zu spät dran waren oder aber wie wir einen Lernplatz suchten, unheimlich still. Aus den Klassenzimmern rechts und links von uns drang leises Murmeln, das sich als Surren in die Luft um uns legte. Ich verschränkte die Arme vor der Brust und starrte einige Meter vor mir auf den Boden.

»Ist nicht gut gelaufen, oder?«

Zaydens grüne Augen lagen auf mir, aber ich ignorierte seinen Blick und zuckte nur die Schultern. Das Letzte, was ich wollte, war mit einem Kerl, mit dem ich eine gemeinsame, zugegeben sehr intensive, Nacht verbracht und der sonst eher Interesse an meinem Tod gezeigt hatte, ein Gespräch darüber zu führen, wie scheiße mein Leben gerade war.

Ich hörte ein unterdrücktes Glucksen, das Zayden schnell mit einem Husten überspielte, als ich ihn finster anfunkelte.

»Wie geht es Ruby?«

Sein Ausdruck wurde wieder nachdenklich. »Keine Ahnung. Ich weiß nicht, was ich mit ihr machen soll. Früher ist sie immer zu mir gekommen, um über ihre Ängste und Probleme zu reden, jetzt ...«, er schüttelte den Kopf und umfasste die Bücher fester.

»Deine Schwester ist nicht wie du und deine Brüder, oder?«, fragte ich vorsichtig und sprach damit eine Vermutung aus, die mir gekommen war, als ich Rubina das erste Mal berührt hatte.

»Stimmt. Das kommt immer wieder vor. Nicht jedes Kind zweier Iljos ist automatisch ebenfalls im Licht geboren. Ruby ist ein Mensch und ich denke, das ist der Knackpunkt.«

Wir erreichten die gewaltige, steinerne Treppe.

»Du *denkst*, das ist der Knackpunkt? Hölle, natürlich ist er das! Während ihr euer Menschen-beschützen-und-retten-Ding durchzieht, muss sie von der Zuschauerbank aus zugucken und wird ausgeschlossen. Kein Wunder, dass sie rebelliert und ihren eigenen Platz in dieser Welt sucht.«

Mit gehobener Augenbraue betrachtete er mich von der Seite. »Du scheinst dich auszukennen. Sie hat nach dir gefragt. Und kann mich jetzt noch weniger ausstehen, weil ich ihr gesagt habe, dass du Besseres zu tun hast, als Babysitter zu spielen.«

Ich verdrehte die Augen. »Du hast echt gar keine Ahnung von Frauen, oder?«

Seine Mundwinkel zuckten. »Dieser Meinung warst du Freitagnacht nicht, Elyanor.«

Hatte er gerade wirklich eine Anspielung auf unsere … ich warf ihm einen vernichtenden Blick zu. »Wir hatten uns doch geeinigt, kein Wort darüber zu verlieren!«, fauchte ich. Ich wusste nicht, wieso ich so angefressen reagierte, vermutlich, weil er recht hatte.

»Schon gut«, meinte er, aber ich hörte das selbstgefällige Grinsen nur zu deutlich aus seinen Worten heraus.

Wir erreichten eine hohe, doppelflügige Tür aus dunklem Holz, die er für mich aufhielt. Drinnen empfing uns der Geruch nach staubigen Büchern, altem Papier und Leder. Meine Augen wurden groß. Seit ich denken konnte, hatte ich eine Schwäche für Bücher und Orte wie diesen hier.

Eine kleine Wendeltreppe, deren Geländer aus verschlungenen Eisenstreben bestand, führte auf eine Empore, die sich einmal im Kreis an den Wänden entlang zog, um weiteren unzähligen Büchern Platz zu bieten. Leitern, die auf Schienen verschoben werden konnten, standen vereinzelt an die Regale gelehnt, um auch an die Bücher in den oberen Reihen gelangen zu können.

Ich legte den Kopf in den Nacken. Eine Kuppel aus buntem Glas war in die Decke eingelassen worden und ließ das graue Tageslicht als bunte Lichtsprenkel in die alte Bibliothek herein.

Langsam machte ich einige Schritte weiter in den ausgedehnten Saal hinein und sog die Atmosphäre in mich auf.

Zwischen den Regalen, die frei im Raum standen, hörte ich ein Rascheln und leises Flüstern, oben auf der Empore saßen einige Schüler auf einer Ledergarnitur.

Zayden fasste mich sanft am Oberarm und schob mich nach links, zwischen zwei mächtigen Regalen vorbei, bis zu den zwei braunen Ledersesseln, die am Ende des Büchergangs standen. Ich ließ mich in das Polster fallen und legte den Kopf in den Nacken. Wieso hatte ich diesen Platz noch nicht entdeckt?

»Du liest gerne«, stellte Zayden fest, als er sich ebenfalls niederließ und mir eines der Bücher reichte.

Ich nickte. »Wir haben zu Hause auch eine recht ansehnliche Bibliothek, aber sie ist nicht annähernd so schön wie diese hier.«

Wieder zuckte einer seiner Mundwinkel. »Dann nehme ich mal an, du hast *Viel Lärm um nichts* schon gelesen und kannst die Partnerarbeit schnell und effizient für uns ausarbeiten?«

Darauf gab ich ihm keine Antwort, was auch nicht weiter nötig war, denn dieser Parasit war schon wieder in meinem Kopf. »Sehr gut, dann gib mir mal eine Zusammenfassung.«

»Hol sie dir doch aus meinem Kopf, wenn du schon mal da bist«, antwortete ich in dem süßesten Tonfall, den ich auf Lager hatte, und überschlug die Beine.

»Ich habe dir schon mal gesagt, dass das so nicht funktioniert.«

»Dann erklär es mir.«

Er seufzte und begann in dem Buch zu blättern. »Sollten wir nicht eigentlich *darüber* sprechen?« Freudlos grinste er und hielt die Lektüre hoch.

»Lenk nicht ab. Du hast damit angefangen und ich finde, ich verdiene zu wissen, was die anderen fünfzig Prozent meines Wesens ausmacht.«

Resigniert verdrehte er die Augen. »Ich weiß nicht, wie es bei dir abläuft, aber ich bekomme nur das mit, was direkt oder indirekt auf eine Frage von mir gedacht wird. Wenn jemand mit starken Gefühlen zu kämpfen hat, ist es auch ziemlich einfach, mitzuhören. Na ja, oder jemand teilt seine Gedanken bewusst mit mir. Aber ich kann nicht mit jemandem darüber kommunizieren oder eine echte Unterhaltung führen«, antwortete Zayden leise und fuhr sich über den Nacken.

Ich legte die Stirn in Falten und kaute nachdenklich auf meiner Lippe herum. »Du kannst nicht in ihren Kopf und dort Randale machen?«

Kopfschüttelnd sah er mich an. »Du etwa? Ich habe noch nicht gehört, dass Dämonen dazu in der Lage wären.«

Schulterzuckend lehnte ich mich zurück. »Sind sie eigentlich auch nicht. Ich schon, aber nur bei Menschen.«

Zayden nahm diese Information mit einem Nicken zur Kenntnis. »Ich höre die Gedanken von meinen Brüdern und anderen Menschen, aber sobald ich mich auf die Person konzentriere, die ich beschütze, verblassen die Gedanken der anderen. Dann ist es schwer, noch etwas von den anderen mitzubekommen.«

Ich verzog die Lippen zu einem schiefen Grinsen. »Verrätst du etwa gerade einem *Dämon* die Schwachstellen eines Iljos?«

Für einen winzigen Moment lächelte er, bevor er wieder ernst wurde. »Du bist kein Dämon, auch wenn du es dir noch so sehr wünschst und einredest.«

Autsch!

Abrupt wandte ich mich der Lektüre zu und zog das Aufgabenblatt aus meiner Tasche. Ich wollte nicht, dass Zayden bemerkte, wie sehr mich diese Aussage verletzte. Aber vermutlich war das Schwachsinn, denn dieser Mistkerl hatte ja Zugang zu meinem Kopf, sobald ich emotional aufgewühlt war.

Zayden legte das Buch zur Seite, wandte sich mir zu und fixierte mich mit seinem Blick, bis ich unwillkürlich den Kopf hob.

»Ich verstehe nicht viel davon, mich mit meinem Feind zu unterhalten, weißt du? Und seit Freitag ...«

Ich hob abwehrend die Hände. »Zayden, bitte.«

Er senkte den Blick und wischte sich nervös die Hände an der Hose ab. Das passte so gar nicht zu dem Bild, das ich bisher von Zayden gehabt hatte. Drehten gerade eigentlich alle Kerle durch? Erst Roy mit seinem neuen Bemutterungsinstinkt und Anspruch auf mich, den er nur zu gerne geltend machte, und jetzt Zayden, der mir eigentlich ein Messer an die Kehle halten wollte!

»Kannst du dieses Bild bitte mal aus deinem Kopf verbannen! Ich werde dich nicht umbringen, das haben wir doch schon geklärt.«

»Ja klar, in dem Gespräch, in dem du mir eröffnet hast, dass ich eine schräge Kreuzung zwischen zwei Arten bin, die sich bis aufs Blut hassen«, gab ich schnippisch zurück und erwiderte seinen funkelnden Blick.

Frustriert stieß er den Atem aus. »Wir hassen uns nicht, wir kommen nur nicht miteinander klar und dafür haben wir ja das Abkommen.«

Ich zog die vernarbte Augenbraue hoch und sah ihn abschätzig an. Dann lag plötzlich sein Finger auf der weißen

Narbe und fuhr diese langsam nach, als müsste er sich ihre Beschaffenheit und Position ganz genau einprägen. Ich hielt den Atem an und ließ ihn nicht aus den Augen. Was für ein Spiel spielte er hier?

»Kein Spiel«, sagte er leise, dann fiel seine Hand herunter. »Ich weiß es nicht.«

Über uns ertönte der Gong, aber keiner von uns machte Anstalten aufzustehen und den Augenblick zwischen uns zu beenden.

»Du hast gesagt, es ist nur für eine Nacht«, erwiderte ich genauso leise und ein Schauer durchlief meinen Körper.

Langsam nickend, stand er schlagartig auf, schnappte sich seine Tasche und stürmte aus der Bibliothek, als wäre der Teufel persönlich hinter ihm her.

Nun, wenn mein Vater etwas von dem, was zwischen Zayden und mir gerade ablief, mitbekommen würde, dann wäre er tatsächlich hinter ihm her. Und hinter mir.

Kapitel 16

Nach unserer merkwürdigen Unterhaltung in der Bibliothek hielt sich Zayden von mir fern. In Englisch setzte er sich auf einen anderen Platz, in den übrigen Fächern, die wir gemeinsam hatten, stürzte er sich nur allzu bereit in lange Gespräche mit Leila, die über das ganze Gesicht strahlte. Sie erzählte jedem, der es nicht hören wollte, dass sie und Zayden das glücklichste Paar aller Zeit seien.

Vielleicht war ihm aufgegangen, dass es einen guten Grund gab, dass wir nur für diese eine Nacht zusammen sein konnten. Ich sollte zufrieden damit sein und es akzeptieren. Sein Verhalten rettete uns beiden den Hintern.

Aber mir ging der Ausdruck in seinen grünen Augen, kurz bevor er in der Bibliothek aufgesprungen war, nicht mehr aus dem Kopf und jedes Mal, wenn er sich wieder in den Vordergrund meiner Gedanken kämpfte, erschauderte ich und hatte das Gefühl zu erfrieren.

Welch Ironie für jemanden wie mich, der aus Feuer und Hitze bestand!

Unsere Partnerarbeit erledigte jeder für sich, ohne dass viele Worte zwischen uns fielen oder wir uns ein einziges Mal in die Augen schauten.

Den größten Teil meiner freien Zeit verbrachte ich mit Annie, die unter Herzschmerz litt, nachdem sie Elijah mit einem Mädchen aus der Studienvorbereitungsklasse erwischt hatte. Von Royath und dem Penthouse hielt ich mich, so oft es möglich war, fern.

Roy wartete zwar noch immer jeden Tag nach dem Unterricht mit seiner Maschine auf mich, aber ich ignorierte ihn oder blieb gleich bei Annie im Internat. Vielleicht sollte ich zu McJeenish gehen und ihm mitteilen, dass ich doch an einem Zimmer interessiert wäre.

Am Donnerstagnachmittag, nach einem weiteren Training, das keine Veränderung an Zaydens Verhalten gezeigt hatte, saß ich im Schneidersitz auf Annies Bett und fummelte an den plüschigen Quasten ihres pinkfarbenen Erdbeerkissens herum.

»Weißt du was, es reicht mir jetzt! Langsam bekomme ich das Gefühl, dass ich nicht herausgefunden habe, dass mich mein Fast-Freund betrogen hat, sondern du«, fuhr mich Annie von ihrem Platz am Schreibtisch an und starrte mich mit ihren braunen Augen nieder.

Ich stieß den Atem aus und blickte auf. »Sorry.«

Sie setzte sich mir gegenüber. »Nicht sorry. Das geht jetzt schon seit zwei Wochen so. Ich habe nichts gegen deine Gesellschaft und auch kein Problem damit, wenn jeder seine eigenen Schwierigkeiten hat, aber ich mache mir Sorgen um dich, Lya.«

Sorgen. Das war doch nicht nötig, oder?

Mir ging es gut. Ich war ... eine Träne tropfte auf das Erdbeerkissen. Eine zweite folgte, dann lag ich plötzlich in Annies Armen und spürte Wärme und Geborgenheit.

»Ich bin für dich da, okay? Du kannst mir alles erzählen und ich würde nie jemandem etwas verraten, das machen beste Freundinnen so«, flüsterte sie und drückte mich noch fester.

Ein Schluchzen kam mir über die Lippen. Ich war noch nie eine Person gewesen, die viel über Gefühle sprach, geschweige denn vor jemandem (einem Menschen!) weinte und Schwäche zeigte. Meine Emotionen spielten in letzter Zeit total verrückt, genauso wie mein Körper und meine Gedanken. Ständig war mir entweder viel zu heiß oder ich fror erbärmlich, mein Rücken spannte und juckte und meine Energie wirbelte, teilweise ungehindert und völlig außer Rand und Band, durch mich hindurch, ohne dass ich Kontrolle über sie erlangen konnte.

Ich vergrub den Kopf an Annies schmaler Schulter. Ich wollte nicht länger schweigen. »Annie, ich habe einen riesigen Fehler gemacht. Mein Leben ist zerstört und ich weiß nicht, was ich machen soll.«

Behutsam schob sie mich ein Stück von sich und betrachtete mich eingehend. »Ich kann mir nicht vorstellen, dass es so schlimm ist.«

Und dann begann ich in Einzelheiten zu erzählen, was gerade bei mir alles schief lief. Natürlich ließ ich das kleine Detail aus, dass Zayden, Roy und ich keine Menschen waren, aber ansonsten blieb ich bei der Wahrheit. Ich beichtete ihr auch, dass Royath nicht mein Bruder und unsere Beziehung schon immer etwas *kompliziert* gewesen war.

Kaum hatte ich das letzte Wort ausgesprochen, stand Annie auch schon auf und lief zu ihrem Regal, vor dem sie in die Knie ging und allen möglichen Kram herausräumte.

»Annie?«

Ich hörte etwas Klirren, dann kam sie mit einer Flasche Tequila zu mir zurück. »Darauf müssen wir trinken.«

Zweifelnd zog ich die Augenbrauen zusammen. »Ich habe dir gerade mein Herz ausgeschüttet und du willst darauf anstoßen, dass mein Leben so verkorkst ist?«

Ein schiefes Grinsen trat auf ihre Lippen. »Nein, darauf, dass wir beide so ein verkorkstes Leben haben.«

Ich erwiderte ihr Grinsen und griff nach der Flasche. Nach dem ersten großzügigen Schluck verzog ich das Gesicht und reichte ihr die Flasche zurück. Dieses Zeug war mit Abstand das Widerlichste, das die Menschheit je hervorgebracht hatte.

»Weißt du, so schlimm es auch ist, dass wir beide mehr als problematische Familien haben, wir zwei haben uns schließlich gefunden.«

Da konnte ich ihr nur zustimmen. So wie Annie es am ersten Tag gesagt hatte, sie hatte mich gerettet.

»Oh Mann, ich kann immer noch nicht fassen, dass du mit Zayden geschlafen hast! Ich habe immer gedacht, der geht dir an die Gurgel, so wie der dich immer angeschaut hat. Aber das zeigt ja nur mal wieder, dass alle Klischees wahr sind. Die bösen Jungs sind zwar unglaublich attraktiv und anziehend, aber genauso egoistisch und arschig. Sobald sie bekommen haben, was sie wollen, lassen sie dich fallen.« Annie trank einen weiteren Schluck. Zwischen Zayden und mir war es zwar etwas komplizierter, denn eine Beziehung war nicht nur undenkbar, sondern ganz einfach unmöglich, aber im Grunde hatte sie recht, oder? »Und Roy ... Ich wusste, dass der niemals im Leben dein Bruder sein konnte. Niemand sieht seine Schwester auf diese Art an, wenn er nicht völlig krank im Hirn ist.«

»Roy *ist* krank im Hirn«, gab ich trocken zurück.

Wir lachten und stießen auf diese bahnbrechende Erkenntnis an. Mit jedem Schluck, den ich nahm, wurde mein Herz ein kleines bisschen leichter und meine wirbelnden Gedanken ruhiger.

»Weißt du, was wir morgen machen?«, kicherte Annie und ließ sich nach hinten in die Kissen fallen.

Ich tat es ihr gleich und drehte meinen Kopf zu ihr. »Nö, was?«

»Wir schwänzen. Und dann gehen wir shoppen und hauen all das Geld raus, das uns unsere Rabeneltern in den Hintern schieben, um ihr schlechtes Gewissen zu besänftigen.«

Darauf tranken wir wieder. Roy verschwand aus meinem Kopf. Dämonen und Iljos verschwanden und irgendwann auch Zaydens grüne Augen und der sanfte Blick, mit dem er mich in unserer Nacht angesehen hatte.

Ich hätte nie gedacht, dass Unterricht schwänzen und shoppen so befreiend sein könnten. Annie zog mich höchst motiviert von einem Laden, von denen es in *Stratford* unendlich viele zu geben schien, in den nächsten und türmte uns beiden Berge von Klamotten auf, die wir dann anprobierten und dämliche Fotos davon machten.

Wenn ich so recht darüber nachdachte, hatte ich so etwas noch nie gemacht. Reena und ich hatten im Hades zwar ständig irgendwelche dämlichen Aktionen unternommen und dabei mindestens genauso viel Spaß gehabt, aber grauenvolle Outfits anprobieren, um sich dann darin zu fotografieren? Niemals!

»Oh Gott, ich sehe aus wie meine Grandma!«, rief Annie und stolperte aus der Umkleidekabine, um sich in einem hochgeschlossenen, grauen Spitzenkleid zu präsentieren, das große Ähnlichkeit mit einer verstaubten Gardine hatte.

Ich schlug die Hand vor den Mund, um ein lautes Lachen zu unterdrücken. »Hast du überhaupt etwas Hübsches zum Anprobieren mitgenommen?«

Gespielt entrüstet verzog sie das Gesicht. »Du findest das nicht schön?«

Ich warf ihr ein Shirt an den Kopf und grinste. »Wenn wir Jungs aufreißen wollen, dann müssen wir uns schon etwas mehr anstrengen, Baby.«

Wir verschwanden wieder in den Kabinen. Dieses Mal schlüpfte ich in ein petrolfarbenes Kleid, das einen ausgestellten Rock besaß, dessen Saum mit feiner, schwarzer Spitze besetzt war. Breite Träger verliefen auf dem Rücken über Kreuz und mündeten vorne in einen v-förmigen Ausschnitt. Als ich den Reißverschluss geschlossen hatte, betrachtete ich mich im Spiegel.

Keine Ahnung was genau es war, aber ich hatte mich verändert. Das Mädchen im Spiegel war nicht mehr dasselbe, das hierhergekommen war, um die Ausbildung zur Häscherin um jeden Preis abzuschließen.

»Lya, bereit?«

Ich wandte mich von meinem Spiegelbild ab und riss den Vorhang zur Seite. Annie sah zauberhaft aus in ihrem hellblauen, enganliegenden Kleid, das wunderbar zu ihren hellen Haaren passte.

Gemeinsam posierten wir vor dem Ganzkörperspiegel. »Perfekt«, rief Annie aus und klatschte in die Hände. »Damit machen wir am Wochenende London unsicher, was meinst du?«

»Worauf du Gift nehmen kannst«, gab ich zurück, erwiderte ihr High five und nahm sie dann in den Arm.

Nach der spaßigen, aber zugegebenermaßen auch anstrengenden Shoppingtour ließen wir es uns in einem Café gutgehen, tranken Kaffee und aßen Cupcakes, quatschten und regten uns über Elijah und Roy auf. Zayden erwähnten wir mit keinem Wort, das hatten wir stillschweigend vereinbart.

Nach der kleinen Verschnaufpause widmeten wir uns den wirklich wichtigen Dingen: schicke Unterwäsche.

Als ich Annie beichtete, dass so gut wie jeder BH und jedes Höschen von mir aus schwarzer Spitze bestanden, schüttelte sie nur tadelnd den Kopf und stopfte Unterwäsche in allen möglichen Farben in meine Shoppingbag, bis diese beinahe platzte, woraufhin sie mich ungeduldig in die nächstbeste Umkleide schob. Die Ausbeute sah aus, als wäre ein Einhorn in der Tasche explodiert.

»Ich weiß, du willst nicht drüber reden, aber wie war Zayden so? Ich meine als Person, na ja, der Zayden, der dich an sich herangelassen hat?«

Ich öffnete die Tür der Umkleidekabine einen spaltbreit, weil ich halbnackt war und Annie nicht ein weiteres Mal meine eindrucksvollen Narben präsentieren wollte, und runzelte die Stirn. »Sanft. Fürsorglich. Anders, als ich es erwartet hätte«, antwortete ich leise und schloss die Tür wieder.

Wahllos zog ich einen bordeauxfarbenen Spitzen-BH mit Goldfäden heraus und streifte ihn mir über. Womöglich sollte ich wirklich mal etwas anderes als schwarze Unterwäsche tragen und Abwechslung in meinen Wäscheschrank bringen.

»Wow, okay, so hätte ich ihn nie eingeschätzt«, meinte Annie durch die verschlossene Tür.

»Ich auch nicht, glaub mir«, erwiderte ich, während ich den BH zurechtrückte.

Eine Mitarbeiterin des Ladens kam, um mir beim Anprobieren zu helfen, aber Annie schickte sie wieder weg.

Letztlich entschied ich mich für drei BHs mit jeweils zwei passenden Höschen und kaufte für Annie und mich noch zwei kleine Schminktäschchen in glitzernden Farben.

Vollbepackt mit unzähligen Papiertüten voller Klamotten und anderem Kram, den wir eigentlich nicht brauchten, erreichten wir ihr Auto. Da Annie schon achtzehn war und ihre Mutter ihr jeden Wunsch erfüllte, weil sie sie grundsätzlich vernachlässigte und sich – ich zitiere: »Einen feuchten Dreck um ihre jüngste Tochter scherte«, war sie stolze Besitzerin eines schnittigen, dunkelgrünen Cabrios. Mir selbst waren Autos und auch Roys Motorrad nicht ganz geheuer, trotzdem konnte ich nicht bestreiten, dass mir die Geschwindigkeit gefiel.

»Sollen wir noch irgendwo anhalten, um was zu essen, oder gleich zurück ins Internat fahren?«

»Eigentlich habe ich keinen Hunger.«

Sie nickte und klimperte mit den Schlüsseln. »Dann einmal zurück nach Hause.«

Sobald wir aus der Tiefgarage rausgefahren waren, spielte Annie an den Knöpfen ihres blinkenden Radios herum, bis laute Musik aus den Boxen drang und den kleinen Innenraum bis zum Anschlag füllte. Zuerst tippte ich bloß auf meinem Oberschenkel den Takt und lauschte Annies schrägem Gesang, dann fiel ich schließlich selbst mit ein.

Schwungvoll lenkte sie den Wangen auf die breite Verbindungsstraße und beschleunigte. »Hast du einen Führerschein, Lya?«

»Nein«, und wenn es nach mir ginge, würde ich auch nie einen machen. Ich hatte genug andere Möglichkeiten, um von A nach B zu kommen. Meine Flügel zum Beispiel.

»Ah stimmt, du bist ja erst siebzehn. Na ja, du bekommst sicherlich auch so einen genialen Wagen von deinem Vater – als Bestechungsversuch.«

Lachend schaltete Annie hoch und wurde noch schneller. Andere Autos, die auf derselben Spur unterwegs waren, wechselten rasch, als wir angeprescht kamen.

»Kann ich mir nicht vorstellen«, gab ich zurück und biss die Zähne zusammen, als Annie, ohne zu bremsen dicht an unseren Vordermann auffuhr – gefühlt im letzten Moment wich der auf die Nebenspur aus. Ich atmete erleichtert auf.

»Kommt dein Dad zum Tag der offenen Tür? Der ist in drei Wochen.« Annie betrachtete mich kurz von der Seite, dann schaute sie wieder auf die Straße.

Ich schüttelte den Kopf. Mein Vater konnte den Hades nicht verlassen und ich bezweifelte, dass er es für so etwas Banales, wie eine Schulveranstaltung tun würde, selbst wenn es ihm möglich wäre. »Ich sehe meinen Vater erst wieder, wenn das Austauschsemester vorbei ist.«

Ein trauriger Ausdruck huschte über Annies Züge.

»Stimmt, hatte ganz vergessen, dass du nur bis Ende März bleibst. Dann muss ich eben danach nach Neuseeland kommen, da wollte ich sowieso immer schon mal hin und hier in London hält mich nicht besonders viel.«

Ich lächelte sie an, sie lächelte zurück und wir wussten beide, dass unsere Zeit trotzdem begrenzt war. Hätte man mir zu Beginn meiner Zeit hier oben prophezeit, dass ich einmal einen Menschen so sehr lieben würde wie Annie, ich hätte ihn in Asche verwandelt.

»Egal, denken wir nicht darüber nach, sondern machen uns lieber Gedanken, wie wir den Abend sinnvoll nutzen, ich meine ...«

Ein ohrenbetäubendes Knallen schluckte den Rest von Annies Satz, gefolgt von einem Aufprall, der mir die Luft aus der Lunge presste. Und dann drehte sich alles vor meinen Augen. Die Welt explodierte in unzähligen Farben. Jemand schrie,

Glas splitterte, Metall knirschte und immer und immer wieder überschlugen wir uns. Ich wurde gegen meinen Sitzgurt geschleudert, dann wieder in das Polster gedrückt. Mein Kopf schlug brutal gegen etwas Hartes und etwas knackte vernehmlich in meinem Inneren. Es fühlte sich an, als würde jemand Messer in meine Innereien stoßen, darin herumstochern und nicht mehr damit aufhören. Blut lief über meine Lippen. Flüssig und heiß.

Das Dach kam mit jedem Aufprall näher, genauso wie die Wände. Das Auto wurde zerquetscht wie eine Coladose – und ich mit ihm. Knochen brachen und entzündeten in mir ein Feuer aus Schmerzen und Qualen. Ich hätte geschrien, wenn ich es gekonnt hätte.

Die Welt hörte auf, sich zu drehen, und mit einem letzten Schlag landete der Wagen auf dem Dach. Ich roch Feuer und Rauch und stinkenden Treibstoff. Durch meine halbgeschlossenen Lider sah ich zwei dunkle Gestalten auf uns zukommen, aber ich konnte mich nicht bewegen, nicht sprechen, ja nicht einmal denken.

Unendlich langsam drehte ich den Kopf nach rechts. Annie hing leblos in ihrem Sitz, während hellrotes Blut ihre hellen Haare färbte.

Dann wurde es still und schwarz um mich herum und ich verschwand darin.

Kapitel 17

Ein Ruck ging durch meinen Körper. Dann noch einer. Wenn ich in der Lage gewesen wäre, hätte ich mich zu einer winzigen Kugel zusammengerollt, aber ich konnte nicht mal meinen kleinen Finger bewegen. Ich spürte nichts um mich herum, es war, als würde ich schweben. Ich hatte kein Gewicht mehr und keine Substanz, ich war dick eingebettet in Watte.

Vor meinen Augen war nichts als Dunkelheit und in mir drin? – Schmerz, Zerstörung und das schwache Flackern meiner Energie. Genauso wie vor Wochen im Pool war sie fast gänzlich erloschen. Ertrank ich gerade ein weiteres Mal?

Meine Lider flatterten.

»Lya?«

Ich rang mit mir, um meine Augen zu öffnen, aber es war, als hätte sie jemand zugeklebt oder schwere Gewichte daran gehängt. Ein Stöhnen kam mir über die Lippen.

»Lya, bitte, wir haben keine Zeit.«

Und obwohl ich mich nicht bewegen konnte, befahl ich meiner verschwindend geringen Energie, meine Augen zu öffnen. Schrie meinem Körper zu – mir zu – mich zusammenzureißen.

Unter größter Anstrengung riss ich sie ruckartig auf. Ein ersticktes Keuchen kam mir bei dieser kleinen Bewegung über die Lippen.

Hektisch flog mein Blick umher, ich nahm die Bäume um mich herum wahr, das Moos, auf dem ich lag, den Geruch nach Feuer und verbranntem Fleisch und blieb an Zaydens grünen Augen hängen. Aus seinem Rücken ragten wunderschöne, schneeweiße, gefiederte Flügel, während sein besorgter Blick auf mich gerichtet war.

Er sah aus wie ein Engel. Ich lächelte.

»Ich bin alles, aber kein Engel, Lya. Es tut mir leid«, murmelte er und strich mir mit zitternden Fingern einige Strähnen aus dem Gesicht. Blut hing an seinen Händen. »Es tut mir leid.« Ich wollte ihm erklären, dass ich keinen blassen Schimmer hatte, wovon er sprach oder für was er sich entschuldigte, aber ich brachte kein Wort über die Lippen. Nicht einmal einen weiteren Laut. »Lya, ich kann nicht bleiben …« Unendlich zart fuhr er über meine Wange, meinen Hals hinunter bis zu meinem Schlüsselbein. »Wir haben keine Zeit«, flüsterte er wieder und hauchte mir einen Kuss auf die Stirn; seine Lippen fühlten sich wunderbar kühl auf meiner erhitzten, brennenden Haut an.

Wenn meine Zunge nicht nutzlos in meinem Mund hängen würde, wäre ich vermutlich in der Lage gewesen, zu antworten, aber so starrte ich nur zu ihm hinauf in seine dunklen, grünen Augen und sah den gleichen Schmerz darin, der auch in meinem Inneren wütete.

Selbst ohne einen Spiegel war mir klar, dass es an mir nicht mehr viel geben konnte, dass noch intakt war.

Der Knall. Der Unfall. Annie.

War ich aus dem Auto geschleudert worden?

Wie konnte mir ein Unfall so viel anhaben? Ich war ein Dämon – wenn auch nur zur Hälfte – aber Iljos starben auch nicht bei Autounfällen, oder? Ich fühlte mich allerdings gerade so, als würde ich jeden Moment das Zeitliche segnen.

Aus dem Augenwinkel sah ich einen dunklen Schatten, der

auf uns zuraste wie ein Meteor, der auf die Erde stürzte. Sofort kam Zayden auf die Beine und stellte sich schützend vor mich, als die Schattengestalt mit gewaltigen, ledrigen Schwingen auf dem Boden aufsetzte.

Roys hasserfüllter Blick schnitt selbst mir ins Fleisch, obwohl er einzig und allein Zayden galt, der seine Hände, in Erwartung eines Angriffs zu Fäusten ballte.

»Wenn du dafür verantwortlich bist ...«, begann Roy drohend leise und machte einen Schritt auf ihn zu.

Zayden bewegte sich keinen Zentimeter von der Stelle, sondern hob nur das Kinn und erwiderte Royaths Blick aus ruhigen, grünen Augen. »Pass auf sie auf, Dämon.«

Dann stieß er sich vom Boden ab, stieg in den grauen Himmel auf und verschwand. Mir blieb nichts anderes übrig, als ihm nachzusehen.

Royath ging neben mir in die Knie und umfasste mein Gesicht. Seinem Ausdruck nach zu urteilen musste ich wirklich ziemlich scheiße aussehen. Tränen standen in seinen Augen. Ich konnte mich nicht daran erinnern, ihn jemals weinen gesehen zu haben.

»Bei der Hölle, Prinzessin, du reißt dich jetzt mal zusammen«, sagte er eindringlich und suchte meinen Blick, ehe er eine Hand auf die Stelle legte, an der mein Herz nur noch unregelmäßig pochte. »Verwandle dich, Lya.«

Wenn ich gekonnt hätte, hätte ich gelacht. Verwandeln? Ich besaß ja nicht einmal mehr die Kraft, meinen eigenen Namen auszusprechen und ...

Goldene Energie explodierte vor meinen Augen und flutete durch meine Adern wie heißes Metall. Mein Kern reagierte sofort, als hätte er nur darauf gewartet.

Ich riss den Mund zu einem stummen Schrei auf, als sich

unerträgliche Schmerzen in meinem Rücken sammelten und ihn in Flammen aufgehen ließen.

Ich krümmte mich, keuchte, hustete. Heiße Tränen rannen meine Wangen herunter und bildeten eine brennende Spur in meinem Gesicht.

Ich spürte, wie meine Flügel aus meiner Haut brachen, gegen den Boden drückten und sich der Freiheit entgegenstreckten, nur um im nächsten Augenblick brutal zurück in meinen Rücken zu schießen.

Mein Körper bäumte sich auf, während Royath mich erbarmungslos auf den Boden presste und meine Schreie mit der anderen Hand dämpfte. Vor meinem inneren Auge explodierte eine Schmerzwelle nach der nächsten in grellen Farben und brachte mich an die Grenze des Erträglichen.

Irgendwann gab ich auf, dagegen anzukämpfen. Ich verdrehte erschöpft die Augen und riss den Kopf zur Seite, bevor ich mich mit einem Ruck zur Seite wälzte und mich übergab, bis ich nur noch hustete und mir den schmerzenden Brustkorb hielt – und mich endlich zu einer Kugel zusammenrollen konnte.

Roy hielt meine blonden Haare, die von Blut und Dreck verkrustet waren, aus meinem Gesicht und drückte meine Schulter, bis ich gegen seine Brust sackte. Zittrig holte ich Luft und stieß sie wieder aus. Ich wollte nur noch, dass es aufhörte.

»Verdammt, Lya«, flüsterte Roy und umschlang mich mit seinen starken Armen, um mich sanft hin und her zu wiegen. »Was hast du dir dabei gedacht ...«

Ich schluchzte lautlos in seinen Pullover, der vertraut und nach Sicherheit roch, und klammerte mich an ihn, als könnte er die grauenvollen Gefühle in meinem Inneren zum Schweigen bringen.

Keine Ahnung, wie lange wir dort verharrten, ohne uns zu rühren, aber als ich die Augen das nächste Mal aufschlug, war es bereits dunkel und ich fror erbärmlich.

»Wir müssen los, Kleines.«

Ich rührte mich langsam in seinen Armen, zuerst die Finger, dann die Zehen.

»Was hast du gemacht?« Meine Stimme war rau und trocken. »Ich war so gut wie tot«, krächzte ich und suchte in seinen Augen nach einer Antwort.

Ein dünnes Lächeln trat auf seine Züge. »Ich habe dir Starthilfe gegeben. Den Rest hast du ganz alleine geschafft. Kannst du aufstehen?«

Zögerlich nickte ich und ließ mir von ihm aufhelfen, bis ich auf wackeligen Beinen stand. Vermutlich hatte ich große Ähnlichkeit mit einem Fohlen, das keinen blassen Schimmer davon hatte, was es mit seinen Beinen anstellen sollte.

Hilfesuchend klammerte ich mich an Roy. Noch immer drehte sich alles vor meinen Augen und ich hatte das Gefühl, wieder in dem Auto zu sein mit ... *Annie*.

»Wo ist Annie?« Ich schlang keuchend einen Arm um meinen Bauch, als ein kurzer, heftiger Schmerz darin aufflammte.

Besorgt verzog Royath das Gesicht. »Annie?«

Suchend sah ich mich um und stakste durch das Moos, das von trockenem Laub und kleinen Stöcken bedeckt war. Immer wieder stolperte ich und hielt mich an Baumstämmen fest, um nicht wieder zu Boden zu gehen.

»Wir waren in ihrem Auto und dann ... dann ist alles explodiert. Wo ist sie?«, fragte ich atemlos.

Verständnislos sah mich Royath an und streckte die Hand nach mir aus. »Lya, wovon sprichst du?«

»Der Unfall. Wenn sie tot ist ... wenn sie ...«, ich brachte den Satz nicht zu Ende, sondern lenkte meine noch schwache Energie in meinen inneren Dämon. Er reagierte nicht.

Royaths Hände landeten schwer auf meinen Schultern. »Beruhige dich. Du musst dich ausruhen. Du bist beinahe draufgegangen, schon vergessen, Luzi?«, fragte er sanft.

Halbherzig schüttelte ich seine Finger ab. »Blödsinn. Ich muss sie suchen.« Wieder appellierte ich an meine Energie – und bekam eine Verbindung.

Roy trat überrumpelt zurück, als sich meine Flügel hinter mir entfalteten und sog scharf die Luft ein. »Scheiße, Lya. Was zur Hölle ...?«

Stöhnend stützte ich mich auf meinen Knien ab und versuchte, mein rasendes Herz zu beruhigen. Ich war noch weit davon entfernt, kraftvoll zu sein, aber ich konnte Annie jetzt nicht alleine lassen, wo auch immer sie war. Vielleicht konnte ich sie heilen, bei Roy hatte es schließlich auch funktioniert. Und wenn nicht, würde ich zumindest für sie da sein. Das war ich ihr schuldig.

Ich warf einen letzten Blick in Roys entsetztes Gesicht, dann schwang ich mich mühsam in die Höhe und ließ mich vom Wind davontragen.

»Lya!«

Es kostete mich eine Stunde, bis ich Annie endlich geortet hatte. Mit jeder Sekunde, die verstrichen war, war die Panik in meinem Inneren gestiegen und hatte gegen ihre Mauern geschlagen. Annies Energiesignatur war beängstigend schwach und schwand mit jedem Moment ein kleines bisschen mehr, was dazu geführt hatte, dass ich sie immer wieder verloren hatte und neu orten musste. Bis zu diesem Zeitpunkt hatte ich gehofft, dass sie deutlich besser bei dem

Unfall weggekommen wäre als ich, schließlich hatte sie nirgendwo in meiner Nähe gelegen, aber die Realität sah völlig anders aus.

Ich kam unsanft in einem Hinterhof des *Royal London Hospital* runter, wo Annies Spur endete und hielt mir keuchend den Bauch.

Meine Flügel verschwanden mit einem Ruck schmerzhaft in meinem Rücken und ließen mich zusammenfahren. Stolpernd und halb blind prallte ich mit meinem Rücken gegen eine Wand und legte den Kopf in den Nacken, als eine neue Welle der Übelkeit über mich hereinbrach. Mir wurde schwarz vor Augen und ich spürte, wie meine Beine unter mir nachzugeben drohten. Hörte das denn nie auf?

Nur noch Annie finden, dann kannst du schlafen, Lya, ermutigte ich mich und drängte meine Erschöpfung und die unheilvolle Dunkelheit resolut zurück. Ich zwang mich dazu, mich auf das Wesentliche zu konzentrieren, und hob den Kopf.

In dem Hinterhof stank es nach Müll und anderem Zeug, über das ich lieber nicht nachdenken wollte. Links von mir führten zwei Stufen zu einer schmalen Metalltür, die einen Zugang zum Krankenhaus bot.

Mit wackeligen Schritten hielt ich darauf zu und rüttelte am Knauf. Abgeschlossen. Unter normalen Umständen hätte ich das Schloss mit meinen Fähigkeiten demoliert, aber im Augenblick wusste ich nicht mal, wie lange ich mich noch auf den Beinen halten konnte.

Suchend sah ich mich um und fand ein paar Meter weiter rechts ein Fenster, das offen stand. Mit einem Ächzen, weil jedes einzelne verdammte Gelenk in meinem Körper brannte, hievte ich mich auf die Fensterbank und fiel kopfüber auf ein mit Folie abgedecktes Krankenhausbett.

Mühsam rappelte ich mich hoch und hielt mir den dröhnenden Schädel.

In einem Spiegel erhaschte ich einen Blick auf mein Spiegelbild. Unter all dem Blut und Dreck und verwischtem Mascara war ich kaum noch zu erkennen. Meine Klamotten standen vor getrocknetem Blut und waren völlig zerrissen. Ich sah aus wie einer der Zombies aus *The Walking Dead*. Wenn ich ohne großes Aufsehen zu Annie gelangen wollte, musste ich mir definitiv etwas überlegen.

Nervös und erschöpft sah ich mich um. In einer Ecke fand ich ein kleines Waschbecken, wo ich mir behelfsmäßig das Gesicht, meine Haare und die Hände wusch. Daneben lagen in einem Regal zusammengefaltete Kittel. Ich zog einen heraus und knöpfte ihn zu, nachdem ich hineingeschlüpft war. Zumindest sah ich jetzt nicht mehr ganz so wie ein Zombie aus.

Nachdem ich durch den Türspalt die Umgebung in Augenschein genommen hatte, nutzte ich einen unbemerkten Moment und stahl mich aus dem Raum. Mit raschen Schritten folgte ich dem langen, grauen Flur in einen freundlicheren Bereich, in dem es nur so von Menschen in grünlichen Uniformen, weißblauen und weißen Kitteln wimmelte, die zwischen Leuten in Straßenklamotten umherwuselten.

Es roch nach Kaffee, scharfem Desinfektionsmittel und Verzweiflung. Und auch wenn hier ein reges Treiben herrschte, so lagen Erschütterung, Trauer und Hoffnungslosigkeit in der Luft. Was für ein schrecklicher Ort, um wieder gesund zu werden.

Rasch ließ ich den Bereich hinter mir und fand am Ende eines Seitengangs ein Treppenhaus, das mich in den sechsten Stock brachte. Dorthin, wo Annie war.

Hier war es deutlich ruhiger, aber die Luft war noch dieselbe.

Ich wandte mich nach links und ließ unzählige Türen, teils offen, teils geschlossen, hinter mir, bis ich endlich das Zimmer fand, auf dessen Informationskärtchen ihr Name stand. Hörbar stieß ich den Atem aus, dann öffnete ich lautlos die Tür.

Als ich eintrat, begegnete mir ein grünes Augenpaar und starrte mich ungläubig an, aber mein Blick hing längst an der schmalen, bleichen Gestalt in dem tristen Bett.

»Lya, ich dachte ...«

»Was ist mit ihr?«, überging ich Zayden und trat zu meiner Freundin. Als ich meine Hand auf die ihre legte, spürte ich kaum noch etwas von ihrer Energie oder Körperwärme. Sie war eiskalt. Piepende Maschinen waren mit ihrem dünnen Körper verbunden und blinkten unaufhörlich. Ich bekam Kopfschmerzen davon.

Ihr Gesicht war fahl und eingefallen und von Blutergüssen und Schürfwunden verunstaltet.

Zayden erhob sich aus dem Plastikstuhl und stellte sich mir gegenüber ans Bett. »Sie ... es geht ihr nicht gut. Das Wrack hat sie zerquetscht. Ihre Lunge ist so gut wie zerstört. Die Ärzte können nichts machen«, sprach er leise und biss die Zähne zusammen. »Ich habe schon wieder versagt.«

Ich schaute von Annie zu Zayden. »Was meinst du?«

Er seufzte. »Ich bin ihr Beschützer, Lya. Wenn sie stirbt, dann ist es meine Schuld. Ich hätte es verhindern müssen. Ich hätte gleich bei ihr sein sollen, aber du ...«

»Du hast mich aus dem Auto gezogen, oder?«

Ein Schatten huschte über seine hübschen Züge. »Ich dachte, du stirbst, und dann hat der Wagen Feuer gefangen und die Feuerwehr war schon bei Annie und hat sich um sie gekümmert ... Ich konnte nicht zulassen, dass *sie* dich finden.«

Schweigend betrachteten wir das wenige, das noch von der sonst so quirligen Annie übrig war. Ich umklammerte das Gitter des Betts fester, sodass meine aufgesprungenen Knöchel weiß hervortraten.

»Wie kann es sein, dass du hier vor mir stehst?«, fragte Zayden und runzelte die Stirn. »Du warst so gut wie tot.«

Ich kaute auf meiner Lippe herum und stieß mich schließlich vom Bett ab. »Das werde ich dir gleich zeigen«, murmelte ich und horchte in mich hinein. Mein Herz raste.

Es war riskant, das wenige, das noch von meiner Kraft geblieben war, auch noch zu verbrauchen, aber ich würde einen Teufel tun und Annie sterben lassen. Sie hatte keinen Dämon, der sie von innen heilen konnte.

Also musste ich dieser Dämon für sie sein.

Sanft schob ich die Bettdecke zurück und schluckte schwer, als ich ihren Körper zu sehen bekam – oder das, was nicht von Gips und Verbänden bedeckt war.

Ihre zarte Haut hatte sich lila-blau verfärbt, wo sie nicht blutig und aufgeschürft war. Vermutlich hatte ich vorhin nicht viel besser ausgesehen.

»Behalte die Tür im Auge«, wies ich Zayden an, ohne ihn anzusehen.

»Was soll das, Elyanor? Verdammt, sprich mit mir!«

Ein müdes Lächeln trat auf meine Züge. »Du kannst ja doch fluchen.«

Dann griff ich nach einer der verschweißten Spritzen, die auf dem Nachttisch neben dem Bett lagen und riss sie auf. Ohne zu zögern, stieß ich die Nadel in meinen Unterarm und stocherte so lange darin herum, bis dunkelrotes Blut floss.

Entsetzt starrte mich Zayden an und mahlte mit dem Kiefer. »Was zum ...?«

»Die Tür«, erinnerte ich ihn leise und beugte mich über meine Freundin, die genauso mit dem Leben kämpfte, wie ich es Stunden zuvor getan hatte. Ich hoffte, dass meine geringe Energie ausreichte.

Erst als sich Zayden endlich widerwillig in Bewegung setzte, legte ich meine Hand, die von meinem Blut benetzt war, auf ihren Brustkorb.

Ich könnte nicht genau beschreiben, was vor sich ging, sobald ich jemanden heilte. Es fühlte sich an, als würde meine ganze Energie zu dem Punkt fließen, an dem etwas nicht stimmte, und es wieder geradebiegen.

Das wenige, was ich noch an Kraft besaß, rauschte durch meine Adern in meine Hand hinein und in Annies schwachen Körper. Da es größtenteils innere Verletzungen waren, hatte ich keinen blassen Schimmer, ob meine Bemühungen erfolgreich sein würden, aber für den Moment war das alles, was ich tun konnte.

Erschöpft löste ich mich von ihr und stolperte nach hinten, als meine Beine unter mir nachgaben und sich alles vor meinen Augen drehte.

Dann verschwand ich ein zweites Mal an diesem Tag in absoluter Finsternis.

Blinzelnd öffnete ich die Augen und verzog stöhnend das Gesicht, als ich hämmernde Kopfschmerzen verspürte. Es war zu hell, zu laut, zu früh – zumindest fühlte es sich so an.

Mein Körper war steif, meine Glieder eingeschlafen und

ich hatte das Gefühl, als hätte man mich unzählige Male aus dem höchsten Turm unserer Festung im Hades geworfen – ohne Flügel.

»Morgen, Prinzessin.«

Ich kniff die Augen zusammen und spähte in die Richtung, aus der seine Stimme kam. »Roy?«

»Ja!« Mit federnden Schritten kam er auf mich zu und ging vor dem Plastikstuhl, auf dem ich in der denkbar ungemütlichsten Position hockte, in die Knie. Mit einem unbeholfenen Grinsen, das nicht ansatzweise die Sorge in seinem Blick überdecken konnte, reichte er mir einen Pappbecher. »Kaffee. Zwar nicht so gut wie der in deinem Lieblings-Café am Hyde Park, aber besser als nichts.«

Dankbar griff ich danach und sah mich um. Ich war noch immer in Annies Zimmer im Krankenhaus, nur war Zayden verschwunden und dafür kauerte jetzt Royath vor mir.

Hastig gab ich ihm den Becher zurück und stürmte zu Annies Bett, wobei ich beinahe zu Boden gegangen wäre.

Für mich sah sie unverändert aus.

Das bedeutete, ich hatte versagt. Womöglich sollte ich es erneut probieren.

»Nein, das lässt du bleiben.« Zayden betrat das Zimmer, gefolgt von Lennox, seinem älteren Bruder.

Ich verdrehte die Augen. *Raus aus meinem Kopf.*

Er hob bloß einen Mundwinkel und deutete mit seinem Kopf auf Annie. »Du hast ihr schon geholfen. Die Schwellung in ihrem Brustkorb, die auf ihre Lunge und ihr Herz gedrückt hat, ist verschwunden. Sie wird durchkommen, Lya.«

Ich hielt mich an der Bettkante fest und griff nach ihrer kühlen Hand. Erleichterung durchfuhr mich. »Gut. Sehr gut. Und was ist hier eigentlich los?«

Royath ließ sich auf dem Stuhl nieder, auf dem ich offensichtlich die Nacht verbracht hatte, und streckte seine langen Beine von sich. »Ich bin, kurz nachdem du dich selbst ausgeknockt hast, eingetroffen. Aber unser Engel hier war natürlich schon zur Stelle.«

Zayden warf ihm einen vernichtenden Blick zu. »Sei dir mal nicht zu sicher, dass mich dieses Krankenhauszimmer davon abhalten könnte, dir die Kehle aufzuschlitzen.«

Ein selbstgefälliges Grinsen trat auf Roys Züge und er breitete einladend die Arme aus. »Kann es kaum erwarten, Engelchen.«

»Jungs!«, zischte ich. Drei Augenpaare flogen zu mir.

»Setz dich, Lya, ist eine etwas längere Story«, antwortete Zayden leise und bezog auf einem zweiten Stuhl, so weit von Roy entfernt wie nur möglich, Stellung. Lennox, der bisher kein Wort gesagt hatte, lehnte sich in der Nähe der Tür an die Wand und schwieg.

In der nächsten Stunde erzählte mir Zayden von dem Unfall, dass uns ein schwarzer Geländewagen umgemäht und Annies Auto einen Hang hinunter geschleudert hatte. Als Annies Beschützer wich Zayden nie besonders weit von ihrer Seite, deswegen war er auch sofort an Ort und Stelle gewesen. Dass er mich zuerst rausgezogen hatte, verschwieg er geflissentlich. Vielleicht lag es an Lennox' Anwesenheit.

Er beschrieb mir, wie er mich tiefer in den Wald, weg von Feuerwehr und Polizei gebracht hatte und schließlich Roy aufgetaucht war.

Daraufhin erklärte ich zögerlich, wie es sein konnte, dass ich überhaupt noch am Leben war, und wie ich es geschafft hatte, Annie zu helfen.

Lennox stieß sich von der Wand ab. »Ich habe ja schon viel

gehört, aber Heilungskräfte bei einem Hybriden? Und dafür brauchst du nur dein Blut?«

Bei dem Wort Hybrid zuckte ich zusammen. Das war definitiv noch immer ein wunder Punkt. Trotzdem nickte ich.

Ich würde ihm jetzt ganz sicher nicht auf die Nase binden, dass alle Dämonen Selbstheilungskräfte besaßen, sobald sie in ihre natürliche Form wechselten. Nur ich hatte scheinbar die Fähigkeit, auch andere damit zu heilen.

Zaydens Mund zuckte. *Elender Parasit!*

»Bemerkenswert«, sagte Lennox leise und verschränkte die Arme vor der Brust. »Ich habe gleich das Gefühl gehabt, dass bei dir noch mehr dahintersteckt, als ich dich das erste Mal getroffen habe.«

»Komm zur Sache, Lenn.« Zayden sah seinen Bruder genervt an und lehnte sich auf seinem Stuhl zurück.

»Wie auch immer«, begann dieser, »Autounfälle passieren, aber dieses Mal war es kein Unfall, sondern ein versuchter Mord. Beinahe hätten sie es geschafft.«

Mir fielen fast die Augen aus dem Kopf und meine Kopfschmerzen setzten sofort wieder ein. »Wieso sollte jemand Annie umbringen wollen? Sie hat niemandem etwas getan.«

Nachdenklich nickte Lennox und machte einen Schritt auf mich zu. »Es geht hier auch nicht um Annie. Sondern um dich.«

Sofort war Royath aufgesprungen und stellte sich schützend an meine Seite. Seine Selbstgefälligkeit war verschwunden. »Was soll das heißen? Ich dachte, wir hätten ein Abkommen getroffen!«

Beruhigend legte ich ihm eine Hand auf die Schulter, seine Haut fühlte sich unnatürlich heiß unter meinen Fingern an. War das schon immer so gewesen?

»Wir haben auch nichts unternommen, was gegen unsere Vereinbarung verstoßen würde, aber wir sind nicht die Einzigen da draußen, genauso wenig wie eure Leute«, erwiderte Zayden und stand ebenfalls auf.

Verwirrt schüttelte ich den Kopf in dem Wissen, dass Zay meine Frage verstehen würde und trat hinter Roy hervor.

»Ich habe dir von dem *Dritten Krieg* erzählt«, erinnerte er mich. »Er wurde von einer Gruppe sehr radikaler Iljos auf der einen und rachsüchtigen, konservativen Dämonen auf der anderen Seite geführt, um die jeweilige Rasse zu schützen und voneinander fernzuhalten.« Zayden hielt kurz inne, um dann fortzufahren. »In der Vergangenheit haben sich diese extremen Iljos und Dämonen immer wieder verbündet, um den Fehler deiner Eltern endgültig zu beseitigen und die eigene Rasse reinzuhalten. Vermutlich arbeiten sie jetzt wieder zusammen und haben allem Anschein nach die volle Unterstützung von ihren jeweiligen Anführern.«

»Aber diesen Fehler gibt es nicht mehr! Sie haben doch meinen Rücken ... mein Dad würde nie...«, stotterte ich und fuhr mir über das Gesicht.

Roy griff nach meiner Hand und drückte sie, als ich nicht fähig war, weiterzusprechen. »Du hast es ihr nicht gesagt, oder Engelchen?«

Mit verengten Augen starrte ich zu Zayden, der schuldbewusst den Kopf senkte. »Bisher war es nicht von Bedeutung gewesen. Lya, du bist Teil zweier sehr starker Energien. Du kannst zwar eine davon unterdrücken und die andere stärken, aber du wirst niemals nur eine davon in dir tragen.«

Ich verstand nur Bahnhof.

Lennox schob sich vor seinen kleinen Bruder und setzte ein freudloses Lächeln auf. »Je länger du Zeit in der Gegenwart von Iljos verbringst, desto mehr verlagert sich das Gewicht deiner Energien auf unsere Seite und umgekehrt. Dein Vater hat versucht das zu ignorieren, genauso wie mein Volk. Aber das ändert nichts an den Tatsachen. Du bist weder das eine noch das andere und so etwas darf ihrer Meinung nach nicht existieren, weil du zu viel Macht besitzt.«

Ich schluckte und wandte den Blick ab. Lautlos stellte ich mich ans Fenster und starrte in den trüben Londoner Morgen.

Macht? Im Augenblick fühlte ich mich alles andere als mächtig und stark.

Bislang hatte ich geglaubt, das Schlimmste wäre der Umstand, dass man mich mein Leben lang belogen hatte – aber ich hatte mich geirrt.

Von seinem Vater gejagt zu werden, weil er der Ansicht war, ich wäre es nicht wert zu leben, war viel grauenvoller. Ich erlaubte mir einige Augenblicke nur ein- und auszuatmen, um den Schmerz dieses Verrats irgendwie zu bewältigen.

Klar, mein Dad war sicherlich kein Vorzeigevater, er war schließlich der Teufel, aber bisher war ich mir immer sicher gewesen, dass er mich liebte – auf seine eigene verdrehte Art und Weise. Davon ging man als Kind nun einmal aus. Anscheinend hatte ich mich gewaltig getäuscht.

Langsam wandte ich mich wieder den anderen zu und verschränkte die Arme vor der Brust. »Was machen wir jetzt?«

Zwei grüne Augenpaare und Roys Karamellaugen taxierten mich, als erwarteten sie, dass ich jeden Moment ausrastete.

Lennox räusperte sich. »Wir riskieren einen Krieg, wenn wir uns nicht ihrem Willen beugen.«

»Du willst sie ausliefern?«, fuhr Zayden seinen Bruder unerwartet heftig an. Lennox überragte ihn um eine Handbreite, aber Zay war kräftiger gebaut. Keine Ahnung, wer den Kürzeren ziehen würde, sollte es zu einem Kampf kommen, aber das Letzte, was ich wollte, war, dass sich zwei Brüder wegen mir prügelten.

»Niemand liefert Elyanor aus«, donnerte Roys Stimme über uns hinweg. »Es kann doch nicht sein, dass dein Vater sich an so einem Scheiß beteiligt. Du hättest ihn mal hören sollen, als er mir befohlen hat, alle Hebel in Bewegung zu setzen, um dich zu schützen! Koste es, was es wolle.«

»Und du hast dabei versagt, Dämon. Lya ist bei uns gelandet, wodurch ihr zweites, verbotenes Vermächtnis wiedererwacht ist. Genau das wollte Beliar um jeden Preis verhindern«, gab Lennox zurück und sah Roy ausdruckslos an.

Mein Blick glitt zu Annie. Wegen mir wäre sie beinahe gestorben, und wenn ich den Jungs hier glaubte, dann war das erst der Anfang.

Resigniert senkte ich den Kopf. »Ich werde zu meinem Vater gehen und mit ihm reden«, flüsterte ich.

»Einen Teufel wirst du tun«, erwiderte Royath hitzig, im selben Moment wie Zayden. »Auf gar keinen Fall«, bekräftigten sie.

Die beiden musterten sich misstrauisch, schienen aber ausnahmsweise einmal derselben Meinung zu sein.

»Das ist ja wohl nicht eure Entscheidung.« Ich schob das Kinn vor und begegnete ihren herausfordernden Blicken.

»Jetzt beruhigen wir uns alle mal wieder, okay?«, warf Lennox ein und zog die Augenbrauen zusammen. »Bevor ihr euch zerfleischt, habe ich noch eine wichtige Information: Bisher weiß niemand, dass Lya den Unfall überlebt hat. Man hat Annie geborgen, das Auto ist komplett ausgebrannt, kein Hinweis auf eine Überlebende.«

Zayden nickte. »Die Mistkerle sind abgehauen, noch ehe

ich dich aus dem Wrack gezogen habe und du warst so gut wie tot, Lya. Ich habe nicht einmal mehr deinen Puls gespürt. Für die bist du gestorben.«

Ich schüttelte den Kopf. »Selbst wenn, mein Vater wird sich damit nicht zufriedengeben. Und sollte auch nur der geringste Zweifel an meinem Tod bestehen, wird er mich weiterjagen lassen, bis ich vor ihm liege. Er wird mich aufspüren«, sagte ich bitter.

»Nicht wenn wir es verhindern.«

Ich rümpfte die Nase und betrachtete Lennox. »Und wie willst du Daddys Häscher davon abhalten? Die würden mich überall finden.«

»Ja, anhand deiner Dämonen-Signatur. Aber als ich dir im Café am Hyde Park begegnet bin, habe ich dich weder als eine von uns noch als Dämon wahrgenommen. Du kannst deinen Iljos verbergen, genauso kannst du es auch mit deinem Dämon tun«, fuhr Lennox fort.

Abwehrend hob ich die Arme. »Keine Chance, das kann doch gar nicht funktionieren. Ich bin nun mal eine Dämonin.«

Roy griff nach meinen kalten Händen. »Luzi, ich habe schon jetzt Schwierigkeiten, deine Energie scharf zu sehen. Du hast schon lange nicht mehr die Temperatur eines Hohendämons, du zeigst mehr Mitgefühl, als gut für dich ist, und deine Flügel ...«

»Was ist mit meinen Flügeln?«, fragte ich gereizt.

»Sie verfärben sich. Du hast bereits begonnen, dich zu verändern«, erwiderte Zayden anstelle von Roy.

»Hölle, ich habe mich nie dafür entschieden!«, zischte ich und löste mich von Royath.

»Dann tu es jetzt. Es rettet dir den Arsch, bis wir eine bessere Lösung gefunden haben«, schoss Lennox unbeeindruckt zurück und hielt meinem Blick ungerührt stand.

Ich presste die Lippen zu einer schmalen Linie zusammen. Das konnte doch nicht ihr Ernst sein! Ich verstand ja nicht einmal, warum Zayden und sein Bruder plötzlich so erpicht darauf waren, mein Leben zu retten.

»Das schulden wir deiner Mum«, antwortete Zayden mit fester Stimme auf meine unausgesprochenen Worte.

Abwehrend hob ich die Hände. »Ich kann das jetzt nicht entscheiden.«

»Solltest du aber, das Zeitfenster schließt sich.«

»Herzlichen Dank, Lennox, als wüsste ich das nicht selbst.« Ich fasste mir an die Nasenwurzel. »Und wie sieht die bessere Lösung aus, die später alles wieder ins Lot rücken wird?«

Lennox verzog freudlos die Lippen. »Würden wir hier wie die Idioten stehen und diskutieren, wenn wir das bereits wüssten? Die haben wir im Augenblick noch nicht, aber du hast die Wahl: entweder du schwingst deinen Hintern zu deinem Daddy und verschwindest in der Versenkung oder du gibst dir selbst und uns allen etwas mehr Zeit und gibst dich – auf Zeit – für eine von uns aus. Aber um Himmels willen, entscheide dich, Elyanor.«

Kapitel 18

Es regnete in Strömen, der Himmel hatte anscheinend genauso miese Laune wie ich. Der einzige Lichtblick in diesem hoffnungslosen Chaos war Annie. Heute Morgen, als ich sie besucht hatte, hatte mir eine junge Ärztin versichert, dass jetzt, da die Schwellung abgeklungen war, ihrer Genesung nichts mehr im Wege stand.

Ich stützte meinen Kopf in die Hände und starrte über den verregneten Hyde Park. Selbst jetzt, wo ich eine Nacht über all das geschlafen hatte, konnte ich es noch immer nicht fassen. Mein Leben kam mir surreal vor, nicht mehr wie mein eigenes. Als hätte ich Hunderte von Jahren geschlafen und würde jetzt in diesem Albtraum aufwachen.

Vielleicht wäre das alles niemals passiert, wenn mich meine verflixte Neugier nicht so tief in die Scheiße geritten hätte. Wäre ich nicht so verbissen darauf aus gewesen, hinter Zaydens Geheimnis zu kommen, und hätte er nicht ... ich schüttelte den Kopf. Das brachte niemanden weiter.

Hätte, wenn, wäre – das waren so schrecklich brutale Worte, wenn man sich in einer derart aussichtslosen Lage befand.

Zum siebten Mal an diesem Tag befahl ich meinen Flügeln ans Tageslicht zu kommen und betrachtete mit gemischten Gefühlen die Federn, die mit jeder Sekunde, die verstrich, heller zu werden schienen. Noch vor wenigen Tagen waren sie tiefschwarz gewesen, jetzt hatten sie die Farbe eines verregneten Himmels. Mit zittrigen Fingern fuhr ich über die weichen Federn und folgte dem Farbverlauf von Grau nach Weiß.

Deutlicher hätte ich es nicht vor mir haben können: Ich war weder Dämon noch Iljos. Weder Schwarz noch Weiß. Ich war irgendetwas dazwischen, das nicht existieren sollte. Es klopfte an die Tür und ich verwandelte mich zurück.

»Prinzessin, es ist so weit.« Roy schob sich in mein Zimmer und kam mit unglücklicher Miene auf mich zu. Seine Schultern hingen herab und seine Schritte waren schwerfällig. Niemandem von uns gefiel, was geschehen war und wozu uns meine Situation zwang. Aber welche Wahl blieb uns denn?

»Ich weiß einfach nicht, wie wir das jemals wieder einrenken sollen. Verbrächte ich Zeit im Hades, würde meine dämonische Energie an Stärke gewinnen, aber sobald ich wieder hier oben wäre, käme meine Iljos-Seite zum Vorschein.« Entmutigt schüttelte ich den Kopf. Mit diesem Gedanken hatte ich schon unzählige Male hin- und hergejongliert.

Royath stieß hörbar den Atem aus und ließ sich neben mir auf der Fensterbank nieder. »Darum geht es deinem Vater gar nicht. Ich denke, damit könnte er sogar leben. Nicht aber damit, dass du so viel Macht besitzt, Lya. Die Iljos sitzen ihm gleichermaßen im Nacken wie unsere Leute. Solange du lebst, kann es kein Gleichgewicht zwischen beiden Parteien geben. Egal auf welche Seite du dich stellen würdest, diese hätte die Oberhand und das darf nicht sein.« Ich schaute ihn an und fühlte mich wieder wie das kleine Mädchen, das so oft bei Roy um Rat gefragt und Schutz gesucht hatte. »Sosehr es mir auch missfällt, dich bei diesen Möchtegern-Engeln zu lassen – und glaub mir, du kannst dir gar nicht vorstellen, wie sehr mir das gegen den Strich geht – es ist im Augenblick die einzige Möglichkeit. Ich werde mit deinem Vater sprechen und mir seine Meinung zu alldem anhören. Bis dahin verhältst du dich ruhig und spielst deine Rolle, okay?« Sein Ausdruck wurde weicher, dann zog er mich in seine Arme und drückte mich an sich. »Lya, wir bekommen das hin, ich werde dich nicht so schnell aufgeben«, flüsterte er in meine Haare und gab mir dann einen Kuss.

Wenn ich nur wüsste wie ...

Wir blieben einen süßen Augenblick schweigend und nah beieinander sitzen und hielten uns gegenseitig, dann erhob sich Royath und zog mich mit sich, sodass ich kaum eine Unterarmlänge von ihm entfernt stand. Mit sanften Fingern fuhr er meine Gesichtskonturen nach und schob einige Strähnen hinter meine Ohren.

»Pass auf dich auf, Lya. Auch wenn es im Augenblick nicht so scheinen mag, die Iljos sind unsere Feinde. Überlege dir gut, wem du traust und wem nicht.«

Erstickt nickte ich und drückte mich an ihn. Auch wenn ich noch immer sauer war, dass er mir all die wichtigen Details über mich und mein Leben verschwiegen hatte, verziehen hatte ich ihm längst, und ich konnte mir nicht vorstellen, ohne ihn zu leben. Ich liebte Royath, vielleicht nicht auf dieselbe Art und Weise, wie er mich liebte – dass hatte ich erkannt – aber ich würde niemals damit aufhören, ihn zu lieben.

Ich schluckte. »Du auch. Vater wird rasend sein vor Wut, wenn du ihn auf dieses Thema ansprichst. Bitte komm in einem Stück zu mir zurück und lass dich nicht umbringen. Ich brauche dich.«

Er hauchte mir einen zarten Kuss auf die Lippen, der so gar nicht zu ihm passte, und ich streckte mich ihm instinktiv entgegen, doch er schubste mich sanft, aber bestimmt in Richtung meiner gepackten Taschen. »Dein Taxi wartet, Luzifer.«

Wortlos griff ich nach meinem Rucksack und dem Duffel

und warf Roy einen letzten Blick über die Schulter zu. Er gab sich Mühe, wirklich. Sein übliches schiefes Grinsen lag auf seinen Zügen, einige Zähne blitzten auf, aber wem wollte er hier etwas vormachen?

Diese ganze Situation war beschissen und wir wussten nicht, wie es ausgehen würde. Für keinen von uns.

Tränen begannen in meinen Augen zu brennen und ich wandte mich abrupt ab, damit er sie nicht zu sehen bekam.

Ich ließ mein Zimmer und Royath hinter mir, genauso wie das Penthouse und schließlich das *Royal Park Hotel* am Hyde Park, um in eines der typischen Londoner Taxis zu steigen.

Mit tonloser Stimme nannte ich dem Fahrer die Adresse des Colleges, in dem Zayden mit seiner Familie lebte, und lehnte mich dann zurück. Die Tränen, die ich so mühsam zurückgehalten hatte, begannen nun ungehindert über meine Wangen zu fließen, und ich hinderte sie nicht länger daran.

Ich war nach London gekommen, um eine Häscherin zu werden, eine von Dads fleißigen Bienen, bereit, alles für den König der Hölle zu tun. Ich war die Prinzessin des Hades und hatte alles gehabt.

Jetzt hatte ich meinen Vater, meinen Ruf, ja sogar mein ganzes Wesen verloren und stand alleine vor einem unüberwindbaren Hindernis.

Wann zum Teufel war mein Leben eigentlich dermaßen den Bach heruntergegangen?

TEIL DREI

Kapitel 19

Aus Elyanor Edenmore war Lya McGreese geworden.

Zaydens Onkel, Professor McJeenish, hatte dafür gesorgt, dass ich in einem Zimmer, direkt neben Annies, im Internat untergekommen war und jeder innerhalb kürzester Zeit den Namen Elyanor Edenmore aus seinem Vokabular gestrichen hatte. Ich wusste, er hatte Unsummen für Verschwiegenheit und Diskretion gezahlt.

Seit zwei Wochen hatte ich nichts von Royath gehört oder sonst irgendetwas von ungewöhnlichen Aktivitäten mitbekommen.

Ich machte mir Sorgen und gleichzeitig war ich seltsam taub.

Der Unterricht ging weiter, genauso wie die Lästereien und Gerüchte. Man zerriss sich den Mund darüber, dass ich plötzlich doch im Internat lebte und nur noch alleine herumsaß. Einige meinten, meine Eltern hätten ihr Vermögen verloren, andere spekulierten, dass ich zu Hause rausgeflogen war.

Zayden hatte sich von mir distanziert, nachdem ich ihm mit Kälte begegnet war und ihn mit Nichtachtung gestraft hatte. Nach fünf Tagen hatte er mich links liegen lassen und sich wieder auf seine alte Clique fixiert.

Die Trainingsstunden waren die einzige Zeit in der Woche, in der mein Kopf zum Stillstand kam. Wenn ich rannte, sprang oder warf, war es so, als würden die Sorgen und Befürchtungen verstummen, genauso wie diese unendliche Leere in mir.

Ich befand mich in einem seltsamen Schwebezustand, in dem ich von Stunde zu Stunde lebte, ohne wirklich mitzubekommen, was geschah. Als wäre ich auf Autopilot und ferngesteuert.

Sobald der Unterricht vorbei war, ging ich zu Annie ins Krankenhaus. Manchmal fuhr mich Zayden hin und begleitete mich in ihr Zimmer, aber diese Ausflüge waren meist noch bedrückender, als Annie alleine zu besuchen. Wenn Zayden dabei war, hatte ich keine Chance, mit meinen Gedanken und Befürchtungen alleine zu sein und mich mit ihnen auseinanderzusetzen, ohne dass er in meinem Kopf herumspukte.

Annie ging es von Tag zu Tag besser, auch wenn sie noch immer im künstlichen Koma lag. Die Ärzte hatten mir mehrfach versichert, dass alles gut verliefe und man sie Anfang nächster Woche aus dem Koma wecken würde. Die meisten ihrer sichtbaren Verletzungen waren kaum noch zu sehen, das gebrochene Bein und der zertrümmerte linke Ellenbogen würden noch eine Weile brauchen, aber das war nicht von Bedeutung.

Wichtig war, dass sie lebte, und das würde sie.

Der Rest kam von selbst, dafür würde ich sorgen.

Es klingelte und das übliche hektische Treiben setzte ein. Jeder wollte möglichst schnell das Klassenzimmer verlassen, rein ins Wochenende und die Schule für zwei Tage vergessen.

Für mich waren die Wochenenden zu einer Tortur geworden.

Ich wusste nicht, was ich mit mir anfangen sollte, jetzt, da ich nicht länger ich selbst war. Mir war nicht nach Ausgehen und Feiern zumute und selbst wenn, mit wem sollte ich das denn bitteschön machen?

Ich hatte niemanden außer den unzähligen Büchern, hinter denen ich mich in der Bibliothek versteckte, und keine Lust, mich auf jemanden einzulassen, der nicht wusste, was mit mir los war, und so zu tun, als wäre alles super. Ich drehte den Kopf und schaute aus dem Fenster.

Gut möglich, dass ich es geschafft hatte, meinem Vater zu entkommen, aber war das hier besser, als seine Gefangene zu sein?

»Hätten Sie bitte die Güte, ebenfalls den Raum zu verlassen, Miss McGreese? Ich würde gerne abschließen.«

Ich hatte gar nicht bemerkt, wie Mr O'Darron an meinen Platz getreten war. Mir stieg das Blut in die Wangen und ich beeilte mich, meine Sachen zusammenzupacken und rasch zu verschwinden.

»Schönes Wochenende«, murmelte ich und verließ den Raum. Vielleicht würde ich mich jetzt einfach in der Bibliothek vergraben, die zu meinem neuen Lieblingsort geworden war. Oder spazieren gehen ...

»Lya! Hey, warte mal!« Zaydens kleine Schwester kam mit wehenden Haaren neben mir zum Stehen.

Ich zwang mir ein Lächeln auf die Lippen. »Hi, Ruby.«

Ihre grünen Augen begannen zu strahlen. »Du bist eingeladen.«

»Wozu? Hast du Geburtstag?«

Grinsend schüttelte sie den Kopf. »Noch nicht. Meine Mum ist heute Morgen aus Spanien wiedergekommen und wir wollen heute alle zusammen zu Mittag essen. Onkel Raphael hat dich dazu eingeladen, Lya.« Rubina sah mich abwartend an.

Ein Mittagessen mit dem Darahia-Clan? Bis vor ein paar Wochen wollten sie mir die Kehle aufschlitzen, jeder Einzelne von ihnen – Ruby vielleicht mal ausgenommen.

»Den Gesichtsausdruck kenne ich«, murmelte Ruby schmunzelnd und steckte die Hände in die Taschen ihres Blazers. »Ich finde diese Essen auch nicht gerade toll, aber mit dir hätte ich eine Verbündete, weißt du? Außerdem benimmt sich Zayden, wenn du dabei bist.«

Überrascht zog ich die Augenbrauen hoch. »Ach ja?«

Wir durchquerten die riesige Eingangshalle, in der es wie jeden Freitag von Schülern und Eltern oder Chauffeuren nur so wimmelte und betraten das Internat.

An den Wochenenden überkam einen das Gefühl, beinahe völlig alleine in dem riesigen Gebäude zu sein. Wie ein Hausgeist, der dazu verdammt war, auf ewig alleine durch die Gänge zu spuken.

»Ja. Weißt du, meine vier Brüder sind absolute Hitzköpfe und gehen sich wegen jedem Mist an die Gurgel, aber Zayden übertreibt es dabei meistens.« Sie beugte sich näher zu mir und flüsterte: »Mum hasst es, wenn sie ihre Fähigkeiten im Streit einsetzen, weil es dann jedes Mal ausartet. Außerdem wäre es mal schön, ein Essen zu Ende zu bringen, ohne dass entweder der Tisch zerstört wird, wir alle klitschnass sind oder einer meiner Brüder vorzeitig aus dem Raum geschmissen wird.«

Ich warf ihr von der Seite einen Blick zu. »Und was genau kann *ich* dagegen bitte unternehmen?«

Ruby lächelte wissend vor sich hin und verfiel in einen leichten Sprungschritt. »Sei einfach meine Verbündete, das reicht schon.«

Kopfschüttelnd folgte ich ihr in einen Flur im Erdgeschoss, von wo aus wir mit dem Aufzug in den privaten Bereich fuhren und den wir auch benutzt hatten, als ich gemeinsam mit Zayden Ruby nach Hause gebracht hatte.

Es kam mir vor, als wäre das Jahrzehnte her.

Als wir das obere Stockwerk erreichten und sich die Lift-
türen öffneten, begrüßte uns ein Geruch, der mir sofort das
Wasser im Mund zusammenlaufen ließ. Es duftete nach ge-
bratenem Fleisch und Pommes.

Unwillkürlich verzogen sich meine Lippen zu einem Lächeln.

»Heute ist Freitag, da bin ich an der Reihe mit einem Es-
senswunsch. Es gibt Burger.«

Als wäre das ihr Stichwort gewesen, betrat eine betörend
schöne Frau mit schulterlangen, blonden Haaren und funkelnden, grünen Augen den Flur.

»Mum!«, rief Ruby und stürmte auf ihre Mutter zu, um
sich ihr in die Arme zu werfen. Ein unangenehmes Ziehen
in meinem Bauch ließ mich zur Seite schauten.

»Du musst Lya sein. Ich bin Colleen.« Sie reichte mir ihre
zarte Hand und zog mich dann kurzerhand in eine schnelle
Umarmung. »Schön, dass du hier bist. Wascht euch schnell
die Hände, das Essen ist so gut wie fertig.«

Das ließ sich Ruby nicht zweimal sagen. Mit mir im
Schlepptau flitzte sie kurz in ein winziges Gästebad und
führte mich anschließend in die riesige Wohnküche, die in
Cremefarben und einem hellen Grau gehalten war.

Am Tisch saßen bereits Zayden und seine drei Brüder, die
sich alle unheimlich ähnelten und sich nur durch Statur und
Alter unterschieden, und Professor McJeenish.

Die fünf Köpfe flogen zu Ruby und mir herum und betrachteten mich mit unterschiedlichsten Gesichtsausdrücken. Ein
mulmiges Gefühl machte sich in mir breit und ich war froh,
dass mich Rubina sanft auf einen der freien Plätze schob,
weil ich nicht in der Lage gewesen wäre, mich von selbst zu
bewegen.

Ob die anderen genau wie Zayden meine Gedanken lesen konnten?

Ein Schauer fuhr mir den Rücken herunter, als ich mich setzte und die Hände auf meine Oberschenkel presste.

Colleen stellte einen riesigen Teller in die Mitte des Tischs, auf dem sich um die zwanzig Burger befanden, die meinen Magen knurren ließen. Ich wettete darauf, dass sie genauso gut schmeckten wie sie aussahen.

»Lya, ich freue mich, dass du meine Einladung angenommen hast, fühle dich ganz wie zu Hause«, begrüßte mich McJeenish und schenkte mir ein professionelles Lächeln.

Der Jüngste der Brüder gab ein Hüsteln von sich und murmelte dann eine rasche Entschuldigung. Ich erinnerte mich an ihn, er war mir bereits im Verlies begegnet, nachdem ich verschleppt worden war und Zayden hatte ihn Leevi genannt.

»Esst, Kinder. Es wird sonst nur kalt. Lya, meine Liebe, was möchtest du trinken?«

Leevi schaute mich an, als würde ich jeden Moment antworten, dass ich gerne das Blut seiner kleinen Schwester zum Burger hätte.

Ob der Scherz gut ankommen würde, wenn ich das tatsächlich verlangen würde?

Zaydens Mundwinkel zuckten.

»Mir reicht ein Wasser, danke«, gab ich zurück und ließ die bissigen Blicke an mir abprallen.

Als schließlich auch ihre Mutter zwischen McJeenish und Lennox Platz genommen hatte, griffen die Jungs gierig nach den Burgern. Das Ganze hatte verdammt große Ähnlichkeit mit einer Raubtierfütterung.

»Wie war es in der Schule?«

»Wie immer. Erzähl lieber von Spanien, Mum«, antwortete

der Typ neben Lennox mit vollem Mund, sodass eigentlich nur unverständliche Laute aus seinem Mund kamen. Selbst beim Kauen verschwand der grimmige Ausdruck nicht aus seinen Zügen, dabei war der Burger *der Wahnsinn*. Da war wohl einer chronisch unzufrieden.

Colleen lächelte. »Ach, das ist nicht spannend. Das kann warten. Ich möchte hören, was bei euch so passiert ist.«

Alle Augen richteten sich wie aufs Stichwort auf mich und ich verschluckte mich prompt an meinem Burger. Ruby klopfte mir hilfsbereit auf den Rücken, bis ich mich wieder gefangen hatte.

Hölle, anscheinend verschwand mit meiner dämonischen Energie auch meine harte Seite und ich wurde zu einem Bilderbuch-Waschlappen. Zeit, dieser Verwandlung entgegenzuwirken.

Nacheinander schaute ich jedem herausfordernd in die Augen und blieb an Zaydens Grinsen hängen. Dieser Mistkerl war schon wieder in meinen Gedanken!

Und die anderen?! Waren die auch auf Lauschaktion in meinem Kopf?

Kaum merklich schüttelte Zayden den Kopf und wandte sich dann seiner Mutter zu. »Wir hatten eine recht interessante Zeit.«

Ein leises, helles Lachen kam Colleen über die Lippen und sie hielt sich rasch eine Hand vor den Mund. »Das glaube ich nur zu gerne. Raphael wollte am Telefon nicht mit irgendwelchen Details herausrücken, aber jetzt weiß ich, wovon er gesprochen hat. Lya hat hier ganz schön für Wirbel gesorgt.«

»Wohl eher bei Zay«, murmelte der grimmige Bruder und starrte mich finster über den Rand seines mittlerweile zweiten Burgers hinweg an.

Ich begegnete ihm mit einem kalten Lächeln. Ich war gut darin, Jungs den Kopf zu verdrehen – auf welche Art auch immer, zweifelsohne eines meiner Talente.

»Halt die Klappe, Endian«, gab Zayden unbeeindruckt zurück und nahm einen Schluck von seiner Cola.

Colleen seufzte leise. »Ich muss zugeben, ich bin sehr neugierig auf dich, Lya. Deine Mutter und ich haben uns sehr gut gekannt.« Ein Schatten flog über ihr Gesicht, wurde aber sofort von ihrem unschlagbaren Lächeln vertrieben. »Du siehst ihr sehr ähnlich.«

Völlig ahnungslos, was ich darauf entgegnen sollte, erwiderte ich bloß ihr Lächeln und aß weiter. Ich nahm mir fest vor, nach diesem Burger zu verschwinden, diese ganze Situation war mir mehr als unangenehm – genauso wie die Tatsache, dass Zayden nur zu offensichtlich in meinen Gedanken herumschnüffelte.

Raphael räusperte sich. »Ich habe entschieden, dass wir nächstes Wochenende aufs Land fahren. Wir haben lange nichts mehr gemeinsam unternommen und könnten an der einen oder anderen Technik arbeiten. Der Tapetenwechsel wird uns allen guttun, und soweit ich das richtig sehe, besteht bei niemandem von euch die Notwenigkeit in der Stadt zu bleiben.«

Zayden drehte ruckartig den Kopf zu seinem Onkel. »Nicht die Notwenigkeit? Ich hätte Annie beinahe verloren und jetzt erwartest du, dass ich sie hier zurücklasse, um einen Landausflug zu machen, als wären wir eine glückliche Bilderbuchfamilie?!« Bitterkeit schwang in seinen Worten mit und ließ auch das kleinste Geräusch verstummen. Jeder hatte in seiner Bewegung innegehalten, ich erwischte mich ja selbst dabei, wie ich die Luft anhielt.

Alle Augen waren auf Zayden gerichtet, als würde er jeden Moment hochgehen wie eine Bombe.

Auch wenn ich sonst immer für Streitereien und Kämpfe war, machte es mir jetzt etwas aus. Vielleicht lag es an Rubys enttäuschtem Gesichtsausdruck oder daran, wie resigniert Colleen ihren Sohn ansah.

So, als würde er versagen. Immer.

Ich kann auf Annie aufpassen, sagte ich sanft in Gedanken, in dem Wissen, dass Zayden es hören würde.

Seine Augen flogen für einen winzigen Moment zu mir. »Du kannst nicht einmal auf dich selbst aufpassen, Lya.«

Raphael schaute zwischen Zayden und mir hin und her. Dann verhärteten sich seine Züge. »Du hast dich an *sie* gebunden? Ausgerecht an *sie*?! Herrgott noch mal, Zayden!«

Lennox begann finster zu grinsen, Endian lehnte sich mit verschränkten Armen und grimmiger Miene zurück und Leevi und Ruby sahen sich fragend an. Ich selbst hatte keine Ahnung, worum es eigentlich ging, und begegnete Colleens traurigem Blick.

Hier stand einiges zwischen den Anwesenden, und auch wenn ich diese Familie nicht kannte, taten sie mir leid. Im Hades, bevor ich mein Leben dort verloren hatte, waren meine Brüder, Dad und ich zwar selten eine kitschig glückliche Familie gewesen, aber unser Vater hatte uns niemals derart enttäuscht angesehen, egal was für einen Mist wir verzapft hatten.

Jetzt würde er dich exakt genauso anschauen, Lya, flüsterte eine hämische Stimme in meinem Inneren. Ich schob sie resolut zur Seite.

»Als würde dich das interessieren!«, schoss Zayden zurück und seine Augen begannen jenen weißen Schimmer anzunehmen, der von dem Chaos seiner inneren Energie zeugte.

»Natürlich interessiert mich das! Warum denkst du nicht *einmal* über die Konsequenzen deines Handelns nach? Durch deine Fehler ziehst du die ganze Familie mit hinein!« Raphael hatte rein gar nichts mehr mit dem gefassten Direktor zu tun, den ich bisher in ihm gesehen hatte.

Zaydens Kiefermuskulatur arbeitete so heftig, dass ich Angst hatte, sein Knochen würde jeden Augenblick brechen. »Das hat dich auch nie abgehalten, *Onkel*.«

»Zayden, bitte«, bat Colleen, aber er würdigte sie keines Blickes.

In diesem Moment durchbrach mein Lieblingssong den Sturm, der in der Küche Einzug gehalten hatte, und ließ mich zusammenzucken.

»Sorry«, murmelte ich, sprang eilig auf und verließ den Raum, dankbar, eine Ausrede zu haben. Erst nachdem ich die Tür geschlossen und einmal tief durchgeatmet hatte, nahm ich den Anruf entgegen.

»Miss McGreese? Mein Name ist Samantha Winters, ich rufe aus dem *Royal London Hospital* an. Es geht um Annie McCallum.«

Mein Magen zog sich zusammen und mir wurde übel. Die schlimmsten Befürchtungen bahnten sich ihren Weg in mein Hirn und eine altbekannte Schuld begann mich niederzudrücken, sodass ich mich am Türrahmen festhalten musste.

»Ja?«, antwortete ich kaum hörbar und schluckte.

»Sie ist aufgewacht und fragt nach Ihnen.«

Der Atem entwich mit einem Seufzen aus meiner Lunge und ich lehnte mich an die Wand, weil ich das Gefühl hatte, jeden Moment umzufallen. »Geht es ihr gut?«

»Erstaunlicherweise ja. Es ist ein kleines Wunder, Miss McGreese. Wir haben nicht erwartet, dass sie von selbst aus dem Koma erwacht.«

»Ich bin schon auf dem Weg«, sagte ich atemlos und bedankte mich, bevor ich auflegte.

Dann machte ich kehrt und platzte in die Küche. Im Augenblick war mir der Streit hier ziemlich egal, es ging um Annie.

»Ich muss ins Krankenhaus. Annie ist aufgewacht.«

Als hätte Zayden darauf gewartet, sprang er auf und griff nach meinem Arm. »Wunderbar. Ich fahre dich hin. Ich wollte ohnehin gerade gehen.«

Raphael erhob sich ebenfalls und funkelte seinen Neffen düster an. »Zayden, du wirst nirgendwo hingehen!«

»Oh, oh«, kommentierte Endian, sein grimmiges Lächeln wurde breiter.

Das schien Zayden definitiv anders zu sehen. Ohne ein Wort zog er mich aus dem Raum, knallte die Tür hinter sich zu, führte mich durch den Flur in den Aufzug und hämmerte so sehr auf den Tiefgaragenknopf, dass es mich nicht gewundert hätte, wenn dieser herausgefallen wäre.

Die Türen schlossen sich und wir rasten in die Tiefe.

Noch immer biss Zayden die Zähne so fest aufeinander, dass ich schon meinte, sie knirschen zu hören und umklammerte die Haltestange so fest, dass die Knöchel weiß hervortraten.

Ich presste mich mit dem Rücken gegen die Wand und eine Welle der Erleichterung durchströmte mich beim Gedanken an Annie, die aus dem Koma aufgewacht war.

»Es tut mir leid«, sagte Zayden kaum hörbar, als sich die Türen mit einem leisen *Pling* öffneten und wir die Garage betraten, die hochmodern war, und somit überhaupt nicht zu dem historischen Bau über ihr passte. »Das Essen. Ich habe gemerkt, dass du dich unwohl gefühlt hast. Und ich habe es versaut – mal wieder.«

Wir stiegen in seinen dunklen Sportwagen und verließen die Tiefgarage mit quietschenden Reifen.

Es war Herbst geworden in London. Die Bäume waren nicht länger grün, sondern standen regelrecht in Flammen und verliehen der Stadt einen rotbraunen Anstrich. Es gefiel mir. Ich mochte den Wind, der die trockenen Blätter umherwirbelte, und die Farben, die London nun schmückten. Etwas Vergleichbares gab es im Hades nicht. Ein Knoten bildete sich in meinem Bauch. Ob ich den Hades jemals wiedersehen würde?

»Ich war nur wegen Ruby da«, antwortete ich, ohne den Blick vom Fenster abzuwenden. »Was war da gerade los?«

Zayden gab einen knurrenden Laut von sich. »Ist doch egal, oder?«

»Ernsthaft? Kannst du nicht einmal sagen, was Sache ist?«

»Tust du doch auch nicht. Oder warum hast du dich in den letzten Wochen verkrochen?«

Ich zog die Augenbrauen zusammen. »Das ist ja wohl etwas ganz anderes!«

Freudlos lachte er auf. »Wenn du meinst.«

Wir fuhren auf ein Stauende zu, das typisch war für die berühmte Londoner Rush Hour und kamen zum Stehen. Das Radio lief kaum hörbar im Hintergrund und vermischte sich mit den Geräuschen außerhalb des Wagens. Ich stieß den Atem aus und rutschte tiefer in meinem Sitz.

»Was hat Raphael damit gemeint, als er sagte, du hättest dich an mich gebunden?«, stellte ich nach einer Weile die

Frage, die mir schon die ganze Zeit auf der Seele brannte und vor der ich mich gleichzeitig fürchtete.

Resigniert stieß er den Atem aus und begann unruhig auf dem Lenkrad herumzutrommeln. »Keine Ahnung, wie das passiert ist«, sagte er schließlich. »Aber genauso, wie ich für Annie verantwortlich bin, stehst jetzt auch du unter meinem Schutz.«

Abrupt wandte ich mich zu ihm um und starrte ihn wortlos an.

Zögerlich fuhr er fort. »Iljos können sich gleichzeitig an zwei Menschen binden – zumindest habe ich bis jetzt geglaubt, dass es nur bei Menschen funktioniert.« Eine steile Falte bildete sich zwischen seinen dunklen Augenbrauen, die im Kontrast zu seinen dunkelblonden Haaren standen. »In der Vergangenheit hatte ich einige Probleme mit meinen Aufgaben als Beschützer ... Ich habe immer wieder versagt, wohingegen Lennox und Endian auf ganzer Linie punkteten. Ich habe in zwei Fällen meine Pflicht nicht erfüllt. Menschen sind gestorben. Mum und Dad haben mir danach ständig eingebläut, mich nur auf eine Person einzulassen. Oder es für einige Zeit ganz sein zu lassen.«

Wir setzten uns wieder in Bewegung und kamen wenig später erneut zum Stehen. So ging es eine ganze Weile.

»Dann habe ich Annie getroffen. Es ging ihr richtig mies und auch wenn ich die Warnungen meiner Eltern im Kopf hatte, habe ich mich an sie gebunden. Weißt du, Menschen wissen nicht, dass sie einen Beschützer haben, aber sie spüren, dass sie in Sicherheit sind, und das gibt ihnen neue Kraft. Wir wählen unsere Menschen nicht nach körperlicher, sondern seelischer Gefahr aus.«

Als mich seine Worte erreichten, runzelte ich die Stirn.

Annie hatte mir nie erzählt, dass sie eine so schlimme Zeit hinter sich hatte. Klar, ich wusste von ihrem Vater und kleinen Bruder und dem Unfall, aber für mich war Annie immer eine lebensfrohe, bunte Person gewesen.

Kaum merklich schüttelte ich den Kopf. »Warum haben dich deine Eltern davon abhalten wollen, deiner Aufgabe nachzukommen? Schließlich ist es das, wozu ihr geboren seid, oder?«

Seine Hände krampften sich um das Lenkrad. »Auch wir haben Regeln und Gesetze, an die man sich halten muss, Lya. Versagst du als Beschützer, bist du nicht länger würdig, ein Iljos zu sein«, antwortete er mit tonloser Stimme.

Ich konnte mir darunter nicht viel vorstellen. Bei uns lief das ziemlich einfach ab: Verscherzte es sich ein Dämon mit meinem Dad, wurde er entweder eliminiert oder musste für die Ewigkeit an den unschönsten Plätzen der Hölle schuften. Keine Ahnung, was die bessere Alternative war.

Seine kühle Stimme holte mich aus meinen Gedanken. »Stirbt die dritte Person unter deinem Schutz, werden dir von einem Vollstrecker die Flügel abgeschlagen.« Zayden begegnete meinen aufgerissenen Augen mit distanzierter Miene.

Wenn man einem Dämon die Flügel abtrennte, bedeutete das einen langsamen, qualvollen Tod, die Höchststrafe in meiner Welt.

»Genauso ist es, Lya. Verstehst du jetzt, warum Raphael so ausgetickt ist? Er traut mir zu, dass ich Annie schützen kann, so lange sie es benötigt. Bei dir sieht es anders aus. Wenn du stirbst, dann sterbe auch ich, und meine Familie verliert ihr Ansehen. Ich hoffe, dir ist klar, warum ich dich nicht alleine lassen kann, du bist gerade alles andere als in Sicherheit. Zwei mächtige Arten sind hinter dir und deinem hübschen Hintern her.«

Mir fiel die Kinnlade runter, nachdem er diese Bombe hatte platzen lassen – nicht das mit dem Hintern, sondern seine Verantwortung für mich. »Wieso zum Teufel hast du dir dann ausgerechnet mich ausgesucht?«

»Noch mal, ich habe mir das nicht ausgesucht«, erwiderte er hitzig. »Wir haben wirklich wenig Mitspracherecht in dieser Sache, weißt du?!«

»Seit wann?«, fragte ich und schaute wieder aus dem Fenster. Es gab viele Dinge in meinem Leben, die ich schätzte (oder zu schätzen gewusst hatte), aber das Wichtigste war mir immer meine Unabhängigkeit gewesen. Verbockte ich es, war es ganz alleine meine Schuld, und es lag bei mir, den Mist wieder auszubaden. Zayden hatte mir diese Unabhängigkeit genommen.

»Glaub mir, das war auch nicht unbedingt meine Absicht!« Seufzend fuhr er sich über das Gesicht. »Ich habe deine Gedanken schon die ganze Zeit über erstaunlich klar gehört, trotz meiner Verbindung mit Annie, und auch ohne dass ich mich groß auf dich konzentrieren musste. Aber in der Nacht, als du bei mir warst und wir … Dein Schmerz hat sich in mir widergespiegelt. Vermutlich habe ich mir dort unterbewusst geschworen, dich zu beschützen.«

Kapitel 20

»Langsam frage ich mich, wer in den letzten Wochen im Koma lag und beinahe gestorben wäre. Du siehst völlig fertig aus und was macht Zayden bitte vor der Tür?« Annie richtete sich mit meiner Hilfe ein Stück in ihrem Bett auf und lächelte mich schief an.

Mir kamen schon wieder die Tränen, was meine Waschlappentheorie nun endgültig bestätigte. Hölle, ich war ein wahrhaftiger Waschlappen geworden!

»Sei doch ruhig! Ich bin so froh, dass es dir wieder gut geht. Du hast uns einen ganz schönen Schrecken eingejagt.«

Sie zog ihre weißen Augenbrauen hoch. »Uns? Sag mal habe ich was verpasst? Bist du jetzt mit Zayden zusammen, oder was?«

Ich lachte. Das erste Mal seit einer langen Zeit fühlte es sich ehrlich und befreiend an. »Nur über meine Leiche. Nein, er hat mich hergefahren, weil sein Onkel ihn dazu verdonnert hat, wir sind jetzt nämlich Nachbarn.«

Ihre hellen Augen weiteten sich. »Du wohnst im Internat? Mein Gott, ich habe ja wirklich alles verpasst!«

Kopfschüttelnd drückte ich ihre Hand. »Dad wollte, dass Roy für ein paar Wochen zurück nach Neuseeland zurückkehrt. Es gibt Ärger im Geschäft.« Bei dem Gedanken an Roy überkam mich eine altbekannte Übelkeit. Ich hoffte, dass es ihm gut ging, aber ich kannte meinen Vater und seine Methoden. Die Chance, Royath gesund und so munter und nervig wie eh und je wiederzusehen, war verschwindend gering ... Eilig erzählte ich weiter. »Für diese Zeit wohne ich im Internat. Aber jetzt sag mir mal lieber, wie es dir geht.«

Annie seufzte kurz auf. »Die Ärzte meinen, ich hätte ziemliches Glück gehabt, und dass es ein Wunder wäre, dass ich noch leben würde. Na ja, jedenfalls werde ich wieder. Bis zum großen Jahresball bin ich wieder fit. Hat mir zumindest der Oberarzt gesagt.«

Und wenn dem nicht so sein sollte, dann würde ich nachhelfen. Annie würde sicher nicht wegen mir auf etwas verzichten müssen, das ihr wichtig war, schließlich hatte ich ihr diesen Mist eingebrockt.

»Wann wirst du entlassen?«

»Sie wollen mich noch mindestens fünf Tage hierbehalten und Untersuchungen durchführen, aber dann hast du mich wieder an der Backe, Schwester.« Sie zwinkerte mir zu und zog ihren eingegipsten Arm unter der Decke hervor. »Schreibst du mir was drauf?«

Ich runzelte die Stirn. »Dein Ernst?«

Lachend deutete sie auf den Beistelltisch. »Da muss irgendwo ein Filzstift oder so was sein. Tu deiner fast gestorbenen Freundin den Gefallen.«

Ein schiefes Grinsen schlich sich auf meine Züge. »Die Betonung liegt auf *fast*. Vielleicht male ich dir ja einen Penis drauf.«

»Da habe ich kein Problem mit.«

Annies Augen strahlten, als ich meinen Namen auf ihren gelben Verband schrieb und eine etwas abgewandelte Version meines Mals danebenkritzelte – und einen winzigen Penis.

»Was ist das für ein Symbol?«

»Eines von den Ureinwohnern Neuseelands. Es bedeutet Freundschaft«, log ich behelfsmäßig und hob einen Mundwinkel.

Ihr Lächeln verrutschte ein wenig und ihr Blick wurde abwesend. »Weißt du, was das Schlimmste an dieser ganzen Unfallsache ist?« Fragend zog ich meine vernarbte Augenbraue hoch. »Wenn ich die Augen schließe, dann bin ich nicht länger alleine in dem Autowrack eingequetscht. Du bist auf der anderen Seite und starrst mich aus starren, toten Augen an und ...«

Tränen liefen ihr über die Wangen und ich schloss sie vorsichtig in meine Arme. Ich wusste nicht, woran sie sich noch erinnerte, aber Annie durfte unter keinen Umständen erfahren, dass ich ebenfalls in diesem Wagen gesessen hatte.

»Annie, es geht mir gut, ja? Ich war nicht in dem Wagen. Okay?«

Sie schluchzte und ich spürte, wie sie vor Schmerzen zusammenzuckte. »Ich hätte dich beinahe totgefahren, weil ich unbedingt so rasen musste. Oh Gott, wenn dir etwas passiert wäre ...«

Sanft ließ ich ein wenig meiner Energie, die in den letzten Wochen eine andere Struktur angenommen hatte, in ihren Körper strömen, um ihr Leid zu lindern.

Sie entspannte sich merklich in meinen Armen und atmete auf.

»Annie, quäl dich nicht mit etwas, das gar nicht geschehen ist. Werde erst mal wieder ganz schnell gesund. Du fehlst mir in der Schule«, murmelte ich und sah auf, als Zayden lautlos das Zimmer betrat.

Annie löste sich langsam von mir und fuhr sich mit ihrer

unverletzten Hand über das Gesicht. »Ich bin so froh, dich zu haben, Lya. Danke, dass du für mich da bist.«

Ich erwiderte ihr Lächeln und nickte dann in Zays Richtung. »Wir haben Besuch.«

»Hi, Annie. Wie geht es dir?« Zayden trat zögerlich näher und hob unbeholfen die Hand.

Man sah Annie nur allzu deutlich an, dass sie nicht wusste, wie sie mit diesem Zayden umzugehen hatte.

Und ich konnte es ihr nicht verübeln. Ich hatte auch keine Ahnung.

Fragend hob Zayden in meine Richtung eine Augenbraue, aber ich ignorierte ihn.

»Ich habe es überlebt«, antwortete Annie und zuckte die Schultern. »Womit habe ich die Ehre deiner Anwesenheit verdient?«

Zayden fuhr sich über den Nacken und legte dann den Kopf leicht schief, sodass ihm einige Strähnen ins Gesicht fielen. »Lya hat mir von deinem Unfall erzählt. Wenn ich schon mal hier bin, dann kann ich ja auch vorbeischauen, oder?«

»Danke, Zayden«, antwortete Annie und sah hilfesuchend zu mir. Schulterzuckend erwiderte ich ihren Blick.

»Okay, ähm, ich warte dann mal draußen. Wenn du loswillst, sag mir einfach Bescheid, Lya.« Schmunzelnd griff Zay nach Annies Hand und zuckte dann so heftig zusammen, als hätte er einen Stromschlag verpasst bekommen. Die Farbe wich so schnell aus seinem Gesicht, das einem ganz schwindelig davon werden konnte.

Was war das?, fragte ich in seine Richtung, aber er schüttelte kaum merklich den Kopf und verabschiedete sich mit einem angespannten Lächeln.

Nachdem sich die Tür geschlossen hatte, beugte sich Annie etwas weiter zu mir. »Was ist denn mit dem los?«

»Ganz ehrlich, ich habe keinen blassen Schimmer.«

Irgendetwas war zwischen Annie und Zayden geschehen, als sie sich berührt hatten, und auf dem Rückweg zum College hatte ich endlich die Möglichkeit, die kribbelnde Frage in meinem Inneren laut auszusprechen.

Zayden gab einen unverständlichen Laut von sich und warf mir einen kurzen Seitenblick zu, ehe er sich wieder auf die Straße konzentrierte.

»Meine Zeit mit Annie ist so gut wie vorbei«, antwortete er leise und mahlte mit den Zähnen. Ich entschied für mich, dass ich dieses Geräusch nicht mochte.

»Wie darf ich das verstehen?«

Er ließ den Atem aus seiner Lunge entweichen und strich sich einige Strähnen aus dem Gesicht. »Ich habe mich vor einigen Jahren an Annie gebunden, weil sie seelisch sehr angeschlagen war, und bin bei ihr geblieben, weil sie niemanden hatte, der für sie da war, wie sie es gebraucht hätte. Jetzt ist sie nicht mehr alleine. Sie hat dich. Wer hätte gedacht, dass ausgerechnet eine Dämonin kommen musste, damit Annie wieder Lebensfreude verspürt.« Zayden lächelte vor sich hin und ich tat es ihm nach.

Ja, ausgerechnet ich.

»Es tut mir leid, dass ich mich verkrochen habe, Zayden«, sagte ich dann und zog ein Bein an.

»Vergiss es.« Er winkte ab und bog schwungvoll in die Straße, an dessen Ende das *King Albert College* lag. Dann beschleunigte er und der Motor heulte auf.

Ich sah ihn von der Seite an. »Nein. Ich meine es ernst.

Du warst für mich in jener Nacht da, du hast mich aus dem Wrack gezogen und vor den Menschen beschützt, als ich es nicht konnte – und du warst ehrlich zu mir, als mich meine Familie belogen hat. Es war nicht fair von mir, dich einfach zu ignorieren und abzuschreiben.«

Seine Züge verhärteten sich merklich, doch er äußerte sich nicht. Wir passierten das Tor in die Tiefgarage und fanden einen freien Parkplatz, auf dem Zayden einparkte. Ein Handgriff und der Motor verstummte, sodass eine bedrückende Stille zwischen uns Einzug hielt, die man problemlos hätte zerschneiden können.

»Lya, ich habe es dir schon erklärt, als Iljos bin ich dir verpflichtet. Das war es. Mehr kann und wird es nicht geben.«

Vielleicht hatte ich es bisher nicht wahrhaben wollen, aber seine Worte versetzten mir einen schmerzhaften Stich.

»Für mich auch«, gab ich kaum hörbar zurück, öffnete die Tür und stieg aus dem Wagen. Diese Lüge schmeckte bitter auf meiner Zunge.

In meiner Vergangenheit hatte ich einige One-Night-Stands mit Jungen gehabt. Eine Nacht, Spaß, Vergnügen und Lust und das war es gewesen. Ich war gegangen und hatte keinen einzigen Gedanken mehr daran verschwendet. Aber seit der Nacht mit Zayden fiel es mir schwer, mir etwas Vergleichbares mit einem anderen überhaupt nur vorzustellen. Als hätte er mich umprogrammiert und nicht lediglich in dieser Beschützer-Sache an sich gebunden.

Ich ballte die Hände zu Fäusten und marschierte auf den Fahrstuhl zu. Es hatte schon einen guten Grund gehabt, warum ich mich bisher von derartigen Beziehungen ferngehalten hatte. Das war nicht mein Ding.

Ich konnte es nicht leiden, wenn mir jemand meine Stärke

raubte und eine solche Macht über mich besaß, dass ich quasi handlungsunfähig war. Und bisher war es mir auch ganz gut gelungen, mich solchen Verbindungen zu entziehen – bis dieser Mistkerl aufgetaucht war.

Gereizt hämmerte ich auf den Knopf und fasste meine Haare zu einem Pferdeschwanz zusammen. Hinter mir hörte ich Schritte, aber ich würde Zayden nicht auch noch die Befriedigung geben, jetzt in mein Gesicht sehen zu können. Es reichte schon, dass er vermutlich in meinem Kopf nur zu genau lesen konnte, wie sehr mir das alles an die Nieren ging.

Er konnte mich mal kreuzweise.

»Lya.«

»Spar dir das, okay? Lass einfach gut sein«, fauchte ich, ohne mich umzudrehen. Bei der Hölle, hatte ich mir das alles nur eingebildet? Seine Sorge, die Sanftheit, mit der er mir begegnete? Dieses ganz spezielle Lächeln, das er mir geschenkt hatte?

Ein Knurren kam über meine Lippen, dann hörte ich endlich das *Pling* des Aufzugs. *Wurde aber auch Zeit!*

Doch ich kam nicht dazu, auch nur einen Schritt zu machen. Starke Hände rissen mich am Oberarm herum, sodass ich gegen Zaydens harte Brust flog, und hielten mich dann schraubstockartig an Ort und Stelle. Ich hielt den Atem an und starrte zu ihm herauf.

»Nur weil ich es nicht tue, heißt das noch lange nicht, dass ich nicht möchte«, flüsterte er und umfasste mein Kinn. Sanft, aber bestimmt zog er es ein Stück rauf und hauchte einen federleichten Kuss auf meine Lippen.

Ich schloss die Augen und drückte mich enger an ihn. Mein Körper schien sich nur zu genau an die Nacht zu erinnern, in der ich ihm das erste Mal so nahe gewesen war.

Augenblicklich begann mein Herz zu rasen und pumpte Adrenalin in Lichtgeschwindigkeit durch meine Adern, während meine Energie hell aufleuchtete, als sie Zaydens zu spüren begann.

Zayden wollte sich lösen, doch ich legte meine freie Hand an seine raue Wange und hielt sein Gesicht bei mir, um ihn noch einmal zu küssen.

Seine Lippen ... die Berührung prickelte und schmeckte süß.

Ein heiserer Laut kam ihm über seine Lippen und seine Hände wanderten von meinem Kopf zu meiner Hüfte und umfassten sie fester, als ich den Kuss vertiefte. Ich fuhr von seiner Wange seinen Hals hinab zu seinem Schlüsselbein und vergrub meine Finger dann in seinen blonden Haaren wie in jener Nacht.

»Es war damals falsch und jetzt ist es das immer noch, Lya«, murmelte Zayden an meinen Lippen und legte seine Stirn dann an die meine.

»Ich bin ein Dämon, Zayden. Schon vergessen? Ich stehe auf falsche Sachen«, erwiderte ich und schmiegte mich an seinen unnachgiebigen Körper, als er seine Arme um mich schlang.

»Du bringst uns beide um.«

Im Augenblick war mir das ziemlich egal. Ich wollte nur, dass dieses brennende Verlangen in meinem Inneren endlich gestillt wurde, und ich wusste, dass nur Zayden und seine Berührungen dazu in der Lage waren.

Er seufzte und schüttelte den Kopf. »Du hast ja keine Ahnung«, raunte er und ließ seine Hände an meinen Seiten auf und ab gleiten und verursachte damit einen Schauer nach dem anderen in meinem Inneren.

Ich sah zu ihm auf. »War das ein Ja?«

Einer seiner Mundwinkel zuckte, dann fuhr er mit seinem Finger sanft über die Narbe an meiner Augenbraue, wobei er seine Lippen zu einem schmalen Strich zusammenpresste.

Die Aufzugtüren schlossen sich wieder mit einem leisen *Pling*, aber meine Gedanken waren an einem ganz anderen Ort. Seine Berührungen lösten mich von dem Hier und Jetzt.

Zayden umschloss meine Hände und zog sie sanft von seinen Haaren fort, die sich so seidig und weich unter meinen Fingern anfühlten, und legte sie sich um den Hals.

»Wenn man mir nicht längst einen Platz in der Hölle reserviert hat, dann werde ich spätestens jetzt eine Buchungsbestätigung bekommen«, murmelte er an meinem Mund, biss mir spielerisch in die Unterlippe und hob mich dann mit einem Ruck hoch. Ich schlang meine Beine um seine Hüfte und ließ meine Finger an seinem Hals auf- und abgleiten.

»Ich kann ja mal mit Daddy sprechen, du bekommst bestimmt einen ganz besonderen Platz.«

Zayden zog die Augenbrauen hoch, gab mir einen Klaps auf den Hintern und öffnete den Fahrstuhl erneut, der geduldig auf uns gewartet hatte.

Wir fuhren bis in das Internatsstockwerk, in dem mein Zimmer lag und stolperten dann mehr oder weniger elegant in mein Bett.

Kichernd wischte ich mir einige Strähnen aus dem Gesicht und beobachtete vom Bett aus, wie Zayden sich das Sakko seiner Schulkleidung von den Schultern zog und dann das Hemd aufknöpfte. Seine grünen Augen lagen auf mir und seine Mundwinkel zuckten, dann hielt er inne und setzte sich neben mir auf die Decken. Fragend richtete ich mich auf und stützte mich auf die Unterarme.

Zayden streckte die Hand aus, fuhr über meine Wange und ließ sie dann dort liegen. Unwillkürlich schmiegte ich mich an seine Finger.

»Lya, wenn du zur Vernunft kommst, dann wäre jetzt der richtige Zeitpunkt, um mich vor die Tür zu setzen.«

Ich hob meine vernarbte Augenbraue.

»Glaub mir, ich will das hier. Mehr als du dir vorstellen kannst. Schon seit unserer Begegnung auf der Black-Party, unserem Tanz. Du warst so kratzbürstig und trotzdem ...«

Er verstummte und schüttelte den Kopf. »Wir beide gehen ein viel zu großes Risiko ein, wenn wir das hier zulassen.«

Bestimmt schüttelte ich den Kopf und rümpfte die Nase. »Du kannst dir gar nicht vorstellen, wie egal mir dieses Risiko ist. Ich weiß, was ich möchte, und wenn es noch so falsch ist.« Ich schluckte und sah zur Seite.

Irgendwann, ich konnte nicht genau sagen, wann es geschehen war, hatte sich Zayden in meinen Gedanken eingenistet – und in meinem Herzen.

Bisher hatte ich noch nie etwas Derartiges für einen Jungen gefühlt. Klar, ich liebte Roy auf eine gewisse Art und Weise und Annie, Reena und meine Familie auch, aber Zayden ...

Meine Gedanken drehten sich plötzlich nicht nur um mich und Dinge, die mich etwas angingen, sondern fanden, ohne dass ich etwas dagegen hätte unternehmen können, immer wieder ihren Weg zu diesem Jungen, der das Gegenteil meines Wesens war. Diese Liebe war neu und schon jetzt wusste ich, wie schmerzhaft sie sein konnte.

Seine andere Hand umschloss meine Wange, bevor er mich sanft zu sich zog und einen zärtlichen Kuss auf meine Lippen hauchte, der einen angenehmen Schauer über meinen Körper schickte. »Ich will dich nicht verletzen, Lya, und ich kann dir nicht versprechen, dass es niemals dazu kommen wird. Wenn wir das hier zulassen, dann wird Leid kommen.« Wortlos schüttelte ich den Kopf. »Aber ich werde bei dir sein, um den Schmerz zu lindern und das Leid gemeinsam mit dir zu ertragen, wenn du das möchtest, Lya. Wenn nicht, werde ich jetzt durch diese Tür gehen und du wirst mich nicht wiedersehen, wenn du das nicht möchtest.«

Ich spürte, wie Tränen in meinen Augen aufstiegen. Wann war ich eigentlich so emotional geworden?

»Hast du es immer noch nicht verstanden? Ich habe schon lange keine Wahl mehr«, flüsterte ich und Tränen liefen mir über das Gesicht. Ich schaute ihm in seine grünen Augen, in denen seine helle Energie pulsierte.

Seine Lippen verzogen sich zu einem leisen Lächeln, dann senkte er seinen Mund herab und küsste mich endlich.

Unsere Hände fuhren rastlos über den Körper des anderen, lernten einander ein zweites Mal kennen, aber heute fühlte es sich anders an. Unsere Bewegungen waren langsamer, zärtlicher und dennoch nicht weniger fordernd und von Lust gesteuert, als in unserer ersten Nacht.

Ich zog Zayden das Hemd über den Kopf und fuhr über seine Brust und seinen muskulösen Bauch, über die erhabene Narbe bis zum Bund seiner Hose.

»Nein«, sagte Zay sanft, nahm meine Hände und hielt sie über meinem Kopf fest. Dann begann er Küsse auf mein Gesicht, meinen Hals, meinen nackten Oberkörper zu hauchen, immer tiefer.

Ich schloss die Augen und streckte mich ihm instinktiv entgegen, während ich ihm das Kommando überließ. Noch etwas Neues für mich.

Ich entschied, das Liebe und Lust eine teuflische Mischung waren, etwas, das in der Hölle entstanden sein musste ... dann verschwand auch der letzte Gedanke aus meinem Kopf und es gab nur noch Zayden und die Leidenschaft.

Die Uhr auf meinem Nachtisch zeigte kurz vor Mitternacht an, als ich die Augen aufschlug und mich vorsichtig zur Seite rollte, um ihn nicht zu wecken.

Zayden hielt mich mit seinen starken Armen fest an seine Brust gedrückt und atmete ruhig und gleichmäßig. Auch wenn er es nicht gerne hörte, er sah aus wie ein Engel.

Ich konnte es kaum fassen, dass Zayden sich in mich ebenso verliebt hatte, wie ich mich in ihn, und dass er zugelassen hatte, dass wir diesem Verlangen nachgaben.

Was wir hier taten war keine Kleinigkeit, sondern ein waschechter Hochverrat. Sollte mich mein Vater nicht wegen meines wandelnden Wesens umbringen, dann aber spätestens, weil ich mein Volk verraten und mich nicht nur körperlich, sondern auch seelisch einem Iljos hingab.

Aber ist es wirklich noch mein *Volk?*

Das waren zu verworrene Gedanken für diese Nacht, die so unglaublich angefangen hatte. Sanft strich ich Zayden eine Strähne aus dem Gesicht und schlüpfte dann vorsichtig aus seiner Umarmung heraus. Mit einem widerwilligen Brummen zog er seinen Arm zurück und drehte sich auf die andere Seite.

Grinsend stand ich auf, zog mir einen Pullover und eine Jogginghose an und stahl mich dann lautlos aus meinem Zimmer.

Totenstille herrschte im Internat. Die meisten Schüler waren über das Wochenende nach Hause gefahren. Die wenigen, die hiergeblieben waren, schliefen entweder schon oder waren unterwegs. Ich umschlang mich selbst mit meinen Armen und folgte dem Gang, der mit dunkelrotem Teppich ausgelegt war, zu einem der drei Treppenhäuser. Die ausgetretenen Stufen knarzten unter meinen Schritten, als ich in das oberste Geschoss stieg. Annie hatte mir vor einiger Zeit von einer kleinen Dachterrasse erzählt, die zwar zum privaten Bereich gehörte, aber trotzdem immer wieder von Schülern genutzt wurde.

Der Flur im obersten Stockwerk war schmal, kurz und hatte eine niedrige Decke. Staub lag in der Luft und es hätte mich nicht gewundert, wenn mir dunkle, große Fledermäuse entgegengekommen wären. Hier oben gab es nur zwei Türen, sodass ich die Dachterrasse schnell gefunden hatte. Mit einem Ruck stieß ich die kleine Tür auf und fuhr mit einem spitzen Schrei zusammen, als plötzlich Lennox vor mir stand. Neben ihm lehnte Endian am Geländer und genoss die Aussicht über London.

»Guten Abend, Elyanor.«

»Hi«, antwortete ich und machte Anstalten, auf dem Absatz kehrtzumachen, aber Zaydens ältester Bruder hielt mich zurück.

»Du kannst gerne bei uns bleiben und uns Gesellschaft leisten, nachdem Zayden augenscheinlich vom Erdboden verschluckt wurde. Hast du ihn zufälligerweise gesehen?«

Ich spürte, wie mir die Hitze in die Wangen stieg und schob trotzig das Kinn vor. »Ich will eure wichtigen Gespräche nicht stören, aber danke für die Einladung.«

Lennox lachte leise und zog mich am Arm zum Geländer, sodass ich zwischen Endian und ihm stand. Für einen Moment verlor ich mich tatsächlich im Anblick der Stadt. Ein

Meer aus Lichtern breitete sich um uns herum aus, unter uns die künstlichen Lichter Londons, über uns die Sterne und der halbverhangene Mond.

»Wie geht es der Kleinen?«

Ich wandte den Kopf zu Endian, der selbst hier oben, weit weg von dem unangenehmen Mittagessen heute, grimmig meinen Blick erwiderte.

»Bitte?«

»Annie. Hat Zayden es wieder verbockt?«

»Nein«, antwortete ich gereizt und umklammerte das Geländer fester. »Es geht ihr gut, sie ist wach und kann bald entlassen werden.«

»Was für ein Glück«, antwortete Lennox und legte den Kopf in den Nacken, als würde er im Schein des Mondes baden.

Wenn ich Zaydens Worten Glauben schenkte, dann war es ohnehin nicht mehr von Bedeutung, wie es Annie ging, die Notwendigkeit, ihr Beschützer zu sein, bestand nicht mehr, und damit endete auch seine Pflicht ihr gegenüber.

Dann beschützte er nur noch mich.

Wenn ich gekonnt hätte, würde ich mich von ihm lösen. Das Letzte, was ich wollte, war, ihn und seine ganze Familie in meine beschissene Lage mit hineinzuziehen. Aber vermutlich war es dafür ohnehin schon zu spät.

»Dann wird er spätestens bei dir versagen.« Endian richtete seine grünen Augen auf mich, aber ich ignorierte ihn, so gut es ging.

»Endian.« Lennox sah seinen kleinen Bruder warnend an, sodass dieser tatsächlich den Kopf einzog.

Ich biss die Zähne so fest aufeinander, dass ich schon meinte, sie knirschen zu hören. Es konnte ihnen doch nicht egal sein, dass Zaydens Leben an Annie und mich gekoppelt war, oder? Sie waren schließlich Brüder.

»Ich habe gehört, was du für Ruby getan hast. Danke«, sagte Lennox dann und ich bildete mir ein, sogar ein kleines Lächeln auf seinen Lippen zu sehen. »Sie spricht sehr gut über dich.«

Ich nickte und folgte mit den Augen einem festlich beleuchteten Boot, das auf der Themse dahinglitt. »Nicht alle Dämonen sind Monster.«

Endian schnaubte. »Bisher bin ich noch keinem blumenstreuenden Friedensdämon begegnet, weißt du?«, brachte er spöttisch und mit einem freudlosen Grinsen vor.

»Ich war auch nicht besonders davon angetan, mit einer Klinge an der Kehle aufzuwachen und alleine aus dem Grund getötet zu werden, dass ich eine Dämonin bin«, gab ich genauso ironisch zurück und verengte die Augen.

»Das einzig Richtige, meiner Meinung nach.« Endian ließ das Geländer los und baute sich drohend vor mir auf.

»Genau, nur ein toter Dämon ist ein guter Dämon, oder was?«

»Fahr doch zur Hölle!«, spuckte er mir entgegen und stürmte zur Tür.

»Liebend gerne!«

Die Tür knallte und ich blieb alleine mit Lennox zurück. Dieser seufzte, lehnte sich lässig mit überkreuzten Beinen gegen das Geländer. »Endian hat nicht viel übrig für deinesgleichen. Du magst zwar zur Hälfte eine Iljos sein, aber für ihn wirst du immer ein Dämon bleiben.«

»Ach, ist mir gar nicht aufgefallen.« Ich pustete mir eine Strähne aus dem Gesicht und stieß den Atem aus.

»Weißt du, Elyanor, ich bin nicht dumm. Ich habe bemerkt,

wie mein Bruder dich ansieht und wie du ihn anschmachtest.« Ich wollte protestieren, doch Lennox fuhr fort. »Vermutlich liegt er unten in deinem Zimmer, nachdem ihr auch die letzte Grenze, die es noch gab, überschritten habt. Aber wie dem auch sei, dir ist sicherlich die lange Narbe aufgefallen, oder?«

Überrumpelt von dem Umstand, dass Lennox bereits die richtigen Schlüsse über unsere fragilen Gefühle gezogen hatte, noch bevor Zayden und ich uns darüber im Klaren waren, konnte ich nur nicken.

»Es ist schon eine Weile her, Ruby war erst vier oder fünf, aber ich werde nie vergessen, wie Endian den halbtoten Zayden vor meine Füße gelegt hat.« Lennox' Augen flogen in die Ferne und sein Ausdruck wurde nachdenklich. »Dad ist an dem Abend mit Endian und Zay aufgebrochen, um sich mit einem Grafen der Hölle zu treffen. Es ging um ein neues Abkommen und meine Brüder sollten lernen, wie so etwas abläuft.« Seine Finger krallten sich um das Geländer. »Ich wollte mitkommen, Herrgott, hätten sie mich doch bloß mitgenommen! Dann wäre das vielleicht nicht ganz so aus dem Ruder gelaufen.«

Ich wusste weder, was ich darauf antworten sollte, noch ob er überhaupt eine Antwort von mir erwartete, also schwieg ich.

»In dieser Nacht ist mein Vater gestorben und Zayden wäre ihm beinahe gefolgt, nachdem ihm ein Handlanger des Grafen den Bauch aufgeschlitzt hatte. Endian haben sie gefoltert und für zwei Wochen in die Hölle verschleppt, aber sein Leben haben sie letztlich *verschont*, damit er von der Geschichte berichten konnte. Er war damals noch sehr jung und die Schuld zermürbt ihn noch heute. Endian ist der festen Ansicht, dass er seinen kleinen Bruder hätte beschützen müssen. Manchmal glaube ich, dass es besser gewesen wäre, wenn er das alles nicht überlebt hätte.« Nach dieser Enthüllung wunderte es mich nicht mehr, dass Endian eine solche Abscheu gegen meine Leute hegte. Mir würde es nicht anders gehen, wäre ich an seiner Stelle gewesen. »Zayden hat vier Monate bewegungslos im Bett gelegen und Endian ist ihm kaum von der Seite gewichen. Diese Zeit war die Hölle für uns alle. Mum hatte ihren Mann verloren, wir unseren Vater, und keiner von uns wusste, ob Zay es schaffen würde. Es mag vielleicht auf Außenstehende so wirken, als wären wir eine verkorkste Familie, und in gewisser Weise stimmt das auch, aber egal was passiert, jeder steht für jeden ein, jeder würde alles für den anderen tun.«

Ich nickte langsam und wandte mich Zaydens ältestem Bruder zu. »Da haben wir etwas gemeinsam.«

Für einen kurzen Moment erwiderte er meinen Blick. »Du machst es unserer Familie nicht leicht, zusammenzuhalten. Dass sich Zayden an dich gebunden hat, ist in den Augen von Endian, Raphael und vielleicht auch Mum ein großer Verrat an unserem Volk.«

»Ich würde diese Verbindung auflösen, wenn ich einen Weg wüsste, Lennox.«

»Und deine Gefühle?«

Ertappt sah ich zur Seite und pulte am teilweise abgeblätterten Lack des Geländers herum.

Lennox atmete hörbar aus. »Wie dem auch sei. Auch wenn wir im Augenblick nicht allzu gut auf Zayden zu sprechen sind und deine Anwesenheit für noch mehr Unruhe als gewöhnlich sorgt, stehen wir hinter ihm. Ich nehme an, er hat dir von den Beschützern und unseren Traditionen erzählt?«

»Davon, dass man ihm die Flügel abschlägt, sollte mir etwas passieren? Ja, das hat er erwähnt«, erwiderte ich bitter.

»Gut. Dann ist dir hoffentlich auch klar, welche Rolle du zu spielen hast. Meinetwegen kannst du das Bett meines Bruders wärmen und mit ihm über Blumenwiesen laufen, aber bedenke bei allem, was du tust, dass du das Einzige bist, das zwischen ihm und dem Tod steht, Elyanor. Mehr verlange ich nicht.«

Kapitel 21

Ich erwähnte das Gespräch mit Endian und Lennox mit keinem Wort, als ich am nächsten Morgen neben Zayden aufwachte, sondern erlaubte mir, meine Sorgen zur Seite zu schieben, als ich in seine lächelnden Augen schaute.

Noch ein erstes Mal für mich.

Bisher hatte ich keinem Jungen erlaubt, die ganze Nacht mit mir zu verbringen.

»Da fühle ich mich aber geschmeichelt«, sagte Zayden leise und sprang außer Reichweite meiner Hände, bevor ich ihm einen Energieschlag verpassen konnte.

»Ich habe dir keinen Freifahrtschein für meinen Kopf gegeben, Parasit.«

Er grinste nur und zog sich die zerknitterten Sachen von gestern an, ehe er zu mir kam und mir einen Kuss auf die Stirn gab. »Sehen wir uns heute Abend?«

Ich nickte, zog seinen Kopf zu mir herunter und gab ihm einen richtigen Kuss. »Bis später, und lass dich nicht von deinen Brüdern zu Asche verwandeln.«

»Danke für den Ratschlag, Dämon.«

Nachdem er mich alleine gelassen hatte, lag ich noch eine Weile im Bett, dachte an unsere Nacht und die Worte, die zwischen uns gefallen waren, und versuchte, resolut das Ziehen in meinem Magen zurückzudrängen, das Lennox dort gepflanzt hatte.

Ich wusste selbst, wie unvernünftig es war, sich auf diese Beziehung einzulassen, und dann auch noch zu dem denkbar ungünstigsten Zeitpunkt. Aber ich war das erste Mal wirklich verliebt. Das hatte ich mir irgendwann eingestehen müssen. Ich konnte nicht anders und wollte auch nicht länger gegen diese Gefühle ankämpfen.

Und außerdem war ich ein egoistischer Dämon, der sich nur zu gerne nahm, was er wollte.

Am frühen Nachmittag verdrückte ich mich in die Bibliothek, las und verfiel in ein kurzes Gespräch mit Leevi, den ich dort traf. Ihm war anzusehen, dass er nicht so recht wusste, wie er sich mir gegenüber verhalten sollte. Wirklich übel nehmen konnte ich es ihm nicht.

Später am Abend zog ich mich mit Zayden in einen der Aufenthaltsräume des Internats zurück, der genauso altertümlich eingerichtet war wie der große Raum, in den mich Annie vor Kurzem geführt hatte. Eine riesige Ledercouch stand vor einem Kamin, in dem momentan aber kein Feuer brannte, schwere Teppiche bedeckten den Boden und deckenhohe Regale voller Bücher, alter Spiele und sonstigem Krimskrams füllten den Raum. Über dem Kamin hing ein verstaubtes Bild von irgendeinem alten Typen mit Gewehr und totem Fuchs über der Schulter. Morbide.

Ich zog die Beine an und setzte mich im Schneidersitz Zayden gegenüber, der mich aus dunkelgrünen Augen beobachtete.

»Und? Wie ist das erneute Aufeinandertreffen mit deinem Onkel gelaufen?«

Zayden zuckte die Schultern und legte einen Arm auf die Rückenlehne. »Er kann nichts daran ändern, dass ich mich an dich gebunden habe, also muss er wohl oder übel damit klarkommen. Begeistert ist er trotzdem nicht, genauso wenig wie meine Mutter. Sie hat mir einen ewig langen Vortrag gehalten. Wäre ich nicht schon weit über achtzig Jahre alt, hätte sie mir vermutlich Hausarrest gegeben.«

Ich grinste. Dann verlief das Altern bei Iljos also ähnlich wie bei Dämonen.

»Genau. Nur Ruby altert normal, was irgendwann zu einem Problem werden wird. Schon jetzt sieht sie älter aus als Leevi, dabei ist sie, wenn man es genau nimmt, zehn Jahre jünger als er.«

Vielleicht sollte ich mich langsam damit abfinden, dass er immer wieder in meinem Schädel herumspuken würde, egal, was ich tun oder sagen würde. Resigniert schüttelte ich den Kopf. »Was gibt es sonst noch so über Iljos zu wissen?«

Einer seiner Mundwinkel hob sich. »Was möchtest du denn wissen?«

Ich schaute in den erloschenen Kamin und zwinkerte den darin aufgestapelten Holzscheiten zu. Sofort begannen orangerote Flammen an dem Holz zu lecken und führten ihren knisternden Tanz auf. Sie loderten hoch und verschlangen das Holz schneller, als es ein gewöhnliches Feuer getan hätte.

Wieder las er die nächste Frage bereits in meinen Gedanken. »Ich fürchte, es wird wohl immer ein Teil von mir bleiben, Dinge in Flammen aufgehen zu lassen. Unsere Energie mag ähnlich sein, aber wo ihr das Feuer und die Hitze kontrolliert, gehorchen uns Wasser und Kälte.«

Ich zog die Augenbrauen zusammen. »Wir?«

Zayden lächelte sein geheimnisvolles Lächeln und griff nach meiner Hand. »Ich werde es dir noch zeigen, aber nicht jetzt. Komm her.«

Sanft zog er mich zu sich und ich schmiegte mich an seine Seite, während wir in das Feuer schauten. Der Schein von

Flammen hatte mich schon immer fasziniert und beruhigt. Meine Gedanken kreisten wieder um meine frühere Theorie, ob der Kamin hier im Internat auch ein Höllenportal war, aber ehrlich gesagt, hatte ich gerade wenig Lust diese Vermutung zu überprüfen.

»Hier gibt es keine Portale – nicht mehr. Mein Onkel hat dafür gesorgt, als er das College übernommen hat. Absolut dämonenfreie Zone, von dir einmal abgesehen.« Er knuffte mich in die Seite, sodass ich überrascht quiekte, dann lag einer seiner schlanken Finger auf meiner Augenbraue.

»Woher hast du die?«

»Die Narbe scheint dich ja wirklich brennend zu interessieren.«

»Vielleicht frage ich mich, wer außer mir in der Lage war, dich zu verletzen?«, erwiderte Zayden achselzuckend und hob mich kurzerhand auf seinen Schoß.

Aufmerksam schaute ich in seine grünen Augen und legte den Kopf leicht schief. »Kein Iljos, wenn du das meinst. Ich bin auf einen Stein gefallen, als ich mit meiner besten Freundin einen von Dads Höllenhunden gejagt habe.«

»Sicher, dass du ihn gejagt hast und nicht andersherum?«

Ich versetzte ihm einen leichten Klaps. »Ziemlich sicher. Lucy war ausgebrochen, weil ich vergessen hatte, die Tür zu schließen, also war es an mir, sie wieder einzufangen. Die sind verdammt schnell, diese Biester, und ich bin gestolpert. Ende der Geschichte. Und dank meiner verpfuschten Gene habe ich eine Narbe behalten.«

»Hm, ich bin noch nie einem Höllenhund begegnet, aber mir gefällt deine Augenbraue so wie sie ist.«

Mir kam ein leises Lachen über die Lippen. »Sei froh, das sind richtige Monster, die können ziemlich ungemütlich werden, und eigentlich hören sie nur auf meinen Vater.« Ein Schatten flog über mein Gesicht, ohne dass ich ihn aufhalten konnte.

»Du vermisst dein Zuhause«, stellte Zayden bedauernd fest und strich eine meiner Strähnen, die sich aus meinem unordentlichen Knoten gelöst hatten, hinter mein Ohr.

Ich wandte den Kopf zur Seite. »Ja, aber ich muss mich wohl langsam daran gewöhnen, dass die Erde meine neue Heimat ist, denn wenn es nach Daddy geht, wird das Einzige von mir, das jemals wieder den Hades zu Gesicht bekommt, meine Leiche sein.«

Den Sonntag verbrachte ich mehr oder weniger damit zu lernen. Es standen zwei Klausuren an, und da sich mein Aufenthalt hier über kurz oder lang verlängern würde, wollte ich mir nicht die Blöße geben und jämmerlich versagen.

Am Nachmittag besuchte ich mit Zayden Annie im Krankenhaus, wo sie mir die freudige Botschaft überbrachte, dass sie bereits am Dienstag zurück ins Internat und Mittwoch in den Unterricht kommen würde. Dass ich jetzt mehr oder weniger offiziell mit Zayden zusammen war, ließ ich zunächst unerwähnt, das war etwas für einen Mädelsabend mit Tequila auf ihrem Bett.

Abends ließ ich mich von Ruby dazu breitschlagen, mit ihr und dem Darahia-Clan zu essen und später einen Film mit ihr anzuschauen. Tatsächlich verlief das Abendessen entspannter als am Freitag, wenn auch nur bedingt angenehmer. Vielleicht lag es daran, dass ich Zayden an meiner Seite und von Lennox mehr über die Familie erfahren hatte.

Und dann war das Wochenende auch schon vorbei.

Bevor Annie überhaupt danach greifen konnte, hatte ich mir auch schon ihre Tasche geschnappt und hängte sie mir über die Schulter. Tadelnd sah ich sie an und half ihr vom Stuhl, wobei ich wieder etwas von meiner Energie in ihren Körper lenkte. Seit Mittwoch unterstützte ich ihre Heilung ein bisschen, sobald wir uns berührten. Wie auch immer die Machtverlagerung in meinem Inneren genau ablief und was genau sie mit mir anstellte, mittlerweile brauchte ich zum Heilen kein Blut mehr und es ging mir deutlich leichter von der Hand.

»Denk nicht mal dran, deine Sachen alleine zu tragen«, sagte ich bestimmt und reichte ihr die Krücke. Da ihr Ellenbogen noch immer eingegipst war, konnte sie nur eine Krücke nutzen und war dementsprechend schwerfällig unterwegs. Im Krankenhaus hatte man ihr einen Rollstuhl angeboten, aber sie hatte schnippisch abgelehnt.

Rollstühle sind etwas für alte Menschen, hatte sie gesagt und die Pflegerin hatte ziemlich schnell einen Abgang gemacht.

»Ja, ja, Mama«, murmelte sie, konnte sich ein Grinsen jedoch nicht verkneifen. »Also, wo wartet dein Romeo?«

Ich verzog das Gesicht und zog mir meine Tasche über die noch freie Schulter.

Am Donnerstagabend hatte ich Annie gebeichtet, dass ich mehr oder weniger unfreiwillig mit Zayden zusammengekommen war – ohne Tequila, was ein schwerer Fehler gewesen war, aber ihre Schmerzmittel erlaubten noch keinen Alkohol. Wenn es nach mir gehen würde, dann wäre Annie schon wieder kerngesund, aber Zayden meinte, einige der Verfolger wüssten vermutlich von meinen Heilkünsten und eine Wunderheilung würde sie direkt zu mir führen.

Ich horchte in mich hinein und lächelte. Zaydens Energiesignatur erschien vor meinem inneren Auge wie ein glei-ßend helles Licht und es war nicht besonders schwer, die-ses zu orten.

»Vor der Tür vermutlich und er ist nicht mein Romeo«, gab ich zurück und schob den Stuhl zur Seite, sodass sich Annie hinter dem Tisch hervorschieben konnte. Die Anstrengung war ihr nur zu deutlich ins Gesicht geschrieben, aber ich würde einen Teufel tun und sie darauf ansprechen.

»Rede dir das nur weiter ein, Schwester.«

Wir verließen als Letzte den Klassenraum und trafen auf dem Flur auf Zayden, der seine kleine Schwester im Schlepptau hatte. Er beendete das Gespräch mit Ruby, um mir einen kurzen Kuss auf die Lippen zu hauchen. Sofort begann in mir eine Hitze zu wüten, die rein gar nichts mit meinem Dämon, der zurzeit im Dornröschenschlaf war, zu tun hatte.

Seine Lippen verzogen sich wissend.

»Alles klar bei euch?«, fragte er uns und nahm mir beide Taschen ab.

»Ja, ich habe alles im Griff.« Ich bedachte ihn mit einem vielsagenden Blick und schloss dann Rubina in den Arm – wir waren wirklich Verbündete geworden.

»Hey, Ruby, kommst du mit uns essen?«

Sie nickte und warf ihrem Bruder einen finsteren Blick zu. »Ich habe doch gesagt, dass sie nichts dagegen haben.«

Zayden seufzte bloß und legte seinen Arm um meine Schul-tern. »Gehen wir.«

Da wir auf Annies eingeschränkte Mobilität Rücksicht nehmen mussten, dauerte es eine Weile, bis wir endlich in der Cafeteria angekommen waren und einen Tisch ergattert hatten.

Zayden und ich meldeten uns freiwillig zum Essenholen, während Ruby Annie Gesellschaft leistete.

»Annie ist nicht sonderlich überzeugt davon, dass ich dir nicht innerhalb der nächsten vierundzwanzig Stunden das Herz aus der Brust reiße«, meinte Zayden, als wir uns zwei Tabletts holten und uns in die Schlange stellten. »Und alle anderen hier denken, ich würde dich nur benutzen.«

Ich zog die Augenbrauen zusammen und legte eine Hand auf seinen Arm. »Vielleicht benutze ich ja auch dich, aber keine Sorge, lange werde ich nicht mehr leben, denn deine Ex schmiedet schon die ausgefeiltesten Todespläne für mich.«

Seine grünen Augen begannen zu leuchten, dann knuffte er mich in die Seite, sodass mir beinahe das Tablett aus der Hand gefallen wäre. »Sie ist nicht meine Ex.«

Die Augen verdrehend, schnappte ich mir einen Teller Lasagne für Annie und einen Cheeseburger für mich. »Wer's glaubt.«

Zayden pustete sich eine Strähne seiner dunkelblonden Haare aus dem Gesicht und griff über mich hinweg nach zwei Äpfeln. »Mir ist egal, was die anderen denken, nur bei Annie nicht.«

»Weil sie mir wichtig ist?«

Er nickte und stupste mich leicht an, damit ich mich in Bewegung setzte und die Lücke schloss – wie an meinem ersten Tag hier.

»Du warst schon damals ziemlich kratzbürstig.«

Da hatte wohl wieder jemand in meinem Kopf herumgeschnüffelt. »Ich bin ja auch eine Prinzessin.«

Ein leises Lachen kam über seine Lippen. »Wie konnte mir das nur entfallen?«

Wir holten noch Getränke und für jeden einen Nachtisch

und kehrten dann zu Annie und Ruby zurück, die in ein angeregtes Gespräch vertieft waren.

»Was machen wir heute Abend?«, fragte Ruby mit einem schiefen Grinsen und nahm sich eine Pommes von meinem Teller. »Es ist Freitag! Und erzählt mir nicht, dass ihr vorhabt, hier rumzuhocken und zu verstauben.«

»Ich glaube, du hast erst mal genug vom Feiern und wilden Partys, findest du nicht auch?«, gab Zayden mit dem typischen Großer-Bruder-Unterton zurück, der mich in diesem Moment genauso nervte wie Ruby.

Auch wenn er nicht ganz unrecht hatte. Wäre ich an dem Abend nicht rechtzeitig auf Ruby aufmerksam geworden ...

Schnaubend wandte sich Ruby ab und rutschte auf ihrem Stuhl tiefer.

»Für mich gibt es ohnehin keine Party. Wenn ich das Schuljahr schaffen will, muss ich einiges nacharbeiten und am besten auch gleich vorarbeiten. Außerdem könnte ich mich in meinem derzeitigen Zustand höchstens auf einer Seniorenparty sehen lassen.« Annie zuckte die Achseln und sah Rubina entschuldigend an.

Mir war auch nicht nach Ausgehen zumute. Der Gedanke, den Abend im Bett mit einem guten Buch zu verbringen, war verlockend und vielleicht würde ich dann noch zu Annie huschen.

»Gut, dann wäre das ja geklärt.« Zufrieden beendete Zayden die Diskussion und machte sich über sein Essen her.

»Ihr seid wirklich langweilig, wisst ihr das?« Ruby schnappte sich ihr Tablett und stand auf. »Ich gehe dann doch lieber wieder zu meinen Leuten. Wir sehen uns.«

Man konnte Zayden an der Nase ablesen, dass er seiner kleinen Schwester am liebsten nachgelaufen wäre, um sie rund um die Uhr von Dummheiten abzuhalten, aber selbst er musste irgendwann einsehen, dass sie ihren eigenen Weg gehen und eigene Erfahrungen machen musste.

Zayden hob eine Augenbraue in meine Richtung, aber ich ging nicht darauf ein, sondern widmete mich wieder meinem Burger.

»Fliegst du in den Ferien nach Neuseeland?«, fragte Annie unvermittelt das Thema wechselnd und ich verschluckte mich prompt an meinem Essen.

Die nächsten anderthalb Wochen waren Herbstferien am College und ehrlich gesagt hatte ich bis zu diesem Augenblick keinen Gedanken daran verschwendet.

»Nein, ich werde hierbleiben«, antwortete ich, als ich mich wieder gefangen hatte, und wischte meine Hände an einer Serviette ab. »Was machst du?«

Annie runzelte die Stirn. »Meine Schwester meinte, wir könnten zu unserer Oma nach Dublin fliegen und dort die Zeit verbringen, aber ich schätze mal, dank des dämlichen Unfalls wird daraus eh nichts.«

Ich kaute auf meiner Lippe herum und griff über den Tisch hinweg nach ihrer Hand. »Hey, dann können wir zumindest die Tage zusammen verbringen und die Stadt unsicher machen. Was ist mit dir, Zayden?«

Er grummelte etwas Unverständliches und zuckte dann mit den Schultern. »Keine Ahnung, was sich Raphael ausgedacht hat, aber ich werde die Stadt vermutlich auch nicht verlassen. Der bekommt mich ganz sicher nicht auf noch so einen dämlichen Familienausflug aufs Land.«

»Apropos Raphael, meinst du, du kannst an die Halbjahresprüfungen rankommen? Zumindest für Biologie?«, fragte Annie und hielt ihre Gabel hoch.

Abwehrend hob Zayden die Hände. »Jetzt fühle ich mich wirklich ausgenutzt.«

Den Abend verbrachte ich wirklich mit einem Buch im Bett – mein persönlicher Tiefpunkt. Zayden war mit Lennox und Endian auf irgendeiner *Mission*, wie er es genannt hatte, und Annie hatte sich in ihrem Zimmer verbarrikadiert, um zu büffeln, weil sie der lächerlichen Meinung war, sie würde das Schuljahr nicht schaffen.

Was für ein Freitagabend.

Langsam, aber sicher bekam ich in meinem Zimmer einen Budenkoller. Vielleicht sollte ich mir doch Ruby schnappen und mit ihr die Stadt unsicher machen.

Schließlich wären wir zu zweit und ich könnte ein Auge auf sie haben. Und sollte uns jemand doof kommen, würde ich ihn einfach wegpusten. Klang doch nach einem Plan, oder?

Mein Handy vibrierte neben mir und holte mich aus meinen Gedanken. Noch immer war mir dieses kleine Wunderding nicht ganz geheuer, auch wenn ich nicht bestreiten konnte, dass es deutlich praktischer und schneller war, als einen Boten zu schicken.

Sorry, dass ich dich störe, aber könntest du mir einen Riesengefallen tun?

Die Nachricht war von Annie. Ich grinste und schrieb – ziemlich langsam – zurück.

Was bekomme ich dafür?

Tequila auf meinem Bett und tiefsinnige Gespräche.

Klang nach einem akzeptablen Preis.

Okay, schieß los.

Da ich ja, wie du selbst so schön festgestellt hast, ziemlich schlecht zu Fuß unterwegs bin, wäre es super, wenn du ein Buch, bei Waterpress *abholen könntest. Der ist in der Nähe von* King's Cross *und hat noch etwa eine Stunde offen.*

Ich zog eine Augenbraue hoch. Keine Ahnung, wo *King's Cross* war, aber das würde ich schon finden, und so hatte ich zumindest einen Grund, endlich aus dem Internat rauszukommen.

Klar, kein Problem. Ihr persönlicher Lieferservice ist schon unterwegs.

Annies Antwort kam sofort.

Du bist ein Engel!

Mein Lachen klang seltsam laut in meinem Zimmer. Engel? Wohl eher das genaue Gegenteil, liebe Annie.

Ich sprang aus dem Bett, schlüpfte schnell in eine Jeans und einen Kapuzenpullover, den Zayden gestern hier liegen gelassen hatte, bevor ich ein paar Sachen in eine Tasche stopfte und aus dem Raum rauschte.

Natürlich wäre es einfacher zu fliegen, aber Raphaels Verbot, das Zayden nur zu gerne wiederholte, klang leider ziemlich einleuchtend. Diejenigen, die in London waren, um mich zu finden, durften unter keinen Umständen herausfinden, dass ich mich als Iljos versteckte. Sonst wäre meine Tarnung aufgeflogen und sie würden auch Jagd auf Iljos machen, statt nur nach einer Dämonenprinzessin Ausschau zu halten.

Also begab ich mich unter die Erde und nahm die erstbeste U-Bahn in Richtung *King's Cross*. Ich musste einmal umsteigen – was sich für mich als ziemliche Herausforderung in dem Londoner U-Bahn-Chaos entpuppte – dann saß ich in der richtigen Tube und steckte mir meine Kopfhörer in die Ohren. Royath hatte mir auf das Handy, das er mir angedreht hatte, auch einige Playlists gespielt, die alle für ihn so typische schwachsinnige Namen besaßen.

Heiß werden mit Roy

Rein und Raus

Eine schnelle Nacht zu dritt

Das Lächeln in meinem Gesicht wurde traurig, dann scrollte ich zu der letzten Liste, die einfach nur *Lya* hieß. Die Lieder in dieser Playlist unterschieden sich so grundlegend von den anderen, dass ich schlucken musste. Ruhige Songs mit tiefsinnigen Texten und Melodien, die direkt ins Herz gingen. Ich hatte eine Gänsehaut.

Wieso war mir eigentlich nie aufgefallen, dass sich Roys Gefühle anscheinend in eine ganz andere Richtung entwickelt hatten als die meinen?

Die Stimme der U-Bahn verkündete meine Station. Ich fuhr mir schnell über die Augen und stieg aus – hinein in das nächste Chaos.

Der Bahnhof *King's Cross St. Pancras* war riesig und überforderte mich ein kleines bisschen mit den unzähligen Ausgängen, Treppen und Korridoren, die sich scheinbar ungeordnet durch den Untergrund zogen. Mal ehrlich, wie sollte man sich hier zurechtfinden? Kurzerhand steuerte ich eine Informationsstelle an und erkundigte mich nach dem Buchladen, von dem Annie gesprochen hatte.

Fünfzehn Minuten später stand ich vor dem *Waterpress Book Store* und schlüpfte gerade noch hinein, bevor der rundliche, alte Verkäufer abschließen konnte.

»Miss, wir schließen.«

»Ich müsste nur ein vorbestelltes Buch abholen. Geht das noch?«

Er brummte etwas Unverständliches in seinen grauen Rauschebart und nickte dann mit einem grimmigen Lächeln. »Folgen Sie mir.«

Wir stiegen einige Stufen zwischen zwei Bücherregalen hoch zu einer hölzernen Theke, in die unzählige Muster eingearbeitet waren. Dieser Laden mit seinen dunklen Regalen, knarrenden Dielen und vertäfelten Wänden hatte Charme, keine Frage. Schade, dass er gerade schloss, vielleicht würde ich morgen noch einmal wiederkommen und mich durch verwinkelte Gänge zwischen Regalen voller Bücher schlängeln.

»Auf welchen Namen bitte?«

Ich wandte den Kopf zurück zu ihm. »Annie McCallum.«

Mit hochgeschobener Brille blätterte er durch die kleine Kartei und zog schließlich eine weiße Karte hervor. »Ah, ich erinnere mich. Eine seltene Bestellung.«

Der Mann holte hinter dem Tresen ein dickes, gebundenes Buch hervor und legte die Karte darauf. »Das müsste es sein. Bezahlt ist es schon.«

Ich nickte und schielte auf den Titel. *Die Darstellung von Himmel und Hölle in der Geschichte der Menschheit – ein analytischer Ansatz.* Interessante Buchwahl.

»Danke Ihnen«, sagte ich, steckte das Buch ein und verließ den Laden, der so wunderbar nach Papier und altem Holz roch.

Ein frischer Wind war aufgekommen und ich kuschelte mich tiefer in den Kapuzenpullover. Anscheinend funktionierte meine persönliche Heizung auch nicht mehr so richtig, seit ich die Seite gewechselt hatte.

Der Buchladen befand sich etwa fünf Minuten von der U-Bahn-Station entfernt in einer kleinen Nebenstraße, die jetzt nach Ladenschluss im Halbdunkeln lag und nur von wenigen Straßenlaternen beleuchtet war.

Ich zog die Schultern hoch und meine Kopfhörer heraus, als sich vor mir plötzlich eine Gestalt aus dem Schatten löste.

Mir fiel das Handy aus der Hand und meine Nackenhärchen stellten sich unwillkürlich auf. Ein Dämon.

Schwarze hüftlange Haare, enge dunkle Kleidung, die mehr offenlegte, als sie verbarg, und blitzende eisblaue Augen.

Ungläubig kniff ich die Augen zusammen. »Reena?«

Ihre Lippen verzogen sich zu einem breiten Grinsen, dann fiel sie mir auch schon um den Hals und drückte mir einen Schmatzer auf die Wange. »Lya, verdammt, ich hätte dich fast nicht wiedererkannt.«

»Was machst du hier?«

Sie ließ von mir ab und hob ihre Schultern an. »Brauche ich einen Grund, um dich zu besuchen?«

Ich zog die Tasche auf meiner Schulter zurecht und griff nach dem Handy. Das Display hatte einen kleinen Sprung davongetragen, aber es schien noch alles zu funktionieren. »Du brauchst für alles einen Grund, außer um Mist zu verzapfen.«

Reena lachte und legte ihren Arm um meine Schultern. »Hölle, ich habe dich vermisst, Prinzessin. Es ist langweilig im Hades ohne dich. Also, wo können wir hin, um etwas Spaß zu haben?«

»Reena, wie bist du hierhergekommen? Du dürftest doch eigentlich gar nicht hier sein, oder?«

Sie verzog das Gesicht und strich über ihren hautengen Lederrock. »Seit wann interessiert es dich, ob wir etwas dürfen oder nicht? Ich bin hier, wir können Spaß haben, wer kümmert sich da um die Details?«

Ich kümmerte mich sehr wohl um die Details, weil selbst Reena, die nicht viel für Politik und Regeln übrighatte, mitbekommen haben musste, dass ich vogelfrei war und mein Vater mich von einer Gruppe durchgeknallter Iljos und Dämonen jagen ließ.

Ohne sie aus den Augen zu lassen, verschränkte ich die Arme und funkelte sie durchdringend an. »Ich kenne dich. Spuck's aus.«

Die Augen verdrehend, hob sie abwehrend die Hände vor ihren Körper. »Schon gut. Okay, du hast mich erwischt. Ich bin als Botin hier.«

»Botin?« Meine Stimme rutschte eine Oktave höher und meine Augen begannen gefährlich zu leuchten, als mein innerer Dämon den Kopf hob.

»Beliar hat mich gebeten, dir eine Nachricht zu überbringen, nachdem seine Leute dich nicht finden konnten.«

Mein Dad war gerissen, keine Frage. Natürlich schickte er sie, denn Reena würde mich immer und überall wiedererkennen, egal, wie ich aussah. Wir waren zusammen aufgewachsen, wie Schwestern. Noch vor ein paar Wochen hätte ich gesagt, dass mich niemand besser kannte als Reena.

Ich spannte mich merklich an und sammelte Energie in meinen Händen. »Du hast dich auf einen Deal mit Dad eingelassen?!«

Sie schüttelte den Kopf. »Nein, verdammt. Ich will, dass du nach Hause kommst und Beliar will das Gleiche.«

»Ja, um mich umzubringen«, gab ich bitter zurück und machte einen Schritt auf sie zu. »Was hat er mir zu sagen, Reena?«

Auch wenn ich ihr vermutlich niemals wehtun könnte, wich sie instinktiv zurück. »Lya, das ist ein Missverständnis. Als man ihm gesagt hat, dass du tot wärst, ist er völlig ausgetickt. Aber Beliar wollte das nicht glauben und hat Trupps ausgesandt. Er lässt dich suchen, um dich von den kranken Typen wegzuholen, die deinen Tod wollen und es beinahe auch geschafft hätten, dich in die ewigen Abgründe zu befördern. Bei deinem Vater im Hades wärst du in Sicherheit. Komm zurück, das ist alles. Wir können hier und jetzt gehen und diesen Ort hinter uns lassen.« In ihrer Stimme lag ein Flehen, das einen tiefen Punkt in meinem Inneren berührte.

Ich zog mich ein Stück zurück und beruhigte meine Energie. Dieses Angebot war zu schön, um wahr zu sein, und gleichzeitig eine Verhöhnung, wie nur der Teufel sie erschaffen konnte. Er wollte mich im Hades verstecken, sodass sein Fehler von der Bildfläche verschwinden würde. Ich schaute in ihre eisblauen Augen und schüttelte den Kopf. »Es tut mir leid, Reena, aber ich kann das nicht. Ich kann nicht als seine Gefangene leben, Palast hin oder her.«

Ihre hellen Augen füllten sich mit Tränen, dann wandte sie ruckartig den Kopf ab. »Dann war das soeben dein Todesurteil, Elyanor«, gab sie mit kalter Stimme zurück und trat einen Schritt von mir weg.

Das Prickeln auf meiner Haut verstärkte sich und die Spannung in meinem Inneren kehrte zurück. »Was soll das, Reena?«

In diesem Moment landeten drei Dämonen um mich herum auf dem Boden; sie fielen förmlich vom Himmel. Dämonen mit schwarzen, ledrigen Flügeln und glühenden Augen. Daddys Elitetruppe. Reena zog sich panisch zurück.

Sie hatte mich verraten, dieses elende Miststück.

»Prinzessin, ich muss Euch bitten, uns zu folgen.« Der Dämon, der mir am nächsten stand, ich erkannte ihn als Tion wieder, deutete eine knappe Verbeugung an und machte dann Anstalten, auf mich zuzukommen.

Auch wenn mir in diesem Augenblick brennende Angst in der Kehle aufstieg, versuchte ich mich an meinem typisch sarkastischen Tonfall.

Lektion eins, die ich bei meinem Vater gelernt hatte: Zeige deinem Gegner nie deine Angst und Schwäche.

»Ich fürchte, ich bin bereits verplant.«

Die beiden anderen Dämonen zogen ihre glänzenden Klingen und kamen drohend näher.

»Das war keine Bitte.« Tion zog ebenfalls sein Schwert aus der Scheide an seiner Hüfte und präsentierte das schimmernde Metall, das meine Haut versengen würde. Mein Vater hatte viel Zeit investiert, Waffen herzustellen, die Dämonen *wirklich* wehtaten.

»Klang aber so«, gab ich zurück, schob mein Kinn vor und sandte einen kurzen Befehl an meine Energie. Das hier würde verdammt hässlich werden und ehrlich gesagt wusste ich nicht, wie meine Chancen standen. Tion und seine beiden Begleiter waren Hohendämonen und keine Witzfiguren, wie Cimarron es gewesen war.

Ich ließ die Tasche zu Boden gleiten und zog den Iljos-Dolch, den ich Zayden in einem unbemerkten Moment gestohlen hatte, aus meinem Hosenbund hervor. Dann ging ich in Kampfstellung.

Beim Anblick des kleinen Messers verzog Tion die schmalen Lippen zu einem höhnischen Grinsen. »Letzte Chance, uns zu begleiten, Elyanor.«

»Ich verzichte, danke.«

Kaum hatte das letzte Worte meinen Mund verlassen, da stürzte einer der Dämonen auch schon auf mich zu und holte mit seiner riesigen Klinge aus, um mir den Kopf abzuschlagen. Ich duckte mich unter seiner Waffe hinweg, wirbelte herum und rammte den Dolch mit aller Kraft in seinen Oberkörper.

Sein Schrei schoss mir durch Mark und Bein, ein Ruck ging

durch ihn hindurch, dann wurde sein Körper zu einem Häufchen Asche, die vom Wind verweht wurde.

Wow, diese kleine Klinge hatte es in sich.

Viel Zeit, meinen Sieg zu feiern, hatte ich nicht, denn der Zweite griff von hinten mit einer solchen Wucht an, dass er mich nur knapp verfehlte und mir einen ordentlichen Schnitt am Oberarm verpasste.

Die Wunde brannte, aber im Augenblick hatte ich wirklich andere Sorgen.

Ich biss die Zähne zusammen, rollte mich über den Boden ab und schnappte mir die Klinge meines ersten Opfers und den Dolch, sodass ich mit zwei Waffen wieder auf die Beine kam.

Mit einem unterdrückten Kampfschrei riss mein Angreifer sein Schwert in die Höhe und stieß es nach vorne. Ich sprang nach hinten und spürte eine Backsteinwand in meinem Rücken.

In den Augen meines Gegners erschien ein grimmiges Leuchten, als ihm klar wurde, dass er mich in die Ecke gedrängt hatte.

»Wer hätte gedacht, dass ich einmal die *Prinzessin* in die Ewigen Flammen schicken würde?«, nuschelte er und hielt mir die Klinge an den Hals. Seine Augen trafen die meinen und in mir breitete sich eine explosive Mischung aus Todesangst, Wut und Energie aus, die nicht gerade förderlich für meine Tarnung war.

Mein Herzschlag schoss in die Höhe und meine Energie strömte durch meinen Körper, bis hin zu meinen Augen, die sie zum Leuchten brachten.

Sein selbstgefälliges Grinsen wurde breiter, dann holte er aus. Instinktiv ließ ich mich auf die Knie fallen, was zwar höllisch schmerzte, aber definitiv das geringere Übel im Vergleich zu der glänzenden Klinge war.

Ich verlor keine Zeit und rammte das Schwert von unten in seinen Körper, schlitzte ihn förmlich auf, sodass sich sein Blut über meine Hände und Arme ergoss.

Mit einem Grunzen ging der Dämon zu Boden und war wenig später nicht mehr als der Dreck, der er zuvor gewesen war.

»Nicht schlecht, Prinzessin.« Tion klatschte abfällig in die Hände.

Keuchend kam ich wieder auf die Füße und strich mir einige lose Strähnen aus dem Gesicht. Das Dämonenblut stank entsetzlich auf meiner Haut. »Letzte Chance zu verschwinden«, äffte ich seinen Tonfall nach und ließ die Klinge einmal in meinen Händen kreisen.

Nun war ich doch tatsächlich einmal dankbar, dass mich meine Brüder Avan und Xaver ständig genötigt hatten, mit ihnen Schwertkämpfe auszufechten.

Tion richtete sich zu seiner vollen Größe auf und zielte mit der schimmernden Klinge auf mich.

Dann schoss er so schnell auf mich zu, dass ich kaum genügend Zeit hatte, zu reagieren. Sein Schwert erwischte mich an der Hüfte, von wo aus sich ein rasender Schmerz in meinem Inneren ausbreitete. Stöhnend fasste ich mir an die Seite und kniff die Augen zusammen.

Ich spürte, wie mich Tion einmal umkreiste und dann die Spitze seiner Waffe unter mein Kinn legte, um es anzuheben. Ich biss die Zähne aufeinander, um den Schmerz auszusperren, und schlug seine Klinge mit meiner eigenen zur Seite. Niemals würde ich mich von einem von Daddys Lakaien in einer verdreckten Gasse umbringen lassen.

Gemächlich fuhr Tion mit einem Finger über das funkelnde Metall in seinen Händen. »Wie fühlt es sich an von seinem eigenen Vater zum Tode verurteilt zu werden?«

Seine Worte trafen genau jenen Schmerz, den ich seit Tagen in mir vergrub.

Zeig keine Schwäche!

»Ich bin ein Dämon, sollte ich etwas fühlen?«

Erneut machte er einen schnellen Schritt nach vorne, aber dieses Mal hatte ich damit gerechnet und hechtete rechtzeitig zur Seite. In Tions anderer Hand erschien ein zweites Schwert und ein irrer Ausdruck trat auf seine Züge. Ich war zwar noch nie ein großer Fan von ihm gewesen, aber so kannte ich ihn nicht.

Beide Schwerter rasten auf mich zu, eines wehrte ich mit meiner großen Klinge ab, dem anderen wich ich mit einem Sprung aus.

Tion setzte nach und trieb mich zum Ende der Gasse, wo die schwarzen Müllcontainer standen, ohne dass ich die Möglichkeit gehabt hätte, dem entgegenzuwirken. Meine Wunden pochten und mir wurde langsam, aber sicher übel.

Stolpernd prallte ich gegen einen der Container und verlor das Gleichgewicht, sodass ich gegen die Wand fiel und die Luft aus meiner Lunge gepresst wurde. Für einen winzigen Moment wurde mir schwarz vor Augen.

Das Schwert fiel mir aus der Hand und landete klappernd in einer Pfütze neben mir.

»Fast schade, dich einfach so zu zerlegen.« Er steckte eine seiner Klingen wieder in die Scheide und fuhr mit der Spitze der anderen langsam, beinahe zärtlich, über meinen Körper. Die Spitze erreichte meine blutende Hüfte und er erhöhte den Druck, sodass ich stöhnend zusammenzuckte.

Dieser Mistkerl, wieso mussten auch alle Dämonen so einen Spaß an Folter und Pein haben?

Tions Zähne blitzten auf, dann strich er über den verletzten Arm und fuhr den Schnitt einmal nach, sodass neues Blut hervorquoll. Der Dolch in meiner Hand zitterte.

»Was hast du da nur für eine interessante, kleine Waffe?«

Ich umfasste sie fester und richtete mich ein Stück auf.

»Eine Waffe, mit der ich dir dein dämliches Grinsen aus dem Gesicht schneiden werde, Tion.«

Er lachte und erreichte meine Kehle. Ohne von mir abzulassen, griff er mit der freien Hand nach dem Dolch und riss ihn mir ohne viel Anstrengung aus der Hand, bevor er ihn achtlos zur Seite schleuderte.

»Dein Vater wird sich freuen, wenn ich ihm seine tote Missgeburt vor die Füße lege – hey, sieh mich an, wenn ich mit dir rede!« Brutal packte er mein Kinn und riss meinen Kopf hoch. Meine Lider flatterten.

Das war mein Moment. Ich täuschte einen Schwächeanfall vor und rutschte ein Stück an der Wand herab. Tion riss mich ungeduldig hoch und packte mich an einer Schulter, während seine Klinge noch immer an meinem Hals lag.

»Du wirst mir in die Augen sehen, wenn ich dich umbringe, Prinzessin.«

»Dito«, flüsterte ich und streckte meinen unverletzten Arm nach vorne, bis meine Finger auf seiner Brust lagen.

Seine Augen weiteten sich, als ihm klar wurde, welchen Fehler er begangen hatte. Sein Schwert fiel klirrend zu Boden, während seine Hände panisch nach meinem Arm griffen. Aber er konnte die Verbindung nicht lösen. Nicht mehr.

»Ich, Elyanor, Prinzessin des Hades und Tochter des Teufels, verbanne dich in die Ewigen Flammen, auf das du dort niemals ein Ende deiner Qualen findest!«, zischte ich kaum hörbar und nahm mit Genugtuung wahr, wie sich sein Mund zu einem lautlosen Schrei öffnete, bevor er einfach verschwand.

Keuchend fiel ich auf die Knie und presste eine Hand auf die blutende Hüfte.

Ich blickte auf und suchte die Gasse nach möglichen Zeugen ab.

Nichts. Selbst von Reena fehlte jede Spur.

Mühsam kam ich wieder auf die Beine, hob Dolch und Tasche aus dem Dreck und schickte einen leisen Befehl an meine Flügel. Die Energie brach aus mir heraus und nahm den Schmerz mit sich. Zumindest den physischen.

Kapitel 22

Ich landete auf der kleinen Dachterrasse des Internats, wie ein Vogel, der plötzlich verlernt hatte, wie man flog. Mit einem dumpfen Aufprall kam ich auf dem Boden auf und überschlug mich einmal, bevor ich gegen die verschlossene Tür prallte und liegen blieb.

»Himmel, Elyanor!« Ich wandte stöhnend den Kopf nach rechts und sah Raphael vor mir stehen. Einen ziemlich aufgewühlten Raphael mit gerunzelter Stirn und geröteten Wangen. »Geht es dir gut?« Vorsichtig half er mir auf und betrachtete das ganze Blut auf meinem Körper und die zerrissenen Klamotten.

»Ich bin nicht verletzt. Nicht mehr, falls Sie das meinen. Nur erschöpft.« Meine blutverschmierten Finger zitterten, als ich mir die Haare aus der Stirn wischte. Raphael stützte mich. »Wieso sind Sie eigentlich hier? Müssten Sie nicht auf einer *Mission* sein?«

»Waren wir, aber Zayden hat über seine Verbindung zu dir gemerkt, dass du in Gefahr bist, und ist wie ein Irrer zurück zum College geflogen. Er wartet unten auf dich.«

Ich konnte deutlich die Missbilligung in seiner Stimme hören, trotzdem war ich mir sicher, dass er froh war, dass ich lebte – zumindest Zayden zuliebe.

Wir hatten kaum die weitläufige Wohnung der Darahias betreten, da stürmte Zayden auch schon auf mich zu und packte mich an den Armen.

»Lya!«

»Es geht mir gut, okay?«, antwortete ich leise und ließ zu, dass er mich hochhob und ins Wohnzimmer trug, in dem seine restliche Familie wartete. Vorsichtig legte er mich auf das gigantische Sofa und zog mich dann auf seinen Schoß, als er ebenfalls saß.

Ruby und Leevi starten entgeistert auf meine verschmierte Kleidung, aber im Moment war ich einfach nur froh, lebendig aus dieser Gasse herausgekommen zu sein.

»Kann ich etwas für dich tun, Lya-Liebes?« Colleen erhob sich aus ihrem Sessel und trat vor das Sofa.

Ich schüttelte den Kopf und schob ein Lächeln auf meine Lippen. »Es geht mir gut.«

»Lügnerin«, murmelte Zayden an meinem Ohr und strich behutsam über meinen Rücken.

Raphael bezog neben seiner Schwester, die sich wieder gesetzt hatte, Stellung und legte die Hände auf die Sessellehne. »Wir müssen wissen, was passiert ist. Und warum du, entgegen des Verbots, alleine geflogen bist – in tiefster Nacht. Wenn diese Familie durch deinen Fehler in Gefahr geraten ist, solltest du es uns jetzt mitteilen, Elyanor.«

Hörbar ließ ich den Atem entweichen und rückte ein Stück von Zayden ab. »Ich weiß nicht, ob wir in Gefahr sind, aber mein Vater weiß, dass ich lebe, und er hat jemanden gefunden, der mich überall wiedererkennen würde.«

In der folgenden Stunde berichtete ich ihnen alles, von Beginn meines Aufbruchs zur Buchhandlung bis zum jetzigen Zeitpunkt.

Raphael sagte nicht viel, sondern ordnete daraufhin nur an, dass wir unsere Taschen packen sollten, wir würden London noch heute Nacht verlassen. »Lya, bitte, sag Annie Bescheid, dass wir abreisen. Sie wird uns begleiten.«

Skeptisch zog ich die Augenbrauen zusammen. Das Letzte was ich wollte, dass Annie auch noch in diesem Mist mit hineingezogen wurde.

»Deine Verfolger werden nichts mitbekommen. Wir fahren an die Küste und passen auf. Das Wasser dort wird sie abhalten an diesem Ort nach dir zu suchen«, sagte Zayden leise und drückte meine Finger. »Es schirmt uns gewissermaßen ab.«

Ich war alles andere als überzeugt, dennoch verließ ich kurz darauf die Wohnung, um meine Sachen zusammenzupacken und Annie die Hiobsbotschaft zu verkünden.

Das zweite Mal in kürzester Zeit musste ich meine Tasche packen, um unterzutauchen. Weil ich gejagt wurde. Von meinem eigenen Vater.

Heute hatten sie mich beinahe erwischt und ehrlich gesagt, wusste ich nicht, ob es nächstes Mal genauso glimpflich für mich ausgehen würde, aber ich hatte einen ganzen Haufen an Gründen, wieso ich weiterkämpfen musste. Und es war ohnehin nicht meine Art aufzugeben.

Kapitel 23

»Also, hat es doch etwas Gutes, dass du mit dem finstersten Typen der Schule zusammen bist.«

Annie schob ihre Sonnenbrille ein Stück hoch und lächelte mich schief an. »Das hier ist tausendmal besser als in meinem Zimmer zu büffeln und im Frust zu ersticken.«

Da musste ich ihr recht geben, auch wenn mir die Umstände, die uns hierhergebracht hatten, noch immer Bauchschmerzen bereiteten.

Das Anwesen der Darahias war atemberaubend und lag direkt an den weißen Kalkklippen im Osten Englands. Das Haus war aus demselben weißen Stein erbaut und strahlte im Sonnenlicht, das uns heute seltenerweise beschert wurde. Annie und ich lagen auf der großen Terrasse, von der aus man einen ungehinderten Blick über die See hatte, und quatschten, entspannten oder steckten unsere Nasen in Bücher.

Trotz der Nähe zum Meer und des fortgeschrittenen Jahres ließ es sich noch erstaunlich gut mit Decke und Tee in der Sonne aushalten.

»Was meinst du, gehen wir morgen mal an den Strand?«

»Annie, ich weiß nicht, ob das so eine gute Idee ist. Du bist nicht fit und der Abstieg ist steil.« *Und ich habe ehrlich gesagt, keine Lust schon wieder eine Nahtoderfahrung im Wasser zu machen.*

Ein leises Lachen ließ uns herumfahren. Zayden stand an die halb geöffnete Terrassentür gelehnt und war offensichtlich schon wieder in meinem Kopf unterwegs gewesen. In seiner hellen Jeans und dem weißen Hemd, das er an den Armen hochgekrempelt hatte, sah er verboten gut aus. Die vorderen Haarsträhnen hatte er am Hinterkopf zusammengebunden, trotzdem flogen ihm einige Strähnen ins Gesicht.

Seine grünen Augen blitzten auf. *Parasit.*

»Alles gut bei euch?«

Mittlerweile hatte Annie ihre Scheu Zayden gegenüber, zumindest ein wenig, verloren, auch wenn ihr zweifelsohne der Rest des Clans nicht ganz geheuer war. Ging mir ja genauso.

»Wir überlegen, an den Strand zu gehen.«

Zayden zog eine Augenbraue hoch. »Nichts für ungut, aber ...«

Ich richtete mich etwas auf der Liege auf, sodass ich mir nicht so den Hals verrenken musste. »Sie meint, du würdest sie an den Strand tragen.«

Annie warf mir einen finsteren Blick zu und zuckte dann gleichgültig mit den Schultern. »Wenn du es einrichten kannst.«

Grinsend verschränkte er die Arme vor der Brust, sodass das Hemd spannte. »Morgen vielleicht. Das Essen ist gleich fertig.« Dann verschwand er wieder im Haus und ließ uns auf der Terrasse zurück.

»Hör auf, meinem Freund auf den Arsch zu schauen.« Ich versetzte Annie einen Klaps auf die Schulter. »Sein Ego ist definitiv schon groß genug.«

Meine Freundin lachte bloß und lehnte sich wieder in ihrem Liegestuhl zurück. »Hast du etwas von Roy gehört? Ist er noch bei deinem Dad?«

Das Lächeln rutschte mir mit einem Schlag aus dem Gesicht. Ich hatte keine Ahnung, wie es Royath ging, und ich wusste nicht, ob es ein gutes oder schlechtes Zeichen war, dass ich noch nichts von ihm gehört hatte. Aber die Tatsache, dass mich Dads Leute noch jagten, sprach doch eigentlich eine klare Sprache, oder?

Ich griff nach Annies Hand und stand auf. »Nein, aber es wird schon alles in Ordnung sein. Gehen wir?«

Colleen hatte sich mit dem Abendessen selbst übertroffen. Es gab einen Rinderbraten mit frischem Gemüse, Kartoffeln und einer hellen Sauce, die nach Kräutern und Pfeffer schmeckte. Raphael hatte einen tiefroten Wein geöffnet und allen, außer Leevi und Ruby, eingegossen. Lennox saß nicht mit am Tisch, weil er, wie Zayden erklärte, in der nächstgelegenen Stadt unterwegs sei, um etwas zu erledigen.

»Wir sind sehr froh, dass es dir wieder besser geht, Annie.« Colleen schenkte Annie ein strahlendes Lächeln, das ihre grünen Augen zum Glänzen brachte. »Wenn du etwas brauchst, dann lass es mich einfach wissen. Möchtet ihr Kinder am Donnerstag auf den Herbstjahrmarkt in *Chalkstone* gehen? Der ist jedes Jahr sehr schön.«

»Mum, wir sind keine Kinder mehr«, antwortete Ruby und stocherte in dem letzten Stück Braten auf ihrem Teller herum.

Ich wechselte einen kurzen Blick mit Zayden. *Sagt die Jüngste am Tisch.*

Seine Mundwinkel zuckten, dann richteten sich seine Augen auf seine Schwester. »Hast du nicht letztes Jahr mit dem Sohn des Bürgermeisters ...?«

Ruby wurde feuerrot und warf ihrem Bruder einen vernichtenden Blick zu. »Halt bloß die Klappe!«

»Nicht am Tisch.« Entschieden ging Raphael dazwischen und ermahnte die beiden zur Ruhe.

Ich sah Annie vielsagend an. Die Essen am Tisch des

Darahia-Clans gerieten wirklich immer außer Kontrolle – in irgendeiner Art und Weise.

Etwas später an diesem Abend – Rubina hatte Annie in ihr Zimmer geschleift, um mit ihr einen gemeinsamen Filmabend zu verbringen – hatte Zayden einfach nach meiner Hand gegriffen und mich aus dem Haus geführt.

Es war eine wunderschöne heraufziehende Nacht. Ein klarer, schwarzer Himmel mit unzähligen Sternen, die die Dunkelheit durchbrachen. In der Stadt bekam man nicht die Gelegenheit, die Sterne so zahlreich und hell strahlen zu sehen.

Ein großer runder Mond bewachte die Welt unter sich und hüllte uns in silbriges Licht, als wir einem kleinen Pfad aus hellem Kies folgten.

»Wo geht es hin?«

Zayden zog mich an seine Seite und gab mir einen Kuss auf die Haare. »Ich schulde dir noch etwas«, murmelte er und sein warmer Atem kribbelte auf meiner kühlen Haut.

»Hm, haben wir einen Deal abgeschlossen?«

»Nein, Lya, ich würde niemals einen Deal mit einem Dämon abschließen«, erwiderte Zayden gespielt empört. Seine Mundwinkel zuckten verräterisch. »Nennen wir es eher notwendige Weiterbildungsmaßnahme.«

Zayden führte mich an seiner Hand und unter unseren Schritten knirschte der Kies. In ein paar Metern Entfernung verschwand der Weg plötzlich und vor uns breitete sich nur noch die ruhige See aus.

»Wir gehen runter zum Strand, Lya. Ich möchte dir etwas zeigen.«

Unwillkürlich machte es sich ein Knoten in meinem Magen so richtig schön gemütlich. Ich mochte zwar im Augenblick inkognito sein, aber ich war immer noch eine Dämonin und hatte für den Rest meines Lebens genug von Wasser, so schön es auch von hier oben aussah.

Zayden lachte und packte mich kurzerhand bei den Hüften, um mich über seine Schulter zu werfen.

»Hey!« Jetzt musste ich auch lachen, als die Welt plötzlich Kopf stand und ich knapp oberhalb von Zaydens zugegeben ziemlich heißem Hintern baumelte.

»Das habe ich gehört, gleichfalls«, sagte er und gab mir einen Klaps auf meinen Po.

Mit mir über der Schulter machte sich Zayden an den steilen Abstieg zum Strand und dem Meer. In die weißen Kalkklippen waren schmale Stufen gehauen, bei denen schon die eine oder andere Ecke fehlte, aber Zay schien das nicht zu stören. Er lief die natürliche Treppe behände hinunter, als würde er seit Jahren täglich nichts anderes tun.

Der Wind nahm zu, je weiter wir hinabstiegen, und ich schmeckte bereits das Salz der See auf meinen Lippen.

»Wie lange habt ihr das Haus schon?«

»Sehr lange. Wir ziehen oft um, je nachdem, wohin uns unsere Aufträge führen, aber unser Anwesen hier in *Chalkstone* ist so etwas wie unser Ankerpunkt. Früher stand dort, wo jetzt das Haus steht, eine alte Festung. Auch diese gehörte schon meiner Familie.«

Ich zog eine Strähne meines hellen Haars aus meinem Mund und hob den Kopf ein wenig, als wir das Ende der Treppe erreichten. »Es ist ziemlich schön hier, das muss ich schon zugeben.«

Zayden stellte mich wieder auf die Füße, sodass ich den weichen Sand unter meinen dünnen Sohlen spürte und umfasste mein Gesicht. »Mit dir ist es gleich noch etwas schöner.«

Meine Wangen wurden warm, dann stellte ich mich auf die

Zehnspitzen und küsste diesen schönen Mann, bis der Wind zum Erliegen kam und es nur noch Zayden gab.

Das Rauschen der Brandung, die auf den schmalen Strand schlug, wurde zu einem fernen Gemurmel, als Zayden seine Hände über meine Haare gleiten ließ und sie mir hinter die Ohren schob.

»Komm«, flüsterte er und griff nach meiner kühlen Hand.

Wir stapften durch den Sand auf das Ufer zu und je mehr wir uns dem Wasser näherten, umso enger drückte ich mich an Zayden. Kurz bevor das Wasser unsere Schuhe erreichen konnte, blieben wir stehen.

Weißer Schaum blieb vor uns im Sand liegen, wann immer sich das Meer zurückzog, nur um im nächsten Moment wieder an das Ufer zu preschen. Das Ganze hatte etwas Hypnotisches an sich.

»Als Dad noch gelebt hat, haben wir beinahe jede freie Sekunde hier verbracht. Mum fährt nicht gerne hierher, weil es sie zu sehr an meinen Vater erinnert.«

Unwillkürlich kamen mir Lennox' Worte über die Nacht, in der ihr Vater gestorben war, in den Sinn und ließen mich die Arme um meinen Körper schlingen.

»Er hat es dir erzählt?«

Ich nickte bloß und lehnte mich an Zayden, ohne den Blick von den sich im gleichmäßigen Rhythmus wiederkehrenden Wellen zu wenden.

»Lenn gibt sich bis heute die Schuld an all dem.« Kaum merklich schüttelte er den Kopf und der Wind ergriff Besitz von seinen Haaren, ließ sie fliegen. »Ich wünschte, ich hätte dich da schon gekannt.«

Lächelnd blickte ich zu ihm auf. »Ich hätte dich heilen können.«

Für einen kurzen Augenblick erwiderte er mein Lächeln, dann wurde sein Ausdruck nachdenklich. »Stimmt, aber das habe ich nicht gemeint.«

Wir schwiegen, genossen die Anwesenheit des anderen und die See, die sich in ihrem eigenen Takt bewegte. Das erste Mal kamen meine umherwirbelnden Gedanken zur Ruhe und mich durchflutete eine angenehme Stille.

Zayden räusperte sich. »Ich habe mich nie dafür entschuldigt, dass ich dich in der Nacht, in der du beinahe im Pool ertrunken wärst, in unser Verlies geschleppt habe«, murmelte er nach einer kleinen Ewigkeit und streifte mit den Lippen meine Schläfe.

Wärme breitete sich in meinem Inneren aus. »Das ist doch schon Vergangenheit, Zayden. Außerdem hatte diese ganze Fesselsache auch etwas Verruchtes an sich, oder?«

Zayden lachte leise und drückte mich fest an seine Seite. »Nach dieser Nacht habe ich dich nicht mehr aus dem Kopf bekommen. Mir war noch nie ein Dämon unter die Augen gekommen, der nicht elendig um sein Leben gebettelt hat. Das hat mich beeindruckt.«

»Es hat nicht mehr viel gefehlt und ich hätte es getan.«

Ich spürte, wie er den Kopf schüttelte. »Das glaube ich nicht.« Dann löste er sich langsam von mir und ging in die Knie, um seine Schuhe zu öffnen und die Hose hochzukrempeln. Barfuß watete er ins Meer, sodass ihm das schwarze Wasser bis zur Mitte seiner Waden ging. Mit einem geheimnisvollen Lächeln wandte er sich um und hielt mir seine Hand entgegen. »Vertraust du mir, Dämon?«

Ohne zu zögern nickte ich und schlüpfte aus meinen Turnschuhen. Ich bekam seine Hand zu fassen und ließ mich von ihm ins Wasser ziehen. Eiskalt fühlte es sich auf meiner Haut an und ließ mich zusammenfahren, wann immer ein Spritzer an mir hochflog.

»Schließ die Augen, und nicht schummeln«, wies er mich kaum hörbar an und löste seine Finger von den meinen. Ich gehorchte und senkte die Lider.

Das Rauschen des Meeres erschien mir jetzt intensiver, genauso wie die Kälte des Wassers und das Salz in der Luft. Ein dünnes Lächeln legte sich auf meine Lippen. Im nächsten Augenblick vernahm ich um mich herum das Summen des Meeres, ebenso wie das der Luft, als würde die Welt in Flammen stehen. Energie prickelte auf meiner Haut, aber es war nicht meine eigene. Meine nackten Zehen bohrten sich in den Sand; das Wasser war verschwunden.

»Mach die Augen auf, Lya.«

Hörbar sog ich den Atem ein. »Das ... das ist unglaublich«, wisperte ich und streckte instinktiv die Hand aus.

Vor uns ragte eine wabernde Wassersäule in den Himmel, die einen bläulichen Schimmer in sich trug, Zayden und ich befanden uns auf einer Art kleinen Insel, um die das Meer einen Bogen machte, als würde es von einer unsichtbaren Glaswand umgeleitet werden.

»Genauso unglaublich, wie dein Feuer, das du einfach entstehen lassen kannst.«

Zayden machte eine kaum merkliche Handbewegung und die Säule löste sich vom Meer und stieg als pulsierende Wasserblase vor uns auf. Seine andere Hand hob sich und zusammen mit der ersten vollführte sie fließende Bewegungen, auf die das Wasser direkt reagierte.

Meine eigene Kraft begann in mir umherzuwirbeln und nur darauf zu warten, sich dem Summen der Luft anzuschließen. Ich verzog die Lippen zu einem Lächeln.

Fasziniert beobachtete ich, wie sich die Blase in die Länge zog und sich dann wie eine Schlange vor uns durch die Luft schlängelte. Die wand sich, beschrieb Drehungen und Kreise und schoss durch die nächtliche Luft.

Zaydens Augen hatten jenen weißen Schimmer angenommen, der von seiner inneren Energie zeugte, die in diesem Moment am Werk war und seine Miene war konzentriert.

Die Wasserschlange verwandelte sich zu sieben kleineren Wasserbläschen, die um uns herumtanzten und durcheinander stoben. In ihnen pulsierte Zaydens Energie und ließ sie hell schimmern.

Meine Augen weiteten sich. Es war so wunderschön und magisch.

»So wie du das Feuer beherrschst, beherrschen die Iljos das Wasser.« Ein kleiner Wink von ihm genügte und die Wasserbälle stürzten nacheinander zurück ins Meer, dann rauschte das Wasser auch schon wieder um unsere Füße. »Das war es, was ich dir zeigen wollte.« Seine Lippen verzogen sich zu einem Lächeln.

Ich nahm seine Hand in meine und drückte sie. »Danke.«

Zayden erwiderte den Druck und führte mich dann langsam aus dem Wasser zurück an den Strand, wo wir uns in den Sand fallen ließen und aneinandergekuschelt die Sterne betrachteten.

Ich war noch nie ein Freund von kitschigen Pärchensachen gewesen, aber hier mit Zayden zu sein, hatte etwas Magisches an sich. Dieser ganze Mann war magisch. Er hatte mich im wahrsten Sinne des Wortes mit seinem Charakter und seiner Magie verzaubert und um den Finger gewickelt.

Ich legte meinen Kopf auf seine Brust und fuhr über den

schmalen Streifen brauner Haut an seinem Bauch, wo sein Shirt hochgerutscht war.

Auch wenn meine Energie schon lange nicht mehr das Gegenteil der seinen war, kribbelten meine Finger trotzdem noch immer, sobald wir uns berührten.

Der Ansatz seiner langen Narbe blitzte hervor und ließ mich verharren.

Eine Schleierwolke schob sich vor den Mond und dämpfte sein helles Licht.

Ich legte meine Lippen auf Zaydens. An seinem Mundwinkel lächelte ich und strich ihm über die Haare, in denen ich das Salz der Luft fühlte. Er schmeckte wie die See.

»Ich liebe dich, Zayden.« Die Worte verließen meinen Mund, ohne dass ich darüber nachgedacht hatte, und ich wusste, ich meinte sie ernst. Ich würde alles für ihn tun und er bräuchte mich nicht einmal darum zu bitten.

Zaydens grüne Augen lächelten und sein Griff um mich wurde fester. Das Spiegelbild meiner bernsteinfarbenen Energie begann hell und klar in seinen grünen Augen zu leuchten. »Du hast mein Licht gestohlen, Lya, es dir einfach genommen, und jetzt bist du dieses Licht für mich. Meine Liebe gehört dir, genauso wie mein Leben.«

Die Tage vergingen und bekamen ihren ganz eigenen Rhythmus. Ich vergaß sogar beinahe den Grund, warum wir uns an diesem Ort aufhielten.

Morgens frühstückten wir zusammen, danach tat jeder, wonach ihm war. Meistens zog ich mich mit Annie auf die Terrasse zurück oder in eines unserer Zimmer, wo wir es uns gemütlich machten.

An einem besonders warmen und sonnigen Tag trug Zayden Annie tatsächlich an den Strand, sodass wir dort gemeinsam einen Nachmittag verbrachten und unseren spontanen Urlaub an Englands Küste genossen.

Obwohl ich die meiste Zeit bei Annie war, genossen Zayden und ich einige, heimliche Momente alleine, in denen er mich immer wieder aufs Neue verblüffte.

Ich lernte mehr über Zaydens Fähigkeiten, unsere Gefühle und kam seiner Familie näher und wurde selbst mit seinen Brüdern langsam warm. Es war ein bisschen so, als wäre die Zeit außerhalb des Hauses stehen geblieben oder würde ganz einfach nicht mehr existieren und dagegen hatte ich im Augenblick nicht das Geringste einzuwenden.

Über die Tage heilte ich Annie immer wieder ein bisschen, sodass sie keine Schmerztabletten mehr benötigte und Colleen – die in London als Ärztin arbeitete – ihr erlaubte, den Gips am Ellenbogen abzunehmen und den an ihrem Bein durch einen Gehgips zu ersetzen.

Abends saßen Annie, Zayden, Ruby, Leevi und ich oft in dem großen Kaminzimmer zusammen, von dem man einen unglaublichen Blick auf das Meer hatte, und erzählten uns gegenseitig Geschichten. Wir wurden immer vertrauter miteinander. Es fühlte sich ein bisschen so an, als wäre es richtig. Als hätte es schon immer so gehört.

Und auch wenn ich im Augenblick alles, was mein altes Leben bestimmt hatte, verloren hatte, bekam ich durch Zayden und seine Familie etwas ganz Neues, Wertvolles zurück.

Damit konnte ich für den Augenblick leben.

Kapitel 24

»Jetzt gibt sie uns gleich jedem dreißig Pfund für den Jahrmarkt, warte es ab«, flüsterte Zayden, als er sich von hinten zu mir herunterbeugte und grinste.

Colleen stand in einem dunkelblauen Herbstmantel vor uns, der sie noch heller strahlen ließ, fünf hellgelbe, identische Umschläge in den Händen. Ihre grünen Augen leuchteten aufgeregt und das erste Mal hatte ich das Gefühl, dass die Enttäuschung und Trauer gänzlich aus ihnen verschwunden waren.

»Wie jedes Jahr ist es Tradition, dass jeder von euch dreißig Pfund für den Markt bekommt, damit ihr Spaß haben und den Abend genießen könnt.« Ihr Blick wanderte einmal über uns, dann rief sie nacheinander unsere Namen auf. Lennox und Endian waren mit Raphael für zwei Tage nach London gefahren, um sich dort nach der aktuellen Situation zu erkundigen, und ich meinte zu wissen, dass es für Colleen wie Urlaub war.

Wette gewonnen, Parasit.

Zaydens Grinsen wurde breiter, als er mich anstupste. Als letztes rief sie Annie auf, die lächelte, als Colleen ihr den Umschlag überreichte.

»Du gehörst auch zur Familie«, sagte Zaydens Mum leise und drückte Annies Schulter. »Wir treffen uns um halb zwölf wieder hier, wenn der Markt schließt. Habt Spaß.«

Damit waren wir entlassen. Ruby schnappte sich Annie mit der einen und mich mit der anderen Hand. »Ihr kommt mit mir. Die letzten Male musste ich immer das machen, was meine Brüder wollten, jetzt machen wir mal Mädchenkram.«

Leevi verdrehte die Augen und verschränkte die Arme. »Und was genau wäre das? Du hast dich noch nie darüber beklagt.«

Sie streckte ihm nur die Zunge raus und zog uns mit Nachdruck von den Jungs weg. »Ihr werdet ja wohl mal ein paar Stunden ohne uns auskommen.«

Bei Zayden war ich mir nicht so sicher, nachdem dieser extreme Beschützerinstinkt in ihm erwacht war.

Zugegeben, ich verstand sein Verhalten, es ging dabei ja auch um sein Leben und das seiner Familie. Zayden nickte mir kaum merklich zu. Ich wusste, er würde sich nie wirklich weit von mir entfernen.

»Bis später«, flötete Annie und hakte sich bei Ruby unter.

Die Jungs ließen uns tatsächlich ziehen und jetzt, da wir nur zu dritt unterwegs waren, fiel mir das erste Mal auf, das es schon eine Weile her war, dass ich etwas ohne Zayden unternommen hatte.

Zufrieden umfasste ich Rubinas Arm mit der anderen Hand und als wir unter dem Banner, das den Eingang des Marktes markierte, hindurchtraten, empfing uns Kinderlachen, Musik und das Rattern von Fahrgeschäften.

Ich ließ den Jahrmarkt auf mich wirken.

Eine bunte Ansammlung von Zelten, Fahrgeschäften, Karussells und Schießbuden verwandelten die Lichtung, auf der der Markt stattfand, in ein farbenfrohes Spektakel. Unzählige Lichter erleuchteten den noch jungen Abend und ließen das Ganze wie ein kleines Wunderland wirken.

Menschen jeden Alters liefen zwischen den Buden hin und her oder bewunderten die Attraktionen.

Es roch süß und deftig zugleich und von überallher drangen Klingelgeräusche und Rufe zu uns.

Mein Körper kribbelte vor lauter Vorfreude und Aufregung, was mir ein wenig unangenehm war, aber für mich war es das erste Mal, dass ich einen Jahrmarkt überhaupt zu sehen bekam.

Im Hades veranstaltete mein Dad ganz andere Feste und meistens spielte eine Hinrichtung oder die Demonstration von Folter die Hauptrolle.

Ruby, die zwar keine Iljos war, wie ihre restliche Familie, aber dennoch sensibel für die Energien um sie herum, schien zu bemerkten, dass ich immer hibbeliger wurde, je weiter wir in das Getümmel eintauchten.

»Alles klar, Lya?«

Ich lächelte und nickte. »Ja. Ist bloß mein erstes Mal.«

Annie und Ruby sahen mich gleichermaßen geschockt und überrascht an. »Meine Güte, dann müssen wir unbedingt alles ausprobieren, was es gibt.«

»Und Zuckerwatte essen. Und gebrannte Mandeln«, ergänzte Annie hilfreich.

Die Augenbrauen zusammengezogen erwiderte ich ihre Blicke und zuckte die Schultern. »Was auch immer Zuckerwatte ist, ich bin dabei.«

Zielsicher lotste uns Ruby zu einer kleinen Achterbahn, auf der drei offene Waggons in waghalsigem Tempo im Kreis rauf und runter rasten, als würden sie sich gegenseitig jagen.

»Da zuerst rein«, ordnete Rubina an und marschierte zu dem winzigen Kassenhäuschen, das bunte Pilze und grinsende Kürbisse zierte.

Annie und ich folgten ihr.

Ruby zwang uns die Miniachterbahn ganze sieben Mal zu

fahren. Ich fand ziemlich schnell heraus, dass mir Achterbahnfahren Spaß machte, und teilte wenige Augenblicke, nachdem der kleine Waggon, in den wir uns zu dritt gesetzt hatten, losgefahren war, die kindliche Freude, die Rubina an den Tag legte.

Annie schüttelte bloß amüsiert den Kopf, als ich die Arme in die Höhe streckte und im Chor mit Ruby zu kreischen begann, als wir die zweite Runde starteten.

Nach unserem Achterbahnmarathon stopften mich Annie und Ruby mit allem möglichen Süßkram voll, sodass ich am Ende ihrer Zuckerfolter das Gefühl hatte, jeden Moment zu platzen.

Dann wurde ich zum Dosenwerfen verdonnert (Zielen war nicht unbedingt meine Stärke, wenn es nicht um meine innere Energie ging, aber ich half mittels meiner Telekinese etwas nach, sodass Ruby am Ende einen kleinen Teddybären im Kürbiskostüm ihr Eigen nennen durfte) und kurz darauf zu drei Runden Kettenkarussell.

Nach den Stunden mit Ruby und Annie fühlte ich mich wie der reinste Jahrmarktprofi.

Was man nicht alles in der Menschenwelt lernte.

Wir trafen Leevi und Zayden an einem Stand mit Süßigkeiten so weit das Auge reichte. Kandierte Äpfel, Gummibärchen, Lakritz, Schaumwaffeln und mit Schokolade überzogene Früchte. Allein von dem Anblick der vielen mir unbekannten süßen Sachen lief mir bereits das Wasser im Mund zusammen – auch wenn ich noch immer unter dem Zuckerschock stand, den mir Annie und Ruby beschert hatten. Die Menschenwelt hatte mich inzwischen, was meine Essgewohnheiten anging, ziemlich versaut.

»Hey! Schon fertig mit eurem Mädchenkram?«, begrüßte uns Leevi und wandte sich zu uns um, sodass die Verkäuferin, der er augenscheinlich zu gefallen schien, unbeachtet zurückblieb.

Zayden gab mir einen Kuss auf die Wange und fuhr mir über den Rücken, sodass der Bewegung seiner Hand ein Schauer folgte. Er lächelte sein Halblächeln, als er meine Reaktion auf ihn spürte.

»Wenn es nach mir ginge, würde ich gar nicht mehr mit euch Idioten abhängen«, antwortete Ruby. »Ich habe jetzt zwei neue Schwestern.«

Eine Augenbraue hochgezogen sah Zayden seine kleine Schwester nachdenklich an und legte dann einen Arm um meine Schultern. »Das würde Mum aber gar nicht gefallen.«

Rubina zuckte nur die Achseln. »Und wo habt ihr euch rumgetrieben?«

»Hier und da«, gab Leevi gelangweilt zurück und richtete seine Aufmerksamkeit wieder auf die junge Verkäuferin, die daraufhin prompt rot wurde. Ich hätte nicht übel Lust, mich mal kurz in ihren Kopf zu klinken, um etwas nachzuhelfen.

»Denk nicht mal dran«, murmelte Zay an meiner Schläfe und hauchte dann einen Kuss darauf.

»Und du verschwinde gefälligst aus meinem Kopf.«

Annie unterbrach die kleine, kaum hörbare Diskussion zwischen uns und stemmte eine Hand in die Hüfte. »Wo geht es als Nächstes hin? Wir haben noch eineinhalb Stunden, bis Mama-Darahia uns am Ausgang erwartet.«

Alle Augen richteten sich auf mich. Ich spitzte die Lippen und hob abwehrend die Hände. »Schaut mich nicht so an, ihr seid die Jahrmarktexperten, nicht ich.«

»Das Gruselhaus!« Die Augen von Annie begannen zu leuchten. »Das fehlt noch bei deinem ersten Besuch auf dem Jahrmarkt.«

Ruby stieß den Atem aus. »Ehrlich? Das muss doch nicht sein.«

»Ich wusste es! Du hast immer noch Angst davor!« Lachend schlang Leevi einen Arm um seine kleine Schwester und drückte sie zu fest an sich, als dass es als *liebevoll* durchgegangen wäre. »Ich passe schon auf dich auf, mein kleiner Angsthase.«

Knurrend stemmte sich Ruby gegen ihren Bruder. Aber gegen einen Iljos, und mochte er noch so jung sein, hatte sie keine Chance.

»Leevi, Schluss jetzt«, ging Zayden dazwischen. Leevi ließ seine Schwester los und sie stolperte einige Schritte von ihm weg, zurück zu ihren *Schwestern*.

»Du musst ja nicht mitkommen, Ruby. Ich kann mit dir draußen bleiben oder wir machen in der Zeit etwas anderes, hm?«, schlug Annie vor.

Dankbar schaute sie auf. »Ich hasse diese ganzen Gummipuppen da drin und die letzten Male haben sie mich immer gezwungen mitzugehen«, grummelte sie und sah ihre Brüder feindselig an.

»Annie, du gehst mit Lya und mir, Leevi, du bleibst bei Ruby. Wir treffen uns an diesem Stand wieder.« Zayden deutete auf die Süßigkeitenbude.

Ruby und Leevi stöhnten kollektiv auf, erhoben aber keinen Einwand gegen die Entscheidung ihres großen Bruders.

Mir war es eigentlich nicht so wichtig, dieses Gruselhaus auszutesten. Da in der Dunkelheit das Sehen für mich kein Problem war und ich die Energien der Menschen um mich herum wahrnehmen konnte wie ein Radargerät, würde es für mich vermutlich nicht so gruselig werden, wie es das *Grusel*haus versprach. Aber ich hatte das Funkeln in Annies braunen Augen gesehen und es nicht übers Herz gebracht, ihr zu sagen, dass es mir egal war, was wir als Nächstes machten.

Was war ich doch für ein Waschlappen geworden.

Zayden kniff mich sanft in die Seite. »Hör endlich damit auf, dich einen Waschlappen zu nennen, Dämon«, flüsterte er und fuhr über die helle Narbe an meiner Augenbraue.

»Wenn ihr weiterhin wie Kaugummi aneinanderklebt, dann gehe ich zu Ruby und Leevi zurück«, Annie rümpfte die Nase und wandte sich zu uns um.

Ich lachte bloß, machte mich von Zayden los und schloss zu meiner Freundin auf. »Schon beendet. Also, was muss ich über das Gruselhaus wissen, bevor ich es betrete?«

»In dem war ich noch nicht, aber wichtig ist auf jeden Fall, möglichst ahnungslos durch die Gegend zu laufen.« Sie grinste.

Das Geisterhaus bestand aus schwarzem Holz und wirkte instabil. Es erinnerte mich stark an diese heruntergekommenen Häuser in amerikanischen Filmen, die verlassen in der Gegend herumstanden. Die Fenster waren mit schwarzen Stofffetzen verhangen und die Scheiben waren mit Kunstblut beschmiert.

Über der halb geöffneten Tür prangte auf einem windschiefen Schild in goldenen, verschnörkelten Buchstaben *Das Tor zur Hölle* und im Hintergrund sollte ein Totenkopf mit roten Augen wohl teuflisches Grauen verbreiten. Ich schnaubte. Wenn die Menschen nur wüssten, dass Dämonen sich in ihrer Hülle nicht im Geringsten von ihnen unterschieden ...

Zayden trat an Annies andere Seite und führte uns zu dem schwarz lackierten Kassenhäuschen. »Wenn man das Haus verlässt, wird man von einem Typen zu einem Gruselpfad gebracht, der durch einen Wald führt und dann da vorne wieder auf den Jahrmarkt trifft. Endian und ich haben vor zwei Jahren den Spieß umgedreht und haben auf dem Pfad die Leute erschreckt.« Sein verschmitztes Lächeln brachte seine grünen Augen zum Leuchten.

»Du bist ja auch ziemlich einschüchternd und furchteinflößend«, gab Annie zu bedenken und wandte sich dann an den jungen Mann im Kassenhäuschen.

Jeder mit einem Ticket in der Hand stellten wir uns brav in die kurze Schlange und reichten dem Kontrolleur unseren Freifahrtschein in die Hölle.

»Willkommen im dunkelsten Abgrund dieser Erde«, krächzte der Typ mit tiefer Stimme und breitete die dünnen Arme aus.

Ich konnte sehen, dass er eine Gänsehaut hatte.

»Herzlichen Dank«, gab ich zurück und betrat gemeinsam mit Zayden und Annie das Gruselhaus.

Es kam wirklich selten vor, dass ich mir wünschte, jemand anderes zu sein, aber jetzt hätte ich alles dafür gegeben, so wie Annie nichts als Finsternis zu sehen. Das hätte die Sache deutlich spannender gestaltet.

Wir folgten einem schmalen Gang, der in fast vollständiger Dunkelheit lag und trafen an der ersten Abbiegung auf einen Kerl im leuchtenden Skelettkostüm – sehr gruselig. Zwei Meter weiter fielen Gummispinnen auf uns herab und Annie kreischte lachend auf, was wiederum mich selbst zum Lachen brachte.

»Auf Spinnen falle ich jedes Mal wieder rein«, flüsterte Annie und griff im Dunkeln nach meiner Hand.

»Kleine Mistviecher«, gab ich kichernd zurück.

Im Hades gab es Spinnen, die waren größer als ein ausgewachsener Mann. Sie hatten fette, behaarte Körper und schwarze, bodenlose Augen – zwanzig um genau zu sein – die mit einem hörbaren Klacken auf und zu gingen. Mein Vater hatte eine Schwäche für diese widerlichen Dinger und setzte sie als Wachen in der ganzen Hauptstadt ein. Es war nicht selten vorgekommen, dass diese Viecher einen Dämon zum Frühstück verspeist hatten.

Vor uns führte eine schmale Treppe in das erste Geschoss. Auf den Stufen war irgendeine klebrige, wabbelige Masse aufgetragen worden, die mich an Wackelpudding erinnerte. »Igitt. Und das ist das ultimative Erlebnis, Annie?«

Sie lachte und ließ sich von Zayden die Stufen hochhelfen. »Der Witz ist doch, dass man nicht sieht, was passiert.«

Haha. Diesen Witz verstand ich leider nicht.

Zayden gluckste.

Das Geländer war ebenfalls voll mit schleimigem Glibber und ich vermied es kategorisch, auch nur in die Nähe davon zu kommen. Auf dem Treppenabsatz veränderte sich der Fußboden von schleimig und wabbelig zu flauschig und klappernd. Unzählige Plastikknochen lagen am Boden, als hätte man hier die Knochen eines ganzen Friedhofs verstreut.

Im nächsten Moment fielen weitere Skelette von der Decke und es regneten noch mehr Knochen auf uns nieder. Dieses Mal schrie auch ich auf.

»Na, doch ziemlich gruselig, was?« Zayden knuffte mich in die Seite und grinste über das ganze Gesicht.

Ich streckte ihm die Zunge raus und folgte Annie in das erste Zimmer, das sich anschloss. Zwei Jungs in schwarzen Klamotten liefen möglichst lautlos um uns herum, um den richtigen Moment abzuwarten und uns zu überraschen.

Wir könnten sie erschrecken, schlug ich in Gedanken vor,

in dem Wissen, dass Zayden es mitbekommen würde, und wurde kurz darauf mit einem Lächeln und Nicken bestätigt.

Während Annie weiterhin blind in den Raum herumstolperte, die Arme vor sich ausgestreckt, fixierte ich den einen, Zay den anderen Typen. Ich ließ etwas Energie in meine Augen fluten und stürzte auf den Kerl zu.

Völlig überrumpelt schrie dieser auf, als würde ich ihm die Haut von den Knochen reißen. Annie kreischte und dann fluchte der Junge, um den sich Zayden gekümmert hatte.

Ich begann lauthals zu lachen und hielt mir den Bauch. Das war wirklich ein ultimatives Erlebnis.

»Was zum Teufel war das?«, rief Annie und drehte sich um ihre eigene Achse, ohne etwas zu sehen. Ich tastete mich vorsichtig zu ihr vor und griff nach ihrer Hand, was sie wieder aufkreischen ließ.

»Die Jungs haben sich selbst erschreckt«, flüsterte ich, immer noch kichernd und schob Annie aus dem Zimmer.

Annies Herz schlug schnell und laut, ich konnte ihren Puls an ihrem Arm spüren und sah das aufgeregte Leuchten in ihren Augen.

»Mann, dafür werde ich nie zu alt«, antwortete sie genauso leise und drückte bestätigend meine Hand.

Ich blieb stehen und betrachtete das, was der neue Raum zu bieten hatte. Nichts – außer einem Spiegel, in dem ich uns drei sah.

Zayden beugte sich zu mir, ohne mich aus den Augen zu lassen. »Das Spiegelkabinett«, hauchte er hinter meinem Ohr und ich zuckte unwillkürlich zusammen. »Das ist wie ein Labyrinth aufgebaut.«

Annie löste sich von meiner Hand und streckte die Arme aus, bis sie auf das Glas vor sich traf. »Das Spiegelkabinett!«, rief sie sie aus und tastete sich an dem Glas entlang, um den Weg zu finden. »Mal schauen, wer zuerst wieder rausfindet.«

Ich wechselte einen Blick mit Zayden und setzte mich ebenfalls in Bewegung. Meine Sehkraft half mir in diesem Fall nicht im Geringsten. Ständig sah ich nur mich selbst oder klares Glas, gegen das ich beinahe lief, in dem Glauben, das wäre der Weg.

Ich drehte mich um, aber Zayden war nicht länger hinter mir.

War er woanders abgebogen?

Langsam tastete ich mich weiter vor, die Hände vor meinem Körper, um nicht wieder gegen eine Scheibe zu prallen und landete in einer Sackgasse. Von Annie war auch keine Spur zu sehen.

Für einen kurzen Moment schloss ich die Augen. Ich spürte ihre und Zays Energien ganz in meiner Nähe, aber der direkte Weg zu ihnen wurde mir von Glasscheiben und Spiegeln verwehrt.

Hörbar stieß ich den Atem aus und ging den Weg, den ich gekommen war, zurück. Zumindest glaubte ich das, befand mich aber ziemlich schnell an einem ganz anderen Platz im Labyrinth. Oder? Frustriert strich ich mir durch die Haare.

Annie kreischte und ich zuckte zusammen.

»Lya, reiß dich mal zusammen«, mahnte ich mich selbst und spürte ein Kribbeln in mir aufsteigen, dass absolut nichts mit dem Gruselhaus zu tun hatte.

Hastig wandte ich mich nach rechts – die Richtung, in der ich Annies Energie spürte – und wagte mich, eine Hand am Glas, weiter in das Kabinett vor.

Unzählige Male starrten mir meine eigenen Augen entgegen und ich sah die Panik darin wachsen. Ich drehte mich um meine eigene Achse und lief weiter nach rechts, als ich plötzlich über etwas stolperte und mit einem Schlag auf dem Boden aufkam. Die Luft wurde aus meiner Lunge gepresst und ich biss mir schmerzhaft auf die Lippe.

Ich spürte etwas Warmes, Flüssiges an meinen Fingern, das auch meine Hose durchtränkte.

In diesem Moment sprang das Licht an. Geblendet von der Helligkeit wich ich an eine Glasscheibe zurück und hielt mir eine Hand vor das Gesicht. Eine blutverschmierte Hand.

Mein Blick wanderte von dem warmen Blut an meinen Fingern zu der Stelle, wo ich gestolpert war. Tote, aufgerissene Augen starrten mir entgegen – das hier war keine Gummipuppe und die drei Schnitte, die diesen armen Typen umgebracht hatten, sprachen eine eindeutige Sprache.

Sofort kam ich auf die Beine und ließ meinen unruhigen Blick über das Glas um mich herum und die Wege schweifen.

»ANNIE! ZAYDEN!«, brüllte ich und hastete vorwärts, nur um gegen ein Scheibe zu knallen. Meine blutigen Hände hinterließen schmierige Spuren.

»LYA?« Von irgendwoher kam mein Name zu mir geweht. *Annie.*

»Wir müssen hier raus! Sofort!«, schrie ich und stolperte nach links. »Sie sind hier, Zayden. Sie sind hier!«

Wieder kreischte Annie und mir wurde ganz schlecht. Das hier war kein Witz und schon lange kein Spiel mehr. Das hier war wirklich die Hölle – wie recht dieser untersetzte Kerl am Eingang doch gehabt hatte.

»ANNIE!« Keine Antwort.

»ZAYDEN?!«

Ich wandte mich einmal um mich selbst. Das Prickeln in meinem Nacken machte mich wahnsinnig. Ich wusste, sie waren hier, sie hatten mich gefunden, aber ich konnte nicht kämpfen, weil ich sie nicht *sah*.

Das Licht über mir flackerte und irgendwo zersprang eine der Glühbirnen mit einem lauten Knall. Ich hörte mich selbst schreien.

»ANNIE! ZAYDEN!«, brüllte ich immer wieder, meine Stimme klang bereits rau und belegt von Panik und heißer Wut. »Verdammt!«

Links, rechts, Glas, Spiegel. Ich kam nicht voran, trat auf der Stelle und irrte blind umher. Zaydens Energie war verschwunden, genauso wie die von Annie. Ich erlaubte mir, nicht über den Grund dafür nachzudenken. Ihnen konnte nichts passiert sein, Zayden wurde doch mit ein paar Dämonen fertig und Annie ...

Tränen brannten in meinen Augen und ich blieb erschöpft stehen. »Annie!«, kam es mir heiser über die Lippen. Mit zittrigen Fingern fuhr ich mir über das Gesicht. Sie stanken nach Blut und Tod und Qual.

Das Prickeln wurde stärker, sodass sich bei mir alle Härchen aufstellten.

»Hallo, Prinzessin.«

Ich biss die Zähne zusammen und wandte mich langsam um. Noch bevor ich diesem Mistkerl in die Augen schauen konnte, traf mich etwas Hartes am Kopf und schickte mich zu Boden.

Dann erlosch auch meine Energie.

Kapitel 25

Ich öffnete die Augen. Und schloss sie wieder. Ich erkannte die Hölle, wenn ich sie sah, und damit meinte ich nicht dieses lächerliche Gruselhaus, sondern den Hades. *Mein Zuhause.* Es war der Geruch hier, es roch würzig und nach Tod. Die Luft war heiß und schwer und man meinte, sie summen zu hören.

Die blutverschmierte Kleidung klebte mir am Körper, mein Kopf brummte und mir war übel, aber ich war im Hades und lebte anscheinend noch. Genauer gesagt, befand ich mich in einem von Daddys Verliesen aus schwarzem Stein, die jede Art von Energie wie ein Schwamm aufsogen, sodass nicht besonders viel von mir übrigblieb. Drei gemauerte Wände und ein Gitter mit glänzenden Stäben, die von der Decke bis in den Boden hinein verliefen, umgaben mich. Bisher hatte ich diese Zellen immer nur von der anderen Seite betrachten dürfen.

Langsam rappelte ich mich auf, strich mir einige Haare aus der Stirn und betastete meinen Hinterkopf. Das But war getrocknet und hatte meine Haare verklebt.

Anscheinend war ich schon etwas länger hier.

Meine Hände fuhren zu meinem Hosenbund und fielen resigniert wieder herunter. Natürlich hatten sie mir den kleinen Dolch, den ich sonst immer bei mir trug, abgenommen.

Eine Bewegung im Augenwinkel ließ mich aufschauen.

»Hallo, Zwerg.« Ruckartig fuhr ich herum und ballte die Hände zu Fäusten. Mein ältester Bruder Xaver lehnte meiner

Zelle gegenüber an der Wand, die Arme vor der Brust verschränkt, sodass sein schwarzes T-Shirt spannte. Seine Lippen waren zu einem dünnen Lächeln verzogen, das seine eisblauen Augen nicht erreichte. »Du hast dich ganz schön in die Scheiße manövriert, was?«

Mit zwei Schritten war ich an den Gitterstäben und funkelte ihn aus meinem Gefängnis heraus an. »Das war wohl eher *Dad*.«

Xaver lachte leise und trat näher. »Es war deine Entscheidung. Du hättest zurückkehren können, hast es aber nicht getan. Also, ist es deine eigene Schuld, liebste Schwester.«

Seine Logik stimmte zwar, entsprach aber nicht im Geringsten den Möglichkeiten, die ich gehabt hatte. Wäre ich zurückgekommen, hätte ich in Vaters Augen als Versagerin dagestanden, keine Ahnung, ob das besser gewesen wäre, als meine jetzige Situation.

»Was willst du?«, fragte ich und schob das Kinn vor. Xaver hatte es schon immer Freude bereitet, wenn Avan und ich Ärger mit Daddy hatten, und meine jetzige Lage war definitiv ein Freudenfeuer für ihn.

»Nach dir schauen. Ich habe mir Sorgen gemacht, nachdem dir Minor eins übergebraten hat.«

Unwillkürlich verzog ich das Gesicht. Mini-Minor war Roys kleiner Bruder. Solange ich mich erinnern konnte, hatten wir einander verabscheut. Vermutlich hatte er richtig Spaß daran gehabt, mich umlegen zu dürfen, wo es ihm jahrzehntelang untersagt gewesen war.

Xaver lachte auf. »Den Ausdruck kenne ich. Da kommt doch langsam die alte Elyanor wieder durch.«

Meine Augen richteten sich auf meinen Bruder und auf das, was er gesagt hatte. Die alte Elyanor würde tatsächlich wieder ans Licht kommen. Mit jeder Sekunde, die ich hier verbrachte, verschwand etwas von der Iljos-Energie in meinem Inneren und wurde zu jener Dämonen-Energie, mit der ich mein Leben lang gelebt hatte.

»Wo sind die anderen? Das Mädchen und der ...«

»Iljos?«, beendete Xav meine Frage und sah mich abfällig an. »Die haben dich nicht länger zu interessieren, Zwerg. Bald wirst du dich nicht einmal mehr an ihre Namen erinnern, glaub mir.«

Ich verengte die Augen zu schmalen Schlitzen. »Wovon zum Teufel redest du?«

»Ach, Lya.« Er fasste zwischen den Stäben hindurch und streichelte meine Wange, sofort zuckte ich zurück und bemerkte einen kurzen, heftigen Schmerz in seinen hellen Augen aufblitzen, bevor seine Miene wieder hart wurde. »Dich an die Oberfläche zu schicken, war ein riesiger Fehler gewesen. Dad konnte damit leben, dass du gewissermaßen unreines Blut in dir trägst, und vielleicht auch damit, dass dieses Blut für kurze Zeit die Oberhand gewonnen hat, aber dass du dich auf diesen Abschaum eingelassen hast ...« Tadelnd schüttelte er den Kopf. »Das hat Dad gar nicht gefallen.«

Abschaum. Zayden würde genau das Gleiche über jeden Dämon hier unten sagen. Komischerweise musste ich grinsen, auch wenn mir bei dem Gedanken daran, was mit Annie und ihm geschehen war, ganz anders wurde.

»Und aus welchem Grund lebe ich dann noch?«

Xavers Ausdruck kühlte gleich um ein paar weitere Grad ab, als sich Selbstekel in seine Worte mischte und seine Hände nach den Stäben packten, als wären sie mein Hals, den er umdrehen wollte. »Weil ich ihn angefleht habe, nachdem Roy es nicht geschafft hat. Was auch immer du für eine Scheiße baust, du bist meine kleine Schwester und ich bin für dich verantwortlich, genauso wie ich es für Avan bin.«

Ich zog meine vernarbte Augenbraue hoch. Schwer zu glauben, dass sich Dad einfach so hatte umstimmen lassen. An der Sache gab es einen Haken und ich verwettete meine beiden Flügel darauf, dass er mir nicht gefallen würde, sonst würde ihn Xaver sicherlich nicht verschweigen.

»Wie gnädig von dir.«

Xaver fuhr sich durch die dunkelbraunen Haare und verlagerte das Gewicht auf das linke Standbein. »Sosehr ich es auch genieße, dich hier drinnen zu sehen, deinen Tod will ich nicht.«

»Und was verlangt *Daddy* dafür?« Jetzt war ich es, die nach den Stäben griff und sich daran festhielt.

»Nichts.«

»Bist du wirklich so bescheuert, oder tust du nur so? – Nein warte, du bist bescheuert, egal, was du sagst. Unser Vater ist der Teufel, falls es dir noch nicht aufgefallen ist. Und er liebt Deals. Also spuck's aus, Xav.«

Seine Mundwinkel zuckten kurz, vermutlich wegen meines Tones. »Nur eine winzige Kleinigkeit. Nicht der Rede wert.«

Herausfordernd sah ich ihn an und kam mit meinem Kopf noch näher an das Gitter. »Xaver.«

Die Luft entwich hörbar seinen Lippen, dann versenkte er seine Hände in den Hosentaschen. »Hast du schon hunderte Male gemacht. Du sollst jemanden in die Ewigen Flammen schicken, das ist alles.«

Ich presste die Lippen zu einem schmalen Strich zusammen. »Wen?«

Xaver zuckte die Achseln. »Diesen Iljos. Ist ohnehin ein Segen für ihn, der ist so gut wie tot. Wenn es nach mir ginge, würden wir ihm diesen Gefallen gar nicht tun.«

Mein Magen verkrampfte sich und meine Beine sackten weg, sodass ich beinahe auf die Knie fiel. Keine Ahnung, an welche Märchen mein Vater noch glaubte, aber ich würde einen Teufel tun und Zayden umbringen. Nicht, nachdem er diese Gefühle in mir geweckt hatte.

Xaver schien meine Gedanken in meinem Gesicht abzulesen. »Du wirst deine Meinung schon noch ändern, Zwerg. Wenn dieses dreckige Blut in dir erst mal in einen dunklen, kleinen Käfig gesperrt wurde, wirst du nicht viel mehr als Hass für ihn und seinesgleichen empfinden, vertrau mir.«

Ich schluckte und hielt mir den Bauch, weil mir klar wurde, dass mein selbstgefälliger, großkotziger Bruder recht hatte. Als ich in London angekommen war und Zayden das erste Mal gesehen hatte, hatte ich ihn verabscheut, ohne sagen zu können wieso.

Jetzt kannte ich den Grund: Es war Instinkt gewesen und die Tatsache, dass wir das genaue Gegenteil voneinander waren. Ich senkte den Blick.

»Und Annie?«

»Der kleine Krüppel? Sie ist unsere Versicherung, dass du dich benimmst, Zwerg.«

Ich biss die Zähne so fest zusammen, dass ich ein unangenehmes Knirschen hörte. »Lass sie gehen. Sie hat mit alldem hier nicht das Geringste zu tun.«

Abfällig rauschte sein Blick einmal über mich, dann gab er ein verächtliches Schnauben von sich. »Was ist nur aus dir geworden, Lya? Hast du so einen Narren an den Menschen gefressen? Sie sind nichts im Vergleich zu uns – wie oft haben wir dir das eingetrichtert? Und doch hast du es vergessen ... Hoffentlich kommst du wirklich wieder zur Vernunft.«

Tränen brannten in meinen Augen, aber das Letzte, was ich jetzt wollte, war, dass mich mein Bruder weinen sah. Vor Zayden war mir das nicht unangenehm gewesen. Ganz im Gegenteil, es hatte sich befreiend angefühlt, aber Xaver sollte sich nicht noch mehr bestätigt fühlen.

»Ich tue, was Dad verlangt, aber lass Annie gehen. Sie hat doch keine Ahnung«, sagte ich.

Xavers Augen funkelten bernsteinfarben. »Sie *hatte* keine Ahnung. Jetzt weiß sie alles über das kleine Himmel-und-Hölle-Spiel, weißt du? Roy hat gesungen wie ein Vögelchen.«

Ich schüttelte den Kopf, als könnte ich dadurch ungeschehen machen, was er gerade gesagt hatte. Menschen, die von uns erfuhren, lebten normalerweise nicht besonders lange.

Den Blick resigniert gesenkt, stellte ich die nächste Frage, vor der ich mich fürchtete. »Was ist mit Roy?«

Mein Bruder grinste diabolisch. »Der ist Daddys neuer Speichellecker. Du hättest den großen Royath mal sehen müssen, wie er am Boden gekrochen ist, als man von ihm erwartet hat, dem kleinen Menschenmädchen die Situation zu erklären. Hat ganz schön viele Schläge gekostet, bis er endlich den Mund aufgemacht hat. Dabei war Roy doch eigentlich zu Großem bestimmt.«

Ich wusste, Royath hielt viel aus, aber ich kannte Dads Bestrafungen und wusste, was diese mit einem Mann anstellen konnten. Selbst mit einem so selbstsicheren, starken Dämon wie Roy einer war.

Und Annie? Für sie musste es im wahrsten Sinne des Wortes die Hölle gewesen sein. Und das war alles meine Schuld. Mein verdammter Stolz hatte uns hierhergebracht.

Mutlos wandte ich den Kopf ab.

Für den Moment hatte ich alle Informationen, um mich in einer Ecke zusammenzurollen und selbst zu bemitleiden, und Xaver wollte ich ganz sicher nicht dabeihaben, wenn ich zusammenbrach.

Als ich nicht weiter auf seine Antwort einging, klatschte er in die Hände. »Ich bin hier fertig. Bis morgen, kleine Schwester.« Mein Bruder verlor sich in dem langen, düsteren Gang und warf die Kerkertür laut hinter sich zu. Dann wurde sie verriegelt.

Stumme Tränen rannen mir über die Wangen, als ich lautlos an der Wand herunterrutschte und mich so klein machte, wie es mein Körper erlaubte. Ich schlang die Arme um meine angezogenen Knie und legte meine Stirn darauf, als könnte ich so aussperren, was um mich herum geschah. Aber das war lächerlich. Die Worte meines Bruders verfolgten mich, egal wie fest ich die Augen auch zusammenkniff, und er hatte recht. Ich würde mich wieder in den Dämon verwandeln, der ich gewesen war, als ich nach London aufgebrochen war, und ich würde nicht zögern. Ich würde ausführen und töten. Dazu war ich erzogen worden.

Ich konnte nicht genau agen, wann ich eingeschlafen war, aber als ich wieder wach wurde, schmerzten meine Glieder von dem harten Boden und die Haut juckte dort, wo das getrocknete Blut klebte. Im Augenblick hätte ich ziemlich viel für eine Dusche gegeben – und etwas zu essen.

»Bist du wach?«

Abrupt drehte ich den Kopf in die Richtung, aus der die raue Stimme kam, aber ich konnte nichts erkennen als die solide Steinwand des Flures, an dem die Zellen lagen. Ich kam wackelig auf die Beine und klopfte mir den Staub von der Hose – was lächerlich war, angesichts des Zustandes meiner Kleidung.

»Hallo?«

»Ah, du bist wach. Ich habe schon gedacht, der Kerl hätte dich erledigt. So, wie du da gelegen hast.«

Mit gerunzelter Stirn trat ich an die Gitterstäbe und steckte den Kopf durch. Schräg gegenüber von meinem Gefängnis lag die nächste Zelle und in ihr hockte eine zusammengesunkene Gestalt mit dunklen schulterlangen, strähnigen Haaren und einem schwarzen Umhang, in den sie sich hüllte.

Ich umfasste die Stäbe und verrenkte mir den Hals, um mehr zu erkennen, aber mein Blickfeld wurde von Mauern und Stäben eingeschränkt. Seufzend setzte ich mich auf den Boden und zog die Beine an. Den Kopf an das Gitter gelehnt, fragte ich: »Wer bist du?«

Mein Genosse in der Finsternis räusperte sich und ich hörte Kleidung rascheln. »Wer ich war ist die interessantere Frage, Mädchen. Aber darum geht es mir nicht.«

»Wir haben anscheinend ziemlich viel Zeit hier unten, also warum etwas unterschlagen?« Angewidert betrachtete ich meine dreckigen Finger.

Wieder ein Räuspern. Es würde mich nicht wundern, wenn ich sein erster Gesprächspartner seit Jahren wäre, so eingerostet, wie seine Stimme klang. »Was verlangt dieser Abschaum von dir?«

Ich schloss die Augen. »Welchen Abschaum meinst du genau?«

Das Räuspern ging in ein heiseres Lachen über. »Such es dir aus. Lya, richtig?«

»Ja. Beliar, der hohe Herr des Hades, verlangt von mir, ich

416

selbst zu sein«, gab ich mit einer ordentlichen Portion Sarkasmus zurück. Ich wusste nicht einmal mehr, wer ich war.

»Und der Iljos? Was ist mit ihm?«

Nun wandte ich mich doch wieder um und schielte zu seiner Zelle. Er hatte sich mit dem Rücken gegen die Gitterstäbe gelehnt, genauso wie ich zuvor gesessen hatte. »Was meinst du?«

»Erzähl mir von ihm. Von dem Iljos, den sie hierhergeschleppt haben.« Ein seltsames Drängen lag in seinen Worten. Wäre ich im Besitz meiner Kräfte, hätte ich vielleicht den Grund dafür herausfinden können, aber so wusste ich nicht mal, ob ich mit einem Menschen, einem Dämon, einem Iljos oder einem meiner Hirngespinste sprach.

»Er war mit einer Freundin und mir auf einem Jahrmarkt«, begann ich zögerlich. »Da haben sie uns erwischt.«

Die Gestalt richtete sich ein kleines bisschen auf. »Wie heißt er?«

»Bist du ein Iljos?«, stellte ich die Gegenfrage und fixierte den Rücken des Mannes – das Einzige, das ich von ihm zu sehen bekam.

»Bist du denn eine?«

Ich schnaubte. Ich war gar nichts. Weder Dämon noch Iljos. Aber das würde ich ganz sicher keinem fremden, etwas verwirrten Typen erklären, den ich erst seit ein paar Minuten kannte.

Wieder erklang dieses heisere Lachen, das seinen ganzen, ausgemergelten Körper durchschüttelte. »Ich sehe schon, mit dir sollte man nicht diskutieren. Belassen wir es dabei, dass ich ein Freund der Iljos bin und man mich deswegen in dieses gottverlassene Loch gesteckt hat. Und du? Wo stehst du?«

Resigniert senkte ich den Kopf und begann mit den Nägeln

das getrocknete Blut von meinen Händen zu kratzen. »Keine Ahnung, ich weiß nicht, wo ich stehe«, erwiderte ich leise.

»Ich denke, dass du das ziemlich genau weißt, Lya. Also, erzähl mir von ihm.«

Und er meinte, man könnte nicht mit *mir* diskutieren.

Ich wusste nicht genau wieso, vielleicht lag es daran, dass ich hier unten längst jegliches Zeitgefühl verloren hatte und mich einsam fühlte, aber ich fing tatsächlich an zu erzählen.

»Er heißt Zayden. Und als wir uns das erste Mal begegnet sind, stand ich auf seiner Todesliste ganz weit oben ...«

Der Fremde hörte mir schweigend zu, ohne mich zu unterbrechen oder sich zu bewegen. Vielleicht war er auch eingeschlafen, aber es war mir egal. Es tat gut zu reden, und jemandem, der absolut objektiv und neutral in dieser Hinsicht war, anzuvertrauen, was alles geschehen war. Schwer zu sagen, ob nur Minuten vergingen oder Stunden, aber irgendwann kam ich an dem Punkt an, an dem sich mein Leben gerade befand und ich verstummte.

Irgendwo tropfte es, ich hörte ein leises Summen, aber ansonsten war es totenstill. Meine Glieder waren steif und protestierten, als ich aufstand und mir die fadenscheinige Decke von der Pritsche nahm, die als Bett diente. Eingewickelt in den kratzigen Stoff setzte ich mich wieder ans Gitter. Der Fremde hatte sich noch immer kein Stück bewegt, aber ich sah, wie sich seine Schultern gleichmäßig hoben und senkten.

»Du bist ein bemerkenswertes Mädchen«, sagte er nach einer Ewigkeit ruhig und zog seinen Umhang zurecht.

Freudlos lachte ich auf – der Laut klang so falsch in diesem Kerker wie ein bunter Schmetterling in der Eiswüste. Ich mochte vieles sein, aber bemerkenswert ganz sicher nicht. Wenn ich daran dachte, was ich in meinem Leben alles getan hatte ... mit meiner Verwandlung in eine Iljos (zumindest zu mehr als fünfzig Prozent) waren auch mein schlechtes Gewissen und mein Mitgefühl an den Tag gekommen und mit ihnen Scham und Einsicht.

»Auch wenn ich dich nicht sehe, kann ich mir denken, was gerade in deinem Kopf vor sich geht. Zayden hat eine gute Wahl getroffen, unabhängig davon, was du von dir hältst, Lya«, merkte der Mann an.

»Diese Wahl hat ihn hierhergeführt und wird ihn das Leben kosten, wenn ich mich wieder in die mörderische *Dämonenprinzessin* verwandle. Nicht gerade ein Hauptgewinn.«

Mein Gefängnisgenosse schwieg, also fuhr ich fort, um diese bedrückende Stille zu verscheuchen. »Wie lange bist du schon hier?«

Ein heiseres Seufzen hallte durch den Kerker, gefolgt von leisen Schritten. Etwas Raues kratzte über Stein und verursachte mir eine Gänsehaut. »Ich habe für jeden Tag, den ich hier verbracht habe, einen Strich gemacht. Nach sechshundert habe ich aufgehört ...«

Sechshundert Tage. Und ich wurde schon nach der kurzen Zeit, die ich hier war, irre. Kaum merklich schüttelte ich den Kopf. »Du kennst meine ganze, erbärmliche Geschichte. Wie lautet deine? Ich kenne nicht einmal deinen Namen. Nachdem du mein verkorkstes Leben jetzt vor dir ausgebreitet siehst, bist du mir zumindest deinen Namen schuldig.«

»Sollte man denn nicht einem Dämon gegenüber niemals seinen wahren Namen verraten?«

»Wenn du aufgepasst hast, dann weißt du auch, dass ich kein richtiger Dämon bin und vermutlich nicht mehr lange genug leben werde, um irgendetwas damit anzufangen.«

Er lachte rau und schlurfte zurück an seinen Platz an den

Gitterstäben. »Du kannst mich Julien nennen, wenn du möchtest. Meine Geschichte ist kurz und nicht besonders spannend. Ich hatte eine wunderschöne Frau, Kinder und ein Leben. Dann habe ich einen Fehler begangen und mich an diesem Ort wiedergefunden.«

»Ein schlechter Deal?«

»Nein. Eine folgenreiche Entscheidung.«

Kapitel 26

Vier weitere Tage vergingen – gemessen an meinem Schlafrhythmus. Ich unterhielt mich ab und zu mit Julien, aber seine anfängliche Redseligkeit ließ rasch nach, nachdem wir uns scheinbar alles gesagt hatten, was es zu sagen gab. Essen wurde gebracht, wieder mitgenommen, es wurde laut und wieder ruhig.

Mit jeder Sekunde, die verstrich, wurde ich aufgekratzter. Es machte mich wahnsinnig, dass ich meine Energie nicht spürte und dass ich nicht wusste, was dort draußen vor sich ging.

Was war mit Zayden und Annie und Roy? Lebten sie noch? Was mussten sie aushalten, während ich hier unten, wie ein eingesperrter Tiger auf- und ablief?

Knurrend schoss ich nach vorne und packte nach den Gitterstäben.

»Bei der Hölle«, fluchte ich und rüttelte an den Stäben, sie bewegten sich natürlich keinen Deut. Wenn das hier Daddys Strategie war, mich zu zermürben, gelang es ihm wunderbar.

Ein Schlüssel klapperte im Schloss und ich wich von den Gitterstäben zurück, als schwere Schritte den Gang entlangstapften und vor meiner Zelle zum Stehen kamen.

Da hatte sich aber einer in Dads Regiment hochgearbeitet. Minor blieb mit selbstgefälliger Miene und in der Uniform meines Vaters vor meinem Gefängnis stehen und klimperte mit der Fessel in seiner Hand. »Zeit für etwas Auslauf, *Prinzessin*.«

Freudlos verzog ich die Lippen und verschränkte die Arme vor meinem dreckigen Pullover. Ich musste stinken wie ein Müllcontainer. »Dann komm doch und hol mich.«

Ohne mich aus den Augen zu lassen griff er in seine Hosentasche und zog den Schlüssel für meine Zelle heraus. »Mit dem größten Vergnügen, Elyanor.« Die Tür schnappte auf und wurde von Minor geöffnet.

Ich fixierte seine hellbraunen Augen, während er auf mich zutrat, und ballte die Hände zu Fäusten.

Jetzt oder nie.

Er hatte kaum die Mitte meiner Zelle erreicht, da sprang ich auch schon an ihm vorbei und rannte aus meinem Gefängnis. So schnell es meine geschundenen Glieder erlaubten, raste ich durch den Gang, vorbei an Julien, der zusammengesunken in einer Ecke saß und überrascht den Kopf hob, als ich davonrannte.

»Miststück«, zischte Mini-Minor. Im nächsten Moment fand meine heldenhafte Flucht auch schon ihr Ende. Ohne große Mühe warf mich Minor zu Boden, sodass ich auf Knien und Händen landete, und riss mir dann brutal die Arme auf den Rücken, um mir die Fessel anzulegen, an die eine eiserne Kette befestigt war.

Dieser Typ hatte mich tatsächlich an die Leine gelegt. Es fehlte nicht viel und ich würde ihn anknurren wie ein Höllenhund, dem man seine Freiheit verweigerte.

Jählings zerrte er mich auf die Beine und versetzte mir dann eine schallende Ohrfeige, die mich rotsehen ließ.

»Das war nicht brav, *Prinzessin*.«

Ich fletschte die Zähne und stolperte dann hinter ihm her, als er mich aus dem Kerker führte. Auf dem Weg durch Dads Palast sagte er kein Wort, aber das war auch gar nicht nötig. Ich hatte genug mit den unzähligen Blicken derjenigen zu tun, an denen er mich vorbeizerrte. Jeder von ihnen hatte mich respektiert oder war zumindest klug genug gewesen, sich mir gegenüber angemessen zu verhalten. Jetzt sahen sie nur eine weitere Gefangene des Herrn der Hölle und bewarfen mich mit höhnischen Blicken und feindseligen Grinsen.

Auch wenn ich spürte, dass meine dämonische Seite wieder an Kraft gewonnen hatte, diese Blicke prallten nicht rückstandslos an mir ab. Sie zerfraßen mich.

Minor führte mich ironischerweise in mein altes Zimmer, einen riesigen Raum mit einem gigantischen Bett in der Mitte, über das ein schwarzer Himmel gespannt war. Eine gewaltige Fensterfront gab den Blick auf Aker, die Hauptstadt der Hölle, frei.

»Das ist ein Witz, oder?«

»Siehst du mich lachen? Ich hätte dich auch lieber in der Zelle verrotten lassen.« Mini-Minor schubste mich in den Raum und ließ die Kette achtlos auf den Boden fallen.

»Dein Daddy erwartet dich, *Prinzessin*.«

Mit diesen Worten ließ er mich alleine gefesselt zurück und knallte die Tür hinter sich zu, um mich dann einzuschließen.

Ich schloss die Augen, um mich zu beruhigen, und stellte erleichtert fest, dass meine Energie bereits wiederkehrte. Hier oben, fernab der Steinwände, die einem die Kraft raubten, gab es nichts mehr, das sie zurückhielt.

Langsam setzte ich einen Fuß vor den anderen, bis ich vor dem Fenster stand und auf Aker hinabschaute. Unzählige Stunden hatte ich damit verbracht, hier zu stehen und mich im Anblick der düsteren Stadt zu verlieren, während meine Gedanken auf die Reise gingen. Mit meinen Erinnerungen begann auch meine Energie durch mich hindurchzurauschen.

Die Fessel sprang mit einem vernehmbaren Klicken auf und gab meine Hände frei.

Mir kam ein Seufzen über die aufgesprungenen Lippen, als ich meine Handgelenke massierte und mir durch die verklebten Haare fuhr. Dann wandte ich mich von dem Anblick meiner Heimat ab und verschwand in das angrenzende Badezimmer. Sosehr es mir auch gegen den Strich ging, in meinem Zimmer eingesperrt zu sein, ich hatte Bedürfnisse.

Eine kochend heiße Dusche später stand ich, eingewickelt in ein schwarzes Handtuch, vor dem Spiegel und betrachtete mich in der beschlagenen Scheibe. Ich war dünner geworden, hatte dunkle Ringe unter den Augen und fahle Haut und trotzdem strahlten meine Augen mehr, als sie es jemals in meinem Leben getan hatten.

Nachdenklich fuhr ich mir über die Wange und sandte dann einen wispernden Befehl an meine Flügel. Sie brachen aus mir heraus, als hätte man ihnen endlich ihre Fesseln abgenommen, und breiteten sich hinter mir aus. Die Spitzen hatten sich wieder schwarz verfärbt und wiesen mich als Hohendämon aus. Hinlaufend zu meinem Rücken wurden sie heller, gingen von einem dunklen Grau in ein helles über bis sie schließlich schneeweiß unter meiner Haut verschwanden.

Das war ich also: auf ewig gefangen zwischen Hell und Dunkel, Licht und Finsternis.

Entmutigt senkte ich den Kopf. Ich verwandelte mich zurück und mit jedem Stück Dunkelheit, das in mich zurückkehrte, wuchs die Angst, dass mein Vater erreichen könnte, was er von mir verlangte.

Könnte ich Zayden umbringen, ohne mit der Wimper zu zucken?

Wäre ich wirklich stark genug, gegen den instinktiven Hass anzukämpfen, der in mir an Macht gewann?

Ich hoffte es. Es würde alles leichter machen, aber es wäre zu viel gewesen, zu sagen, ich wäre mir sicher.

Ich fuhr mir über das Gesicht, durch meine nassen, blonden Haare und griff nach dem verzierten Kamm, den mir Reena zu meinem letzten Geburtstag geschenkt hatte. Wenn ich daran dachte, was sich seitdem alles verändert hatte ... *und Reena?*

Ihr Verrat schmerzte noch immer, vielleicht sogar mehr als der von meinem Vater. Bei dem Herrn der Hölle musste man immer mit Verrat und Lügen rechnen. Aber Reena und ich waren unzertrennlich gewesen und hatten alles füreinander getan. Es hatte kein einziges Geheimnis zwischen uns gegeben.

Wie sich die Zeiten doch änderten.

Ich starrte auf den Kamm und schleuderte ihn dann quer durchs Badezimmer. Mit einem Klirren schlug er gegen das bodentiefe Fenster und landete auf den Fliesen. Einer der bunten Steine hatte sich gelöst.

Mit zusammengebissenen Zähnen marschierte ich zurück in mein Zimmer und betrachtete missmutig den Haufen dreckiger Klamotten am Boden. Alleine um Dad zu zeigen, wo ich stand, überlegte ich, die blutverschmierten, stinkenden Sachen wieder anzuziehen, aber nun ja, einen letzten Rest Würde wollte ich mir dann doch bewahren, wenn ich auf Beliar traf. Der Satz, den mir mein Dad seit ich denken konnte eingeimpft hatte, trieb mich an.

Zeig keine Schwäche.

Also ließ ich den Haufen Haufen sein und öffnete mit einem Wink die Türen meines überdimensionalen Kleiderschrankes. Unzählige Kleider für alle möglichen Anlässe sprangen mir ins Auge, aber diese Klamotten interessierten mich nicht. Stattdessen zog ich eine schwarze enge Hose und einen gleichfarbigen Pullover heraus, der mir zwar viel zu groß war, mich aber an eine bessere Zeit erinnerte. Meine nassen Haare band ich zu einem Pferdeschwanz und schlüpfte dann in meine halbhohen Boots.

Zumindest fühlte ich mich jetzt wieder etwas mehr wie ich selbst.

Just in diesem Moment hantierte jemand am Türschloss, dann traten auch schon Dick und Doof (alias Daddys Gorillas, die er zu meinem Schutz und jetzt augenscheinlich zu meiner Bewachung abgezogen hatte) ein. Ich zog die Augenbrauen zusammen und verschränkte die Arme vor der Brust.

»Was wollt ihr?«

»Dein Vater erwartet dich«, erwiderte Dick – eigentlich hieß er Bryd – aber ich hatte ihn vor einigen Jahren umbenannt. Anscheinend war es ihnen jetzt erlaubt mich zu duzen – interessant.

In bester Prinzessinnen-Manier hob ich mein Kinn und ließ meine Augen kurz aufflackern. »Du kannst dir gar nicht vorstellen, wie egal mir das ist.«

Dick und Doof wechselten einen kurzen Blick, dann traten sie gleichzeitig auf mich zu, eine neue Fessel in den Händen.

»Entweder du begleitest uns oder wir bringen dich dazu. Es ist deine Entscheidung«, drohte Doof – Kay –und ließ die Kette der Fessel rasseln.

Zeig keine Schwäche.

Ich ließ seufzend die Arme sinken und zuckte die Schultern. »Wenn es euch so viel bedeutet, dann komme ich eben mit euch.«

Dick wartete erst gar nicht darauf, dass ich mich in Bewegung setzte, sondern packte mich brutal am Oberarm und riss mich in Richtung Tür. Instinktiv schickte ich ihm meine Energie entgegen und versengte ihm dort, wo er mich berührte, die Haut. Mit einem unterdrückten Schrei fuhr er zurück.

»Fass mich nicht an, *Abschaum*. Es mag sein, dass mein Vater mir meinen Titel nimmt, aber du solltest trotzdem nicht vergessen, wen du vor dir hast«, sagte ich gefährlich ruhig und straffte mich dann. »Gehen wir.«

Auf dem Weg zu Dad erlaubte ich mir für einen winzigen Moment, meine Maske fallen zu lassen, die ich so krampfhaft aufrechtzuerhalten versuchte. Sofort kroch Angst eiskalt durch meine Glieder und verursachte mir einen Schauer nach dem anderen.

Dick und Doof führten mich über breite Treppen und lange Gänge, die mit dunkelrotem Teppich ausgelegt waren, zu dem großen Empfangssaal des Teufels. Die dunkle, doppelflügige Tür wurde von zwei Wachen aufgezogen und wir traten in die Hitze des Raumes. Eine weitläufige Halle mit schwindelerregend hoher Decke, gewaltigen Fenstern, die das orangefarbene Licht des Hades einließen und mit nur einem einzigen Möbelstück: Dads Thron (mal abgesehen von dem überdimensionalen Kamin, der ihm als Portal diente).

Diejenigen, die er empfing, krochen meistens vor ihm im Dreck.

Das konnte er so was von vergessen.

Unwillkürlich spannte sich alles in meinem Körper an und meine Energie begann zu rauschen. Mein Vater thronte am Ende des Saals, die Beine übereinandergeschlagen, in einem maßgeschneiderten, schwarzen Anzug. An seiner Seite schlief

Lucy, Dads gewaltiger, braunschwarzer Lieblingshöllenhund, und schnarchte, an der anderen Seite lag ein zusammengesunkenes Bündel, das an den Thron gekettet war; vermutlich eines von Dads armen Spielzeugen.

Er hatte sich kein Stück verändert, seit ich ihn bei meinem Abschied das letzte Mal gesehen hatte. Seine schwarzen Haare saßen genauso perfekt wie das dünne Lächeln, das seine Augen jedoch nicht erreichte.

Als ich eintrat begannen seine goldenen Augen zu funkeln. Dann erhob er sich anmutig und breitete die Arme aus. »Meine Tochter«, begrüßte er mich und kam von dem Podest herunter, auf dem der Thron stand.

Ich verengte die Augen und biss die Zähne aufeinander, während ich ihm entgegenkam. Einen knappen Meter vor ihm blieb ich stehen und deutete eine knappe Verbeugung an. »Beliar.«

»Warum denn so förmlich, mein Flämmchen?«

Eine Bewegung der kauernden Gestalt erregte meine Aufmerksamkeit und ließ Übelkeit in mir hochsteigen. Das Bündel war nicht eine von Daddys unzähligen Spielgenossinnen, die es freiwillig über sich ergehen ließen, von ihm gedemütigt und benutzt zu werden, sondern Annie.

Eine blasse, verletzte und schrecklich dünne Annie.

Ihr sonst so strahlendes Gesicht war eingefallen und matt und verunstaltet. Ihre Lippen waren aufgeplatzt und ihre helle Haut von Platzwunden und blauen Flecken übersäht. Ich konnte nur erahnen, wie der Rest ihres Körpers aussah und welche Schmerzen sie haben musste.

Annie musste mich hassen. Verabscheuen.

Ich hatte ihr das angetan.

Als sie meinen Blick bemerkte, weiteten sich ihre braunen

Augen für einen Moment, dann wich sie noch weiter zurück, sodass die Kette an ihrem Hals rasselte.

Wut färbte meine Sicht rot. Beliar folgte meinem Blick und grinste diabolisch. »Hübsch nicht?«

Die Hände zu Fäusten geballt, trat ich näher an meinen Vater heran. »Du hast mich. Ich bin hier, wozu brauchst du sie noch?«

Er starrte von oben auf mich herab und legte den Kopf ein kleines bisschen schief. »Ich habe Spaß mit ihr und sie ist meine Versicherung, falls du deinen Dickkopf nicht bald ablegst und dich daran erinnerst, wen du vor dir hast, Elyanor.« Die Kälte in seiner Stimme verursachte mir eine Gänsehaut.

»Lass mich ihr wenigstens helfen, *Vater*.«

Er versetzte mir eine Ohrfeige, die mich zurücktaumeln ließ, direkt in die Arme von Doof, der mich sofort wieder nach vorne schubste.

Annie keuchte auf und hielt sich eine Hand vor den Mund.

»Was ist nur aus dir geworden? Habe ich dich so erzogen? Habe ich dich gelehrt, Mitgefühl zu zeigen? Antworte!«

Zeig keine Schwäche.

Meine Wange brannte und ich schmeckte Blut. »Nein, bitte verzeih, Vater.« Reumütig senkte ich den Kopf und fuhr fort. »Lass mich sie heilen, dann steht sie dir länger zur Verfügung. Menschen sterben schnell.«

Seine Hand hob mein Kinn, sodass ich mich seinem kühlen Lächeln gegenübersah. »Deine Heilungskräfte sind stärker geworden.«

Zögerlich nickte ich. Weder Iljos noch Dämonen verfügten über die Gabe, andere zu heilen. Vielleicht war sie aus der wilden Kreuzung aus beidem entstanden, aber ich wusste, dass Beliar sie verabscheute, weil sie mich von anderen Dämonen unterschied.

Der Griff um mein Kinn wurde fester, seine spitzen, dunklen Nägel bohrten sich in meine Haut, aber ich brachte keinen Ton über meine Lippen. Ohne mich aus den Augen zu lassen, stieß er mich beinahe sanft fort. »Heile sie. Ich kann ihr elendiges Gejammer ohnehin nicht mehr ertragen und ständig wird sie ohnmächtig.«

Ich neigte gehorsam den Kopf und trat an ihm vorbei, doch seine Hand schoss vor und riss mich am Oberarm zurück. Mir kam ein Keuchen über die Lippen. »Keine Spielchen, Elyanor, oder ich breche ihr das Genick.«

Beliar gab mich frei und ich legte die letzten Meter zu Annie zurück. Ihr Gesicht war geschwollen, von den Verletzungen und den Tränen, die ihr über die verdreckten Wangen liefen.

Als ich mich vor sie kniete, wich sie zurück und zuckte schmerzhaft zusammen, als die Kette sie zurückzog.

»Schht«, machte ich leise und senkte den Kopf.

»Geh weg von mir«, sagte sie schwach und sah zu Boden, Tränen rannen ihr über die blassen Wangen.

Ihre Abweisung schmerzte, aber damit hatte ich gerechnet, und ich hatte sie mehr als verdient.

»Glaub mir, ich habe das alles nie gewollt, Annie. Ganz im Gegenteil, ich wollte dich schützen und das, was du mir gegeben hast. Es tut mir leid.« Meine Augen brannten. Sie starrte mich nur schweigend an. »Bitte, lass mich dir helfen. Danach verschwinde ich.«

Panik erschien in ihren Augen. »Wenn du mir helfen willst, dann bring mich um und sorge nicht dafür, dass *er* noch länger Macht über mich ausüben kann.« Ihre Stimme brach und traf mich direkt ins Herz.

Ich schüttelte den Kopf. »Nein. Ich werde dich hier rausholen. Mir fällt etwas ein, ich ...«

»Du hast schon genug getan, *Elyanor*«, entgegnete sie und Trotz leuchtete in ihren matten Augen auf.

Sosehr ihre Worte auch brannten, ich ließ sie an mir abprallen und kratzte stattdessen über meinen Unterarm, bis Blut floss, dann benetzte ich meine rechte Hand damit und griff nach Annies dürrem Arm. Jetzt, da der Dämon in mir wieder die Oberhand gewann, ging mir das Heilen nicht mehr so selbstverständlich von der Hand. Meine Energie sprang zögerlich auf sie über und verteilte sich nur träge in ihrem Körper.

Ihre Augen weiteten sich und ihre Lippen verzogen sich zu einem lautlosen Schrei, als ich meine Kraft drängender in sie hineinschickte; mir wurde schwindelig.

Die Wunden in ihrem Gesicht verblassten, die Schnitte schlossen sich. Der Zustand ihres restlichen Körpers bereitete mir Übelkeit und ließ mich würgen. Beliar hat ihr lädiertes Bein abermals gebrochen, den frisch verheilten Knochen zerschmettert, und sie damit leben lassen. Drei ihrer Rippen waren gebrochen und eine Schulter ausgerenkt. Wütend umfasste ich ihren Arm fester und schickte jede noch so kleine Reserve von mir zu ihr. Sie hatte es verdient, nicht länger leiden zu müssen, und sollte es mich auch das Leben kosten.

Dann ließ ich von ihr ab und sackte zusammen.

Ich hörte das spöttische Klatschen meines Vaters und das erschöpfte Stöhnen von Annie.

»Im Krankenhaus, das warst auch du. Das Wunder.« Ihr Flüstern drang zu mir und ließ mich träge den Kopf heben.

»Ich erinnere mich an goldenes Licht und eine beinahe unerträgliche Hitze. Es war so wie jetzt gerade.«

Mein Vater trat neben mich und riss mich schmerzhaft an den Haaren hoch. Annie wich sofort wimmernd zurück und machte sich ganz klein. »Verwandle dich«, zischte er in mein Ohr.

Ich schluckte und kämpfte mit der Bewusstlosigkeit, die nach mir griff.

Beliar schüttelte mich. »Verwandle dich!«

Bei jedem seiner Worte, die durch die Halle dröhnten, zuckte Annie zusammen. Ich wollte, dass es aufhörte. Ich wollte, dass das alles hier ein Ende fand, wie auch immer es aussehen würde, aber es musste enden.

Ich würde alles dafür tun.

Der kümmerliche Rest meiner Energie floss zu meinem Kern, in dem mein innerer Dämon sofort den Kopf reckte, als er seinen Namen hörte. Mir entwich ein Seufzen, als meine grauweißen Flügel hinter mir zum Vorschein kamen und das Leuchten in meinen Augen zunahm.

Annie starrte mich mit großen Augen an, dann stieß mich mein Vater achtlos zur Seite und ich landete ungebremst auf dem harten Boden.

Zeig keine Schwäche.

Aber ich blieb liegen und schloss die Augen.

»Schafft sie mir aus den Augen. Das ist nicht meine Tochter«, ordnete Beliar an und machte eine wegwerfende Handbewegung. Dick und Doof hoben mich auf und trugen mich aus dem Saal.

Ich fing einen letzten Blick von Annie auf und krümmte mich innerlich. Was hatte ich nur angerichtet?

Kapitel 27

Das Spiel wiederholte sich.

Dad ließ mich holen, zwang mich dazu, Annie zu heilen oder dabei zuzuschauen, wie er sie verletzte. Es sei meine Schuld, dass er sie bestrafen müsse, sagte er dann jedes Mal und ich widersprach ihm nicht.

Es war meine Schuld. Ich hätte gehen und das College hinter mir lassen sollen.

Beliar verlangte, dass ich mich verwandelte, und ließ mich dann in den Kerker bringen, um mich weitere Tage ohne ein Zeichen seinerseits schmoren zu lassen. Dann wurde ich wieder aus der Einsamkeit der Zelle gerissen, gequält und mit jedem Tag etwas mehr gebrochen.

Meine Flügel wurden dunkler, genauso wie meine Seele; sie löste sich mit jeder Sekunde hier unten ein kleines bisschen weiter auf. Mit jedem Mal, das ich vor ihm in der großen Halle kniete, stumpfte ich mehr ab.

Zuerst verschwanden die Tränen, die mir bei Annies Anblick immer gekommen waren, dann das Ziehen in meinem Herzen, wann immer sie schluchzte und um Gnade flehte. Meine Miene wurde ausdruckslos, meine Haltung meinem Vater gegenüber respektvoller und ergebener. Ich stand neben ihm als Prinzessin der Hölle, mit durchgestrecktem Rücken und sah auf Annie herab, die sich wand und schluchzte.

Sie wurde in meinen Augen zu einem von Dads Spielzeugen, zu einer von vielen.

Wenn man mich in meine Zelle brachte, wehrte ich mich

nicht länger, sondern ließ es gefasst über mich ergehen. Ich ignorierte Julien und fuhr ihn nur an, die Klappe zu halten, wenn er es wagte, etwas zu sagen. Ansonsten saß ich auf meiner Pritsche und starrte vor mich hin.

Mit dem schwindenden Weiß meiner Flügel verschwand auch Lya aus meinem Körper, ich wurde wieder zu Elyanor.

Ich merkte es an den Gesichtern der Wachen – ihre Furcht vor mir wuchs mit jedem Tag, keiner traute sich, mich jetzt noch zu verhöhnen oder auf mich herabzusehen – und an der Art, wie mein Vater mich betrachtete. Die Zufriedenheit in seinen Augen nahm zu, genauso wie seine diabolische Genugtuung.

Niemand wagte es mehr, mich irgendwohin zu zerren, ich wurde lediglich *eskortiert*. Man sprach mich wieder mit meinem Titel an und ließ mich schließlich wieder in meinem Zimmer schlafen, als meine Flügel ihr altes Schwarz angenommen hatten.

Ich vergaß Annies Schmerzen. Ich vergaß Zayden und Royath, weil man es von mir verlangte und es alles leichter und erträglicher machte.

Die kurze Zeit, die ich auf der Erde verbracht hatte, wurde zu einem unscharfen Schatten in meinem Gedächtnis.

Die Dunkelheit hatte mich wieder, aber es fühlte sich anders an als das Leben, das bisher ich im Hades gekannt hatte.

Es klopfte an meiner Zimmertür. Dann trat mein Bruder Avan ein. Avan war nur wenig älter als ich und sah mir, was die Gesichtszüge betraf, sehr ähnlich – auch wenn wir uns nicht die gleiche Mutter teilten.

»Hey«, sagte er und kam auf mich zu.

Ich lag auf meinem Bett und hatte mich in einem meiner

unzähligen Bücher verloren, in der Hoffnung, diese Taubheit in meinem Inneren dämpfen zu können. Aber sie war wie ein gefräßiges Tier, das immer mehr von mir einforderte, um sich den dicken Bauch vollzuschlagen und mich auszusaugen.

Die Augenbrauen gehoben, richtete ich mich auf. »Hey.«

Er setzte sich zu mir aufs Bett und schenkte mir sein schiefes Grinsen. »Wie geht es dir?«

Mein Blick wanderte zu meinem Fenster. »Körperlich voll einsatzfähig. Ich bin wieder ein Vorzeigedämon. Geistig hänge ich irgendwo dazwischen ... keine Ahnung, es fühlt sich anders an.«

Avan runzelte die Stirn und hob nun auch den zweiten Mundwinkel. »Das ist doch schon mal was. Der Rest kommt von ganz alleine, wenn wir wieder unser Ding durchziehen.«

Ich erwiderte sein Lächeln und zuckte die Schultern. »Gut möglich.«

»Ach was, das ist nicht *möglich*, sondern bombensicher. Du solltest mal raus aus diesem deprimierenden Zimmer und endlich wieder etwas unternehmen.«

Im Augenblick fühlte ich mich nicht bereit dazu und ehrlich gesagt wusste ich nicht, ob ich das jemals wieder sein würde. Zumal mich Dad ohnehin nicht rausließ. Nicht, bis ich die letzte Aufgabe, die noch vor mir lag, bewältigt hatte.

Das, was mich zu einem Iljos gemacht hatte, war irgendwo tief in meinem Inneren vergraben und versiegelt. Im Augenblick war ich eine Dämonin, durch und durch. Ich hatte meine Gefühle und mich unter Kontrolle und empfand nicht viel mehr, als nötig war.

Das hatte ich unter Beweis gestellt, als mich Dad immer und immer wieder mit Annie konfrontiert und ich nicht mal mit der Wimper gezuckt hatte. Ich hatte es ohne einen Laut über mich ergehen lassen, wenn er mich gezüchtigt und an den alten Dämon in mir appelliert hatte. Ich bat ihn nicht mehr, Annie helfen zu dürfen. Sie war für mich zu einem Menschen geworden, einem amüsanten Spielzeug für meinen Dad.

Und ich konnte nicht besonders viel an ihrer Lage ändern, also ließ ich es an mir vorüberziehen.

Meine letzte Aufgabe ... einen Iljos töten. Einen ganz *bestimmten* Iljos.

Wenn ich an ihn dachte, dann prickelte es in mir, ich spürte ein Summen und ein Stechen in meinem Inneren, das meine Taubheit durchbrach. Ein blasser Schatten dessen, was ich für ihn gefühlt hatte, bevor mich mein Dad zurückgeholt hatte. Vermutlich ließ mein Wesen nicht länger mehr zu. Stattdessen hausten Finsternis und eine Schwere in mir, die meine Gedanken träge machten. Es war nicht mehr viel von meiner alten Leidenschaft und dem Licht, das er in mir entzündet hatte, übrig und das wenige, das mich durchfuhr, wann immer sich sein schönes Gesicht vor mein inneres Auge schob, schmerzte eher, als dass es sich gut anfühlte.

Vater hatte recht. Es würde mir besser gehen, wenn ich das alles ein für alle Mal beendete.

»Dad ist noch nicht so weit«, merkte ich an und ließ mich in die Kissen fallen.

»Dann sag ihm, dass du es bist. Zieh es durch und dann kannst du endlich wieder damit anfangen, zu leben, Schwesterchen. Das, was da oben passiert ist, ist Schnee von gestern. Siehst du doch genauso, hm? Die Zeit auf der Erde ist ein Wimpernschlag gegen die Ewigkeit, die dir gehört. Oder willst du dich ewig hier verkriechen?«

Ich verzog das Gesicht und stieß den Atem aus. Seine Meinung in allen Ehren, aber ich bezweifelte, dass das auch nur eine weitere Person im Hades so sah.

Avan deutete meinen Gesichtsausdruck falsch. »Früher hattest du kein Problem damit, irgendwelche Mistkerle in die Ewigen Flammen zu schicken. Da sollte es dir bei einem *Iljos* doch ziemlich leicht fallen.« Er spuckte das Wort *Iljos* förmlich aus, als würde es ihm die größten Magenschmerzen bereiten.

Mein Bruder hatte recht. Natürlich hatte er das. Aber auch wenn in mir die Dämonenseite übernommen und mein Mitgefühl unter sich begraben hatte, war ich kein Freund von unnötiger Gewalt.

Trotzdem – wenn ich jemals wieder mein Leben zurückhaben wollte, dann musste ich diesen letzten Schritt gehen und endlich den Teil von mir, der nicht existieren durfte, zerstören. Endgültig.

Meine Zeit in London musste zu einem alten Schatten werden und das würde erst geschehen, wenn ich damit beginnen würde, wieder ich selbst zu sein. Elyanor, Tochter des Teufels und Prinzessin des Hades.

Ich richtete mich auf und nickte. »Vermutlich sollte ich es einfach hinter mich bringen.«

Anerkennend klopfte Avan mir auf den Rücken und ein fast schon unheimliches Lächeln breitete sich auf seinen Zügen aus. »Perfektes Timing. Dann können wir deine Wiederkehr gleich ordentlich feiern. Wäre eine gute Gelegenheit, dich mal wieder blicken zu lassen, Prinzessin. Minor schmeißt eine Party anlässlich seiner Beförderung, nachdem Roy ...« Er brach ab und schüttelte den Kopf.

Allein bei dem Gedanken, Minor zu feiern, wurde mir übel. Ich würde einen Teufel tun und da aufkreuzen und Royath ...

Ich suchte Avans helle Augen und zog die Augenbrauen

zusammen. »Was ist mit Roy?« Die eigentliche Frage lautete eher: *Lebt er noch? Existiert er überhaupt noch?*

Avan senkte den Kopf und starrte auf die Hände in seinem Schoß. Royath war für ihn wie ein großer Bruder gewesen, genauso wie Xaver es war. Mitgefühl hin oder her, dass Roy nicht länger Teil meines alltäglichen Lebens war, schmerzte und es musste Avan ähnlich gehen.

Ich griff nach einer seiner warmen Hände und drückte sie. Verwundert sah er auf unsere ineinander verschränkten Finger.

»Dad hat ihn weggesperrt, weil Roy seine Autorität vor dem großen Rat untergraben und sich seinen Befehlen widersetzt hat. Wenn wir das machen, ist das eine Sache, aber für Roy hat es Konsequenzen. Und wenn Vater Lust hat, legt er selbst Hand an. Keine Ahnung, ob er noch ... ich habe ihn eine Weile nicht gesehen.« Die Stimme meines Bruders war ungewöhnlich ernst. Normalerweise war es kaum möglich, drei ernstgemeinte Sätze mit ihm zu wechseln.

»Xav könnte mit Dad reden. Ich bin wieder hier, ich werde tun, was Vater von mir verlangt, damit sollte doch alles wieder im Lot sein, oder? Und wenn einer mit Roy umgehen kann, dann ich. Wir bekommen das wieder hin.« Das aufmunternde Lächeln auf meinen Zügen fühlte sich falsch an.

Avan löste sich hastig von mir und stand auf. »Vielleicht. Ich frage Xav und sage Vater Bescheid. Wenn das erst mal alles ein Ende hat, dann kehrt hoffentlich wieder Normalität ein. So wie früher. Du und ich bauen Mist, Roy versucht uns aufzuhalten, Xaver kriecht Dad in den Arsch und Vater terrorisiert Hades und Erde.« Ein kurzes Grinsen huschte über sein Gesicht und ließ seine Augen für einen winzigen Moment aufleuchten. »Bis später, Schwesterchen.«

Ich nickte. *Normalität.* Gab es so etwas überhaupt noch nach allem, was geschehen war? Es war schwer zu glauben, dass ich einfach zu dem Leben zurückkehren konnte, das ich vor meinem Einsatz auf der Erde im Hades geführt hatte. Aber vermutlich blieb mir nicht viel anderes übrig, als es zu versuchen, wenn ich hier überleben wollte.

»Bis später, Avan.«

Ich schlug die Kapuze des dunkelroten Umhangs zurück und entblößte so mein Gesicht. Der Wächter stand sofort stramm und senkte respektvoll den Blick – anscheinend war selbst in dem dunkelsten von Dads Verliesen die Nachricht angekommen, dass die Prinzessin zurückgekehrt war.

»Elyanor, was kann ich für Euch tun?«

»In welcher Zelle wird der Graf festgehalten?«

Die schwarzen, leeren Augen der Wache weiteten sich und ich spürte seine Nervosität in meine Richtung schlingern. »Verzeiht, aber der Herr hat angeordnet niemanden zu ihm zu lassen. Der Graf steht unter Einzelhaft und darf keinerlei Besuch empfangen.«

Ich hob freudlos die Mundwinkel und trat noch näher an den Dämonen heran. »Und ich bin deine Prinzessin. Lass mich hinein«, gab ich gefährlich ruhig zurück und ließ einen Hauch meiner Energie auf ihn zusteuern. Sofort leuchtete seine eigene Energie in seinen Augen auf. »Öffne die Tür«, sagte ich noch einmal und reckte das Kinn vor, bis uns nur noch wenige Zentimeter voneinander trennten.

»Euer Vater wird –«

»Ich denke mein Vater kann dir im Augenblick egal sein. Siehst du ihn hier irgendwo? – Nein. Im Moment bin ich dein Problem und ich werde zu einer echten Schwierigkeit für dich, wenn du deinen Hintern nicht endlich vom Zugang entfernst und mich durchlässt. Haben wir uns verstanden?« Mit einem Ruck zog ich meine mentalen Barrieren herunter und ließ meine goldene, heiße Energie mein Gesicht fluten.

Das Flackern seiner Energie wurde hektischer und ließ ihn rasch den Kopf neigen. »Natürlich, Prinzessin. Wie Ihr wünscht.«

Zufrieden klopfte ich ihm auf die Brust. »Geht doch, braver Dämon.«

Der Wächter öffnete die schwere Tür aus schwarzem Holz mit einem ohrenbetäubenden Quietschen und deutete in den sich anschließenden Gang. »Der Graf sitzt in der Zelle am Ende des Flurs. Ich werde hier auf Euch warten. Klopft gegen die Tür, wenn ich Euch hinauslassen soll.«

Ich nickte und betrat den schmalen Korridor, der dem Verlies, in dem ich aufgewacht war, nicht unähnlich sah – aber nur mein Vater selbst wusste, wie viele von diesen Kerkern es im Hades wirklich gab.

Die Sohlen meiner dunklen Boots hinterließen dumpfe Geräusche in der Stille, die hier unten herrschte. Meine Schritte schienen von überall widerzuhallen. Die Luft war abgestanden und schwer, als könnte man durch sie hindurchschneiden, und es war unerträglich heiß, selbst für einen Hohendämon wie mich. Meine Kleidung klebte mir kratzig auf der Haut und ließ sie jucken.

Schon nach den wenigen Metern, die ich zurückgelegt hatte, spürte ich, wie mir die schwarzen Steine um mich herum die Energie entzogen und mich zu einer Normalsterblichen machten. Eine Erfahrung, auf die ich gut und gerne in Zukunft verzichten konnte.

Die Zellen zu meiner rechten und linken waren leer – die

Witzfigur vor der Tür hatte es also ernst gemeint, als er von Einzelhaft gesprochen hatte.

Ich ballte die Hände an meinen Seiten zu Fäusten und straffte die Schultern, um das unangenehme Gefühl, von allen Seiten beobachtet zu werden, zu unterdrücken. Hier unten war niemand. Niemand außer mir und Royath.

»Wer auch immer du bist, ich will deine verdammte, hässliche Visage nicht sehen! Sag das dem Boss!«

Unwillkürlich verzogen sich meine Lippen zu einem Grinsen, als sein Fluch zu mir wehte, und gleichzeitig zog sich mein Herz bei seiner Stimme zusammen.

Royath.

Wie zur Hölle hatte ich ihn in den Tagen und Wochen vergessen können? Wie hatte er so weit in den Hintergrund rücken können, dass erst Avan kommen musste, um mich wieder an ihn zu erinnern?

Niedergeschlagen blieb ich stehen und senkte den Kopf. Mein Vater. Beliar schaffte es, jeden noch so schönen Gedanken zu verdrängen, jedes Mitgefühl zu ersticken und jede Sorge zu verbrennen, noch bevor sie wirklich entstehen konnte.

Das war sein Job und der Kern seines Wesens. Wann genau hatte ich diese Tatsache eigentlich aus den Augen verloren?

»Traust du dich jetzt nicht mehr?« Roy lachte rau und hart. »Ist auch besser so. Verpiss dich einfach und geh zurück in das stinkende Loch, aus dem du gekrochen bist – oder besser noch – gleich zurück in Luzifers Arsch.«

Schlagartig hob ich den Kopf. Es mochte ja sein, dass mein Dad jedes Gefühl, das nicht Teil von mir sein sollte, mit seinem Wesen ausradierte, aber ich war nicht taub für den unterdrückten Schmerz, der in Roys Stimme mitschwang. Noch nicht.

»Royath ...«, begann ich leise und umfasste die Gitterstäbe des Kerkers, in dem der nächste Graf von Aker hockte.

Die zusammengesunkene Gestalt, die kaum noch an den Roy erinnerte, den ich gekannt hatte, blickte widerstrebend auf. Sofort überkam mich eine Welle der Übelkeit, während meine Augen über das, was noch von ihm übrig war, flogen.

»Roy ...«, wisperte ich und legte meinen Kopf an die Gitterstäbe, dann schloss ich die Augen, um auszublenden, was ich angerichtet hatte. Selbstekel überkam mich und zwang mich in die Knie.

Er konnte mich unmöglich deutlich sehen, so zugeschwollen wie seine sonst karamellfarbenen Augen waren. Schnitte überzogen sein Gesicht, seinen nackten Oberkörper und den Rest seines schönen Körpers. Außer einer kurzen Hose und dem Blut auf seiner Haut trug er nichts. Seine schwarzen Haare waren fettig, zerzaust und teilweise ausgerissen. Knochen lugten unter seiner malträtierten Haut hervor und stachen dagegen – ich wollte mir gar nicht ausmalen, wie seine Flügel aussahen. Wenn mein Vater ihm diese überhaupt gelassen hatte. Sein rechtes Bein war mit einer Eisenkette an den Boden gefesselt. Dort wo der Ring an seinem Fußgelenk scheuerte, war die Haut rissig, rot und eitrig.

Ich kniff die Augen noch fester zusammen und kämpfte gegen den Würgereiz an. Mir war immer klar gewesen, das Beliar ein Monster war. Ein Monster, wie ich es war, wie es meine Brüder und alle anderen Dämonen waren. Er hatte schon früher Schmerzen und Qualen zugefügt, auch Roy hatte schon leiden müssen, aber das ...

Ein erstickter Laut kam über meine Lippen, dann lag ich am Boden, meine Hände umklammerten die Stäbe.

Es wurde totenstill und im nächsten Moment lagen warme, raue Hände auf den meinen und Finger fuhren sanft über meine erhitzte Haut.

»Lya. Du lebst.«

Ich presste die Lippen zu einer festen Linie zusammen, um das Schluchzen nicht aus meinem Mund zu lassen. Beliar hatte das Mitgefühl in mir zerstört, er hatte es so lange gepeinigt und gefoltert, bis es aufgehört hatte, zu existieren, weil es nicht in mir sein durfte. Weil es nicht zu meinem Wesen gehören durfte. Genauso wenig wie die Tränen in meinen Augen oder das Schluchzen in meiner Kehle. Ich durfte das nicht.

Zeig keine Schwäche.

Zeig keine Schwäche.

Du bist die Prinzessin der Hölle, du darfst nicht heulen, nicht fühlen, nicht geben. Regiere, befehle und nimm dir, ohne zu fragen. Bestrafe und übe Macht aus. Und lass nicht zu, dass jemand Macht über dich erlangt. Hast du das verstanden, Elyanor? Hast du es verstanden?!

Ja, Vater.

Das hier war Dads Wille. Roy musste leiden, weil er sich falsch verhalten hatte – *nein* – weil *ich* mich falsch verhalten hatte – *oder?*

»Lya, bitte, öffne deine hübschen Augen. Sieh mich an. Du lebst.« Seine brüchige Stimme klang genauso schwer vor Tränen, wie die meine, als ich antwortete.

»Ich beende das hier, ich gebe dir mein Wort«, gab ich kaum hörbar zurück, ohne die Augen zu öffnen. Wenn ich es wagte, ihn anzusehen, dann wäre mein Vorsatz dahin. Roys Anblick hatte die Macht, das eingesperrte Wesen in meinem

Inneren anzufeuern und zu befreien. Das wusste ich instinktiv. Und dann würden die Bilder wiederkehren, die Gefühle, die Qualen und der Selbsthass.

Aber ich durfte mich nicht selbst hassen.

Ich tat nichts Unrechtes.

Ich war die verdammte Prinzessin des Hades, ich konnte tun und lassen, was ich wollte, ich musste niemandem Rechenschaft ablegen. Ich hatte keine Seele, kein Gewissen. Ich hatte einen Namen und der reichte aus.

Mit einem Ruck drängte ich das alles zurück in die dunkle Ecke, in die mein Vater es gesperrt hatte, und öffnete die Augen. Meine Energie flutete durch mich hindurch und ließ meine Pupillen golden aufleuchten. Der Dämon hatte wieder die Überhand in mir gewonnen.

Roy verfolgte jede Regung in meinem Gesicht aus seinen geschwollenen Augen und senkte dann den Kopf. »Du kannst es nicht beenden. Nicht mehr.«

Aufmerksam betrachtete ich ihn und hob das Kinn ein kleines bisschen an. »Was wirft man dir vor?«

Doch Royath blickte nicht mehr auf. »Hochverrat«, antwortete er leise und setzte sich mit dem Rücken an das Gitter. »Was ist mit dir?«

»Beliar hat mich zu Hause begrüßt. Ich bin wieder hier«, gab ich emotionslos zurück und rutschte ebenfalls an den Stäben herunter, sodass wir Rücken an Rücken saßen.

Hochverrat bedeutete Royaths Tod. Keinen schnellen, gnädigen Tod, sondern ein Sterben voller Qualen und Demütigung, und anscheinend hatte Dad bereits damit begonnen, seinen Plan in die Tat umzusetzen.

»Warum hat Vater dich verurteilt?«

Roy seufzte und es klang schmerzerfüllt und heiser. »Ich

habe versagt, Lya. Weißt du, ich habe dich nicht vor der größten Gefahr da draußen beschützen können.«

»Die Iljos?«

»Dich selbst.« Die Kette an seinem Fußgelenk rasselte, als er sich bewegte. »Ich hätte es nie so weit kommen lassen dürfen.«

»Wir wussten beide nicht, worauf es hinauslaufen würde, Roy. Es ist nicht fair, dass dich Beliar für all meine Fehler verantwortlich macht.«

»Ach Luzi, wenn es mal deine Fehler gewesen wären. Glaub mir, es vergeht nicht eine Sekunde, in der ich mich nicht dafür verfluche, dich nicht von diesem College abgezogen und zurück in die Hölle verfrachtet zu haben. Dann wäre nichts von diesem Mist passiert und du und ich ...« Er brach ab und wieder rasselte es. »Vergiss es und vergiss mich. Ist leichter so.«

Abrupt wandte ich mich zu ihm um. »Was redest du da?«

Roy blickte auf und ich erhaschte einen winzigen Blick auf das alte Leuchten in seinen Augen. »Ich wusste, wohin das alles führen würde. Ich wusste es schon, als ich in diesen verdammten Waschraum in der Schule gestolpert bin und sich Zayden über dich beugte. Ich habe es in seinen Augen gelesen – und in deinen. Ich habe gesehen, was ihr füreinander empfindet.«

Sein Name brachte die Mauern in meinem Inneren gefährlich zum Wanken.

Ich ballte die Hände zu Fäusten und überging seine letzte Bemerkung geflissentlich. Sie tat hier nichts zur Sache, diese Gefühle gab es nicht länger, und wenn es nach mir ginge, hatten sie auch nie existiert.

»Du hast gute Arbeit geleistet, Royath, und wenn ich meine Aufgabe erledigt habe, dann werde ich mit Beliar sprechen.

Du bist ein fähiger Soldat, ein loyaler Kämpfer. Dad wusste genauso gut wie ich, dass du nie die Chance hattest, meine unzähligen Fehler zu verhindern.«

Ein trockenes Lachen kam über seine aufgesprungenen Lippen. »Ja, das wusste ich. Beliar hat mich gewarnt, aber ich habe ihn angefleht, mich mit dir gehen zu lassen und mir die Chance zu geben, auf dich Acht zu geben. Dir nah zu sein.« Seine letzten Worte waren nicht mehr als ein Hauchen, das ein altbekanntes Schaudern in mir auslöste. »Aber ich habe verloren, Luzifer, bevor ich überhaupt etwas gewinnen konnte. Deswegen spielt das alles keine Rolle mehr. Mein Leben ist genauso nutzlos wie mein Tod. Es ist mir gleichgültig.«

Durch die Gitterstäbe hindurch packte ich nach seinem Kinn und zog es zu mir. Sein Blut benetzte meine Finger und lief warm daran hinab. »Ich schwöre dir, wenn du noch einmal so etwas sagst, dann ...«

»Dann was? Dann folterst du mich? Dann machst du mir das Leben zur *Hölle*? Das hast du schon in dem Moment getan, als du als winziges, weinendes Baby in meinen Armen gelegen hast. Von diesem Moment an hast du mich in der Hand gehabt und mich gleichermaßen geheilt und verletzt. Als dein Dad deine weißen Flügel gestutzt hat, da bin ich tausend Tode gestorben. In jedem Moment, in dem du Schmerz empfunden hast, habe ich gelitten. Wenn dich jemand verletzt hat, dann brannte dieselbe Wunde auch in mir. Ich habe mit dir geweint, wenn du es nicht bemerkt hast, und Qualen erduldet, auch wenn sie mich innerlich zerstört haben.« Er atmete zittrig ein und aus. »Aber wenn du glücklich warst, wenn du dieses Lächeln auf deinen Lippen trugst und mich angesehen hast, wenn ich deine warme Haut unter meinen Fingern spüren durfte, wenn deine süßen Laute meine Ohren erreichten, wann immer ich dich verwöhnen konnte, dann hast du mich emporgehoben, Lya. Dann hast du mir den Schmerz tausendfach mit Glück und Licht vergolten. Du hast mir erlaubt, dir nahe zu sein, und mehr habe ich nie gewollt. Mehr als dich habe ich nie gewollt.« Ich starrte ihn an und senkte die Lider, weil ich ihm nicht in die Augen sehen konnte. Weil ich mich fürchtete. »Du machst mir das Leben zur Hölle, weil du mich immer wieder sehen lässt, was ich haben könnte – was wir haben könnten – und es mir dann wieder entreißt, ohne dass du einen Gedanken daran verschwendest, was du mir antust. Aber damit kann ich leben, damit lebe ich seit Jahrzehnten. Doch in dem Augenblick, als ich diese neuen Gefühle in deinen Augen gesehen habe, Gefühle für diesen *Iljos*, da hast du mich umgebracht, Lya. Also, nur zu, tu, was du nicht lassen kannst. Es ist ohnehin nichts mehr von mir übrig, was du dir holen könntest.«

Mein Hals war trocken und mir kam ein Husten über die Lippen, das schmerzhaft in meinem Hals kratzte. Ich ließ von seinem Kinn ab und umfasste mit tauben Fingern die Gitterstäbe, sank daran herab.

»Ich verurteile dich nicht, Lya. Gefühle sind fiese kleine Biester. Er hat dir geben können, was du brauchst, unabhängig davon, wie falsch es war.«

Ich schüttelte den Kopf. Langsam zuerst, dann immer heftiger. Nein. Nein. NEIN.

»Und jetzt, jetzt haben wir beide verloren«, fügte Roy an und streckte die Beine von sich.

»Roy ...«, flüsterte ich und lehnte meinen Kopf gegen die Gitterstäbe. »Warum?«

Seine Hand fuhr über meine Haare, meine Wange, so wie

er es schon unzählige Male getan hatte – und doch fühlte es sich dieses Mal anders an.

Bedeutungsvoller, tiefer, vielsagender.

»Es ist okay, Lya. Das war es mir wert. Du bist es mir wert«, antwortete er genauso leise und horchte auf, als schwere Schritte vor der Zugangstür erklangen. »Beliar ist hier, tu nichts Dummes, ja?« Ein trauriges Funkeln trat in Roys Augen, dann ließ er von mir ab und kroch tiefer in den Kerker hinein, weg von dem Teufel, weg von mir.

Die Tür knallte gegen Stein und ließ mich zusammenzucken. Wütende, forsche Schritte näherten sich und schließlich umhüllte mich seine vertraute Hitze.

»Ich kann mich nicht daran erinnern, dir gestattet zu haben, deinen goldenen Käfig verlassen zu dürfen, Elyanor.«

Seine Finger bohrten sich in meine Haut und verbrannten sie dort mit seiner Energie, aber ich rührte mich nicht. Beliar zerrte mich erbarmungslos hoch und packte mein Kinn. »Verschlägt es dir die Sprache? Das, was ich mit Verrätern tue? Es wundert mich, wo du doch früher solchen Spaß an derlei Spielereien hattest.« Sein heißer Atem fuhr über meine Haut und ließ mich schaudern.

»Roy ist kein Verräter«, brachte ich mühsam heraus und versuchte die Tränen zurückzudrängen, die in mir aufstiegen.

Verbotene Tränen für Roy, Tränen des Schmerzes und Tränen für mich selbst.

»Oh doch, das ist er«, gab mein Vater leise und eindringlich zurück, so nah an meinem Ohr, dass seine Lippen schon darüberfuhren. »Und er wird an der Seite des Iljos und des Mädchens sterben. Sie werden alle sterben. Durch deine Hand, meine süße, kleine Elyanor, als Zeichen deiner Macht und deiner Loyalität deinem König gegenüber.«

Ich verengte die Augen zu schmalen Schlitzen, während mir eiskalter Schweiß den Rücken hinunterrann. Die dunkle Macht meines Vaters raubte mir meinen Willen, erstickte meine Gegenwehr mit jeder Sekunde mehr und begrub mein Wesen unter sich. Es war genau das Gegenteil von dem, was der Iljos vor einer gefühlten Ewigkeit in mir ausgelöst hatte.

Licht und Dunkelheit.

Meine Erwiderung und meine Weigerung erstarben auf meinen Lippen, als ich reumütig den Kopf neigte und die Augen schloss. »Wie Ihr wünscht, Vater.«

Eine letzte Träne tropfte auf den dunklen Stein.

Kapitel 28

Beliar überschlug die Beine auf seinem Thron und stützte den Kopf in eine Hand. Unzählige Ringe saßen auf seinen Fingern und klimperten leise, als er sich gegen das Kinn tippte.

»Vater, lasst mich die Sache zu Ende bringen. Jetzt.« Ich hielt den Blick gesenkt, aber es fiel mir zunehmend schwerer. Meine Knie schmerzten bereits, weil er mich seit Stunden vor sich knien ließ, ohne die geringste Andeutung gemacht zu haben, was ich hier tun sollte – außer vor ihm im Dreck zu kriechen.

Aber wenn ich darüber nachdachte, brauchte er das auch gar nicht. Das hier war meine Strafe für den Ungehorsam, den ich ihm entgegengebracht hatte, und seine Art, mir zu zeigen, dass er Macht über mich besaß.

»Du bist immer so ungeduldig, meine Tochter. Willst du sie so sehr brennen sehen?«

Ich biss die Zähne zusammen. Nein, ich wollte, dass das alles hier endlich ein Ende nahm, und solange sie am Leben waren, konnte ich nicht damit abschließen.

Und Royath ...

»Ich habe Euch gesagt, dass ich Eurem Befehl nachkommen werde, und ich stehe zu meinem Wort.«

»Welch interessante Wendung! Bisher habe ich recht wenig von deinem *Wort* gehabt. Und dein Besuch bei Royath hat mich nur weiter in dieser Annahme bestärkt. Du bist noch nicht so weit. Diese andere Seite in dir hat nach wie vor Einfluss auf dein Verhalten.«

Die Hände an meinen Seiten wurden zu Fäusten, sodass sich meine Nägel in meine Handflächen bohrten.

»Ich bin mehr als bereit, den Iljos zu töten. Aber an Roy werde ich keine Hand anlegen, ich bin mit ihm groß geworden, Ihr könnt nicht von mir erwarten, dass ich ohne mit der Wimper zu zucken einen Teil meiner Familie auslöschen werde.«

Tadelnd schüttelte er den Kopf. »Ich kann alles von dir erwarten, du bist schließlich mein Fleisch und Blut. Was findest du nur an dieser Kakerlake?«

»Er ist Euer treuer Diener, der Euch nichts als Loyalität entgegengebracht hat!«, brauste ich auf und hob den Blick.

Beliar erwiderte ihn unnachgiebig aus rötlich, funkelnden Augen. »Und jetzt ist er es nicht mehr. Einer ist so gut wie der andere, sie sind austauschbar, vergiss das nicht, wenn du dich in ein Schoßhündchen verliebst, mein Kind.«

Langsam beugte sich mein Vater ein Stück weiter vor, ohne die Augen von mir zu nehmen. Ich konnte es in seinem Blick arbeiten sehen – und in seinem Kopf.

»Interessant, dass ihr euch immer so rührend füreinander einsetzt. Vermutlich waren Royaths Einwände in gewisser Weise berechtigt.«

Eine scharfe Erwiderung wollte sich an die Oberfläche kämpfen, aber ich zwang mich zur Ruhe. »Ihr habt mir beigebracht, was Loyalität bedeutet. Und ich bin loyal denjenigen gegenüber, die es wert sind. Euch, meiner Familie und Roy.«

Sein raues Lachen hallte durch den Saal und ließ mich zusammenzucken, ebenso wie das Bündel neben dem Thron, das Menschenmädchen. *Annie.* Ich erhaschte einen kurzen Blick auf ihr verängstigtes Gesicht und die Leere in ihren braunen Augen. Rasch wandte ich mich von ihr ab. Ein Problem nach dem anderen.

Beliar bemerkte meinen kurzen Kontakt zu seinem Spielzeug und verzog seine Lippen zu einem wissenden Lächeln, das seinem Namen alle Ehre machte. »Als Nächstes bittest du mich darum, dieses kleine Miststück hier zu verschonen, ist es nicht so?«

Ich schüttelte langsam den Kopf. »Royath, Vater. Mehr verlange ich nicht. Meinetwegen kannst du dein *Spielzeug* behalten.« Mir fiel mein Fehler erst auf, als die schnippischen Worte bereits meinen Mund verlassen hatten.

In den Augen des Teufels flackerte etwas Dunkles auf. Entsetzlich langsam erhob sich Beliar von seinem Thron und kam mit langsamen, langen Schritten auf mich zu, bis er vor mir stehen blieb und auf mich herabsah.

»Was hast du gesagt?«, fragte er bedrohlich leise.

»Nichts, Vat–!«

Noch bevor ich den Satz zu Ende sprechen konnte, packte er mich auch schon grob am Hals und riss mich hoch – ich hörte es in meinem Nacken knacken. Meine Beine baumelten in der Luft, während mein Gesicht kaum eine Handbreit von dem seinen entfernt war, seine Nägel bohrten sich in meinen Hals.

»Was hast du gesagt?«

»Verzeiht mir, Vater. Bitte, ich ...« Seine langen, schlanken Finger drückten mir die Luft ab und verhinderten, dass ich auch nur ein einziges Wort herausbekam. Unwillkürlich begann ich zu zappeln, während meine Hände nach seinen Unterarmen griffen.

»Bitte«, keuchte ich tonlos. Kleine Lichter begannen vor meinen Augen zu tanzen und ließen mein Blickfeld schrumpfen.

»Aufhören!« Ein schrilles Kreischen durchbrach die Spannung zwischen meinem Vater und mir.

Schlagartig ließ er von mir ab und stieß mich förmlich von sich. Krachend kam ich auf dem harten Boden auf und hielt mir hustend den Bauch. Ich hatte das Gefühl, mich jeden Moment übergeben zu müssen.

»Eine Märtyrerin, interessant!«, donnerte Beliars Stimme durch die Halle, die von den Wänden widerhallte. Schneller, als ein menschliches Auge es hätte verfolgen können, stand er auch schon bei Annie, zerrte sie hoch und schüttelte sie, sodass ihr Kopf unnatürlich hin und her flog. »Hast du vergessen, wo du stehst?! – Antworte!«

Knurrend schleuderte er das Mädchen von sich und schlug nach seinem Thron – unter der Wucht meines Vaters gab der Stuhl mit einem Ächzen nach, sodass Splitter durch die Luft flogen und auf uns herabrieselten.

Lucy, Dads Höllenhund, riss alarmiert den Kopf in die Höhe und begann ohrenbetäubend zu kläffen.

Diesen Moment nutzte ich, um auf allen vieren, mir noch immer den Bauch haltend, zu Annie zu krabbeln.

Sie zitterte am ganzen Körper, aber sie lebte. Blut lief ihr über die Stirn, sie sah fürchterlich aus, gepeinigt, gebrochen und doch entdeckte ich das erste Mal ein störrisches Leuchten in ihren Augen.

Ihr umherirrender Blick traf den meinen und für einen Moment breiteten sich all ihre Gefühle vor mir aus. Ihre Angst, ihre Schmerz, ihre Hoffnungslosigkeit und ihre Wut. Annie war unsagbar wütend auf mich, aber sie hasste mich nicht, ganz im Gegenteil, eine vollkommen gegensätzliche Emotion schwappte zu mir und ließ mich schlucken. *Liebe.*

Sie nickte kaum merklich.

Und dann verschwand dieser Augenblick. Dad brachte Lucy zum Verstummen und das Feuer in seinem Inneren wieder unter Kontrolle. Seine glühenden Augen richteten sich auf Annie, die unwillkürlich einige Zentimeter zurückrutschte. Das Leuchten in ihrem Blick war sofort erloschen.

Beliar wird sie umbringen. Jetzt. In diesem Moment.

Schwer zu sagen, was mich daran so sehr erschütterte, schließlich war sie eines der Hindernisse, die zwischen meinem Leben hier und mir selbst standen. Sekunden zuvor hatte ich ihren Tod selbst noch gefordert ... *ich* ... Ich presste die Fäuste gegen meinen Schädel, versuchte das Chaos in seinem Inneren zu bändigen und den Kampf zwischen meinen beiden Seiten für die Dunkelheit zu entscheiden.

Zeig keine Schwäche. Ist das eine Schwäche? *Lass sie gehen.* Sie hat dir das Leben gerettet. *Lass sie sterben!* Kämpfe für sie!

Ein Knall unterbrach meinen inneren Kampf wie auch die Erniedrigungen, die Beliar in Annies Richtung bellte.

Die Blätter der doppelflügigen Tür krachten gegen die Wände, Sekundenbruchteile später stürmte ein hochgewachsener Dämon mit schwarzen Haaren, dunkler Kleidung und einem goldenen Armreif um seinen muskulösen, rechten Oberarm auf meinen Vater zu. Seine ledrigen Flügel zogen sich gerade in seinen mächtigen Rücken zurück, doch das Glühen verharrte in seinen bernsteinfarbenen Augen. Er verneigte sich nicht, er deutete nicht einmal eine kleine Verbeugung an. Jeder andere Dämon wäre längst auf Dads Todesliste.

»Beliar, dürfte ich den Grund dafür erfahren, dass du es nicht für nötig gehalten hast, mir mitzuteilen, dass du meinen Sohn in einer deiner Zellen verrotten lässt?«

Vaters Gesicht wurde hart, als er sich seinem engsten Berater und Vertrauten zuwandte, dem Grafen von Aker, Roys Vater. Unwillkürlich hielt ich den Atem an.

Eoghan war in gewisser Hinsicht wie ein zweiter Vater für meine Brüder und mich gewesen und ich hatte ihn noch nie so mit seinem Boss sprechen hören.

Die beiden Männer starrten einander an und die Luft um uns herum knisterte förmlich. Dads Energie lud den Raum auf, die Flammen seines Portals schossen in die Höhe und leckten an ihrem steinernen Gefängnis, bereit auf den Befehl ihres Herrn Verwüstung und Chaos zu bringen.

»Und du hältst es anscheinend nicht für nötig, mir Respekt zu zollen, mein Freund.«

»Ich verlange eine Erklärung, Beliar. Du hast mir dein Wort gegeben, du hast mir deine Tochter für meinen Sohn versprochen.« Ein unmenschliches Knurren kam Eoghan über die Lippen, als er sich noch weiter vor seinem Herrn aufbaute – Royath hatte seine beeindruckende Größe nicht von irgendwoher. Beliar wirkte neben ihm beinahe zierlich und zerbrechlich.

»Die Zeiten ändern sich, mein Freund.« Ungeduldig winkte Dad zwei seiner Wachen herbei und deutete auf Annie und mich. »Bringt die Kinder raus und sorgt dafür, dass die *Prinzessin* bleibt, wo sie hingehört, bis nach ihr verlangt wird. Lasst eine Nachricht an alle Dämonen verbreiten und kümmert euch um eine angemessene Garderobe für Elyanor – die öffentliche Hinrichtung wird auf morgen Nacht vorgezogen.«

Meine Hände hinterließen eine blutige Spur an der unnachgiebigen Tür meines Zimmers – meines Gefängnisses. Dad hatte mich wieder eingesperrt und mir somit den winzigen Schimmer eines freien Willens erneut entzogen.

Ich stieß einen deprimierten Laut aus und schlug noch einmal dagegen. »Ich schwöre euch, wenn ich euch Mistkerle in die Finger bekomme, dann wird nicht mehr viel von euch übrig sein! Macht die verdammte Tür auf!«

Es knackte in meinen Fingern, als ich gegen das Holz hämmerte.

»Lya.«

Rasend vor Wut fuhr ich herum und starrte zu dem Mädchen, Annie. Sie hatte sich auf den Boden gesetzt, lehnte mit dem Rücken gegen mein Bett und zuckte nun, konfrontiert mit meinen glühenden Augen, merklich zusammen.

Mit gemischten Gefühlen schaute ich auf sie herab und öffnete und schloss meine vor Schmerz pochenden Hände. Keine Ahnung, warum sie in meinem Zimmer saß, warum die Wachen sie gemeinsam mit mir hierher gezerrt hatten – vermutlich war es ihnen gleich gewesen, wo sie uns hinsteckten, solange sie Dads Befehlen nachkamen.

Und noch viel weniger wusste ich, was ich davon halten sollte. Dieses Mädchen brachte mich durcheinander, sie verwirrte mich und verschaffte diesen widerstreitenden Stimmen in meinem Inneren Gehör.

Ich biss schweigend die Zähne zusammen und hob herausfordernd eine Augenbraue – die mit der Narbe.

»Die Tür. Sie ist verschlossen, Lya«, sagte Annie ruhig und legte die Hände in den Schoß. Beinahe hätte ich aufgelacht. *Ach, echt? Ist mir gar nicht aufgefallen.* »Im Augenblick können wir nichts tun«, fuhr sie vorsichtig fort und kniff dann die Lippen zu einer schmalen Linie zusammen.

Dass sie recht hatte, machte es für mich nicht gerade leichter, mich zu beruhigen. Dad und Eoghan entschieden da draußen gerade über Roys Leben. Und über meines. Und ich war verdammt dazu, hier zu sitzen und untätig Däumchen zu drehen.

Du hast mir dein Wort gegeben, du hast mir deine Tochter für meinen Sohn versprochen.

Ein Schauer glitt durch mich hindurch, als ich mir die Worte von Roys Vater in Erinnerung rief.

Ich war jemandem versprochen worden? Und zwar anscheinend schon vor meinen ganzen Fehlern.

Und die Hinrichtung? Eine öffentliche Hinrichtung?

»Lya, was hat das alles zu bedeuten?«, flüsterte Annie und sah mich aus großen, braunen Augen an. Rotbraunes Blut verunstaltete ihre helle Haut in ihrem Gesicht und hatte ihr schlichtes, weißes Gewand verfärbt.

Wie in Zeitlupe entfernte ich mich von der Tür und ging auf sie zu, um mich neben ihr niederzulassen. »Das bedeutet, dass ihr sterben werdet.«

Falls ihr die Vorstellung vom Tod Angst bereitete, so zeigte sie es nicht. Das Mädchen reckte das Kinn ein klein wenig vor und wandte ihren erschreckend klaren Blick direkt auf mich. »Und du? Was ist mit dir?«

Ich fuhr nachdenklich über das Blut an meinen Fingern. Meine Knöchel waren aufgeplatzt, die Nägel eingerissen und meine Finger zerschrammt. Dad würde toben.

»Ich werde euch dabei behilflich sein.«

Ein resigniertes Seufzen kam ihr über die ausgetrockneten Lippen. »Das bist also du? Das alles hier?«

Ihre Frage ließ mich die Stirn runzeln. »Ich bin die Tochter des Teufels.«

Überraschenderweise zuckte einer ihrer Mundwinkel. »War ja klar, dass das einzige Mädchen, das etwas mit mir zu tun haben möchte, einen Haken haben muss.« Das halbe

Lächeln verschwand genauso schnell, wie es gekommen war. »Und Zayden, ist der auch ein ... Dämon?«

Ich richtete meinen Blick stur geradeaus und zog die Beine an. »Nein«, erwiderte ich scharf und sah sie aus dem Augenwinkel zusammenzucken – kluges Mädchen, sie war also nach wie vor auf der Hut.

Stille breitete sich zwischen uns aus, in der ich Annies Atem ungewöhnlich laut hörte. Er klang angespannt und unregelmäßig, so als würde ihr das Luftholen Schmerzen bereiten.

Ich griff mit meiner blutverschmierten Hand nach ihren klammen Fingern und drückte sie. Sofort reagierte die Energie in meinem Inneren auf ihre offensichtliche Schwäche und flutete durch sie hindurch.

Das Mädchen keuchte auf und umklammerte mit ihrer zweiten Hand unsere miteinander verschränkten Finger.

»Warum?«

»Du hast mich vor meinem Vater bewahrt, jetzt bewahre ich dich vor deinen Schmerzen.« Verständnislos sah sie mich an und zog die Augenbrauen zusammen. »Ich stehe nicht gerne in jemandes Schuld«, fügte ich an und ließ sie los.

Dann stand ich auf und klopfte mir nicht vorhandenen Staub von der verdreckten Kleidung. Mit wenigen Schritten hatte ich das Zimmer durchmessen und starrte durch die Fensterfront auf die Hauptstadt des Hades herab. Meine Heimat kam mir so fremd vor, die Dämonen darin wie Eindringlinge. Der Himmel war zu grell, die Luft zu heiß, die Gebäude zu erdrückend. Mir kamen die Straßen zu eng und farblos vor, der Fluss zu finster, die Wesen in meiner Welt zu düster.

Jetzt, da ich einmal das Licht der Erde gesehen hatte, war die Dunkelheit hier umso durchdringender.

Ich versteifte mich.

Ab morgen würde sich alles ändern. Ab morgen würde der Hades wieder mein Zuhause werden und ich seine Prinzessin.

Das Licht würde aus meinem Inneren verschwinden, ein für alle Mal, und die Finsternis konnte mich mit offenen Armen empfangen. Ihr lang verschollenes Kind, das sich beinahe in der Helligkeit verloren hatte.

Ich verschränkte die Arme vor der Brust und drückte den Rücken durch.

Das hier war ich.

Eine Herrscherin über den Hades.

Da war kein Platz für Zweifel oder für eine andere Energie, als die des Feuers und seine verschlingende Macht.

Der Kampf in meinem Inneren musste aufhören.

»Das alles wird morgen Nacht enden. Ein für alle Mal«, murmelte ich und erwiderte den kalten Blick meines Spiegelbildes.

Meine Augen leuchteten golden auf.

Ein Kind der Finsternis.

Kapitel 29

Aker blühte regelrecht auf. Die Ankündigung einer öffentlichen Hinrichtung, ließ jene armseligen Kreaturen aus ihren Löchern kriechen, die sonst kaum das Tageslicht zu sehen bekamen. Dämonen verließen ihre Posten, Läden wurden geschlossen, selbst aus dem Palast strömten sie zum Hauptplatz Akers.

Ich sah sie alle durch die Straßen der Stadt kriechen und rennen und fliegen, um sich die Plätze mit der besten Sicht zu sichern – Stunden, bevor es losgehen sollte.

Eine öffentliche Hinrichtung durch die Hand der jungen Prinzessin der Hölle hatte es seit Jahrhunderten nicht mehr gegeben, und schon gar nicht die eines Iljos.

Es wurde gemurmelt, hinter vorgehaltener Hand getuschelt.

Wie hatte es ein im Licht Geborener wagen können, in den Hades einzudringen? Was hatte die Tochter des Herrn des Hades mit diesem Lichtwesen zu schaffen?

Ich ignorierte ihre Worte, die leise und stechend zu mir drangen, wann immer man mich durch die breiten Gänge des Palastes führte.

Vater hatte mich zu einer Schneiderin bringen lassen, zu einer Stylistin und hatte schließlich selbst Hand angelegt.

Zeige mir, dass meine Gnade dir gegenüber nicht verschwendete Zeit ist, Tochter. Mach mich stolz und mach diesen Kreaturen da draußen klar, wer du bist.

Was ist mit Royath, Vater?, hatte ich gefragt.

Er hatte mich geschlagen, einige Strähnen hatten sich aus meiner komplizierten Hochsteckfrisur gelöst und Tränen hatten mein Make-up verschmiert. *Mach mich stolz*, hatte er nur erwidert und mich für die restliche Zeit bis zu unserem Aufbruch in meinem Zimmer eingesperrt.

Unwillkürlich fasste ich mir an den Hals und fuhr über die Kette, die er mir gegeben hatte. Sie war eine Erinnerung und Drohung zugleich. In das daumennagelgroße Amulett aus Silber war das Wappen unseres Hauses eingeschlagen, auf der Rückseite unser Motto.

Denn es gibt kein Licht ohne Schatten und keinen Schatten ohne Licht. Wir sind das Licht und die Schatten. Wir sind alles.

Waren wir das? Sagte dieser Spruch, der seit Anbeginn der Zeit Teil unserer Geschichte war, nicht genau das, was mein Vater so verabscheute? Dass wir beides brauchten – nicht nur das eine?

Ich drückte die Finger fest auf meine Schläfen und massierte sie in groben Kreisen.

Mein Blick flog über die Stadt unter mir. *Über mein Zuhause,* erinnerte mich die störrische Stimme in meinem Inneren. Von meinem Zimmer aus hatte ich keine Möglichkeit, den Hauptplatz einzusehen, aber ich konnte ihn mir vor Augen rufen. Die schwarzen, monumentalen Gebäude, die eine kreisrunde, weitläufige Fläche umschlossen, in deren Mitte eine Erhöhung aus grob geschlagenem Stein thronte. Dad hatte dort meine Geburt verkündet, und den Tod seiner Königin. Dort hatte meine offizielle Aufnahme in die königliche Familie des Hades stattgefunden, als ich meinen Namen erhalten hatte, und die Zeremonie, die mich zur Kronprinzessin gemacht hatte.

Und jetzt würde ich dort unter Beweis stellen müssen, dass mich die Zeit auf der Erde nicht beeinflusst hatte. Dass ich noch immer die unnachgiebige, kalte Prinzessin war, die die Hölle brauchte und forderte.

Dass ich noch immer Elyanor war.

Meine Hände strichen über den glatten, seidigen Stoff meines Kleides. Vater hatte es extra für mich anfertigen lassen. Ein bodenlanges Gewand mit dunkelrotem Saum und eckigem Ausschnitt, mit weiten, langen Ärmeln und tief ausgeschnittenem Rücken, sodass jeder einzelne Untertan meine Narben zu Gesicht bekommen würde.

Schnüre verengten das Kleid an meiner Taille und ließen es nach hinten hin weit auslaufen.

Es war wunderschön und doch fühlte ich mich darin wie eine Fremde. Ein Teil meines Seins bekämpfte nach wie vor das Kleid, den Palast, den Hades.

Er fragte nach dem Mädchen, nach Royath, nach *Zayden*. Er quälte mich mit dunklen Gedanken, mit Gefühlen, die ich verspüren sollte, mit stechenden Kopfschmerzen und unkontrollierbarem Zittern.

Er hatte mich die Nacht über kaum ein Auge zutun lassen, mich wachgehalten und mir Erinnerungen und Visionen geschickt. Grausame Bilder.

Dads Stylisten hatten ein wahres Wunder in meinem Gesicht vollbracht. Die dunklen Schatten unter meinen Augen waren verschwunden, die tiefen Sorgenfalten auf meiner Stirn nicht länger ein Zeichen dafür, welches Durcheinander in mir herrschte.

Meine Augen strahlten, ich wirkte bereit.

Bereit für meine Aufgabe.

Aber um ehrlich mit mir zu sein: Ich war es nicht.

Vor meiner Tür hörte ich gedämpfte Stimmen miteinander sprechen, dann schwang sie auch schon auf und Xaver trat ein, an seiner Seite stand Royath. Ein Roy in dem Gewand des Hauses des Grafen.

Einen Moment konnte ich die beiden nur anstarren. War es möglich, dass mir mein übermüdeter, verwirrter Kopf einen Streich spielte und mich noch weiter mit dem quälte, was ich niemals wiederbekommen würde?

Ein kurzes Lächeln huschte über Roys Züge, dann verneigte er sich leicht. »Prinzessin.«

Ich riss mich aus meiner Starre los und stürmte auf ihn zu, im nächsten Augenblick lag ich auch schon in seinen Armen und wurde an seine breite, warme Brust gedrückt.

»Wie?«, hauchte ich und umfasste seine Wange.

Die Wunden waren noch da, aber sie heilten und ich erhaschte endlich wieder einen Blick auf das goldene Licht in seinen Augen.

Xaver räusperte sich und stellte sich neben Roy, der mich vorsichtig auf den Füßen absetzte.

»Ein Zeichen von Vaters gutem Willen, Elyanor. Mach keine Dummheiten heute. Er kann dir alles, was er dir gegeben hat, jederzeit wieder nehmen.« Mein Bruder sah mich eindringlich an und klopfte Royath auf die Schulter. »Sorge dieses Mal dafür, das die Prinzessin tut, was man ihr sagt. Du kennst die Konsequenzen für den Fall, dass du abermals versagst, Graf.« Knapp neigte Roy den Kopf und tauschte einen vielsagenden Blick mit Xaver, dann lockerte er seine Haltung wieder. »Ich werde kurz nach Avan schauen, danach lasse ich euch in die Eingangshalle rufen. Wir werden in Kürze aufbrechen. Die Nacht bricht bereits herein.«

Die Tür schwang lautlos ins Schloss, nachdem mein Bruder das Zimmer verlassen hatte und ließ mich mit Royath alleine zurück.

Roys Hände lagen schwer auf meinen Schultern, sein Blick auf meinem Gesicht. »Was hast du nur wieder in Bewegung gesetzt?«, fragte er leise und einer seiner Mundwinkel zuckte, doch das Grinsen erreichte kaum seine Augen.

»Ich konnte dich nicht sterben lassen, Roy«, gab ich genauso leise zurück und legte meine Hände auf die seinen.

Wie in Zeitlupe beugte er sich vor, seine Lippen streiften meine erhitzte Stirn, dann wanderten sie an meiner linken Schläfe herab auf meinen Wangenknochen. »Das war leichtsinnig von dir, und dumm. Dein Vater hätte dich hinrichten lassen können.«

»Das nächste Mal lasse ich dich einfach in deinem Elend verrotten.« Meine Stimme klang seltsam atemlos und ich spürte, wie mein Körper auf seine Berührungen reagierte. Mir wurde heiß – heißer, als gut für einen Dämon war – ein nicht gänzlich unangenehmes Ziehen machte sich zwischen meinen Beinen breit und mein Herzschlag verdreifachte sich.

Ich nahm sein Lächeln an meinem Mundwinkel wahr, dann hauchte er einen federleichten Kuss auf meine Lippen. »Danke, Luzi«, wisperte er.

Unabhängig davon, was ich für den Iljos empfunden hatte, was wir geteilt hatten, mein Körper erkannte Roy und erinnerte sich, was er mir für Lust bereitete und in mir auslöste – und antwortete.

Unwillkürlich umfasste ich sein Gesicht und zog ihn näher zu mir, sodass unser Kuss fester, drängender und tiefer wurde. Die Hitze in meinem Inneren schwoll an und durchflutete meine Blutbahnen.

Hitze. Nicht kühle, erfrischende Energie.

Schwarze, seidige Haare, keine blonden, ungezähmten Wellen.

Karamellfarbene Augen, nicht das tiefe Grün.

Ruckartig machte ich mich von Royath los und wandte mich zur Seite. Meine Hände wurden zu Fäusten, der Schorf über meinen Fingern brach auf und warmes Blut lief mir über die Hände.

Bilder wie diese quälten mich. Bilder von einem gewissen Jungen, der mich im Arm hielt, der mich tröstete, dessen Energie die meine ergänzte.

»Lya? Geht es dir gut?«

Ich kniff die Augen zusammen und nickte, straffte meine Schultern und griff nach meiner eisernen Maske. »Ja, Roy, es geht mir gut. Du bist hier.« Langsam drehte ich mich wieder ihm zu und schenkte ihm ein kleines Lächeln. Sorge verdunkelte seinen Blick, als er nach meinen Händen griff und meine Verletzungen betrachtete. »Es geht mir gut«, sagte ich noch einmal, dieses Mal brüchig, zögerlich und kaum hörbar.

Kopfschüttelnd trat Royath vor und schloss mich in seine Arme.

Ich weiß nicht, wer ich bin. Ich sehe mich im Spiegel und weiß nicht, wer vor mir steht, wollte ich sagen, aber mir kam kein einziger Laut über die Lippen. Wortlos sah ich zu ihm auf.

Roys bernsteinfarbene Augen fanden die meinen, schienen direkt in mich hineinzusehen. Sein Mund verzog sich zu einem sanften Lächeln, dann strich er in einer federleichten Berührung über meine Wange. »Ich weiß, Lya. Das alles geht vorüber und es wird besser werden. Das wird es immer.«

Meine zittrigen Finger fuhren über den gestärkten Stoff seiner Jacke und die Stickereien auf der Brusttasche. Das Zeichen des Mannes, der ihn vor wenigen Stunden noch hatte töten wollen.

Roy fing meine Hände ab und umschloss sie mit seinen eigenen, warmen. »Du wirst das heute schaffen, der Rest kommt von selbst, Luzi.« Stirnrunzelnd unterbrach er sich und hob mein Kinn sanft, aber bestimmt an. »Du bist stärker, als du glaubst, du bist die Stärkste von uns allen. Vergiss das nicht, wo du auch gerade bist.«

Beinahe hätte ich laut aufgelacht. Wenn ich ihm doch nur von der Verwirrung in meinem Inneren erzählen könnte, von dem ewigen Widerstreit meiner zwei Seiten.

Aber das konnte ich nicht.

Es laut auszusprechen trüge zu viel Endgültigkeit in sich – und vermutlich ahnte er es ohnehin schon.

Royath war nicht dumm. Ein Macho und Idiot, ja, aber seine groben Anzüglichkeiten und seine Selbstverliebtheit waren nichts als Fassade, hinter der er eine Einfühlsamkeit verbarg, mit der er mich schon oft überrascht hatte.

Sein Daumen fuhr über die weiche Haut auf meiner Wange, dann hauchte er einen winzigen Kuss darauf.

»Gehen wir.«

Einen Augenblick lang sah ich nur regungslos auf seine ausgestreckte Hand herab und versuchte, gleichzeitig stehen zu bleiben und mich in Bewegung zu setzen.

Schließlich gewann mein Dämon.

Ich ergriff seine warmen Finger und verflocht meine mit seinen, dann straffte ich die Schultern und reckte das Kinn vor.

Zeig keine Schwäche.

Dieses Mal schwieg die schmerzhafte Stimme in mir.

Meine Brüder sahen aus wie Kopien meines Vaters. In ihren schwarzen, maßgeschneiderten Anzügen, mit den grimmigen Gesichtsausdrücken und ihren tiefschwarzen, breiten Schwingen, die aus ihren starken Rücken herausragten.

Als Royath und ich die Treppe in die Eingangshalle hinabliefen, hellten sich ihre Mienen jedoch erleichtert auf.

Avan kam uns entgegen und zog mich aus Roys Griff an seine Brust. »Du siehst sehr schön aus, Schwesterchen.« Seine goldenen Augen funkelten mit den Ringen an seinen Fingern um die Wette.

Ich erwiderte seine Umarmung kurz, dann marschierte ich mit durchgestrecktem Rücken auf den Herrn der Hölle zu und sank in eine tiefe, respektvolle Verneigung – Galle stieg mir die Speiseröhre hoch.

»Elyanor«, sagte er nur und schaute mit seinen rötlich glühenden Augen direkt in meine. Ich sah nicht zur Seite.

»Ich bin bereit«, gab ich leise, aber bestimmt zurück und presste die Lippen zu einer schmalen Linie zusammen, während sich mein ganzer Körper versteifte.

Beliar nickte knapp und bedeutete mir dann mit einer raschen Geste, mich zu verwandeln.

Ich sandte einen wispernden Befehl an meinen Dämon, der sofort alle Energie in meinem Inneren an sich riss und förmlich aus mir herausbrach. Meine Augen begannen zu glühen und mein Herzschlag schoss für einen Moment in die Höhe, als meine Flügel aus meinem Rücken hervorkamen. Schwarze, starke Schwingen, ohne den kleinsten Hauch von Grau oder Weiß.

Ein winziger Knoten in meinem Bauch lockerte sich und nahm etwas von dem Druck auf meiner Brust.

Ich war eine Dämonin durch und durch.

Vater betrachtete mich noch einen Augenblick länger, als wollte er sichergehen, dass ich mich nicht doch als *Iljos* herausstellte, dann ließ er die gewaltige Pforte des Palastes mit einem Wink auffliegen. Das schwere Holz krachte knirschend gegen die steinernen Wände, als wollte es gegen diese Macht protestieren.

Aber gegen den Teufel und seine Macht kam niemand an. Das hatte auch ich gelernt.

Es war ein beeindruckender Anblick, als sich Beliar von dem schwarzen Stein unter seinen Füßen abstieß und in den orangefarbenen Himmel aufstieg, der mit jeder Sekunde, die verstrich, finsterer wurde. Seine gewaltigen Flügel trugen ihn mühelos in die Höhe.

Meine Brüder folgten ihm nicht weniger eindrucksvoll.

Die Hitze des Hades schlug mir mit ihrer brutalen Mischung aus Verzweiflung, Dunkelheit und Tod entgegen. Mit der Mischung, die in jedem einzelnen Dämon von uns schlug.

»Nach dir, Prinzessin«, flüsterte Roy so dicht an meinem Ohr, dass sein Atem heiß über meine Haut fuhr.

Dann ließ auch ich mich in die Tiefe fallen, die sich hinter der Schwelle zum Palast der Hölle auftat.

Der Wind riss unnachgiebig an meiner Kleidung und meinen Haaren, seine Stimme rief nach meinen Flügeln. Die Energie rauschte durch meine Blutbahnen, wie heiße Lava, und brachte jede einzelne Zelle in meinem Körper zum Glühen. Es war ein berauschendes Gefühl, das mich endlich zur Ruhe und den Kampf in mir zum Erliegen brachte.

Ich riss die Schwingen auf und wurde ruckartig nach oben gerissen, ein breites Grinsen trat auf meine Lippen. Ich erinnerte mich an die unzähligen Male, die ich mich mit meinen Brüdern hier hinuntergestürzt hatte, nur um festzustellen, wer länger warten konnte, bis er der Energie und dem Wind nachgeben musste.

Mit vier kräftigen Flügelschlägen war ich wieder bei Royath, der geduldig auf mich wartete. »Fertig?«, fragte er schmunzelnd, als er das Grinsen auf meinem Gesicht bemerkte.

Mein Blick flog über seine ledernen Schwingen – Dad hatte sie ihm also nicht genommen – und die Muskeln seines Oberkörpers, die sich sogar unter seiner Kleidung abzeichneten. Einige Strähnen seiner onyxfarbenen Haare hatten sich aus seinem Knoten am Hinterkopf gelöst und fielen ihm nun in die Stirn.

Atemlos nickte ich.

Gemeinsam setzten wir uns in Bewegung, bis wir in einem guten Abstand hinter Dad und meinen Brüdern flogen.

Unter uns lag Aker wie ein schlafendes Ungeheuer, das jeden Moment erwachen konnte. Sie reckte ihre hohen, schwarzen Türme in den Himmel, als könnte sie nach uns greifen und uns zu Boden schleudern, und beobachtete uns aus unzähligen finsteren Augen.

Aker war eine verwinkelte Stadt aus Dunkelheit, ohne die geringste Anordnung, als hätte man Straßen, Häuser und Plätze wahllos über ein weitläufiges Areal verstreut und dann so eng zusammengeschoben, sodass kaum freie Fläche blieb.

Die Stadt war wie ein Labyrinth, das ihre Opfer mit süßen Worten lockte und dann für immer verschlang.

Aker hatte mich schon immer in ihren Bann gezogen.

Unwillkürlich drehte ich etwas nach rechts ab und sank tiefer, sodass ich beinahe auf Höhe der Gebäude war, dazwischen Türme, die ohne auszumachendes Ende in den Himmel ragten und darin verschwanden.

Dämonen liefen und flogen durch die Straßen der Stadt und hielten inne, wann immer sie unsere Ankunft spürten, unsere Energie, die die Luft erfüllte.

Sie alle hatten nur ein Ziel: den großen Hauptplatz im Zentrum der Stadt, dessen Boden bereits mit dem Blut von Verrätern getränkt war.

Über mir flog Royath an mir vorbei und ich beschleunigte wieder. Wir überflogen das Finanzviertel der Stadt, unter dem ironischerweise die besten Bars und Clubs lagen. Reena, Avan und ich hatten unzählige Nächte dort verbracht – schwer vorstellbar, dass das vor gar nicht allzu langer Zeit gewesen war – mir kam es so vor, als hätte es in einem anderen Leben stattgefunden.

Und trotzdem erinnerte ich mich an beinahe jeden einzelnen Tag mit ihnen. Die vielen Male, die uns Royath zurück in den Palast gezerrt und Vater uns in eines seiner Verliese gesperrt hatte, weil wir uns mit seinen *Gästen* vergnügt hatten.

Ein Stich durchzuckte mich, als ich meine Erinnerungen freien Lauf ließ und bei dem Tag in dieser schmutzigen Gasse in London ankam. Der Tag, an dem mich Reena verraten hatte. Es würde noch einige Zeit brauchen, bis ich ihr erlauben würde, mir wieder unter die Augen zu treten.

Meine Flügelschläge wurden kräftiger und bald hatte ich einigen Abstand zwischen die anderen und mich gebracht.

Gut möglich, dass Reena keine andere Wahl gehabt hatte – Beliar konnte sehr überzeugend sein, wenn er wollte ...

Resolut schüttelte ich diese Gedanken ab und konzentrierte mich auf das, was sich vor mir ausbreitete: der Hauptplatz.

Ein Meer von Dämonen hatte sich dort um die Erhöhung versammelt und ihre Lautstärke war selbst hier oben schon ohrenbetäubend. Ich hörte ihre Rufe, ihr Kreischen und ihre Schreie, während die Luft förmlich zu vibrieren schien.

Und es strömten immer mehr herbei. Dämonen stürzten aus dem Himmel auf den Platz und wurden Teil der Menge, ganze Scharen, Ungeheuer der Hölle und Dämonen gleichermaßen, drängten durch die acht Straßen, die sternförmig auf den Platz führten, auf das Spektakel zu. Riesige Spinnenviecher und, soweit ich das richtig erkennen konnte, fünfzehn von Dads besten Höllenhunden bewachten diese enorme Ansammlung.

Aus den fünf Feuerstellen, die als Höllenportale errichtet worden waren, kehrten Häscher von ihren Aufträgen auf der Erde für diese eine Nacht zurück in den Hades, um dieser Hinrichtung beizuwohnen – um mich zu sehen.

Unwillkürlich verkrampfte sich mein Magen und meine Flügelschläge wurden zögerlicher.

Diese Masse da unten wartete nur auf eines: ein Zeichen, ein Beweis, dass ihre Prinzessin zurückgekehrt war, dass keines der Gerüchte stimmte.

Noch nie in meinem ganzen Leben, das schon eine gute Weile dauerte, hatte ich derart viele Dämonen und Bewohner der Unterwelt an einem Ort versammelt gesehen, ohne dass sie sich gegenseitig an die Gurgel gingen.

Dieser Anblick war eindrucksvoll und beängstigend zugleich.

Beliar, der Herr des Hades, ging in einen steilen Sinkflug über und steuerte ungebremst auf die Erhöhung aus schwarzem Stein zu. Wir taten es ihm nach.

Sobald die Ersten in der Menge ihren König erblickten, schwoll die Lautstärke unermesslich an, sodass mir die Ohren klingelten. Die ganze Hölle müsste wackeln und ihre Grenzen erzittern. Die Feuer in den Portalen schossen in den Himmel und versprühten Funkenschwänze, als sie ihren Herrn erkannten.

Meine Brüder, Roy und ich setzten Sekundenbruchteile nach Beliar auf dem Stein auf.

Die Laustärke erreichte einen neuen Höhepunkt, als mein Vater vortrat – und dann verstummten sie alle mit einem Schlag.

Das war die Macht des Teufels, sie glitt über jeden von uns und ließ uns erbeben und zurückweichen. Seine Untertanen, seine ergebenen Soldaten, jeder Einzelne von ihnen, sank auf die Knie und neigte ehrfürchtig den Kopf vor seinem König.

Ich bekam eine Gänsehaut bei dem Bild, das sich mir bot.

Eine durchdringende Totenstille, die sich über den gesamten Platz gelegt hatte, kniende Dämonen und Ungeheuer so weit das Auge reichte. Drumherum die schwarze Stadt Aker, die ihre unheilvollen Fänge nach jedem Einzelnen von uns ausstreckte, und über allen ihr König, ihr Meister.

Neben mir sanken auch Xaver, Avan und Roy mit gesenkten Häuptern auf die Knie, ich tat es ihnen gleich – doch mein Blick blieb wachsam auf meinen Vater gerichtet.

Rauch, Furcht und der scharfe Duft der Höllenhunde lag in der Luft und vermischte sich mit dem Geruch des Hades, der jede einzelne meiner Poren durchdrang und den Teil, der nicht hierhergehörte, erbarmungslos erstickte, bis er unter meinem Dämon begraben lag.

Das hier war mein Zuhause. Das alles hier war ich.

Und ich begrüßte es mit offenen Armen.

Kapitel 30

»Erhebt euch!« Die starke, volle Stimme meines Vaters scholl über den Platz und hallte von den Gebäuden der Hölle wider. Sie ließ mich zusammenzucken.

Wie ein einziger Körper erhob sich die Masse aus Dämonen vor ihm, reckte ihre Köpfe ihrem Herrn entgegen.

Ich konnte sehen, wie es meinen Vater belebte, wie ihn diese Unterwürfigkeit emporhob. Sein Rücken war durchgestreckt, seine Schultern nach hinten gezogen und sein Kinn gehoben. Beliar brauchte diese Furcht, die sie ihm entgegenbrachten, ihren Respekt.

Gemeinsam mit meinen Brüdern und Royath richtete auch ich mich wieder auf und trat bekräftigend hinter meinen König.

»Seit Jahrhunderten hat es keiner unserer Feinde mehr gewagt, einen Fuß in unser herrliches Reich zu setzen«, setzte Beliar an und breitete die Arme aus. »Keiner von ihnen traute sich aus seinem Loch, um uns entgegenzutreten. Und sie haben gut daran getan.«

Ein zustimmendes Gebrüll ging von der Menge aus und schlug uns entgegen. »Und doch ...«, die Augen über seine Untertanen schweifend, wartete der Herr der Hölle geduldig ab, bis auch die letzten Rufe verklungen waren, »... und doch hat es einer von ihnen gewagt, Hand an unsere Prinzessin zu legen.« Hass färbte die Stimme meines Vaters. »Einer von ihnen hat sich angemaßt, unserer Prinzessin gewachsen zu sein!«

Wieder brachen die Dämonen in Rufe und Laute aus, während mir mein Herz in die Hose rutschte. Tausende von Augen richteten sich auf mich, versuchten abzuschätzen, ob ich Schaden genommen hatte, ob dieser Feind es geschafft hatte, sich Zugang zu mir zu verschaffen. Ob ich selbst zu einem Feind geworden war.

Meine Hände wurden feucht und begannen zu zittern. Schwer vorstellbar, dass ich Versammlungen wie diese früher leicht hingenommen hatte.

Beliar streckte eine Hand zu mir aus und ergriff, ohne auf eine Regung von mir zu warten, nach meinem Arm und zog mich neben sich *ins Rampenlicht*. Ich spürte die unzähligen Augen wie stechende Flammen auf mir ruhen und ihre Blicke auf meinen vernarbten Rücken wie ätzende Säure.

Mir wurde übel, mir brach der kalte Schweiß aus und trotzdem setzte ich ein überlegenes Lächeln auf, hielt den Schein aufrecht und straffte mich.

Zeig keine Schwäche.

Das erwartete mein Vater von mir, das erwartete mein gesamtes Volk von mir. Das Prickeln in meinem Nacken wurde stärker.

»Seht sie euch an! Seht euch eure Prinzessin an!« Beliar präsentierte mich wie seine neueste Errungenschaft, etwas, das er nun wieder besaß und in seinen finsteren Händen halten konnte; seine Fingernägel bohrten sich tiefer in meine Haut. Ich biss die Zähne zusammen und zwang meinen Herzschlag zur Ruhe. Das hier war gut. Dad führte mich zurück in mein altes Leben. »Elyanor ist wieder hier, stärker und prächtiger als je zuvor, bereit, dem Hades mit ihrer Macht und ihrem Leben zu dienen.« Jubel brach über mich herein und traf einen Nerv in meinem Inneren. Mein Dämon reckte und streckte sich diesem entgegen und ließ meine Energie in meinen Augen aufflackern. Vater nickte zufrieden. »Und sie brachte den Feind mit sich, übergab ihn mir als Zeichen ihrer Loyalität.« Ich zog eine Augenbraue in die Höhe – kaum merklich und umklammerte den Stoff meines Kleides fester. Lügen, mein Leben hier würde mithilfe von Lügen wieder auferstehen. »Und heute – heute lassen wir ihn brennen!«, rief der Herr der Hölle und bedeutete einem Trupp von Soldaten das Spektakel in Gang zu setzen.

Gardisten meines Vaters, in schwarz gekleidet wie seine persönlichen Attentäter, entzündeten Feuer in gewaltigen Schalen überall auf dem Platz, sodass die Finsternis der hereinbrechenden Nacht in einen orange-roten Feuerschein getaucht wurde. Die Temperatur stieg merklich an und ließ mein Kleid auf meiner Haut kleben, wie eine zweite, zu enge Haut.

Die Menge grölte und dann teilte sie sich wie von Geisterhand und gab den Blick auf einen Gitterwagen frei, der, begleitet von Soldaten, von Knochenpferden durch die Gasse gezogen wurde.

Ein Gitterwagen? Wo ist das Mädchen?

Die Dämonen wichen vor den Tieren zurück, vor ihren scharfen Krallen und den bodenlosen Augen, die schon so manchen von Dads Untertanen in den Abgrund gezogen hatten, und trotzdem spuckten die Schaulustigen den Gefangenen an, warfen Gegenstände nach ihm oder pfiffen ihn aus.

Vaters Untertanen waren kaum zu bändigen. Die Gardisten hatten alle Mühe die Dämonen zurückzuhalten, als der Wagen mit dem Iljos durch die Gasse rumpelte. Ihre Beleidigungen und Verwünschungen waren selbst von meinem Platz aus kristallklar zu verstehen und schnitten mir ins Fleisch, wie ein Dolch es tun würde.

Zieht ihm die Haut von den Knochen!

Reißt ihm die Flügel aus!

Verbrennt ihn bei lebendigem Leib!

Schlagt ihm den Kopf ab und schickt ihn zu seinen Leuten zurück!

Es war, als würde der gesamte Blutdurst der Dämonen in diesem einen Iljos gipfeln.

Lasst ihn brennen!

Ich ballte die Hände zu Fäusten und trat unruhig von einem auf das andere Bein, während sich der Wagen näherte.

Der Griff um meinen Arm wurde fester und drohender und ich verstand seine Sprache.

Wer auch immer den Iljos in den vergangenen Tagen und Wochen – schwer zu sagen, wie viel Zeit vergangen war – malträtiert hatte, er hatte ganze Arbeit geleistet.

Eine Hommage an den Teufel und seine verdammte Hölle. Ein Kunstwerk. Beliar brachte die aufgebrachte Meute mit einer knappen Geste zum Schweigen und wandte sich an Royath, der wie eine Statue hinter uns stand.

»Ich denke, es ist dein gutes Recht, deinen Gefallen jetzt einzufordern«, sagte Vater zu ihm, sodass seine Worte kaum über das Podium hinausgingen.

Roy straffte sich und neigte respektvoll den Kopf, dann trat er vor und verließ gemeinsam mit zwei Gardisten der Leibwache meines Vaters die Erhöhung.

»Welchen Gefallen?«, fragte ich kaum hörbar und zog die Augenbrauen zusammen.

»Royath bat mich darum, dass er mir diesen Abschaum zu Füßen legen dürfe, als ich ihn begnadigte.«

Mein Herz setzte einen Schlag aus, als ich mich Roy zuwandte.

Seine Schritte waren steif und gleichzeitig erfüllt von Rache und Genugtuung, als er auf den Käfig zumarschierte. Auch dem Grafensohn brachten Vaters Untertanen Respekt entgegen und sanken in eine kurze Verneigung, wenn Royath an ihnen vorbeiging. So hatte ich ihn noch nie erlebt: so fokussiert und abwesend.

Es kam mir falsch vor.

Mittels seiner Gedanken ließ er die Tür zu dem Gitterwagen auffliegen, sodass sie in die Menge geschleudert wurde und zerrte dann erbarmungslos den Iljos aus seinem Gefängnis.

Wie eine leblose Puppe landete der junge Mann auf dem Pflaster des Hauptplatzes und zuckte zusammen, als Roy nach seinen dunkelblonden Haaren griff und ihn daran hochriss, sodass sein Kopf in den Nacken flog.

Er trug kein Hemd, nur eine zerrissene Jeans, seine Haut war von Schnitten, Prellungen und Blutergüssen verunstaltet, sein Gesicht gezeichnet von Schmerzen und Qualen.

In der letzten Zeit hatte ich einen solchen Anblick viel zu häufig zu Gesicht bekommen – wenn ich gekonnt hätte, ich hätte den Blick abgewendet.

Der Iljos erzitterte unter dem groben Griff und kniff die Augen zusammen.

Royath brüllte ihn an. Ich verstand kein Wort, sah aber die Wucht, unter der der Iljos zusammenfuhr. Die Menge um ihn herum grölte und feuerte Roy an.

Ich sollte irgendetwas fühlen. Freude darüber, dass ich hier sein durfte, dass ich ihre Prinzessin war, dass unser Feind sterben würde – aber ich empfand gar nichts. Nichts Gutes und auch nichts Schlechtes. Ich starrte nur mit leerem Blick auf die Szene, die sich mir bot.

Wieder riss Royath an den Haaren des Iljos', dieses Mal öffnete dieser die Augen und begegnete Roys glühendem Blick.

»Abgrundtiefer Hass kann so wunderschön sein, nicht wahr?« Überrascht über diesen Satz drehte ich den Kopf zu meinem Vater. »Wenn man bedenkt, was Royath schon alles über sich ergehen lassen musste wegen diesem einen Iljos ...«, sinnierte er weiter, während er mit wachsamem Blick verfolgte, wie sein Schützling den jungen Mann an den Haaren über das raue Pflaster in unsere Richtung zerrte – und ihn schließlich vor Vaters Füßen auf den Boden schleuderte.

Wortlos neigte er den Kopf, als wollte er sich bedanken, dann trat er vor mich und verbeugte sich tief, sodass mir die Röte ins Gesicht schoss. »Meine Prinzessin«, flüsterte er, hauchte einen Kuss auf meine Hand und blickte zu mir auf.

Seine Energie glühte, doch die Kälte darin erschreckte mich. Hatte dieser kühle Dämon schon immer in seinem goldenen Blick gelegen? Hatte ich ihn in all den Jahren nur nie gesehen?

Ich wandte den Kopf leicht zur Seite und bemerkte aus dem Augenwinkel, wie Roy steif neben mir Stellung bezog, die Augen starr geradeaus gerichtet.

Die zwei Gardisten, die Roy begleitet hatten, hoben den Iljos auf, wie ein Stück Dreck, das am Boden lag, und schleiften ihn zu einem steinernen Block, um ihn darauf zu stoßen. Ein leises Keuchen kam ihm über die rissigen Lippen, ansonsten blieb er still.

Der Block.

Ich sah zu meinem Vater, ein diabolisches Lächeln umspielte seine Lippen und in seinen schwarzen, unergründlichen Augen herrschte Finsternis.

»Dieser Tag soll jedem von euch und jedem unserer Feinde

eine Lehre sein«, begann Beliar und riss mich mit sich zu dem Hinrichtungsblock, über den schon so viele Köpfe gerollt, so viel Blut geflossen war. Ich stolperte und fiel auf die Knie, keine zwei Meter von dem Gefangenen entfernt.

Der Iljos kauerte davor und hielt das Haupt gesenkt, bis einer der Gardisten seinen Kopf zurückriss. Seine grünen Augen richteten sich zum Himmel.

»Jeder Einzelne von euch soll sehen, was es bedeutet, Verrat zu begehen. Verrat an eurer Heimat, Verrat an eurem Herrn.«

Eine Anspannung legte sich über die Anwesenden und jede noch so leise Stimme verstummte, bis nur noch das Flackern der Flammen zu hören war. Ihr Knistern und Knacken.

Ich lenkte meinen Blick auf den Iljos, auf die Muskeln, die in seinem Kiefer arbeiteten, auf die stolze Haltung seiner Schultern, obwohl ihn jeder einzelne Zentimeter seines Körpers quälen musste.

Zwei weitere Gardisten lösten sich aus der Reihe hinter uns und packten Royath an seinen Schultern. Ein zweiter Block wurde herangebracht.

»Was zur Hölle!«, rief Roy aus und wehrte sich gegen den harten Griff der Wachen.

Beliar trat näher an ihn heran. »Ich dulde keinen Verrat, Royath. Es ist mir egal, wer dein Vater ist oder was du in der Vergangenheit für mein Haus getan hast. Du hast dich des Verrats schuldig gemacht.«

Ein kollektives Raunen ging durch die Menge und ein leises, aber eindringliches Murmeln setzte ein. Jeder von ihnen kannte Roy. Jeder wusste, wer er war.

Bewegungsunfähig kniete ich am Boden und verfolgte, wie sie Royath in die Kniekehlen traten und ihn neben dem Iljos auf den zweiten Block stießen.

Er schrie auf und kam mit schmerzverzerrtem Gesicht auf dem harten, unnachgiebigen Boden auf.

Meiner Kehle entrang ein Schluchzen. Dann war Avan an meiner Seite und drückte meine Schulter, wich jedoch sofort zurück, als Beliar ihm einen warnenden Blick zuwarf. Meine Brüder sahen stumm zu, als mich unser Vater am Kinn packte und daran hochriss, sodass ich Sternchen sah. Übelkeit stieg in mir auf, als ich mit jeder Sekunde mehr und mehr von dem verstand, was hier gerade vor sich ging.

»Flehe nicht um sein Leben, Elyanor.« Er bedachte mich mit einem abschätzigen Blick.

Verwirrung machte sich in den Gesichtern seiner Untertanen breit, sie schwappte auf uns zu und nahm die stickige Luft ein. Sie hatten mit der Hinrichtung des Iljos gerechnet, nicht mit dieser Wendung. Genauso wenig wie ich es getan hatte.

»Wage es nicht«, fauchte er noch einmal und nahm dann seine Finger von mir.

Tränen liefen über meine Wangen und brannten sich einen heißen Weg in meine Haut. »Wieso?«, brachte ich hervor und reckte fordernd mein Kinn nach vorne. »Wieso tust du das?«

»Alles, was wir tun, hat Konsequenzen, Elyanor.« Ein schmallippiges Lächeln trat auf seine Lippen, als er eine meiner Tränen auffing und von meiner Wange wischte, dann beugte er sich so nah zu mir, dass seine Hitze auf meine Haut übersprang. »Und jetzt mach mich stolz, lass mich es nicht bereuen, dir dein Leben gelassen zu haben.« Seine Energie folgte seiner Stimme und appellierte an meinen inneren Dämon.

Ich schaute an ihm vorbei, ließ meinen Blick über die unzähligen Dämonen schweifen, über ihre erwartungsvollen Gesichter und blieb an den flehenden Augen von Avan hängen.

Kaum merklich schüttelte er den Kopf. *Tu es nicht, lehne dich nicht auf. Tu einmal, was man von dir verlangt.*

Mein Herzschlag schoss in die Höhe und beschleunigte meine Atmung.

Beliar wandte sich von mir ab und schlug seinen Mantel zurück, entblößte zwei gebogene Dolche an seinem Gürtel. Den einen erkannte ich wieder, er versetzte mich in die Mädchentoilette des Colleges zurück – zurück zu dem Jungen, der ihn mir an den Hals gehalten hatte.

Ich bin kein Freund von Klischees, aber irgendwelche letzten Worte, Dämon?

»Nenn mir deinen Namen!«, forderte mein Vater, als er vor dem Iljos stand, eine Hand locker auf den Griff einer der Waffen gelegt. Wahnsinn loderte in seinen Augen, etwas, dass ich bei ihm noch nie zuvor gesehen hatte.

Der Gefangene antwortete nicht, sondern starrte weiterhin nur in den Himmel, in die Finsternis, die dort oben herrschte.

Vater packte nach meinem Handgelenk und zog mich mit einem Ruck zu sich.

»Sie bedeutet dir etwas, ist es nicht so?« Er klang, als würde ihn alleine die Vorstellung von Gefühlen anwidern. Dabei hatte er doch selbst vor Jahren das Gesetz gebrochen, um mit seiner großen Liebe zusammen sein zu können. Es würde mich nicht wundern, wenn die Geschichte, die man mir erzählt hatte, nicht einen Funken Wahrheit in sich tragen würde.

»Spuck es aus, *Iljos*! Er wird ihr wehtun«, zischte Roy und wurde mit einem Schlag ins Gesicht belohnt. Seine Lippe platzte auf, als sein Kopf auf dem Block aufschlug.

Ich zuckte zusammen und kämpfte gegen den Griff meines Vaters an – zwecklos. Beliar sah zwischen uns drei hin und her und packte nach meinen Haaren, zerrte mich daran näher an den Iljos heran. Mir kam ein Stöhnen über die Lippen, als sich der Schmerz über meine Wirbelsäule in meinem Körper ausbreitete und ich zu zittern begann, dann lag plötzlich einer der Dolche an meinem Hals, ganz knapp über der Stelle, an der mein kochend heißes Blut durch mich hindurch pulsierte.

»Vater ...«

»Scht, scht«, wisperte er an meiner Schläfe. »Deinen Namen, Iljos.«

Tränen traten mir in die Augen, als sich die Klinge in die oberste Hautschicht bohrte und warmes Blut über meinen Hals lief.

Royath fluchte und versuchte gegen die Arme, die ihn niederdrückten, anzukommen, gleichzeitig richteten sich stechend grüne Augen auf mich. Grüne Augen, in denen ein helles, weißes Licht aufleuchtete, das an diesem düsteren Ort so unpassend zu sein schien.

Das wenige, dass noch von seiner gleißenden Energie übrig geblieben war und die Finsternis an diesem gottverlassenen Ort überdauert hatte, breitete sich hell und klar vor mir aus – und traf meinen Kern mit unerwarteter Wucht. Keuchend senkte ich die Lider und presste mich enger an meinen Vater, während meine Dunkelheit instinktiv gegen das Licht ankämpfte, das mich ergriff.

Mein Kopf schien jeden Moment zu bersten, die Dunkelheit, die von meinem Vater ausging, und das Licht, das der Iljos aussandte, rissen an mir, zerrten und kratzten, um die Oberhand zu gewinnen.

Es fiel mir schwer zu unterscheiden, wo die Finsternis und wo das Licht begann.

Ich bekämpfte sie beide gleichermaßen.

Beliars spitze Nägel bohrten sich durch das Kleid in meine Haut, als ich mich in seinen Armen wand. Ich wollte schreien und brüllen, um mich schlagen, doch ich war wie gelähmt, hing in seinen Armen wie eine Puppe.

Und dann, dann ließ ich los, hörte auf zu kämpfen.

Licht und Dunkelheit wurden zu einem vernichtenden Strudel in meinem Inneren. Einem Strudel aus Macht und Energie, aus Emotionen, aus Leben und Tod. Er fegte über mich hinweg, riss meinen Kern auseinander, während ich, angelehnt an die Brust meines Vaters, in mich zusammensank.

Ich empfand Angst, Mitleid, Trauer, Verzweiflung, *Liebe*. Zu viel auf einmal und doch viel zu wenig. Als hätte man eine Horde wilder Tiere, die für sehr lange Zeit weggesperrt waren, auf frische Beute losgelassen.

Mir wurde schwindelig.

Mein Herz schlug einmal, zweimal.

Es wurde still in mir. Eine friedliche Stille.

Und dann wurde dieser Strudel plötzlich zu einem einzigen kristallklaren Gedanken.

Zayden.

Ein Wesen aus Finsternis und Helligkeit wisperte ihn mir zu und liebkoste mein Innerstes. *Zayden.*

Ich riss die Augen auf und empfand eine ganz andere Art von Energie in mir aufsteigen. Sie war weder dunkel noch hell, sie war nicht eindeutig. Und doch war sie stark und mächtig. Vielleicht sogar mächtiger, als alles, was ich bisher jemals gefühlt hatte.

Zayden erwiderte meinen Blick, ohne einmal zu blinzeln – und lächelte.

Und auf einmal war alles ganz klar und breitete sich vor mir wie eine Karte aus, die man einfach aufgeklappt hatte.

Meine Gedanken wanderten, gefolgt von dieser neuartigen Energie zu dem Dolch an meinem Hals und er flog meinem Vater aus den Händen, verschwand irgendwo in der Menge.

Ein Zucken ging durch Beliars Körper.

Schlagartig ließ mein Vater von mir ab, als hätte er sich an mir verbrannt und wich einige Schritte vor mir zurück. Im selben Augenblick entriss ich ihm den zweiten Dolch und richtete seine Spitze auf Beliar. Seine schwarzen Augen waren weit aufgerissen und das erste Mal in meinem Leben sah ich in ihnen Verwirrung und Furcht.

Furcht, die ihn rasend machte.

»Du wagst es, mich anzugreifen? Hier in *meinem* Reich?« Sein irrer Blick glitt zwischen der Klinge und mir hin und her, dann biss er die Zähne zusammen. Ruckartig schoss seine mächtige, dunkle Kraft auf mich zu.

Meine innere Stimme führte mich, ließ mich die Hand heben und die Energie in meine Fingerspitzen leiten. Ohne zu zögern, überließ ich ihr das Zepter, gab mich dem Rausch hin, den diese einzigartige Energie in mir auslöste, als sie mich übernahm. Die Macht meines Vaters zersplitterte, wie an einer unsichtbaren Wand, und fuhr als heißer Windstoß über uns alle hinweg, der an uns riss und zerrte. Schreie waren zu hören, als die Flammen der Feuerschalen, angestachelt von Vaters Macht, in die Höhe schlugen und ausbrachen.

Ungläubig starrte er mich an, und ging in Angriffsstellung, als erwarte er jeden Moment, dass ich mich auf ihn stürzen würde.

Was auch immer mit mir geschehen war, ich war stärker

als er und das war ihm in diesem Augenblick schmerzlich bewusst geworden.

»Ergib dich«, sagte ich ruhig und machte einen Schritt auf ihn zu.

Seine Lippen verzogen sich zu einer hässlichen Fratze, dann schallte sein höhnisches Lachen über den Platz, doch es vermochte nicht ansatzweise die Angst in seiner Stimme zu vertreiben.

»Du hast den Verstand verloren! Ergreift sie, sie ist nicht länger meine Tochter!«, befahl er und riss die Arme in die Höhe. Keiner der Gardisten hinter uns rührte sich, nicht einmal meine Brüder bewegten auch nur den kleinen Finger. »Ihr werdet sterben, ihr werdet alle sterben!«, brüllte der Herr des Hades und ließ die Welt um uns herum explodieren.

Flammen schossen in die Höhe, als sie die Stimme ihres Königs vernahmen. Wie Drachen flogen sie über die Menge hinweg und brachten sie zu Fall.

Der Himmel verfärbte sich orange im Schein der Flammen, wurde zu einem Spiegel dessen, was auf dem Boden geschah.

Die Höllenhunde drehten durch und stürzten durch die Masse, blind und außer sich rissen sie alles nieder, was ihnen vor ihre riesigen krallenbesetzten Pfoten kam.

Die gigantischen Spinnenviecher setzten sich ruckartig in Bewegung und zerfleischten, was sich auch nur in die Nähe ihrer langen, haarigen Beine wagte.

Unzählige Dämonen stoben in den Himmel auf und begannen, sich gegen die Hunde und Ungeheuer der Hölle zu verteidigen. Sie bekämpften die Monster, das Feuer und schließlich sich selbst, um einen Weg aus dieser ganz neuen *Hölle* zu finden.

Schreie und Flüche durchschnitten die Nacht, während Rauch, Blut und der Gestank nach verbranntem Fleisch die Luft schwängerte.

Und dann brach das Chaos aus.

Vater hatte jegliche Kontrolle über seine Energie verloren, die noch immer in Form wildgewordener Schlangen durch die Luft zischte und alles vernichtete, was ihren Weg kreuzte.

»Du musst es beenden!«, forderte ich und duckte mich unter einem Feuerschweif hinweg. »Jetzt!«

Die Augen des Teufels huschten fassungslos hin und her, als wären sie nicht länger in der Lage zu verarbeiten, was hier geschah. Es konnte beängstigend und lähmend sein, die Kontrolle zu verlieren.

Eine der Feuerschlangen krachte in das Gebäude, das uns am nächsten war. Gestein rieselte auf uns nieder, Brocken stürzten vom Himmel und begruben unter sich, was zur falschen Zeit am falschen Ort war.

Hinter mir schrie jemand auf, im nächsten Augenblick wurde ich zu Boden gerissen, weg von der Stelle, an der im nächsten Sekundenbruchteil eine steinerne Säule zerschellte, die aus dem Gebäude gesprengt worden war.

Keuchend kam ich auf dem Stein auf und konnte einen Moment lang nicht atmen; der Dolch rutschte mir aus den Fingern und schlitterte über den Boden außerhalb meiner Reichweite.

So schnell es mir möglich war, drehte ich mich auf den Rücken, bereit, meinen Angreifer von mir zu stoßen.

»Auf die Beine, Lya«, zischte mir Zayden zu und riss mich wieder hoch. Einen Augenblick konnte ich ihn nur schweigend anstarren, während um uns herum die Hölle tobte. Dann nickte ich ihm zu. Sein Geist schwappte zu mir rüber und ich wusste, er hatte verstanden. »Wir müssen hier verschwinden, Lya. Solange wir noch können.«

»Nein«, sagte ich knapp und ballte die Hände zu Fäusten.

Es würde so sein, wie ich es gesagt hatte: Heute würde alles enden, so oder so.

Zayden erkannte in meinen Gedanken, was ich vorhatte, und umfasste schroff mein Handgelenk, um mich zurückzuhalten.

Doch er kam nicht dazu, noch etwas zu sagen. Ein glühender Feuerschweif schlug keine zwei Meter von uns entfernt ein und riss uns auseinander. Wie Blätter in einem Sturm wurden wir durch die Luft geschleudert, um im nächsten Augenblick an einer völlig anderen Stelle aufzuschlagen.

Alle Luft wurde aus meiner Lunge gepresst, als ich ein gutes Stück entfernt vom Podium auf den harten Stein krachte und liegen blieb. Schwerer Rauch erfüllte die Luft und machte es beinahe unmöglich, Genaues zu erkennen. Warmes Blut lief mir über die Stirn in die Augen, was ich mir herrisch wegwischte. Mein Kopf dröhnte, mir war kotzübel, und doch sprang ich auf die Beine und drehte mich einmal um die eigene Achse, um mir einen Überblick zu verschaffen.

Ich sah Dämonen, die sich gegenseitig an die Kehle gingen, Brüder und Väter und Söhne, die sich bekämpften, roch und schmeckte ihr Blut und den Wahnsinn, den Vater in ihnen ausgelöst hatte. Ich hörte das Klirren ihrer Waffen, ihre Schreie und nahm ihre Schmerzen wahr.

Und dann fand ich, wonach ich suchte.

So schnell es meine Beine zuließen, sprintete ich zwischen Dämonen, die sich ineinander verbissen hatten, und miteinander kämpfende Höllenhunde hindurch zu der einen Person, die für all dieses unnötige Leid verantwortlich war.

Beliar stand völlig regungslos mitten auf der Treppe, die auf die schwarze Empore führte, eine Hand am Geländer, die andere in der Hosentasche, während seine leeren Augen über die Ausmaße des Chaos flogen.

Ich biss die Zähne zusammen und hob eines der Schwerter auf, dessen Besitzer vermutlich längst tot war. Wut und Resignation färbten mein Blickfeld rot und ließen meine Schritte fester und schneller werden.

Vater hatte es gewusst.

Er hatte gewusst, dass mich die zwei Energien in meinem Inneren nicht umbringen würden, als er mir die Flügel aus dem Rücken geschnitten hatte, sondern dass sie mich zu einer stärkeren und mächtigeren Person machen würden, sollte ich zulassen, dass sie sich in meinem Inneren zu einer Einheit verbanden.

Vermutlich hatte es selbst meine Mutter gewusst.

Beliar hatte damals nicht *mich* beschützt, sondern sich selbst.

Tränen der Enttäuschung traten in meine Augen, als auch der letzte Funken Zuneigung für meinen Vater schlagartig aus mir wich. Er hätte mich damals beinahe umgebracht. Und es wäre ihm egal gewesen, solange nur niemals jemand mächtiger als er geworden wäre.

Ich erreichte die Stufen und begegnete seinen schwarzen Augen, die mich im selben Moment fanden, in dem ich zu ihm auf die Stufen trat.

»Du hast es gewusst«, sagte ich leise und funkelte ihn an. Tränen liefen mir ungehindert über die Wangen, aber es kümmerte mich nicht länger. »Du hast es von Anfang an gewusst.«

Und dann rammte ich mein Schwert in seinen Körper.

Kapitel 31

Die Hölle stand still. Der ganze, verdammte Hades fror von der einen auf die andere Sekunde ein, als hätte sich eine unsichtbare Schicht aus Eis darübergelegt.

Die Kämpfe erstarben, die Flammen erloschen, die Ungeheuer verstummten.

Ich blickte auf, schaute in die geweiteten Augen meines Vaters, dann auf die Stelle, an der meine Klinge in seinem Körper verschwand. Dunkles Blut lief daran herab – die einzige Bewegung in diesem Standbild aus Grausamkeit und Brutalität.

Beliar folgte meinem Blick und ein freudloses Lächeln trat auf seine Lippen, verwandelte sein überraschtes Gesicht in eine Grimasse. »Ich habe es gewusst. Ich habe immer gewusst, dass du mein Untergang sein wirst«, flüsterte er. Blut lief ihm aus dem Mund, über das schmale Kinn und verlor sich auf seinem schwarzen Hemd.

Mit einem Ruck riss ich das Schwert aus seinem Leib und schleuderte es von mir – mit einem Klirren verschwand es irgendwo in der Menge aus ineinander verkeilten Dämonen und Monstern, die sich an die Kehle gegangen waren.

Das Geräusch des fallenden Schwertes schien die Szene wieder zum Leben zu erwecken. Die Menge um uns herum wandte die Köpfe zu uns, ließ Waffen und Gegner fallen und sank ausnahmslos nieder. Unzählige Augen richteten sich auf ihren Herrn, der, niedergestreckt von seiner Verrätertochter, immer mehr von seinem Leben einbüßte.

Ihre Blicke prickelten auf meiner Haut, tanzten und leckten wie kleine Flammen an meinem Körper und ließen mich zusammenzucken.

Sie würden mich zerfleischen, sie alle würden sich auf mich stürzen, mich vernichten – und doch wagte ich es nicht, mich auch nur einen Schritt von Beliar zu entfernen.

Wie in Zeitlupe sank der König der Hölle auf die blutbesudelte Stufe, den Mund zu einem lautlosen Schrei verzogen, während er seine Hände auf die klaffende Wunde in seinem Bauch presste. »Ich habe es gewusst«, murmelte er noch einmal.

Ich ging auf die Knie und fing meinen Vater auf, als sein Oberkörper nach hinten kippte, und bettete seinen Kopf in meinen Schoß.

Meine Finger zitterten nicht, als ich über seine schwarzen, seidigen Haare fuhr, über seine raue Wange und seine starke Schulter. Behutsam drückte ich ihn an mich, während sein Blick leerer wurde und zu meinen Augen wanderte, ein letztes Mal. Vermutlich war ich meinem Vater nie näher gewesen als in diesem Augenblick, in dem er so verletzlich war.

»Du hast mir zu viel genommen, Vater. Mehr, als ich geben konnte«, flüsterte ich und eine Träne tropfte auf seine Wange.

Seine Mundwinkel zuckten, dann stieß er einen weiteren Schwall dickflüssigen Blutes aus, das mein Kleid blutrot färbte. Seine rechte Hand hob sich von seinem Bauch, suchte mein Gesicht und fand mein Kinn. Kraftlos zog er mich zu sich herunter und hauchte einen Kuss auf meine Wange. »Mach es besser, Elyanor. Mach es besser, als ich es getan habe.« Mit diesen Worten rutschte seine Hand von meiner Wange auf mein entblößtes Schlüsselbein.

Im nächsten Moment durchfuhr mich ein schrecklicher

Schmerz. Reflexartig bäumte ich mich auf und warf meinen Kopf in den Nacken, als mir ein unmenschlicher Schrei über die Lippen kam.

Beliar packte mit der letzten Kraft, die noch seinem sterbenden Körper innewohnte, nach meinem Nacken und riss mich an sich heran. Seine schwarzen Augen bohrten sich in meinen Blick und loderten auf, als er seine Fingernägel noch tiefer in mein Fleisch bohrte.

Pulsierende, orange-goldene Energie floss von meinem Vater in meinen Körper und verschwand unter meiner Haut – wo sie auf meinen inneren Kern traf.

Ich biss die Zähne zusammen und spannte jeden einzelnen Muskel an, als mir das warme Blut über die Schulter lief.

»Mach es besser«, sagte Beliar noch einmal, eindringlicher und drohend.

Dann war es vorbei.

Der Herr der Hölle sank in sich zusammen, seine Energie war erloschen.

Unser König war gefallen.

Der Körper meines Vaters wurde zu einem Haufen Asche in meinen Händen, legte sich wie eine Schicht aus schwarzem Schnee über mein Kleid und die Stufe, auf der ich kniete.

Ich wagte nicht, mich zu bewegen, als ein heißer Wind aufkam, über den Hauptplatz auf mich zuschoss, um im nächsten Moment meinen Vater mit sich zu nehmen – fort von diesem Ort.

Graue Schwaden zischten um mich herum, verwirbelten meine Haare und schlossen mich in einen Kokon aus dunkler Asche ein.

Es war wunderschön. Traurig. Endgültig.

Blinzelnd hob ich eine Hand vor die Augen und folgte den

Schwaden mit dem Blick, während sie sich in einem Wirbel über mir in den finsteren Himmel schraubten.

Vater war fort.

Und dann durchbrach eine einzelne, kristallklare Stimme die schwere Stille, die sich über den Platz gelegt hatte.

»Der König ist tot! Lang lebe die Königin!«

Nur langsam wurde ich mir der unzähligen Dämonen bewusst, deren glühende Augen auf mich gerichtet waren und mich nicht aus den Augen ließen, als ich mich langsam erhob und mir die Asche von meinem Kleid klopfte.

Eine zweite Stimme folgte. »Lang lebe die Königin!«

Ich fuhr mir über die Stelle an meinem rechten Schlüsselbein, wo Vater seine Krallen in meine Haut geschlagen hatte – und mir somit das Zepter über die Hölle übergeben hatte.

Dieser Mistkerl.

Als meine glühenden Augen über die kniende Menge flogen, wurde mir das Ausmaß dessen bewusst, was Beliar auf meinen Schultern abgeladen hatte.

Sie warteten auf mich, sie warteten darauf, dass ich annahm, was mir der König der Hölle ins Fleisch gebrannt hatte.

Mein Herz begann zu rasen und ich spürte, wie meine Energie in meinen Adern pulsierte.

Wollte ich das wirklich?

Hatte ich denn überhaupt eine Wahl?

Eine Berührung am Arm ließ mich herumfahren.

Zayden.

Ich sah ihn an, sah in seine tiefen, grünen Augen, die mich gerettet hatten, und wusste, er las in den meinen, was in mir tobte.

Seine kühlen Finger umschlangen meine zitternden Hände und drückten sie. Und er nickte.

Tu es. Mach es besser.

Mein Rücken begann zu kribbeln, als sein Nicken bestätigte, was in mir brodelte.

In einem Regen aus goldener Energie brachen meine Flügel aus mir heraus – Flügel, die an den Spitzen tiefschwarz waren und zu ihrem Ansatz hin heller wurden, bis sie strahlend weiß in meinem Rücken verschwanden. Sie standen für das, was ich war: ein Wesen aus Licht und Dunkelheit.

Ein zurückhaltendes Lächeln trat auf meine Züge, dann machte ich mich von Zayden los und trat vor.

Mein Herz schlug einmal, zweimal. Gänsehaut überzog meinen gesamten Körper und gipfelte in dem leichten Zittern in meinen Flügelspitzen.

Ich atmete ein und aus ...

Und verneigte mich vor meinem Volk, den Blick in die Höhe gerichtet.

Ich verneigte mich vor den Dämonen und Ungeheuern, vor meinen Brüdern und vor Royath. Vor dem gesamten Hades und vor Zayden.

Ich bat jeden Einzelnen von ihnen um die Krone der Hölle.

Und sie gaben sie mir.

Jetzt

Ich freue mich besonders, Ihnen heute die herausragenden Ergebnisse unserer Schule bei den Leichtathletik-Schulmeisterschaften in diesem Jahr verkünden zu dürfen.« Professor McJeenish legt seine Hände auf das hölzerne Rednerpult und blättert in seinem Skript. »Besonders loben möchte ich unsere Schülerin aus dem fernen Neuseeland, die sich als einziges Mädchen im Sprint, Hindernislauf und Langstreckenlauf durchgesetzt und für unsere Einrichtung in allen drei Disziplinen den Sieg geholt hat.«

Applaus wallt auf und ich spüre, wie mein Körper zu kribbeln beginnt. Meine Hände werden feucht und ich wische sie hastig an meinem Schuluniformrock ab.

Annie neben mir grinst mich schief an und beugt sich näher zu mir. »Du hast geschummelt, weiß doch jeder.«

Ich versetze ihr einen winzigen Hitzeschlag und zucke dann unschuldig mit den Schultern. »Keine Ahnung, wovon du redest.«

Ihr Grinsen wird breiter. Annie sieht gut aus, von ihrer Zeit in der Hölle ist nicht ein Zeichen zurückgeblieben – dafür habe ich gesorgt – und doch weiß ich, dass sie oft weint, dass sie noch immer von Albträumen geplagt wird und schreckliche Panikattacken hat. Ich habe ihren Körper heilen können, aber selbst jetzt, knapp fünf Monate später, bin ich noch immer hilflos, was den Schaden an ihrer Seele betrifft.

Ich habe ja nicht einmal eine eigene.

Annie kämpft, jede Sekunde, und ich weiß, sie wird diesen Kampf gewinnen, aber sie braucht Zeit.

Wie wir alle.

Links von mir sitzt Zayden, seine grünen Augen sind auf seinen Onkel gerichtet, der gerade einen Stapel Urkunden und zwei Pokale von seiner Sekretärin entgegennimmt und auf seinem Pult ablegt.

Noch immer kann ich nicht glauben, dass ich tatsächlich für einige Momente damit einverstanden gewesen war, ihn umzubringen.

Als hätte Zayden sich mal wieder in meine Gedanken geschlichen, wendet er den Kopf zu mir und drückt eine meiner feuchten Hände. Er betont immer, dass ich niemals wirklich vorgehabt habe, ihn zu töten, dass das nur ein dunkler Schatten von mir gewesen sei, der mich dazu gezwungen habe, und mein Licht sei von Anfang an stark genug gewesen, um die Dunkelheit in ihre Schranken zu weisen.

Es ist mir unbegreiflich, wie er all die Zeit über, in der mein Vater ihn gefoltert hat, so optimistisch hatte bleiben können.

Er sagt, dass das der wahre Kern von Vertrauen sei.

Schwer zu sagen, ob er damit richtig liegt. Jedenfalls hatte ich eher damit gerechnet, dass er mich in die Wüste schicken würde nach allem, was wir im Hades erlebt haben – und nach allem, was ich ihm angetan habe.

Aber er ist bei mir geblieben und hat mir, gemeinsam mit meinen Brüdern und Royath, durch die erste, harte Zeit als Königin geholfen.

Als Königin der Hölle.

Wie von selbst verziehen sich meine Lippen zu einem spöttischen Lächeln.

Vermutlich wird es noch eine ganze Zeit dauern, bis ich mich daran gewöhne, dass ich den Schuppen da unten jetzt leite – und eine Ewigkeit, bis sich auch die letzten Dämonen damit abgefunden haben.

»Ich bitte nun Elyanor Edenmore zu mir«, verkündet McJeenish und breitet die Arme aus.

Zayden gibt mir einen Klaps auf den Hintern, als ich mich an ihm vorbeidränge, um durch die Stuhlreihen auf den Gang zu gelangen. Ich blicke über die Schulter zu Annie und Zayden, beide lächeln mich aufmunternd an.

Mein Herz macht einen Satz. Kaum zu glauben, dass sie nach allem, was ich getan habe, hier bei mir sitzen und mich unterstützen. Für selbstverständlich nehme ich das auf jeden Fall nicht.

Hinter den Reihen mit Schülern sitzen einige Eltern, die gekommen sind, um an der Versammlung teilzunehmen. Ich entdecke Zaydens Familie, seine Brüder und Ruby, seine hübsche Mum Colleen – und seinen Vater.

Nach dem Chaos im Hades, meiner überraschenden Übernahme der Hölle und den Aufräumarbeiten, kehrte ich zurück in den Kerker und zählte eins und eins zusammen. Auch wenn mein Bauchgefühl es mir längst verraten hatte, der Mann, Julien, mit dem ich einige Zeit im Gefängnis verbracht hatte, ist Zaydens Vater, den sie nicht umgebracht, sondern in die Tiefen des Hades verschleppt hatten.

Sie jetzt dort vereint sitzen zu sehen, bringt mir ein warmes Gefühl in die Brust – zumindest hatte die Zeit in der Hölle, die Annie und Zayden durchlebten, so doch noch etwas Gutes.

Julien nickt mir kaum merklich zu und ich erwidere die Geste, dann wende ich mich lächelnd nach vorne und atme aus.

Tosender Applaus wallt auf, als ich auf das Podium zu-
laufe – den Rücken durchgestreckt und das Kinn leicht an-
gehoben. Ja, ich habe es ziemlich drauf, wie eine Königin
durch die Gegend zu laufen, was essenziell in meinem jetzigen Job ist. Mein Vater hat mir zwar einigen Mist eingetrichtert, aber keine Schwäche zu zeigen, ist zweifellos mein
tägliches Brot.

Ich steige die wenigen Stufen zu dem Professor hoch und
schüttele seine Hand; sie ist kühl und schwielig und sofort reagiert mein inneres Wesen auf die Energie in seinem Körper.

Ein wissender Ausdruck huscht über seine Züge.

Ich schenke ihm mein professionelles Lächeln, das ich auch
immer an den Tag lege, wenn es um Verhandlungen zwischen
Hades und Iljos geht.

»Meinen herzlichen Glückwunsch, Elyanor. Sie haben sich
sehr gut geschlagen. Unser College wird Sie vermissen, jetzt,
wo Sie wieder nach Neuseeland zurückgehen.«

»Danke«, antworte ich und weiß, dass er mehr meint, als
nur die Schulmeisterschaften. »So schnell werden Sie mich
nicht los, seien Sie sich da sicher. Ich komme wieder.«

Ein kurzes Lächeln fliegt über sein faltiges Gesicht und
lässt seine Augen für einen Sekundenbruchteil weiß aufleuchten. Dann überreicht er mir meine Urkunde und einen der
Pokale und posiert mit mir für Fotos.

Blitze schießen mir entgegen und versetzen mich zurück
zu der großen Feier, die zu meiner offiziellen Ernennung als
Königin des Hades stattfand, gleichzeitig erinnern sie mich
daran, dass meine Zeit auf der Erde vorerst zu Ende ist.

Anders, als es bei Beliar der Fall gewesen war, erlaubt mir
mein gemischtes Blut zwar ungehindert zwischen Hades und
Erde hin und her zu wechseln, trotzdem spielt sich mein Le-

ben jetzt in erster Linie in der Hölle ab, und ich habe dort einiges zu erledigen.

Die Party heute anlässlich unseres Erfolges bei der Schulmeisterschaft ist gleichzeitig auch eine vorläufige Abschiedsparty für mich.

Kurz verrutscht mein Lächeln, dann schüttele ich noch einmal die Hand von Zaydens Onkel, bevor ich zurück zu meinem Platz laufe.

Zayden hebt eine Augenbraue und schnappt sich sofort wieder eine meiner Hände, nachdem ich Urkunde und Pokal unter meinem Stuhl abgestellt habe. »So nachdenklich heute?«

Ich zucke mit einer Schulter und zupfe meine Bluse so zurecht, dass man die Male, die mir mein Vater verpasst hat, nicht sieht. »Vielleicht möchte ich nicht gehen«, antworte ich leise und streiche über seine Finger.

»Du gehst ja nicht wirklich«, wirft Annie von rechts ein und nimmt meine andere Hand. »Du kannst jederzeit wiederkommen. Durch das Portal.«

Einer der Kamine im Internat hat sich tatsächlich als Portal in den Hades herausgestellt, wie ich vor wenigen Wochen herausgefunden habe. Mithilfe von Raphael habe ich ihn reaktiviert – was ziemlich praktisch ist.

»Das ist etwas anderes, Annie.« Ich stoße den Atem aus und puste mir eine Strähne aus dem Gesicht. »Aber für heute zählt das nicht, darüber mache ich mir morgen Gedanken.«

Leise Musik weht zu uns herauf und untermalt das atemberaubende Bild, das sich uns bietet. Zayden, Annie, Roy und ich sitzen auf dem Dach des Colleges, lassen die Beine über die Kante baumeln und genießen die kühlen Cocktails in unseren Händen, während unten auf dem Schulhof die Party steigt.

Zayden hält meine Hand und ich habe meinen Kopf auf seine Schulter gelegt, unsere Flügel sind hinter uns aneinandergeschmiegt.

Annie seufzt und sieht zu mir. »Das ist schon ziemlich verrückt, was?«

Ich hebe meine vernarbte Augenbraue und schaue sie an. »Es gibt vieles, was verrückt ist.«

»Na ja, ich sitze hier mit einem Dämon, einem Engel und dem Teufel und finde es nicht einmal merkwürdig. Eher, als würde es richtig sein, so wie es ist.«

»Ich bin kein Engel«, wirft Zayden ein und sieht an mir vorbei zu meiner Freundin.

Sie zuckt nur mit den Schultern. »Dann so etwas Ähnliches. Ist auch egal.« Ihr Blick schweift in den Himmel, der sich über uns wie ein dunkles Zelt voller Sterne, die zum Greifen nahe zu sein scheinen, ausbreitet.

Eine wundervolle Nacht.

Und gleichzeitig eine schmerzhaft traurige Nacht.

Ich werde die Sterne vermissen, die frische Brise in einer Frühlingsnacht wie dieser und das Grün der Erde.

Meine Augen schließen sich, als ich tief einatme und den Kopf in den Nacken lege.

Annie wird mir fehlen, ihre unverbesserliche Art und die Liebe, die sie mir schenkt.

Zayden gibt mir einen sanften Kuss auf die Schläfe und streicht eine meiner Strähnen hinters Ohr. »Du gehst nicht für immer, vergiss das nicht«, flüstert er. »Du kommst zu mir zurück.«

»Raus aus meinem Kopf«, murmele ich und lächele.

Ich werde ihn furchtbar vermissen. Er wird mir jede einzelne Sekunde, die ich nicht mit ihm zusammen bin, fehlen. Seine Küsse, sein Lächeln, seine funkelnden grünen Augen und seine kühle, prickelnde Energie.

»Ihr seid mir wirklich gerade zu melancholisch «, schnaubt Royath und springt auf die Beine, um sich zu strecken.

Ich weiß, dass er sich nach außen locker gibt, aber auch ihm hängt das, was wir im Hades erlebt haben, nach wie vor in den Knochen.

Die meiste Zeit über hält er Abstand zu mir und das kann ich gut nachvollziehen. Umso dankbarer bin ich ihm, dass er heute hier ist, um mir bei meinem Abschied zu helfen. Vermutlich würde ich sonst gar nicht zurück in den Hades gehen.

»Und du bist dermaßen unromantisch, dass es einem schon fast leidtun kann«, entgegnet Annie und streckt ihm die Zunge raus.

»Ich bin ein Dämon, schon vergessen? Romantik liegt mir nicht so.«

Eine dreiste Lüge, die mich das Gesicht verziehen lässt. Roy und ich haben viel gesprochen in der vergangenen Zeit. Er hat mir gesagt, was er für mich empfindet und was er alles getan hat, um mir nah sein zu können. Royath mag ein selbstverliebter Idiot sein, aber er hat eine sehr sensible, romantische Ader. Und er ist verletzt.

Zayden gibt ein Hüsteln von sich. Ich werfe ihm einen finsteren Blick zu und stoße ihn an. »Elender Schnüffler!«

Roy klatscht in die Hände. »Wie dem auch sei, wir müssen los, Luzi.«

Ich seufze und lasse mir von Zayden aufhelfen, dann nicke ich. Roy hat recht, ich zögere den Abschied jetzt schon viel zu lange hinaus, und es war wahrlich keine Lüge, als ich gesagt habe, dass es viel zu tun gibt.

Der Hades wartet auf mich. Die Verwaltung, die neuen Regelungen und Gesetze, die ich mit dem Rat entwerfe, meine Brüder und unzählige Dämonen, die ich in ihre Schranken weisen muss.

Und Reena.

Ihr Verrat schmerzt noch immer, aber nachdem ich sie um ein Gespräch bat, habe ich mittlerweile ein gewisses Verständnis für ihr Handeln.

Meine Augen finden Annies braune, in denen tiefe Trauer und Angst liegen. Angst, mich zu verlieren.

Tränen beginnen hinter meinen Lidern zu brennen und beschwören einen kratzigen Kloß in meinem Hals herauf.

»Annie ...«, beginne ich leise und schließe sie dann in meine Arme. »Pass auf dich auf.«

Sie drückt mich fest an sich und streicht sanft über die Ansätze meiner Flügel. »Versprich, dass du bald wiederkommst, ich überlebe den Wahnsinn ohne dich hier nicht. Versprich, dass das kein Abschied für immer ist.«

Ich zögere keine Sekunde mit meiner Antwort. »Ich verspreche es.«

Ihre Lippe bebt, als sie sich von mir löst und einige Schritte zurücktritt, und dann spüre ich starke Arme, die sich um mich schlingen und an sich ziehen. Ich bin umhüllt von Zayden. Von seinem Geruch, seiner Energie, seinem Wesen.

Seine Hand fährt beruhigend über meine Haare, die andere umfasst zärtlich meine Wange, während wir uns tief in die Augen schauen. Unzählige Gedanken wirbeln zwischen uns in der Luft und füllen sie mit unserer ganz persönlichen Geschichte.

»Ich habe damals recht gehabt.«

»Womit?«, frage ich kaum hörbar und ziehe die Augenbrauen zusammen. Er fährt über die steile Falte auf meiner Stirn und glättet sie.

»Du hast mein Licht gestohlen, Elyanor Edenmore. Und mit diesem Licht hast du uns alle gerettet.«

Hitze steigt in meine Wangen, dann ziehe ich Zayden zu mir heran und küsse ihn, küsse ihn, bis wir beide atemlos sind und unsere energiegeladenen Herzen im selben Takt schlagen.

Ich liebe dich, denke ich und lege meine Stirn an die seine.

Und ich weiß, dass er das Gleiche fühlt.

Zögerlich trete ich einige Schritte zurück an die Seite von Royath, der geduldig auf seine Königin wartet.

Für den Moment verlasse ich die Erde, lasse zurück, was ich hier erlebt und gelernt habe, und kehre meinem Leben als Lya den Rücken.

Ich lasse meine Freundin zurück und meine Liebe.

Ich blicke über meine Schulter, zu Zayden, der seinen Arm um die schmale Annie, die sich unauffällig Tränen aus den Augenwinkeln wischt, gelegt hat. Seine schneeweißen Flügel lagen zusammengefaltet an seinem Rücken.

Aber ich habe gute Gründe wiederzukommen.

Verdammt gute Gründe.

Royath breitet seine ledernen Schwingen aus und nickt mir zu. »Bereit, Luzifer?«

Einer meiner Mundwinkel zuckt, dann entfalte ich meine Flügel und stoße mich vom Dach ab. Die Finsternis des Himmels reißt mich an sich, während mir das Licht der Sterne meinen Weg weist.

Ich schlage kräftig mit meinen Schwingen und breite die

Arme aus, als mich der Wind liebkost und meine hellen Haare verwirbelt. Es fühlt sich richtig an. Und gut.

Ich bin ein Wesen aus Finsternis und Helligkeit, irgendwo gefangen zwischen Licht und Dunkelheit.

Und mehr wollte ich nie sein.

Danksagung

Kaum zu glauben. Das letzte Wort ist geschrieben, die Geschichte von Zayden und Lya, von Roy und Annie und all den anderen ist erzählt. Ich kann nicht fassen, dass es jetzt schon zu Ende ist und gleichzeitig bin ich unfassbar froh.

Dieses Buch steckt mir schon seit Jahren in den Fingern und endlich, endlich habe ich es auf Papier gebracht. Ich bin so unsagbar froh, dass die Geschichte nun schwarz auf weiß vor mir liegt und weitererzählt werden kann.

Alleine hätte ich das natürlich niemals schaffen können. Zu so einer Geschichte gehören unzählige Personen, von denen jede Einzelne einen ganz besonderen Teil zu diesem Buch beigetragen hat.

Diese Menschen alle namentlich zu nennen, würde vermutlich Jahre dauern und ein eigenes Buch füllen, trotzdem möchte ich einige von ihnen nicht unerwähnt lassen.

Maren, du hast diese Geschichte als Erste gelesen und von der ersten Seite an verschlungen – mehr kann man sich als Autorin und Freundin nicht wünschen. Danke, dass du an Lya geglaubt und ihren Fehlern eine Chance gegeben hast. Du bist meine Annie, jeder braucht jemanden wie dich und ich bin unendlich dankbar dafür, dich zu haben.

Vielen Dank auch an das fantastische Team von Loomlight und dem Thienemann-Esslinger Verlag. Ihr habt meinen Traum Wirklichkeit werden lassen und ich kann es immer noch nicht fassen. Danke für diese Chance.

Ganz besonders möchte ich *Larissa* danken, du hast mich

gefragt, ob ich Teil der Loomlight-Familie werden möchte und Lya, Zayden und all den anderen ein neues Zuhause gegeben. Vielen lieben Dank dafür!

Und natürlich gilt ein großer Dank meiner zauberhaften Lektorin *Ulrike*. Du hast aus diesem rohen Diamanten einen kleinen Schatz gemacht. Danke für deine Geduld, deine Unterstützung und Mühe. Du bist selbst ein Schatz.

Danke an all die lieben Menschen, die mich jeden Tag auf meinem Weg begleiten und mir mit ihrer unvergleichlichen Art Inspiration sind und Ideen für meine Geschichten geben.

Mein Dank gilt auch meiner kleinen Fangemeinde auf Instagram und besonders meinem großartigen Bloggerteam, ihr habt mich dazu gebracht, meinen Horizont zu erweitern und neue Schritte zu wagen. Ihr gebt mir Kraft und Mut und glaubt an meine Geschichten, wenn ich es nicht tue. Das ist Gold wert, ihr seid Gold wert, jeder einzelne von euch.

Danke auch an Dich, mein Leser, du machst es möglich, dass ich meine Geschichten erzählen kann.

Ohne Dich würde es diese Geschichten nicht geben.

Danke, dass du Lya und mich begleitest.

Alexandra, Februar 2019